程应镠文学文存

（上）

程应镠 著

虞云国
范荧
编

上海书店出版社
SHANGHAI BOOKSTORE PUBLISHING HOUSE

程应镠像（1975 年李宗津作）

燕京大学时代的程应镠

30 岁生日程应镠在昆明寓所

程应镠在 1967 年

20 世纪 80 年代初程应镠在沪上寓所

20 世纪 80 年代初与夫人李宗蕖在书斋

1986 年与沈从文、张兆和在北京沈宅

《一年集》书影

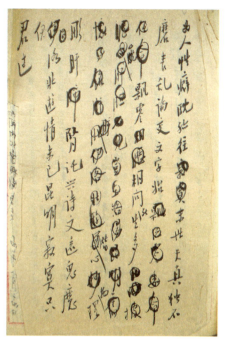

旧体诗的创作手迹

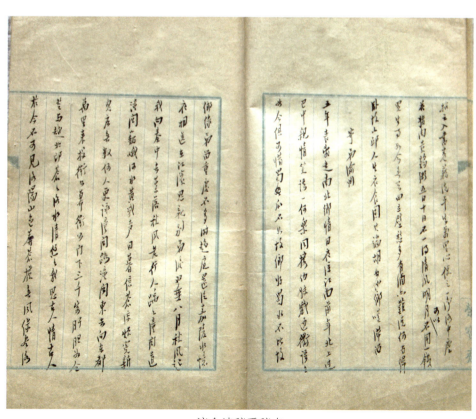

流金诗稿手稿本

1956 年至 1962 年日记题封

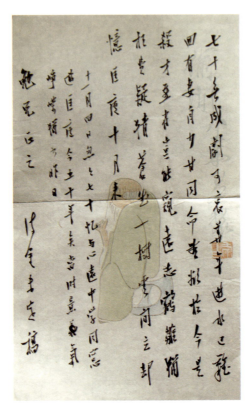

七十初度诗笺手迹

总　目

序

陈子善

　　程应镠（1916—1994）这个名字，研究中国史的，应都耳熟能详。他是 20 世纪中国研究魏晋南北朝史和宋史屈指可数的大家，著述丰硕。但是，如果说他还有一重不容忽视的文化身份，恐怕就知者寥寥了。1930 年代后期至 1940 年代，程应镠以"流金"为主要笔名发表了许许多多新文学作品。可惜的是，即便是专门研究中国现代文学史的，又有几位知道流金，更不要说予以介绍和评论了。我见闻有限，但就我所看到的各种中国现代文学史著作中，就几乎没有出现过这位极具个人风格的作家的名字。

　　我最早知道流金，是从 1980 年代初，在上海旧书店里见到一本署名流金的《一年集》开始的。不久因研究郁达夫，与同时正在研究沈从文的邵华强兄交往颇多，不止一次听他说起，常向沈从文的学生程应镠先生求教。但我愚钝，还不知道程应镠就是流金，再加当时十分忙乱，以至失去了向程应镠先生请益的大好机会，至今引以为憾。

　　中国现代文学史上，鲁迅培养青年作家，一直传为佳话。其实何止鲁迅，还有许多大作家，如胡适、周作人、郁达夫、巴金等，也都关爱青年作家，尽力提掖青年作家。沈从文也是其中突出的一位。他的学生中，前有王林，后有汪曾祺，都颇有文名，也都已获得很高的评价。然而，流金却鲜有人提及，这是不应该的，更是不公平的。

序　/　001

程应镠属于五四启蒙思潮下熏陶出来的那代知识分子，爱好新文学是自然而然的事。他在中学时期就先喜欢郁达夫，后又被沈从文的《边城》所倾倒（参见《程应镠自述》）。就读北平燕京大学和昆明西南联大时，虽然学的是历史，他却始终没有放弃对文学的迷恋。他1936年开始以流金等笔名在京沪等地报刊和大学文艺刊物上发表新文学创作，源源不断。全面抗战爆发后，又辗转各地，甚至到过延安，写下了大量真实反映当时民众日常生活的特写与随笔，既有爱国青年的热忱，又有"京派"文学之流韵，散文《夜行》还被译为英文传播海外。说1930年代后期至1940年代是程应镠新文学创作的喷发期，应该是符合史实的。与其他许多新文学作家一样，程应镠后期又致力于旧体诗词的创作，时有发人所未发之佳作，为友好所传诵。因此，可以毫不夸张地说，文学创作贯穿了程应镠一生，史学家和文学家的双重身份，在程应镠身上是溶为一体，互相生成的。

而今，上下两大卷的《程应镠文学文存》终于要出版了。这部大书的重要价值，不仅能够让我们全面地回顾程应镠的文学成就，重新发现这位优秀的现代作家，也为中国现代文学史研究填补了一个空白。

《程应镠文学文存》共分三大部分：一、《一年集》；二、《一年集外》；三、《流金诗词稿》。凡已查找到的流金的新诗、小说、散文、文论、记实、政论、回忆录和旧体诗词（目前所知，他的旧诗写作始于1935年，但集中涵咏吟哦，则在1970年代以后），均已分门别类，编集在内。从这个意义讲，《程应镠文学文存》蒐集之全，如改称《程应镠文学全集》，应该也未尝不可，尽管还有少数几篇遗珠有待进一步发掘。

这就应该大大感谢程应镠先生的高足虞云国兄了。云国兄不但继承了程先生的衣钵，成为宋史研究的新一代杰出学者，而且编著了《程应镠先生编年事辑》（2016年11月上海人民出版社初版），对程先生的生平和撰述史考订甚详。他还编过《流金集》（2001年上海师范大学历史系"私家版"），我还记得当年程先生女儿、同事程怡老师送我《流金集》时我的欣喜。因此，在我看来，云国兄是主编《程应镠文学文存》的不二人选。《文存》体例规范、编排得当，所有编入之文均注明出处和署名，固然值得称道，《文存》书前的《程应镠的文学生涯》更是云国兄的力作。这篇长文对流金的文学创作历程作了系统的梳理，对其各个时期文学创作的特色也作了精到的分析，是研读这部《文存》的指南。

对我而言，《文存》伊始，《〈一年集〉序》的出现，是一个意外的收获。《一年集》是程应镠的第一本也是他生前出版的唯一的文学创作集。有趣的是，这本散文集有两个初版本：一是1942年5月由重庆烽火社出版的真正的初版本，列为靳以主编的"烽火文丛"第五种，这套丛书的作者还有艾青、碧野、（田）一文等；二是1949年1月由上海文化生活出版社出版的初版本，列为"文季社"编辑的"文季丛书"第二十五也即最后一种。这套丛书的作者更有张天翼、艾芜、李广田、李健吾、王统照、沈从文、巴金等名家。两套丛书的作者都是一时之选，足见程应镠的作品在当时文坛上就已受到重视。我后来觅得《一年集》文化生活社初版本，但更早的烽火社初版本始终无缘得见，这是又一件憾事。

无论是烽火社初版本，还是文化生活社初版本，均无序文，故我一直以为《一年集》无序。不料，《文存》所收的《一年集》前赫然有序，方知烽火社初版本印出之后，流金有"重版"之想，遂于1943年1月7日写下了这篇序，发表于同年《华北导报月刊》第3卷第1期。这篇序披露了流金编集《一年集》的经过和沈从文从中所起的作用，颇为重要。而可能由于《华北导报月刊》较为冷僻，见者甚少，以至文化生活社再次初版《一年集》时未能收入。这样，这篇《〈一年集〉序》竟在外"流浪"八十余载，终于在《程应镠文学文存》中与《一年集》圆满合璧了，不能不令人庆幸。程应镠先生如泉下有知，也会深感欣慰吧。

今年是程应镠先生逝世三十周年，毫无疑问，《程应镠文学文存》的出版，是对这位卓越的前辈史学家兼文学家最好的纪念。程先生史学家的历史功绩早已有定评，他的文学家的历史功绩还有待现代文学史研究者认真研读和阐发。而我以为，有一个严肃的问题是不能回避，应该深思的，那就是为什么我们长期以来忽视了像程应镠这样的对中国现代文学史进程也作出过自己独特贡献的作家？

2024 年 8 月 27 日急就于海上梅川书舍

程应镠的文学生涯

虞云国

　　程应镠先生（1916—1994）曾任中国魏晋南北朝史学会顾问、中国宋史研究会副会长兼秘书长，作为上海师范大学历史学科的开创者与奠基人，向以史学名家。或许如此，因岁月的磨洗，他的作家那一面影在身后已鲜为人知。有鉴于此，程门弟子辑集了《程应镠文学文存》，以期为他的这一身份留下些雪泥鸿爪。这里，结合他的人生轨迹，对其文学生涯略作回望与评述。

　　程应镠出身于江西新建的官宦世家，其太高祖辈的两兄弟分别官至巡抚与总督，故号称"一门两督抚"。他七岁入大塘土库的私塾，先后习学《诗经》、"四书"与《左传》。在阅读《东莱博议》的基础上，学写了第一篇作文《屈瑕论》，颇受塾师的好评。随后进读《古文辞类纂》，自忆"一些经史子集的知识，都是从这部书得来的"。十四岁，赴南昌改受新式教育，课余沉迷俄国小说、古典诗词与《世说新语》《论衡》等著作。高中阶段，大量阅读"五四"以来新文学作品，先读郁达夫的小说与散文，最终为沈从文所吸引，"做一个像《边城》作者那样的作家的念头，便萦绕着梦思"[1]。高二时，向刊物投稿，还为南昌一家报纸编过一期副刊。

　　1935 年秋，程应镠考入燕京大学，他的文学生涯在燕园真正起步。

---

[1]　程应镠:《程应镠自述》,《世纪学人自述》第 5 卷, 北京十月文艺出版社 2005 年版, 第 315 页。

一、"想得燕京读书日"（1935.9—1937.6）

1935 年，日本紧锣密鼓地策划"华北自治运动"，企图进一步鲸吞中国，民族危亡迫在眉睫，岁末"一二·九"学生运动爆发。由美国主办的燕京大学，校园氛围相对宽松，学生文学社团与艺文刊物蓬勃多元。程应镠既忧心时局，又醉心文学，同时投身于爱国学生运动与燕园文坛活动。正如他在《略论燕园文坛》里说："跟着伟大的'一二·九'运动，燕园作家坚强地踏上了民族抗战的路。"

程应镠的文学创作始于 1936 年，北平《晨报》、天津《大公报》副刊《文艺》、《新中华》《燕京新闻》《燕京半月刊》《青年作家》与《大学艺文》等文学报刊经常刊发其作品。先后用过徐芳、流金、沈思、旒珍、仲思、况自等笔名，以流金用得最多，也最为人知。

每个文学青年都做过诗人的梦，程应镠最先也以新诗而知名燕园。他的新诗现存不多，几乎都作于这一时期。据其大学同学的回忆：

> 这期间，我认识了燕大名诗人程应镠，他是历史系三年级学生，诗作经常以笔名"流金"在燕大校刊上登载。[1]

1936 年初，程应镠加入中华民族解放先锋队，在参与救亡活动同时，也参加了北方左翼作家联盟。当时，燕园近五十名文艺青年成立"一二·九"文艺社，他作为负责人主持社刊《青年作家》。为争取名作家加持，由他为代表，前往拜谒其仰慕已久的沈从文，从此维持了终生的友谊。《青年作家》聘请沈从文、萧乾、林徽因、陆志韦、陈梦家、闻一多、曹靖华、孙席珍、杨刚、齐同（高滔）、谢冰心、郭绍虞等三十人为特邀撰述人，沈从文为创刊号撰写了《对于这新刊诞生的颂词》。

---

[1] 张郁廉：《白云飞渡》，广东人民出版社 2015 年版，第 50 页。此为作者记误，程应镠在燕大仅读到二年级。

这年春夏之际，程应镠与燕大同学王名衡（笔名天蓝）发起"大学艺文社"，社员有邓微煦、刘伯文（即刘春）、谭石亭、刘成骏、朱哲均、葛果行、吴其仁、王作民与戴振辉等，均为燕京大学等北平诸高校与浙江大学的学生。5月1日创刊《大学艺文》，但仅出一卷二期即因经费而终刊。据他回忆：

> 我当时是个艺术至上论者，强调写什么都可以，但必须"情欲其真，景欲其切"才能打动人们的心弦。我的这一看法，在"大学艺文社"开会时，遭到刘春的尖锐批评，并在他的发动下，撤销了我代表"大学艺文社"出席"北方文学会"的资格。[1]

这年夏天，清华大学创建北方文学社，程应镠代表燕京大学"一二·九文艺社"与"大学艺文社"参加了成立大会。他在燕大订交而后来知名的作家有宋奇（即宋淇）与天蓝等。1937年2月，他邀集宋奇、夏得齐（即周游）与葛力在《燕京新闻》上创办《四人行》专栏，每月一期，由四位加盟者轮值编辑。专栏共出四期，另出了三期增刊，因抗日战争爆发而中断；他编了第二期与5月的散文增刊。

程应镠有《略论燕园文坛》，对当时燕园文学作鸟瞰性评论，最后疾呼："把眼睛看一看。世界，人物，自己的前途，民族的命运，从事文学的人，绝不难找出自己所应走的路。我们需要真实的作品。"他在《对作家间新的运动的一种看法》里揭出自己的文学主张："以真实的事作骨干，而寄以作者自己的理想，心匠独运，成而为文，这类作品，我们似嫌太少，而我们所需要的却是这一类。"

燕园时期是程应镠文学生涯的发轫期。他怀揣着作家梦，尝试各种文体，素材以故乡旧事与个人感怀为中心，体裁以散文与小说为主打。他的小说《秋收》《荷姑》《吃新》《扫墓》，都取材于故乡见

---

[1] 转引自拙编：《程应镠先生编年事辑》，上海人民出版社2016年版，第24页。

闻，颇有沈从文乡土小说的余韵；其中《玉石井的风波》传奇而凄美，初具自己的特色。他已感悟到文学应该关心民族的命运，也有类似《从北平到百灵庙》那样报道察绥抗战将士的成功之作。但总的说来，燕园文学毕竟只是他的啼声初试，可以借用其诗句"尚余春梦足清谈"来作概括。

二、南北此心系烽火（1937.7—1940.8）

1937 年的卢沟桥炮声，让程应镠深切感受到自己的前途与民族的命运从此彻底改变。这年，他颠沛流离，在武汉大学借读期间，与赵荣声、刘毓衡（即陈其五）创办了名为《活报》的刊物，虽仅出一期，但已自觉将文学活动与抗战烽火联系起来。12 月，他北上山西，进入八路军 115 师 343 旅 686 团任宣传员，负责编印战地油印报，同时在汉口《大公报》副刊上陆续发表关于八路军抗敌的报道、散文与小说。1938 年夏初，他前往延安，随即奉命赴武汉，办理火线通讯社登记事宜。待命期间，他结识臧克家；又一度返乡省亲。

南下流亡，山西抗敌，延安行历，闾里闻见，程应镠在文学创作里刻画了国难当头时的社会众生相。他写了《流亡之一页》《陕行杂记》与八路军抗日、故乡蒙难等系列作品，摹写抗战初期中国军民的各种群相，其中以《汾水的西岸》《夜行》《黑夜的游龙》《姑射山中的风雪》等报道最具社会影响。1938 年 3 月 13 日，《大公报》记者陈纪滢有《寄文艺战友——流金》，对他的战地报道大为推许："姑射山中行军的一段很雄壮，这也是你个人历史创造的首页，我盼望从这页起，一页比一页好，不再写姑射山，汾水，风陵渡！而重写吕梁山，平型关！"

创办火线通讯社受阻，程应镠间关赴滇，继续入读西南联大，直到毕业。联大学习之余，他与徐高阮、丁则良等创办了联大第一张壁报《大学论坛》，作为论政论学论文的公共平台，成为联大壁报的靓丽风景线。其时，沈从文正执教于联大，师生过从远较燕大时频密。程应镠课余坚持写作，重庆《大公报》副刊《战线》、香港《大公报》副刊《文艺》、《星岛日报》副刊与《今日评论》等报刊上经常有他的散文与小说。因沈从文推荐，他从 1939 年 5 月起为昆明《中央日报·平明》副刊撰稿，那篇《澄江小记》颇受凤子的赞赏。与此同时，他受沈从文之命编辑《平明》副刊，在联大学生中组稿，对象包括汪曾祺与袁可嘉等。1940 年夏，他交代为《平明》投稿与编辑的经过：

> 去年五月十八日，《平明》创刊后一期，我即为《平明》写稿。十月底，帮忙凤子先生编几个特刊。十一月底凤子先生去渝，至今年四月，我又帮孙毓棠先生看稿，四月以后，我始正式负编辑之责，至本月底，为时不过两月。此外，《星期综合》自二月创刊，是一直由我编着的。总计，我和《平明》的关系，共一年又十三日，先后编过散文、翻译、批评与介绍共三期，《星期综合》十四期，《平明》两月。[1]

联大时期，程应镠的散文创作与纪实报道依旧围绕着抗战主题。散文《乡思》仍以故乡为题材，刻画了异乡游子与故里老人遥隔数千里的互相思念，双方异地的情景切换，行文清隽而凄美，情感细腻而真切，被选入《中国新文学大系》（1937—1945）《散文卷》。《夜行》描写了八路军夜行军，调动了他在山西亲历的素材，经沈从文精心修改，先刊于其主编的《今日评论》文艺栏，后英译转载于《大西洋杂志》传播海外。

1940 年夏，因沈从文之介，程应镠从 1938 年 9 月至 1939 年 9 月的作品中编选了《一年集》，列入章靳以主编的《烽火丛书》

---

[1] 流金：《告别》，《中央日报》（昆明）1940 年 6 月 1 日《平明》第 227 期。

第五种，1942年5月由烽火社在重庆出版；其后又由文化生活出版社编入"文季丛书"，1949年1月在上海再版。《一年集》收散文13篇，着力书写了这场战争给人们带来的悲欢离合。诚如姜德明所说："书为战时流离之作，甚至是一气呵成，读来很有感染力。"他还指出："《一年集》是一本抒情意味浓郁的书，也是一本文笔质朴，充满了抗战气息的散文集，尽管书内没有一篇是直接写战争的。"其中写故乡的篇什，"乍看这一组散文，不过是写静止的故乡和亲子之情，实际笼罩在人们心头的仍是那场伟大的民族自卫战争。这不是一般的伤离别情"。他在结论中说："《一年集》诞生在抗战烽火中，又被靳以编入《烽火文丛》，在我们的抗战文艺史中不应任它湮灭掉。"[1]倪墨炎则从文学角度评说："作者的文字优美而不艳丽，清秀而不平淡；不论写景还是叙事，都富于抒情色彩。"他还从作者与沈从文的特殊关系点明了程应镠散文个性的来历："沈从文始终是他敬重和追慕的老师，几十年间一直保持着密切的联系。他的散文，总觉得和《湘行散记》《湘西》在血脉上有相通之处。要说他的散文的个性，恐怕也要从这里说起。"[2]

西南联大时期，程应镠依然耽读旧体诗，结合现代文学理论，发表了《门外诗谈》，对中国古典诗歌独具体悟。针对西洋将诗两分为叙事与抒情的说法，他提出中国诗应该划分为说理的、言情的与写景的三类，力主说理诗同为中国诗最宝贵的部分。针对聚讼纷纭的唐宋诗分野，他认为唐诗"充满了音乐的快感"，宋诗则"给我们一种图画的鲜明"，唐宋诗区别"一个是身在其中，一个是身在其外；一个令人近乎沉醉，一个令人近乎清醒"。他强调，诗的艺术，

---

[1] 姜德明：《流金的〈一年集〉》，《守望冷摊》，中央党校出版社2002年版，第110页。

[2] 倪墨炎：《程应镠的散文集》，《现代文坛短笺》，学林出版社1994年版，第130—134页。

"一为言语的艺术，一为文字的艺术"，"从《诗经》以至唐诗，是从运用言语入诗到运用文字作诗的阶段"。诗歌翻译家许渊冲对这篇诗论大为推重："其中有不少独到的见解。从中可以看出流金的综合能力和分析能力，他也像唐人一样对人生和世界能看其全了。"[1]

抗战前期是程应镠文学生涯的成熟期。南北烽火，勇赴国难，所见所闻，刻骨锥心，为他的文学写作积储了感人的素材；燕园时期已经觉悟的文学创作与民族命运之关系，这时才有笔与火的实践；重返西南联大的复读岁月，让他既有反刍咀嚼这些经历与题材的余暇，也获得了文学活动的人脉与平台。这些正是他这一时期在纪实报道与小说、散文等领域写出最好作品的原因所在，倘若用他的诗句作提炼的话，那就是"哀时俱作不平鸣"，这也契合文学创作的基本规律。

三、血写文章论本原（1941—1949）

1940 年夏秋之际，刚从联大毕业的程应镠就应原燕大同学、中共地下党员赵荣声的召约，前往河南正面战场，在驻军洛阳的第一战区长官司令部任职。他对抗战前线国民党军队深致不满，一方面以旧诗抒写家国之感，一方面写小说、散文与时论交前线与后方的报刊发表。

1941 年 3 月前后，程应镠为第一战区干训团开设文学讲座，讲俄国文学，着重讨论屠格涅夫小说中的女主人公。约略同时，他刊发了文论《论目前文学五事》与《展开北战场的文艺运动》。前文讨论了新文学与抗日战争及民族精神的关系，明确主张："只有五四以后的新文学运动中诸形式，才是我们今日中国的民族形式的萌

[1] 许渊冲：《续忆逝水年华》，湖北人民出版社 2008 年版，第 176—177 页。

芽。"后文立足抗战的地域性差异，发出呼吁："在北战场上的文艺工作者，我们希望他们真正的能表现'北战场的'"；强调现实题材的真实关键在于："有爱憎，便有真实。题材之真实与否，便看有没有真实的爱憎。"

1941年5月起，程应镠根据儿时的素材创作长篇小说《京儿与小庆》，部分章节交由《北战场》先期刊载，成为小说的幸存部分。他致友人短笺说："此小说已述及未述之事与人物，与余均有深厚爱情"，并认为"作书者之真挚情感或可掩文字之未及"[1]。程应镠在河南时期的小说还有《春潮》与《南行》；"群相"系列的纪实性散文好多篇也作于这一时期。

1941年6月起，程应镠改任第一战区第十三军秘书，在为报章撰写时论的同时，继续创作小说、散文与旧诗。次年10月，他移职第一战区政治部秘书，组织《北京人》剧团，负责主持排练与演出曹禺的《北京人》。岁末年初，该剧在洛阳上演了二十天。1943年2月13日，他在《阵中日报》刊出了《〈北京人〉的悲剧精神》，可视为他的《北京人》导演手记。他将《北京人》与《雷雨》《日出》《原野》比较后指出："曹禺先生的作品，都是悲剧，而只《北京人》里的人物，充满着悲剧的精神"，并与众不同地认为："《北京人》在这一意义上，就超过了作者其他三个作品。"《北京人》的热演引起军中反动分子的敌意，当他准备排演《蜕变》时，就造谣说他是共产党。眼见陷害接踵将至，他被迫离开正面战场，重返西南从教。

1943年8月，程应镠辗转到贵阳花溪，担任清华中学国文教师。他一边为重庆《大公报》副刊、《时与潮文艺》与《星期》写散文与时论，同时倡导成立了清华文学会，确定"爱与创造"为会训，自任指导教师，筹划了文学系列讲座，亲作关于屈原的学术讲

---

[1] 程应镠1941年12月22日致李宗蕖，据《流金藏札》。

演（现存他的《纪念屈原——屈原的道路》或与这次讲座有关），其他人讲诗人歌德、童话与杂文等专题。次年9月，移居昆明后，他仍寄望于清华文学会的发展，捐资千元作为会费。

寓居昆明期间，程应镠任教于云南大学，接续与沈从文的交往，与闻一多、吴晗的关系也趋于密切。他与闻一多论诗，借阅其《楚辞校补》手稿。闻一多告诫他要读《说文》："不论治史，或是研究古代文学，都要一字一字地认真读一遍。"[1]程应镠写的《"一二·九"回忆》等作品都交由闻一多刊于云南民盟刊物《民主周刊》。纵观程应镠在昆明时期的文学作品，小说锐减而时评激增。散文除纪实性的《北方五篇》取材于河南军旅，其他《心声》《新生》《我说》等系列散文，议论性与思考性明显加强，鼓吹政治民主与思想自由成为主导性倾向。这与抗战后期大后方民主浪潮的高涨固然有关，但闻一多的作用也不应忽视。

1945年，沈从文主编《观察报》副刊《新希望》，日常编务委托给程应镠，直至抗战胜利。他邀约钟开莱、丁则良、王逊、冯至等师友为撰稿人。闻一多认为这一副刊脱离政治，不太赞成他参与编务。他在政治上倾向闻一多，在文学上追随沈从文，一度试图调和闻沈二位的关系。

抗战胜利后，国民党加紧镇压民主运动。1946年6月，闻一多惨遭暗杀，程应镠前往吊唁，传闻自己也上了黑名单，遂仓皇离滇，返乡避难。乡居半年间，他开始写作以《感旧集》为总名的系列散文，自述作意道："所思不论远近，或为虫鱼木石，或是朋友亲师，偶有感触，便随手掇写，虽都不过是一个人的感怀，然亦有关一时一地的兴废，一人一物的气运。"[2]现存《望庐楼》即其中一篇。

---

[1] 程应镠：《程应镠自述》，《世纪学人自述》第5卷，第318—319页。

[2]《感旧集》序，《人世间》，1947年第1期。

1947年2月，程应镠抵沪，执教新陆师范学校、光华大学等沪上高校，结识孙大雨与戴望舒，与诗人臧克家、散文家碧野也有交往。教学之余，他的文章经常刊在《文汇报》《新民报》晚刊、《时与文》《人世间》《中建半月刊》《文讯》《中国建设》《启示》等报刊上。抵沪以后，他的小说创作完全中辍，纪事或抒情的散文也急遽锐减，更多改用杂文、时论等体裁，尖锐抨击与辛辣讽刺国民党的和平阴谋与专制统治，呼吁民主与法治，表明"和人民共在"的政治立场。《帮忙与扯淡》《痴人说梦》《论持久和平》《停战乎？和平乎？》，仅从篇名就不难领略其匕首与投枪的战斗风格。鼎革前其时论的终篇是1949年5月末的《欢迎人民解放军》，这是《展望》特刊欢呼上海解放的社论，署名流金。

整个四十年代，可以说是程应镠文学生涯的延续期。其中又分为河南、西南与上海三个时期。河南时期，抗战处于相持状态，他身处正面战场，苦闷于难有作为，小说突破了故乡题材的局限，纪实作品仍取自前线见闻，但都贯穿着忧心家国的主题，可用其诗句"忧国情怀总未休"来论定。西南时期与上海时期虽然跨越抗战与内战，但其文学作品却呈露出共同的主旨，即抗议国民党政府镇压民主运动，希望迎来一个全新的世界。于是，在文体上，他日渐疏离了小说，而倾心于随感、杂文、时论，因为这些文体更具有短兵相接的战斗力，他的诗句"斗争文字疾风雷"无愧对这两个时期文学生涯的自我鉴定。

四、敢话平生说故吾：《流金诗词稿》

鼎革以后，除偶作怀人忆旧的散文外，未见程应镠创作或刊布过纯文学作品，这与他主动向学者的角色转换大有关系。尽管如此，他的旧体诗创作，即便在打为"右派"与历劫"文革"期间也从未完全停止过。他的旧体诗现存最早作年是 1935 年，最晚是 1988 年，前后逾半个世纪。除少数年份付阙外，其他年份几乎都有作品。他有诗题赠诗友说："老去峥嵘尚有诗"，不啻是夫子自道：旧体诗词才是伴随其一生的文学体裁。

程应镠曾追忆髫龄以来的学诗经过：发蒙就学对对子，"从小就欢喜中国诗，十几岁在一位堂房叔祖指导下读《剑南诗稿》，陆放翁很多七言律诗都背得出来。在北平学习时，对陶潜、杜甫发生兴趣"[1]。对他深有影响的诗人还有屈原、阮籍、李白与黄庭坚。从二十岁起，他就耽于旧体诗创作，吟咏不绝，寄寓遥深。他与中国传统知识分子一样，兴之所发，情之所感，见诸吟哦，发为诗词，已构成其生活的一部分。燕京大学同学、女诗人郭心晖说他："应镠在燕大读书时，古体诗就写得很好"，"造诣很深，不同凡响"[2]。他的旧诗总体上学宋诗，风格清丽隽永；诸体中最擅七律，对偶熨帖，好用叠字，工稳中见流动。

程应镠很珍视自己的旧体诗。十年非常时期，他的自录诗稿不幸抄去而未发还，1971 年 10 月就凭着记忆，默录四十余首，并自作后记，足见自珍之情。他的旧体诗发表不多。1941 年《阵中日报》社为其印过《流金近诗》，录诗二十首左右。据他自述："我印此诗的目的，是在告诉亲友我的近状；当时，西南的亲友对我在河南的情况很关心的，我便把印成的这二十首诗寄给他（或她）。"[3] 1943 年 8 月与 11 月，他在《革命日报》两次发表旧体诗 7 首。诗成以后，他一般都会抄示师友，有的诗原就是怀友思亲之作，寄赠更是题中之义。据 1977 年徐中玉来函说："兄诗清切有味，娓娓动人。十余年来，屡蒙抄寄，虽经巨变，箧底幸略有存

---

[1] 程应镠：《程应镠自述》，《世纪学人自述》第 5 卷，第 318 页。

[2] 郭心晖 1994 年 10 月 25 日、11 月 4 日致李宗蕖函，据《流金藏札》。

[3] 转引自拙编：《程应镠先生编年事辑》，第 84 页。

者。"[1]可证即便在六十年代，乃至"文革"后期，他仍将诗作抄赠挚友。私下传抄与友朋唱酬正是旧体诗流播的习见方式。

通观程应镠的旧体诗创作，有两个时期尤其值得关注。第一个时期是上世纪四十年代中前期（1940—1946）。这一时期，他的旧体诗不仅数量可观，艺术水准也臻于上乘。其中仍以七律最多佳作，句法诗风颇似陆放翁的平易清隽，家国情怀更近杜工部的悲壮沉郁，其中《出蜀有感》《宁羌醉中作》《西京病后闻歌》《斗酒即席有怀》《赠高阮》《北邙》《偶成》《简高阮津门》《十二月七日答念兹西安》《四月廿一日寄泽蓁》《三年》《岁末怀旧游兼呈高阮悌芬》《书愤》《到汉口吊一多师并念滇中师友》《重到汉口有怀》《寄高阮宗瀛上海》，都堪讽诵而足以传世。这一时期的古风也有不俗之作。《寄弟渝州》在去国怀乡之际思亲忆弟，结合经行的山川形胜与难忘的军旅生涯，有感于时事乖舛而浩气郁勃，长歌不绝，一泻幽愤。全诗流宕转圜而一气呵成，风格类似李太白；表达的壮志难酬与忠愤忧世，感慨追步杜少陵。其他如五言《壬午八月廿四日得剑鸣兄信并惠赠三百金》《岁末念母》《真儿初生有作》《自南昌泛舟归里门一首》，在时代变乱下抒写与己相关的人情与世事，以个人遭逢写时世离乱，也有杜甫《羌村三首》《赠卫八处士》的韵味。

第二个时期是1976年以后的晚年。程应镠饱经沧桑，阅尽人世，渐入人生的晚景，但随着改革开放，他老骥伏枥，壮心未已，在迟暮之年迸发出璀璨之光，而旧体诗词也进到文章老成、健笔纵横的境界。其中《闻一多先生殉国三十周年》《宗津挽诗》《莫干山归来赠徐中玉》《一九七七年九月与天蓝相见于北京距延安一别垂四十年感成两律因以为别兼呈刘春》《八〇年八月九日到太原吊赵宗复》《临江仙·重到西湖》《西湖孤山寺旧址独坐怀从文先生》《友人问疾

---

[1] 转引自拙编：《程应镠先生编年事辑》，第365页。

诗以答之》《喜晤宗瀛于上海》《示儿》《刘春退居二线》《无题（三十年间）》《再到花溪四十年矣感而赋此》《重游鼋头渚》《吉安净居禅寺途中有感》《临江仙·携宗蕖重来花溪》《十二月十二日夜会宴四川饭店》《七十书感》《答问近状》《雪后初晴》，都是诗中上品。他的诗作，在反思往事时，既有对早年"移山事业成诸夏"与"白头争说少年游"的豪情与慰藉，也有对壮岁"艰难岁月天难问"与"七十无成剧可哀"的感愤与遗恨。在面对当下时，既有"十年动乱思初治"与"梦中犹喜问前程"的喜悦与祝祷，也有"好书可得时时读"与"文章又见流传日"的珍惜与快慰，更有"报国谁知白首心"与"欲为神州赞禹谟"的雄心与奋发。在瞩望将来时，既有"半世艰辛念太平"与"昇平歌舞几人醒"的期盼与警觉，又有"忧余七十犹心悸，梦里仍惊下坂车"的担忧与心悸。总体说来，虽有感叹，但仍乐观昂扬，"寂寞秋花晚照明"，"日色穿窗照眼明"，貌似即景抒情，实为写景述志。

对程应镠这一时期的诗作，作为终生的学友与诗侣，熊德基的评断值得重视。他称誉其"诗学诗才都在朋辈之上"，而且"越来越老练"。1984年，他认为程应镠"近年诗越来越好，真是诗到晚年工"；1986年，再次不吝赞词："老兄近二十多年的诗，十之九，我爱读。"在具体作品上，熊德基激赏《友人问疾诗以答之》"含蕴深刻"，而"中间两联都极好极好！'得失久谙关世运，荣枯每惧损天真'，非我们这个时代的人是不可能有此名句的！"点赞《吉安净居禅寺途中有感》，"风华颇似中晚唐人，工丽流畅，读后为之一快"。认为《十二月十二日夜会宴四川饭店》"诗亦老练，清淡有致"[1]。

相对而言，程应镠的词作不多，但暮年两首《临江仙》独标

---

[1] 熊德基以上评语转引自拙编《程应镠先生编年事辑》，第282、436、477、519、530页。

风韵。熊德基评曰:"在花溪所填词(即《临江仙·携宗蒪重来花溪》),极清丽,置之北宋,足以乱真。过去我偶也读过你的词,似不及诗。而此词则不然,因宝藏之。"[1]而江辛眉在唱和其《临江仙·重到西湖》时评骘道:"原作佳极,下片尤耐寻味。"[2]

程应镠继承了中国传统学者兼文人的流风余韵,以旧体诗抒发幽独的性情,书写生活的感兴,记录亲身的遭际,反映时势的变动,维系真挚的友谊,遥寄思念的亲情。陈寅恪指出:"中国诗与外国诗不同之处,是它多具备时、地、人等特点,有很大的史料价值,可以用来研究历史并补历史书籍之缺。"[3]这一论断也适用程应镠的诗词。他的诗词在思想内容上具有双层价值。一是个人史的价值。他通过诗词真实记述了自己思想、生活和心路历程,"读其诗,想见其为人",可藉以了解其一生的坎坷曲折与喜怒哀乐;二是时代史的价值。即如其所说"其中颇有与时事有关者,即友朋答赠的篇什,也可见交游"[4],某种程度上也是他走过时代的投影与折光。

1949年以后,程应镠把重心从文学转向学术,但此前的熏陶已经潜移默化地渗入他的学术研究。首先,在他的断代史研究中,文学成为重要的内容。他治魏晋南北朝史,有《玄学与诗》,对两者互动与渗透自有独见;在宋史领域有《论林逋》与《书王荆公〈明妃曲〉后》,从历史人物的诗歌切入,揭示其幽微的内心世界,与其旧体诗词的创作实践也有割不断的关联。其次,他在文学创作中形成了自己的叙事风格,同样直接影响了他的历史写作。他的《南北朝史话》,"从剪裁安排来看,作者灵活多变地使用了顺叙、倒叙、插

---

[1] 转引自拙编《程应镠先生编年事辑》,第545页。

[2] 转引自拙编《程应镠先生编年事辑》,第418页。

[3] 转引自黄萱:《怀念陈寅恪教授》,《陈寅恪印象》,学林出版社1997年版,第178页。

[4] 程应镠:《自录诗草后记》。

叙和错出、互见、呼应等方法"[1]，这与他从事过小说写作显然有关。他的《范仲淹新传》堪称诗人写史的典范之作，笔端常带感情，行文隽丽凝练，既有历史的理性与深刻，又有文学的激情与技巧，融史学论著的严谨与传记文学的优美于一炉。熊德基评价他"用文学笔墨，写生平交游"；周一良推赞他"文字清新活泼，引人入胜。尤其穿插大量诗句，而叙友朋关系，烘托传主，更觉形象丰满"；这些也都得益于他的散文与旧体诗创作。最后，在他的文学生涯中，抗战前期的纪实文学贯穿了报国忧民的淑世情怀，这种情怀照样浸润在他的《范仲淹新传》与《司马光新传》中，他自称"对这些人，我总有点偏爱"，这与其纪实文学的寄托是一脉相承的。当然，这不能纯粹归于文学生涯的感召，还与他一以贯之的精神崇仰有关。

诚然，在中国现代文学史的大潮里，程应镠的文学活动不过是一朵浪花；然而，任何浩荡巨流不正是一朵朵浪花汇成的吗？惟其如此，结集他的文学作品，回顾他的文学生涯，对立体还原他的多姿人生，对深入认识他的文化劳绩，乃至对全面研究现代文学史与知识分子史，都是必要与有意义的。

---

[1] 李培栋：《魏晋南北朝史缘》，学林出版社1996年版，第169页。

　　程应镠先生生前自编付梓的文学著作仅有《一年集》。他去世后，2001年曾以上海师范大学历史系的名义印行过《流金集》，所收都是他的文学作品，但这是一个私家版，仅在亲朋弟子小范围内流传。记得我当年经手此事，除《一年集》外，据以录文的都是刊载作品报刊的旧剪报，不少原报刊的名称与日期已经缺失而无从查考。为了区别上海古籍出版社1995年版的学术论集《流金集》，《流金集》私家版特别标识"诗文编"。2016年，为纪念他的百年诞辰，上海师范大学人文学院出版了《程应镠先生百年诞辰纪念文集》（上海古籍出版社，2016年），分为《遗文编》《追忆编》与《论文编》，《遗文编》编入了原《流金集》（学术编）与私家版《流金集》（诗文编）未收的遗文。根据内容，《遗文编》也分三部分：一是文学部分，收入了他的诗歌、小说、散文、文论等作品，旨在反映其鲜为人知的作家那一面影；二是纪实与政论，凸显出他在20世纪三四十年代为爱国救亡与民主自由而"血写文章"的战斗业绩；三是学术部分，收录了他未入集的学术轶文。除第三部分，前两部分多与文学有关。

　　百年诞辰以后，对先生遗文的蒐辑并未中辍。师出同门的范荧教授与华东师范大学历史系的刘善龄先生（他就读本科时也曾亲炙于先生）出于思慕之情，自觉承担了繁重的辑佚工作。善龄先生凭借娴熟的网络技术，早在网罗《遗文编》时就贡献良多，随着民国报刊的陆续数字化，他继续海量搜索并及时下载了先生文学作品的电子文档，无愧为《文学文存》的第一功臣。范荧教授包揽了先生诗词以外全部作品的录文，其孜孜矻矻的付出加快了编纂的进程，一丝不苟的精神确保了全书的质量。倘若没有他俩，就不可能有这部文存。

下面对编辑思路、结构设计与具体细节略作交待。

其一，《程应镠文学文存》汇集了迄今搜集到的先生的文学作品，分为《一年集》《一年集外》与《流金诗词稿》三个部分。

其二，《一年集》在1940年由先生亲自编选，列入靳以主编的《烽火丛书》，1942年由烽火社在重庆出版；1949年初又作为《文季丛书》之一，由文化生活出版社在上海再版；作为其自编的散文集理应独立成集。1943年1月，先生在见到该书烽火社版后曾补写过序言，揭载于《华北导报月刊》，希望用于重版时，但文化生活社再版时并未补上，这次置于《一年集》卷首，应该符合先生的意愿。

其三，除了《一年集》，先生从未将其他新文学作品结集过，编者不便自作主张代为分集，遂统编为《一年集外》，其下按文体分为诗歌、小说、散文、文论、纪实、时论与回忆等类别。必须承认，这种分类难免粗疏，也不够严谨。这是因为先生某些叙事性散文与纪实类作品，与小说的畛域都显得非常模糊；某些随感性散文与时论同样难以划定此疆彼界。所收每类作品基本上按发表年月排序，仅对先生自标总名或专题的系列作品，才统编在系列文章的首篇之后，作变通性处理。每篇作品标示当年刊出的报刊或副刊的日期与期数，在不同报刊上多次揭载的同一作品也按刊发先后逐一标明；但仍有原《流金集》（诗文编）中的若干文章未能在民国报刊网络资讯中检索到原刊出处，在刊载信息上留下缺憾。现在的付印文本多据电子资讯录入，而旧报刊漫漶严重，网络版辨认尤其困难，凡能据上下行文推断者尽可能补足，完全无法识别者便以空格区别；编者对原件中讹脱的补正则以方括号随文标明，对原刊时因涉及时政人事避忌而以××表示之处，凡能判明断定者径作补正，不能判定者仍存旧貌。作品见刊时先生自作的注释标明"原注"，编者对文本必要的说明则以"编注"表示。《一年集》与《一年集外》中的多数作品发表在上世纪三四十年代，有的用词习惯（例如的、得、地）与标点用法以及外国人名、地名等中文译写并不完全符合当下的规范，有的行文遣词作者自有积习，为尊重历史，这次付印基本上一如其旧，不作改动。

其四，《流金诗词稿》是先生旧体诗词的全面结集，之所以不与新诗归于《一年集外》诗歌类，既考虑到新旧文学的体裁差异，也旨在凸显旧体诗词对理解先生一生的独特价值。先生自称"二十五岁至五十岁，所作均曾留草"，也就是说，从1940年到1965年的旧体诗词，他都曾录为稿本。其现存诗词稿本有两册：一册应是上世纪四十年代的诗草手稿，字斟句酌而涂抹勾乙的改订随处可见；另一册似为上世纪六十年代中期的誊清稿，字迹工整清晰，文本少见改动。我据两册稿本，再汇总先生晚年诗词的散页墨迹或抄稿，汰除重复，反复考订，将其所存诗词逐一系年，再以1949年为界标厘为上下两卷，编成《流金诗词稿》。在文本处理上，还有如下说明：一是先生的诗词偶有句下与篇末自注的情况，这次整理均随文括注保存；二是先生诗词涉及人物众多，又或以名或以字标举，读者乍见颇难索解，故首次出现时以"编注"略作介绍；三是对诗词异文的校订、稿本信息的迻录与其他编辑的问题，也均出以"编注"的方式。

还应交代的是，由于民国报刊迄今尚未全部转为网上资源，尽管这次结集成绩可观，但仍留下诸多遗憾。仅据已知的信息，有的文章就没搜到。其中包括他在燕园写的小说《一个老人的故事》，在武汉记述八路军抗战的《新同志》；发表在《阵中日报》的《法兰西之魂》与另一篇关于语文教学的社论；刊在重庆《大公报》的《群相》系列现存有"之七"，还缺"之二"与"之五"两篇；现存《倚闾》副题为《怀旧集之三》，则至少还缺"之一"与"之二"。除此之外，肯定还有轶文，但这些只能待诸将来。在网络搜索过程中，先生用过的笔名必然成为关键词，但使用过笔名"徐芳"与"沈思"乃至"流金"的，并非只有先生一人，鉴定与考辨网搜到的文章也是一大问题。尽管对先生的经历行事与行文风格，我相对谙熟与了解，但最终确认时难保不看走眼。当然，《程应镠文学文存》中的所有差错，责任最终在我；也衷心企盼热心的读者不吝于指疵纠失。

今年恰逢先生逝世三十周年，编辑出版这部《程应镠文学文存》无疑有着纪念的意义。这一工作自始至终得到了上海师范大学领导的倾力支持，校领导陈恒教授与院领导查清华教授殷切关注，尤其令人感铭。老友杨柏伟兄是编辑出版这部文存的最早推动者之一，他作为上海书店出版社副总编，与孙瑜社长、杨英姿副总编在出版上提供了最大的方便；责任编辑何人越女史尽心竭力，在文本处理上精益求精、功不可没。陈子善先生是中国现代文学研究的大家，当他获知文存启动时，在赞许其价值时便热心地出谋划策；还及时将发现的先生轶文转我分享查核；付印在即，他更是百忙之中惠赐大序，以专家的卓识作到位的评点，大为本书增色。所有这些，都令人感动不已，作为程门弟子，谨向他们深致由衷的谢忱！

虞云国　2024 年 6 月 12 日

一
年
集

目　录

　　二十八年秋暮，从文先生说香港有一家书店打算印一套文艺丛书，有他和萧乾兄、朱光潜先生等的作品，叫我把写过的文章集一集，也出版去。本来自己对自己的文章，总比对别人的爱惜，能印成一本书，自是好事，但当时我身边根本没有一篇存稿，发表过的从未收集，没发表的更是没有，所以很踌躇了一些时候，对沈先生说："看看能不能找得出底子，够不够得上四万字，再给你一个答复。"当时在昆明有许多老友，说出了集子可以送他们一人一本，底子要找也不难，劝我开始搜集，出了它。自己想想出了也好，省得一点心血，就这么散失了，不集成一本书，将来或者连自己都记不得曾经写过什么来。郁廉对我的文章觉得有点可爱，曾经陆续替我在报上剪下了些，为我保存着。一想到要我自己文章，便想着她，写了一封航快去要，不多几天，寄来了。于是现在这集子里收的有了一部。我向来发表文章的地方不多，所认识的文艺界朋友很少，而且自己不愿随便把文章寄出去，所以只有《大公报》的〔文艺〕和〔战线〕，《中央日报》的〔平明〕，发表过我的文字，此外，就是一个在昆明发行的《今日评论》。这些地方能登我的文章，就完全因为是一种朋友的关系；他们觉得我的文章虽然不好，但说的都是真事、真话，有一种真情流露在纸上，觉得还有一点"人"气。发表我的文章的地方既如此的少，所以要搜集起来，就不难；而且我又只就从二十七年九月到二十八年九月这一年内的选出若干，凑着四万字上下的数目。这样，不到一个月，这集子里所有便搜集了起来，题了个《一年集》的名字，交给沈先生了。当时重读一遍自己的文章，觉得没有什么话可讲，所以一个字也没有写下。

二十九年秋天，我到北方来，有若干时候，想起我这本书来。但一直没有关于它的信息。有一回一个朋友写信来问，我答复他时，很有一点感慨；我说："关于这本书的事，我一直没问过，反正不是一本好书，虽然不会比人家的坏，但也好不了多少，就让它随便怎么了吧，谢谢你对它的关切。"真的，两年来，除另外一次一个朋友说，他听到沈先生说，早出版了，知道它已经出版了以外，就没有更多的知道它一些什么。

去年避地南去，居大江边山中半年，四个月在途上。秋尽又到洛阳来，才得到一点关于它比较详细的消息。几年来个人境遇的变迁，于人于事，似乎有另一种看法。只见到这书的时候，又不禁动了怀人之情，老友消息多断，亲故音问也是寂然。别母情怀和一种无禁的想思，使我流下晶莹的泪珠，假如这书有重版的时候，这书将写上：

"献给——母亲和郁廉"

一九四三年一月七日

原载《华北导报月刊》1943年第三卷第一期，署名流金。

太阳落了山，星子从天板上繁生，晚风徐徐地扇着。

祖母把鸡从草坪上赶回来，猪也关进了黝黑的巷中，大蒲扇在她手中挥动。老年的影子落在篱门上，尚未凋落尽的白发，在星光摇摇中给与她后一辈子人的心中以一种轻微的感喟。

"奶奶总是什么事都自己动手，关鸡关猪叫王嫂做不好吗?"姊姊娇嗔地对祖母说。因为王嫂是我们家中雇用的佣妇。

弟弟横卧在长凳上，祖母的腿当着他的枕头，软软的黑发，在衰老温煦的手中抚弄，大蒲扇时时往凳下拍，为弟弟驱蚊虫。

"奶奶，道士又在拜了。"弟弟对祖母说。

祖母是无所不知的：人间的事，地上的物类，天上的风云雷电，雾露星月……我最早对于天文学上的常识，都从她处得来，她告诉我西方有颗星叫长庚，北方有三个光的和四个暗的星群叫北斗，那儿是牛女，那儿是天河……

道士即道士星的简称。在南方有一大群明暗的星，排列成一人形，有冠有履，就是祖母所说的道士星。从"你看，那里一颗大的光的是道士冠，下来点的那颗是他的鼻子，靠东也接连五六颗是他的背脊，中间空着的是他生的'背花'，那拖到天河边上的一颗是他的脚板"，［以及］继续与不惮烦劳一次两次的指点和解释［中］，我认识了道士星。一谈到道士星，祖母的话便多了：

"道士跪，吃新米。

道士拜，人还债。

道士坐，人受饿。"

祖母以她那饱经忧患，经六十年锤炼的口齿，絮絮地为我们解释道士跪、拜和坐的意义。于是我们知道一年中时序的变迁，除开风雨雷电日月的易殊以外，从道士星的跪拜坐的不同中，也能辨出寒暑的变易。尤其是从她口里边流出来的谣谚，唱出了农人在时序迁移之中心理上的哀乐悲欢。

道士跪时是仲夏，拜时是新秋，坐时是暮春。冬天，我没有听过祖母谈道士星的故事，但我曾偷偷的出门看过南方的天空，我未看见过道士星，许是冬天隐起了吧。

"是啊！道士又在拜了，可是现在不比从前啦！道士拜，人还不得债。"祖母苍白的头发，在微风中震抖了。

"为什么还不得债呢？"弟弟从祖母身上爬起来了，好奇心把他小小的眼睛激得发亮。

"为什么还不得债呀，收了谷，谷不值钱。青黄不接，一石谷作四块钱，没人肯借，收割上场，一担还三担，……"

弟弟似乎懂得地点点头，重新躺下了。祖母的扇子又在凳子下面扑扑起来。

"地气"围绕着村庄的四面，田路上间或有一两个火星来往，露水落在草上已凝成珠子，夜风渐渐凉了。

"铨哪！去困吧。"祖母拍拍弟弟的手臂，她从不当弟弟睡着时把他抱进去，为的是怕孩子吓坏，这是我们乡下的习惯，而祖母于习惯之外，还加有一分小心。

当弟弟从一场酣睡醒来，站在地上咿唔，祖母牵着他的手，不时把"我仔乖，奶奶陪你进去困"的轻软而温和的声音，向弟弟耳边投掷，把他带进卧室。安安静静放床上以后，自己再重新出来"透凉"。

我们家里的屋舍很大，住的人又不多，父亲和母亲长年在外边，我和姊姊只寒暑假回家住一两个月，平常只祖母和几个佣人共守两重进的房子。夏夜一灯幽昏，闪照堂前，阶下有蟋蟀的鸣声，猫儿在瓦上跳跑，或在廊下逡巡。门外是一大块草地和田亩，紧靠着门口，是红石铺成的"晒谷场"。这样一个去处，埋掉了祖母四十多年的光阴，现在她是把一颗追怀而眷恋的心系在这些栋宇之上。她三十多年没有离过这儿一刻，连父亲在离家乡不到百里路远的地方做事时，她也不愿到儿子衙门里去看看。

当姊姊眼皮望下垂，四野静得能听见她欲睡时的呼吸的时候，祖母又说起话来了。"锦哪，你也去困吧。"她是连我们一呼一吸也注意到的。"我还不想困。"里边太热是我们知道的，每天晚上，我们虽然想睡，也总要陪她坐到半夜，不是祖母觉得我们牺牲睡觉来陪她不过意而自动的先去睡，我们是不进房的。

小时候听祖母说故事，我做过许多夏夜的梦。我酷爱故事中的人物如祖母之所描摹的。记得有一次听她说太外祖父守广西一个县城，被苗民杀死的事时，我曾立过一个小小的志愿，要替太外祖父报仇。我渴念自己能如《封神榜》中人物的神勇，好了此一桩心愿。

前两三年我和姊姊说："祖母所知道的太多了，单就儿时我所得的而言，读破万卷书，也没有那样丰富，那样为我所酷好。"

姊姊自从出嫁前一年，寒暑假全滞他乡，我也因为奔走他年衣食之给，从没有在家里和祖母坐在群星乱飞之下，听她说那些说不尽而动人的故事。今年暑假南归，在故乡只耽留两天，而值微雨，未能重寻旧梦。弟弟现在也大了，前月得父亲来信，谓已赴苏。双亲远游苏北，故乡只有祖母在那儿看人民的颠沛，在老屋中为儿孙织黄金的绮梦。

当此次南归从家乡重上征途的时候，祖母婆娑老眼之下，已见泪痕，我心中有无限的伤痛。临别的前夜，她对我说：

"仔呀！你们在外边念书要争气，父亲东西南北奔走为的是你们，我在家里省吃俭用也为的是你们，我是'土已头边香'的人了，我还能享你的福吗？不过只要你们兄弟姊妹争气，我闭了眼睛也是快活的。"

当我每忆起四十年来含辛茹苦的祖母抖颤的声音时，我的心每驰于白发之旁。

看白云流水，有梦萦绕于银发拄杖的老者俯仰之间，我木然了。

原载《大公报》(天津) 1937 年 7 月 9 日《文艺》第 359 期；《大公报》(上海) 1937 年 7 月 9 日，署名流金。

母　亲

古宅的青灯下，刚从北方回来的儿子，已因两天船、一天车，十分疲倦，接连偷偷地打了几个呵欠；安详的母亲兴奋的样子，实使他不得不收敛那倦容，谈着北方那大城失陷时的悲惨，路上的辛苦。母亲爱怜的说：

"一打仗，就要你父亲打电报叫你回来。他说不要紧，一天一天挨下去。直到二十号，叔叔从镇江来电，说这次不比从前，恐怕真要打，你父亲才发急，赶快寄钱，打电报。二十五号得到你的回电，你说二十六号动身，算日子至少二十八号可到。日子却一天天过去，人不见来。"

任性使人对一切无轻重、无限度。但爱必须有个限度，恨也必须有个限度。我常觉得母亲与人不同。其不同处，便是不缺少一种可爱的人应有的节制。她爱孩子，但在常人看来，不觉得爱。爱只在心里，在无意间。沉静坚韧的性子，使她深藏起哀乐于内心。

离开母亲两年，即在平日，见面时，论理亦必有许多话，必有一份过度的喜悦；但母亲还和从前一样，话不多，整整一个晚上，只听我说，竟至使我感到应该说得少些。"七七"事变后，为我羁留在故都，压在她心里的一份忧虑，使她比从前消瘦得多。幽幽的灯影下，安静的面容上，深隐着一个半月的忧心为爱儿复返膝前而洗去的喜悦，谈话语调，亦清脆而沉静，俨然绝未经过一点点心境的变迁。只有她自己的骨肉，能从那年轻时代明澄温静，而今日充满着慈祥的光辉优雅的眼睛中，采取一点喜悦的消息。

古宅里的深夜，幼时，小心灵中，曾充满过许多幻想。日子过去，古宅仍没有什么变化，但少年人的感思，却已不同。沉浸于母亲在年轻人心上所弹起的圣洁的无言的琴声中，爱的力量比用言语动作表现得更为深广无涯。那时候，自己简直无存在的余地了。

我的不羁的性情，家里人都知道。从小倔强固执，遇事不容旁人干预；抛弃南方大学，独自北行。在北方数年中，正当强敌压境，国家大计未定，年轻人彷徨苦闷；"一二·九"、"一二·一六"的学生运动，在烽烟中，给予人们强烈刺激；办刊物，作种种活动。父亲屡次来信，说天掉下来有女娲氏管，国家大事年轻人不应管，但母亲从无责备，只告诉我一切须有限度。有时三言两语，比父亲长篇大简，更引起我深思。母亲对儿女的哲学，便是"龙生龙，凤生凤"。爱在心里，痛在心里。话不多说，说必说到好处。

会爱人，会责备人，这大概是母亲引起我深深的敬重与无比的爱恋的地方。此外，我再找不着别的了。

"强，祖母直到你到上海，才知道北平出了事。不然，老人家怎经得起？这样大，也该懂事，到了上海，怎不打个电报回家？若非父亲从连云港打电报来，我哪知道你脱险？""出来了，不回来，呆在南京。南京天天炸。一看报，就着急，巴不得你快点来。等一天，等两天，还不来，祖母说，强儿没良心，徒急死娘。其实，我倒不要紧，只祖母年纪大，受不得急。不是草儿在这里，祖母真不得了。"

母亲说的时候，我只装着笑。有什么话可说呢？

祖母深夜醒来，听见我们还在说话，大声说："强，有话明天给娘讲。娘天天不得好睡，心里有事又不说，人都瘦得不成样子了！"

我说："奶奶，我马上就睡。"偷偷地望了一下母亲，她眼眶上的一道黑晕，青灯下映得正分明。

故乡的九月，天气清明；月色照着南窗，星星疏朗朗的，似觉极高极远。院子里时时喷着桂花香，香气不浓，但古宅中，只适合那一点冷冷的花香。若如山里的浓郁芬芳，便有一种不和谐之感了。

　　"弟弟，你现在也不小，怎还不懂事，这回真把娘急死。父亲二十号打的电报，你要走，总不至于走不了。总是捱，捱到车不通，自己吃了苦，家里的人着了急。"姐姐抱了草儿在怀里，比我大得不算多的姐姐，已是两个孩子的母亲，一切比我懂得多，说得使我无话。

　　"母亲真是疼你，虽然她不吊在嘴上讲。从连云港回来时，瘦得真不成人形。后来得你到了上海的信，才慢慢地好了。父亲来信说，起先叫她离开连云港，她说你不回来，就不走，天天去站上等从徐州来的车，总希望你二十六号动了身，路上有耽搁，也不至于迟很多日子。天天车来人不来，不吃饭，不睡觉，总往坏处想，任人如何劝说都不听，就是父亲，也没有见过她这样。向来忧喜不形于色的人，给你弄得毫无主意，不能自持。后来因为铨弟病，上海打起来，父亲又打听得北平二十六号车未开，人或未动身，在教会学校里，不至出大事故，她才答应走。到了家，在祖母面前，还要装作无事。弟弟，做了母亲的人才知道母亲苦。现在你总算托天的福，平平安安回到家，一时学校也难找，安安静静在家住下些时，以后再作办法，"

　　草儿在姐姐身上咿咿呀呀，又跳又笑。姐姐把她的孩子抱起，又向我说："你看，这么一点点，移干就湿，带得像我们这般大，做母亲的不容易。"

　　从姐姐母性的脸上，我似乎看到自己在母亲怀抱提携中的情景。

　　离开南京时候，原打算在家里住上十天八天，再看哪儿有事可做，便住哪儿去。年轻人呆在家里，总不是事，这念头在我异常坚强。姐姐的话，我虽无法反驳，但在心里却想："谁没有母亲，谁的母亲不是那样艰难地把孩子带大；多少人躺下了，多少人还要上前去；人都不去死，就都得死；有些死了，有些才可望生路。"哪天要走，哪天就走。主意既定，在家里几天，就给家里人几天欢喜。不提起走，母亲也不问我走不走。夜里陪母亲坐，说一些话宽她心。譬如谈到轰炸，总说地方大，炸弹丢下来也不妨事，人有法避得开，甚至还说一点在南京的经验。母亲听在心里，对我的话，她似全懂得，只有时轻轻讲："在外面一切要小心。"

××从汉口来电报，恰当中秋前一日，母亲正去婶婶家。姐姐问我什么事，我说："学校手续已办妥，告我去上学。"她要看，我不给。"没有什么可看。明天过中秋，过了中秋再看。"我给她一个暗示："八年不在家过中秋了，这回机会很难得。"

姐姐猜到电报里说什么，她又劝起我来：

"弟弟，你做'救亡工作'，总算做了不少。在北平，无人不为你担心。北平失陷，自己没出来，后来真像逃难。逃到南京，南京炸得那样凶，有事不曾走。现在自己心方定，母亲的心，也才放下不久，又要走。到武汉读书倒罢，还要上西北，真想把母亲急死。"

我告诉她不是去西北，是去上学。她说："电报给我看。"

"电报要看就看，但你看不出什么来。"我把电报递给她，电报上只有"事妥速来"四字。

姐姐不信我的话，摇头叹气。我安慰她，说不骗她，还央她不给母亲说，让大家快快活活过个节。

中秋夜，又是好明月。八年过去如梦，年年中秋，都在异乡。祖母那夜也睡得迟，和我们一齐坐在阶前看月亮，草儿在她怀里出神地转眼睛。祖母说："草，你舅舅小时候看见月亮要月亮，叫人用梯子去拿，要不着，就哭。"草儿还不会说话，只牙牙地叫娘，叫婆。听着祖母说，也呀呀的叫。"你也要！叫舅舅去拿，看他拿得着拿不着。"祖母笑，我们都笑。我出奇地想："怎么现在觉得月亮不如儿时大。"

月色满阶，阵阵桂花香，人似在梦境。忽然母亲轻轻地把我唤醒。

"强，姐姐告诉我，说你要去汉口，为什么这么急，路上辛辛苦苦，好容易回到家，多休息些时不好？"

"那边来了电，说学校弄妥，晚了恐怕赶不上。"

"外面不平静，你们不在家，总是提心吊胆。像你父亲，做官有什么好？作惊作吓，味道真尝够，我倒只希望你教教书，成家立业，像你七叔那样，也安稳过一世。"

"大学差得不多，快快把它弄完，毕了业教书，和娘在一起，哪儿也不去。"

"我也只希望这样。不过你要走，哪天走？被褥衣服都没有，总得做。"

我告诉她明天就走，人家来电，总是要走得快。

母亲向来不说不必需的话，要走就让我走。

皓月悬在天心，大宅里异常静，我能想像母亲所想的么？

又是早晨赶火车。天刚刚亮，母亲便起来。我望着她，不说话。我不知道哪天能回来。回得来，她又变得怎么样了？但她还和我在中学时那样，向我说：

"武汉比北平近，寒假可回来，今年家里人多，过年热闹。"

我感到一阵欺骗自己母亲的痛苦。明明自己要去××[1]，却说去读书；但我不说谎，又能怎么说？

姐姐从床上抱起草儿，说："舅舅走，送舅舅，舅舅过年回来。"声调中隐隐带着一种凄凉。实在，她比起母亲来，对我这回走，有着更多的疑虑。母亲，她哪会想到她的孩子会对她说假话呢？

---

[1] 编注：暗指延安。

门外，有故乡不常有的雾。我留恋地跨出冷清的家门。母亲第一次落下她的别泪。那珍贵的泪啊！我自襁褓到如今，从未见过的。难道我的母亲，现在也变了么？

我不想走了，但另一种强有力的声音，催促我的脚步，带我向前。

故乡的山水，都被母亲的泪所遮蒙。待秀丽的湖山，重现目前时，晓雾正飞升。

原载《大公报》（香港）1939 年 12 月 6 日、8 日《文艺》第 747、748 期，署名流金。

　　过路人，无论从陆路水路，经过我们那地方，最先引起他注意的，便是那隐在林子里的古老的第宅。假如为满足一点点好奇心，朝着林子走去，高墙广厦、已暗淡了的朱门的颜色、门前倾圮的雨搭子上面迎风而动的草，和栖息在雨搭子中间自由跳跃叫闹的麻雀，可使他对这宅子，有种无限深情的追怀。

　　第宅经过百年长久的岁月，已至垂暮之年。所养育的过去的两代人物，多已静静长眠在地下。和它有过十年八年共同生活或竟从没有见过一面的新的一代，对于它已异常淡漠。所能关心到它的人，只有一个叫作门官的老人，以及祖母一代可数的几个老翁和老妇。

　　十年前，同祖母住在乡下，常听老门官谈起大宅子。他比我们家里任何人都知道得多，大宅子最后一所仓屋盖起的时候，他曾见过。提起那时的事，他总感叹地说："那时光景好，火腿、海味，大船从城里运来。佣人也是餐鸡餐肉。盖那仓屋的时候，木匠石匠，过昼吃的是大龙酥饼，过夜吃的是糯米火腿粥。上梁吃三天，张灯结彩。远近乡下的人，成群结队地来。看够了，吃够了，走，还带回白米团，要多少有多少。"

　　过去的事，在他心里，是黄金。但日子过去，人事变迁，黄金光泽，渐渐暗淡。

　　"……以后便像水往下流，年不如年，人走的走，死的死。走的在外面成家立业，死的闭上眼，坟上长草，石上长苔。剩下好房子，没有人住，糜烂倒塌。……"

冬日的晴朝，小孩子围绕着他坐在大宅高墙下，听他讲我们曾祖、祖父的故事。过去的人，在他的追怀中，已成为离人远距神近的善与美的化身。带着无限温情的动人的言词，使小小的心感动，给与我们一种最可珍贵的教育，使作儿童时，规矩守礼，成人后，敢于承担，勇于给与，合乎乡下人所说的美德。

乡下地方，物产多，人情厚。山里出茶出笋，水里出鱼出虾。女人采茶攀笋，身体好，声音好，上山如猿，唱歌如鸟。男人种田，做完田里事，便捕鱼砍柴，柴不论钱，鱼也不论钱。吃鱼吃虾，都有季节。春鲶夏鲤，秋鲫冬鳜，不到该吃的日子，鱼虾跳到岸上，亦必被人放回水里。

老门官就是这样一个乡下的人，从小跟他做门官的父亲，住在这大宅之中，后来便承继父亲的那份职务，在大宅里过了五十多年日子。当垂暮的年龄，还守着荒凉的古宅，静待着迟迟未至的安息的辰光。

对家中往日的仆人，我们都很敬重。对老门官，和别人更不同。年节时，除去他应得的一份微薄的报酬外，祖母总另外送他一点礼物。家中旁的人，亦莫不如此。但他把那些礼物，零零碎碎地又分给我们小孩子，且照例要说些吉利的话。譬如说花生，必说长生果，"长生果，吃得长命百岁。"

家里遇婚丧大事，他最忙。事做得不称心，觉得最难受的也是他。处处关心我们家里人，如有人在外面事业有成就，他必最先露出他的笑容，不断地不倦地谈起我们祖先光荣的历史。

一个人在一个地方、一群人中生活得太久，对于那地方、那些人，自有一份不可理喻的爱情。老门官对于大宅子以及大宅子里的人，便是如此。瞧着荒凉的第宅，他可以常常流眼泪。地上的瓦片、石上的青苔，只要为他精力所及，无不留心除去。有时家里人从外面回来，生活较好，他总提起房子要修理，要人住，接着便讲他那番"树高千丈叶落归根"的道理。假如听他那番话的人，觉得有理点头，他便像孩子一样的高兴，衷心期待着那恢复门庭光彩的日子，好指点木匠石匠把房子修理得和往日盛时一般。但新一代人，在在和他的打算不同，他的一切期望，只能在梦里圆满，在往日里追寻。

大宅子前面，围墙外，有一片草地，草地上竖有很多旗杆。夏天夜里，坐在麻石做成的旗杆夹上乘凉，他给我们讲每一根旗杆的故事。在繁多的夏夜虫语声中，往日的情景，因他的悠徐而带得过多的眷恋的诉述，真如梦境。那不可追回的梦，在孩子心里，有一种神美的幻景，在老人心中是一种什么呢？我不知道。

冬日风雪，瓦上积雪如银，大宅中散着清冽芬芳的梅花香味，一切华严，如梦中世界。老门官穿起他的深胭脂色的呢面的大羊皮袍，坐在祠堂里一间小厅屋里，我常常欢喜坐在他身边，看小火炉里的明炭，照着他那由浓眉、高鼻，深沉的眼所组成的方正的面貌。他的眼睛虽失去了年轻人的光泽，但它那种将失未失的老年人的神光，更使我欢喜。有时，我要求他讲一个故事，故事完了，我总问他道："你怎么知道这么些的故事呢？"他总是笑笑说："活了七十年，听过见过的就是说不尽的故事啊。"我心想他本身的事，亦必极美丽动人，但我不知道为什么没有要他讲过他自己，他自己也专讲别人。

对于我们所爱的老人，是不需要知道得很多的。譬如在我，我对祖母的事，就不甚知道，她给我知道的，也是关乎别人的多。

不断地爱着我们的家，不断地给与他所能给与的一切。吊在嘴上的，是他过去的主人和主人所遗留下的第宅，所关心的，是那第宅和未来现在住在第宅的人。

他真像一棵荫翳的大树，给与在他底下休憩的人以广博的恩泽。越老荫子越浓密，风神挺挺，任什么外来力量都不可移。

清明重阳，不论晴雨，他必亲自携带我们备好的香烛，各处上坟。有人陪人去，没有人，独自一个儿。坟下若有野獾洞，必亲自在庄上取锹爬土，责备看坟人一番。回来时，如自己觉得坟堆子比以前大，山上的树木更茂密，一定高高兴兴地和人说，坟转运，在外面做事的必能得意。

祖母们，因他年纪大，有些他分内的事，也不要他做。但他知道了，必生气地说：

"我不吃白饭，做了几十年，没过差池，老也没老到白吃的地步。"

但只要人说两句安慰话，说白饭他不吃谁能吃，莫说吃口粗茶淡饭，就是天天吃鸡吃肉也应该，他必含笑说：

"等老爷少爷发达了，再吃鸡吃肉，和往日样，现在还须吃了饭，就做事。"

大宅子与他的关系，实在太深，一切离合悲欢，他莫不分去一份。一个小孩子的夭折，一个年轻女儿的远嫁，……都振响着他弹了多年而没有松弛的心弦。

不论悲喜，他本能地受着，但也有些他受不住的事。如一个从远远地方嫁来的婶婶，因不懂得那老人在大宅中的地位，不耐他忠诚的关切，顶撞了他；或是一个新贵的叔叔，在过去不曾身受过他温厚的情爱，偶然回家，不明白那情爱的分量，而冷谈了他，都会使他暗暗伤心阴郁地过好些日子，在孩子或在我们祖母那一辈人面前，无限怆怀地追念我们曾祖父、祖父过去的好处。

最可伤的还是大宅子无可挽回的如水日下的命运。

我十四岁的时候，往省里上学。和我一般大的兄弟们，也因十七八年时，地方不靖，相继的跟着家里人迁往中国东南部各个大城市去了，大宅子更荒凉、更寂寞。夜里，广厦尽为鼠和蝙蝠活动的世界，老门官更艰难地度他凄零的岁月。过去的日子，无法回来，自己也和大宅子一样地老去。他只有愿望快点闭上眼，到地下重侍往日的主人。但对大宅子他亦不能忘怀，有时，又希望永伴着那无知的木石和它构成的宏美的画图，直到一个不可知的日子。

中学时，因为祖母留在家乡，每个夏天还回到故乡，在大宅子里过一个颇长的日子，但心已不似儿时。夏日黄昏，看老门官耐心地刈去门前的野草，天际的薄云，朵朵的浮在日暮的玫瑰色的天空，阵阵田野的风，吹得心上有淡淡的哀愁。

夜里，他还依旧在草场上度过温宁的夏夜。我瞧着他的老得太快的容颜，三四年前还硬硬朗朗的影子倒回来，在我心上印着哀痕。是希望已成为泡影，永远地死在老年人为现实所摧残了的心上，使他如此衰颓下去的么？我装着孩子的口吻和他说：

"我将来不像叔叔伯伯，挣了钱，一回到家里，侍奉祖母，把房子修过，漆过，修得像以前一样的好，漆得像以前一样的红。"

听了这孩子气的话，他又回到那期望大宅重新如昔日盛时的日子，他告诉我应该用什么漆，这样，那样，连栽什么花，用哪一种花盆都说到。

但一年一年过去了。……

当我在北方的时候，心离家越远越疏。

一九三七年的秋天，因战事使我们不能留在北方，经过海，经过许多大城与小城，又回到故乡来。昔日系在我童年的心上、少年的心上的老门官，落在我到达家门时的第一眼里。

正中秋月好，大宅浴在银漾中。大宅前面的草场上，一群孩子围绕着他，听他讲那和我儿时所讲的故事。月光里，老人的面容，安详而愉快。看着他，我像在做梦。是哪一种感动之情引得他如此呢？

孩子们我都不认识，穿小洋服的，穿学校制服的，明澈灵活的眼，在月色中也像梦一般。

当老门官发现了我的时候，也如梦般的抬起他崇高的皓首，紧紧握住我的风尘的两手，梦似的说："是你么？你也回来了！家里人都回来了，人真多，多得赛过过去的日子，多得连住都住不下，……我们要盖新房子，……"

原来是这样的事使得他那样的么？家里人都回来了！但他不知这在他心里的快乐，在别人心里，却是和快乐适相反的感觉呢。

我在家里住了十天，我为老门官的欢喜所感动。十天，完全生活如儿时。八月底，我又离开故乡。

一年又过去，事情又变了。当我重回到家园，正是从中国东南部回来的人，又往西南各个大城去的时候。

老人的希望又像烟似的散了。

初冬的时候，冷落的大宅门前，紧紧锁住了双眉的山陵，埋在迷蒙的冷雨中。一阵阵风，吹得暗淡了的朱门铁门环，铿铿地发出冷冷的响声。草场上的旗杆，孤零零地伸向暝暗的天空。麻雀在雨搭子中间，缩着头，抖颤着翅膀。大宅中只剩下老门官一个人。

这回，在他，有一种完全新鲜的痛苦的感觉吧。

当我在西南××城中，得到他给家中的来信，说宅子无恙，他也平安。那时正是初春时候，故乡的红梅花，香满庭院的日子。

春天过去了。家乡失陷的消息，见在四月的新闻纸上。

关于老门官，我们没有一点儿消息。但心里总有个期望。

经过夏天，秋天，现在又是冬天了，但老门官还没一个信儿，……

一九三九年十一月昆明

原载《今日评论》1940年第3卷第3期，署名流金。

蛮子

——故乡小景之一

　　我很喜欢孩子。我这次回家，一半可说是为了看看弟弟妹妹的。

　　我离开故乡好几年，小弟弟妹妹多不认得了。这回在家里住了一个多月，因为欢喜和小孩子在一起，他们对我都很亲热。夏天夜里，在廿年前老祖母讲故事的草场里，他们常常围着我，听我讲一些有趣的故事，或和我学习唱歌。他们中间，很少有在故乡生长的，对于乡下的事不若城市中的发生兴趣。当我把老祖母讲给我听的那些民间童话讲给他们听的时候，可以看得出来，他们的好恶和我儿时是截然不同的。时代变迁了，这些孩子，不独对于乡下的事不感兴趣，乡下的生活，也使他们不受用。他们喜欢谈南京、上海、安庆、开封……一切都市光景。他们常提起冰棒、电风扇和后湖的莲藕。我从小便在乡间为祖母所抚育，十四岁才离开故乡，对于故乡一切，有份偏爱。尤其当都市生活过得有点烦腻的时候，乡间更使人感到清新与闲美。我想把弟妹们的观念改变一下，但不能生效。他们念念不忘的是城市中的一切，为的是小小生命是城市中长大的。

　　他们中间，有一个是在乡下生长的，现在七岁，生得很丑陋，前额凸出，两眼极圆，嘴唇厚厚，眉毛浓极。四年前我回家时曾见过一次，四年来竟越加变得粗野了。我刚回家那天，就见着了他。四婶要他叫我二哥哥，他只顾打量着这个陌生人，始终没有张开过嘴来。从他身上，我看不出一点我们家族的影子，衣服既不清洁，样子又极粗笨。我有点稀奇。可是他那样子虽不如长于城市中几个弟妹有教育，另外那点野气，也不十分讨人嫌。

在那些孩子中，他似乎是孤立的。大家都叫他"蛮子"，不大跟他玩。尤其小妹妹们顶不喜欢他。她们说："蛮子玩不得，一动手就打人的！"我和他们讲故事的时候，他常站得远远的听着，教他们唱歌时也一样。我看他那样子很可怜，叫他到我身边来，但他一动都不动，听完了故事，便一个人走开了。有好些方面，他竟像大人一样，显出凡事不在乎的神气。他有一个妹妹，比他小两岁，可真是他唯一的伴侣。他把从我这儿听来的故事，回家便讲给妹妹听；学会了一首歌，也结结巴巴的转授给她。据我看，在那些孩子中间，他的记性还算好，但唱歌却不在行。这个弟弟的父亲，没有力量把孩子带到外边去。在家里，他们过的日子又不很宽裕，孩子们的衣着自然就比他们的兄弟姊妹差得很远。有一次，我和母亲谈到我这个小弟弟。母亲说，他像我小时候，十分顽强。将来怕不能读书，不能种田，只好当兵去。母亲又说，你别看他笨，一身牛劲，将来会有出息的。

一天午后，落了点雨。雨霁后，我在池塘旁边散步。池塘四周是一片草地。雨后水点都聚集在草上，草色分外鲜润。山头上还有未散的云块，现出种种不同的形状，相互追逐。我坐在池塘的石坡子上，默默出神地注视池中的游鱼。小雨初过，这些小东西都浮在水面，有时跃出水面，溅水作声。这时节，照乡下规矩，要吃晚饭了，村落中各个人家屋上满是炊烟。我正预备回家，刚一起步，便看见我那小弟弟在草地上打滚。我立即走到他身边去，拉起他来，告诉他衣服湿了，快回家换去，猛不提防被他踢了一脚。他狠狠地望了我一眼，一爬起来就跑了。以前，我只知道他和那些孩子玩不来，却没想到他会恨我的。我一边走回来，一边想，我问自己对于那些孩子是不是有点偏爱，而对他却有使他看出显得冷淡的地方。

我想，这孩子古怪，心很深，小小灵魂一定有点不平常。我吃晚饭时候，心情不如以前那般愉快。

从此，我常注意我那弟弟的行动，并常常企图和他接近。他那倔强朴质的乡下人的性子，很使我喜欢；但他对我总不易起好感；还是那另外一群孩子围着我，使我从他们那里，得到一种温顺的喜悦。

七月快过去了，故乡人渐渐在战争的延续中惶恐悲哀起来，大家都抱过一日算一日的苦痛的心情，期待着那行将来到的不可知的命运。孩子们也失去了以前那般活泼，总似乎有些事要来了，十分可怕。母亲们告诉他们不要再唱那些"打倒日本"一类军歌，他们莫名其妙地顺从着母亲的话；墙上的抗敌标语，一天早晨便撕光了，用粉或墨写的，便被迫用水洗去。

全村都在无声无息之中，像六月正午太阳光下的稻子，头低垂着，使人起一种闷寂之感。

有一天，我坐在窗下沉吟。母亲把帘子放下后，也就靠着窗口的竹椅坐下。对着母亲，我的心像铅样的沉重起来。大宅里静得可怕，日光给帘子遮住，满屋清凉。狗懒懒地躺在地上，偶尔从天井吹下一阵风，掀动它颈项之间的长毛，使它轻微地颤动一下。

忽然从屋后传来一片哭声和斥骂的声音，使人吃惊。

"狗东西，叫你不要唱，你偏要唱，让日本人来杀死，不如给自己打死好些！……"

一阵鞭挞之声，接着混合了一阵哭声。

"死鬼呀，你说，你还唱不唱？你再唱，我就打死你！"

我想去劝劝，母亲却制止我，说等等再过去。婶婶在气头上，去劝只增加她的呕气。

小孩子凄惨的哭声，引起我母亲的眼泪了。母亲一面拭眼睛一面说："真是造孽，不晓得什么人教会那些小孩子唱了好些歌。人家说，日本人来了，专杀会唱歌的孩子。可不是作孽？"

我说："不会有这种事情，他们欢喜唱，不要紧！"

"怎不要紧？日本人凶狠，什么事做不出！那孩子也真不听话，叫他不要唱，不许唱，孩子脾气犟，不听话。这两天不知道挨了多少次打了。"

"打他有什么用？"

"不打他，日本人真来了，受得了？"

母亲总以为自己是个明白知理的人，自信心强，看事准确。

我不知道用什么话来表示我的意见，只觉得一阵难忍的酸楚使我感到软弱。过了一会儿，听后面殴打声已停止了。我慢慢走到屋后去，只见那弟弟坐在门口的石凳子上面抽咽，一面哽咽还一面低声唱着那个歌。我问他：

"小弟，你为什么挨打！"

"我唱歌，娘就打我，不许我唱！"

"你会唱什么歌？"

"打倒日本，打倒汉奸。我还会唱轰炸机，保卫马德里。"

"马德里是什么？"

"是西班牙地方！他们在打仗，同南京一样，打得很厉害！"

"你不怕日本鬼子？"

"不怕！我不怕！"

"那你尽管唱。我喜欢你唱歌！我两个人来唱好。"

他看了我一会儿，真的又唱起来了。

两只眼睛还是湿湿的。我就用手帕替他揩尽了眼泪，他柔顺地服从着。我们从此要好起来了。我体验了一种非孩子所能懂的情感。

原载《中央日报》(昆明)1939 年 5 月 18 日《平明》第 3 期，署名流金。

在南昌
——故乡小景之二

　　从南昌东去，有一条公路把市郊附近村镇的距离缩短；坐在开往进贤东乡的汽车上，可以望见星罗棋布的农庄，隐在密密的树林里；清晨或向晚，炊烟飘散在林梢，写出农家静静的光景；暮春初秋时候，农夫在田里劳作，林里鹧鸪无休止地歌唱，抑或蝉声悠然如梦，给与行人一种幻思。但最好的时候，还是在春天。春雨初过，平原上草色碧沉沉如晚夏明湖的波动；一点点夕阳滞留在林子上面，颜色新鲜可爱；沿着近水的堤岸，牧童悠然地跨着牛背，看那笨重的动物缓缓而行，人会陷入一种平静深思的境界……

　　当我还在小学的时候，便常常去那地方玩耍。其时公路还未修好，我们走的是一些不整齐的田塍。进了中学，住在城南一个叔父家里（当城墙还未拆除时，应当算是城外了）。我们住的地方，出后门，有一些鱼塘与藕塘，翻过三两个土坡，便是田野了。公路在田野中分外吸引人的眼睛，看去异常开畅；石子路上南方多雨的时候，也格外给人一种清新之感。吃过晚饭，我便常往那条公路走去。那时和我一块儿玩的，是我的一个堂弟和其他几个本家。公路两旁的地方，差不多都走过。我所记得的村子的名字和模样，虽很模糊了，但一种使我喜欢那地方的感情，至今还能唤起。

　　南方四月，雨特别多。住在家里，屋子既小，人又嘈杂，非常讨厌。从学校回来，吃过晚饭，总希望不要下雨，好趁黄昏雨歇，离开使人闷窒的家。南方尽管雨下得多，但当鸡上宿[1]的时候，天气总会暂时开朗。因此，我的愿望常常得到满足。记得中学作文的课卷，有一回拿过很好的分数的，便是描写那个地方雨后的风景。现在似乎还依稀记得那些精彩的句子，"……暮春黄昏，一阵雨过，山像翠带似的蜿蜒在远远的农庄后面。积水成渠，点点如钻石，放着碧色的宝光。无论一片花飞，或一声鸟叫，都可使人感到宇宙的神秘至于无极限。……"

我在叔叔家里住了三年，那地方始终迷恋着我小小的灵魂。日子过去，事情没有变化，人的感情也凝固着，像幸福不知世事的孩子。尤其那时我的年龄还小，天地狭窄，除了学校和家，就只那一块美丽安静的田野，供我的幻想活动，所以使我更觉得亲切。

进了高中，换过一个学校。学校房子盖在一个湖边上。住在 H 形的楼上，打开窗子便是碧沉沉的湖水。秋天或冬暮的早晨，湖水在薄薄的雾里，神秘而飘忽。倘遇晴天，市里居民的活动还未开始，湖边上的亭台楼榭和远远的山一例映在水中，比实在的境界更美丽。散课以后，沿着湖畔的柳荫走去，看燕子掠过水面（当然这只是在春天！），似乎较在田野上更使我感到一种悠然的味儿。有一个时候，差不多在这种新的感兴中，把那个昔所向往的地方忘记了。这样过去了两年。两年中，堂弟跟着他的父亲离开了故乡；旧日的友伴，也分散在各处；叔叔的家，虽然还在原来的地方，但因为离我的学校太远，也很少去过。湖边的柳树，看看又新绿成荫，乳燕亦已试飞，呢喃终日了。一天午后，已上高小的小妹妹，跑到学校来找我，告诉我叔叔叫我去过立夏，吃米蒜子肉。

当我住在叔叔家里的时候，小妹妹还只十岁。过了两年，她似乎懂事得多。在叔叔家里吃米蒜肉，逗小妹妹谈她学校里的琐事，

---

[1] 原注：即黄昏时。

使我记起我的小学时代的生活，心下微微有些感喟。一转眼自己中学的课程又将结束了，"日子真过得快啊！"我毫不自觉地自己在心里默默重复着这句话。

吃完了肉，我带小妹妹出去玩。通过那些鱼塘与藕塘，我又向前时常去的地方走去。我告诉妹妹从前住在叔叔家里时的一些小故事。我夸张地给她说我要带她去玩的地方的风景的美丽，问她是不是也去那地方玩过？

"是不是你同二哥哥——指我那个堂弟——以前常去玩的那个地方？前年学校到青云谱[1]旅行，爸爸告诉过我的，听说新飞机场就在那里，现在不能去了。"一边听妹妹说，一边走过最后一个土坡了。

前面望去是那片毫无遮拦的旷地，公路似乎不如以前那样引人注目了。夜色渐渐的降落，好像找不着她的驻足之所，在空中游移。农庄、林子、青青的稻田，……都只能在记忆中去搜寻，一切都变了！……

"新飞机场不准人去，以前的村子都平了。每天有好多工人从城内出去，经过我们学校门口。"妹妹继续说着，我们上了公路。

一阵惘然之感，侵入我灵魂的深处。那种情感，只有当一个人从远远的地方归来，路上计算着到某某地方可以遇见他所渴望见着的人，而结果适相反的时候，才会具有的！

站在公路上，我只能远远地望着那暮色迷蒙的去处。我什么话也没有说。

妹妹先前很快乐，不断地告诉我许多事。但当她忽然发现我沉默中的烦忧的时候，似乎也为我所感染，小小的脸不再如先前那样容光焕发。我们便这样悒悒归去了。

三个月以后，我便离开南昌。一切又渐渐在记忆中淡下去。

离开故乡三年，又偶然回到故乡来。七月里天气热得像火。住

---

[1] 原注：距南昌约十五里的一个名胜。

在市区外一个旅店中，我的心也像火。战争使一切变了样，亲戚朋友在故乡很难找得着了。

市区外一阵阵热风，吹着窗帘拍拍地作响。从早晨到晚上，不断的爆炸声，绞着我的心。那是一种怎样的声音啊，谁也说不出来的！

我坐在窗前。木桌上起了炕[1]，像坐在火炉旁边。我重复地读着早晨茶房送来的纸条，那上面的字，在我眼前跳动。那是一个抗敌后援会的朋友给我带来的："……前日战局转紧，命令将飞机场破坏，日内恐有大爆炸声……"

窗外，火云遮着了隔河的西山。我心里似乎有许多话要说，闷窒得十分难受……曾经用血汗作成的，现在又用血汗来毁灭了！谁能想像得到呢？

"轰！轰！轰！"的声音，残忍地袭击着人的心。那是人类的声音啊！从这里面我感到一颗痛苦的心灵坚决求生的声音了。

一夜秋霖，换了一个季节。夜里从梦中醒来，在哗啦的雨声中，似乎还听见由远而近的爆炸声，像远远传来的雷声。电光照在窗子上，我抖擞了。

雨丝在公路两边的杨柳枝上，远山模糊地望不清楚，我坐上第一班从南昌东开的火车，在一个小站下车了。

一个人沿着到飞机场的支路走去。一种莫名其妙的力催着我加紧了脚步。三年了，一切变了。一望无际的广场，铺上了一层青毡，雨丝如雾，浮在地面上，只听见一阵阵奄奄未息的响声。

一九三九年六月

原载《中央日报》（昆明）1939年6月30日《平明》第30期，署名流金。

---

[1] 原注：江西俗语。立秋后，十八天中最热，故称"起炕"。

五太婆
——故乡小景之三

回家后几天，我去拜访一位远房的祖太婆。母亲说："打仗倒把家里人打在一起，十房里的五太婆，也跌跌爬爬地从省里跑回来，又老又穷，怪可怜的。你回家不容易，家里长辈，也应该去看看。"

太阳快落山了。门前的稻子，黄得金子样，风从平地上远远吹来，稻子沙沙地响。夕阳下山，田塍路上，人们缓缓归来。山歌在晚景中，孕育着一种闲适的诗情。

我们的宅子，建筑在山水环抱着的平原上。远远的山，出大门便看得见，终年苍翠，只在隆冬时候，盖上一层白雪，但那不过一两天的事。蓝惯了，偶然变点颜色，更觉得可爱。宅子后面，河水弯弯曲曲地流过。坐船往北，半天路到吴城。东去南昌，顺风一百里，天亮动身，赶到章江门吃早饭，太阳才偏西一点。小小渔船，装货装人，天天山下渡来往：由南浔路上省下省，必走这条路，小河里无风无浪，又快又安全。

巨大的宅子，到夜怪静的。风从天井里吹下来，身上一阵阵清凉。五太婆住在我们屋子后面，隔了两道间火墙，两进没人住的屋。本来她住在我们宅子尽头，要隔四个大门，两百步远。因为房子久没有人住，塌了，没钱修理，便搬在我们后面。

对于老年人的一种温爱，不能不说是因为祖母的缘故。从小祖母抚养，给我讲故事，教我认星星，识花草。病了，抱在怀里睡。

一年集 ╱ 031

就是十三岁那年大病，也是如此。祖母的爱，深深植在心里。无论在家里，在外面，看到老年人，就想到祖母，自然而然地发生一种温情。

"五太婆。"

"啊，你是哪一个？老眼昏花，人都不认得了！"

五太婆坐在竹床上，手里拿着一把大蒲扇，一下一下地挥动，又迁缓，又吃力。另外还有一个四十来岁的老女人，我们叫她吴妈，坐在另一个小一点的竹床上，是临时请来帮工的。

"光裕堂里的二少爷，你不认得了么？"吴妈告诉她。

"是啊，离开家里久了，后辈子都没有见过。"她抓住我的手。"仔呀，你是不是十太太的孙子？"

"是的，五太婆，"我答道。

"你奶奶真有福气，孙子都这么大了。"老人的脸带着一种含笑的凄凉。

夜，静静落在帘子上。檐下的蛛网抖着，蜘蛛在网上慢慢地爬行；天色暗下来了。

晚风吹下天井，庭中树叶子飕飕地响。天竺果已经长得三丈高；阶上长满了青苔；从石缝里长出来的草，也有尺来长，正开着淡蓝色的小小的花朵。离开了家乡三年，故居想不到这样的荒凉。只有桂树还是老样子，再过两个月，又满院子香了。

五太婆似乎沉在辽远的回忆里，老年人的心情，我们无法体会。

"日子过得真快，我离开家里的时候，你父亲还是个小孩子。老年人白了头发，死了。小孩子一个个都长大……"

"母亲说五太婆精神好，这么大年纪，还能够绣花。"

"那是在省里的事，这两年也不行了。"五太婆用蒲扇打了一下蚊子，吴妈起身点灯，打断了她的话。

大宅子，一到夜，分外的森冷。祖母嘴里的事，一齐现在眼前。

六十年来家运的盛衰，各人的幸与不幸，死生忧患，以及种种离奇的传闻，在我心里构成了一个凄美的幻境。坐在八十多岁的老者身边，好像活在另一个完全不同的世界中。

"六十年前我们家里不是这样子。现在你们两房倒还好。像我十房，真是不成样子，住的地方都没有了。"

五太婆年轻时很美丽。三十岁时，迁去城里住。大船小船运东西上省，在南昌买下房子。几十年中，除了祭祀回家，不曾在乡下住过半个月。后来家境渐渐不好，五太公一死，接着两个叔祖死，没有留下任何人。那时她已六十开外，坐吃山空，房子卖了。靠家里兄弟接济。年年节节，给孩子绣衣服，侄女绣嫁妆。母亲说她绣得极好，过了八十，还能在枕头上绣大观园八美钓鱼，丝毫不差。为人伶俐，干净，衣服浆浆洗洗，一年四季穿得像作客样。对晚辈客气、和蔼，侄媳、孙媳都极欢喜她。下乡来，哪家住，哪家吃饭，随她的意。但她欢喜自己家里住，冷冷静静更合乎她的脾气。

我们谈了些家常话。星星密密地挤满了天空，纺织娘无休止地唱起来了。

"仔呀，你回去吧，等会晚了母亲不放心。没事来五太婆这里坐，人老了，走路不方便，天天只是闷在家。"

穿过深巷，回到家。母亲说：

"坐了半天不回来，夜里也不怕。"对这么大的孩子，还是像儿时那般的怜爱。

我说："五太婆怎么一个人住在那所大屋里？怪寂寞的！"

"她老人家就是那么怪，喜欢一个人住。其实随便到哪家，也没有什么不方便。"

六月渐渐过完，一眨眼又是秋天。早稻已经割好，村里成天打稻子。到夜里，农人们坐在稻场上，纷纷谈论近日的战争，心情不如往年安闲。

"妈的 ×，谷子割好了，等日本人来吃可不成！"

有人说："日本人不会到乡下来，他们享惯了福，乡下过不惯。"有人说："不会来？你问问看，日本人在山西怎么样？"

小孩子唱"大刀向鬼子头上砍去"的歌，惹得大家乐一阵："鬼子怕大刀，真奇怪！"

于是老人们又讲起关公青龙偃月刀的故事，年轻人听得出神，沉入浪漫的古时代的神奇的梦中。

小河里天天走山下渡的船渐多，种田人无办法，读书人却可以走。今天这个走，明天那个走。桂林、重庆、贵阳、昆明都是些远地方，路费好几百，给种田人过一年半载，也绰绰有余。

人总靠天过，走不动的还得过下去。年轻人火气重，打算鬼子来了就干，大刀总有几十把。

不好的消息传到老人耳朵里，她正病在床上。

"日本人真恶，省里给他鬼机炸得一塌糊涂，跑到乡下来又安不得生！"她每天着急，暗暗地恨着她从来没有见过的刽子手。

一个下午，我又去看五太婆。她不能起来，躺在床上。老年人经不得病痛，脸皮黄瘦得多，我几乎不能认识她。一见我的面，她就问：

"环，你到过山西，总看过日本人，到底杀人不杀？像五太婆这么老的他会怎么样？"

我说："老人不要紧。"心想安慰她。其实，她早就知道日本人兽性发作了，不管老不老，小不小。听了我的话，她半天不响，但过了一下她又说："你不要骗五太婆！"

我心里很难过，不知道说什么好？求生之念，在老人心里也这样的强烈，是我没有料到的。

"家里的人都跑光了，五太婆怎么办？"五太婆掉转脸来，朝着床里边，喃喃的，是像在抽咽。我不敢瞧她的脸，一阵痛楚，像针一般的，刺得心痛。我想：她一定在哭。（这年头，自己的父母还无办法，谁还管得了这个孤苦的老人。）我似乎想像到她在想什么，也明白她的眼泪的分量。

日影在窗外静静的移动。天竺果上来了一只小鸟，哇的一阵叫声，使人毫不自觉地寒颤，心下冷得像冰样。

回到家里，半天不快乐。母亲以为我受了暑，叫人去买老鸭子。

晚里，偷偷地起来，站在阶台上，月影正照着庭前枇杷的枝叶。户外籁声，如人幽诉。我不知道想到什么地方去了。我对自己说道："我要把五太婆送到吉安去……"

但我并未做到这件事。

离乡的前夕，我不敢再去看那老人，只叫人找了吴妈来，问太婆怎么样。吴妈说：

"老太太说，她还有二十块现洋，谁带她去逃难，她就给谁。"

"她已经病得很糊涂了。"

一九三九年八月春在昆明

原载《中央日报》(昆明) 1939 年 10 月 8 日《平明》第 97 期，署名流金。

第一个春天

　　已经是三月初了，我们在晋西的山地里还得不到一点春的消息。高原上的风，依旧带着干燥、寒冷，整昼地刮着（山西西部刮风起自午前十一时至午后四时左右止），虽然我们是企盼春天的。夜里，在军营中，杨和我常谈起春天的故事：江西某地的春笋、鲤鱼、山茶；恬静的春晨和柔和的春夜里的战争；春天里活跃的某地的人民、美得像春一般的农妇；还有"双十二"事变后三水的春，不闻火药味的春——这在他们是值得纪念的，这是一个在十年当中和所有春天不同的春天。这一些永远说不完的故事，在他从容热情的口吻里流出来。我静静地听着，常不觉夜在无声无息中去了。

　　朋友，我也怀念着记忆中的春天啊！然而，我和杨是有着不同的情感的。

　　中学时代的东湖的夜，三月的燕子和柳枝，山原上的声浪；更近一点的是两年的大学生活，未名湖上的春波，花前的密语，西山的斜月，雨过的幽径，繁密的树林里的禽声和晨光中生命的跳动，女儿的喧笑，……

　　旧时的情景，轻轻地爬上我的心头，来时是那样无踪，去时又那般飘忽，既不像梦，又不似实情。

　　然而梦一般地过去了，我为什么要回想这些呢？我不感到羞惭吗？站在伟大的时序的面前，我不是不应该退落在追恋的空梦中吗？

去年这时候，我哪曾想到过来年的今日自己会在一个陌生的山国里，漫天烽火之中，把过去的事实，作梦境的追寻呢？

当一个被压迫的民族起来反抗侵略者的时候，已经站起来了的被压迫者，也会感到追恋的感伤么？我苦痛着……

繁密的枪声松懈下来了，我隐蔽在一个山沟里，紧张的心情，也随疲乏的枪声平静了。从山上吹过来一阵风，敏锐的我嗅到草原上温馨的香味了。我解开棉衣，清爽的风，轻经地舐着我的胸膛，我忘记自己是在战场上了。抬头望着辽长的汾河东岸的高峰。天上的云，又是那样轻捷地流驰着。

"春来了！"我低吟自语。

然而这是一个不同的春天，这是我生命中第一个春天！

枪声又起来了。

在山地中蠕动着的行列，使我感到快乐。

我将要在战斗的春天里成长，像杨那样。

一九三八年三月大宁

原载《战地》1938 年第 1 卷第 5 期，署名流金。

还 乡

我一直没有忘记那个人。

三年过去了，他还常偷偷地记着那句话：当他没有离开家乡的时候，她告诉他，除了她母亲以外，他是她顶喜欢的人。当时他对这句话似乎并不满足，而现在只要一想起，便觉得幸福了。

三年过去得像梦，一切都似乎很远很远。三年前，他是临汾××中学的学生，三年的时间，却把他训练成另外一种人，连他自己也不明白是怎么回事。其实，谁又能预料得到自己的将来，又有谁能为自己安排得像数学公式一般？年轻人一点点感情冲动，便可以使他的境遇变得难以想像的。

车子顺着山边喘息；离山不远的地方，汾水像一条黄色的带子颤动在灰暗色的草原上。晚秋的风，从辽远的地方吹来，飞过无数山峰，偶尔停在树枝上，使那生机渐减的衰老的枝条，抖擞而哀鸣。

渐近黄昏的时候，风已经停止。山头上现出蓝色晴朗的天，像六月黄昏平静的海色，引起人们一点空明的幻思，或一些渺茫的怀念。

岁月过去，在人心里虽可不留下痕迹，但有时与岁月无关的一种希望的情感，在心里却细致而又缠绵。日子的久暂，人事的变迁，它都不管，只像一片云，有时来，有时去，飘忽无定。人有了这一点点情感，过得虽极不幸，总还不至无生存勇气，过得幸福，也不至缺乏光热。

还在黄河西边，得到过河的消息，一种激动的潜伏在心里已久的希望使年轻的政治指导员感到朦胧的喜悦，那个除了母亲以外顶喜欢他的人使他心跳。"她也许变了一点！"当他照镜子看到自己密密的黑髭时，茫然地自语着。

过了河，坐上车子，心情异常不定。有时想得很远，很荒唐又有点可叹。

一九三五年春天，"×军"[1]过河到山西，年轻的政治指导员，那时正在中学读书，命运使他跟着那一大批人走了。从宣传员升到指导员，经过了两年的时间。那个爱着他的女孩子，当他离开临汾往西走，正和父母避乱在太原，他们没有留什么话。过了陕西，一年多没有消息，命运把他们分开，命运也许可以把他们拉在一起，假如没有别的变故。一九三七年春天，当他们离别了两年后，消息可以从黄河东岸传到西岸，那女孩子还在读书，初中只差一年毕业，她答应过了那一年，偷偷离开家，过河找他去。可是来不及等到一年，战事发生，倒是他来看她了。

在车上，已经过了两天，平常只要半天走的路，现在走了两天，还不知道什么时候可以走得完。黄昏时候的野景，使他沉湎在往日的回想里。

秋夜，月色清冷，铁路旁边的村子，静静地睡在寒光里；山色朦胧地系人梦思。车声越来越嘹响，遗留在山谷中，荡漾，又渐渐散去。

曙色从山中缓缓升起，山在雾里如披着轻纱的神女，动人而肃穆。河面上结成蓝色的气流，随着河水而蠕流。林子的颜色，也染上天空的晴蓝。

车子在晨曦中高叫了，清锐而悠长。

---

[1] 编注：指红军。

车身慢慢驶入站台，一阵浓烟在清新的晨空中散去了。年轻的政治指导员猛然从梦中惊醒。

"到了吗？"似乎还在继续着梦里的温情。

"还有一站路啊。"同伴的回答使他清醒了。

站外静静的，只有一个拿旗子的人在站台上来往。

只有一站路了，年轻的政治指导员感到了一阵暴风雨似的快乐，心忐忑着。

故乡的山水飞驶着。山坡上的小庙，林里的墓地，古城的废垒，汾水上的木桥，不都是童年所神往的地方吗？现在——飞跃在他的眼底了。那"古河东郡"的匾额，是不是还有顽皮的孩子，把石头掷上去，打那藏在匾额后面的麻雀呢？……

城池蹲踞在河边上，河水在阳光下作金黄色，映着两岸的衰柳；城里面比栉的人家，笼在清晨的炊烟里，一阵烟轻轻地飘起，结聚在林梢。年轻的政治指导员坠入故乡秋晨的神美中了。

车站渐近，他凝望着远方；不是马上就要看到她吗？过去一串日子使他们隔得很远，但他们的心却日近一日。三年啊，这是谁能想像得到的良辰呢？一阵不可遏止的幸福的观念，使他感到未来日子里黄金一般灿烂的光辉了。

站台上腾起一片嘈杂的声音；车子戛然地停了下来。

走上前去，

我们抗日游击队，

我们是老百姓的军队，

老百姓的武力……

在雄壮的歌声里，人们静止下来了。但我们年轻的政治指导员却沉醉在另一种无言的快乐中。他们有什么话要说呢？这是我们很难得想像的，三年的时间，他们都没有变啊；结合一起的年轻人的心，我们还能找出什么词汇来增加或减少它的美丽与幸福么？当他们相互在人群中找着彼此熟谂的眼睛的时候，一种不可抗拒之力把他搅乱得几乎疯狂了。谁都想把谁吞了下去，不说一句话地吞了下去，……

一刹那间幸福的愉快过去了，像电一样；也许只有这种幸福，才可以使人感到幸福的永存吧。无情的号声是来得那般匆促，在人心里，是那般凄厉啊。人又重新分开了。

"……因为前方紧急，我们立刻要开到忻县去。下午一点钟出发。……"政治委员××紧张清楚的报告，打在年轻的心上，像铅一样沉重，然而他懂得军队里的规矩，他明白是谁使得他们要这样匆匆地离去的。

太阳又斜了，高原上一到下午，风又吼着。当车子慢慢移动的时候，站台上有个年轻女子临风而立，细黑的头发在风里飘动，两只乌溜溜的大眼，瞧着渐渐远去的车身。车子沿着汾水颠踬而行，水因山的障阻，折了一个弯，车子也不见了。

又是春天了。

头一天下了一点雨，涧水在山中澌澌的流。山头上偶然可见一两块草地，小草上积水如露，给人清新之感，山中静寂异常，可以听到山外汾水的流声。

暮色渐渐把山吞没了。一个小小的队伍，打灵石过来，已经走了五天的山路，这时又在山里悄悄的进行。

星星像一盏盏小明灯，指点夜行人的路。风细得连草都吹不动。偶然经过一两个山村，平常可以听到的犬吠声也没有了。

"再翻过一个山，便是刘村[1]了。"快到半夜时，那个小小队伍的统领——我们年轻的政治指导员——提醒着他的同志们，他们准备

---

[1] 原注：刘村与临汾隔河相望，五里不到，在汾水东岸。

待夜深过刘村偷渡汾水往东去。

自从那回离开临汾，在晋东打了将近半年仗。那个常系他魂梦的地方，和住在那地方的那个人，又半年不见了。当他从黑黑的夜中，踏着故乡的土壤，闻着故乡的气味的时候，他心里有种莫名其妙的感想。那危立在星光下的山崖不是他们常淹留的地方？那响着水流声的岸边，不是那个女儿向他申诉着黄金似的爱情的去处么？事情真像梦，一切都变了，变了，变得他不能认识……朦胧中，望得见城垛还和往日一样，但那里面被另一种人占据了；高楼大厦中的夜里送出来的鼾声，当没有往日那般在儿童心中充满了神秘传说的气氛了。

又半年了，那一直没有消息的姑娘，当不会留在城中吧。假如她还在那里，又怎样了？不在那里，又怎样了？是不是也会和他神灵相通，春闺的梦里，知道他在故乡的春夜中，伤感地沉吟在往日的追忆中呢？

最后一座山翻过去了。汾水在星光中如梦，两岸不见人影，只有他们这一夥。

一九三九年五月二十日

原载《中央日报》(昆明) 1939 年 6 月 9 日《平明》第 18 期，署名流金。

天渐渐暗下来了，我站在甲板上，望着模糊的山影，在江水中漾动；我想着山的那边，我的心渐渐沉落下去了……

江流诉说着各个人不同的思念。

有两个乡下女人，坐在我旁边。她们中，年纪大的约二十四五岁，小的只有十七八岁的光景。下午六点钟上船，我一直和她们在一起。因为挤在甲板上的人很多，我没有特别注意她们。

一个孩子在她们身边熟睡着。看样子，那个年纪较大的女人应该是他的母亲。船走得很快，孩子的头发不时抖擞着，盖在他身上的又破又脏的单被，时时从他的身上脱下去。

月亮升起来了，满江的雾，使她显得更为清瘦；朦胧的月影，爬到甲板上了，江声依旧呜咽……

我燃着一支卷烟，想着自己的事。猛然地转动我的脖子，我看到了一双又大、又黑——不，应该说是灰色的女人的眼睛……

"你们上汉口去吗？"

"是的，先生。"

清脆的吴语，使我知道他们上汉口的原因了。然而我继续这样和她们搭着话：

"到汉口有什么事情吗？府上住在那里？"

"没有什么事，我们是难民……"

我沉默了……那两个女人的眼睛，盯在我身上。

"先生是广东人吗？"那个小一点的女人无血的嘴唇轻轻地颤动了。

"不，我是江西人。"

"听你的声音很像广东人，我有一个亲戚是广东人。"

"你们是姊妹吧？什么时候离开广州的？"

"是的，我们离开家已经四五个月了，在南昌住了很久，因为有一个亲戚在汉口，我们便离开南昌了。"

孩子在甲板上蠕动；醒了，在母亲怀里哭着；咬着母亲的乳头，哭得更厉害了。

月光照着母亲苍白的脸，二十四五岁的女人的胸脯，已经有着衰老女人的萎缩的征兆；两颗晶莹的泪珠，逗留在母亲又大又黑的眼里。

我倚着甲板的栏杆，五月的夜的江风，吹着我的头发。我不时偷偷地望着那两个坐在甲板上的女人：孩子和母亲都睡了。

亲爱的读者们，你们能不能想象一下她梦中的国度呢？那江南的五月，恬静的农村，清细的溪流，秀丽的山，黄昏的牧野，早发的风帆，平原上的桑、豆、稻秧，……细雨下的茅庵，池塘新涨后的鲤鱼……

在那迢遥的乡梦中，还有着少年时的故事吧；太阳落山了，从田里回来享受着温馨的春夜……

浴在满江的明月里，那个十七八岁的女人，离开了她的姐姐，倚着栏杆。从她的眼睛里，找出一种哀伤的忆念了，那该是和她姐姐梦中一样的。

　　流浪，流浪。

　　整日介在关内流浪；

哪年，哪月，

才能够回到我那可爱的故乡。

颤栗的、哀伤的调子，绕着那个女人的影子；这是初夏的夜……

甲板上，一阵一阵的轻吟声从客舱里飘来；犷悍的、粗野的歌声，代替了光影里幽咽的梦，和流亡者伤悼的哀曲。

我从客舱通甲板的过道走去，望着那歌唱着的一群：他们那一伙男男女女，大概有二十多个，二十上下的年纪，一个个的脸，被太阳晒得又红又黑，有一些手里捧着流行的小册子，有一些正在咬着甘蔗，充满希望的、热烈的、勇敢的光辉，流露在他们的脸上。

我和他们之中的一个谈着，知道他们是从安徽某地方到汉口受训的服务团。

月光照着轮船边的栏杆。

当我重回甲板上的时候，甲板上只有那个十七八岁的女儿，倚栏独思；那位母亲搂抱着她的孩子，怔忡地做着迢遥的乡梦……

原载《大公报》（香港）1939年8月7日《文艺》第678期，署名流金。

老　幼

　　奶奶坐在门口的台阶上，拉着小蛮的手。老人的手有点颤动。门后面便是山，山不远，只隔了一条小水。水在这儿叫作川，小蛮常说川没有家里的河大，河里可以走船游水，川里尽是些乱石子，底都看得见。山也太高，暗沉沉的，使人发闷。家里的山又蓝又清明，远远望去像幅画。山的故事，委婉动听。奇奇怪怪的仙人床、仙人井，小蛮虽没有见过，但总留在梦里。山里的房子也太小了，黑漆漆的。小蛮跟奶奶疏散到这里，住了两个月，天天只嚷回家去，要奶奶哄住才不哭。

　　小蛮乖巧伶俐，身子结结实实。奶奶说他像父亲，圆圆脸，眼睛又大又亮，嘴唇皮生得薄，说话乖得人心疼。只性子别扭，一发脾气，便哭个不休。谁惹了他，就不理谁。在家里，父亲疼，母亲疼，奶奶疼。现在，父亲在军队里做事。母亲逃难时给飞机炸死了！这个小蛮还不知道，奶奶不说。奶奶老了。两年前，小蛮说："奶奶六十岁小蛮六岁，十个小蛮才抵得上一个奶奶。"那时候还没有打仗，小蛮坐在父亲身上说的，说得父亲笑，亲他的脸。母亲也笑，说小蛮调皮。奶奶抱起小蛮来，小蛮是她的宝贝，十个奶奶也换不到一个小蛮。

　　天气阴阴的，山上有雾，川里的水，流得淙淙响。两个月小蛮的父亲没有来信，奶奶一天天计算日子。小蛮说：

　　"奶奶，今天十三，过两天爹爹就有信来。"

小蛮的记性好。那天奶奶去测字，测字先生叫小蛮随便捡个字，恰好村里卖肉的胖子走过，小蛮便说了一个胖字。测字先生说大喜大喜！月半有信来。小蛮疼父亲，奶奶望父亲来信，他也望。父亲打仗的时候，给他买"小洋人"[1]、小皮鞋。逃难时，"小洋人"在路上掉了，提起来小蛮还哭："那是我爹爹买的，爹爹疼小蛮……"

奶奶抱起小蛮。小蛮坐在奶奶怀里，脸靠着奶奶的脸。小蛮瘦了，奶奶说："我的疼[2]啊！跑了这多路，一身肉都掉了。"小蛮的眼睛也更大了，神气奕奕地望着奶奶，用手摸了一下奶奶的脸，把头藏在奶奶怀里，细细的声音讲："奶奶也瘦了！"老人心下一阵酸痛，孩子乖得使人落眼泪。

川边上的树枝给山风吹得飕飕响，山上的雾渐潮湿，天似乎压在山头上，山像压在人身上。川里的水，也似乎流得更响；山里处处有回声。

小蛮和奶奶逃到这里，走了两千多里路。

故乡的山水在老人心中有不尽的思恋，在孩子梦里有无限的温情。那美丽的江流绕在屯子的后边；江上的风帆，从城里带来的格花布，永远沉醉少女的心；年节的近边，爆竹、花烛、精美的点心，使孩子半夜里梦见站在江边上等船来，抢着把年货节货拿回家；江水初涨，一船一船的谷子往城里运，换回白花边[3]；收割上场，田里没事，下河打鱼；夏天傍晚，一群一群的人，在河里游水，赌谁游得远，淹得久；……那秀丽的青山，春天里采茶，茶女歌声柔婉；秋天里挟毛栗，秋山如画，红的树叶，像女儿脸上的胭脂；山垅间充满了浓郁的桂花香，桂花落在女人头巾上，像金子的头饰；冬天阳光满照山谷，樵夫，悠然地坐在老树兜上，吸着旱烟……

[1] 原注：即市所售的洋娃娃。

[2] 原注：江西对小儿的爱称。

[3] 原注：即一元银币。

一阵山风，把雾吹散了。老人如梦初回，一切又远远飞去，小蛮在她怀里睡着了。她于是轻轻地抱着小蛮，走入低矮的山屋。

夕阳斜斜地照着竹子编的小窗子，屋里充满了柔和的光辉。老人坐在床沿上，瞧着孩子和悦的睡脸，心下若有些忧悒的欢欣。不禁想到孩子的父亲，但一会儿又想到孙子的母亲了。

"风烛残年……"意识到自己的衰老，瞧着没有母亲的孩子，一阵悲哀，像阵急雨，打在老人心上。心像冰样冷，泪像水样流……

夕阳又匆匆地残了。

"奶奶！奶奶……"孩子从梦中醒来。

"宝宝，奶奶在这里。"老人的手，轻轻地放在孩子额上。

"宝宝，你叫奶奶做什么？"

小蛮用小手揉下眼睛，拼命望着奶奶。

"爹爹来了，妈也来了。"

"小蛮，你在做梦，爹爹妈妈没有来，过些时才来。"

小蛮抱住奶奶要哭，他不信爹爹妈妈没有来。奶奶哄他说：爸爸妈妈还在路上，带来了"小洋人"、小皮鞋……给宝宝玩。

星星出来了，像要掉下来似的，摇摇动动。奶奶和小蛮坐在窗子边，小蛮说星星没有家里好，家里的星星多得多，又明又亮，还有会跪会拜的道士星[1]和北斗星，这里看不见。

"奶奶，道士星在哪里？"

奶奶说："道士星在山那边。"

小蛮不信，山没有星高，遮不住道士星。家里也有山，但道士星还看得见。

奶奶似乎在想什么，不说话。想家里的小鸡？想那群猪仔？奶奶常说家运好，养猪养得"三百斤一个"。想那菜园子……小蛮不知

---

[1] 原注：江西省"道士跪，吃新米；道士拜，人还债；道士卧，人爱卧"之谚。道士星即南方似人形的星群。

道。小蛮也不说话，他觉得这里一切都不好：家里有小鼓、小锣，过节时有黄老虎挂在背上，大八卦挂在胸前。过年有糖吃，饼子用箩挑。夜里有抬响轿菩萨的，声音热闹好听，有龙灯、板灯，在村里穿来穿去，像一串明星。还有父亲疼、母亲疼。现在只有奶奶疼。奶奶以前会说故事，现在也不说了。

风还没有息，月亮一直躲在云里。屋子外面，有许多声音交织在一起：风声、水流声、落叶声……好像永远是这样，没有欢喜的。屋子里很静，阴沉沉的。豆油灯一闪一闪，有时候油烧得喷喷地响。屋里除了奶奶和小蛮以外，还有小蛮父亲的一个朋友的太太。那女人四十来岁，不大说话，本地方人，无儿无女，丈夫也在军队里，一入夜便关起门来，一个人在另一小房里睡。

夜里，小蛮睡在奶奶身边，奶奶却睡不着。窗外一切，浴在十三夜的月明中。山鸟夜惊，在林子里悲鸣乱飞，一声声凄厉。老人在床上，不断地颤抖，似有不祥的预感。

"只要天保佑蛮儿在外面清清吉吉，小蛮跑长跑大[1]，就是辛辛苦苦挣下来的家给日本人打掉，也罢了。"

瞧着孩子熟睡的面孔，想着久无消息的孩子的父亲，老人默默地为儿孙祝福。

十五夜的圆月，翻过万垒的丛山，寂寂地照着荒僻的山村。夜静无云，群山衬着薄光，影色格外分明。光像在流动，有无限媚力。村里犬吠声，断断续续在山里激成回响。置身于这样的山国的夜里，我们很难得说出每个人应具的情怀。假如你从异乡归来，而你的故乡正是这样一个山国，你会有怎样的感觉？假如你远离你所生长的土地，从另地行过这样的山中，又会怎样？假如……总而言之，像

---

[1] 原注：快快成长之意。

这样的一幅风景，可以给与种种遭遇不同的人一种不同的感觉。

小蛮和他奶奶守在门前，等待着从城里归来的人带来一点游子的消息。日落了，明月升上了山头。

"奶奶，今天十五，爸爸的信怎么还不来？"小蛮抱住奶奶的脖子，小小的心灵中，似乎感到了一种难以言说的悲哀。

奶奶常说，孩子懂事太早不好。小蛮的话，使大人似乎看到一种未来不幸的暗影

"宝宝，爸爸的信明天来，今天到了城里。"奶奶紧紧地抱住小蛮，泪珠滚在小蛮的脸上。

小蛮伏在奶奶怀里，也哇的一声哭起来。

"好宝宝，宝宝莫哭，再过一个月，就要吃月饼了，奶奶给宝宝买大的月饼，爸爸来了也带来……"老人说到这里，又禁不住掉下眼泪。蛮儿在外边，两个多月没来信（以前来信是勤的），莫非生了什么事故？孩子那天做梦，梦见爸爸妈妈回来了。孩子的梦，不是常会灵验吗？自己这些日子也心神不宁……老人越想越觉得可怕，眼泪像雨一般的筛下来。万一有什么不测的事，一老一少怎么办呢？（让日本鬼子害得真苦啊；不知道前世和它有什么冤仇？）

孩子抱着奶奶的颈，轻轻地说："奶奶，你莫哭，宝宝也不哭。过中秋吃月饼，像在家里样，夜里敬月光爷爷，弄一条大藕做龙，到城里买柚子，等月华出来，把她的彩带[1]剪下来，找爸爸妈妈去。"孩子的脸上，放着希望的喜悦的光辉，月亮温柔地抚摸着他的头发和面孔。黑漆漆的柔软的头发，圆圆的清秀的面孔，在月光底下，显得可爱。

老人也止住眼泪，把脸紧紧贴在孩子的脸上。

---

[1] 原注：赣北习俗，相传中秋夜，月华生，月中有二彩带垂下，得之可以成神。

"我的宝，奶奶疼你，宝宝长大了驾飞机[1]，打日本鬼子，日本鬼子害得我们跑得这样远，宝宝莫哭……"老人手摸孩子的手膀，"我宝宝一身的肉都掉了。"

一个月又过去了，老人病在床上，父亲的信还没有来，小蛮坐在奶奶身边哭，病人抽着气。那个四十来岁的妇人，亦暗暗流泪。

外边月亮极好，正是中秋。

一九三九年八月二十五日在昆明

原载《大公报》(重庆) 1939 年 9 月 11 日《战线》第 363 期，署名流金。

---

[1] 原注：流亡出来的孩子以做空军为复国仇最好的办法。

路

　　昆明风景好，人情厚，气候无冬夏。在上海时，常听到昆明的朋友讲。上海，年轻人实在呆不住，瞧着鬼子嘴脸，怪不好受。年轻人爱说话，那儿可不能说，闷住，一天两天，倒还过得去，日子久了，却像哑子吃黄莲。天天想走，中学没有毕业，家里不许。年纪小，外边少朋友，要走也无法。好在父亲答应毕业后让他到内地上大学，只受一年苦，迟早总可离开那地方。母亲常说他年轻，不懂事，自己不会料理自己，内地无亲无故，敌人飞机也可怕，不如上海安全。他把这话听在心里，天天收拾屋子，衣服还衣服，书还书……检得有条有理。他想，这样便不怕母亲说自己不懂事，不会料理自己，走时好说话。飞机，也不要紧，学校不在城里，投弹找不着目标。因他这样事事留心，处处逢迎父亲母亲的意思，居然在中学毕业后，父亲母亲都同意他到内地去。父亲还说："年轻人去也好，蒋百里先生说让儿女受流亡教育，比受什么教育都强。真的！年轻人决不可无国家观念，上海容易使人麻醉。只你出门，要处处小心，免得你娘挂念。"父亲虽则年老了，在上海也瞧不顺眼，该书人到底有点不同，不比商人只讲生意经，不论国家不国家。走时，母亲滴了几点眼泪，从小不曾离开过娘，他心里也有点难受。

　　到了昆明地方，他写信回去，说一切都好。可是他心里却想："怎么这样贵！住、吃，都比上海高，就是香港也赶不上。"年轻人没出过门，用钱不会打算。外面不比家里，一切要钱买，一张草纸也得拿出钱。花钱像水样流，动身时拿六百元，路费带花销，所剩已不多。进学校还有个半月。考的人，昆明一地就有五千，取不取谁都不知道。万一考不取，钱花了，怎好见人？

昆明正是八月，天气多变化，晴得正好，但不过吃顿饭功夫，难保不下雨。晴时天色蓝如海，一朵朵的云时时浮在天空，常使人悠然而醉。一阵雨，洗去空中尘埃。雨过后，翠湖空气新鲜温润。花一毛钱，到海心亭泡碗茶，带功课去做，日子很容易过去。

一个地方少朋友，有好也有坏。朋友多，自己时间便少。朋友少，则自己时间太多，不免寂寞。他到昆明后，便觉时间太多，成天预备功课，疲倦了，无人谈，独自呆在屋里，看天看雨，不禁想起家，但他努力除去那份情感。家在上海，上海不可想，家也不必想。除非上海再归我们，才回上海去，才回家。

夜里偶然上街买东西，街上的人多，走路简直是挤。男男女女，和上海一样，衣着依然令人想到"奢华"两个字。电影院虽小，片子虽旧，票价七毛一张，日里夜里，还是人满，过时且难买到票。这在年轻人眼里，实在没有战时模样。他想像中的战时后方，应该是个什么样子，他虽说不出，但在感觉上总不该这样和上海毫不两样。瞧得心里不痛快，他决心不再上街，考取了学校再说。考不取，上战场，上华北，哪儿有办法，就上哪儿去。

父亲来了回信。父亲的希望，使他赶紧拿起书，更加用心的阅读，不管愿不愿读，都硬着头皮读。锌的比重多少，色泽如何，全得记住。$\sin(x+y)$公式怎么样，背一回不记得，再背。今天记得，但明天又忘记了。……他给父亲写第二封信，一切似乎不好下笔，说些什么？他不知道。还说一切都好，在他感觉上，真不愿那么说，那不是心里话。但他毕竟那么说了。昆明虽不能令他满意，但总比上海强，至少没有敌人，抗日能谈。受气虽受，到底受自家人的，比受鬼子的好。

夜里，灯光照着空无所有的四壁。读书倦了，想到考学校，不禁有点烦闷。学校考不取，只有走另一条路。走到哪里去？要打仗，只有当兵。当兵，自己觉得不合适。考军校，想想也不好。自己欢喜在军队里做政治工作，但又没人介绍。上华北，据说也不是一条大路。有许多人去了也回来了，而且路上不好走，要走恐怕走不到。

日子打发得极平淡，考期渐近。

一天，碰着一位老同学，在中学比他高四班的。起初不敢认，但仔细看看，他西服上挂有某某学校校徽，记得他毕业后是考取了那所学校，校刊上升学的毕业生名单内有他名字。

"请向你是不是×××？"他招呼他。那人好像也还没有忘记这中学时最漂亮的小脸，努力在那清秀的面孔上寻找过去那张又白又嫩的小脸。乌溜溜的眼珠，薄薄的嘴唇和端正的鼻子还和从前一样，毫无改变。

"我叫周闻。"

"啊，周闻，你长得这么高了，我还记得。"他一直说下去，热烈愉快，"你什么时候来的？住在哪儿？是不是考学校？"

"来了半个月，住在××旅店，打算考×大。"

"考哪院？"

"我想学工，实用的好些，其实我欢喜的倒不是工。"

"是的，还是学工好，文法空洞。"可是周闻心里并不这样想，他不过是觉得国家目前需要机械化军队，宁愿牺牲自己的兴趣。

"今年报名的人多，昆明一地便五千，不知考得取考不取？"

"不要紧，现在考大学容易，去年两个取一个，××Freshmen的程度很少出色的，比过去差得多！"

考大学容易，听来心里似乎轻松点。老同学祝他考试胜利，走了，答应过两天去看他。

夜里做梦，学校出了榜，榜上有自己的名字。但在梦中还疑是梦，不像真的，醒来真是梦。窗外月色甚好，枇杷树影映在窗子下，蟋蟀叫，风悠悠地动。

老同学来看他，他正在演一道他觉得很难的代数题。昆明无流汗天气，但他额上有几点小得几乎看不见的汗珠子，脸也红红的。

"周闻，你真用功，演什么题？"周闻腼腆地合上书，在他眼里，那位老同学，是数理化能手，那样的题目，不好意思在他面前讲，那还不过是 fine 的前几十页，一元二次还没有到呢。

"我的数理化程度不好，学校恐怕考不取。"

那位老同学却注视着他温柔的脸，看那还是孩子般的神情，心里感到一点点说不出的可爱。

"周闻，不要紧，今年考不取，明年再来，何况像你这样，国文英文有根底，不见得考不取。"

这时太阳方爬过东面的山不久，昆明这块小小平原上，被那绚烂的朝阳装饰得极美丽。远树苍碧，远山苍蓝，天的蓝淡一点，但看来和山、树、村落极为调和，令人感到安谧闲美。

"到昆明半个月，去过哪里玩？"

"不认得路，哪里也没去过。"

"我陪你去玩玩，大观楼，有山有水，划船游水随人爱，不比北平差。"那位老同学极热情的说。"出大西门，沿着公路往北走，可到黑龙潭；过金殿，看金殿，潭水清得发黑，旁边有大树，坐在树枝上，影子落在潭里，风轻轻地吹，真爽快。"

一个说得出神，一个听得也出神，但听得出神的想到心下还有放不开的事，轻轻地说，像年轻女孩子（他今年还未满二十！）：

"好不好等考完，你带我去？"

那个老同学看他样子，说话语气，真像小弟弟，说：

"你家里怎放心？让你一个人跑这远？"

"怎不放心？你看跑了这多路，坐车坐船，都没出过事！"说话行动无男孩那份刚强，但心里一切却有个下数，国家大事，一点不懂懂。能想到打仗，作政治工作，去北方，也不如一般年轻孩子不考虑。世上正多这种人物，而可爱的也是这一类心有主张，而为人极柔顺者。

"等你考完陪你玩，我大概还有半个月在这里。"

"啊，我倒忘了问起你今年暑假毕业，是不是？离开这儿后上哪儿？"

"桂林有个事，重庆也有，我正考虑去哪儿。重庆是×××的事，桂林是个×××，钱比重庆多。"

"我说还是去重庆好。"周闻说出他的意见来。他同学说："我也那样想。"

一切与失望俱来的痛苦，降落到那个年轻人身上，然而他并不悲哀，沉静地望着秋日的天空。人生的路是长的，乡下人有句俗话，小孩子头上总有一个疤[1]，跌倒了不要紧，人总不会没有力量、爬不起来。

母亲的眼泪他懂得，父亲的话他也懂。没有敌人，一切不会像现在这样。回上海，不是路。当兵，枪还不会拿。去华北，看看倒可多知道一些事，但要去打仗，还是不行。到军队里作政治工作，既没人介绍，自己也不见得做得了，……一切如此，那怎么办？

那位老同学决定去重庆，来看他，他把一切给他说。

"军校可考，何不去试试。你不要说那训练与你个性不合。要报国，这倒是条好路。你看，我也要去重庆了。虽然桂林那边钱多，但在×××做事，报国总比较直接点。"

这年轻孩子决定报考军校，又幻想许多事。在放纵了自己想像

---

[1] 原注：小孩子刚学会走路，总要跌跤，意思说人总会有点阻碍，绝没一直顺顺利利的。

的时候，一切从小说里读到的英雄，好像都是自己。英雄似的情感，在年轻人，本极自然，我想二十上下年纪的人，大概皆如此。爱国心本是人性中的一部份，而年轻人则格外强烈，竟把人生中的其他部份掩盖住了。家，当他正驰神于未来的战场上的光景中时，仿佛沉入了海底，不复在他神经纤维上迈开那着实的脚步。这点点感情是十分可宝贵的，一个人就是这样作成他伟大的事业。（要作任何一件事的时候，必须把阻碍那事的种种因素驱出他的思想外。）

秋天又下起雨来，上海的初秋也这样。雨声的烦闷，是自然的烦闷，人们无法不受它的感染。在客邸，黯黯的秋宵，更有一种凄凉。能没有这种情感的，只是我们方才所说的那个考军校的年轻人。下午打着伞，沿着湖畔的白石路，去军校看了第一次来昆明后的榜。榜上有他的名字。几乎是跳跃一般地回来。夜里写了若干封信，兴奋得忘记了时间与阴晴。

夜来一阵雨过，第二天早晨又放晴了，阳光像笑。第一班的信方收过，邮筒还是空空的。那个年轻人把信放进去，DIBO 地响了一下，然后轻快地走了。

原载《大公报》（重庆）1939 年 12 月 17 日、18 日《战线》第 440、441 期，署名流金。

秦皇岛上

　　从市上走向海边，背着简单的行李，轻柔的沙从脚底滑过，沙上留下了我们匆促的脚迹。

　　八月天气，阳光下依然闷热，汗湿透衫子，身上油腻腻，不爽快。

　　沙上没有路，我们顺着脚印多的地方走，各人似乎都在想各人的心事，不说一句话。

　　海静静地躺着。石堤像一条白花边镶着碧色的海面，颜色异常调和，显得有一些温柔。我们走上石堤，把行李放下，坐在洁白的石上，默默地望着海。这正当午后二时，距开船还有五个钟点。

　　意外地从古城来到这海边，各人都有一种忘记不了的痛苦。坐下来，想想路上的危险，还捏着把汗。离开北平到天津，碰见一个从北戴河回北平的美籍朋友，知道这儿有船开往上海，连船期也没有打听，就匆促地赶上早晨第一班离开山海关的车。（我们心里都很急，在天津呆不了，想早点到南方！）坐在车上，心里很难过。看上车下车的人受检查，心更卜卜地跳着。三个人终日相对无话，总怕到不了那地方，被逼得顺从地跟那暗暗恨着的人走。人当无依无助的时候，自然而然发生一种宗教情绪，希望冥冥中有神赐福，那不可知的神的力量，比我们大！到危难时，你不得不托庇于它。

　　在秦皇岛下车，我们以为必有麻烦，一声不响，各走各的路。那时候太阳快要下山，软软地照着站台旁边的树，树叶子在微风中轻轻颤动。我们下了车，顺着树走出车站。到市上时，才放下了这颗心，感到一点点轻松。

进了旅店，打听到第二天便有船开往上海，心里很高兴，但还不敢乱说。"有话上船再谈，这里还是不谈好。"当我们分别去睡的时候，各人心里都这样想。夜过去了。……

我们就这样走到海边上。

海水轻轻波动。天上一片云也没有，比起海来，只颜色浅一点。我们都没见过海，看海看呆了，像在读一本神奇的书。那望不见边，看不见底，深沉而神秘的海，若会说话，一定可以和我们谈一些动人而忧郁的故事，抚慰我们受伤的心灵。

顺着海堤走去，有条弯弯的小石子铺的路，通到一座林子。林里白色的建筑物，一半掩在树荫里。远远望去，充满了画意诗情。小石子路的两旁，也栽了许多树。枝叶婆娑，大概种下也将近十年了。我们从那条小石子路走去，林木清幽，小石块上还长有苔藓。石子路渐渐高起来，回望海色，蓝如翡翠。海波在淡淡的秋阳中，带有一种忧悒的妩媚。

林子里清幽如禅房，久久不见人影。我们徘徊在林中，一种极尖锐的身在异乡之感，使人心里泛起淡淡的哀愁。

白屋子的门慢慢地开了，一个年约五十的人向我们这边走来。宽大的灰色的睡衣，裹着那个高大的身子，头发里已经显出灰白的丝条了，慈祥的光辉从深陷的眼睛里射到我们心上，使人感到极其可亲。

我们迎着他走去，说明了来意，他立刻引我们进那所白屋子。屋里似乎没有很多人，当我们滞留在那里的期间，只看见过一个华籍的仆人，年纪约三十开外。

关于他的事，我们只知道一点点。一个在中国过了半世的英国人，现在已经六十多岁

"你们离开北平好久？到底打过没有？"从他的问话里，我们感到一种无名的哀伤。面对着一个异国人，说些什么好呢？河山在梦里变了颜色，住在北平的人也不知道。打了没有？那只有天晓得，天晓得！

在相互的沉默里，异邦的老人似乎懂得我们不说话的意义了。……

阳光隐在林子后面，我们走出林子，他紧紧地握着我们的手。"在这儿不容易见到中国的青年啊！"老人的话，打在我们心上，有种难言的痛苦。

夕阳撒在海上如金，海水耀人眼睛。

海船上的起重机降落了。运煤的工人，结队离开了海岸，有的打着口哨，好像表示着一天工作以后的愉快！

我们上了船，放了行李，如释重负。

夕阳最后的光芒从海上消失了。海水还静静不动。白色的海鸟。掠过暗蓝的水面，悠然地鼓翅飞去，谁知道它飞到哪里去呢？也会有尽头么？

一阵海风吹到甲板上，我们倾听着海的微语。当暮色落在海上的时候，我们也窃窃私议着：

"假如那外国人是个坏蛋，我们怎么办？"

"那便没福坐在甲板上看海了。"

"哼，说得那般轻飘！车上的事就忘了？"

"好不好开了船再说呢？"

接着又是沉默，盼望早点开船。

海在暮色中变了颜色，黑沉沉的。一阵风掀起了海上的波涛，海啸着。

远处岸上，灯火在雾里颤动。

我们站在甲板上，望着渐去渐远的海市，感到一点点喜悦，一点点悲哀，这大概不会是平常所能有的感情吧。

一九三九年五月

原载《中央日报》(昆明) 1939 年 5 月 29 日《平明》第 12 期；
《中央日报》(重庆) 1939 年 8 月 18 日，署名流金。

澂江小记

一

昆明这地方，不少风和雨，自然给它好气候。四面虽是山，但不觉得天地小，望得远，想得远。顺着性子走出邻外，有流水，有平畴。假如你不是生来就认为那应为平原所独有，或许不会想起你平原上的家。我来这地方来得古怪，住下来也古怪，全出意想外，不曾感到不安适，有时还觉得异常可爱。早晨一点点轻雾，月夜一点点淡烟如梦，够磨折心灵，给你愉快或一些你自己也说不上什么的神秘的感觉。

但住在另一地方的朋友来信说："……你说昆明好，这儿也不差，昆明有的这儿有，这儿有的昆明或者还没有。你反正放了假，闲着没事，何不来玩玩。……"

我心想："你那儿有的昆明还会没有！除了你们几个人，大概不会有别的……"但那几个人很可爱，我仍决定去看看。头天晚上接到信，第二天早晨就走。短短的行旅，有住，有吃，一身换洗衣服，包成小包随身带，骑马坐车都方便，想起在家十几里路外做短客。

早晨空气清新鲜美，掺着香花冷露。湖面，昨夜的雾气渐散，薄得像透明的纱，蓝得像晚黛。半夜一阵雨，沟水还未流平，一切无声音，只流水独自潺潺，怕惊醒花鸟温梦，流来似还怔忡。

往时赶路，不管坐车、坐船，都没有这回心境安闲。脚步又轻又缓，甚至还痴得想问流水唱些什么。把小包放下，坐在草地上大半天功夫，暗暗出神。

二

赶到站上，还差一刻多钟到开车时间。挤在人群里，好容易得到个机会买车票。问到澂江多少钱，却碰了个钉子：

"过滴水崖，票在那边买。"

心想不妙，这边挤了半天，徒劳无功，那边再挤，票子十稳买不成。"劳驾，劳驾！"嚷了一大阵，挤出人群。看看表，开车只差四五分钟。抬头一望，另外一个买票地方，好在不远，很少几个人站在那里。

"澂江多少钱？"

"五块半。"

"这样贵，身上只带十块钱，预算来回坐车骑马还有多。这样车票一次就去了一半。——不去。——来了，还是去。"暗中且自盘算。

"买到澂江。"

十块找回四块五。——骑马，路上吃饭总够，到了澂江再说。

跳上车子。到开车时间，车没有开。

"真拆烂污！"过了一刻钟，还没有动静，火车也同汽车一样！若说是战时，这儿并无一点战争气味。

三

车驶过平原；走入山中。

平原上，林梢晚雾未散，远远望去如云气。小屋，茅舍人家，稲田，树林，点点积水，农人，牛，骡马……织成一幅田园美景，朝暾如金，渐渐撒满田野，……我燃着一支卷烟，心下像烟样，说些什么好呢？

山中风景便不同。望去只是突兀的峰峦。我不喜欢这些山。

车在山中缓缓地行。我想起别的山来。

仿佛是很久很久以前的事。大雪天，从百灵庙回来，过了武川，雪便住了。大青山顶上，夕阳照着积雪，雪掩住了青峰。汽车在山里出入，回头下望，深壑巉岩，一阵阵寒风，带来雪花。远远咩咩的羊鸣，与牧歌相和。拐过山弯，对面的山腰上，牧羊人坐在大石上，守着羊群。羊的颜色，和雪一样。走了一天路，我们的脸，都藏在毯子里。这时，大家伸出头来。这幅奇景，把许多人吸引住了。

夕阳留恋着万山的峰顶，我们都沉湎在这种古朴神美的生活的光彩之中……

驰骋在遥远的记忆上，人似在梦里。

四

江声带着呜咽。平原上的江流，不是这样的。沉吟在那呜咽声中，人似乎更觉得寂寞。空山日暮，听一声寺钟，或细雨秋窗，静静地数着檐溜的点滴，不是和这种寂寞也有相似之处么？

古人说："江声不尽英雄泪"，我还能找出比这更恰当的话么？

假如我长年住在这山里，我的个性一定会更忧郁。幼时的幻想，必全在这江上。坐在流水旁，必定会问它流自何处，流向何方？

江声催人入梦。倘若我比现在更年轻，我定作居住此山的打算，因为我比一切更爱寂寞，更爱忧郁的江声。

记不起经过了一些什么地方。记得的是处处丛山，不尽的江声。

若不是那个查票人提醒，我要到澂江去，还需走几程从南到北的回头路。

站在山上，下山便是江。这儿江面大，水平稳，有渡船过那边山去。澂江便在山那边。

人立古渡头，年轻人总有一点点诗情，可惜不是夕阳时。

五

骑马走山路。翻过一重山，又是一重山。山太荒凉，路太泥滑。太阳有时出来，有时暗去。云有时压山头，雨有时湿衣衫。半天光景，看尽晴阴，看尽山中百态。

两个不相识的人，和我去的方向相同，因此成了朋友。大家经过变乱，话里常有感慨。不如赶马的无挂无牵，一天劳动，回村里买酒买肉，饱食后睡去，第二天依旧赶买卖。

"到昆明去一趟，来往路费、住、吃，一两天光景，花个四五十，毫不费事。以前我们在广东，住得好，吃得好，四五十至少过一个月。"

"是呀！现在生活真不得了，以前的事不能提。我们在北平，也够舒服、便宜的。"

赶马的懂得我们的话，似乎有点不平，他说：

"以前我们这里也便宜，都是因为你们北平人、上海人、广东人来了，弄得东西贵。"

山中容易使人疲倦。虽是骑马，心下仍不畅快。

赶马的人唱歌：

> 一条大路通大理，
>
> 来来往往碰着你，
>
> 一把拽住腰围带，

不说实话不放你。[1]

原始的音调，圆浑有力，极动听。

渐渐走着下山路，远山隐现在雾中。

下了山便是平路。半山中遥望城池，城外村落，青青稻田，湖水在夕霭中，如画。

六

澂江城在烟霭里。水从山里出来，绕城而去，流入大湖。水上飘着旅人的梦，水比山有情些。我站在水边上，如置身于古泽之旁，我不知道怎么会有这种感觉！

下马入城去，又投入现实境界。

城里很热闹，已上晚灯。如在平时，独自来到这座古城，当不像现在样。那一定比现在更美丽：豆油灯，寂寞的店门，店内女人灯下做活计，街上孩童暗里捉迷藏，或老人们在露天底下说故事，年轻女人三五个一堆唱着歌……

现在汽灯亮，酒馆、茶楼一片喧闹，街上人挤不动，小摊子兜生意，红红绿绿摆设着梨、枣、山里红，和纸烟、火柴、洋烛杂在一起。

去了半天找不着朋友的住所，便开始问路。拐了几弯，僻静去处，正是我的朋友所居。

见面时，他们便问澂江怎么样。我说："澂江倒不坏，只你们来坏了，失却了古朴味儿，不安静。"

这是我真心话，他们听来也觉得有理。

一夜睡去如泥，好景且待明天看。

---

[1] 原注：大理为传说中最浪漫的地方。

七

早晨出城门。朝阳正照城楼，软吻流水。走过小桥——我来时沉吟的地方。桥是山上的石作成，坚实、朴雅。水从桥下流过，浑如黄河水。水旁有小草，野花杂开其间。

沿着大路走去，一条长堤，直到抚仙湖畔。堤两旁，有许多树，大概都比我们年龄大，树底下阴阴的。堤下一片稻田，色正青青。我说："这儿风景不错。"

"春天更好，两边都是水，坐在堤旁，风吹水皱。月夜，光如水，水如光，蛙声动听，一切如音乐。"我的朋友说。

由风景谈到生活，谈到过去，谈到女人。

"在燕京，也不比这儿差，未名湖，春夜静静，我常一个人走出宿舍，坐在石船上，岛亭中夜里有人玩乐器，声音飘在水上，真是动人。"

"啊，还有呢？未名湖畔，好的还是×××。"我的一个老同学，似乎觉得我对燕京的怀恋，不在风景好，而在过去的一段恋情。

"你不要开玩笑，老×，你说我，我就说你。"

"啊，你们都有可说的，说来大家听听真不错。"另外两位朋友赶快插进这么一句来。我说："现在且谈现在事，过去无意义。你们两位诗人，在中大难道就没有罗曼史？我这么远跑来，好意思不给我讲讲！"

他们说，南方女孩子太爱闹，不娴静，不如北平的好。对于女人的意见，各人心里都似乎有个下数，爱肥爱瘦，爱奇爱俏，永远无法一致。

堤尽头，又是一番风景。

八

湖水周围数百里，远远望不到边。湖畔三面是山，山隐隐看得见个轮廓。

我们坐在湖边上，软软的沙，像在海滩上。

太阳给云遮住了，天色似秋阴时候。风悠悠地从湖上吹来，湖水轻轻颤动。我愿风大些，坐在湖畔听涛声；愿云多些，山不见，水不见，只茫茫一片，无边无际；或夜色昏暝，无月无星，湖上有远远归帆，帆上有一盏明灯；或夏夜月满，山里山外有缓缓歌声，让水波送到远处；或积雪满山，有人垂钓于湖上。但我来得不是时候，湖不如我想像中美好，或永远不会那样。

我对我面前的湖感到一种不可言说的失望。我说："我们还是去别处玩好，我不喜欢这个湖。"

"这时候，湖也是太平静，太单调，但你不必着急，好的时候多着呢，你晚上来瞧瞧看。"

晚上来，且看吧。

远远便听见风涛声。天色已暗。我们重来湖畔。

山已不见。水啸着。水打着水，浪花溅起成烟。湖水如潮，上沙岸，下沙岸湖畔渔人撒下网，在岸上搭起棚帐，造饭，有的坐在棚帐外，吸着旱烟。

"先生，买鱼今夜有，比市里新鲜便宜。"渔人说。

"什么鱼？大不大？"我问道。

"有名的青鱼，前清时进贡，三斤两斤随你便，要大有大，要小有小。"

我不知道什么进贡鱼。前清进贡，这么远，不说到北京，就到昆明，鱼也活不了，难道干鱼进贡？这真得让考据家来考据一下。

我在湖畔坐下来，静静地听湖水的声音。暗里，似见雪浪涌到身边来。……心似远，而又近。

九

乡下人刚吃完午饭，四处有炊烟。我们从城里出来。下过一点小雨，田里空气，十分清爽。

靠近湖，一片荒野，有些地方种玉米。玉米人头高，密密的，人藏在里面看不见。风吹得玉米沙沙响，有水点落下。

我们走过荒地，想到湖边去。

玉米丛中有歌唱，柔婉动听：

　　妹妹宠郎郎心知，

　　找个画师来画妹，

　　一画画在月琴上，

　　手抱月琴如抱妹。

我们站在玉米丛外窃听。玉米丛中，有人在锄地、拔草。唱歌人似乎知道有人窃听，忽然止住不再唱。我为失去歌声惋惜，我说："真好听！"一边说，一边走入玉米丛，想去看看唱歌人。

"歌好人不好，不要去，看了会失望！"×说。

我不信，还是走我的。

回来时，×问我："怎么样？"

我说："不好也不坏。"其实，假如好，我不这样说；不好不坏，更不会作声。人长得美，歌唱得好，只小说中有。

十

北城楼，开窗望见整个澂江盆地。左是山，右是湖，湖后还是山。夕阳时，山色好，湖光好，浓淡分明。城楼上，图书万卷。我立在城楼上，凝神遐想。×说："暑假没事，就在这里住，有山水，有图书。"

"是的，有山水，有图书……"

风从高处吹来。我好像有什么要说，但毕竟没有说出来。

"冬天来，作个久住之计，现在不行，要住下还得回昆明一次，不方便。"

衷心地感谢朋友的厚情，我拉着他的手。像说故事一般，我告诉他一些故乡的事。

"我家里也有一个楼，叫做望庐楼。楼外江水流过，无论春夏秋冬，都有帆船。我小时候最欢喜那些船。远远望去，庐山像云样，有时看得见，有时就在云里。靠近楼，有个大园子，好多树，成年荫荫的。春天黄雀子、鹧鸪鸟成天叫。夏天，日里是蝉，夜里便是纺织娘。红梅、桂花、石榴、枇杷、樱桃，一年四季，花开花谢……"

"你家里现在怎么样？"

"现在，现在掉[1]了呀！"我苦笑着。

"我们家里书也不少……"

暮色四合，山城淹没在霭烟里。

我走下城楼，抬头望见星星，乡梦正迢远……

一九三九年九月七日昆明

原载《中央日报》(昆明) 1939 年 9 月 20 日、22 日《平明》第 84、85 期；《中央日报》(重庆) 1939.10.22，署名流金。

---

[1] 编注：意即失陷。

一年集外

目　录

散　文

文　论

纪　实

时　论

回　忆

诗歌

秋之歌

一

我正在凝神深思，
从窗外飞来一片落叶，
心海本是平静的。
蓦然地又漾着微澜了。

二

卧看白云飞过天空，
小山上又嗡嗡地晓钟几下了。
不知是谁家的庭院？
有几片黄叶在那儿停下了呢。

小妹妹立在篱门外，
数着排成人字的鸿雁从远处飞来。
一会儿又跑进厨房里，
嚷道："妈妈，有好多雁飞过我们的墙哩！"

三

遥闻两三声犬吠，
知道夜已深了。
幽沉的庭院，
有无涯的悉索的响声。

四

烟斗上了深釉，

记得去年此时曾经涤洗。

待我忽然热到，

秋风又吹过桥西了。

五

记得去年秋老，

洞庭湖上的碧波，

曾经照过我们的影子。

如今，雁来迟迟，

黄花已不堪看了。

六

树上系着秋声，

天边斜挂残月；

从窗内望着窗外，

怀念着故乡的豆花。

七

虽然听得出曲中的哀怨；

但当秋风起时，

已经晚了。

看布帆掠过青山两岸，

有人系心

江水的帆影。

八

到底是有几分诗人的气质。

要不，为什么会在清冷的午夜，

独上南楼，

看月明星飞呢。

九

弟弟来信说：

"重九登高，有无限的茱萸之惑。"

岁已九易了

记得五老峰上

听秋日的踏歌声。

十

"空服九华"

我无诗人的闲逸。

酒也是多余的，

深愁只有诉诸清曲。

十一

边塞上已胡马鸣嘶，

沙漠中远送来秋笛。

古明妃的梦，

不尽的画图。

廿五年于燕京

原载《燕大周刊》1936 年第 7 卷第 12、13 期，署名徐芳。

将夜曲

夕阳抹着无限云山：
三月向晚的原上
牛羊初放，
东风吹起了枫湖之梦，
绚烂的残红
映着湖波，
梦遂托波而去。

原上一行行的晚归人，
吹着飘荡的春之曲，
一声声，震颤着独游的过客，
于是绿草
乃沾一次雨露。

天沿上一片片云彩，
越过关山
闲散而又悠徐；
把相思字托寄，
想伊人伫立于无际的原上。

牧歌系住了田园的忧郁，
三月的少男少女的心，
从牛背上抛传原始之恋，
牛蹄子落在泥上的印痕

已经风雨一年。

明月越过了万水千山。
黄昏辞别了人间；
从幽林中走出暧昧的夜，
万汇又披上了一层忧郁的面纱。

　　原载《燕京新闻》1937 年 5 月 4 日《四人行》增刊（新诗专辑），
署名流金。

待驾返时

待驾返时，
已是春暮庭院花开。
若沉于故国山河的夕昏，
满月的相思当爬上云彩。

金色的海贝浮在砂砾之上，
海上的白鸥悠闲地徜徉；
看渔夫钓罢归来，
少年的心遂浮沉于天背的云间。

试酌樽酒遣旅情吧！
听，沽河上已一片秋声：
解开紧束的怀抱，
让天风吹倦，好乘醉归去。

莫徒倚立于门外，
夕阳的余晖会把你烧了。
虽山下还有骑士的过往，
但不能为你带去这颗赤心。

一九三七年四月末

原载《燕京新闻》1937 年 5 月 4 日《四人行》增刊（新诗专辑），
署名沈思。

我　愿

我愿做一粒天际的孤星，
年年长驻在你的眼睛上。
你若嫌她的光辉太微弱，
但光辉不会因时间而明灭。

牵起那一截曳地而去的罗裙吧。
这正是孟夏之月。
带走的不只是客里的风尘。
还有着我童时的梦影。

原载《燕京新闻》1937 年 6 月 1 日《四人行》增刊，署名沈思。

八月的青天
——为了纪念一个快乐的日子

在昨天，
我离开家园的青天，
忆起不断炮火的硝烟。

看着身上的汗渍，
为人们嘘出一声喟叹。

八月场上有浮云片片，
今天是变成了沉重的阴天。

太阳啊，
放出你底光亮吧！
露出来八月的青天。

原载《益世报·语林副刊》（天津）1946 年 8 月 16 日，署名流金。

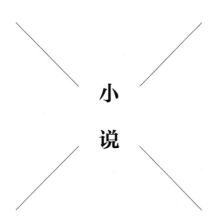

小说

秋　收

　　二狗子那一伙，每个人都挑了一百多斤的柴，有说有笑，从老鸦庄下走来。炊烟弥漫了四处的村落。小孩子围着稻稿堆捉迷藏。窜来窜去像耗子。斜阳仅留一线在树梢。天空净无云翳，翠蓝的山峰在黄色的日影下显得更美丽恬静了。

　　二狗子的父亲，死了好几年，家里只剩一个五十多岁的娘。他现在已到该成家的年龄，身子结结实实，从来没有听见他有过哪里不好。一年中，农忙的时候在田里替人家做短工。剩下来的日子，就打渔，砍柴。为人老成谦和，凤凰村里的人都喜欢他。老年人还替他找老婆操心，都说二狗子应该有个老婆。但二狗子听见了，总有点"烧盘"。年青的小伙子，谁不想老婆呢。二狗子哪能例外？虽然人家都说他老实，但他对女人也够调皮的。当他打渔或砍柴回来，总会捡几条好鱼或带一两朵好看的山花送到春姑家里去。把春姑引到无人的地方，亲她的嘴，摸她的奶……春姑是他姨娘的大女儿，年纪才十八岁。住得离凤凰村不远，只有三里多路。春姑在家里帮娘做饭，洗衣服，带带老弟妹子。漆黑的头发，高矮合度的身材，不圆不尖的面庞，深沉的大眼，柳叶似的眉毛，睫毛长长的，深幽，有使人沉醉的韵味，阔的口，鲜红的嘴唇，扭扭捏捏，怕见生人。但她却欢喜偷偷地眨年青的小伙子一两眼。只要看那动人的背景，就知道她发育得可以迷倒许多男人了。春姑常到山里去，同一群姊妹们。四月的时候，上山攀竹笋，八月的时候，上山夹毛栗。打打骂骂，说××同××亲嘴。××和××睡觉，怪有趣的。那里面也有结过婚的少妇：谈起自己和丈夫同床的事，老会弄得一群女孩心跳，脸红。初秋和中秋，是她们顶快乐的季节，捏一下乳，摸一下脸，……笑声在山谷里荡漾。她们从没有想到日子是怎样过去的。

二狗子挑了一担不很轻的柴，因为年少气壮，倒不显得吃力。夹在许多人中间，（这一行人大概有十几个。）口里唱着山歌，很安详的在山脚下走。身上脱得只剩一件褂子和一条单裤了。

"二狗子！春姑在等你呢！快些走吧！不然你又得替她×××了。"一个年轻的小伙子嚷着。

二狗子不作声，心里正在想昨天夜晚和春姑的事。但听过这一提，春姑的影子更鲜明地浮在面前了。春姑长，春姑短。另一些人所说的，都在他脑子里转动。

太阳爬过了山头。寒鸦在暮色里，叽叽喳喳的乱飞，是残冬日暮的景象了。

二狗子把柴放在门槛外。娘替他收好了扁担，把做好的饭菜摆上桌，母子对面坐下。头发半白的娘，吃吃望望她的独生子，苍白的面上，浮现着丝丝的笑容。二狗子匆忙地吃完饭，门外已黄昏了。稻场上许多打毽子的孩子，乱跑乱叫，把这冷寂的农村，点缀得热热闹闹。

腊月初十一过，穷乡僻壤充满了过年的气象。稍为过得好点的人家，都忙着杀年猪，辗糖，……没有钱的，也买一点肉，腌好了挂在墙上或竹竿上晒。二狗子把过年的东西弄个齐备，仍然上山砍了几百斤的柴，预备明年春天烧用。平常他所砍的柴，都挑到镇上去卖，在这迫近年关的几日，却不上市集了。

二狗子的娘，忙着过年，把屋子弄得妥妥帖帖。她想过了年要有一个媳妇，免得二狗子冷清。孩子大了，娘总有些不方便的地方。她心里幻想着二狗子生一个米头样的孩子，自己亲身带，像以前带二狗子一样。媳妇则替她做现在她自己所做的工作，顺从她，待二狗子也好。的确这样的事，在二狗子那种勤谨的人不算难。只要年成好，多做点工，打几网鱼，砍几担柴。娘又省俭，会替他打算。五十块礼金钱，十块钱肉和面，五块钱布，三十块钱酒席费，二十几块零花，人就可以进门，就有一个温暖的家了。

在二狗子心目中，春姑就是同他组成这个家的人。姨娘是顶好说话的。外甥女做媳妇，在娘也没有什么不高兴。二狗子想想也笑了。

他们很愉快的过了年。

正月乡下的鞭炮声，接连响了十五天。迎神，赛会，团谱……年青人都发了狂。女人打扮得花花绿绿。大红洋布棉袄，深绿充毛葛棉裤；薄施胭粉的面上，带着桃花似的红晕，是自然的美。

春姑带妹子来拜姨娘的年。二狗子从热闹里赶回。邻舍都说他们是天生的一对。二狗子羞红了脸，春姑也觉赧然。过后他带春姑和小妹妹去看热闹场，人家笑他们两口子。小孩子羞他。"二狗子，二狗子！不要脸，不要脸。"小小的手指在冻得通红的面上乱抓，那样子，令人笑得合不上嘴唇。二狗子不好意思久留在那儿，悄悄地又带春姑姊妹走了。

江南的春三月。

山色碧如油，葱郁的树，扑鼻的花香；鸟儿叫着，叫出人间最美的诗，最美的音乐；稻秧绿得可爱，使人想不到适当形容的字。春在人间。春在年青人的心里。

涧水从山里面流出，沿着山底空旷的隙地流向无尽远处。鸭子在水面上游戏，悠闲而安谧。女人蹲在涧水旁边洗衣服，捣声打在插秧的年轻农子的心坎。使他们耐不住春的诱惑，立刻会想到同女人撒野的事上面去。骑在牛背上的牧童，唱着春的歌，有韵，有节拍。牵着黄犊走过田塍的老人，口中也念念有词，人虽老迈，春在他心上不会老，假如有人引动他的兴致，也许他会对你说一大篇可歌可泣年青时代荒唐的故事。黄昏时，新月初上，春寒透过薄衫。女人坐在门槛外，杂乱无章的谈：东家的鸡被××偷去，西家的猪发了瘟，老王在镇上买了一头牛，老张在河里打到一条大鲤鱼，……健谈的老婆子，把往日的悲欢离合，说得淋漓尽致，感动了许多年轻女人的心。

"卖豆腐脑子啊！当——当——当。"

孩子们听见了，一定要他的爸或妈给他一两枚满足一顿食欲。淳朴的农村，一年三百六十天，就在这样无灾无难的情况下奔跑。

南风吹过了五岭山脉，带来了海洋的潮湿。四月的天气，是最闷闷的。接连下了十几天雨，河水慢慢地高涨起来，农民都着慌了。大家哭丧着脸，坐在家里，望着阴沉的天，心里头混合了祈求与忧虑。夜间睡在床上，淅沥的雨声，打在他们心上，像针刺一般。天没亮就爬起来，徘徊在低湿的茅檐下，照例有许多年老的农夫。无情的雨丝，飘在他们面上，使他们的希望暗淡下去。清晨的草场上，总会有好些人站在那里。他们借着往日的经验，来测定天气的晴阴。有些时候，黑色的云由天边泄去，东南方的山头渐渐清晰，他们的心里，也曾轻松过，但不久又重返于困迫愁苦的境地。看气候本来是该晴的天，但总没有晴过。路上是泥泞的，池水也泛溢了。村子里的沟水一下子无处排泄，男女老幼都赤着脚来往于村路上。

雨不止，河水继续增高。围堤挡不住急湍的水流，一天一天坍下去了。

"救埠啦！救埠啦！嘣！嘣！嘣。"

干涩的哀号，在雨声里送到人们的耳朵。整个的凤凰村，都在惶恐与混乱当中。

陈家祠堂面前，挤满了许多雨淋淋的农夫，他们都是来那儿领火把和干粮的。管事的石先生，坐在长条凳上，口里衔着哈德门香烟，很安静的分配着救埠的工人的干粮和守夜的火把。门口嚷得很利害，石先生愁眉苦恼的样子站在桌子边，高声喝止那班雨淋淋的农人的喧闹。那些嚷着的人，是在争着多领一点火把和干粮的。

"官家只有这点东西发下来，叫我有什么办法可想。"厉声地石先生说着。胡子也翘起来了。口沫溅在那些饥饿阴沉的面上。

"这回石胡子又捞到一下了。只有我们该死。"一个年轻的汉子同他身边站着的人说。一方面是严肃艰困地和命运挣扎，另一方面却是榨取与无耻。那些良善的服从的农人遏住了愤怒退出祠堂了。在如烟如雾的雨中，仍然继续着他们艰巨的工作。他们是在和水拼命。

堤上管事的石先生带着家眷上城里去了。堤面与水面差不到一寸。挨住饥饿在和命运挣扎的农民，他们也知道无希望了。眼看见一片黄色的垂了头的稻子将被水冲去，他们的眼泪也和雨一样掉落在堤上了。

一个夜里围堤崩了两三丈，河水涌进了稻田。水流的声音把凤凰村里的人惊醒。桃花嚷着她的丈夫还在堤上；木莲嚷着她的爸爸要被水冲走，……哭声遍了整个的凤凰村。早搭好了的水棚也不够高，辛酉年的水迹，也快要浸到了。

白茫茫的一片，望不见边缘，水面上只见鸟飞。冲散了的屋橼，顺水漂流着。几十里没有人烟。水把人们都带去了。

二狗子没有短工做，伴着母亲逃到山里的一个亲戚家里去了。春姑他们也寄居在一位远房族姊的山庄上。

盛夏的骄阳把水晒得沸热。船夫把船泊在柳荫下。小孩子在船上哭，受不住那日中的毒热。女人解开大褂，露出肥大的奶，把奶头放在孩子口中，哄他安静。男人慢慢地撒着渔网。水鸟上下浮沉，伴着在水国上生活的人群。水劫后的人家，打渔也是生活的一种办法。

中秋一过，凤凰村的水退去，不过年轻人都流亡殆尽，满目的荒凉，令人不胜感慨。

二狗子伴着母亲归来，继续打渔砍柴，挑到五里远的镇子上去卖。一天赚不到三毛钱，镇上也比以前穷了。春姑的爸，坐在家里没有办法，搭上了水船到南昌去挑飞机场。听说一天五毛钱，两顿饭，比作田好得多。但是希望是个泡，五毛钱打个折扣只有三毛五，做了十多天工，还没有一个钱带回家。家里靠春姑夹毛栗，春姑的弟弟捡点柴，春姑的妈到山里替人家耷谷度日。饥饿夺取了人们所有一切的幸福。春姑的丰腴的脸也消损了。

秋夜的月，挂在一碧无际的天空。斑驳的树影，倒在水面上，月影荡漾在水底。二狗子一次一次把网抛下水去。春姑的影子从水底的月影里溜进他的神经系。他想着春姑的眼，春姑的嘴唇，春姑的背影，……想到那不可思议的地方，他的肌肉自然的颤动了一下。他忘记了饥饿在后面。

二狗子一有空，就跑到春姑家里去，和春姑厮混。帮她劈柴，带妹子。春姑的娘怪可怜，每次从外面回来，总累得透大气，额上的青筋凸起来，眼皮被一片紫红罩着，显得是睡眠不足，疲劳过度的形气。春姑头上扎着一块蓝花巾子把上额和耳朵都遮住。水汪汪的大眼，柔媚而又温存。

二月里，二狗子的娘和春姑的爸谈过二狗子的婚事，大家都赞成收割了以后把春姑娶过去。因为年成不好，弄不到一笔大款子，人不能进门。凄清之夜，昏灯落月，一个人睡着，二狗子不得交眼。他埋怨天不给他一个好年成，使他们等闲地度过这美妙的青春。

眨眼又是暮秋。满山红叶，西风减去了万类的生机。广场上一点什么都没有，只有两三的行人，点缀着这村景使人不会怀疑这不是人间。寂寞的村路上，另外还有几个穿黑制服的县警，跟随着一位催粮的先生，慢慢地走进村庄了。一年一度完粮的时间是在每年的秋晚，阴历九月的尽头。现在已经是那时候了。县里派下来的图差，到凤凰村已有多日，住在陈家祠堂里。

四乡起了骚动，他们完不出粮。许多人都为这事烦恼着。牲口被大水冲去，稻粱被大水冲去，儿女无处卖，屋宇无钱修，饿着肚皮在西风里挣扎一线的生命的时候，哪里还完得起粮呢？

"饭都没有吃，还有钱完粮？你榨我们的血也榨不出来的呀！"那水劫后剩下来的饿着肚皮的一群异口同声的说着。

"那不行。这不是我个人的事，省里催县里，县里催我，我催你们。你们也要想想我的难处。"图差摆着一副深沉的面孔，小小的眼睛里放出狡猾的光辉。

"你有你的难处！我们也有我们的难处呀！难道不吃饭来完粮吗？"那些火气比较重点的年轻人嚷着。

"嘿！你们这种样子不行，这是公事，公事应当公办。你们检家卖产也要完粮。抗粮是要杀头的！"

老年人垂着头，他们总想图差到县里替他们求求情。年轻人却两样，愤怒渗入了他们每一个的细胞里。他们觉得这样的事太无道理了。人家饭都没有吃，还要人家完粮。

县里派下来的那些人一连催了两三天，一点结果也没有。他们觉得应该拿点手段给乡下人看。有一天早晨，带走了一个粮户。关在区部里。消息传遍了全村。愤火在每个人的心中燃烧着。

"我们总是死，不饿死也得被他们打死逼死，我们索性把那收粮的家伙赶走，大家都不要完粮，看看县里有什么办法。"

广场上聚了许多人，好些年轻人都这样的嚷着。

"好！我们就去把那个捉去的人抢回来，赶走那混账的图差，把那个榨取我们的膏血的公署捣毁。"如一个演说家似的，二狗站在广场的东头，用铜铃似的声音说着。

大家一致通过了。

区公署听到这样的消息，立刻派了十几个荷枪的区丁来捉那些开会的人。刹须之间广场变成了战域。结果区丁被打散了。他们的枪多半是空的，虽然几枝有实弹，但那些区丁都是些不会放枪，没有受过训练的人。

四五十个矫健的汉子，一口气跑到区公署，区长闻信早已溜走了。放了被捕者的枷锁，从狂热的欢呼里，可以看出他们单纯的胜利的愉快。

全村的人都陷在恐怖之中，老年人颤抖着。期待未来的可怕的降临。

区长在县里报了凤凰村里的人民的反动。

那天夜晚，凤凰村起了很大的屠杀，一百多名保安队把村庄包围了。女人的哀号，小孩的哭声，男人的呐喊声，混成了一片。在凤凰村，这是未之前闻的事。年轻人都聚在村前的广场上，寻找了许多可当做武器的东西，拿在手里。

战争开始了。枪击不住的响着。全村的人乱窜乱跑。

子弹穿过了肉身，鲜红的血在地面上流动着。那些良善和平的乡下人，被愤恨鼓舞着，在枪声里，刀光下，拼命的抵抗外来的压迫。

以前，他们是屈服地、惶恐地向他们的统治者哀告，祈求。把一年的收获，忠顺地纳进三分之一到官厅，从不敢说一句反抗的话。但是饥饿激动了他们，他们除了一条命以外，别无可榨取的了。空着肚皮挣扎在瑟瑟的秋风里正难以自保的时候，还要他们完粮，这是怎样使他们愤慨的事：于是他们毫无顾虑，勇猛地奋斗起来了。

虎狼一样的凶猛、鹰隼一样贪馋的保安队，他们总算尽了一夜的"神圣"的义务。白刀刺进人们的身体，红刀又从那里面抽出来。"正义在什么地方？"本来是在饥饿线上挣扎的农民，还要受到这样残忍无情的屠戮。呻吟着，哀号着，呐喊着，枪声，怒吼声……占据了黑夜的凤凰村一直到天明。

男子被杀戮了，女人被强奸了，屋舍被捣毁了。

二狗子血污的死尸，躺在平直的村道上，两只眼可怕地睁着，那里面含了最深刻的憎恨。春姑一丝不挂地躺在破絮上，下部已血痕模糊，那天晚上，至少也被人奸了十次。

这算是饥饿的人们的结局，统治者是把他们看得牛马不如的。

一百多的保安队，安全地回去的也只有八九十人，他们也是迫于在上者的淫威，轻轻地断送了宝贵的生命在和自己的同胞的厮杀上，这岂是他们甘心的事。论功行赏的时候，利益不见得会轮到他们，他们是白白的牺牲了。

太阳重复照到人间，依旧是那样娇艳，温存地抚摸着那些血迹鲜明的死尸，似也有一种怜惜。

村落中是超过死以上的沉寂，虎口下的余生已无多了。

原载《大学艺文》1936年第1卷第1号，署名流金。

荷　姑

一

江上罩着一层白烟，天空已见闪烁的星群了。晚风带走了人们的疲倦。柳树在坝堤两岸喁喁私语着。东方金黄色的一片，拥出一圆血盆似的十六夜的月。翠蓝的山峰上，涂了一抹红霞。江水也漾出了万千的碎金。篷船静静地泊在江上，帆影落在水底。

明月爬过了山头，罩在江上的红霞减去了那咄咄逼人的风姿。江上一片银白。洁净的月光洒在树上，屋顶上，船篷上，……幽凉而清明。远地里传来一两声渔歌把空气激成长啸。置身于万籁俱寂的夜景中，有一种说不出的意味。

长发叔的船，吱吱哑哑从江北岸摇过来，预备泊在南岸的港口。橹声清晰地落在耳上，有万种凄凉的意味。

港口上两三灯火，几家渔户结舍聚居。长发叔也住在那里，一家三口，除自己以外，还有长发婶和荷姑。长发叔快四十岁了，结实的身子，黧黑而多须的面孔，细眼睛，浓眉毛和带着笑容的脸。长发婶年纪比她丈夫要小些，一个良善的乡下女人。他们结婚已有十八年了。婚后一年生下荷姑。现在荷姑也十六岁哪！

操着打渔的生涯，不经意地长发叔在泥玲河上过了十四年。十四年的时间，在他心上没有留下什么痕迹。早出晚归的江上生活，已经过得亲切而烂熟，除了看女儿长大，江水自流，一切对他毫无感动。有些时候也偶然地会感到后嗣无人，心境上不禁有点微波，但那是霎时的事，荷姑已够他宠爱了。

荷姑长得俊俏而温雅，不像渔家的女儿。泥玲河两岸的男子，莫不以得她一盼一顾为荣幸。有着一颗十六岁的姑娘的心，丰润而健康的面容和爹爹一样常泛着温软的笑容。澄澈的大眼，轻盈的步履，没有一样不备具了使年轻人疯狂的条件。不待学而自然地娇憨的女人的性子，她也不缺乏。

长发叔那天晚上回来得特别晏，家里等他吃晚饭已经很久了。荷姑站在巷口，乌溜溜的眼睛尽在江上的帆船上巡逡，望眼将穿地望着她的爹爹。

支哑的声音，渐近南岸了，月光照着长发叔的脸，显得特别光亮。

"妈，爸回来了。"银铃般的声音在夜气里荡动。

长发婶赶忙把饭开出来。心里头放下了一块石头。把船系在树上，背着篾蓝，长发叔安详的从沙洲上漫步归来。月光如水，寂静的洲上只闻唧唧的虫声。

"爸爸，今天为什么回来的这样晚呀。"荷姑拉着爸爸的手，灵活的眼睛，钉着紫酱色的脸，那么温存而柔媚。

"爸爸今天想多打点鱼。月亮好，风又清凉，不知不觉就弄晏了。"

茅舍里只闻碗筷碰击的声音。一灯如豆，幽然的照着每一个角落。

大清早，荷姑把爸爸晚上打得的鱼挑上泥玲河两岸去卖。

太阳从东边爬上茅屋，鲜红而灼热，小草上的露珠，渐次蒸发着。江水滚滚东下，银涛打在两岸的沙崖上，起了无数的雪花。当红日洒遍江面的时候，浪花又从银白转成金黄。帆船的倒影，两岸青山的倒影，和风吹堤柳的风姿，织成了一幅江村夏日的美景。绿嫩的早稻在南风里昼夜不息的生长着，望过去一片清凉意味，心中有难言的欢愉。红日慢慢地升高，小鸟已不胜其毒热而躲在绿荫深处轻轻地歌唱着。这时候荷姑的鱼将卖完，也已走上了回家的路。

泥玲河两岸的居民，简朴而淳厚，他们和荷姑的交易，从来没有过什么争执，荷姑在这样的环境里生长着。生性格外来得柔和而婉约，她不知道世界的虚伪与无耻，她有着一颗完善的灵魂。

归来的路上，南风飘起荷姑紫花的薄衣，把她的情绪吹得不由自主的奔放起来了。一些年轻男子的面孔，一个个在她脑子里转动，天气太会诱惑人，我们的荷姑心中有耐不住的"春愁"，她需要一阵暴风雨似的强烈的刺激。但当许多年轻的男子从她身边走过的时节，她心里会扑扑地跳着，连瞧一眼都不敢呢。懒洋洋的终于回到了家门，已经是吃早饭的时候了。

正午的太阳把茅舍晒得不能安身。荷姑搬个竹椅子坐在柳荫下，听江流的声音，看帆影从江上飞掠。南风把人吹得昏昏欲睡。青山躺在六月的阳光下，毫无气息，和江流一比，它笨得多了。

广阔而嫩绿的草原上，四五头水牛在那里搬着迟笨的步子。牧童蹲在水边唱歌，无忧无虑的面孔，诉说了他们正在度着这愉快的天真的岁月。水流潺潺的声音，在他们心上毫无挂牵。南风吹在他们面上，只是些温暖的摸抚。

日光从柳条的缝隙里筛下来，荷姑的面上游移着线似的浅浅的银辉。红的小脸上，有着十分惹人怜爱的颜色。那种慵睡的风情，更不难撩动中年人的热情呢！

十六岁的年轻姑娘，有着发育得那样匀称丰美的身体和那份聪明而伶俐的心。炎炎的夏天，惑痴地坐在浓绿的柳荫下，虽山川的秀丽，对之也不无愧色。

大地上拉起了一幅帷幕，山村云树，都给黑夜吞食了。天板上挂着摇摇欲坠的星群，晚风吹过江面，送来嘹响的虫声，荻灯渔火，明暗于江上。

星夜在夏天，最富于诗人的想象，天上有着星光，地上有着荧光，虫声会催人入睡。重帘浅梦少女思妇，她们心上应有一种挥不去的幽怨的哀思。清风残月，不知浪费了多少闺中人的眼泪与幽情。

睡在没遮搁的茅檐下，晚风把尖细的歌声送进荷姑的耳朵。那是年轻人放浪的季节！他们在柳岸边、山坞里干着蠢事。银河耿耿，南风轻微的吹着。荷姑的心情复杂到万分，她记起了父亲同她所讲的牛女的故事。凡是女人所需要的，她也感觉到需要了。

转侧在床板上。她的心不能平静下来。一切都好像和她开玩笑。远处的歌声，变作了热情的音调，在空中旋转着。

> 八月山里采山花，
>
> 山花好比女儿家，
>
> 浓浓香味哥哥爱，
>
> 哥哥说话妹妹猜。

六月里的好日子，夜静无风，把青天作盖被，草地作垫褥。年轻人尽情地放纵着。口里流出来的是快乐的歌声，嘴边留着的是欢愉的浅笑。海誓与山盟，彼此都说着谎话而图一夕的狂欢。月落星残，他们才踏着露珠归去。太阳一出来，他们又忙了。

世界是广阔的，天是蓝的，女人永远是男人的女人。荷姑也想做男人的女人了。

二

过了收割的季候。太阳减去夏日的炎威了。从江水的帆船上，隐隐地听见秋日的歌吹。桂花透露着芬芳的香味，浓香撩动着女儿的心情。

海一样深沉的眼睛，风一样轻捷的步履，星一样发光的头发。

泥玲河两岸的男子疯狂了，他们都在疯狂地追求着荷姑。一些脸子都是可爱的，一些软语都是温存的，荷姑眼花缭乱，她不能够选择一个可以当着自己情人的男子。

秋收以后，农民都有点空闲。趁着空闲的日子，他们干着田地以外的事。譬如打听得哪家女儿好，一些四五十岁的妇人，就会自动的把“话媒”的责任放在肩上。在男家把女家说得天花乱坠，在女家把男的说得毫无破绽。那些好心肠的女人，他们好像生怕年轻人的青春被耽误，于是荷姑的家里就有点“门庭若市”的情况了。荷姑的爸妈都想多留女儿几年，他们都不愿赶快把女儿送出去。在婉转的言词中，一些说婚的媒人都被他们辞谢了，聪明的荷姑也懂得父母的意思。当长发叔笑嘻嘻地对他老婆说着“我们的荷姑是不嫁的，荷姑要养爸妈的老的”的时候。荷姑总会依偎在母亲怀里，对爸爸含羞的笑着。

融融洩洩过着平静的日子。荷姑在爸妈的宠爱里，男人的纠缠里，一天一天的娇憨了。她把那些男人的痴态，当着夜深睡梦里的资料。她常常会笑那些和她身份相同的男子的痴憨。

泥玲河两岸的青年女子渐渐讨厌起荷姑来了，她们都怕荷姑夺去她们的情人。

“贱婊子，只是爷娘生得她好看。”

这类的话，常常可以听得到。然而荷姑并没有失去泥玲河两岸人家的爱护，老年人都想她做媳妇，年轻人都想她做老婆，她卖鱼的生意更比以前好了。除了那些妒嫉她的女人以外，淳朴的泥玲河两岸的居民，依然是那样亲切，对于荷姑。

中秋节，秋收后农家的一个快乐的日子。离泥玲河不远的一个镇上有灯戏。山川给罩上一层秋霞，天色蓝得像海一样，被秋阳染得鲜红的山道上，长发叔和荷姑走着，他们是到镇上去看戏的。父女俩安详的走着愉快的步子，长发叔告诉荷姑许多关于中秋节的故事。

长发叔镇上的熟人太多了，隔不上三两步就得跟人家打招呼。许多人都夸荷姑长得好看。

"大叔，你真有福气呀，养的这样标致女儿。"听着这样赞羡的话，长发叔总会眯起眼睛望着羞答答的荷姑。

镇上对于难得到外边来的女儿，好像是另一世界。那样多的人，那样多的新奇的事物，……荷姑的眼睛简直没有一刻休息了。

戏场里喧闹得非常厉害。戏台前面搭满了茶铺。卖茶的殷勤地问着要这样，要那样。油条，芝麻饼，酉生糖等一类的东西，到处摆满了。

长发叔带着荷姑坐在靠近戏台的一家茶铺里。他忙着招呼人，连吃茶的工夫也难得抽出来。左右四周的人，都以惊羡的目光打量着荷姑。他们心里都在想着："这是谁家的女儿？"

戏台上男女的优伶，在那里把以往的故事重新扮演于人间。虽不酷似，但也打动了许多人的心。太息与笑骂，从人们嘴里发出来。戏场里的空气，夹杂着悲欢离合的气味。荷姑也看得很出神，两眼盯着台上的人，与他同了欢笑，共了悲哀。

秋山如鬟，江水如带。太阳光慢慢地淡下去，消失在辽远的天边。江水从长发婶脚下流去，她独立在江上，望着荷姑父女的归来。

芦花在秋风里颤抖，江流澎湃，帆影如飞鸟似的掠过沙洲。月亮照着长发婶孤独的影子，她心如焚火。他们早就该回来了。为什么东山月上，还不见归来的影子呢？从江边跑回家，又从家里跑出去，长发婶心中计算他们的归程无论如何也该到家了。

西边的槐树上，被月色惊起的宿鸟乱飞。虫声的低诉幽抑得耐人寻思。静静的沙洲躺在幽洁的银光里似酣睡的少女。长发婶如坐针毡，屋前屋后乱走着。本来是应该快乐的节日，却变得阴惨惨的了。

月光泄进茅舍，长发婶躺在床上，心如乱丝。她默祈着他们父女安全。荷姑离开她还是第一次呢。

三

太阳光偏西了一两分。戏场上的观众差不多将近四百人了。除戏场以外，还有赌场。赌场上尽是些三四十岁的汉子，他们都红着脸，鼓着青筋，在那儿，竞争胜负。他们的输赢真不小，一夜输掉一头牛，或一个老婆。（那儿女人是可以买卖的，输家常有把老婆卖给别人的事。）许多人都曾以此而倾家荡产。

革命以后，各地都有禁赌的政会。（其实是寓禁于征的。）常有大批的巡警，分发四乡专门办理这件事。但只闻征得利害，其实他们还指望着开赌来塞满荷包的。

镇上开赌已经两天。仅比开戏晚一个下午。赌场是在比较偏僻的所在。不太熟识地方情形的人，是不易找到的。他们所以不敢公开的理由，是因为征得太厉害。往例告诉他们，开赌一天，起码也得孝敬地方官四五十块钱。什么"头子"有那样厉害呢？

因为没有孝敬地方官一点东西的缘故，待他们的爪牙探得开赌的消息以后，镇上于是起了一次很大的骚动。

锣鼓喧嚣着。台上正在扮演"小上坟"的时候，镇上忽然起了急促的步履声。当穿黑制服的荷枪的警士出现于戏场上的时候。秩序已经大乱了。戏台上有"割须弃袍"的戏子，赌场上有狼狈奔逃的男人；茶铺里有茶碗的破裂声，椅桌的碰击声，小孩子的哭声和女人的叫喊声。一些欣欣来寻乐的人们，都四处奔跑。镇上的店铺，也都上门了。

自下午四点钟起一直嚷到晚。那天夜戏没有演成，观众已饱受虚惊了。这一次的大骚扰以后，带走了几个包戏的人。听说是要他们去谈好条件的。

在平静的环境里长大的荷姑，当秩序大乱的时候，就失却了她的爸爸。她跟着人家向戏场外边跑，一直跑到喘不过气来的时候才停住脚。天色已渐迷蒙，暮霭笼在树梢，秋风带了点瑟瑟的意味。

荷姑无助的望着路旁，一些陌生人的面孔，使她怪不自在，她张望着她的爸爸，她急得差不多要哭了。哪儿是她的归路呢？她好像一只失群的小鸟似的嘤咿起来了。暮鸦绕树乱飞，月亮从山的那边翻过来，树的影子拖长了。

夜渐渐深，荷姑无力的在路上行走，心里烦躁得不能平静。

"你——你不是今天在看戏的长发叔的姑娘吗？"一个明亮的有点激动的年轻男人的声音。

瞪着黑大的眼睛，望着对面站着的那个人，她不知道说什么好。

"谢谢你，你知道我爸爸在哪儿呢？"

"我知道的，我可以送你回去，你一定是被巡警冲散，是不是？"

约略迟疑了一下，那年轻男子又说道：

"现在天晚了，走路很不方便，前面的村落就是我的家，你到我家里去歇一晓，好吗？"

月亮照着两个人的影子时，传来村中之犬吠声。

四

长发叔从人丛里挤出来，不见了女儿。他仓皇四望。沿途问人家有没有看见一个年轻漂亮的女孩。

看看天色将暮，长发叔已毫无气力。戏场里一幕骚扰，已经平复，听说乡下人孝敬了六十块大洋，明天仍演戏，赌照常进行。镇上人的惊恐也没有了。

在镇上用了饭，托了一些熟人向各处打听荷姑的行踪。他想荷姑不会怎样，她又不是七八岁的小孩，决不会受人家骗的。凭着女儿那份聪明，他也觉得毫无危险。于是坦然的坐在镇上的亲戚家里，等着那些出去找荷姑的人的回音。可是等到夜半荷姑还是没有找着，长发叔开始有点慌乱，然而究竟是上了年纪的人，自己努力把心平静下，便连夜赶着回家。

一室青灯如豆，从门缝里看见老婆疲倦而嗒丧的神态，长发叔有点惘然。轻轻敲了两下门，顺着月光自己和老婆相对不语。

"怎么荷姑没有回来呀！"泪水已经簌簌下了。

长发叔将下午发生的一幕情景重新叙说了一遍，长发婶倾听着心中如千顷波涛的起伏。

"孩子有没有危险呢？我可怜的荷姑，她是从来没有离开过娘呀！"

一分一秒的时间，如磨墨一样的过去，太阳又出土了。

早晨的空气，清新而明朗。荷姑同一个年轻的男子，踏着轻软的泥沙，走过沙洲，才隔一日不见的家门，荷姑觉得异常亲切而可爱了。

"妈，开门哪，荷姑回来了。"尖锐的声音里混合着强烈欢欣。

躺在妈妈怀里，妈妈抚着她星一般发光的头发，快乐的泪珠停留在嘴边，滴落在荷姑丰润的小脸上。她娓娓地告诉爸妈她昨日的遭遇。她指着站在桌子旁边和她父亲说话的那个年轻人；"就是他呀；不是他我连睡都没有地方睡呢！在野外我真会吓死来着！"年轻人微笑着，端正的脸上另有一种可人怜处，欲动不动的嘴唇，想说话而又不敢说似的。三个人都在等着他口里迸出来的话语，结果他一点什么也没有说，在两个中年人的感谢的空气中，他微微感到温暖了。

那位年轻人受着荷姑爸妈殷勤的款待。但在荷姑心里除了感谢以外，还有着另一份怜爱的心性。当那乌溜溜的眼睛在壮健的身体上打量着的时候，心下有着一种从未感受过的轻松。

气氛是愉快的，从他们口里流出来的话语是温甜的。中年人也有着年轻人的感情了。当长发叔想到女儿终身大事的时候，无疑的他是不会把那个年轻人放在一边的。从那一簇的小胡子上，发亮的小眼睛里，可以测知他那一刻的心性是愉快的。诚实的乡下人只要受了人家一点点的施与与恩惠，的确可以使他在临终的时候都不会忘记。

负着一身灿烂的秋阳，从平直的村路上，那个年轻人，轻轻地唱着山歌，把一些人家所给与的快乐带回家去。

人生的遇合，真也有点茫然。泥玲河两岸的男子都不能得到的荷姑而给那个镇上的异乡人得到，这是泥玲河两岸的人料想不到的事。

五

自从荷姑因看戏而造事的故事传播在泥玲河两岸居民的口耳中以后，一些男子的心中，都感到轻轻的怅惘，他们再不能做和荷姑干蠢事的梦了。从前至少他们都有把荷姑当着自己的妻子的希望，现在荷姑已是人家的女人了。这种观念，在中国南部的乡村依然还是根深蒂固。调戏有了人家的女人是不可能的事，何况荷姑又是那样一点不轻佻的人呢。

早晨挑着鱼，从河的北岸过南岸，走了东头又到西头。每一张脸，每一张嘴，都是一模一样的笑着，一模一样的说着。笑得那样好，说得那样轻柔。

"荷姑，恭喜你有了人家呀，几时有喜酒吃呢？"

一片红雾飞上了荷姑的脸，荷姑忸怩地吞吞吐吐的说了一些人家听不清楚的话。

才不过十六岁哪，爸爸妈妈就那般轻便的把荷姑许给人家了。要不是那年轻人中了两老的意思的话，是不会这样草草的。

秋光将尽，户外已有凛凛的风吹了。每年这时候有许多收谷子的船从城里来到泥玲河两岸，把人们一年的收获用最低廉的价格收去。那些收买谷子的客人，都是些肥胖胖的有身份的店主，除了做收买谷子的生意以外，还要选择几个年轻漂亮的女人，去服侍他过冬，过夏，供他们茶馆酒后消遣。他们出得起价钱，他们也有和狗一样的爪牙专门去打听人家的儿女。当钱不发生效力的时候，也会来一手别的伎俩，非达目的不止。

前几年，大家所知道的一件事就是春桃做了一个姓贾的米铺老板的老板娘。当那事发生的时候，荷姑只有十四岁呢。当时人家都说女儿不要生得太好，太好了也会惹祸。

因为那时，春桃是唯一的漂亮的女人，被许多男人纠缠着的。可是后来那位姓贾的店主并没有虐待过春桃，春桃嫁过去一年，就生了孩子，恰好老板娘死了，她就做了一个不折不扣的老板娘了。春桃到城里去了以后，还回过一次老家，满身金银绮罗，谁不说一声有福气呢？虽然也有许多嫁过去不太好的，但他们却把那些忘了。

薄暮的沙洲上，荷姑一个人在那儿踟蹰着，秋风把她的头发飘了起来。淡云游曳在山腰上，江上的帆影轻飘飘地给人们以一种缥缈的思绪。沙洲的另一端，长发叔正在和那些收谷子的船上的伙计谈"新入环境"。当荷姑望见了的时候，就连声的喊着爸爸。长发叔掉开那一群人过来，连鱼钩都忘记带走。当重回去取的时候，那一群人已经迎面过来了。他们都惊讶地看着荷姑，长发叔会有这样一个美的女孩？

为了博得店主的欢心，他们把这个美丽的女孩介绍给那位肥胖的人了。当他笑眯眯听取那谄媚的诉说以后，他宣布明天和他们同去看荷姑，并且叮嘱他们和长发叔好好的商量娶荷姑的事。

意想不到的事，使长发叔一夜睡不安稳，女儿是已经定了人家的，怎么好解约呢。淡黄的灯影，射在土色的壁上，他把老婆叫醒，和她从长计议。长发婶的意见以为：

"……有了三百礼金，我们这一世的吃穿都有了。而且荷姑嫁到那边去，至少比嫁在乡下享福的多。我看你还是答应那个店主罢。那边我们也没有受他什么东西，不会有什么话难说的。"

金钱的魔力太大。我们的荷姑不能表示可否地被带上了大船，除去母亲的眼泪以外，她没有带一点什么离开家乡。当着巨大的肥□[1]压在她胸脯上的时候，她的心痛苦得裂开了。

西风把荷姑的眼泪与咿嘤送给年轻人，船渐渐远了。

原载《大学艺文》1936年第1卷第2号，署名流金。

---

[1] 编注："肥"下疑原脱"躯"字。

吃　新

一

　　南风在田野里咆哮，垂了头的稻子翻着金黄色的波浪，累累的禾实沙沙地响着。蔚蓝的天底，骄阳放肆地刺射着人们的眼睛。火热的风，好像要把皮肉烧焦，在田间工作的农夫，不时伏在涧边吸取流泉，津润那干燥的喉管。水牛把身子全浸在水里，露出半个头在水面，嘴唇呼呼地抽动，水面上时现着无数的泡沫，随牛所过而消失。赤着的牧童在浅涧中游泳，手脚在水上蹦蹦的作响，游倦了的躺在禾巷中间，不时迸出村野的话，故意让它溜进来往于田塍上扎白巾花巾的女人耳朵中，惹她们骂一两句。

　　广阔的田野上，太阳晒不到的地方，只有傍水的柳荫深处。柳树的影子，落在地面上时时因风改变状貌。

　　农人成群的休憩于柳荫下，以一种快乐的心情期待着快熟的稻子。

　　"只要七八天我们的禾就可以收割了。今年的收成不说十分，七八成总算到手啦。"福生公公慢慢地说，笑容泛上他的脸皮了。

　　"大概不消十天就得吃新了吧？"大家相互询诘着。

　　"哪消十天呢，顶晏也不得到月半。"

　　"从前我们乡下吃新才热闹呢。一到六月半就忙了。初七八的街上，一天杀上七八头猪是常事，……"

　　"那时候男女疯狂地，从天亮到天黑，打打骂骂，你嚷我叫，整个的村庄就像到了大年夜一样。早晨从田里把禾割上了，下午稻场上便充满了打稻的声音。太阳一下山，男男女女，装扮得整齐伶俐，坐在柳堤下面，调笑喧嚷，会打鼓的打鼓，会唱歌的唱歌……"

福生公公似已回返到那往昔的黄金般日子，二十年来未曾开展过的眉头慢慢地展开了。

柳荫中已有初唱的蝉声。如带的长堤从无尽远的如翠的山脚下爬过来，静静地谛听着江流声。

太阳的波浪，在金黄的稻上起伏，南风吹过来的时候，衬映出一幅天然的艺术的制作。

　　南风狂，

　　稻子黄

　　五月农家个个忙。

歌声从牛背上的孩子那边传过来，掷在六月的田野中毫无回响，掷在人们心上，连柳絮般的重量也没有。

二

三十年前的乡村，优美而宁静。

黄昏，月亮从河底爬上来，把那娟丽的影子，掉在水里，把柳树的柔婉的枝条撒在人们身上。河边的乱草中，有如鼓似的青蛙的鸣声。洒满了如银的月色的榆树上，有如怨如慕的纺织娘悠远的琴曲。闪烁的星群以明亮的眼睛，俯视着大千世界，那种柔媚的目光，似对人世有所恋慕。在如此醉人的夜色里边，女人们引吭高歌，当口里流出热情的歌声的时候，澄澈如星的大眼便在她的情人身上巡逡了。那带着秋之旖旎，春之沉迷的女人的眼睛，把所有的年轻人的心都沉湎于醇醪之中，而至不知人世的哀乐与悲欢。

　　谷子熟了晚风凉，

荷花开尽豆花香，

郎买鲜鱼妾买酒，

打山坞，

作洞房。

这不知是哪一代的诗人替他们做就的情歌，每当新谷登场，就会在那些年轻的女人的嘴里作成一种柔媚甜美的歌声。在山间，在水隈，在深林月夜，在两岸星空，荡漾，悬浮。那种如仙的境界，重复在福生公公的面前了。

三

经过了连年的变乱和水旱天灾，农村走上了残破的路。好些年前，福生公公也有着不算少的田产，一家人度着小康的生活，融融泄泄。春天播种，秋天收藏。黄的谷子，红的番薯，黑的芝麻，绿的蚕豆，……充塞着仓廪。辛亥以后，平静的海上，陡然掀起了狂涛，田舍化成了劫灰。一家人从江北流到江南，到处遇着劫人财命的魔鬼，在迁徙中，骨头一天一天软下去了，那富有男性美的小胡子之中，也种下了一些灰白的根苗。

在艰苦中，转眼过了十多年，生离死别把头上的黑发染得雪白。

连年的老病相摧，田园荒芜在春雨秋风之下，福生公公带着唯一的孙子，在贫困中，度着残年。但他看着快长成的一块肉，想着他的出世立身，还企图作最后一次的挣扎。于是，他计拟开发荒芜了已久的田地，他在"农村贷款处"借了一笔钱，雇着一个十六七岁的孩子，重整起旧业，他把所有的希望，都放在这些田地上，在期望中又继续一天一天的衰老下去。

"现在世界不同啦！吃穿的事都办不了，哪还能让你们过着我们一代的日子呢？"言下不胜感慨，福生公公的眉又皱了起来，接连干咳了几声。

蝉声慢慢地响了，太阳投射在地上的影子拉得很长，福生公公拖着沉重的步子，伛偻地消逝在金黄色的禾巷中间。

希望和日子并进，转眼又到了新谷登场之期。那是藏在人们心头已久的愿望，把金色的谷子一石一石的搬进了荒芜了漫漫的岁月的食廪。

炎日下，农夫在田间工作。一颗一颗的汗珠，从黝黑的焦热的两颊流到粗壮的胳膊上再落到那带着六月的气息的污泥里。裸露的上身，晒得能反照出他人的面貌。那仅穿着一条短裤的下体，有一半没入污泥之中。当割完了这一块地方再割别一块地方的时候，把脚从污泥中拔出来，是并不容易的事。有时几至因此而跌倒在田里，让污泥塑满一身，给在田间工作的侣伴笑谑的资料。

被太阳晒得毫无声息的原野，凝滞的空气像死一样。树叶之间保持着固定的空隙。雀子躲在密茂的林木中寻找安逸。在这寂静的境况下，只有镰刀和禾稿接触的单调的微响。已割好了的禾，整齐排成行列，静静地躺在污泥上面，待人们把它捆好再挑到稻场上去。

当太阳偏西的时候，从深林中传出来的尽是些田家的打稻声。一些扎着白头巾的女人，来往于稻场上，矫健地打着稻子，肥大的乳房诱惑地耸动着，丰腴的臀部调协地摇摆着。汗渍浸湿了单薄的衣裳，紧贴着发育得健美的身躯上，使各部的曲线毕露，匀称而鲜朗。平时她们这样子，便会引起男人们撒野的念头，使他们嘴里放出一两句或一串村野的话，甚至故意把身子贴近她们，偷偷地，迅速地把手放在高挺的乳峰上探一探。

四

田里的禾都割上场了。太阳光下已不再见金色的原野了。间有几处青青如绉的波纹起伏，那是刚插下去的晚稻秧。

"福生公公，你家的禾都割完了吗？请了几个工呢？"

"谢天谢地，全都上场了。短工一共请了十多个，……"

"这是二十年来没有过的年成啦！一斗种至少要收三石。"

"可是听说城里的谷价跌了呢。昨天三小子回来说，两块钱一石都没人要。"

"真的吗?！不过总比没有收好一点，……"

吃新过了。

沿河两岸的榆柳，在秋风里凋谢。芦花懒洋洋地立在残照当中，水鸟栖息其间，磔磔的声音不时因风带到空旷浅蓝的天边。片帆上，秋日的歌吹响了，从江水上，成千上万的谷子从乡下流到城里去。

福生公公依旧坐对空的仓廪。悲哀地，抚着稚弱的孩子。当远浦雁声传来的时候，深深地使人们感到的便是尚未裁剪的寒衣。

一九三六年十一月七日于燕大

原载《青年作家》1936 年第 1 卷第 1 期，署名流金。

扫 墓

　　油菜花开遍了稻畦。站在高岗上俯视绿油油的田畴，点点的浅黄色的花，在青碧中更觉得鲜艳。从海上吹来的东南风。驱走了冬之凛冽，小麦也伸腰了。

　　一行八九人：有五十以上的老者，有二十多岁的青年，有尚未成年的孩子。太阳压在背上，似荷负不了的初春的热力似的，他们全把长袍子脱下，挽在手臂上行走。

　　山色迎人以笑靥，小白鸽在空中旋舞，时时放出灵快的呼唤，如歌颂春光之盈溢与熙融。

　　田道上动着长的腿，短的腿；春风飘着白的发，黑的发；宇宙中荡着苍劲的声音和细锐的声音。

　　"到响铜庄还有三里路，过了大眼陇就可望见庄屋了。"

　　在路上，风吹着古老而略带轻松的声波。

　　"二十多年没有回家扫墓了，回想当年盛况，真是不胜感慨！"

　　穿大马褂，戴深绿色的礼帽，年约五十七八左右的那位德望颇高的绅士深深地叹着气。那些年轻的后辈子，除了用沉默答复他的感喟以外，还有和春风不相契的秋晚的情怀，如潮似的涌起于胸中。

　　"慎终追远，这是应该的，不然，生儿育女何用？你们这些后辈子，在家都不扫墓，真是糊涂到万分，看蕴生连祖坟都不知道在哪里了，还要问我。"

　　那位道貌岸然的老者，继续唠叨起来了。

风，阵阵送来田里的芳香；天上白云携着春日的袈裟，披在澄旷的高原之上；黄牛迟缓的搬着沉重的脚步，于断碑荒冢之间。

深林里隐现着白色的墙角，林后是绵延卧伏的山峦，林前是一条入山的大道，有古松、槐、柏交相映掩，从山中时时传来丁丁伐木之声和淙淙的流泉合奏的曲吹。

他们已渐近山庄了。

白的墙上爬满了爬山虎，有群蚁往来于暗绿色的枝条上，那是已作为它们栖止之处的了。横嵌在大门口上面的青石板上，镌着"程氏墓庐"四个八寸大的字，从苍劲圆润的笔锋，可以想见当年的门庭之盛。

当他们跨过石键槛，看家狗便大声嚷起来了。从庄屋里走出来一位四十来岁的庄稼人，带着满脸的笑容，连忙跑上前去迎接那批来扫墓的人。

"列位到得真早呀！昨天'里头'带信来，我才知道柏老爷回家了。"看守庄屋的那位庄稼人眼睛合拢得连缝都没了。

"柏老爷二十多年没有上庄了！记得前二十年柏老爷同老太爷来时，我爸爸还没有过世，我还是一个小孩子哩！"

二十多年的时间。在柏老爷心中所有的重量，应该比那位庄稼人来得重，因为除却死亡长育以外，还有他自己的功业与成就。

"二十多年没有来过，庄屋还是老样子。"

庄屋里又跑出三四个高低不齐的孩子，以惊奇的目光，向这批不速之客身上打量。

"这都是你的孩子吗？"

"是的，老爷，那个顶高的是我的第四小儿。"

庄稼人喊着孩子给老爷请安，而那批小东西却向山中逃走了。

庄屋内部坍塌倒败已呈破败的样子，当柏老爷跨进大门时，他慨乎言之儿孙的无用。

"那四个字是模山公的亲笔。当陈太夫人未死，这庄屋便筑成了。"那叫作柏老爷的怕后辈子遗忘这件事，郑重的提一番。

"听说晴峰公丁忧在这儿住了一年的。"指着那间满堆柴草的南房，柏老爷又继续开了他的话匣。

响铜庄是程氏庄屋中最大的一个，庄屋后面的山，埋着柏老爷的高曾祖母的尸骨，据堪舆家言，这块地和程氏一门的荣辱有不可分的关联。

柏老爷立在庄屋后面，俯瞰群山，二十年来家国的变乱，门庭的盛衰，一件件在他心中浮起。

巍峨矗立的华表，从松林中偷来眼底，他从林表直视那远祖埋骨之地，二十年前扫墓时的情景，一幕一幕在他那脑板上重新演映。往日的叔伯，不是也有着他现时的景况吗？如今，他们的骨头已经腐了。二十年后，自己又怎样呢？他完全沉沉于怀旧的梦中了。

山中有黄鹂，时时抛出清脆的歌声，向人间问取春之深浅。当守庄屋的人大声在屋前屋后嚷着柏老爷到哪儿去了的时候，他才从沉迷中醒悟过来了。

那四五个年纪幼小的兄弟围坐在木桌子四周，他们在熟烈的讨论着响铜山的风水，为了这个问题，已经争得面红耳赤了。意见是那样的参商，一部分人根本抨击风水之说的荒谬。

另外的一个集团，包括所有的长一辈的人，他们从祖宗发迹，一直谈到现在哪个显贵，哪个腾达，都一言以蔽之曰风水的良窟。

墓道两旁有参天的古柏，石头铺垫的拜坛上，长着一寸厚的苔藓。墓碑高过一个五尺高的人的顶，上面刻着一些不易为现代人所懂而适足以为四五十岁人夸耀的文字。墓后是一块横竖的"印牌"。太阳很难得从层层紧叠的树叶与树桠之间偷坠下来，给墓地上的生物以一种必需的营养。从墓地向山下望。两山之间的田亩，如供祭似的齐整地排成行阵，菜花在山风波动之下，似抖动着一幅浅色的湖绸。

"骨头没有用了，四拜之下，就觉得酸痛呀！三弟，我们真的老迈了！"柏老爷朝着一位和他年纪上下的人说。

当奠完酒，纸钱一张一张挂在坟头的草根上以后，这一行人又在蹭蹭的下山路上走着了。

当还没有开始酒食以前，住庄子的人滔滔地向柏老爷诉说近年来墓地的景况和他自己撑持的功绩。

"兵荒马乱，盗贼一年比一年多，一到冬天，我们就提心吊胆过日子，兼之庄屋附近，人烟稀少，祖老太太的墓，就引起许多人打主意了，到现在已经掘过两次啦！第一次是在前年腊月，Pin Pin Pun Pun 一夜，我们躲在屋里头，哪敢出来，幸而她老人家有灵，一夜都没有锄开，一到天亮，我和我的大儿子，提着鸟枪出门时，贼就逃跑了，我就马上报告了'里头'，九老爷在县里告了村庄上几个不安分的一状，捉去了几个嫌疑犯，以后便安静了一些时候。又一次便是去年春天，……"

"唉，真是民不聊生，连睡在土里的人也要遭劫了。"

"不是吗？老爷，就是我们蒙老爷的恩典，住不要钱的房子，种不要租的田地，也不得三餐饱呀！去年春上谷卖五块钱一石，秋割上场，一块五都没有人要，你说我们作田的人哪里受得住呢？"

"这几年真是越弄越不成样子了，什么门牌捐，碉堡捐，公路捐，人丁捐，保甲捐，真是名目繁多，叫我数都数不清了。榨血也总要榨得出来呀！徒逼死我们作田的人有什么用？老爷，你说是不是？"

那位守庄屋的诚实的庄稼人，心里头好像贮满了那类的话，一说就不得断了。

"就是我们庄屋，也要修理，风吹雨打，一年比一年残破，一到下雨各处都 dededǔdǔ，连安身的地方都找不着。我们的力量又薄：

年荒岁歉众上也没有闲钱，就是年成好，谷价一跌，弄笔大款子也不容易，我想还是要你们老爷赚大钱的人，出点力，……"

柏老爷缅怀当日门庭之盛，和庄屋当年的情况——前边两间积谷仓，有长年不离的黄金的谷粒的驻守，他心上似有千脚虫在那儿爬行，眉头皱起来了。

祖宗的遗业，让它这样残败？他真有点不忍哪！然而他有什么法子呢？二十年的宦游倦怠归来，清风两袖，连自己余年的奉养，还要费筹划，哪有余力兼顾及此？老迈的躯干，颓然地让它安置在藤椅中了。

离开了故乡二十年，哪里会想到如今日的凄凉景象？他踏遍了世界上的壤地，只有一处在回忆中，有似蜜的甜，蔗似的甘，春风似的柔媚，秋月似的清幽，女人眼珠子似的娟好，暑雨初收似的天空的澄明，四月南风中的大麦似的丰实的，只有那和着他二十多年的光阴一齐埋葬了的故乡。

故乡是残破了，见着的是一片荒凉，听着是百种呻吟；豪强的兼并，绅吏的榨取，把丰腴的农村的面影削减下去了。憔悴，寂寞，哪一处不给人以一种悲怆之感呢？

"三弟，你还能记起我们做孩子时的情景吗？我真不敢提及了。"

染着一抹浅红的山峰，似在嘲笑着那些暮归人，尖削，孤冷，把白云驱散于六合之外。

黄昏的田路上，还是始春的风，吹着解人愁绪的调子，把菜花氤氲的香气，散撒于荒烟蔓草之间。

一九三六年十二月于成府

原载《青年作家》1937年第1卷第2期，署名流金。

玉石井的风波

　　莺叫了，正是春的末梢呢。四月的山谷中，有采茶的儿女，在青紫的林间，抛下同蓝天那般澄和柔美的音响。涧水在山脚下汩汩地和谷风而微吟。绿嫩的小草，崛然地站在为遥远的尘沙所铺塞着的岩上，向着明丽的天风笑了。

　　云薄风轻。

　　花巾子放在女人头上也安安稳稳渡过山坡啦！

　　这应该是一年中为神所特意安排的好日子。不独明慧的人类，愉和、舒畅，安放自己于宇宙之间，而无少虑；即猫儿、狗儿也跳着、蹦着，纠缠于异性的身边，时复放出两三声快乐的咪、吠。

　　玉石井是出名的产好男女的地方。男人强健如牛，勇猛如虎。女人则除具备了别地方好女人所应具的诸美点外，还有着一副能朝夕歌唱的歌喉。那些长得美丽，而不会从嘴边放出倾慕、热烈的歌声的女子，永不能为当地的男人所钟爱。其结果则让青春寂寞地凋谢于黄瘦软瘫的男子的搂抱之下，直至含忧而终。

　　山间的明月，春梢的花风，常伴着玉石井的男女，听取他们山海的盟誓，暗地里嘲弄着男人们的热慕，女人们的痴情；它们的耳朵不知道装进了多少情侣间的谎；眼与手，又不知安抚了多少情侣间的小纠葛，牵动了多少怨旷的旧恨新愁。

　　　　山花开时郎不归，

　　　　早晚看花姐太痴，

太阳落山望牛背，

看牛真个带着我郎回。

聪明的好弄文墨的乡下人，把这一类的私情，常写成娟美的诗句，留在纸上，让后一代的年轻人，当无法排遣自己的春愁的时候，把它吞入肚里，化作歌声，荡漾悬浮在莽原大泽之间，柳堤槐荫之傍。

得天独厚的玉石井，人民轻便地可足一年的温饱。慕阜山打湖南下来，作了它天然的屏障，阳浦水也流进修江的地方。有县治曰武宁，从武宁溯江而上，乘船可直达村口。这条江路，便是它对外交通唯一的门户。其他居民，一世未出村口一步的，至今犹不可胜数，除了那些赶考、求功名的人，把外面的情况，偶一带至村中，他们差不多完全和世界隔绝。

年青时代，男男女女，耗三分之二的精力于恋爱上，在玉石井地方，不算奇特。他们恋爱的方式，不如目下流行的繁琐；除了应具的健康、美丽诸点以外，男女两方决不肯在另外的问题上费心思与精力。

早晨的山坡上，四月春深，常有浓烟缭绕；山脚下，约摸百步光景，便是一条从远处流来的河川，河上浮着点点的渔舟。渔人于头天晚上，把钩撒下水，次晨天刚亮，渔户男女，从梦中醒来，擦擦眼睛，便站在船头船尾，顺水流把钩收起。当太阳慢慢地爬过高山，在河上饰着一层淡红的始影，渔船便一齐拢岸，沿着山路，便可见一行一行的卖鱼人了。

浓烟从这些卖鱼人脚底渐渐升腾，消散于阳光之下。挑着满盛鲜鱼的筐篮的男女，徐行于山边，对着这美好的当前，常会流出细腻的温情。假如当此一刻，两人的心，能互相宣照，到夜间，他们便会在江畔或深谷做着蠢事，彼此浪费一下白日所不能尽的情感。玉石井的粗野的村夫村妇，对于爱情，却比城里人细致万分。他们的心坎里，常蓄着许多为人所难思议的甜言蜜语。他们随便相爱，不受人牵涉，而愿插足于两个正在热爱中的男女之间的人，也难寻找。所以在玉石井这地方，男女全歌颂着春天——四月的末梢，晚上躺在男人或女人的手臂上，听山的密语，水的密语，男人的撒谎，女人的娇笑。世界中，于人事上似毫无牵挂。

四月是好日子，而意外的事，偏会发生于这个美丽的季候。玉石井的男女，虽然最会相爱、相亲，而惯于看风帆、水鸟、暮天落日、朝起晨光……的男女，常会在爱情上作一两次负疚的事。

山坳中，某日早晨，为人发现两具死尸，全赤着身子，男的×××为刀割成两截，女人的奶峰，也被割下，扔在青草之上。

赣西北所产的木材，打武宁下来，顺修江流到吴城出口。年年的春尽夏初，江水新发，河面上，每天可以看见很大的木排，顺着水势徐流。木排上，搭着篾的篷子，供架木排的人休止，远处望之，像一栋一栋的小平屋。架木排的人，年轻而壮健，日晒夜露，把身子弄得铁样的结实。一年中，四、五、六三月，他们全在水上漂流，故对神奇变幻的河水，有时不免作种种幻丽的打算，而至常为一些荒唐的梦所牵累。

玉石井为这些木排所必经的地方，每年的四月，常有许多木排傍柳荫而停泊。架木排的人，每个都从容，闲散，他们好象毫不为辽远的旅途所劳渎，在玉石井一停泊，总是八九上十天。

这些木排上的异乡人，每每沉溺于玉石井地方男人的诚恳刚愎，女人的温柔细腻之中。

轻绡似的白烟，浮在四月晨兴的江面，江水汩汩地流着，如新寡的嫠妇，呜咽于辽阔的原野。

天上还留着未落的星辰，静谧的河上，桨声和橹声，交织着一片朝起的歌吹。无数的渔船，穿梭于鱼鳞似的细浪之间。

> 小小鱼船河上荡，
>
> 哥哥把舵妹划桨，
>
> 鱼儿钩起钩儿亮，
>
> 河里鱼儿像梭穿。

这歌声，像急湍似的流泛于江上，常把那些木排上的男子，从梦中催醒。待江雾渐散，河上恢复本来的缄默时，木排上便来往着卖鱼的男女了。

玉石井的女人，对木排上的那些异乡人，似有一种异乎寻常的关切，她们每天早晨总把肥美的鲜鱼先送到木排上，任他们作第一度的拣选。有时，她们还把那些人带到自己家中，让那些在远途上的旅客，获取一点家似的温暖。

这是玉石井人的美德，老年人从不会在儿女的恋爱上费精神，十八岁的姑娘，夜晚带情人走过自己的家门，还会故意给睡着的母亲，唱一个对男人倾慕的歌，或吹几声口哨。但这份美德，却未分派到年轻人身上。年轻人第一件不容许的事，就是自己的情人被别人勾搭上手。普遍存在于玉石井的现象，就是一个人只许有一个情人，而这种爱情常维持到久远。假如有人对爱情做了有所负疚的事，那么，其结果便是一场使人难料的悲剧。

四月的一个晚上，虫声缠绕着玉石井地方的草木，半个月亮挂在西天的一角，晚风轻微而略带凉意，渔火明暗于河上，两岸的歌声，已经静下来了。

靠近山脚的一户人家，从竹篱外，还可望见一盏未熄的油灯，灯下坐着一个年轻的女人，秀长的眉毛，深沉的大眼，眼中含着期待的光辉，似怨，似恨，似初三夜明月的柔媚，似五月南风的倦怠，面庞像画中的圣女，而脸上所透露的情绪，则是一首沁人心脾的小诗。花巾子围在颈项上，宽厚的嘴唇，使人想起南国女儿的热情。

当着这样的好天气，把这样的一个少女，独留于孤灯之下，让窗外迷人的夜景，一寸一分地啃着她的心，这是神所不允许的事。然而这到底为了什么呢？

女人的眼睛告诉人说：这是为了自己拒绝了一个情人的臂膀而期待着另一个人的嘴唇。而他们是要等到这全村的男女沉寂以后，才能悄悄地做着别人不用悄悄地做着的事；她知道不这样，便会引起一种不可料的纠纷。即如现在这样做，也未尝不是一种大胆的冒险。

孤灯之下，一种无名的焦虑，爬上这个年轻女人的心，她烦困了——本来，玉石井的女人，是不知道这种烦困的。

河畔的木排上，架木排的人，全酣睡在篾篷子里，静静的河上，听得见他们的鼾声。繁星满天，未圆的月照着一个架木排的年轻人，他独立在木排的边缘，等待着月落。这是一个女人告诉他的话：月落后，她在一间点着豆油灯的屋子里等着他。

玉石井地方的男子，在爱情上，如其他的事一样不肯让人一步。当他发觉自己的情人，对爱情有所负疚的时候，他会暴跳如雷，顽固如执拗的驴。这在偶一落脚在玉石井的外乡人却不大明白。就因为这一点点小差池，那个架木排的年轻人，便做了一个悲剧的主角。

山上的树木，因风微语。一片蔚蓝作底子的天空，挂着无数的繁星。冷露降落在山石上，已凝聚成为水珠。虫声渐渐阑了。这时候，在那山脚下的小屋前，立着一个面影模糊的男子。当他渐渐移近有灯光的小屋时，那个坐在灯下的女人，从窗口送出一阵快乐的唱然，如释重负地，深长地呼了一口气，便披着红毡子出来了。

在屋背，摇动着一个巨大的黑影，那影子，像要吞食这露天底下的一双男女。

夜，静得连脚踏着小草，也发出清脆的声音。一种轻微的喘息，从紧偎在一块的那对年轻男女经过的地方，遗落在露水原上。平常这时候，该是荒唐了一阵的男女，在床上把未睡之前的经过，依自己的计划重新在梦里编排。

紧随着那两个人在草上的脚印，另一个男子，心里计划着马上要来到的一场惊人的事。倔强的年轻人，当被自己的情妇，拒绝把一晚的时间安排在他的嘴唇和手的活动之下，他还在那间小屋外面，吹了一次口哨，直到没有回响的时候，他便悄悄地巡逻在小屋的前后。因为夜深未熄的油灯，使他心里孕生着奇疑的峰峦。于是便藏在小屋后面，窥视他的情妇如何处理这一晚分内的时间。待他看到那个架木排的外乡人，轻捷地把那个女人引向山中的时候，他便决定做一次玉石井传说中的故事的主人。[1]

当那个架木排的年轻人，沉迷于女人的肌体的时候，他毫没有想到那个女人是有着一个玉石井地方的情人的，于是便一点也不自知的殉了爱情。

河水呜咽着。榆柳在晨起的风里，垂首低泣；三五成群的水鸟，贴着水面飞掠，轻盈地衔食水面的鱼虾；走逆风的帆船，时时抛出岸上人拉纤的声音，沉重而苍凉。

河面上的烟雾，渐渐为朝阳冲淡了。

巨浪卷着一个年轻男子的尸体，掠过青山两岸，直向下游流去。

原载《大公报》（天津）1937 年 5 月 2 日《文艺》第 124 期；《大同报》1937 年 5 月 12 日、13 日，署名流金。

---

[1] 原注：玉石井的一个传说，便是一个年轻人，杀了他的情妇和情妇的情人，自己便投水而死。

"莲，你个年纪轻轻的女儿家，不要留，同他们走。在家里，娘提心吊胆的。"

"娘走我走，娘不走，我也不走。"

"娘老，日本人来了不要紧，你怎能不走？"

两只臂膀像带子，围住娘的颈脖，年轻的脸，伏在母亲怀里，一阵少女的泪，急剧地流出来，长得已十分丰满的胸膛，像小白山羊，跳跃下山，抖动着肥壮的身体。

母亲心乱了。"不要哭！走不走由你，娘不逼你走。"母亲衰老的手，轻轻地掠着女儿又黑又软的头发。年轻的身体，散发着一种香味。母亲似乎想得很远，不说话，沉浸在女儿朝日似的光景里，是想起了自己年轻的日子，还是为女儿的来日而踌躇，没人知道。

"莲疼娘，娘也疼莲，莲不离开娘。"莲抬起头来，晶亮的眼球，正对着依稀还似她的大而枯涩了的母亲眼，母亲的泪正滚落下来。

"娘，你莫哭，哭得心里难受。"

"我没哭，"老泪依然在流。难道自己流泪，自己不知道？母亲一把抱住莲，"假如你爸爸在，我们都可以走……"

莲只从母亲嘴里，知道一点爸爸的事。爸爸死的时候，她四岁，已过了十四个年头了。十四年过去，死的人在人心里渐渐淡去，活的人，小的看大，大的看老。莲已到花似的年龄，看着这朵花，做母亲的又喜又惶惑。莲小时候，母亲总说："假如爸爸在，你们多好！"但爸爸不在，小孩子们也觉得并没有什么不好。和哥哥在田里捉蚱蜢，在瓦片中寻蟋蟀。过重阳时去山里上坟，吃栗子，吃獐肉；夏天莲藕，又多又好。下雪的时候，站在腰门边看雪，一面拍手一面唱："黑狗身上白，白狗身上肿。"雪住了，和哥哥一样带上遮耳大风帽，拿棍子到处打"溜溜"[1]。春天来了，到村中高处去放风筝，哥哥放大的，她放小的；哥哥风筝的样式多，她也多：小八卦、小蜈蚣、小蜜蜂。哥哥上省城去读书，她也去，……但这一切都过去了。哥哥中学毕业，进了大学，她初中毕业，一打仗，给打回了家，不如她们姐姐妹妹，跟了父亲去四川、云南……，照样进学校。

母女都没话说，悲哀沉沉压着她们的心。季候已入凉秋，梧桐叶在风里刮着到处跑，萧萧地响着。向南方暖处飞的雁鹅，在天空排成八字或一字，每天从屋顶上掠过去。

大宅子里，人已走了大半；没走的，也在预备走，夜里异常寂静。

母亲的泪还在落，莲用手帕轻轻地从母亲脸上拭去。她不知道用什么话去安慰母亲，一种非她那年龄应有的悲哀，扼着她。……

母亲把一切希望放在哥哥身上，哥哥一年年长大，进中学；中学毕业，进大学。家里人没个不称赞，总说："孩子有出息，聪明懂事，希望大，将来享孩子的福。"做母亲的含泪的微笑里，希望一天天像花似的开放。但哥哥大学没毕业，就打仗。哥哥没再读书，也没回家，跑得很远，在远远地方一个军队里做事。那里山很多，天气很冷，哥哥来信说，地方也穷。母亲希望他回家，但他只隔两三个月来封信，告诉母亲他身体好，挂记妹妹，问妹妹在上学还是在家。

母亲知道儿子无意回来，路远也没办法。在家里挂念，但哪天

---

[1] 原注：即檐下融雪时所结的冰棍。

能回来，谁也不知道。莲想："把日本鬼子打跑了，哥哥就回来。"但她不和母亲说。

母亲提起爸爸来，莲就想到哥哥了。母亲已好几年不说起爸爸了。

"娘，不要想，谁也不要想，莲舍不得娘。……"莲知道，母亲不说话，心必定又飞到远远地方哥哥那儿去了。泪像泉样的涌出来。说完，泪流得更多，出得快："娘在哪里，莲也在哪里，活在一块，死也在一块。"

母亲还把莲看作孩子，说时一把眼泪，一把涎。

"莲莫哭，莲有良心，你哥哥不如莲好，跑得那么远，不管娘，也不管妹妹。"

日子还平静，只看人走，心里乱。一船一船人，一船一船器具，从小河入大河，顺水到大城，再往西往南走。钱多的走得远，万里云南，人做梦也做不到的地方；钱少的走得近些，离乡不离省。只土地无法带走，老年人在河边垂泪，青的山，山外的流水，虽然和别处没两样，但总觉得家里的好，家里的可爱。

大宅里留下的只一些在莲心里。回忆儿时和兄弟姐妹一起玩耍的门前，上了一把大铜锁，那东西冷酷无情地瞧着她的心。村道上乡下人懒懒地走来走去，牛似乎也没精打采。天发着寂寞的蓝，十月底的蓝天，实在叫人流眼泪。

"娘，二奶奶到了河边，还不肯走，直哭。她说，不是四□叔在外边，她死也不走。她叫你不要难过，一平静她就回来。"莲送家里人回来，一进门，便拉住母亲的手，和母亲讲，装得一点不难过的样子。

母亲坐在秋阳淡淡的阶前，手下正在缝着预备莲将来穿的乡下姑娘式样的短夹袄。桂花落在阶台上，一点一点像金子，郁郁的香，渗透在秋日明净的空气里。一阵一阵风，轻轻吹动莲的头发，头发散乱，像系在少年梦里、心上的青丝。她摇摇头，蹲在母亲身边，注视着母亲膝上朴素的夹袄的颜色。母亲怜爱地拉住她的手，放下针线，年轻的生命，在母亲心里有无限感动。

"莲，家里人都走光了，真的娘不走你也不走吗？娘怎么能走？一走，家就完了，田地不说，就这一点点从祖父手上传下来的东西……"

"说了娘不走，我就不走！"莲坚决地说。

"娘老了，日子有限，活一天就给你们顾一天，你怎能同娘比？哥哥来信说叫你走，大叔叔也说让你走，在××有亲戚。自己乖，外头不愁没照管。年纪轻，在家里真有什么长短，娘死也不闭眼。"

"娘，你莫说，说了不走就不走。"

"莲，你听话，顺娘娘更疼。明天后天还有船，到××读书。也许不读书，叔叔已经答应替你找个小事儿。娘在家里不要紧，日本人来了，就到山里躲一下。"

莲又哭起来，哭得伤心，引得母亲也哭了。

"娘走我就走。……"

母亲说莲像父亲，生下莲来，父亲就病，父亲病里对母亲说："这是最后一个孩子了。"父亲疼莲，病了三年，死时，抱莲在身边，要母亲好好带这个孩子，说完了那句话，就闭上了眼。莲和父亲的相像处，越大越显著。母亲疼她，疼得入骨，没一天离开过。莲在省里读书，母亲就搬到省里住，上课下课有一定时候；过了下课时候，不见莲回来，必跑去学校问，直等回到身边才放心。家里人常说她疼得太过，她总不作声，但还一样疼。

母女心上似都有事，睡下，不说话，但都睡不着。夜里有月色，照着窗户，如人一样，无声。一只虫在阶下断断续续叫，声调凄凉。

没有离过母亲的女儿，想起母亲要她走，以为奇怪。以前一步不让她离开，现在要她离得那样远，离开了，什么时候能见面，也不知道。母亲心里也正想着女儿的奇怪处，别家女儿巴不得走，走得越远越自由，自己的女儿却不愿离开她。想到儿子从远远地方来信，叫妹妹走；想到许多人说："年轻女孩儿不好留在家里，日本人来了……"儿子在打仗，一切必看得极多，而人们说的话又如此可怕，于是做母亲的又摇摇女儿的肩膀，说："莲，你还是走，不走，母亲没命，活急死！"

女儿正在想母亲的事，奇怪母亲的奇怪处，被母亲轻轻一摇，象做了一场梦；听母亲说话，又正是她所以为奇怪的。

"娘，走了你更急，一半心吊在哥哥身上，一半心吊在我身上。"她还想把她心里"离开了，什么时候能见面？娘老了，身边没一个亲人……"说给娘听，但被眼泪咽住，一想到这里，眼泪就流。

看女儿流眼泪，母亲不说话，只紧紧抓住女儿的手，把爱从动作里传到女儿心里。以前也是在夜里，母亲谈起父亲来，流着泪，紧紧把女儿抱在怀里。女儿就叫娘莫哭，说："父亲好，莲也好，有莲娘莫哭。"此刻，两人似乎都记起了过去的事，母亲的手抓得更紧。女儿说：

"娘，我们同走，家里的东西，不要管。到了××，再写信给哥哥，要哥哥想办法。"

"好，莲，我们同走。"但母亲想到，走容易，在外生活可不容易，又说："哥哥有什么办法？做事不拿钱，两块钱一个月，自己用都不够。"

"××家里人多，总不至没办法，我还可以做点事。"

"莲，自从你父亲死后，靠他留下来的一点东西，我省吃俭用，你们都读书，哥哥大学只差一年就毕业了。以前你们小，没求人，现在还求人？落人家一世话。"

母亲要走早就走了，向来打得定主意的。

天下雪，雪飘在地上融了；飘在山上的，洁白如玉，寒风带着雪花，吹入大宅的天井里，天井里的桂花树，也镶了白玉般的边；大宅的门紧闭着，台阶上没融的雪无人扫；往年，莲在阶前，唱"黑狗身上白，白狗身上肿"，或帮助母亲从厨房里取火种，放在火盆里，用小小的嘴向火盆吹，看小小的火种，慢慢变得熊熊明亮，不管母亲说火种取得太少，她总能把火烘好。吃过了早饭，坐在火盆边，得意地给母亲讲她生火的故事。

雪涌下来，地上渐渐一片白，山如玉。

雪一连下了三天，雪上没有一个人迹。

冬尽了，春天又来了，老长工从小河里放下他的渔船，偷偷地来这大宅里望望他多年的女主人和从小给她从乡里带薯和金头[1]吃的莲姑娘。

檐下的"溜溜"结得又粗又大，老长工似乎不相信他的眼睛，大宅的门，全紧紧闭着。

快近黄昏时候，他又驾着船回去。一天后，到家时，他的年老的女伴正在灯下掉眼泪。

"大宅里连一个人也没有！"

她女人说：

"就在你走的那天，有人从山里来，说大宅里的人当日本兵过的时候，全往山里去了。莲姑娘也去了山里，后来打听得家里没事，又一个个回去。就在下雪的前几天，说有日本兵到庄上捉壮丁，捉女人，大宅里的人又跑，有的逃到山里，有的坐船往下逃，莲姑娘她们没到山里，坐船走了。山里来人说，那船因载得太多，到××嘴，就沉了。"

老长工虔诚地跪在草屋顶的神像前面，头低得碰着因几天来解

---

[1] 原注：即玉蜀黍。

冻湿淋淋的泥土上。

第二天，他放船下河。沿着从××嘴顺流的路，船渐渐远去……

一九三九年十一月写成，一月重改。

原载《中央日报》(重庆)1940年2月10日/16日；《中央日报》（昆明）1940年2月28日《平明》第178期，署名流金。

小庆和京儿

一

"小庆，来，来！快点来！"一种急促的喊声，催着小庆。

小庆十一岁，听人喊，立刻撒了张鱼的小网，跑过喊他的人那里去。

小庆瞪着他那明亮的眼睛，麻利地收起另一个孩子手里的鱼网，网里有一条大鱼，少说也有两斤重，在网里跳；若是小庆不来，连网带鱼恐怕都沉到水里去了。

网上了岸，看网里的鱼，又大又肥；鱼鳞耀眼，像金子闪亮；小庆满心高兴。那个大鱼尾，有力地打着岸上的沙土，翻腾起来，连网都带着跳到两尺高，吓得另一个孩子叫。

小庆力气大，有胆子。用两只手死劲地压在鱼身上，叫它不再跳。在水边生长的孩子，从一点点大，便懂得怎样制服一条大鱼：在水里或是在岸上。

鱼还是不断的挣扎；两只小手的劲儿，抵挡不住它那全身跃起的力量；小庆几乎被鱼打翻了，朝后仰了几仰；鱼又在岸上连网都带得跳起来了，两个孩子都赶着去捉它。

太阳铺在平静的江上。水柔媚地歌唱着，缓缓地流过一片青葱的田野；阳光随着水流，亦静静地流去；江边沙上，柳树的枝条，垂在水面上，软软地吻着流去的水，一回又一回；给那永远不断的流来，永远不断的流去永不回返的江流，以亲昵的慰语。

当两个孩子，重新把那条大鱼制服了的时候。小庆坐在鱼身上，叫另一孩子，去岸边柳树上，折一枝柳条把鱼穿好，带回家。另一孩子满头流着汗，听小伙伴吩咐，就往柳树边去，柳条离地三四尺高，小手臂够不着，那垂在水面上的枝条，去岸亦有三四尺远，也够不着。小庆看他无办法，便叫：

"你过来，看住鱼，我去！"

那孩子过来了，却不敢照他的样子坐在鱼身上，小庆看看鱼。看它样子，再也跳不起来了。不怕它再跳到水里，就不管他的小伙伴管不管得住，跑向岸边柳树下，枝条高得自己也够不着，小庆沉吟了一下，便两手抱着树干，猴子似的爬上树去了。

当他折好了树条子，下来把鱼穿好；自己提着大鱼，网让另一孩子拿着；向家里走。走不多远，另一孩子问小庆：

"小庆，你的鱼网呢？"

小庆记起自己的鱼网还没拿回来，两个孩子又回向江边。小庆的网，已不见了。小庆知道必是沉下水去了，要下水找。那孩子说：

"不要下水，我把我的给你。"

小庆不肯，把鱼放下来，就脱光那小小身体，下水找自己的网。岸边水浅，小庆下水后，头还在水面上，用小脚在他放网处探了半天，网没有，又慢慢往水深处探去。

江面上，阵阵风吹：离岸不远，有一条大船，抱挂着帆篷，轻驶过来。柳荫处，水里枝叶之间，有大鱼小鱼来往；江流两岸，不到百步地方，麦色青青，间有新秧嫩绿如茵，万顷绿波中，间杂黄紫豆花，花香漠漠。日午山色，宁谧如夕暮无云天宇，偶然地有一片云翳，低低蔽着晴日，云过山头，山色由浅入深，一山呈两种不同的蓝。

站在岸边的孩子，出神地望着平静的江流，看小庆在水里起伏，又怔忡地叫着：

"小庆，不要找了。"

小庆不答应他。

帆船疾驶如飞，渐近江岸孩子处。岸上的孩子又大声嚷着：

"小庆，小庆，船来了。"

小庆累了，听岸上孩子叫他，就游回来，但他想故意逗那胆小的伙伴一下，把头钻到水里去。岸上孩子看小庆忽然在水面上不见了，又吓得叫起来。

小庆已经靠近沙边了，躺在沙上不动。那孩子蹲在他身边，看小庆喘气，问他累不累，还说：

"小庆，你胆子真大，不怕水。"

小庆说：

"你怕水，下次就不要跟我来玩，我不怕。"

"不怕！淹死了，你妈会哭。"

"越怕越会淹死的。"

那孩子不说话，小庆也不说。

那条被柳条子穿着了的大鱼，躺在沙上，还轻微地呼吸着江上的清风。

小庆闭着眼睛，躺着不动，像在想什么事的样子。他的小伙伴看小庆能干胆大，心里十分羡慕，瞧小庆躺着不动，说：

"小庆，我把网给你，等我大了，还给你大鱼网，大船。"

小庆笑了。说：

"给我大鱼网、大船，干什么？"

"让你好打大鱼，一回打好多。"

"我不打鱼！"

"打鱼不好？"

"我要像你那般读书，读了书，赚钱给妈妈用，打鱼的人，穷死了。"

两个孩子，各人都有一个梦，都想跳出他自己命定的生活方式。

另一个孩子，比小庆小一岁。小名京儿，与小庆身份不同，但孩子天真无邪，除小庆不用京儿称呼他以外，读书玩耍，俨如兄弟一般。

二

小庆的妈倦倦地倚在一所大宅子的门槛边。

正春暮时节，南风远从海上吹来，温润的海上的气息，夹杂着四月草木的芬芳；门槛外，远山屏列，如同碧玉；春树连云，沉绿荡漾成海，远近村落，仿佛浮沉万顷绿波之中。日近黄昏时候，斜阳一抹；西边山后，云气成霞；山下人家，有轻烟娓娓上升，飘浮白云下面，小庆的妈在年轻时，生得姣好动人，十几岁便被领入这大宅中，因得男女主人欢心，二十年的青春，便与这宅子里的朱门颜色一同老去。当她十七八岁的时候，和她的老主人一同过洋过海，看过无数的异地的云山；小心地伺候着一个从年轻时候便患着致命的肺病的少年主人，当她把她自己的少女的心，交给那美丽多情的少年时，她的梦，有如新月似的美好；当那少年经不起旅途的疲困时，她又被老主人遣着陪伴他回到了这适宜于病人调养的故乡。

安静的乡村生活，多情的少女的温存，依然医治不了那少年男子的病，当她二十岁那一年，亦正当着这暮春的时节，那少年离去了人间。临危时，男子自私的遗语，使她寂寞地度过了那花浓叶茂的十年光阴。当她三十岁的时候，一切青春时对一个男子的情热都渐淡去的辰光，她却模模糊糊地让另一个男子夺去了她的坚贞，但她并不爱那一个人。

那男子就是小庆的父亲，从小在这宅子里长大，父亲一生跟着老主人，谨慎诚朴，因此得随年轻主子读书识字。二十岁时，还不曾娶亲，那女人的动人处，叫他做了一桩糊涂事；当那女子有了小庆的时候，主人就说让他娶了她，但那女人不要他。这男子便离去这大宅子，他们从此没见过面。小庆生下时，主人问那女人孩子如何处置，女人哽咽不成声。孩子生来肥胖动人，当那双小眼睛能转动的时候，似乎就懂得了母亲的苦处；做母亲的几回想死，几回为孩子动心而不死。孩子一岁大，便能说话，能走路，看孩子乖巧，母亲更伤心，更恨和那孩子有关的人。她不知道自己是不是欢喜这孩子，若欢喜的话，孩子似不应该使她看着便恨一个人，若不欢喜，她却又曾偷偷地把眼泪滴在孩子的脸上。孩子两岁的时候，被送到远处乡间，送去时，她一阵酸痛，一阵轻松，但她觉得孩子在面前，她更伤心，孩子似乎是一个刺，时时刺她。

孩子的父亲，一去十年，一点信儿也没有。孩子十岁时候，做母亲的人，心也老了，一切的爱和恨也淡了。主人看她孤寂可怜，便叫她把孩子领来，好让她自己管教；她自己也责备自己，责备自己把自己的罪过，推在孩子身上，一阵眼泪，泉似的涌下来；四十岁的人的眼泪，又重新唤醒了那已熄灭了的往事的追怀，那已经不复动人的声音，猛然地使她记起二十岁时一个男子临终的遗语。她和主人说：

"不要，不要，孩子自有孩子的生路！"

说完，又歇斯底里地抽咽起来。

主人看她可怜，不给她知道，便把孩子领回来了。孩子领回的一日，正是宅中老主人七十岁的生辰，主人便给起名字叫小庆。

小庆在风雨中长大，生得结实壮健。乡下人的倔强朴实性格，亦与生俱来。自两岁离开母亲，便同姨母生活，姨母一家，以捕鱼为业，来往江湖上，使他对于水和水有关的一切，十分熟悉，又十分热爱。在水上生长的人，毕生的事业，便是征服水。勇敢是生活的本能。若有人为水所吞蚀。必有无数后继者，与水斗争，必从水里夺取那为水所夺去的人。幸与不幸，皆为人所俱共。

三

天色渐近黄昏，大老太太见京儿还不回来，喊小庆的妈：

"春兰，你去学堂里看看，怎么京儿还没有散学？小庆也不是还没回来么？"

春兰从小跟着二老太太。二老太太下世已十年，二老太爷亦将近十年了。那个死去的少年是二老太爷的长子，二老爷的一家，不在乡下住，春兰自从大少爷死后，也不愿出去，就跟着大老太太住在乡下。大老太太三十二岁时，丈夫便死了，只有京儿一个独子。四十年来，都居住乡间，不曾出过家门一步。春兰说起来，还以跟着大老太太的日子为长久。故大老太太还是叫她春兰，别人现在都改叫小庆的妈了。

京儿三姊妹，姐姐和弟弟都同父亲母亲在外省居住。这一家姓沈，京儿父亲叫沈学恺。沈家是江西的大族，所谓世家的一类。京儿因祖母钟爱，便留在乡间，不曾出过门。

春兰答应过大老太太就去学堂里。那时所谓学堂，还是家塾。小庆因老主人欢喜，便也同京儿一起入了家塾。学堂在大宅子后面一所楼中，那楼因打开窗便可望见匡庐峰，叫做望庐楼。江流从楼下过去，日午人静，看帆船来往，楼外蝉声与长流声，俱足催人入梦。楼前有一个小院，腊尽春初红梅花开，清香无比；初夏枇杷，盛暑石榴；入秋后，便是桂花香时。此外，还有许多季节的花，应开时，俱各烂漫。当春兰正走到学堂的小巷口，便碰见小庆、京儿从学堂里出来，小庆手上提了一条大鱼，两个孩子有说有笑的十分亲密。

京儿远远望见春兰了，悄悄地向小庆说：

"小庆，你妈来了。"

小庆抬头望见妈，忽然感到一点不安宁，但仍大声地喊了一声妈。

春来走过孩子身边，拉住京儿的手说：

"京儿，小庆手上的鱼，哪儿来的；好孩子，老实告诉我！"

京儿说了实话，看春兰望着小庆生气的样子，扯住春兰衣角，用手揉揉眼睛，想哭。

春兰问小庆：

"小庆，怕不怕打？叫你不要带小少爷去玩水，你偏不听。"

"不是小庆带我去，我要去的。"说完，抽抽咽咽的哭。

小庆手里还拿着那条鱼，站着不动，看京儿哭了，心里更难过。

春兰给京儿揩眼泪，哄京儿莫哭。京儿说：

"不关小庆……"

两只满包着眼泪的乌溜溜的眼睛，抬起来疑惑地望着春兰不动。

春兰说：

"京儿乖，莫哭；不打小庆；哭得奶奶知道了，奶奶不欢喜。"

京儿听说不打小庆了，就不哭，叫小庆把鱼交给妈，说：

"兰姐姐今天给做鱼吃。"

两个孩子和春兰一同回去，路上，京儿说小庆这样好，那样好，胆子又大又能干，逗春兰欢喜。春兰给京儿说得想起另外一件事，另一个人对她的好处，虽然和小孩子的不同，但有许多相似地方。紧紧拉住京儿的手，说：

"京儿真乖，怪不得奶奶欢喜，兰姐姐也欢喜。"

京儿说：

"小庆也乖，比京儿还乖！"

说完，又看看春兰，看春兰是不是也同他一样的想法。

春兰给京儿说得流了眼泪，抱起京儿，紧紧拥在自己身上，说：
"京儿真是小精怪！"

小庆一声不响的瞧着他母亲，京儿眼底对他的无限温存，使他想哭，但小庆不哭出来。

四

夏夜。

老祖母，京儿，小庆，小庆的妈，坐在大宅子前面的广场里乘凉。广场一面为大宅子的高墙；从大门里望去，可见深深庭院中黝暗的煤油灯，和煤油灯下面正中墙壁上钟馗的捉鬼图；院中百年老树，时时因入夜凉风，凄清微语；三面矮墙，墙外一片草地，草地两旁有记录着这宅子过去光荣树立的旗杆，南面一个半月形的池塘，青荷繁茂，这时莲花初放，阵阵南风，把花香直送入高门深院中。

京儿歪在老祖母身上，老祖母手里挥动着大蒲扇，不时扑扑地打着蚊子。

春兰看京儿样子想睡，打谜子给京儿猜；"青石板，板石青，青石板上钉红钉。"

这谜子京儿听着好几回，（小庆也知道，）京儿心想必是兰姐姐怕他睡，故意说这谜子催醒他，说：

"兰姐姐的谜子不好，京儿不猜。"

春兰说：

"京儿猜不着。"

"京儿猜不着，小庆猜。"老祖母说。

京儿望望小庆，小庆大人似的和母亲坐在一个大竹床上。

小庆也看看京儿，说："京儿猜得着的。"

老祖母又说：

"京儿猜得着，怎不说？"

京儿说：

"京儿不猜猜过的。"

春兰说："京儿说了猜过的。兰姐姐就说个没猜过的，给京儿猜。"

京儿又说：

"青石板，板石青，青石板上钉红钉。红钉是——星星。"

说完，小手还向上一指。满天的星，星星颤抖如梦。

"哪一个是京儿的？"春兰问。

"那个又大又圆，又明又亮的，是京儿的星星。"

"在哪里？"

"在天上，在京儿看得见，兰姐姐看得见，好多好多人都看得见的地方。"

说完，老祖母笑了，兰姐姐也笑了；京儿却一站起来，拉着小庆就走，一边走，一边说：

"小庆，我们捉萤火虫去。"

春兰说："京儿不要去，草里有蛇。"

老祖母叫小庆回来，说讲故事给小庆听，小庆便拉着京儿回来了。

夏夜虫声繁唱。风从迢遥的沟上，掺和着回遍了的原野上植物的滞郁的芳香，阵阵吹来。淡淡的烟雾，笼罩了郊外的村树人众；远远近近时时有犬吠声传来。

蝙蝠出入大宅中星星下飞走，时有宅中阶台上大猫健步走过，两只发亮的眼睛，闪耀如同星辰。

京儿听老祖母讲故事："奶奶，快点讲。"

清露已下，庭院中大树，瑟瑟传来凉意。老祖母说："京儿睡觉了，奶奶明天讲。"

"奶奶不讲，京儿不睡，不要奶奶明天讲。"

春兰说："京儿不要睡，奶奶要睡，京儿这样就不乖，奶奶不疼，兰姐姐也不疼。明天讲。奶奶讲一个，兰姐姐还讲一个。"

五

四十年前，沈家有一个奇怪的少年，聪颖无比，从小读书作文，莫不凌驾于大小兄弟之上，生性沉静，不苟言笑；为人慷慨大方，坦白诚实。二十四岁头上，娶了一个和他自己门户相当的女子，那女子性格，忧郁多感，恬静淡泊，结婚后一年，生下一个孩子，就在那一年，少年一个人，跑去远远地方，七年不回来。

孩子母亲，对丈夫情爱，看来亦极平常。丈夫去后，在大宅中过活，一如丈夫在家时候，没半点儿埋怨。少年母亲，看见儿子一去不回，有时责备少年，说他不管母亲，不管妻子，不像读书明理的人；有时亦稍稍埋怨媳妇，说媳妇纵容了他，不应当让他无缘无故的出去。但那女子毫不言语。

少年的父亲，也是一等风流的人物。年轻时跟着父亲住在北京，天天下棋喝酒，没一点功名心愿，有一次给父亲说了，便带着妻子回到南方，又一个人出去，死在苏州，葬在杭州。

少年出走后，许多事我们都不知道。至于他出走的原因，更无人能确切分晓。诸如沈家人的推测，说他因夫妻不和睦，或说他因恋恋于外面的烟花，一去就不回来，都没有十分的根据。因为在那时代，像少年那般家世，三妻四妾，不算稀奇，也不是违反伦常的事。假如少年对自己妻子不好，满可以再娶，十个八个，都能办到。但他究竟为什么离开家，而又一去不回来呢？这恐怕要待优生学者、心理学者来解决。现在我们且说他离家以后，我们所知道的可靠的事。

少年喜欢饮酒，常因喝得大醉，昏迷不省人事，把头发漂在清凉的水中，过一两天才清醒过来，一年总有好几次。

同治××年中秋夜，少年在桂林一个山中；那夜月色极好，少年独自一人，对着山中明月，狂饮到半夜，不觉大醉，便躺在山边崖上。那时正他三十二岁年龄。

那山中有一个小小的寺院，寺里有一个名叫无本的和尚，和少年颇有交情。看少年中秋一夜不来，便到处寻觅，山中外人少到，等找到少年时，已经过了一天光景。

从此，在桂林那山中，寺边一块不为人所知道的墓地上，便静静地躺着这个从酒里边死去的人。

这墓地和四向风景，经那和尚精心地画在绢上，被带给少年的家属。如今和一切少年的过去一般，绢的颜色，也从岁月上老去了。在绢的一角，还有那和尚给少年写在墓石上的文句，对于我们了解少年的历史，是还有着它的价值的。

"自同治×年××月，秀士离乡，涉江，经大别，入桐柏，滞少林寺者五月又半，复渡河，北至燕；出塞；旋自大同入晋；由晋而秦雍，观古关中胜迹；过栈直抵成都；买舟东下，出峡，泛洞庭；西至夜郎；复逾岭入百蛮，溯江而上至桂林；凡五年又二月。观桂林山水清奇，毋忍去，筑室而居；室成，将老于斯，而天夺其年，以同治×年八月病殁。遗言骨不还乡。"

这少年，就是京儿的祖父。

京儿父亲，和他祖父、父亲俱不相同。在那大宅中长大，一切大宅中兴盛的往日，都作为了他教育的一部。在两代寡居的妇人手中，那深深的不能磨灭的隐痛，使这一个孩子，受到和他祖父、父亲完全不同的教育。他从小对那两个人，毫不知道；他们的一切，在他祖母和母亲看来，俱足以影响他心理上的健康。这家庭中，尽有可以作为孩子榜样的人物，曾祖父光荣创业的历史，从祖母和母亲的叙述中，便深深地植在孩子的心上，使他走了和他上两代的人不合的路。

六

三十年前的旧事，在大老太太的心中，似还不曾淡去。她的青春，亦正如春兰一般，埋葬在这高门巨宅之中。如今，这宅子阴郁的气氛，就象征着她如流水一般过去了的青春岁月。

正中秋月好，庭园桂树花开。暮年人的情怀，若踟蹰于三十年前，万里外明月山河中。

"京儿，来，给祖父拜拜，祖父保佑得京儿快快长大。"

京儿常听祖母说起那一个连他父亲也不知道的祖父的身世。有时候在夜里，灯灭人静，祖母给京儿讲祖父的故事，说京儿像祖父。

"京儿大了，去看看祖父的坟。祖父死时，爸爸还一点点大。"

京儿问，祖父的坟在哪里，离家有多远。

祖母说："有一万里远。"说时神气，使京儿觉得还不只万里远……

中秋晚上，祖母总不高兴，京儿也不得像其他小孩子一般的热热闹闹。但京儿从小这样过惯，人家小孩子玩，京儿不羡慕。祖母这一夜，特别疼京儿；京儿也比平常更听话，乖得叫人流眼泪。

夜漏初深，一片清幽月色，浮动在深沉的大宅中，静穆而庄严。

京儿紧紧依偎着祖母的怀抱。祖母说：

"京儿，今夜祖父回家了。"

桂影随风摇动，梧桐落叶，如在庭院中行走。

一种在年轻时候的旖旎的情怀，仍无从岁月上老去。一切可从儿孙情爱中得来的，似都比不上从丈夫处得来的令人牵念。

京儿便在祖母这种心情中长大，祖母所给予他的影响，和给予他父亲的，截然不同。当他父亲和京儿这般年龄的时候，祖父留在祖母心中的创痛，还很鲜明，她一句也不敢提起那死去的人，因为她不知道她是否爱他，抑或恨他；那一去七年不归的奇怪的少年，在性格的某一方面说来有十分的美丽；但他那种抛下孤儿寡母飘然远去的忍心处，却难叫人饶恕。

事情旧了，肉体老了，待望成人的已经成人了；那一切不可饶恕的，在暮年人心中，至多也不过是一种温情的谴责了。于是那个死去的人的心灵，又从老祖母动情的叙述中。活在京儿幼稚的心灵上。

至于京儿的父亲，在教育上，对京儿可说毫无影响。那个现在沈家颇算得上中坚的人物的沈学恺，二十岁时，即受他祖父的一个老门生的知遇，作过政务官、税务官，三十三岁时的成就，大有超越曾祖父的气势，但因时势迁移，三十四岁从直隶某道解道尹任后，就一直不曾任过别的职务。如今，用流行的话说来，可说是已过时的人物了。像这一类的人物，作者将在别一本书里，加以详细的描绘。他们是属于上一代的，种种观念，和我们不同，即和他同时代的人，也不相同。对于我们这一代的人，他是表现得异常傲慢，十分瞧不起的；他有他自己的理想与观念；但公平地说来，他的才干与做人态度，比起一班自命为新人物的来，的确是要好得多；因他倔强，不肯趋附于他所认为与他不同的人们，故从壮年时便隐退了。

京儿的母亲，是一个颇为美丽的妇人。当她还是小孩子的时候，有一次从距沈家十里路远的乡村，来沈家所在地方看迎神。那时候，大老太太的母亲还在，看见那孩子，甚为欢喜，问是哪家的姑娘，留她在家里玩了一天。孩子举止大方，容貌端丽，沈家上上下下的人，见了莫不赞美。

过了两年，正孩子十六岁。大老太太的母亲，便托人去那孩子家提亲。以沈家的门第声势，像这样的事，还属创举；孩子家人一时甚觉荣宠，经人一说，亲事立刻成就。

女儿十六岁，出落得动人无比。南方山水，作成她性格中沉静活泼的两面，虽然没有受过什么好教育，但天性良善，有如璞玉。毫无半点虚矫习气。

自入沈家门后，祖母母亲俱极钟爱。凡事知轻重。有礼节，没半点差池。初嫁时，家里佣人心里，以她非大家出身，暗暗不加尊重，但她与这等人相处，毫不假以辞色，渐渐亦使他们驯服，变得敬她爱她。

嫁后两年，生了一个女儿；又两年，便生京儿；京儿弟弟，比京儿小两岁。此后便无生育，故到中年，仍不现如普通一般妇人的老态。

京儿从小跟着祖母，对父亲母亲情爱，不如对祖母浓重。小时候人家问京儿：

"京儿哪个疼？"

京儿必说："京儿祖母疼。"

"姐姐弟弟哪个疼？"

"爸爸疼姐姐，娘疼弟弟。"

"爸疼京儿不疼？"

"不疼。"

"娘疼京儿不疼？"

"也不疼。"

"只奶奶一个人疼京儿，京儿是奶奶的命根子。"

"奶奶不疼姐姐和弟弟！"京儿说时，望望奶奶。奶奶说："京儿不要爸，不要娘，只要我这老婆子！"

其实，京儿的母亲，对孩子们的感情，在表面上都是淡淡的。这个妇人有一个奇怪处，便是对任何人，从不显得对谁好谁不好，从无臧否人的时候，一切好恶，都放在心里。即对自己丈夫，亦不如别人那样亲密。

七

从沈家去南昌，走水路，大船来往，遇顺风半日可到。二十年前，多走水路。当南浔铁路修筑成功，从南昌坐火车，四十分钟到涂家埠下车，再坐小船，一小时即到沈家所在地方。那个地方叫作大塘，是一个很小的地方，但略通江西掌故的人，莫不知道，这小地方，在百年前出过什么人物，现在又有几个什么出名的人。外乡人，从九江或南昌到涂家埠，要往大塘去，只消问站上人一声，便有人领他去河边上船，经过一小时水程靠岸，十分有礼地把他送到他所要去的地方去，有时还不免给他说一说那地方过去的光荣和现在的情景，问问他要找哪一房的人。

一九二五年的秋天。又是桂花香的时候。

春兰病在床上。小庆已经离她半年了，在南昌一家钱庄里作学徒。那时，南昌局面，异常混乱。南北军相持不下。旧历中秋前后，在离南昌百里远的大塘地方，时时听到隆隆的炮声。

春兰入秋后就病，屡次叫小庆回来，起初因店里不让回来，后来又因战事，不得回来。

春兰病重时，时时叫小庆名字，大老太太百般的安慰她，劝她勿着急，好好医病，小庆在店里没关系，战事一平定，就可回来，回来了，再不让他出去，还和京儿一起念两年书，跟老爷出去谋个轻快的差事。

大老太太一边急春兰的病，一遍又为小庆担心，心情十分烦乱。

春兰病轻一点的时候，就不再叫小庆，只暗暗伤心流泪，一见京儿，便问京儿：兰姐姐病会不会好。京儿十二岁，已多懂了许多事，但人家还把他当极小极小孩子看待；听春兰这样说，也学祖母一样的安慰她，说：

"兰姐姐病不要紧。奶奶占了卦，卦上说中秋过了就会好，小庆也会回来，占卦的人还说，小庆有神保佑。"

春兰有时若极相信孩子的话，给京儿说得减去许多愁苦。但看京儿说完话，故意背着他看壁上挂的画，用手抹眼泪，又极悲痛，心想若小庆是京儿的话，小小年纪，必不至一个人去外面作学徒，受惊受吓；翻过脸向床里，用眼泪替代那不能和京儿讲，也不能和老太太讲的内心的凄楚。

京儿时时偷偷地问祖母：

"奶奶，兰姐姐的病会不会好？奶奶常说小庆会回来，怎么还不回来。"

京儿想小庆回来的心比望兰姐姐的病好还切。小庆走的时候，京儿哭了好几天，吵祖母接小庆回来。小庆走时，祖母也不赞成小庆走，是春兰一定要他走。春兰说：

"让他学一门技艺，省得将来做赤膊鬼。"

京儿心里总觉得奇怪：为什么兰姐姐先前不喜欢小庆，病了却天天叫小庆名字。

假如小庆回来了，兰姐姐一定不像从前那样，一定会疼小庆，不让他再出去，和自己一起玩；京儿有时这样想，想得十分快乐。

春兰病无起色。城里消息，一天比一天坏；从南昌下来的船，天天有；避难来乡的人，和江水一同流到这安静的乡村；大宅中添了几处人口，和大老太太一房的沈学昭——京儿的叔父，以及沈学昭的母亲六老太太，京儿的婶母。和两个堂兄弟——皖儿，赣儿，一个小妹妹宁宝。皖儿九岁，赣儿七岁，宁宝才四岁。另外还有别房的人，我们在此地，不必记述。

大宅中一时显得颇为热闹，但大老太太胸中愁闷不解。春兰身世，沈家人，只大老太太一个人真正同情，可怜一个孩子，若有甚差池，春兰的病必不会好起来。

春兰见许多人回家，料想南昌情势必已十分严重，六老太太平常照顾小庆，这时不见小庆同着他们回来，总是凶多吉少。虽然六老太太对她说过：

"小庆在店里没关系，我们下乡时候，全城都已戒严，无法找小庆，若是找到他，必把他带回来的。"

看看中秋又过，连夜秋雨连绵，梧桐叶动如泣诉。

京儿和皖儿、赣儿，都玩不来；皖儿已入小学三年，拍得一手好皮球，能玩花样极多，京儿初初觉得新鲜有趣，也跟着皖儿一同玩耍，但举止笨拙，皖儿骂他乡巴佬。京儿一生气便不再和皖儿玩，也不理他。祖母问他怎不和兄兄弟弟一块玩，他说皖儿骂他。六奶奶说：

"皖儿要不得，怎么骂起哥哥来了？告诉六奶奶，他怎么骂的。好叫叔叔打他。"

京儿不说，只偷偷地告诉了奶奶皖儿骂他的话，从此就再也不和皖儿玩了。

皖儿见没人玩，就百般的逗京儿，京儿总不理，心里更想起小庆来，不知为小庆不来，流过多少眼泪。

八

十月将尽，有一只大船从南昌下驶。船上满载着逃难家眷人口。将开头时，一个孩子匆匆跑来叫搭船。孩子看来年纪不大，说话却如成人一般。

船来往江上，沿江地方船夫，俱甚熟悉。孩子模样，亦若在这江上生长，船为那一家逃难的人独包，船主不能随便再搭客人，但船主听孩子声音，觉得很熟，问孩子要去何处？孩子说：

"去大塘。"

船上的人说："我们是去吴城的。"

吴城距大塘，水程六十里。孩子心想能去吴城过大塘，必比南昌方便。他从南昌城出来，费了千辛万苦：和店里老板商量好了回家，老板给他两块钱，便一个人走出店门，街上来往行人极少，因他年纪幼小，直到城边还没有受到拦阻；城门只在中午时开放，须有通行证，才得通过，孩子到城边时，已过开放时间，无法出城，当下便想主意，走入一所菜园。园里有一老人，看他小小年纪，行动古怪，问他来园里作什么事，孩子说了实话，老人便留他在园里过了一宿，第二天中午，把他装成买菜人模样，送出城去，到了江边，便遇见那条船。

孩子听说船去吴城，便趁势说在吴城也有亲戚，求船主允许他搭，船主叫他问船上的客人，看客人肯不肯，客人打量孩子一番，告诉船主说："能搭就搭。"船主便叫孩子上了船。

船到吴城靠岸，已黄昏时候。孩子在吴城实没有熟人，无处可去，便在船上过了一夜。第二天步行回大塘，从吴城到大塘，起早六十里，身体强健男子，半日便可走到，孩子不认识路，边走边问，入夜，始近大塘河边，过渡时，渡船已经拢岸，老船夫坐在船头上吸着旱烟袋。秋暮江边晚景，已入萧疏气象；白露连江，随江水浮动；江风阵阵吹来，水流去声音，仿佛妇人泣诉，江边柳树，哗哗地响着，落叶积聚在江边没风吹过的地方，有时为一阵旋风吹起，乱飞在江上；远远无边的苇草，在暗淡的暮色中，望去片片白，如送丧的行列；雁声远远近近传来，声声叫着凄哀。

小庆出去半年，已长大了不少。大老太太问小庆这样那样，小庆都能答复，如大人一般。春兰躺在床上，看小庆说话，眼睛里闪着亮光。

京儿当小庆到家时，已经睡了，祖母叫醒他：

"京儿，小庆回来了，快点起来看小庆。"

京儿听祖母说，又像在做梦，揉揉眼睛望祖母，小庆已走到京儿床边。

小庆叫小少爷，京儿叫小庆，两个孩子，不知心里有多少话，只四只眼睛彼此瞧着不动。

小庆一天没吃饭，大老太太吩咐人做了饭来，小庆坐在灯下吃着；京儿陪着他，看他吃得又多又快，心想小庆在城里，一定没什么好的吃，问小庆：

"城里好玩不好玩？"

小庆说："城里不好玩。"

赣儿和皖儿天天吵着要回城里去，说城里这样好，那样好，京儿听小庆说城里不好，觉得奇怪。又问小庆道：

"小庆，你会不会玩皮球？"

小庆说不会，京儿说：

"赣儿、皖儿都会。"

小庆在城里，也见过很多孩子玩皮球，心里也羡慕，可是自己没得玩，听京儿说，心想京儿若去城里，必也和其他孩子一般，不说话。

京儿看小庆不响，又问了许多别的事，叽叽哝哝了半天，祖母去到两个孩子身边。和京儿说：

"京儿，小庆跑了一天路，让小庆去睡，有话明天讲。"

又同小庆说：

"小庆总算回来了，妈妈差点没念死。"说时，眼圈子一红，牵着小庆就到春兰房中。

春兰的面色，在昏黄煤油灯下，更显得憔悴苍白；深陷下去的那一双曾是明媚动人的眼睛，有灯盏大，瞧着使人害怕；两个颧骨高耸地突起，好像整个的脸上，就这有那一双眼睛和两个颧骨了；那松懈的嘴唇两边的皮肉，无力地开翕着；说话的声音，听来仿佛秋暮蟋蟀，在半夜清露下，震颤着衰草的轻微的叫声。

"春兰，孩子回来了，好好养病，事事想开些。"大老太太坐在春兰床沿上，小庆瞧母亲模样，一阵心酸，掉下泪来，人生忧患，从小便潜入了这孩子的心灵，……

京儿看小庆哭了，忙叫："小庆，不要哭。"其实，他心里也想哭，只怕小庆哭，哭得春兰更伤心，兰姐姐疼他，小庆和他好；他爱他们，除了祖母以外，他不觉得世界上，还有比兰姐姐和小庆更好的人。

九

"小庆，妈不会好了，"春兰的声音，像松了弦的琴声，泪珠含在眼眶里，两只瘦削的手，抓住小庆年轻温暖的手，小庆呜呜咽咽地哭。

九月天气，入夜后，庭前老树，沙沙迎风作响。初升的月亮，弯弯地斜睨树梢，星星舒朗朗地，在半月的夜空中，摇瑟如梦，一阵阵雁声，远远地从北边过来，又声声飞向南方。

那久已未为春兰的依恋的一个人的影子，又仿仿佛佛地在眼面前摇晃；另一个被忘记了的影子，当那一个隐去了的时候，亦浮漾在她已入暮年的病困的心中。一切的恩仇爱憎，在那时候，都同样地被温情渲染，她原宥了那个远走的人，而且还觉得有一点点想念他。已经十二年了，那一个决然离去的孩子的父亲，鬓发中也该已约略地点上霜花了。

"小庆！！"当春兰想起小庆的父亲的时候，几回想对小庆说一说那一个在当年害了她，而今日已为她宽恕了的小庆的父亲，但话一到喉管上，便又咽进去了。

让一切的往事，都深深地藏在心中，又和肉体与心灵，一同带去地下，永远埋没在黄土中；待流年冉冉过去，坟头上长了草，再借着日月的灵光，照醒墓中人，将那一切不能用自己的嘴说与人知道的绵绵意绪，让虫鸟代为诉说，啼了春天，又鸣到秋天；不是比自己说着更好些么？人却往往不能这般做到的。人，在一时看来若十分坚韧，而其实亦只不过像拉紧了的弦子，轻轻地一敲，便断了。

"小庆……小庆……，……"一声声哀绝的声音，最后变作了呻吟。两只手从小庆手中退落了。眼睛合上，又无力张开了。

小庆叫妈，大老太太听小庆叫声，忙过春兰屋里来。

春兰又渐渐回转过来了，指着桌上的茶杯，小庆忙从烫壶中，倒了一杯温水，送到她嘴边，让她咽了两口，又把茶杯放在桌上。

春兰看大老太太进来，坐在她床边大椅里。泪珠又盈盈地挂在眼角上，艰困地咽着气。大老太太看情形不好，忙喊家下用人进来，给春兰撤去帐子。

春兰掀动着她那一点血色也没有的嘴唇，无半点声音发出：只看到那一种可怕的颤动，接着，整个的只剩下皮骨的躯体，不断地抽搐起来。大老太太给家里老仆妇换回了她自己的卧室，大宅中一时忙乱，不断的人来人往，直到春兰被抬着离去了这宅子，安置在宅旁矮屋下，一所黝暗尘封充满了陈旧谷物气味的房间时，才复归沉静。

大老太太通夜不曾睡觉，"就让春兰在这屋里老了吧，她从小就在这里生长，还不是和自己家里人一样吗？"但古老的风俗，又使她想到这宅子关系着儿孙日后的幸福与安宁，终于还是让人把春兰抬出去了；春兰好像就是由于那只冥冥的手从她手里夺去了的。

月色迟迟地下了树梢，最后的亮光，恰好照在东边春兰住的套房底窗棂上面，大树阴的影，亦婆娑地浮动在窗上。

京儿一夜未受惊动，躺在祖母的大床里边。两只小手放在被面上，轻轻地打着鼾息。已过了半夜，大老太太迷迷糊糊地并京儿靠着，忽忽有如睡去，春兰好像又回来了，站在大老太太面前，仿佛还是二十年前动人时的风姿，忽又变成病中的模样，吞吞吐吐地像在说话；但当大老太太喊她的时候，便不见了。

　　正这辰光，一个从矮屋来的老仆妇，匆匆地来到大老太太面前，大老太太正好梦回，看来人神色，知道春兰已经过去了，便对来人说：

　　"告诉他们好好去给春兰办理后事，把小庆带过来……"

　　原载《北战场》1941年第3卷第2、4、5期，第4卷第1/2合期，署名流金。

登革热

"今天觉得怎么样？"

"还是像前两天仿佛。"

"你也得看看医生。"

"早看过了。"

"断的是什么病？"

"登革热——这也不用医生断，我自己早就断定了。"

"什么，登——革——热这个名词，好像是译音？"

"是的，是 Dengue 的译音，英国人又叫 Dendy Fever，是一种偶然发现而传播极速的流行病，据医生说，并没有特效药可治，但也不致有意外危险，只不过要牵延点日子罢了，这病我在两年前已经被侵缠过一次，使我永远不会遗忘！因为那时曾被它摧毁了我一个灿烂之梦！"

"灿烂之梦！怪动听的名词，要是这梦并无隐讳的必要，那末能不能分输一点灿烂的印象予我？"在先，我本不想驻足，如今为了好奇的听欲，却走上月台，向他对面拉过一张藤椅，望着他，企求他的允诺，预备静听他的长谈了。

"可以——"他点了点头，"可是有一个条件，不准你把这点资料，搬运到你笔尖上去！"

这时，一弯新月正悄悄地爬上了柳梢，富含凉意的银色之光，从丝丝柳影中透射到他的眉间，但见他两道长眉一展一蹙，似乎预示这桩事，确是可怅可喜，虽然他还没有开始讲。

在两年前某一个春朝，我去访李老伯，在书室里坐谈，这梦便揭开了第一幕！我记得很清楚，在那书室的东角，从玻璃窗上望出去，恰对着一架紫藤棚，架上的紫藤花，正开得十分烂漫，一串串倒悬在艳阳影里，宛如璎珞一般的明灿，不肯略负春光的蜂蝶，都在那里嗡嗡地、翩翩地，沉醉得像午夜舞场里的舞客被灌醉了香槟一样，当这一角绚烂的画面上，在略不经意的一瞬间，突然现出了一个淡妆的少女——我暗忖李家从不曾见过这样一个人，待要回眸再瞧时，她已惊鸿似地消失了所在！

十多天后，听说李老伯有点感冒，我特地上李家去探病。这一次我坐在李老伯卧室里，方在闲谈，蓦然地有人把门帏揭开了，在门帏一旁，漏出了半面娇靥，注目瞧去，正是那天紫藤花下的女郎。她对我瞟了一眼，竟送了一个不当的微笑，接着便把门帏重复放下了。这样一个微细而倏忽的动作，在一般人瞧在眼里，当然毫不介意，可是在神经过敏的我，却大费了猜疑，暗想：她为何无端地揭起门帏，为何揭了并不进来，更为何对我笑？这三重疑云，一时在我脑里纷乱地缭绕着，终于推测不出一个所以然的原因。

过了几天，我又去望李老伯的病。当我一脚跨进穿堂，巧极了，又遇见了她。

"顾先生"接着又是一脸美丽的微笑。

她这一个招呼，更使我堕入极深的迷茫！她怎会晓得我姓顾，怎的老是对我笑，正待开口动问，瞥见黄皮阿金——因为她的脸非常的黄，他们便在她的名字上，加上了黄皮两字作为特征的形容词——手挽着一只笸篮，步履很轻快的过来，见了我，顿时从黄皮上推上一重笑影，也叫一声"顾先生"，可是两粒寒锐的眼珠，从我的脸上转移到她的颊边，再由她的颊边回视到我的脸上，好像已发现了什么隐秘。

"出去吗？"忙把脸上不及尽敛的残笑，转赠了阿金，也不曾听得阿金的回答，匆匆地往里跑了。

当晚我回到寓里，神秘的疑团，布满了整个的脑府，念念不休的几个问题，——她究竟是李家什么人，久居在李家为什么事，我的姓她哪得知道，见了我怎的总是笑。更依稀冥索着她的体态，不必说肥瘦长短，处处都合着时代的标准，单从富有弹性的全身曲线上看去，谁也不能否认她的健美，再想到她的神容，娇艳的颊晕，修长的眉痕，都能显呈天然秀丽，绝不曾借一点人工修饰，但这点还不能代表她最美的特征，最可爱的，是那纤黑的睫毛，晶乌的珠子，和微蓝的水泡，配成了一双又柔、又媚、又伶俐的俏眼。她是那么会利用这副太富魔力的俏眼，来向人傲示她青春的充裕！她绝无一丝中国女人们惯有的故意的忸怩——这时我越想越迷惑，急于要明悉她的一切，恨不得立刻把我的心魂，飞钻入她的脑里，探个详晰。

后来我忽然想着了楼下的老刘，他对于李家的事，最熟悉，于是我急急地跑下楼去。

"老刘，我要问你一个人，"我走进老刘屋子，毫不拘礼的向沙发上一靠，开口就这样问。

"谁？"老刘刚吃罢晚饭，嘴里正有一支牙签不住的在那里剔牙。

"今天我上××路李家去，瞧见一个少女，此人以前在李家从没有见过——"

"噢——你说的是不是那个不论对任何人老是会笑的女子？"

"嘎——不论对任何人——老是会——笑——那末她对我的笑，当然也是普泛而毫无作用的了！"我暗忖。

"关于她的一切，你只要问她——"老刘说时，把牙签从牙缝里抽出来，转向在窗边台上收拾餐盘的佣妇一指。

"顾先生，你要问她吗？"佣妇扭转身来，向我瞧了瞧，似乎很愿申诉。

"是啊。"

"她是我的寄女，她姓张，叫湘琴，讲到她的身世，实在是太凄了，今年才十九岁，可是已经没有了丈夫，现在被雇在李家做针线，还是少爷介绍去的——"说时佣妇将拿着抹布的手，向老刘点了点。

"老顾，如今你知道了吗？她是个新寡的文君，你是个风流的才子，她现在有的是哀感的遭遇，希望你把她加上点顽艳的点缀。"惯说俏皮话的老刘带笑说。

佣妇对主人看看，又对我看看，仿佛不懂得主人的语意。

我对老刘且不回答，却对佣妇说："那么怎不让她再醮呢！"

老刘不待佣妇回答，忙夺口道："她正期待着司马相如啊！"

"……"我对老刘白了一眼，但脸上仍是带着笑。

"唉——顾先生，这怎么可以呢？我们虽是乡下人，这点丢脸的事，还不愿意干。老古说：'从一而终'我们终得遵守，不像上海人，今天姓张，明天就改了姓李！"佣妇似乎不赞同我的建议，并且自矜很能尊重廉耻。

"不——不能这样讲。"我特地申明我的理由："——像她这样年轻，照你所说的遭遇，差不多人生应有乐趣，还不曾有一分的享受，可晓得人生最宝贵的是青春，绝不能为了习俗的束缚，把她青春没情由的剥夺净尽！习俗束缚的意义，你懂得吗？讲得明白点，就是你说的，把'从一而终'四个字，来白白地断送了她的一生，你们乡下人还是十八世纪的头脑，还不知道现在贞节牌坊早已不行了！教她毫无对象的牺牲，有什么意思！我觉得每个人，都有人类应得的幸福，假使死了男人，女人须守寡，那么死了女人，男人怎不守鳏呢？所以我根本反对这等残酷的习俗，况且女人再醮，绝对不是一件丢脸的事，不要说现行法律，并无禁止，便是专制的前清，也有特许的明文。"

"你对她谈律，无异于对牛弹琴！好——打住了吧。你就是和她谈到明天，她还是一个莫名其妙！"

"顾先生，你的话，确实不错，倘是男人们都像了你，我们女人早得到真正的自由了。无奈古时候几千年传下来的顽固风气，哪里打得破，你这几句话，在洋气十足的上海讲，不打紧，要是到闭塞的乡下去说，那你一片好心，非但男人们不会表同情，便是利害相关的女人们，也未必能领会你的好意吧！"

"哼——你听，你不要小看她，这几句话，讲得多么有意思。"我对老刘眨了一眼，接着一声冷笑。

"唔——我明白了，你极应该给她多戴几只'高帽子'，将来酬简，佳期，在在都需要这个老红娘咧！"老刘好像已经窥破我的隐衷，故意的调侃。

"别开玩笑了。"我向老刘笑了笑，便站起来，离开了他的屋子。

光阴之轮，推动得多么快，一瞬间，江南又是到了镇日濛濛的雨季，一天下午，为着一件事，要和李老伯商酌，特地冒着若断若续的雨丝，去到李家：恰见她斜倚在门口，她一见了我，顿时显出她惯于使用的微笑，接着一声清脆的"顾先生"。

"老爷在家吗？"我一时实在想不出来一句适当的话和她搭口。

"老爷带着全家的人，都出去看电影了。"

"……"

"请里边坐吧。"她将自己身子向门边一偏，意思是让我进去。

"他们既都不在，我也不坐了。"

"……"她只是把多情的眼光，略微带着点怅惘望着我，好像有话想说，可是终于未曾出口。

我见了这副神情，不自觉地停住了足，暗暗悔恨自己鲁莽，不会利用时机，但一时又无法把话再说回来；于是她默默地，我也默默地，只是两人的视线，不约而同的互接了几次，终于两人都黯然地说了声"再见"。

待到第二天再去，满贮着热烈的痴望，望的是还像昨天一样，李老伯又带了全家的人出去了。那么这一次，我决不会再轻易错过，一定要和她谈个畅快，然而结果，不但不能如望，甚且跟李老伯谈了好久，连她的影子，也不曾见到。

惊人的消息来了，我不禁起了一阵莫名的紧张和惶恐！当我照例带了疲倦，从写字间里回来。一脚跨进大门，就见那老刘的佣妇哭丧着脸，在客堂里向众人滔滔的诉说。回头一见了我，急促地说："顾先生，我的寄女不见了。"

"怎会不见？"我不禁怔了怔问。

"还是昨天的事呢，可是消息传到这里，还不过半个钟点呢。据说，她在昨天午后两点钟光景出去后，直到现在还没有回去。唉——顾先生，偌大的上海，教人往哪里去寻呢？再说我又是吃人家饭的，哪里有闲工夫？若说迷路吧，我想她这点聪明也该有，一定会雇车回去的，若说被车马撞伤吧，医院里也该早有通知了。顾先生，你替我想想法子看，怎样去寻找她，如真的不见了，那么教我对她男家怎么交代呢。"

"是——这个法子，倒是不容易想啊！"我形色上似乎很漠视，而内心早已失了宁静。"空急是没有用的，还是让我代你往李家去探听一下——我终于失策地漏出了这样一个不得当的动机。"

"那是再好没有了，只是太劳顾先生的神了。"佣妇满脸露着感激。

"不妨，不妨。"我却忘了疲倦，匆匆地便向外跑。

事情的演变，往往出人意表，我一到李家，第一个瞧见的，就是她，我这一喜，无异得着了连城的赵璧！

"啊——顾先生来了。"她轻娇的声调，和柔媚的笑影，还是和往昔一样。

这时李老伯戴着呢帽，执着手杖，从内室出来，正像要出外的样子。

"李老伯——要出去吗"我忙趋前几步，很恭谨的问。

"你来得正好，我有事要和你谈，可是此刻我要出去一趟，你如没有事，你且坐一回，我大约至多一个钟头必能回来——"

"是"，我送李老伯出了大门。

"昨天你上哪里去？"我回进来向她带着几分埋怨的神色问。

"你怎晓得我出去？"她对我瞟了一眼，狡猾地反问。

"还有谁不晓得呢，早已闹得满城风雨了，此刻你寄娘为着你，正急得像热锅上的蚂蚁啊！"

"真的吗？"

"谁哄你——你究竟上哪里去的？"

"昨天出去，原想去买点衣料，路里忽然遇见了一个多年未见的小姊妹，强要拉我到她家去玩几天，我再三推辞，终得不到她的许可——"

我听了，一腔紧张顿时全消，不觉暗暗发笑，这样一个骇人的风波，谁料内容竟如此的简单和平凡。

"直到此刻，我坚决地表示，无论如何要走，她才得放我回来。"说时，她从烟罐中取出一支烟，擦着火柴，传给我燃吸。

"嘎——"我一边吸，一边瞧她的手。这是一向我所疏忽而未加注意的，十分奇异，想不到乡间贫苦的女子，竟也会有这般皙白的柔荑！更看到无名指上，套着一只珐琅的指环，上面还镶着一只象牙小猴。

"这只指环倒很精致咧，"我趁势执住了她的手，浪漫地把头一低，表示要赏鉴那只猴环的样子。"你是肖猴的吗？"一时我竟忘了自己的尊严和对一个并无深交的女子的礼貌！

她急促地把手缩了回去，然后报了一个富于艺术的浅笑；但并不作声。

这个当儿，我虽然蕴蓄着无穷的话，要想对她倾吐，但好比一部廿四史，该从哪一句说起，才够得上"恰到好处"。

"湘琴——你真可人，教人真爱慕。"我在无词可措中，忽然想到这样两句说。

"乡下人，别见笑了。"

"乡下人——难道乡下人就不配称美吗——我们就在这里坐一会，谈谈好吗？"我第二次又去试探拉她那只戴猴环的手。

侥幸的，这一次，她不曾畏缩，她只是扭转身去，向门外望了望，便向我摇摇头。

我很能了解她的暗示，但我握着她的手，依然未放，而且捏得更紧了点。

"顾先生，听说你和刘先生住在一起，怎的我每次到刘家来，总看不见你——"她那双灵活的眼睛，还是不时的向外瞭望。

"你来的时候，一定在日间，那时我正在公司里啊。"

"你在哪个公司做事？"

"我在——"她突然把我的手一推，很轻捷而失措似的，向后退了几步。我惊悟着忙向门外望去，但见那黄皮阿金远远的走来，我坦然地把纸烟在烟缸上弹了弹灰，便退向近身的沙发上坐下，扬声问道："可晓得老爷要什么时候回来？"

"不知道，"她显出从没有这么呆木的神色。

"顾先生！"阿金还没有进门，先对我很和蔼的招呼，我向阿金含笑点了点头。

"顾先生，你要看老爷吗？"

"是的，我正在等老爷回来啊。"我随手向靠沙发的小茶几上，取过几张新闻纸，开始漫无目的的翻阅。

于是她和阿金都悄悄地退了出去。

我一个人寂对着新闻纸，直到燃完了两支纸烟，才见李老伯回来。这天李老伯和我谈得很乐意，强要留我晚餐，我为博取李老伯的快慰，便遵了命。平昔在李老伯前，我从不曾喝过一杯酒，可是这天不知李老伯怎的非常有兴，特地取出五十年陈的绍酒，再三劝我喝，我不敢故违他的盛意，却在谈笑声中，缓缓地干了几杯。

毕竟我的酒量太窄，待至饭罢时，自己觉得两颊热辣辣地，头脑昏沉沉地，着实有点醉意了。

"可要到客房里去睡一刻吗？"李老伯似乎已经窥出我的熏醉。

"好好。"我昏晕得有点坐不住了。

在醉梦中，恍惚地有一样异样温馨的东西，紧贴在我唇上，我竭力睁开模糊的倦眼，好像有一个蓬松的黑影，极度惊敏地在我视线上闪过，这时我方始觉到十分的醉了，连眼前的东西，都看不清了；于是颤颤地举起了乏力的右手，向自己的眼皮上，重复的揉了一回，再张眼瞧时，但见她幽默地站在床前，嘻开了嘴，不住的向我媚笑，她似乎也喝过了酒，两颊红晕得比朝阳下的蔷薇更艳，她的前胸，一起一伏，似乎作经了剧烈运动，呼吸非常短促。

"咦——"我很诧异，暗忖她怎会一个人站在这里。

"醉消了吗？你已整整的睡了两个钟头了，"她很低柔的说。

"是。"

"可觉得口干？"说时递过一杯已经预备着的开水，凑到我的嘴边。

"谢谢，"我把头向外一偏，便呷了一口，"这屋子很有点闷气，怎的这般热的天，还是门窗的幕掩幕得这样深深的风息不通？"说时我把目光向四围打了一转。

"……"她这时仿佛现出了几分忸怩。

"湘琴，你对于我的印象怎样？"

"我不懂你的话。"

"换一句说，你觉得我还不讨厌吗？"我侧身向外，举手又去握她的皓腕。

"有一部分，觉得有点讨厌。"

"哪一部分——你讲。"

"便是你不安静的手！"说着吃吃地笑个不住。

"要它不讨厌，那很容易，只要你把它捉住便行了；要是你不捉住它，恐怕讨厌的成分，还不止你现在瞧到的一点呢！"我自己也忍不住呵呵地笑了起来。

"我不和你讲了。反正总是你们男人的舌儿会翻。"

"好好，且不谈这点，来讲点正经话，好不好？"

"正经话——"她披了披下唇。

"正正经经我问你，你对我印象到底怎样？"

"有的是乌黑的发，雪白的脸，会说话的嘴，教人见了一点也没有坏的印象；只可惜缺少一样东西，这是美中不足。"

"什么东西！"我很躁急，不知竟被她发现了哪一处自己不知的短处。

"只缺了一颗心！"

"湘琴姊——湘琴姊——老太太在这里找你啊，"黄皮阿金在楼上拉长了喉咙这样说。

她忙将拿着的杯子，向灯台上一放，三脚两步匆匆地奔了出去。

我这时重复合上了眼皮，心头真有说不出的愉快和安慰，我疑惑是做梦，我要仔细地回味这美妙的梦！此后我希望李老伯常常有美酒的赐予，更希望每酒必醉，醉必做这么一回梦。

我和她的情好，倘以寒暑表来测量，已到了百度之外！可是，在表面上，还是保守着零度，我几次想私下约她出去，看一次电影，或者吃一次西菜，借得这个机会，作一回切实的谈话；但，为了种种环境的阻碍，结果还是一个空想。后来，有一天晚上，大约是六月的下旬吧，因为天气逾恒的燠热，人觉得非常昏闷，想到露台上去乘一回凉，不意踏上水泥梯级，便听到一种轻微的谈话，语言好似很熟。

"谁啊？"我扶着扶栏，缓缓的上去，因为这夜昏暗得像黑漆一样，天上一粒星都不见。

"顾先生，我们在这里乘凉啊。"语声略为提高了点。

奇怪，这分明是她，她是惯常日间来的，怎的今天偏反了调。

"顾先生，你来坐，"接着听得拖凳的声音，"顾先生，凳在这边，"这是老刘佣妇的口音。

"你们坐，我不需要，"我推逊说。

"顾先生，你这时怎会上这里来？"她带着笑声问。

"你这时怎会上这里来？"我也带着笑声问。

"为的是她已死的男人，要落葬，她明天要回乡下去，特地来和我话别的，只是这么远的路，她单身回去，我终有些不放心啊。"

"她家住在哪里，预备怎样去？"

"家在××，她本想乘火车到望亭，在望亭再搭网船或人家的便船到家。我以为这样走，还不如乘火车到苏州，由苏州乘小火轮，来得稳当而且时间也可以快一点。"佣妇似乎老于阅历的说。

"要是你往苏州走，那倒很好，我恰巧明晨也要上苏州去。"我一时灵机巧动，很认真似的说，其实我哪里有去苏州的必要，不过明天恰是个例假，公司照例不办公。

"那好极了，阿琴，你明晨一准跟顾先生同去，不论在车上、路上，处处都有照应，真便利得多咧。"

这时我很想瞧一瞧她的表情，能不能了解我的深意？无奈眼前黑暗得连自己手指都分不出，遑论其他。但，我相信，那么聪明的她，一定不会不明白的。

"那么准定在明晨八点半的一班快车走，那时你在车站的大钟底下等我便了。"我并不待她取决，竟命令式的，对她约定了。

"阿琴，决意这样吧，不过，顾先生，明天买车票，做行李，一切都要你费心了。"

"好好——一切你放心好了——明天会吧。"说着依旧摸索着扶栏，下了露台，因为佣妇在旁，我不耐烦，尽谈点无聊而敷衍的闲话。

这一夜，我兴奋真到了极点，睡在床上，只是不断地痴笑，好像忘记了一切的一切，只期待着明灿的晨光，赶快来驱除黑暗，我不时的瞧着手表，感觉到过了这么长的时间，还不到三点呢，继而我又劝慰自己，任凭它怎样慢，应该耐着心，总不过五个半钟点了，自信未来一切的希望，都是可能的，都是不久会实现的。如此翻覆的想着，良久良久，才听得壁钟当当地敲了四下。我想：天快要亮了，我得静心睡一回，补充一点消耗太多的精力，于是我立刻想睡熟，禁止自己，不许再转杂念，可是要压住思潮，无异与要离开自己影子一样的困难，我记起人家说，当失眠的时候，只须一心一意的数着钟的走声，自然而然，会慢慢睡熟的，于是我开始数钟的走声了，从一下，数到一千，数到两千，五千，但，还是那么清醒，直到壁钟报了五点，方觉神疲眼倦，泛滥的思潮，好比转入了幽溪，渐次都平了下去，便迷迷糊糊的入了睡乡。

"笃笃——笃"，"顾先生——顾先生，时候已经不早了，快起来罢。"老刘的佣妇敲着门，对我说。

"噢——"，这时满窗的红日，映射得我简直张不开眼，骨脊间，像被人打了一顿的酸痛，头脑又像快要爆裂的难过，我颤颤地揉了揉眼，用一只手将身体勉强撑起来，猛不防一阵头晕，不禁又倒了下去。可是心，非常的清，便提高了嗓子，很简单的对佣妇说："我病了，今天不能走了，你快到车站上去，关照她一个子走吧。"

"你病的，就所谓登革热了？这不幸的登革热就结束了——不，摧毁了灿烂之梦是不是？"我不等他说完，这样问。

"还不是吗，从此，我就没有再见过她一面。据老刘的佣妇说，当她男人落葬后，她的只知抽大烟而毫不知耻的公爹，偷偷地私下接受了人家两百块钱，硬把她再醮给一个五十岁的老农了。你想，这是一个多么深的遗憾！当时我要是没有这登革热的阻挡，她的美丽的笑容，也许早映入了你的眼帘；所以我对于登革热的仇恨，永远不会磨灭。"他说到这里，似乎感到失了心魂的落寞，陷入了如大多数男人所落下的悲哀的涧谷一样，无尽期的幽囚在失意中咧。

我觉得这一段事，真的可怅可喜，决不能让它虚无地飘没在人间不知不觉中，我终于违反了老友的意旨，偷偷地写了出来！

二九，十一，十一

原载《小说月刊》(上海) 1940 年第 3 期，署名流金。

春　潮

（一）春在原野上召唤着我冻结了的诗情。

三月十二日

　　今天离登封已经四天。病虽见好，但仍无力做事，户外已见春意。院子里有好阳光，屋檐下一早起便有雀子叫着，邻居的黑猫，时时掀开帘子向屋里张望，两只眼睛亮得凌凌的。宁因我几天没好休息，一个人忙这忙那样，而且事事都是生手。我偶然望着她，想她就这样作新妇了，觉得有说不尽的怜爱；喊她靠床边坐下。拉着她的手，说："宁，你想没想过这样跟一个男子过日子？自己烧茶烧饭，做菜，还受气，给男人说，一个女人不学这些事，还配做人家的太太！"

又一日

　　昨夜下了一点小雨。早晨空气，异常新鲜。起来后在院子里散步，忽忆放翁"岂知蹭蹭东江边，病臂不复能开弦"的句子。时地虽和古人不尽相同，但情怀是一般的。

　　早饭的时候，想在家里病后的日子。离家已过五年，相去二千余里，自二十八年故乡陷后，想回去也不可能了……

　　黄昏时候，和宁在村子外面散步，碧油油的麦陇，一阵风来，像暮夜海水的波动，远远地望见山，山色比天的蓝色深些；夕阳还在山上，晚霞像喝醉了的美人的面颊；渐晚天色渐深，到后来和山变成一个颜色了，看着群山沉没，一种梦想，随着融化在暮色中，宁说："这风景真好！"我说："不久到南边去，春天，南方的山水更迷人，路上够你赞美！"

又一日

气候宛如春天，有雁北来，掠院中大树过去；似更增加人们对于季节的感触。

饭后骑马进城，预办一点南行的事，缓辔在麦陇之间，风悠悠地迎面吹来，远山叠翠，有数峰浮在白云中。半月来，心情都不大好；对于事业前途既觉渺茫，于身边琐事，也很心烦；这时候，陌上春风，却把一切人生忧患从心上拂去了。

薄暮归来，山光明媚，有几片白云，坠在明净的蓝天下。春在原野上召唤着我冻结了的诗情。

又一日

今天决定由郏县往襄城。终日忙行旅中事，到下午才得空闲。坐在小窗前，想想这两个月来作息的地方；门外的田亩、树木、远山，四边的邻舍；友人夫妇的温挚；院子里早晨赶出去晚上赶回来的羊群；……觉得一旦离去，都还可恋，和宁说："明天我们便不在这地方了。说走说走不觉得，真走了，才觉得这里都好；那黑屋子——我们的新房，村子里的大路，果树林，天一亮小学校里的读书声，以后都会叫我们想的！"

宁听了不说话，也许觉得我这个人只会爱惜过去的；目前许多重要的事不去管，许多值得爱的不去爱；心中必又暗暗想："你这个怪物！"我看她不讲，望着她不停，后来她慢慢笑着说："希望平安地走了，到你欢喜的南边，那有水，有大鱼小鱼的湖上，让你做个湖上的诗人！"

午后，男仆××来，他病了一个月，刚好了一两天，眼泪从他苍白的脸上流到胸襟上；他嚅嚅地向我说："秘书，你去了不会回来的！"我看他样子，也禁不住心里的难过，安慰他，说："我送太太回家，还要回来的，谁跟你说不回来呢？你好好养病，病好了到军部去找×××，我给你写好了信，你在军部等着我。"到北方来了两年，他侍候了我两年，当我寂寞的时候，他和我谈他家里的事，谈黄河边上的风俗。也许我真不回来；不回来，又向什么地方去呢？

为了一个梦，我走了一万里路，到洛阳来；梦随即破碎了，悲哀地过着"食客"的日子，有好几回我问自己："这生活能过得下去么？但为了另一个梦，我又耐心地呼吸着北地的风沙；一年过去了，梦成了真的。现在，又为着一种固执，一种无比的自尊，又开始着关山的行旅，走向南方！"

来日总是美丽的。谁想到过：过去的日子也曾系梦魂，为所倾心向往过呢。

又一日

剑兄在我空白的纪念册上，写着："流金：我们见面时，你常向我说起'人性'，后来你离开洛阳，现在你离开临汝，都是为了它。不可知的命运也罢，主人公性格的反映也罢。你踏上征程吧。你是对的。"夜里，在灯下，已有一点酒意了，想这两年来和剑兄的友情，流着感激的泪。从我们初识到如今一切都是他"给予"（to give）。在西安病中，住院出院，以及后来到洛阳来，他都像兄弟般的护着我。这回到临汝，又是他，给我温情，使我能没有什么忧虑地过了新婚的一个月的日子。

什么时候，能再听到他动人的声音，见到那有时候忧悒的中年人的神情呢？一个人，在军队中生活了二十年，当生生死死的事，已不能动他的情怀，反为一种不可捉摸的思想——梦里的诗篇——而萦怀终日，这不是可以比得上古昔传说中具有英雄性的神的故事呢？

（二）"不可知的命运也罢，主人公性格的反映也罢；
你踏上征程吧。你是对的。"

又一日

半夜，院子里马叫起来；看表还不到两点钟，一夜都不得睡，宁和我一样。从登封回来说走的时候，宁很高兴，说："天气不冷不热，我们都能吃苦；走路像旅行，沿途尽量享受这个春天！"一种幻想支持着她，正如支持着我一般。但真的要走了，似乎又都有一些惆怅了。昨天前天，我心情都很坏，对宁生气，说这样做坏了，那样做得不好。半夜看宁也没睡，轻轻地拉过她的手，正想着她心里是否在埋怨我脾气坏，而她却是那样温顺地让手给我握着，不觉自己心里忏悔了说：

"宁，明天我们便走啦！你看这夜多长！刚才我看表还不过两点，马在院里似乎晓得要走远路，直嚷着，一下也没有休歇。你今天不是说有点头晕么，现在怎么样？这一路，我想都很好玩的，这是我们第一次的长途旅行，算补偿我们闲在黑屋子里的蜜月旅行吧。"

宁的头发散乱在我背上，天渐渐明了。

早晨，太阳没过山来，天上依稀的还有几颗星星，露珠子在碧油油的麦上闪烁着。宁和我，还有两个仆人，一匹马，在蒙蒙的曙色中，出村子走向南去的村路，剑兄走在我们身边，看宁穿着不合身的军服，长头发卷在军帽里，觉得好笑，对她说："你穿军服也很像样的，"我们默默地走了二三十步路，我和剑兄说："你回去吧，打了胜仗。我们再见！"

剑兄送我们直到路向南转西处，天亮了，星星不见了。

临汝县城在早晨空明的林子的薄雾围绕中。

东边山上，太阳渐渐爬上了峰顶，探首丛山之间，睥睨着这碧油油的麦的原野。这完全不像是在北方，这是故乡，二月的江南！

离城十里，正南为去叶县的路，我们取东南大路，打郏县往襄城。沿路望东北绵延不断的山，直到襄城才看见东去千里的平原，十多年来，住大城大县，用现代交通工具，于故乡的土地与农民，只因时怀恋。我在乡下生长，十二岁才坐船进大城，看到城里的街市、车和大汽灯。十五年的城里生活，渐使我和我所生的地方，一天一天的疏远。这回，是真的又回到乡下来了；在村路上，看见一头牛，一头骡子，一把犁，一架拖草的车，一个老农夫，吸着旱烟袋，悠然地坐在村边的土墩子上或石块上，便仿佛回到童年的梦中了；想起在家里，和我差不多的农家孩子，把我扛上牛背的事；想起老农夫，坐在村里的稻垛上，讲长毛的故事……一切都是异常的亲切，虽然北方的农村和我们的故乡不尽相同。

宁比起我来，便完全是个城里人了。我给她讲这样那样，俨如富有农事知识的人。我常常用这样的口气给她讲："这还不知道，这是什么草，什么花，什么时候长，什么时候开，我们家里有的。"

下午，已走五十多里了。宁一脸通红，我问她：

"走得么？"

"走不得！你背我！"

"真走不得，我就背你，看看有多少重，年下值得多少钱！"

"你背，你背，"宁两只臂膀真放到我肩上了。我说：

"我背你，真背不动，你要转背我的。"

春风迢遥地从海上吹来，几日来的烦忧，又飞越过了关山，随风而去。

当夕阳细语着黄昏，我们在离郏县十里路的一个村子停下来。我说：

"走了一天啦，真累了！"说完便坐在小学校里的一张大靠椅上。

宁找到了学校的校长，交涉好了我们今晚就住在学校里。

人和马都停在一间大屋里，我们用桌子拼了一个床；夜中，马仍不断地闹着。

又一日

路上走了三天。天天有好阳光和柔媚的春风。过了襄城县，颍水上渐见帆船。河水叫人看着忆念南方，故乡的小河，不知引起过多少儿时的梦想，小河里的船，把爱着的人从家里载去，在一定的日子内，过年过节的时候，又把他们带回来。我说：

"宁，你讲你没见过水，这回，你可看不尽水流了。这条河，从登封山里来，一直把我们送到正阳关，一送就是一千里。在登封时，下午吃完了饭没事情，我常一个人迎着夕阳，循着河源走去，悠然地看白云在山上飞，听山里的水流声；秋天黄昏山中的安静，回想起来令人觉得那时候真闲适！谁想得到那使我做梦的山里的水流，出了山，奔泻千里，又送我们走这样远的路！"

宁见到水比我还高兴，听我因水而说的话，有所思地瞧着我的脸，说："水流去就不回来了！"

这是我们恋爱的时候，在洛河桥上，正夕阳时，我站在柳荫下，看水从桥下流过去说的。

傍晚到漯河，雇好去界首的板车，同我们走的仆人，明天决定叫他们回临汝，马亦让他们带回去，以后，长途上仅我们两人了。

半夜小雨，睡在床上极焦闷。行路人最怕的不就是风雨阻了行程么。

又一日

天亮时还小雨，车夫起来了，说下雨就难走，路上没住处，不如在漯河住着等晴天。我们一心想快点到江边，说雨不大，走一程算一程，没地方就歇在车子上，我们走惯了路，吃惯了苦。

动身时，已六点过了二十分。雨不下，但天仍阴沉，宁走了三天，极疲乏，一出漯河大街，便坐上车去。我跟着车走了大半天。

漯河东到界首二百七十里路，普通三天赶到还很早。第一天一百二十里到周口。沿着河边公路，直向东行，时时望见河上的帆樯，河面渐东渐宽，到周口，黄河自贾鲁河流入，水即浊黄，和上游清流判然有分别。

春意日浓，沿公路桃杏花开，红白夺人心目，嫩柳低垂，像十六七岁少女婀娜的丰姿。自过襄县，东望平原无际；漯河以东，麦陌相连，随河直到淮上；麦苗一望千里，一匹千里碧沉沉的锦丝。

南方正是春雨时节，小楼一夜东风，飒飒来从海上，百花在细雨里吸取春天的润泽，一晴便齐相争艳。人类乡土的观念，似与生俱来，怀古思乡的情绪，用文字缀成优雅的篇章，常使人流连讽咏，觉得一往情深，惆怅于古人用文字造成的境界……

到周口在夜间，星光下，天宇渺然无边际，车夫说我们胆子大，我说：

"我们胆子并不大，只没东西可以抢，抢走我们这种人，种不了田，使不了船，只是会吃大米饭，有什么用？"

当时在路上走，心想真有人劫，就把东西和人，一齐交给他们去。是这样想着，也这样给宁说着。宁讲：

"你入伙，我不入，我还是一个人到开封去！"

"你不入，他们把你绑起来赏给该受赏的人做强盗婆！"

"那你就做强盗婆的……"说着想不出什么恰当的字说下去，却笑了。

又一日

下午到界首，太阳还只偏天中丈把远。漯河动身时，路上碰着一个孩子，从舞阳来，一个人去界首孤儿院，孩子眉目清秀，因生活磨炼，变得比他实在年龄使人看着大好些，十四岁就像十七八那样懂事，识人情。我们看到他走在我们后面，瞧他小小年龄一个人，觉得奇怪，问他从哪儿来，打哪儿去，他像大人一般，和我们说他家里的事，说他父亲当兵好几年没信儿，妈去外面谋生活，一去不回来，只剩下他一个人在乡里帮人家做点活，赚饭吃；这回听人讲界首孤儿院有吃，有书读，便决定往界首去。孩子因生活训练了他生活的办法，有勇气走五六天长路，夜里睡人家的柴草间，讨点汤喝，碰着善心人，施舍了钱或面，就吃点走路，我们看他可怜，便叫他跟我们一起走，给他吃的喝的，车夫说：

"路上坏人多，你们小心点好，要行好事，给他几块钱，让他单独走路！"

我想那孩子纵使曾受过坏人指使，也决不会找到我们头上来。对车夫的话，毫不在意，但孩子究竟赶不上我们车子快，走了半天便掉在我们后面了。

到界首，宁想起来那孩子来。问我他是不是能来到这地方，到了是否能被收容？我们商量好去孤儿院看看。走过码头，看到无数大船小船，有家船行，正在讲明天有往关上开的船，我们想着也许可以坐船到正阳关，便走过去问。

"行老板，你们船明天开，可不可以搭两个客？"

行里有个安徽人，瞧我样子，不像军人，问我在军队里作什么事，我递了张名片给他，行里人都围着那张名片。安徽商人看完名片，笑嘻嘻地对我说："可搭，可搭！"

说完，便向行里老板介绍我，说：

"这位先生坐船，可给船很多方便，过关过卡，只要递他一张名片，便可无事。"

行老板把船上管船的找来，说："这位官长搭你的船去关上，你好好伺候他老。"

管船的约三十七八岁模样，极诚实可爱，问我晚上上船去还是明天一早上。我想想晚上上船好，就说："你同我去旅馆搬行李，今晚就上船。"

找那孩子的事，便永远地存在我们的愿望中了。

黄昏时候，新月斜挂在天边。我们已在舟中。

春夜温煦。月照河上，像铺了层银箔子，风吹起河流的波纹，月影散乱在水里。

深夜，始入舱睡，月正西沉。

（三）船上镇日清闲，望江水，云树，平野，只不见山。

又一日

濛濛的雾，弥散在江上，朝阳出没白云中，若有深情似的挣扎着临照人间，一片摇橹打桨的声音，喧闹着平静的江面，雾像一幅轻纱，聚了又散了。在东边太阳升起来的天边，有红霞，像二十七八岁的少妇，晚装初罢后的胭脂，那样强烈地动人遐想。

缤纷的帆影远远近近地映在江中。西风阵阵激起水面上的浪花，东行的船，都饱挂着轻帆了，船夫说：

"长官好运气，春天东南风多，偏吹起西风来，风顺水流，三天包到关上。"

船在水上轻驶，水澌澌作声，两岸烟云村树，像电影一般的从眼前过去。

十年不坐帆船。十年前：从故乡到省城，夏天风顺，一百里路，早晨天亮动身，到南昌赶午饭。从南昌到故乡的河，给我印象顶深的是江湖上的渔家，夕阳晚照，江面上，一片渔歌，一缕缕的青烟，从小船篷里出来，浮散在江上。家在江湖之间，一道小河，连着大湖又通大江中，两三岁便习见了白帆与江水，稍大点就熟悉于水上一切的故事。多年来，对于水就有一种爱，一种亲切的感觉。斜卧在舱里，似神驰于故国苍茫的烟水，和水上的渔家。偶然的说：

"河上这样单调，来往尽是一色的船；河两岸除了看见天，看见麦陇，疏落的村庄，什么也没有。我们家里风光就不这样啦！河上有十几二十种样式的大船、小船，各县的不同，各乡也各有各的花样。在船上，你终日听得到动人的歌声，打鱼人把网撒下去，唱着，拉起网来的时候，唱着。打完了鱼，坐在船篷里边，船静静地泊在江中，悠然地望天色，望江水，也悠然地唱着。河两岸，远处的山，逶迤百里，山下人家，由碧绿的深树中露出白墙来，两岸的田亩，一年四季青青的，田塍路上，牧童骑着牛背，有时真像诗里所说的骑牛吹笛美妙的境界……"

一幅故乡的图画，完整地浮现在我的心中；听的人也悠然神往了。我又说：

"这河上也未始不好，假如有个颍州人，偶然地到我们南方，旅行在我所怀念的江土，也许他还是想着这千里无际的平野，想着这漠漠的北方的天色呢。"

我笑了，宁也笑了。宁笑着说：

"你会讲，真到了你的故乡，不见得就和你说的一模一样，也许你说的不过是你自己创造的境界，你梦里的诗篇而已。"

宁虽生在南方，但长在多风沙的城市，常常念着那个黄河边上的大城。而我呢？我是生在水边，长在水边，而自己又故意地把那些水美化了的。离开那水边的时间，越久越长，那美化的程度便越神妙，越完全。

船一天便到颍州的刘集，江上静夜，船系江心，月色朦胧地照着江面，船前后左右，都是船家，渔灯忽忽如豆，幌摇在江水中。

又一日

　　船上镇日清闲，望江水，云树，平野，只不见山。河两岸随处有果园，桃花开了又谢了，只落英瓣瓣在碧草上。

　　老船夫，健朗矍铄，说起话来，像有一种金属声音，在空中振荡，回响在水面上，今年七十八岁；鬓发苍苍，祖宗代代生活在水上，船是他的家。儿子四十开外，极诚实良善，总管船上大小诸事。三个孙子两个孙女儿。大孙子十五岁了，结结实实，帮着驶船，是个得力的船夫。孩子们的母亲，整天在舱后面做饭洗衣服，见不到面，另外还有一个粗壮呆气的伙计呵呵哼哼的，几乎一刻不停地撑篙打桨。

　　终年在船上，生活平静无波澜。风和水训练他们有一种好耐心，任听天命。又因为和风和水斗争，有着一种坚韧的性格。

　　风顺挂起帆篷，我们出舱来，在船头甲板上坐下。老船夫照例和我们应酬一番，或问一问时事。当大大小小都围在他身边时，便开始用一种关切的神情，问战事几时得平静。我们说：

　　"快了。"

　　"快了？"他怀疑地重复着我们的话以后说：

　　"总听说是快了，打了一年又一年，现在五年啦！这回听说美国人帮我们的忙，美国总打得过日本人吧？"

　　"美国人一帮忙，就快了，"我说。

　　"平静了好么？"我说过，宁问他。

　　"平静了好！日本人没有来的时候，我们从颖州河到淮河，走上海，一块钱把小孩打扮得漂漂亮亮，"说着指着他身边的小孩子，"你看他们，现在连大布头都穿不起了，简直成了叫花子。"

　　夕阳迟滞在江上，天边浮着朵朵云霞。老船夫无限深情地追恋着好往日，谈着李鸿章、袁世凯时代的江上风情，他儿子有时也说说袁大帅、冯玉祥在河南的日子。对于这样简单良善的心灵，我们说些什么好呢？宁说：

"真好玩，一船三代人，祖父一代谈李鸿章、袁世凯，父亲一代谈吴佩孚、冯玉祥，将来孙子的一代，要谈委员长了。"

"现在的日子过不了啦！多少船都劈了当柴卖，船没人使了。大船差多，打到一回，饿了半年不打紧，连船都要贴进去！小船呢，小船装得多少东西，关上来回一趟，折折拢拢只够吃。柴米油盐，哪样不贵！这年头，使船的活该饿死。"话多了，老船夫便尽情地倾吐心里的话。七十年的人生忧患，还没有把他磨炼完了！

"把日本人打走了！就好了！"宁有意地说着安慰他。

"晤……"他的白胡子翘了起来。

夕阳下后，大地悠然入黄昏。我们宿距关八十里小集上。船夫说："明天到关了，关上有船，到六安还可坐船。"

江面上明月娟娟，帆桅的影子，满江如画。

又一日

昨夜大风。舟中寒甚。早晨天刚亮就开船，船夫讲："又是好风啦，今天到关了！"宁轻轻碰我臂膀，说：

"起来，起来，开船了。"

船上没事，我说：

"甯，船上寂寞得很，你给我说点什么吧。"

"说什么呢？说个故事好不好？"

"你讲吧。"我随随便便的说。

"看你懒□儿，'你讲吧'，那样没神没气的！"说的人撅着嘴。

"好！好！莫生气，你讲个故事给我听。"我笑嘻嘻的说。

"讲我们自己的事好么？"发亮的眼睛望着我，显然的我们自己的故事，是那样使要讲的人感动了。宁刚讲完这句话，便迅速地从小包裹拿出一本厚的练习簿，递给我说："我不讲，让你自己看，一样可解你寂寞，但只许看我折着的。"说时眼睛望着我，说完便装着要睡，远远地离我躺着，说："只许看不许做声的啊！"

日记上记着的，是二月二十八日我从临汝回登封到我从登封回临汝的事。在我没去登封之前，我心情不好，而且新婚的日子过去了，一切在我都看得比较随便些，因此给宁受了不少的委屈，她在日记上写着她内心的话，这些话一直到今天才给我知道。

"二月十八日

爆炸声忽密勿疏的传来，我很难过，除了思念，像还有一种更大的东西缠在心里，怎么也不能理解它。

这应该是人生最愉快最美丽的日子，但我傻了许多，我从没想到过这样缺乏理性！

已是夜了，人该到了登封。他和我的心情会一样么？（若说一切是我自找的，我永不承认，谁的幻想不美丽得天仙一般！）

人到后，该见过许多人，谈过许多为别人谈的，人家休息了，他自己在屋里，偶尔想到数小时前，离开的地方和那地方的人，便马上该做他在马背上已具体计划了的事，假如他有一份力量求克复疲倦。——不，他不会疲倦的，时间在他，又有了价值，愿他多休息，恬静的睡，——我含泪诚心为他的安宁祈祷。"

"三月一日

忍耐到天明起身，等一个人来，说给我一点消息，关于他的。

未起床时，便想起昨夜的梦，梦里，他说了使我满足的话，一双眼睛，亮得像去年秋天的月亮，在那有力的臂上，我痛悔的哭了：'我自私，误解了！'？

不能不让眼泪流在枕上。梦和现实啊！

昨天走得那么晚，到时，月亮该伴着他了。数十里马背上的颠簸，该很倦了，愿他有个好好的休息。

整理所有的信，那些美丽的梦，重给我以无比的情热，我感动了，一次次淌着眼泪，呵，我这狭量的人，他崇高，伟大，他毕竟不与人同。呵！……我后悔吧。

数日耿耿于心的，瞬间逝去了。

六时要电话，××接着，知人已平安到达，但不在家。想再问一句什么，没讲出，接电话的人，只讲别的事，想想还是不问，放下听筒，刚出门，那老太婆问：'到啦?'

起初听着不在意，一怔，才会意地说：'呵，到了，昨天晚上。'说完，便匆匆地走了。

吃饭像是应付什么事，没一点劲儿。我要磨炼着离开了他也生活得好。"

最怕夜来，除了孤寂，还胆怯。

"三月三日

有短信来，像是见了写信的人，虽然是那样短，还一遍一遍的看着。相片上的，仍然那样沉默。我眼眶湿了，他没有以前那样以柔情对我了。离开他，仅一天的路，为什么我完全失去了活力呢?

真的，一切都随他去了。

没他在，我情愿不见任何人，不要人玩，不和人谈话，那，只能添我些烦闷。在静中，我可以想我要想的，我很自由，很能享受一点零碎的温存。"

"三月四日

灵有电话来，那温柔的低沉的声音，使我想着他在我身边。他是离我那样远么?（stop here）多残酷啊，我不能听任他，我不能搁下听机来，我要说：'带我去，带我去! 要不，让我的生命熄灭!'

去年今日，我们是多么幸福，那个最美丽的春天! 我遇到我生命的支持。经过了多少折磨，苦难，我们胜利了。这已经不是梦。上帝是这样仁慈，赐给了我一切。我还期待什么呢?"

"三月五日

人回来了，梦似的，我们像分别了五年，紧紧地拥抱着。抬头见他黑得吓人，眼睛更深了，但是精神还好，只说话声音弱些。

听他说，我们将离开这地方，我高兴得跳起来，只要和他在一起，我什么苦都能吃。

我完全地高兴了，我心里一点也不觉得他对我变了，他对我只变得更好了啊！"

我读着她折着的，读完，说：

"不许再读了么？"宁听着，从躺的地方跃了起来，她说：

"不许的，不许的！"

我抬起头正碰着她发光的眼睛，她含羞地扭过脸了。我说：

"你的故事写得很好，但这叫做什么名字呢。你真傻啊？幸亏苦了又快乐了。以后再不准把事情放在心里，我不好给我说，真不好你就不理我，是你误会了，说了不就会明白吗？"

西风吹过河上，船上只那个粗壮傻气的伙计，拿着篙，单调地呵呵哼哼的闹着船上的寂寞。宁伏在我臂膀中间，我问她：

"我现在对你好吗？你再把昨天记的给我看。"

"不——"

我们在沉默的欢乐中，真到了个河湾，船夫闹着"里舵""外舵"的时候，探首舱外。正夕阳时。

又一日

从九点钟便下起雨来，一直到黄昏，船在小雨里继续开向关上。

雨濛濛地笼罩江面，天低沉得像要压下来，二月春寒，麦色油油地招展雨中；当时信口拈了几句：

"淮南二月寒犹峭，新麦纤纤拂面来。水远天低波浩渺，风轻雨细鹭飞回。"

下半段却写着四天来船里的心情。

"船中卧稳日高起，灯下吟成蜡泪堆；海内风尘亲旧隔，八公山下不胜哀！"

吟成了，念给宁听，宁说：

"写得不好！"

"不好？你不懂！"

"我不懂么？你随便凑着成诗，哪有八公山，有蜡泪？"

"那远远望见的，不是八公山么？"我指着东边远处云里淡淡的一抹青蓝。

"啊，那就是八公山吗？我们多少时候不见山了！"宁惊呼着站在船篷外面霏霏细雨中，"那多美啊！山不也就是和水一样的动人！天天看山，不觉得山好，天天看水，也腻了！"

我瞧她好快乐的样子，自己也觉得快乐，说："我的诗好不好呢？"

宁似猛然又回到平静，可爱的嘴上，浮着笑，多有情地瞧着我！说："你的诗好！"

"怎么又好起来了呢？是因为真有山就好了么？"

"真是的！说好又不好，说不好又好，你要我怎么样？"

"我要你——"我说着已紧紧地挨近她。

"我不要，不要——"一阵笑声，连珠似的回旋在江上。船渐近关了。

淮水从河南东南山中流来，在关上，汇合了汝颖，又东流入海去。从南来的还有安徽西部的山河，正阳关是一个水市，远远地我们望见一个塔，无线电台矗立在苍茫的烟雨中，比起那塔来，更美丽。

淮水流到关上，带着无数的大河小河，又寂寞地东去。东头淮上，只鹭鸶打水面飞来飞去。船夫说：

"我们四年不往东边去了，四方八面来的船，都只得到了关上，关下便是敌人的地方啊！"

夜泊关上，风涛如海啸。宁问我：

"怕不怕？"

"怕怎么样？"我说。

"不怕么？"

"生在水上的人还怕水！"

"你不怕我怕！"

"你怕，过来，我给你胆子！"

"胆子还能给的？"

"怎不能？傻瓜，你来啥！"

宁故意装得不懂我的意思，我也故意以为她不懂，说着却嘻然地笑了起来。

"你笑什么？给我胆子呀！"她挨到我身边来，说："看你怎样给人胆子！"

宁散乱的头发，又披在我肩上了。我说："你现在不怕了么？"说过哈哈地笑了。

（四）客路青山下，行舟绿水前。

三月末

到正阳关后，因雨没下船。有另一船去六安卖盐，就决定坐船六安去，再走几天水路。

早晨天气，还是不好，船开时，原船上大大小小，都聚在舱篷外面，送我们走。老船夫说：

"下回来，再坐咱们船。官长人真好！一路顺风送到六安，只三天路。"

我心想下回倘能再来，再坐那艘船，那才好玩，和老船夫讲：

"下回来，你送我们到上海，在你船上过个把月！"

"好呀！下回我们过上海去！"

山河，地图上叫津河，从正阳关直到六安，终年可以行船。六安以上，水涨时，可到独山镇、苏家埠等地方。从霍山中流出，水绿得像猫儿眼，南方味儿更浓了。河里来往船只，从霍山六安等地，运麻茶米帚竹下来，分散到沿淮颍各县，从河南运盐上去，到六安分散潜、太、舒、桐、霍山十来县地方。六安为名茶产区，战前生意很大，畅销沿海沿江一带，茶叶运输，便藉这条河向各地分散。

细雨飘在江面。船徐徐逆水而上，两岸平野，在雨里濛濛望不见。船夫说："今天怕走不了多少路，顶风顶水。"

船夫自己撑着篙，叫他的儿子和一个伙计下船拉纤去。儿子约十四五岁模样，不肯长，又矮又瘦弱。

船走得慢，船上日子便觉得长。宁说：

"坐船就怕风不顺，水不顺，看船老是在一个地方，真急人。"

"什么事都这样，处得顺境，处不得逆境，便算不懂得生活！海上潮来潮去，天上日出日落，人间生老病死。佛说成住坏空，说无常，都是物之理。而且一切事，倘若都终古不变，还有什么意义：天天吃鸡吃肉，不会腻死了么？"

"又说教——谁听——！你凭良心讲，现在是不是也烦，也闷，希望船走快些。"说的人撅起嘴。

"不希望，我觉得这样好！静静地看烟雨湖山。"

"又是诗兴来了！"

"你看，那站着的鹭鸶，白得像雪，烟雨里的树，多美丽啊！'鹭鸶飞破夕阳烟'，怎样一种美好的境界！可惜这不是夕阳时，但这烟不是比夕阳时候更美吗？"

我站在船舱外，细雨已打湿了我的头发，额上有水珠子。宁倚立在舱里，看我样子觉得好笑，拉我进舱去。说：

"你看头发都淋湿了，还站在雨里！"两手给我理着那垂在额上的发，掏出手绢儿擦了额上的水珠。无限温情地端详着我。我那时似还神驰于雨里的湖山，她从我眼睛里看了出来，说："你想什么，快给我说，让我给你写下，灵感一去就不会回来的！"

"想一个人，在雨里坐船，往一个陌生的地方去。船里有个女伴，又聪明又傻气，人家给了她全个心，她像知道又像不知道，总怕那个人还有半个心放在别人身上！"我故意这样逗她玩。

"鬼哟！不跟你讲，你把那全个心给我看看。"

"要看么？在眼里，在嘴上，在任何一个地方，懂得的人，一看就看到了。"

雨渐渐大，离关仅三十里，船泊在一小镇上。

夜听潇潇雨打篷，我们默诉："明天晴了吧！"

四月一日

清晨雨止。江水涨了许多。上水船，因起了大北风，仍走得不慢。

雨过后，平畴异常碧净，间有一片片金黄色的菜花，点缀鲜妍动人。

江风寒意甚浓，我们坐在舱里，冬衣全上身了。船夫懒洋洋地撑着篙，穿了件大棉袍，拖一双大棉鞋子。船上的人没有从界首到关上船上的良善，勤朴。船夫是个年近四十，带着很重江湖气味的水手。船老板娘整天吱吱喳喳地像冬天早晨屋檐下叫个不休的麻雀。小孩子们也不惹人爱，长得又丑又笨，馋嘴，见什么好玩的便嚷着要，或一声不响的用小手抓去，放进褴褛的衣服口袋里。看船夫有气无力撑篙的样子，我轻轻给宁说：

"这样子使船，必饿死！"

"可不是，那家船上，大大小小穿得伶伶俐俐，每天吃面，菜也好，不像这穷样子，连杂粮不得个饱。"

"那船上女人，也好得多，一天到晚，不说句话，厨房里干干净净的，不像这个，一天吵到晚，……"

"我们跟这船没缘，是不是？一见到那副撑船劲儿，就叫人生气，好在今天顺风，船还得动，上水船，风不顺，这样撑，到六安一百八十里，一个礼拜不会到！"

我们好像为这事很生气，看宁面孔，忽然想着我自己是不是也那样板了起来？觉得十分好笑，说："看你样子像很生气，出钱坐船，值得么"宁看我忽然笑着这样讲，也笑了。说；

"不值得！"

"不值得怎么样？"

"只怪你！"

"怪我有什么用？难道我故意要找这样的船？"

"怪你运气不好，带着我生气！"

"你现在不是笑着么？难道你的好运气，就不能带着我好些？"

说说我们便忘记了在船上。船上人看我们细声细语讲话，在舱里不出来，也许觉得好玩，也许觉得奇怪。当宁走出舱去，那船上女人说：

"太太，你们一天到晚讲什么？官长待你那么好！"

是不是那女人想起了她年轻的日子，想着她从男子那里得过的温存，来和在她看来觉得可羡慕的另一女子比较？

宁回舱说：

"那女人问我：'太太，你们一天到晚讲什么？官长待你那么好！'你说好玩不好玩？"

"你怎样说呢？"

"我什么也没说，笑了笑。"

"唉，你应该说，官长待什么人都好，和什么人在一起，都一天讲到晚的。"

"真是这样！"

"可不是？"

"不跟你讲！"

"只对一个人好得特别些，说的话不同些！"

"不要讲了，等下子那女人又该问我了。"

天，阴了一天，一心担心着还有雨下，再迟滞江上的行程。薄暮的时候，和宁站在舱外，天色明净，西边一片红光，白云成霞，朵朵浮在天际。我说：

"明天准晴，日看东南，夜看西北，西边开了啊。"

南方入春多雨，忆在故乡，二三月间下了几天雨，鸡上宿的时候，祖母总走出篱门外看天色。西边开了，祖母便说："明天晴啦！"有时候近黄昏西边仍沉沉如墨，那不用讲，第二天必又是滴滴答答的一天春雨。

儿时事在追忆中明晰如画，看西边天际云霞，若神驰于一种梦境。这时祖母也许仍和二十年前一般，颤巍巍地杖出篱门外，看天色预说阴晴，忆念她的孙儿，在一个她不知道的远远的地方，和七岁的小甥女讲："菩萨保护干爷在外安安吉吉！"

入夜一江月色，江水满，明月也满了。水光潋滟，江上一片儿女声，喧喧直到中宵。

又一日

早晨，天仍阴不开。舟行江上如磨墨，江水从山中流来，甚急甚大。两岸青青麦色，绿树，茅屋，……都带着春意入船来。

去北方一天天远。从临汝动身，杨柳才青，一路上看柳垂丝，桃花开，杏花落，梨花如雪，菜花如金，到江边时，春都老了。朋友来信讲，他家新建楼房，面水背山，风景佳绝。我们去那儿，为辟小楼，一间住，一间待客，度蜜月不亚泰山华岳。想着到那儿，将在夏初，蜜月固早过去；八年不在南边过春，"小楼一夜听春雨"，乡居虽然无杏可卖，那梦境似的听春雨的味儿，也尝不着了。

六安正阳关路上，无大集镇，沿河地方，过去，匪类出没无常，现因为安徽入河南要道，河上治安，由地方着意维持，行旅安全无碍。但使船人于过去可怕印象，不易磨灭，天天太阳出后开船，赶夕阳前泊集子。我们一天总想多走些路，而船夫有时在下午一两点钟便下锚不走。正午过隐贤集时，船夫说：

"路上我们熟，该停哪儿就在哪儿停，官长安全，官长好，我们也好。就像这集子，附近几十里地，过去就是土匪窝，我们谁也不敢单独行船！"

隐贤集距六安有九十里，上水船就顺风一天也难赶到，船夫说要上岸买油买米，集子很大，可上去玩。我问他：

"今天还开船不开船？"

"不开了，开了赶不到集子住。"他说，说完拿起装米麻袋，拖着棉鞋上岸去。

"不是赶不到集子上住，是他懒，瞧他样子就是个好吃懒做的人！"宁说。

"他不开，我们讲也没用。我们也上岸去玩，看有什么土产可买，"我说。

集子沿河有一条长街，百来家铺面。四围大树，尽是槐柳。槐花开了，一上岸便有一种清香扑面来。宁说："你晓得是什么香？"

我问她。

"不晓得！只你晓得！我白在北方过了十几年。"

去年槐花开的时候，我住在西宫一所大房子的小屋里。窗前就是桃树，桃花在一夜风雨中卸了。距窗子不远，有一树如盖，开着花，香了半个月，我时常开窗子，延明月和花香进来。有一个女孩子常在黄昏后，带着月带着花香，从很密的树荫里过来，到那大树边，看我小屋里灯亮没亮，进我屋里来，和我在一起，度着温煦的夜。梦似地一年过去了，那女孩子成了我的妻，我们在另一个地方，又见着槐花香了。我说：

"宁，不是我以为你不晓得这是槐花香。我问你晓得不晓得，在引起你一些回忆，那西宫的夜，槐树下面明月的清幽，我们开始爱的日子！一闻到这香味，一种神秘的甜蜜的情感，便在我心里流，去年我不是问你：'明年我们怎么样！'现在你是我的了。我们走这样远的路，都为的是槐花香的时候，月明的春夜曾织成了我们的梦，我们才走这样远，什么都不要了！"

宁依依地走在我身边，那发着亮光的脸上，那样强烈地表现着一种希望，一种喜悦，一种追忆，现在不是一切都有了么？她说：

"今年春天比去年好！去年你是那样恍惚地在我梦中，是那样地离我远，我不敢相信我的愿望，会如此完满地达到！"说着，眼睛燃烧着一种纯真的崇高的爱的光，"不是么？我们现在虽在征途，一切都不是令我心满意足么？灵，你说，我们永远不会离开的，就像你那回去登封的事也没有，有好月色的夜里，有花香的地方，或是断桥落日，或冬夜炉边，我们都在一起儿，我们享受着上帝赐予的！"

向晚天云绮丽，清风，明霞，江上一片帆影，我们坐在岸边沙上，凝睇远方，忽忆放翁诗："鱼鳞云衬夕阳天。"竟悠然地待月上来。

（五）大别东来千万山，行行日近长江水。

又一日

下午，江上的光潋滟。六安城外的塔影，摇曳在江中，一带小山，逶迤从北过来，折向东去，青草如袍覆在山上，没开尽的桃花，艳艳地点缀在绿叶中间，风情旖旎。

"到啦！"我们愉快地不约而同地说着。船静静地摇近岸边，靠在小山下有很大石头的边上。我们叫了一个挑伕，把行李搬到岸上，和船夫讲：

"几时再回关上？再坐你船吧？"说过便上岸去，一次也没回过头来。

城里完全南方风味，石头路，木房子，高墙，……我说：

"真到南边了，样样都像故乡的小城，和我十二岁初到南昌的印象一点也不差……"

很不容易找到一家旅馆歇下来，旅馆老板是个斯文的读书人，矮矮个子，瘦瘦的。穿了件长青呢袍子，一双黑丝呢平底鞋，看上去四十上下，温良而文雅。

我们看好一间向西的厢房，把行李放下后，便和那店老板周旋，问他去太湖的路。太湖来往六安多草纸商人，从宿松、太湖贩草纸来六安，从六安买盐回去，一年四季，路上行旅不断。店老板说：

"到太湖碰着好天气，七天带赶，八天松松的，这来往人多，沿途有饭店，可住可吃！"听我们外省口音，他以为我们从立煌来，说：

"打立煌直接上太湖，比这边近得多，只不过山路难走。往这边去，有两条路，一路往舒城县，桐城县，经过青草塥到潜山；一条从毛坦厂，中梅河过老鹳岭，翻三道岭到青草塥。后面的路近几十里，但要翻山。"

"我们从正阳关来，不从立煌来，初次到安徽，路不熟，你说的那两条路，哪条好走走哪条。"我说。

"都好走，走毛坦厂就近些。"

店老板说话声音平和迁缓，完全过去读书人派头。旅馆有大天井，天井里好几个花台，种满了花，剪秋罗这时正开着，还有玫瑰花红得像美人醉后的面颊。小小客厅，陈设十分雅致，条桌上摆着一个古铜楠木座子的果盘，里面盛着四个福建漆的蟠桃，左边是一个仪征泥的花瓶，右边是一座铜镜。四壁都挂着字画，虽非名人作品，和那客厅却很调和，我和宁说：

"你看，这就是南方人的生活，那个人，便是典型的南方读书人，在江西安徽，随时随地可以碰到这一类人物，他们生活上有不少趣味，吃饱睡眠以后，还要花、酒、字画、琴、棋来满足他的灵性，但这一类人物，快完了，现在也很少见了。"

入夜后，我们炊了一壶从街市上买的好茶，豆油灯下，对坐着谈路上的事，谈到太湖后将怎样安排我们的日子，宁说：

"太湖有水有山，你打鱼，我摘茶，得了钱，你从市上买米买盐，我做饭烧水，一天饱后，夜里有月亮，我们到水边山上看明月，像在洛阳那样度春夜，没月亮时候，你写小说，作诗，写了念给我听，讲给我听；我给你抄，抄好寄到重庆去，换了钱，托人买好吃的来！"

"这多好！"我说。

"不好么？"

"怎不好！这才真正是生活！但我怕你摘久了茶，和那些山里年轻男子混熟了，唱他们的歌，不要我了！"

"又乱讲！"说着伸手捏我的膀子。

"痛不痛？"我说：

"不痛！又严重了起来！"

"让我捏捏看！"

捏着她时她却格格的笑了。

明月窥窗而入，直照我们床上。我说："好月亮，伴我们睡，这床又大又软，今夜好好睡一夜。"

当宁睡着了的时候，似有一种思念由月色给我带了来；入睡后，梦魂又飞向千里外。

又一日

昨天在军民合作站要好了的两名民侠，早晨迟迟不来。六安南去霍山九十里，动身晚了，怕难赶到。旅馆老板去催了两次，没人来；我又亲自去催，到合作站，民侠一个也没来。

我说：

"你们办事怎么办的？说好了一天亮要的侠子，现在太阳这样高了，还没侠子来？"

合作站管事的说："老百姓都怕打差，官价连吃都管不了。你不要急，侠子不会来，不过总是挨时候。"

"我们有钱雇不到人！只得向你们这里要。送我们不会吃亏，你同他们讲，我们供他们吃饱，还给他们回头路费，叫他们快点来，莫耽误我们的路！"

管事的听我这样讲，又说："个个像你这样，谁还怕打差，你这样讲，我就叫人催他去，叫他们马上来，不耽误你的路！"

当我回到旅馆不久，两个挑侠由合作站上的人引来了。我叫他们赶快绑好了行李，挑了就走。

六安南去，渐渐见山，过去公路破坏，现只有行人小道。挑侠问我们今晚宿哪里，我说：

"到霍山县。"

"那恐怕赶不到，我们能走，那位太太能走吗？"

"能走的，她恐怕比你们还会走路，一天走过一百三十里！"我说。

宁望着我笑，挑侠看宁完全男子装束，也笑。宁说：

"今天到霍山，你们赶一点，到了请你们喝酒，我一天走九十里不打紧，只那位先生受不了！"

"我受不了？你看看，到霍山，看你又要说：'你背我！'"

"你才那样！"

挑伕看我们极好玩，又说给他们吃饱了还给钱。一路极高兴，赶点路很不在意。

山上绿树红花，杜鹃如血，山间稻田大麦青青，远远近近人家，鸡犬牛羊，莫不令人觉得田园闲美。我说：

"在南方走旱路，比河南好得多，处处有好风景，任你流连。"

"北方也有北方好处，大平原一望无际，躺在牛车上望天色，有时蓝得叫人流眼泪，不也值得怀念！"宁说。

"你还没见过北方好风景。大青山北，一望千里，深冬草色还像青的，我们有一回去百灵庙，汽车奔驰在草原上，野马成群，跟着我们车子跑，马的颜色，和草原上的颜色一般青，那才好看。从北灵庙回来，正大雪后，车子在大青山中曲折前进，山上全给雪盖着了，只看见一片白，我们原都用毯子盖着头，忽然有一个同车的掀开毯子看外面，山腰间正有一个牧羊人，赶了一群羊，羊在雪里，和雪一般白，牧羊人坐在石头上，像悠然地在望天色，那时正有夕阳照在山峰上，我们都一齐惊呼起来。"

"是喔，不是北方旅行也好么？"

"我没说北方旅行不好。北方风景，扩大我们胸襟，增加我们的气魄。南方却给我们智慧。春天山里，有花有鸟，有流泉，偶尔还有扎花头巾采茶的女儿，有曼柔的歌声……"

"反正旅行都好，不是么？"宁说，

"像我这样更好，有爱着的人陪伴，船上有她做饭，烧菜，洗衣服。走旱路，到一个地方，我先休息，她铺床，弄水洗脚洗脸。招呼着饭。"

"就只这些好处？"

"当然不止，我还故意气她，使她撅着嘴，然后又哄她……"

"好好，不要讲了，够了，够了。"

距霍山还有十里路，山中已渐入黄昏，挑伕说：

"前面不远地方有饭店，不到城里可以在那地方住。"

我问宁累不累，不累就再赶十里进城去。

宁说："赶进城，疲倦些，睡得好些。"

夕阳涂在山峰上，远山变成了紫色，西望一片大山，绵延不绝，山头云影成霞，明艳十分姣媚。一阵阵东风，抚弄着山里的花树，油油的麦陇。山村里，时时有牝牛暮归的声音。

进县城时，天上有了星星，暮色苍茫中望见城边宝塔，绕城有小河流过去潺潺不断。宁说：

"说说就到了，一点也不累！"

"一天九十里路，我们讲了许多，笑了许多，说说笑笑，不怕路长！"

"假如是一个人，今天就住在离城十里路的地方了。"

晚上，我微微发热，宁贴着我睡，说：

"不要病倒了啊！"

"有你，我不会病，有一种精神力量支持着我，快乐常会消灭疾病的！"

"是这样吗？我将给你更多的快乐。"

原载《黄河》（西安）1943 年第 4 卷第 5 期，署名流金。

南　行

四月五日

　　今天两个民伕，一个湖北人，一个凤台人，都是雇来打差的。在县城，城厢居民出钱，可以找到苦力替差，县城里，也专有挑子，车，轿，备人雇用。操这类职业的，多为外乡人，家乡沦陷后，在侨居地方卖力生活。

　　霍山去毛坦厂六十里，合作站规定一站路。我们动身很早，给挑伕说：

　　"你们能不能送到中梅河，一天赶一百里路？"

　　"赶不了，这边路大，一百里路要当一百二十里路走！"

　　天气很暖，像初夏。走走觉得发热，频频脱衣服，仅剩一件衬衫在身上，还出汗不停。走走歇歇，遇有喝茶地方喝茶，有水喝水。我们都说：

　　"好热，像夏天！"

　　这路为通舒城、桐城大道，挑军粮的从舒城来，一路上不断。舒城以南各县军粮，集中在霍山苏家埠后，再由水路入淮运到立煌去。沿路休息，都碰到那些送军粮的朴实的农民，大半都在路上走了十天八天。有一个瞎子，也挑了一担军米，手里拿一根木棍，一步一步的上山下山。裤子破了一大块，有半个屁股露在外面。皮肤松懈，灰白，看来从没有作过出力的事。看那瞎子从我们身边去，宁指着他对我说：

"你看，瞎子还挑粮，走山路，好可怜！"

"不挑没办法，这年头谁雇得起人，从舒城到苏家埠三四天路，三百块也没人去。"挑伕说。

我早就看见那个瞎子过来，一种怜悯的情绪，淹着我的心，使我几乎没听到宁和挑伕的话，像这残废的人，挑着米到离乡十天八天远路的地方，他乡里就没有一个人同情他，帮助他，竟让他走了！好像叫人不信，觉得不像是事实。

太阳晒得脸皮发烧，山里没有一点儿风。我瞧宁的脸，说：

"看你脸，又红又黑！到太湖，人家看着，才好玩。"

"你不一样，晒晒怕什么？日光浴！"

"活像黑人，只看到眼珠子动，白牙齿！"

挑伕听我们讲话，说："走长路，要买把伞，遮太阳，这边雨多，下雨遮雨。"

在一个小饭铺吃早饭，只腌菜和白饭，我们两个人只花一块一毛钱，挑伕看我们的饭量小，说："这地方有钱，也买不到好的吃！"

我说："安徽比河南还好，有米饭，河南只有馍，面，吃不饱。"

实在到安徽后，样样都比较合口味，早晨小饭店，虽没好的吃，晚上住较大地方，腌菜，烧肉，笋子，水豆腐，莫不似故乡，每天晚餐都很丰盛，吃着谈着，忘了旅途疲困。午后，到了毛坦厂，挑伕说："天太热，不能走！"

我们给他们钱回去。

宁说："路上挑伕还好，没什么麻烦，像荣声来信说，半路上开小差，那才糟糕！"

"乡下卖力人哪有不好的，待他好，开什么小差？吃不饱，要走路，自然不愿，开小差了。"

挑伕走后，旅馆老板进来，问我们现在吃饭，还是等一下吃。

我说：

"等一下吃，你先打水来洗脚洗脸。"

旅馆老板出去后，一个小伙计，送水进来。问我们从哪里来。

我说：

"我们从好远的地方来，已经走了十多天！"

"你走，她也走？"

小伙计怀疑地指一指宁，神气天真得叫人喜欢。

"她也走！"我说。

两只眼睛通身打量着她，觉得不像能走那样远路的人，放下水，便一身不响的出去。宁说：

"你看那傻样子多好玩！"

我说：

"人家看你样子，不男不女，才傻样子。"

不过一会，那小伙计又来，站在门口看我们洗过脸，不说话。宁说：

"你去，等我们叫你你来！"

宁洗过脸，换了长衣服，施了一点脂粉。我说：

"这样子，人家看着才不会傻！"

那小伙计又来了，我指着宁问他：

"你看她到底是男是女？"

他只笑，望着宁不停，说：

"女人比男人还能走路！"

距黄昏还远，我们去街上望望。一条小街一头通去霍山大路，一头通去中梅河的。从店里买回半斤花生糖，回旅店，打开小包，取出六安茶叶，叫那伙计进来泡茶，花生糖摆在桌上，小伙计指着问：

"买的什么？"

"花生糖！"宁说着便打开了纸包。

小伙计毫不客气的抓了一把，出去不久，又送开水进来。我问他：

"花生糖好不好吃？"

他不说话，只笑着。宁对他讲：

"出去，不叫莫来！"说完，又抓了一把花生糖给他。

他走了，宁对我说：

"你看他傻不傻，叫人好气又好笑。"

"那有什么气得。这样不天真得可爱么？"

近黄昏时，黑云忽满天空，又热又闷。我说：

"要下雨，明天走不成路。"

"走不成在这儿住一天，看看傻瓜有多傻！"

夜里大风暴，梦里还有雨声；明日落花无数了。

又一日

早晨雨不下，但天仍阴沉沉有下的模样。四边山上，都有很浓密的云，忽忽来去。昨日要的民伕，迟迟不来；等着急了，我自己跑到合作站。站上只有一个小职员，两只眼红得像熟透了的桃子，四十上下年纪，穿了身黑制服，纽扣和风襟扣都没扣上，在台阶上走来走去，看我进来，问我有什么事，找什么人？我说：

"我昨天要了名伕子去中梅河，说一早晨就要，等到现在还没去。"

"要伕子要'公事'，你的'公事'办好了没有？"

我说：

"'公事'昨天下午就送来了，我们要赶路，请你快点找伕子！"

"伕子早都来齐，你要，跟我来领。"他说过带我到一间大屋子门口，屋子里挤满了人。

"这里来往的军人多，天天有听差伕，时要时有。"

他找了两个民伕，说：

"到中梅河，跟这位长官去。"

刚收拾好行李要动身，又下起小雨来，伕子说：

"今天怕走不了，看要下雨！"

我说：

"到中梅河四十里路，带雨也走得到！"

雨下下又不下了，在街上买了两把伞，我说：

"多少年没打过这样子的伞，没穿过有钉子的油鞋，今天买了伞，到太湖，还做双钉鞋穿！小时在家里，春天总有个把月，不离伞，不脱钉鞋的。"

山上都是云，一下子聚着，望不见山，一下子散了，山迎着人来。这好像牯岭，山中清适也像。我说：

"就这样天气，走路也好！风景变化多，一点儿雨，倒富有诗意！"

山向东渐尽，大山向南去。水到东边却大了。山里的水，都只够得上叫溪叫涧，活活流着，明净如练，水边上青草如茵，偶尔看见羊、牛悠闲地在水边吃着草，牧牛人披上蓑衣，带着斗笠子，也悠闲地坐在水边山崖上。

"今天风景顶好。"宁说。

"可不是？我都不想走了，想坐在水边上，像那牧童一般！"

"你想那牧童坐在那里想什么？假如你坐在那里，你想的是不是和他一般？"

"他什么也没想，只溶化在这风景里！"

"真是这样！"

"也许还有一种说不出的惆怅的心情，有一种'人'的淡淡哀愁！"

"叫他来问问看！"

"那就多事了！"

说的人都流连在这一幅画图中。雨渐渐变成雾。霏霏在山上，水上。

"今天真叫我想着庐山：早晨开开窗子，雾悄悄地进来又悄悄地出去；从窗口望外面屏列的山峰，一时这个不见了，一时那个不见了；下雨的时候，更好，真是烟雨空蒙，叫人想像万千。出含鄱口下山，过苍峰寺到归宗寺，小溪人家，四望山色，就像今天这味儿。"

我咀嚼着回忆的甘美，又给宁描述着故国的山河。

"战争完了，我带你上庐山。山上有小小楼房，不和外人来往。春天看杜鹃，冬天看梅花白雪。秋天尽日在山里走，看云海，看雾。夏天除了避暑外，那就没什么好。山上俗人多得很。"

宁看我一时话来，便滔滔说个不尽，微笑着倾听不作声。

说说出了山，油油麦陇，风吹掀成碧浪。雨下着渐渐大。

一阵大雨过来，伞抵不住，路旁有茅屋，我说：

"进去躲一下！"

茅屋里住一家大小，还宿着牛羊，老妇人坐在门口，手里拿着麻，正织着，有两三个十岁上下的小孩，蹲在地上挖土，做坟堆子，我们进去时，说：

"老婆婆，躲一下雨，麻烦你啊！"

老妇人抬起头正望着宁，赶忙请宁进去，说屋子像狗窝，很委屈了避雨的贵客，言谈颇为文雅。我们进了屋子，小孩子们搬了长凳来，请我们坐下。

老妇人说：

"这茅屋盖不到半年，去年村里失火，烧了屋子，没办法，就在这大路边下自己的田里，盖了这蔽风蔽雨的茅草屋，儿子抽了壮丁，媳妇病死了，只留下孩子们和我这没了用的老骨头！"

茅屋外面正下着雨，雨从茅草上漏下，滴在土上，泥水溅着，打到茅屋里来。老妇人白发已经满了鬓，脸上皱得打折，一折一折都是辛苦的记忆。我们听她讲，默不作声，宁却拉住孩子们玩。孩子们生得清秀大方，宁问他们什么答什么。宁说：

"老婆婆，这些孩子都好，过五年八年，大了，享孩子们的福！"老妇人看宁很喜欢孩子，露着稀有的笑容。

雨又慢慢的停了，我们给孩子们五块钱，说给他们买点什么吃的，老妇人开始叫孩子们不要，谢谢客人的好意，后来看我们意思诚恳，就叫他们收了，道了谢。我们出茅屋去，又在细雨霏霏中，走向中梅河。

近黄昏才到。我说：

"四十里路走了一天，明天可不要再下雨。快点到了，好休息，路上日子多，实在很倦。"

宁说：

"你不讲过，快到南方梅雨天，那我们这一路就不会有好天气，管明天晴不晴，走一点，讲一点，三四百里路，再难走，也不过十天八天的。"

"能这样想就好，我走路总这样想，但有时却急着走到。前年从重庆到北方来，到宝鸡就走了二十三天，还有现代的交通工具！但那时路上有伴，车子在哪里抛锚，我们就在哪里找生活上的趣味，有一次过栈道，住在朝天驿，山里早秋天气，就像暮秋九月，小街上找不到旅馆，找了半天，找到了一所农本局的堆栈，不知费了多少气力，才交涉好让一间房子给我们住。我们放下行李，跑到山里流泉旁边，洗脸洗脚，同路的有三个男子一个女的，觉得在泉水边盥洗好玩，高声唱着歌，当时有个人说，那场面像好莱坞的电影，黄昏时候，散步在栈道边的石桥上，一种无比清湛的空气，叫人思想明澈得像泉水一般。"

"那你现在急什么？就不能像旅行样，走完这一点点路！是不是少了一个女的和那三个男子！"

"又来了！什么不少，这路上，有朋友，同志，爱人，还有妻子。你一个抵四个！"

"专瞎说：刚才明明讲，路上日子多了很疲倦，想着早些到，现在又说话骗人，自己骗自己。"

"只能骗到你是不是？"

"骗不到！"

"骗不到，却跟我走这样远，给人烧饭作菜，洗衣铺床！"

"那你是大骗子！"

在旅馆屋里，我们又笑了起来。

又一日

早晨还下着雨，伕子来了。

我说："在旅馆里等着，雨住了，我们走！"

昨夜东北风，早起转起西风来，或许天会晴，东边西边都亮了，只雨仍丝丝。

两个伕子都是本地人，一口舒城话，我听不懂，宁比我懂得多些。在街上住着的人，显得比乡下人油滑许多。一个年纪大些的，曲了背，一进我们住的房间，便问行李在那里，他年纪大，担不动重东西，宁说：

"两担不到一百斤，一个人五十斤重，一天走几十里，轻得很！"

另一个年轻些的，显得还很孩子气，说：

"你挑不动我帮你，我力气大，四十里路算什么！"

宁指着年纪轻得说：

"你好。年纪小的帮助年纪大的，万一你们都挑不起，我们自己也能挑！"说着那年纪老的和年纪轻的都笑了。

太阳在密云里挣扎着出来，雨不下了。

路上泥很滑，我拉着宁走，说：

"莫跌倒，跌倒了爬起来，要成泥菩萨！"话刚说完，我一只脚就滑到路边稻田里，宁死命拉住我，笑不可抑地说："叫人莫跌倒，自己先跌倒！"

金黄色的禾花，油油的麦陇，雨后草原上的村舍，牛羊，暖丽的阳光，齐声唱着春天的歌，一切活泼而愉快。远远地望见山，一抹青蓝，涂着天际如画。我遥指着说：

"宁，你看，真是'春山如黛'。"

"是不是又引起了你的相思？"

"可不是，只思念的人，在身边，不然，心又像那个流行的什么曲子了里所说的了……"

过午又渐入山中，春雨后，山中水发，活活溪流声，远远听来如梦。有时候水从山崖上，下坠两三丈入溪水去，水击溅着像散雪，在石上拍拍作响。从这山过那山去，山间平坦地方，水流聚成小河，不得过去。挑伕说背我们过去，我说：

"不用背，我们脱了鞋子，自己走！"

宁连鞋子也不脱就想走过去。我说：

"莫忙，等我试试看，我背你过去！"

"不要你背，等下两个人都扑通跌下，才好玩！"

我逼着宁要背她过去，说决不会背不起，不背就抱过去也行。她不听我话，忙脱掉鞋袜先下水去。挑伕早过去了，在那边偷偷地笑。我看宁那样子，给水里鹅蛋石杠得脚痛，一摇一摆的也好笑。

一下午过了好几次那样的小河，最后一次，水比较深，浸到宁的小腿以上。那个老点的伕子，一不小心连人带担子都摔到水里，他怕我们说湿了东西骂他，爬起来，叫痛，皱着眉，咬着牙齿，一拐一拐走路。我们看他样子，不由得笑了出来。宁说：

"湿了东西不要紧，你没摔痛么？"

夕阳时，在大山中，夜宿卢镇关上，明日便过大山南去，距太湖只三天路。

又一日

竟日在山中。过大岭时日午，山里有雄鸡啼喔。北望小山无数，拱着这入云高峰，南望，大山延绵不断，处处有云海。岭叫老鹳岭，有几十家店，依山成小市。我们在集上休息，宁满头是汗，气喘喘的，脸红得像桃花。我说：

"今天累了吧，这个岭真不好上，亏了那挑米挑纸的人！"

"不晓得前面还要翻几个岭，挑伕说前面的岭不大，好翻些。"宁说。

我指着前面的山。

"你看，一望过去，山岭重重，好翻也要半条命！"

南风吹来，带着馥郁的花香，遍山都是杜鹃，红得血般。

再上山的时候，我说：

"宁，你伸出手来，拉着我，我前面走，你借着我的力量，爬上去，就轻快些！"

一边唱，一边上山去。山上还有白的花，黄的花，一下子又看见紫的。宁说：

"红的不奇，黄的白的也不奇，这紫的多好！"

她说着使我想起了一个人来。我说：

"紫的有什么好？也许紫对你有一种特殊的关系，你想是不是有，说来听听看。"

"也许有，一时想不出来。"

"我或者比你更喜欢紫些，看着紫，我记起了一桩事，一个人，那个人就叫着紫。"

"是一个女人！"

"就算是吧！真的，过去了很久的事，想起来似乎还像昨天的一般。"

"谁像你这般多情！恐怕你想着人家，人家不见得想你。"

"人家想不想，不关我的事。譬如我欢喜你，我就不晓得你是不是欢喜着我，假如你不欢喜我，难道我就不欢喜你了么？"

"你根本就不欢喜我！"

"冤枉人！"

"欢喜我，还想别的人！"

"你就只想我?！"

"只想你！"

"我还不就只想你！"

"明明刚才自己说想一个人。"

"那是个男人。"

"是男人女人有什么关系。"

"就算不是个人，好不好？"说着，猛然拉她一把，拉着和我在同一位置，在高山上，风吹起了她的头发，一对野雉，振着那美丽的毛羽，飞叫山岗密林中。

过午好久，才走完山路。原来打算过了挂车岭，住挂车河。到挂车河时，太阳还很高，店里老板问我们哪里去，我们说由潜山到太湖，他说：

"今天还早，可以赶到青草塥，青草塥到潜山一天，潜山到太湖一天，今天赶到塥上，只消两天就到太湖。"

我们听店老板这样讲，就决定再走，到青草塥歇夜。挑伏不愿意，说到塥上今天就不得回家。我讲：

"送我们到塌上，多给你们一点钱，一夜住吃算我的，明天一早回家，再给你们盘川。"

不到塌上就夜了，正清明节，山里有哭声，上坟的人来往村路上，烧过的纸钱，因风吹得乱飞。太阳下山的时候，宁说：

"刚问过到塌上还有八里，大路。"

我问她：

"你怕？"

"有一点。"

"那怕什么，"说着拉着她，叫她走我前面。

星星一个个出来，我们刚数一个，就数不清了，边走边夜，村落人家，都在朦胧暮色中。

过一个松林，入夜后，松风仿佛幽咽，宁紧紧依偎着我走，我大声歌唱，她也唱着。心怦怦地跳动。出松林时，前面苍茫暮色里，阵阵传来喧喧鼓乐声。我说：

"快到了！"

挑伕讲前面有一座桥，很长很难走。宁说：

"到了，还怕长桥么？"说完又问我，"你刚才怕不怕？真碰着了强盗，怎么办？在那松林里；真像有什么事要发生似的。夜路还是不好走！"

春江水满，星光下，水活活流去，星影摇曳在水中。

又一日

昨夜到太湖县城，友人家距城还有十多里路。问县城里人，赵家在什么地方，有的说在江家岭，有的讲在柿树铺，江家岭比柿树铺距城近些，我们决定先到江家岭去。太阳暖得像是初夏，山里百花开，处处有鸟啼叫，江家岭在山里，从县城往西走，都是上山路。宁换了单长衣，上身穿着短外套，鞋子也换过较好的，不像旅行，像做客。上山时，我们流盼山中风物，宁说：

"南方好啊！"

我说：

"宁，你今天真美，真像个新嫁娘，等下到了赵家，他们必不认识你了，他们一定会想，嫁了和没有嫁的时候，差得那样远哪！"

"不要瞎扯，讲什么美不美，人家一看这脸，就够了！"

"脸黑么？一点也不。你自己不知道，那颜色多健康，我就欢喜这颜色，难道要像绣阁中的小姐那样，才美么？"

阵阵东南风送来阵阵花香，啼鸟摄人魂梦，天蓝得像人做成的。太湖河从山里流向东去，远远有帆影，白帆映在苍苍的崖壁下面，一点点像白鸟飞在蔚蓝的天空下。

江家岭有一个学校，朋友的父亲在那儿做校长。我们到学校里问赵校长在不在家，校工说，校长回家去了，我们又问校长家在哪里，他说：

"下去不远，往西去，问柿树铺油行里就是。"

进了那座山又从那座山里出来，出山后，沿着河边走。沿河有大木子树，有柳树，柳垂垂飘拂在河边水上。河水弯弯曲曲地从山里出来，帆影缤纷如画；从山里下来的船，轻捷如飞鸟。

柿树铺油行不在大路上，乡下人指着一所白墙瓦屋，说：

"油行在那里。"

近白墙时，大门口，一个男仆抱着友人的孩子，正在玩耍，我们都欢呼着孩子的名字。男仆我们都熟悉的，看见我们，快乐得忙抱起孩子引我们往门内走，我们问赵秘书在不在家，他说刚从外面回来，在后面楼上。进了门，看见朋友的太太，她说：

"你们真来了！"

不久友人下楼来，谈路上事，觉得像到了家，我说：

"一千七百里路的旅程结束了！没动身，想着路这样长，要一步一步走，觉得不容易，走到了，实在也不怎样难！"

日过午了，小楼上三间房子，我们在朋友夫妇住的那间休息下来。开后面小窗便是山，伸出手可以摘树上的叶子，群鸟飞翔在林叶里面，假如一个人坐在小窗前对着山，覆着山的蓝天，听鸟叫，花的芬芳和草木的香味，阵阵掺和在悠然吹进的春风里，他自己也许不会感到他在它们以外，会以为自己就是那和谐中的一个存在，当这样达到了一种忘我的时候，诗情就像涓涓的泉流了。我说：

"宁，你刚刚到南边，应当欣赏一下南边的风景，路上的事情等慢慢絮絮的谈，你看看这窗子外面，听听窗子外面！他们天天看惯了，听惯了，不觉得好，不觉得奇，你暂且让自己快乐一下，欣赏一下，这好风景。"

朋友的太太听我说，便笑着讲：

"好！让你们新婚夫妇去欣赏这乡下风光。"说着便拉她丈夫走出门，在门口，又讲：

"可小心防备狼，狼会爬上窗子，不要太亲密啦！"

一阵连珠似的笑声，随着他们出去了。宁说：

"你看，真不好意思！"

我说：

"我只叫你看风景，又没说要他们出去，是××开玩笑，有什么不好意思的！"

"灵，还是在路上好，一切随我们意思，要怎么样就怎么样，笑也好，哭也好。到这里，我感到一点拘束，不自由。我们要找一个离熟人远远的地方去，上天下地，没人知道，没人管。"宁若有所思地抬起头来注视着我，说。

我默默地拥抱着她。

四月末

连日春雨，看梧桐花开，又看着凋残了。

早晨，山谷里一缕缕烟从林丛中出来，飘在天际，又消失在雨中。楼下稻田时有水鸟飞集，随意上下，伸向河边的山岗上，白色蓝色的小花，迎着风雨开放。山下，不时有老牛经过，踱着迟笨的步子，偶然踏着山石，硁硁地响着。

饭后，坐窗下读《庄子》，郎朗有声。宁凭着窗栏远望，屡屡回过头来，像有事要跟我说，忍着没说，终于忍不住了，叫我：

"灵，莫读了，你看看我！一天到晚下着雨，闷死人。"

"你不知道这书多好！'自三代以下者，匆匆焉终以赏罚为事，彼何暇安其性命之情哉！而且说明邪，是淫于色也；说聪邪，是淫于声也；说仁邪，是乱于德邪；说义邪，是悖于理也；说礼邪，是相于技也；说乐也，是相于淫也；说圣邪，是相于艺也；说知邪，是相于疵也。……'"我一直高声念着，宁看我越念越有劲了，忙阻止我，说：

"莫念，莫念，人家一句也听不懂！"

"嘎！你不知道多好呀！"

"哪样好？"

宁像生了气，又像因看我高兴，不了解我高兴的理由而有点迷惑。我把书顺手向床上抛，走到她面前，捏着她脸，说：

"不念了，我们玩去，雨不大，沙滩上走走，看看有没有贝壳，捡回来。"

"谁同你玩？一天到晚念书，不管人，倒不如路上好！"

"下着雨，不找书看，解解闷，怎么办？"

"你看，你看，莫理我！"宁说着真气了，说完便走，我追着她，说：

"我们不是说过不准生气，要生气，等下子到了沙滩上，你用沙子撒我，我不回手！"

"谁理你，"宁反过头望了我一下；我们一同下楼去。

这几天来了二十多个木工，赶着刨楼板，做门，做窗子；友人天天在楼下监工；人都很忙。我们出去时，友人说：

"下雨还出去玩？只你们两人在楼上，有什么说不得，玩不得的？还要出去？"

"你这个人真爱开玩笑！我们结婚了这么久，还有什么要背着人说的？"

"新婚夫妇，小心路上泥滑，乡下地方，路又窄又不平，跌倒了，嘴可再硬不起来啊！"

我们边说着笑着出门了。细雨霏霏像雾，路上青草绿得碧油油的。宁说：

"你这位朋友爱说话，偏生就一张不会说话的嘴，结结巴巴，半天叫人听不出些什么来！样子也真好笑，一点不像洋学校里出来的学生！"

"你怎么不当面'幽默'他一下，只会对着我说，我倒很想你当面说说他，看他怎样结结巴巴对付你！"

山脚下随地都是竹笋子。从山下上山约三百步到山顶。山下一带竹林，青翠欲滴，微风吹得竹叶子发出一种音乐似的清脆的响声。山上都是松树、枞树；松树上爬满了毛毛虫蠕蠕地动着。

杜鹃花开谢了；野蔷薇开始着芬芳。从山下直走到河边。河在一个山嘴上拐了六十度的弯后，水面渐大；河中心有一个洲，洲上树木成林，有稻田；水流到这里便南北分流；南面水浅，有二百步的沙洲才到南边的岸，北面紧依着山崖下流，船筏都从这儿来往。我们顶喜欢在北岸山崖上坐着望水中的小洲，宁把它叫做岛，常梦想在那小洲上盖一栋房子，造一只小船，种葡萄橘子，两亩地种薯芋，两亩地种秫，秫做酒，葡萄橘子宁欢喜吃的，薯芋是我欢喜的。雨里望不见山，白塔也望不见。沙滩都给水淹了。我们坐在山崖上听水哗哗地从崖下流去。远远大樟树上断断续续传来鹧鸪的声音。午过了很久，渐渐从四处村路上来了牛和牧牛的孩子，聚在对岸洲上，牛低着头啮地上刚生出来的青草；孩子们放了牛，随意地唱着山歌，坐在水边上怅望着黄昏。

又一日

下午，朋友两个弟弟从学校来，今夜就住在新屋里。两兄弟孪生的，今年十七岁，初看分不出哪是哥哥，哪是弟弟，相貌相像不必说，身材大小高低，说话声音语调，都相似得很。吃完了夜饭，我同他们在楼下聊天，宁一个人上楼去。友人弟弟听我从洛阳来，以为洛阳大地方，必有许多新鲜消息可说，问我这样那样，叫我无法答复，只得说："你哥哥去年也从洛阳来，他给你们说了些什么？洛阳还不和太湖一样，消息就只报上有的我们才知道，你们学校里有报，看了报，恐怕比我还要知道的清楚些，我们在路上走了一个月，完全不知世事！"他们顶关心德苏战争，英美有没有办法，我们几时反攻。对文学体育亦极有兴趣。他们说他哥哥，望他们学工程，叫他们注重科学。我说："不但学工程要注重科学，学什么都要注重科学！"有时听他们讲的科学意思很狭隘，便问他们什么是科学，他们却说不上来。两兄弟读书都很用功，好胜心很强，现读高中一年下学期；但对各种智识，不如我们读中学时初中二年的程度，英文数学尤其差。上楼已很晚，宁坐在灯下作日记，看她正在用心，便轻轻向她走去。她猛回头看见我，便赶快把日记本蒙起来，说：

"轻手轻脚，吓死人！"说完又说，"快去睡，让我安静写日记，莫吵我！"我说：

"谁吵你，你写你的，没人看，就看，又有什么不能看的？"

"不能看！你想看偏不给你看，急死你，气死你！"

"你这样就不让你写，吵得你写不成！"我便趁隙把桌上的日记本抢来，一边和宁闹，一边念着："女人在一切事上骄傲，因她还是一个谜，她可以照耀在人的幻想里，把人的梦装饰得极美，极甜！当她发现了一个自己认为应该并仅仅为他活着的人以后，她毫无虚伪的把自己装入这人的梦里，尽自己的所有，便成为了这个人的妻。她自己快乐而勇敢的说：'为他活，为他承受一切；他是自己的征服者，仅仅而且永远。'"

快念完了，宁放开我的手，说：

"让你看，本子也不要了……"说完不做声，也不看我，我放下本子，走进她，说：

"宁，看那一点点就够了：哪还有什么看不得的？难道那不是为我写的？"

"不是为你写的！"她抬头望了我一眼。

"是为一个人写的！"

"为谁？"

"为我不知道的。"

"为你不知道，我也不知道的。"

"那是谁？"

"是你这个鬼！"说着把脸伏在枕头上，格格地笑起来了。

睡时，宁问我：

"在楼下给他们谈什么？那么久不上来？"

"你说他们像不像？"我问她。

"要是两姊妹多好玩！"

"两兄弟就不好玩么？"

"总没有女的好玩。"

"要是女的，男子一爱就得爱个成双啦！"

"那怎么办？"

"那还不好！两姊妹嫁一个人！"

"相貌相像，不见得心就相同呀！"

"那还是两兄弟好，世界上总没有两个男的嫁一个女的！"

又一日

昨天同友人两个弟弟去学校。夜里没回来，住学校藏书楼上。去时半路遇着雨。满山玫瑰花香，处处鹧鸪啼唤催人入梦。雨霏霏地像雾，远近山都望不见，河水从山里呜咽东流。上学校回来，走过这条路，那时日暖风和，山中景物，给人另一印象。天晴日子，山没变化，远山像终古就是那般颜色：山在近处一望嶙岣，也没含蓄意味。雨天就不同了，不知有多少梦思，又因那迷茫的烟雾引到山中，……四月春深，山中一雨累日！偶然得一日晴天，向着有鸟叫花香的地方，走入山林深处；山道中石壁披上了一层苔衣，涓涓水流，从石上点点滴滴下来，又是一番情致。一路上和两位年轻朋友，谈笑上山，雨把衣裳都打湿了。

学校在山深处，浓绿的林子环绕着四五处院墙和矗立着的小楼；大大小小的山峰，伸着青蓝的臂膀，拥上前来。黄昏细语，学校近处浓荫的广路上满是落花，花香溶解在潮润的空气里，雨从密茂的树叶中间，筛了下来，偶然落在颈窝下引得阵阵寒噤。到学校，已过黄昏。夜里，一灯如豆，檐前滴答有声。乱翻了一阵藏书目录，便和在山西的一个友人写了一封信：

"山中一雨累日。楼外山在雾中，迷离恍惚，坐窗下读《庄子》外篇《骈拇》《马蹄》诸文，时叹其妙，至手舞足踏不能自制，盖弟近来思想大类此也。山居清寥无比，日唯读书破闷。天气清佳之日，则束书不观，携妇出游，放浪山水间，久与自然疏远，复与亲候，较之昔日遂异其趣；惜不可言，不能为足下道。足下思之亦曾有此境否？有之亦得体味所谓不可言者乎？

"到山中来二十日矣。其中可记者甚多，非仅如上所说已耳。尤足为兄说者，即所居为××兄新屋，此公归田园后，生活甚好，近作农人状，衣布衣，唯头面仍如旧观，有时看去，若行深思，便觉可笑。其议论与弟百不一合，所由不类，径亦遂殊；但渠胜弟者，为不类弟仍作云际悲也。次即来此以后，更觉与亲旧日远，每看云树，难以为怀。忆二十八年此际，正兄与矩孙到滇之日，树勋巷雨夜青灯，畅叙幽情，乐何可支！今各分离，相见不知何日。高阮与兄俱在北方，而不得相闻；矩孙久无消息；宗瀛、则良、黄刊分处云贵，相悬万里。前事如昨，而寒暑已四易矣。白头如新，倾盖如故，亦毋得耶！近寄阮兄诗有'岂恨相悬如日远，但悲难复对床吟'之句，丁兹世乱，今此实亦大可悲也。家在江南，据此仅三百里，久陷于敌，每因风怀想，辄为泪下。近函阮兄，若渠尚在津养疴，颇思涉江而南，家有良田美宅，地近大江，鱼虾肥美，倘能得共阮兄徜徉其间，逍遥岁月，似亦无不可。

"姑先有此数事，实未足尽所怀十一，有萤火自窗隙入，不知黄河边上亦已见此类生物否？念君亦深矣。"

信写完，睡，淅沥雨声，故意扰人。

早晨起来，雨住了，山顶上朝阳像一片霞，天蓝似黄昏的海，莺声啼叫如音乐，楼筑在山腰中间，环峰都向着这山朝拜。一丛丛树林，给太阳照得发着奇异的光辉，漾动成翠海。太湖河蜿蜒山中，像一条银色的带子系在山腰上，白帆点点如飞鸟，静静移动在河上。

贪恋着山里风光，迟迟到日午才下山。下午回回龙新屋，宁正在路上等我回来。远远望见她喊她，大声告诉她：

"带了好多书来，有好多小说，你一定欢喜！"

一会儿走进她了，她从我手接过书去，说：

"带这么多，走这么远，累死你了。"

"一点儿不累，边走边看山里风景，不觉得路长，一下子就到了。"

宁又看了看我，用手帕揩了我额上的汗珠子，说：

"汗都出来了，还不累，夸嘴！"说完又轻轻地问我，"怎么这样晚回来，说早晨就回来的！"

又一日

匆匆又是初夏。暮春苦雨，十日未得出门，只蜷卧楼上，看湖山烟雨，或读书破闷。农家春作正忙，雨中已经把秧插下，新秧出水，渐见青绿了。

今日天晴，早晨，宁开窗子见阳光，乐得叫起来。南风吹到楼上，带着花香温馨；远近山色，清明似画；白帆饱挂着徐行山下；阳光照着绿得耀眼的山原草色，放着快乐的光辉。大清早我们踏着朝阳，向河边走去。十天闷居在楼上，楼外风光全不同了。柳树枝条已低垂到水面，河岸上，青草伴着青山，绿向无尽远的地方去。木子树叶处处成荫，莺从暗绿的木叶的海里，抛掷在静谧澄明的天空下，一声声叫人悠然如梦境。庞大的水牛，从河这边泅水过那边去，发出呼呼的喘声，河水给动荡得哗哗响，划破了这四月孟夏清晨的宁静。宁坐在山边青草上，驰神于这如梦的景色，我问她：

"宁，你想生长在这地方的人，年年岁岁，有些什么样的相思？"

宁听我这话，像猛地从梦里回来，望着我说：

"你生长的地方，不也是和这里一样，山也好，水也好，处处动人，你还不知道这地方的人，年年岁岁，有些什么样的相思？"

"说知道像知道，说不知道，又像不知道，只看着你那样子，像想得很远，有很深的怀念。"

"深也罢，浅也罢，真像是想了些什么，但是说不出，只觉得有点惘然。"

"假如你是一个人在这里，离我很远，你那惘然的情感，能不能说出来？"

"那谁知道？"宁说着故意望向远方。

"你不知道？"

"我不知道！"

"我知道，我知道你心里一定想我，想我在离得你那样远的地方，是不是也想念着你，是不是想得到你在风景这样动人的河岸边，看青草绿向无尽远的地方去，怀念着远远地方的人！"

"呸，才不！才不想你！"

"那就想你想的人！"

"什么都不想，只觉得自己在这样好风景的地方，有快乐，也有一点点忧郁！"

"说得多美呀，简直是诗！"

宁一把把我推倒在草地上，用手掌蒙着我的眼睛，叫我什么也不要看，躺着听她说，要说好多话，给我听，叫我快乐。我说：

"你快讲，放下手，让我自己闭着，太阳这样大，仰着身子，还怕我不闭着。"

宁放下手来，坐在我身旁，头斜靠在我肩头上，说：

"真你不在这里，离我很远，我就不会到外面来，不看山，不看水，不玩，不笑，天天想你，念你；给你写我的相思，写在给你的信上，写在留着你看的日记上，等着你安慰的心上……"

我们像在梦里：完全融化在快乐里，在孟夏四月草木的芳香里。

宁轻轻地问我：

"快乐吗？"昂起头，两只眼睛，像两颗宝石，发着高贵的光。

忽然有另一个声音说：

"真快乐，你们真好，到处找，找不到人！"

友人笑嘻嘻地站在我们面前了。宁羞得脸通红，起来就跑，我忙喊她：

"莫跑，怕什么，我们来整他，无缘无故叫他打散了我们悠然的情绪。"

"什么悠然的情绪？真叫不要脸，结婚了这么久，还拉拉扯扯分不开！"

宁停着不跑了，我们追上她去，友人说：

"早晨出来，不想着回去，饭也不吃，难道快乐吃得饱吗？"

"老兄，你莫讲，自己不一样？刚来了两天，就借口没这样那样回柿树铺，看太太去！"我说。

"也真难怪，蜜月正在路上，一天累到晚；到了这里，就说没什么好吃好住，也总还有好风景，叫你们看着高兴，增加一点新婚的快乐！"

"没有这好风景，我们就不快乐么？"宁说。

"没有这好风景，今天就叫我逮不着你们，叫你红脸！"

五月末

初夏因为几场雨，还带着很重的暮春气息。楼外新秧，一片青色。中午时帆影静静移动在江上；山坳里，时时三两声莺啭清新；远山淡淡的蓝在天边；山下竹林，风轻轻吹过簌簌。

早晨宁起来便说：

"下过雨，天气好，不冷不热，我们出去玩，顺河下去，到没有山的地方，再从山里回来。"

"你知道下去多少路没有山，从山里回来，我们路不熟，回不回得来？"

我听她说得高兴，故意问她，逗她，激得她说：

"回不来就不回来！"

"不回来，青天作帐子，地作床，吃空气，饮山泉，作仙人去。"

"那不更好？"

"那才不好！"说着我又轻轻地附着她耳朵说，"你知道不知道，作了仙人，就不能做人做的事！"

"你瞎说！"

"我才不瞎说，真成了仙，你必又埋怨我不理你，不宠你了。"

"你总不说正经话，"宁故意板着脸，装着严重的口吻问我，"你说，你到底愿不愿意去。"

"谁说不愿意去！只要你愿意，就上天入地，我也没有不去的。"

"好啦！愿意去就快起来，吃完了稀饭我们走。"

风悠悠地吹入楼来，掺着强烈的四月花草的芳香，吹得人了无思虑，在自然的魅惑中沉醉了。我倚立窗前，望江水，远山，云树；朝日照在山上，水上，青草上，风吹动着草色，像丰满的少妇胸脯的颤动，我凝望着，想着，说着：

"多好呀——宁，你来，多么动人的风光。"

宁因我梦似的神情和悠徐的语调来了，手放在肩上，默默地看着窗外的云山，默默地注视着我的神情。我说：

"宁，到南边，正碰着南方顶好的日子，山水季候，时时唤醒我一种没法说出的诗情，这情绪好像从小就熟悉，直到现在还没一点儿改变，现在还和做孩子的时候一样，瞧着这光景，就像远远地方有一种声音在喊我，叫我去，我不知道从哪儿去，觉得一点点悲哀，又觉着不是的！"

这情绪很快地传染了宁，在她深情的眼里，我知道她已有着我所有的了，像忽然得了种领悟，握着她的手，一种光辉现在我脸上。我说：

"宁，这就是'美'，是不是？在'美'面前，我们的感觉就是这般的，我们平常说'动人'，只有这才真正动人！对着自然的美景，像有了一切，又像失去了一切似的！宁？你记不记得我们新婚的晚上，也有着这种感觉？当你眼泪流在我脸上的时候，我们不都是说不出一句话，只觉得心在战栗着么？"

宁拥抱着我了，说，轻轻地：

"现在我们什么都有啦！"朝阳渐渐从东头山顶下来了。

下午沿着河往东走，河两岸村落，隐现绿树中间，青葱的木叶，浴着和夏的日光，叫人觉得生命在成长，有一种力向上伸，向着左右四方放射。山向东渐平，一大片一大片的田畴，分布在山下，离河水不远的地方；太阳照着田里的水和出水青青的稻秧；蔚蓝的天底下，有一两只鹞鹰高翔；水田中不时拍拍地飞出洁白长颈的鹭鸶，低低掠过水面。宁指着远远的山色，问我走到那儿需要多少时候，有多远。我说：

"你想往那儿去，就一天也走不到，走到了，远远还是有山，有一样动人的颜色，你一定还想再往前走！"

"那就直到日边！"她说。

"直到日边，那我们不要化成水！"

"化成水，混合在一起，等冷了又凝结，凝成一体，不更好吗？"

"宁，我们真还是孩子，一天到晚不说正事，不想正事。光妙想天开的！"

"你说不该这样吗？"

"怎不该这样，只我有时候觉得我们太不注意实际问题了，真像我写信和朋友说的'仍作云际想也。'"

"那你多注意点实际问题好了。看有些什么可想的！"宁说着不很高兴。我又说：

"实在我比你更不实际，真讲实际的话，就不该到南边来，来了也不该不作个长久打算。"

"谁叫你这样！"

"还不是你，因为你，我才变得这样不实际的！"

"你这样说我受不了，你怎么样，我是一点责任不负的；你要怎么就赶快打好主意。"

"莫这样说，又无缘无故的正经起来了！谁说要你负责任，我怎么样了，你又有什么受不了的？"

"瞧你自己的脸？看谁正经起来了？"宁看我真正经说起话来，便赶快换了个说话语气，指着我的脸，故意笑着说。

"古人说，夫妇应当'相敬如宾'……"宁没等我说下去便抢着说：

"什么'相敬如宾'不'相敬如宾'，你做得到难道我做不到！"说完赌气走在前面，表示不再理我。

我们默默走了很长的路，真走到山南的地方。河水拐了个九十度的大弯往南流。我叫她：

"宁，山走完了，我们从山里回去？"

她不理我。我又喊她，赶上她去说：

"宁，真不理我！"她回过头，望了我一眼说：

"真不理你！"

太阳慢慢西斜了，我们从山里顺着河流往回走。宁挽着我的臂膀，我问她：

"今天谁不是？"

"你不是！"

"生了气的不是。"

"谁生了气？"

"你没生气？"

夜里，宁日记上引着《圣经》上的话，在一日记事的前面：

"不要为了你的生命而讲究你的饮食，也不要为了你的身体而讲究你的衣服；生命岂不有甚于饮食，身体岂不有过于衣裳，试看翱翔天空的隼鹰，他们既不播种，又不收获，又不储积仓廪；然而你们的天父饲养着他们。你不是远胜于他们的么？"

原连载于《阵中日报》(洛阳)1942年12月17日至1943年1月16日；《黄河（西安）》1943年第5卷第1、2期，署名流金。其中第215页"又一日"起又以《山居》为题，载《阵中日报》(洛阳)1943年3月28日，及《大公报》(重庆)1943年7月11日、21日，署名流金。

初 春

（一）

迎春花开得正茂盛，金黄色的点点像夜空闪烁的星光。南风吹来庭院，温暖轻柔。远山像画，淡淡的蓝，叫人望着沉默，仿佛想得很远，又像什么也没有从心里浮起来过。

楼下有轻轻的脚步声。楼上大窗子旁边，有一个年轻男子，正立着凝视远方，风撩着他又长又软垂在额际的头发。

轻轻的脚步声从楼梯上来了。男子像全不觉得。远山仿佛把他拉进了梦里，山的颜色就如同他的梦一般，那绵延不断的山势，也像梦样的没尽头，任其自然的远去。从楼梯上来的脚步声，忽然在男子的身旁停下。一个轻轻的声音，把男子从梦里唤回来。男子说：

"你看，山多好，望着望着就不觉忘了一切！"

"连我上楼都不知道！"说话的是一个女子，约二十二、三岁，长得极丰满，脸上有强烈的女人的韵味，诱人的眼睛里有漠漠的烦忧，若极无主模样。

男子不说话，微笑着，凝视那女子约一分钟光景。他心里实在一点没有想着她来，相反的恰恰想着她知道他想了会不高兴的远远地方的人。她和他认识并不久，但她异常关怀他，凡他所做的事，她莫不明白清楚，他常常和远远地方一个人写很长的信，写完了就让快乐流露在别人面前。远远地方也常有信来，为了信里一句稍稍温存的话，他必常在人前说出自己的梦想。她便偷偷地妒嫉着那个远远地方的人。

"你老喜欢想，山有什么好的，值得那么倾心？"女子说着，带着一种疑惑的笑容。

男子还是默默地不做声。女子又讲：

"一定是××又来了信，是不是？"

男子笑了，说：

"你猜得对，××今天真是有信来。"女子听着故意也笑笑，但这种笑却让那男子觉得不安，觉得自己不应该这样说；他有八九分知道那女子喜欢他，他常对自己说不该伤害一个爱着自己的女子的情感，而且应当也让人快乐，因此又说：

"哪有那么多的信，就信来了也不至使我望着山出神的！"

女子手里正拿着从楼下院子里摘来的迎春花，听男子这么说，也想把话转到另一方面去；忙对男子说：

"你看这迎春花多好，下面院子里开满了。"

"我就是看花看得出了神，没听见你上楼来的。"男子说。

"刚说望山，望得忘记了一切，现在又说看花看得出神了。小孩子说话，不负责任！"女子歪着头，撅起嘴来笑着说。

"可不是，山也好，花也好，花在你手里更好！"女子嗤的一声笑了。

"真的，我为了山，为了花，真会做梦。在××的时候，初春开茶花，红得和血一样，我们那时住的地方，茶花开时，还有樱花也开了，白得像雪；红的红，白的白，真动人得很。"

听着的人似乎又若有所思，心想他到底忘不了××地方，一提起××地方，就那样动情，那样快乐。说的人似乎也觉得自己又不小心说了使人不高兴的话，忙从女子手中把花拿过来；

"你戴这花一定好看，让我给你插在头发上，好不好？"女子勉强地点了点头。花插在她头上了。

两个人并倚在窗前。楼外平野，麦色青青，在风里油油的如一片碧波。山把两人引入不同的梦境。沉默在窗前让时间逝去。

远远地方的确来了信，信上说："……没落，像一个破了的筛，不断颠簸，将成把的沙子向外抛，不曾落下的是挤在一个小缝里，偏又觉得这小缝是整个世界，又自满又太息。从活着的人那儿来的消息，使我兴奋到伤心的程度。"他在温习着信里的话，想得异常远，写那些话的人，实对他有说不出的眷恋。离开那地方快三年了，三年间把人变得从信里汲取生命的欢乐与希望，生命的严肃便像那静静的山峦，而浮游在生活中的感情，又那么飘忽。

另一个人也想得很远。站在她身边的人，使她觉得奇怪，而又不可离去。她自从认识他，总想接近他。他多情而能节制，对她温存而不热烈。她常想："这个人真奇怪，为什么像是喜欢我，而又老不让我接近他？"山对她有不同的意义，似冷漠；悠悠吹着的风在她身边，却使她觉得像在她身旁的人一样，温存，却不可捉摸。

山在夕阳下渐渐成为一片紫色。迎春花给风吹落了，没有落的狼藉在女子如云的头发上。他们同倚在窗边过了有十分钟。

男子忽然转过脸，看花落在窗台上，望了一望女人的脸色，珍重地把花拾起，说：

"你看；花都吹掉了。"说着，把女人头上狼藉的花和拾起来的，重新给她插好。想摸摸女人的头发，但只把手在头发上放了一下，又缩了回来。

（二）

晚上，有斜斜的月亮，正初五夜。月色极窈窈动人。晚风里还有未尽的冬寒。一切都朦胧了，静静地睡眠在薄薄的月色中。他的感情也像这夜景一般，缥缈，迷忽，不可捉摸了。

好几年了，他自离开了大学，便在军队里服务。思想和他的年龄一样的增长，一切在别人以为不足轻重的，在他却有着固执的爱憎。"过去"在回忆中超越了它应有的分量，一点点真情或山水动心处，对他莫不充满了梦与诗情。除了"过去"，"未来"在想象中，在希望中，也有十七八岁少年在温情中所有的不可言说的梦思。就是这个过去，叫他活下去，觉得自己不平凡而自傲，有充分信心；想望将来的日子里必充满了光热，必有一个王国可以建立；因此对当前的一切，也就一点不苟且，不迁就，凡人认为不可得到的，必以为可由自己去完成。而当前也处处向他挑衅，有时引诱着他，有时，还似乎逼着他屈服。

这是一个稍稍显得与众不同的男子。支持他生活下去的不是一种实在的快乐与名利；相反的，只是那种梦幻似的感情引着他向前；在爱情上表现着的是对没止境的灵性的谐和的追寻。

星星遥遥的挂在窗外看不见的山边，初春夜里特有的风，把窗帘子揭了起来又放下来了。油油的麦田里的新鲜气味，把一种像春水初生似的感觉带到那正对着六十支灯光出神的男子的心里，叫他有所探索似地望了望窗外。星星和那女子的眼睛一同跳进他心里来，开始的感觉是茫然的，渐渐从那种茫然中清明了。女人走的时候，说第二天早晨来看他，说得那样又严肃又痛苦。当听的人愕然了的时候，说的人勉强地笑了一下却走了。

似乎有一件很严重的事要来，他自己就是那要来的事件中的主角。但他一点不明白自己为什么被纠缠在这事件里，更不懂得那为什么严重，严重到一个什么样的程度。他感到烦扰。坐在灯下，尽出神；像什么都没想，又像什么都在脑子里转动，把它填满了。

他忽然记起女人有一回很正经地问他为什么不结婚，使他觉得非常蹊跷；但他却开玩笑似地答复了她：

"结婚？好！自己已经养不活自己，还再拉一个人来吃苦？"

女人听着就觉得这不是真话，但却不敢再问下去，她心里以为他爱着的人不在面前是他不结婚的唯一的理由，但怕再问下去，他[会]这样说出来。其实他不结婚实在不如她所想的。

女人望着他，轻轻地对他说：

"你真怪！"说完，急急地回过头，望着落日凝思。

男子心里有一种无可奈何的感觉。女人忽又回头望着他，眼睛里露出一种像要瞧出他内心的什么一样的光，又尖锐又热烈。

两个人活着似都需要一些什么，但所需要的恰恰不同，因此，精神的距离很远很远。假如有人问他们需要的是什么，却又没人回答得出。

男子给女人望得有点眩然。天上有极美丽的彩霞，隐隐一两声鹧鸪从楼外林丛林啼出，麦垄上一群一群白羊在绿波中浮动，在这样一种晚景里，假如和另一个人在一起，该多动人、美丽！男子有一种不会做作的坏处。当他忽然这样想时，脸上便立刻显出怅惘的神情。所爱的远远在天一边，而又和这个自己不能去满足的女子立在晚风前，本应该极动情的说话，极热烈地倾诉，但他却只能像朋友似的对着她。女子也似乎感到不应该这样下去，给自己痛苦，又不能给别人快乐。她屡屡怨自己，责备自己，和自己斗争，但每次都败阵下来了。像这样的情感，本来极不容易控制，何况男子又从来不曾拒绝过她，从来就那样温存，把人家的苦乐算在自己的苦乐上；而只不过有一种精神，让人觉得不可贴近，觉得自卑，隐隐拒人于相当的距离以外。

男人回过脸，女人的眼睛正注视着他，夕阳照着那黑黑的、有极明亮的眼睛、有着热烈的嘴唇的脸，以一种极强的南方女人的妩媚，撞击在男子心上，但只一会儿就过去了。男子说：

"多好的天气！人的心就像楼下开着的迎春花，那样快乐、宁静！南边这种天气是很少的，冬天一过，就是整天整天的雨，好些日子不放晴，等天一晴，就桃花李花开了，浓艳、明媚、灿烂，像醉了一般。北方春天来的时候，似乎先给人一个信息，你看那迎春花的颜色，从山那边吹过来的风，麦田，天，哪一样不给人又温柔又澄明的感觉。美似乎离得你不那么近，叫你思索、追求、冷静；而南边的春天，却让你昏昏思睡，醉了，软了。"

男子说得高兴了，话便如汩汩的溪流，脸上有一层梦样的快乐；心飘得很远了，一时叫唤着回来，也不得回来。女人微笑着听他说，一切的不快都远了，像夕阳似的淡了，逝去了，……一等男子说完，便说：

"你又在做诗，要不要让我把它写下来？诗情一去就不回来的！"

"凡是好的，去了都不得回来！"

当苍蓝的天空，缀上一两颗星星的时候，大窗前只有残落了的迎春花和星星赌着谁更像金子。

结婚在他是件顶严肃顶严肃的事。他以为一个人要结婚就必须有勇气，把幻想收束一下，让生活的圈子放宽或缩小。决心把自己交给一个人，感情上或生活上都得和那个人接近，这就得要有一种改变自己的勇气和让别人改变的力量。这勇气或力量都需要一种极强极深的爱！这种爱对他还很生疏，所以他就不曾作过结婚的打算。但当女人问他的时候，他不这样说，一个极平常的理由，在他看来，似乎对那女子更好些，更可把他觉得严肃的事在她心里不引起太严肃的情感。

但他也并不常常这样想，眼睛看见过的也常使他怕自己置身在云端，甚至使他觉得自己不是个活生生的人。多少人爱了，结婚了；自己爱过的人也如同那些陌生的人一样，和人家结婚、养孩子。也许自己所想望的并不存在，就存在也不免是在想像中夸张了许多。一个独身男子，思想上、感情上和他周围的人有个相当的距离，生活方式又有若干差别，不可避免的常会感到一种空虚，需要一点什么；而这种空虚在偶然中可以被一个女子填满它，那种需要也可以由一个女子带了来。虽然他们之间可以没有爱情。男子也许就因这样不曾拒绝过那女子，直到她和他近得能表现她不会轻易对男人表现的感情。男子有时因忽略了她的感情而负疚，原因也就在那女子曾经给过他在空虚中所需要的温情，自己曾经在事实上像对一个爱着的人那样对待她。

××的人那样远，一个月有一封信来，信上的思慕都不表现在文字上面，只让有那同样思慕的感情的人抓得住它。一种美丽得像九月天边日暮时的云彩似的喜悦，叫他觉得像第一次沐浴在初春的风里。但这只能给他一种超越的力量，向高处去的诱引，而不能填满他生活中的空隙。另一个女子因而走近了他。开始时有一种限度，在这限度中，男子觉得有一种凝固了的满足。女子却不然，她有一种超过这限度的愿望，有一种不满足的快乐。渐渐他们之间的距离大起来，大到不能忍受下去的程度了。

月亮下去了，初春的夜里，宁静安详，微风轻哨在窗外；男子从一种纷乱的思想中回来了，站起来，信步走向窗口，伏在窗前。星星像梦一样的近他。多么美丽的夜啊！思想从他身体内出来，向着星星飞去，远了，远了，……假如在天那边，也是这样的夜，也有这样的星光，也有人像他一样，立在窗前，如他所想的想着他，……他轻轻地对自己说："我要去，我要去，……"这样一种深深的思念潜入他心里一分钟后，他又回到原来的自己了。他微笑着，衷心地笑起自己来："多可笑的一种感情呀！"远远的地方的人远得离开他了，近的地方，近处的人又缠着他。

他又开始觉得不安起来。

女人临走时的脸色严重得叫他害怕。她在挣扎，要离开他似乎又没有那种勇气。极度的矛盾、不安，在她极力掩饰着的脸色中，显得有不可言说的痛苦。这是无法解决的，一种太强烈的爱，不叫人太近就会太远了的，女子要求太近，对那男子则是不可能的，唯一的出路便是离开她！她非常明白这不可避免的事必定要来，对自己说："我要离开他！"就在那晚风前，男子沉吟于诗样的暮色的时候，她决定不能再来看他了。就那么一点点过去，在她感觉上也永远不能再来，虽然那个过去，也只不过是在她想象中才显得美丽。当她这样决定了不再见他的时候，她让一切飘远去了，无力地遥望了一下天色，然后又把眼光落在男子身上。当她走了的时候，看男子仍伏在窗口，望着她去，向她挥手，她又想："就这样下去不也好吗？"随后又想："不！不！我要更多的！"

远远有钟声敲了十下，男子坐在灯前，想给那女子写信，他像有许多要说的，一直因为一种说不出来的理由，当着她的面，只能放在心里；现在有一种力量催促他，叫他说；他想他的不安是因为把那些话老放在心里的缘故，也许说了就好了，就再不会让自己烦恼了。他郑重地拿出一张纸，磨着墨，沉思着。但话一到真要说时都跑开了。他颓然地闭上眼睛，像完全打消了想写信的企图，又像在追回那些要说的话，过了十几分钟。"这是如何的一种困扰啊！"他想着。终于他提起笔来写了：

"□□：现在已是十点以后。看着你回去时的神色，我一夜不得安静。我不知道说些什么好。"

写到这里真不知道说些什么好了，把什么都说穿，他觉得会引起更不好的结果；不呢？又再没有什么可说的了。他踌躇了一下，又写了下去：

"也许你很欢喜我，是不是？假如是的话，那是叫我感谢的。你知道任何人都应当为了那么一种高尚的感情而感到幸福，感到一种承受不住的快乐。但一个人爱着，不一定就能得着，更不能以为应该得着的，虽然得不着会叫人痛苦。谁都有过这种痛苦来的，不过这痛苦，值得珍重。一个人也许就只有这么一次痛苦的经验的。你能了解我这样的意思吗？好些日子以来，我就感到你的不安；开始我有点不信自己的感觉，后来就只有抱愧的感情了。你是真纯的。我比你年岁大，经验多，和异性交际的机会更远超过你。我有许多地方 encourage 了你，在你天真的心里引起过波动。现在我一想到你为此而觉得痛苦，我的负疚比你的痛苦还深。在一切感情上，我们都可以委屈一点自己，勉强一点自己，就只爱情不能，爱情决没有做作的。你的纯朴当然会告诉你我的感情里面不曾有过半点虚伪的成分，也能使你相信将来我也不会有。"

"今天傍晚，你似乎在决定什么，是不是？也许还是一个让你痛苦的决定。假如使得你如此的人不是我的话，我会因此而赞美你。在爱情上，常常需要一种超过自己所能出得起的力量，这力量只有勇敢的人才能拿得出来。我由衷地赞美有这种力量的人。"

"现在已是深夜。你一定没有想到我会给你写这么一封信；当你知道了的时候，你会觉得这是多余的吗？我多么希望你能快乐些啊！"

信写完了，像一切都完了。把信封好，他迟疑了一下，然后放在枕头边，灭了灯，睡了。

（三）

第二天早晨，一切沐在朝阳里。风悠悠地从山那边吹过来，把春意撒在人间。

男子坐在大窗下，有所期待地望着楼外的山，仿佛想得很远。夜来的一切梦样的过去了，不像是只隔了一宵，生活的秩序依然如旧，井井无异平时。

当女子进来的时候，男子心里像平湖中偶然被掷下了一块小石子，但不一会儿便水静纹平了。女子若毫无一点什么异样，愉快平静地对他夸说早晨郊野的清新。他热心地听着她，昨天的不快暗暗地去了。春在窗子外面巡逡。

"有没有想着我来？"女子说。

"你昨天临走，不是说过要来的？"男子说。

"昨天说要来，你晓得为什么？"

"不知道！"

"真不知道？"女子又有点迟疑有点惘然的样子。

"你只说来，并没有说别的什么呀！"

"难道一切都要说的？"

"可不是，不说怎么会知道。但我倒想问问你，你昨天说今天要来，到底有什么事？说话的神气好像顶严重似的。"

"那你刚才为什么说不知道？既然晓得我说话的神情顶严重。"

"只晓得严重，可不知道为什么严重呀！"

女人觉得这样说下去不好，故意装出笑，眼睛望着男子不动，说：

"不说那些了，我问你想不想出去走走，外面有好春光，可以做诗。"

男子也笑了。

一切都不如两人昨夜所想的。女子觉得又快乐又惶惑。忽然想着："这是真的吗？"一种怕失去的感情猛然袭着她。她昨夜回去以后，在痛苦中、矛盾中过了一宿。她觉得她不了解他。他有时温存，又有时冷淡。当她傍晚离开他的时候，决心离开他，第二天就走，所以说早晨去看他。但回去以后，又觉得一切不完全如她所想的，一种顽强的获得的欲望，又给了她勇气。本来，一个人就很难弃绝一种并没有见之于语言的情感；他不爱她，她只是感觉到过，何况有时候她还觉得一点儿不懂得他呢？因此，她仍旧决定再试试自己的命运，决定早晨来看他时，不透露一点她曾想过的。当见到他的时候，看他愉快地对着窗外云山，连那种想头都飞去了，比平时更高兴的、更自然的和他在一起了。如今，当着他的面，再提起昨夜曾有过的决定，也便像述着别人的事一般。她甚至奇怪自己为什么会有离开他的念头了。

楼外是麦地，东去直绿到河边。河上曾是古诗人梦想所寄的地方。水从南边流来，向北流到黄河里去。

沿着河往南走，远远有山，山在阳光下，蓝得叫人感动，大地穆然地像充满了神的光。男子默默地站在河边，望水流去，猛然感到生命的严肃。女子温柔地站在他身旁，对他说："昨夜我觉得应该离开你，我打算今天早晨去一个远远的地方。"

女子还没有说完，男子便说：

"知道你想走，其实怎样都好！"

女子说：

"怎样叫你快乐就怎样好。"

男子似猛然觉得和他说话的是站在他面前的女子，仿佛正从梦中醒来，心想："这样说话未免太近了，我和她，离能这样说话的感情还很远！"

河上的风悠悠地吹来，一切寂静。

女子似还不知道男子感情的变迁，表现出一种极无知的神情。

男子说：

"回去吧！我昨天给你写了一封信，回去给你！"

路上，他莫名其妙地说他要回南边去。

1943 年春

原载《时与潮（文艺）》1945 年第 5 卷第 1 期，署名流金。

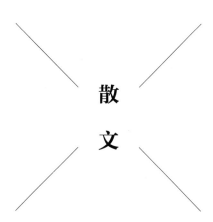

散文

霁

　　北方不多见雨，去年秋间仅有过一次牛毛细雨，记得连黄土也没给它换上颜色，只有一颗一颗的土珠，在厚得可以的尘土上乱滚。入冬以后，风雪漫天。但除却雪天，就是晴天，决没有过像南方那样一到冬尽，整天的细雨迷濛，使人愁着的日子。

　　久不见雨，似乎对雨也有一种怀念。今年春光烂漫，满园的桃李花开，偶尔下的几点雨，就使我感觉到兴奋，它把久涸的心房，也添了一点儿清露。

　　已经是五月将近，立夏有了好些日子，花也残了。满园青青的，虽不及花开的时节那样浓艳而清丽。只要你肯当昧爽或黄昏，在未名湖畔小立，看西山的浓翠，湖水的涟漪，当红日从东边翻过来的时候的血样的朝露，夕阳从山顶上坠下去的淡黄影，你一定可有物我两忘之念。尤其是当着雨霁天净，山碧如油，水碧如油，小草上滚着点点的水珠，枝叶间洒下片片的雨丝，心境更会舒畅，清闲。

　　一天雨后，园里的空气新鲜到万分，白云从山腰泻去，凉风从水面吹来。独自凭栏凝睇，一钩新月，似故意撩人，挂在西边。思量复思量，又想起明月的故事。记不清是祖母说的，还是自家在书上看过。后羿的老婆，把灵药偷食奔月宫而为嫦娥，后羿恨极了，接连射了几箭，但没有把她射下来。后来有人做了这么两句诗："嫦娥应悔偷灵药，碧海青天夜夜心。"明月的故事，对于我好像有点儿关连，也许我和后羿有着相同的境遇的缘故。虽然我比不上那传说中的"伟人"，可是恋爱的故事，万物都差不了多少。为我们所谈的九歌，就有九个人说它是"神人恋爱"，你看那里面有什么与我们不同之处？

想着月亮的故事，望望那峨眉样的新月，把自己的故事也想起来了。到后来我不知道我所想的故事是我的还是月亮的？

"嫦娥应悔偷灵药，碧海青天夜夜心。"这是后人说的话。在说这话的人，假如她做了嫦娥一样的事，不成问题的她会后悔，可惜她不是嫦娥，只能说说而已。可是我记起这两句诗，却有无限的感想。"碧海青天夜夜心。"到底有没有这般的一日？有的话，我何必"独自暮凭栏"而感伤呢？

雨后的天空，云也无了，灰也无了，只有月光和星光。雨后的人的心境何如没有那似幸而不幸的事，当然是"万虑尽涤"心如明镜的。可是云样的事，雾样的事，海样的深沉的哀愁，都给我一个人了。把这些感慨与嫦娥罢。嫦娥独处月宫，也应有一种寂寞。除了一个在天上，一个在人间，嫦娥还是现在女人一样的女人！

一九三六年五月于燕大

原载《大学艺文》1936年第1卷第2期，署名徐芳。

山　雨

你还记得江南的梅雨吗？你说，你欢喜那从天上坠下的雨丝，只有下雨的时候，你的幻想才不会驰骋，不会想到庄周的蝴蝶梦，不会把旧的过往纺着新的梦丝，不会从浮云边，想起古神奇的故事中的人物，不会把蜃楼幻作家乡，不会因浅淡的夕阳，而在心上镀一层忧郁的梦影，不会在日落的天边，思念远征的故人，不会因虫声而堕泪，不会因花谢而怆伤，也不会当驰行于古道，想起西风瘦马，或细雨骑驴，把自己看作一个疏放的诗人，没有恋情，没有温情，云和海于幻思都无分，猎雁与飞鹰，只能作一个长途之旅上，聊破岑寂的伴友。你说，树是鸟雀的家，花是蜜蜂的家，山岭是走兽的家，江河是鱼龙的家，海是夕阳的家，云是鸣雁的家，只有雨，才是你的家乡。你又说，你细视疏密的雨点，会静如山僧，辽望迷茫的雨天，会闲如野鹤，雨能涤滤你胸怀的尘杂，刷洗你心上的烦忧。

江南的雨，迷漫如烟；青青的柳丝，卷着她的头发；梦似的雨，梦似的眼睛，梦似的嘴唇。我又记起我自己的话了。

尼，你真是一位诗人啦！把我说得迷忽了。可是，我不知道你指的是哪种雨呢？是春天的梅雨，还是夏天的暑雨？或者两者都不是，而是山雨？我爱看山雨呢。你看过山雨吗？

"当我还不到十三岁的时候，我作客于一个山居的姑母之家，竹树绕着她的屋舍，山峦抱着她的田畴，早晨有浓雾在山坞之间起落，黄昏有淡烟从山下升起。我在梦醒的午夜，曾听过山风的微语，自远而近，忽高忽低。一会儿窗帘动了，我床头那盏青灯，消失了它最后的余辉，待窗外山风咆哮，姑母起来收拾透晒的衣衫。我躺在床上，听姑母忙促的脚步声，有着一种新音的预感，待室中回复了已往的寂静，便传来雨点打在瓦上的声响，接着簷海便潺潺而起了，看急雨落在窗叶上，我未能重新入梦。便听繁雨之声和风吼，原始的惊恐养挫了我的心灵，但一种神秘的力支撑了我将断的心经，从急暴的风雨声中，我的心开始调谐起来了。微弱的光生从户外，窗叶子的红绿彩纸，我模糊能辨了。破晓的鸡声初起，夜来的风雨声止了。檐下则仅留着潺潺的余响。

清晨我立在门外，看雨后的峰峦，我惊喜于自然的奇伟，我从未见过那样美丽的山，线条的分明，颜色的深浅，叫画家也无从着笔呢。淡青浓绿，表象着青春的生命：高下起伏，蕴蓄着奔放未发之情。户外的泉流，从四面八方汇聚于清潭；普山冈石铺着的山道，可以识别大石纵横的花纹；竹林中有出晓的鸟喧，竹叶也变得深绿了。竹根下的壤土，还遗留着风雨劫后的斑痕。细嫩的红土的沟路上，漫游着成群的黑蚁，那是太悠闲了。爬过细微的竹枝，使我能遍览一周青翠的山峦。

"我住在姑母家的日子里，差不多天天期候山雨的光临，我爱山雨前林木的微语，山雨时的风雨咆哮，山雨后的清幽与安谧。你看过山雨吗？假如说我爱雨，我爱着山雨呢。"

微雨中燕子掠过江南的边上，它的眼睛润湿了，睫上罩着细细的雨点。

你还记得吗？你说："齐，你的话把我觉动了，我爱的景是春天的梅雨，但我还没有看见山雨呢！是的，春天的梅雨，我爱它，如我爱自己一样，是太窄了，太小了；而你所爱的山雨，却比我所爱的博大，你爱山雨所给与世界的泽惠，我爱梅雨所给与我的安闲。

我的爱小得如细流的清溪，你的爱博大得如澎湃的巨川，我要爱你所爱的了。可是，现在正下着梅雨呢！我舍此而就彼，不太难了吗？山雨，我何时能见呢，……"

我攀着柳树的枝条，雨滴落在我颊颈之上，我迷惘地对着远山。

当我寄居在匡度的疗养院中，山雨欲来，我昏迷地把我所欲寄与尼的话，托天风为我而传递去。

一九三七年四月三日

原载《燕京半月刊》1937年第1卷第1期，署名流金。

山中问对

"是的，我应该躺在大石上，静听涓涓的泉流，听那一滴一滴的清泉，从满生着青苔的石上坠下，用不舍昼夜的耐心，把从遥遥的从地底下或山缝里挤出来的大地的眼泪，向人世间细数那永不能释的哀怨。"

"可是流眼泪的时候，为什么会那般安详，那般从容呢？呵！那还不只是安详与从容啦，它不是还带着秋帆似的轻飘，春鸟般的婉曼么？"

"静静的躺着吧，心事不准用在构思幻想的图案上，把眼睛闭着，不要让山花，山石，弯松，杂草，……挂在你那副明净，深沉的眼前。不要让鸟语禽言，泉流风啸停落在你那张透明，如蝉翅似的耳鼓边。把心眼儿也合上，不要让你那位带着海似的神秘，山似的沉静，星似的眼睛，风似的步履的女人钻进去，把你的梦拉长了直沉入渊底，把你的幻想放出于白云飞驰的天外。静静地躺着吧！清风会替你驱去晴午的山峦放出来的恼人的热气。虽然石头硬一点，没有你睡眠的床上的软绒做就的安适的垫絮……"

"就让自己这样睡一觉吧。用蔚蓝的天盖下的松荫作盖被，也许母亲会来入梦：她执着我的右手，吻着我的手臂，牵着我的敞衣，哀怜我的褴褛，……也许弟弟会来入梦：从小小的嘴唇里，进出我听惯了的而为我所渴念的话语，他拖着我，要我和他买一个彩色的绣着青龙偃月刀的玩具，要我给他讲一个《三国演义》里的故事。

也许曼倩会来入梦：温柔的疲倦的视线放在我的面上，柔弱的素腕握在我的手里，津润的微红的嘴唇，落在我的年轻的额际。……"

我所想的梦太美，眼睛又微微的张开了，还是未能入睡。

"呵！你又不听我的话啊！你心里一定有刺。"

大石上的清凉，涤洗了我的涂着牛油的心房。糊涂的思量，不复打扰甜美的午梦了。我眼前涌出了万千的豆花，密茂的青林，蜿蜒的黑水，挂在白山头上的清辉，收高粱的老头子夕归的歌声，奔驰在草原上的骏马与良驹，……我的家呢？还能做轻绮之梦吗？

涧水又在私语。

"蠢家伙，有着夏日的松荫，又伴以涓涓的流水，还不好好地睡?!"

"谁要这管家人'好意'的赐与。谁愿作大石上的鼾夫！让太阳空自逝去，不是愚夫之行吗？"

山风把流水吹出了如绉之波，游鱼遂躲在水之深处。

"这么清凉的午阴下，这么洁爽的大石上，这么软绵绵的从大海上吹来的风旁，还不能使你作一次甜美的睡吗？"

"是的，'甜美的睡'！我将沉酣于怀旧之梦中，让风风雨雨，促此龄具？"

我越想越对不住自己。我又记起了母亲临终前的遗语。"儿呀！你要回到祖国，要把你父亲的死，弟弟的死，母亲的死，用血样的语言，灌进同胞们的耳朵里。躺在自己的家园上，让温煦的海风，扬去这只会藏在你心里的死尸。黄泉下，我将等待你和关里的同胞如海潮似的把家园的魔瘴冲洗。……"

我的眼前一团漆，我装做睡。听不见世界的声音，只风在耳边，游来游去。

"这家伙睡着了。用不着我们严密的窥伺了。"

我听得清清楚楚。我心里告诉他们："我倒没有睡，让山神把你们这些'好心人'护送归去吧。这儿已非'人'所居。"

从迢遥的海上，生出了万家的明月，我真的酣睡一次了。

我怀念着，秦时的明月，汉时的城阙。

我愿它们都无恙。期待着我的年轻的足迹。

一九三五年十二月一日夜于海淀

原载《青年作家》1937 年第 1 卷第 2 期，署名流金。

始春之梦
——章外章

　　我翘首望明月，初三夜的蛾眉，正挂在暮烟笼罩的树梢。

　　心里燃烧着爱的火焰，火焰把我的思绪灼成细片。我眼前浮起了她说话时的风姿，我咀嚼着她话中的意义；她的一举一动，不断地在心上盘桓，使我没有宁静的时间——这种复杂的心理，繁芜的臆念，使人烦困了。我遥望天边，好像那无尽远的深蓝的去处，隐藏着稀世的玑珠——那该是书画难传，语言难达，而只能形诸舞咏的——然而我不会舞蹈呢。

　　我潜思未来，辽远的未来，好像有幸福在那儿期待，又好像有魔鬼在那儿徘徊。我心中，又不禁有丝丝的欢喜，浅浅的愁哀，荡漾起来了。

　　我遥想暮春之夕，广阔的林野之际，古石横卧于地上，作为我们的栖止。她坐在石上，我立在石旁，我们遥看明月，生从海上。我吻着她的面颊，我倾吐着对她的爱慕。我说："×，在这暴风雨将临之夕，我们可以有恋爱的自由吗？"她睁着眼睛——眼珠子是深蓝的，和天一样的颜色，默然不语。但我从那里，找着了稀世的珠玑。聪明人是用眼睛来说话的，不是吗？从她的眼珠子里，我已懂得一半温存的语言了。我又说："我现在正在爱着一个人，这个人，远在天边，近在眼前。"她依旧是无言。然而我也默然了。我用眼光恳求她动那可爱的嘴唇，不管是使我失望或使我满足的话，只要从那小嘴唇里边出来，我都欢喜。假如她的答复，切中我之所怀，我便立刻紧搂着她的身体，用我的血流，去打扰她平静的心房了。万一，使我失望呢，则我便拉着她的手，和她一同归去。夜间，我便给她一封长信，我便悄然离她而远去。

我愿有一日，上了战场，重创归来，躺在病床上，她侍我于垂死之顷，她把眼泪滴在我待僵的面颊，她紧靠着我的脸皮，进出最后一句"我爱你"的话，使我含笑而终。

我如有梦，愿在梦中，梦见有一天，我和她同在一条古道上，匆匆地赶路程，她疲倦了，我为她背起包袱、衣衫。我踏着夕阳和她的影子，引吭高歌。当天风飘起她的头发的时候，她也以好声相和了。及天已晚，我们宿于古庙之中，豆油灯下，我为她说远古的故事。她出神地倾听着。及听寺钟敲残，更阑人静，我送她进一古方丈，待她安寝，把灯熄灭，自己又一个人走出寺外，坐在月下，细数前事，不觉露透薄衫，倦卧于寺院的广场之上。待次晨日出，她怜惜地把我唤醒，我们又重上征途。

这都是些零碎的"梦"，"梦"不会是真的？

初三夜的蛾眉，慢慢地隐到地平线下了，迷濛中，望西山，我踯躅于冰雪待泮的湖上。

原载《燕京新闻》1937年2月23日《诗与散文》第2期，署名流金。

写给自己

这是一封很久想写给你的信，然而终于到现在才执笔，烦困已半蚀了我的心了。

世界上尽有些出乎意外的事，这些意外，把人类推入茫茫的巨流之中，使他们不知彼岸。假如要我为自己的遭遇作注脚，如此说法，也许不十分妥当的。

在白云飞驰的夏日的夕暮，坐在荷花池畔，对着神奇的宇宙，我有过像白莲花那样清丽的梦想。虽然，有时候为池底的游鱼，在平静已沉入于梦境的心上，作一度侵扰，使现实的狰狞，摧毁我如梦的情怀。

重复感到自己还是羁身于艰难多阻的途上，那将腐烂的旧的残渣，依旧沿途放着难忍的恶臭。但，纯白的"孩子"的冥冥的系念之中，总是些像春风那般和悦的天国中的神祇与人群。红色的杜鹃花，白色的寒冬的哨鸽，长在悬岸上的弯曲而苍然的古松，涓涓而始流的泉水，趁着夕阳抱挂风帆的归舟，江头日落时的野渡……，这一切，为我的幻思所系，我永远会沉湎于这样诗似的境界之中。也许这就是铸就了我的固执的根源。一个和现实的路，隔得太远的人，我知道他会毁灭这一生，然而这有什么办法呢，我已经为这个美丽的梦所牢牵了。

二十年的时间，坚强了我踏上光明的远程的心愿。在无可排遣的少年人的烦恼下，曾经尝过一点点人生的苦酒。我吝啬自己那份宝贵的爱情，使我的朋友，变作仇人；又为得把它使用得太轻飘，也曾使我的朋友，变作路人。对前者，我自己无法向人诉与那一份难言的隐痛；对后者，我至今还怀疑自己那份贞白的爱情。反复地把这两件"往事"思量，我觉得世界上的事，绝不如孩子们所想的那样简单；也不如老年人所回忆的那般复杂。我们完全受着社会的支配，一旦，你倘和社会走着相反，——至少不相称——的路，那你必为一些不必有的烦恼而缠缚此身。

年轻人的理想，尽管变化万端，而年轻人的爱情，则需始终不移；在人生的行程中，恋爱当为任何男女所不能避免。而年轻人应该避免的，则是浮萍式的爱情。假如有一个人，在爱情上如不忠实，在事业上也不见得有若何决心，这类人，受着古代社会的遗与，实在太深，甚至而不能自拔，游戏人间，平平终老。

青年人照例欢喜和自己的当前开玩笑，弄得神志昏眩，终日茫茫而无以自持。又爱把自己的尺去衡量别人的心，待觉得与自己相差太远时，便把一些无名的悲哀，来烦恼自己。在这种种不必要的精神的活动上，把时间一寸一寸地让它过去，把自己的心一分一分地让它磨折。于是，他们便大声疾呼着烦闷，苦恼。其实那全是自作自受，与别人毫不相干，别人毫不能负任何责任。每逢觉得别人不是处，假如能把镜子照一照自己，也许可以减少一点不必要的憎恨。不是吗？这明明是一部分人把自己处理得好，而另一部分人把自己处理得失当了，我希望我们能多用点功夫清算一下过去所犯的这一类的错误。

有些人故意要把自己表现得与众不同，使别人觉得他高超。其实，这种人，除比别人显得更愚昧一点外，绝没有别的什么值得人家说一说的地方。在事业上，他大声疾呼，要怎样怎样；在做人上，他也如此；在恋爱上，更显得可笑，有时候他把自己的爱人，想得似乎在这世界里找不到，有时他把自己看作是这世界中唯一的可为人所爱的神。他只能高高在上，看一些在他看来似乎可怜的男女的纠纷。对这类人，我绝不同情；有时我自己也不免就是这一群中之一员，但当到稍微有一点理智，在我脑子里运行，我便恍然大悟自己行为的非谬。

我们遇事都不应该走歧路，驰驱于峻坂之上或缘曲溪幽径而行；我们应循康庄的大道而迈开脚步，我们应该走大家所走的路。

对人的态度，不妨庄严一点，当然我不是说冷酷。庄严中，我们可以得到一份智慧。对事应当多多观察，研究，或好或坏，假如你工夫用得深，那一切都会在你面前现原形。

目下，有好多人，都喜欢把自己装饰在晶莹剔透的玉匣之中，他们不知道从哪儿学会隐身法，过了总把自己表现得彬彬有礼。脉脉多情，态度从容不算，还必要显得温和，良善，即盗贼亦可亲，神鬼亦可近。初看来，你心中不禁对之起一种好感，这种好感也许可以延续到好些日子。但是掺杂的金子，究竟经不得锤炼，只要你冷静观察一下，前前后后把他为人之处，作一两回综合的比较，你便明白，这类人究竟如何？譬如你对我吧，也应该如此，你切莫太相信人家，你应该多怀疑一点。

假如你对一个人满怀热忱，一下子便掏出肝胆来，赤心相与，而他（或她）对你却冷淡，好像严霜一样，凛然不可亲近，你不必虚心，这不是你的错，也不是别人的错，这错误是那无情的时间，因为你用的时间太短，而别人却需要较长的时间来理会他周身的人物。假如你用了很长的时间，在你应当做的事情上尽了力，而还得不到人家的了解，那便是你们之间已构筑了一方墙，除非你有气力把这方墙冲倒。也许可以使不了解的程度浅一点。

事情常常不能如人们所想的那样起始，结束。尤其在事情发展的过程中，波折更为有识之人所认为不能免。经过波折愈多的成功，那才是真正的成功；反之，失败便是你惧怕波折，波涛把你淹没了。

在情场上勇于作战的人，在现在似乎还不甚需要。把眼睛张望一下，哪一件事不使你愤怒，只要你在这些事上稍微费一点思索，你马上便可以感到居不安、食不饱的痛楚。尤其是想试脚于情场上的人，把一部分的时间，用在毫无益处的游荡当中，更显得糊涂！我们这些人，根本自己已无权支配自己的时间了，时间都应当为那些无告的苦难的一群而安排，才算是尽了你人的义务，在世界上活下去，才有意义。自私自利的人，我们现在根本不需要了。尤其在恋爱上，私心太重，更不应该。女人们都应该知道，在这垂死的旧社会之中，到处都有"为女人而……"的无耻的话；女人们都应该咬紧牙根，为劳苦的人群而"一切"。

　　一写下来，就这样多。有机会，我还想再写一点。

原载《燕京新闻》1937 年 3 月 19 日《四人行》第 2 期（书信专辑），署名流金。

《燕京新闻》编语[1]

编者之言

原拟出一个《星》的集体批评专号，因为刊物本身由两周出一次改为一月出一次，故不得不改变计划，于是把《书信专辑》提前一期。

这期的两篇文章，可以代表一部分青年真实的情感，那些话，也许是大家所要说的。

罗雯的《书信残稿》看来虽嫌凌乱一点，但处处流露的一种年轻人的烦困，与对社会所起的复杂而曲折的心理上的反感，不难使人想象出一个搔首徘徊的青年的典型。

《写给自己》，当目下一部分人宁静的胸怀为百物所烦扰而感无依无助，甚至不能自持时，读读也许能得点什么。

原载《燕京新闻》1937 年 3 月 19 日《四人行》第 2 期（书信专辑），作者为该期值编，署名徐芳。

编　后

我编完了这个小小的特辑，徘徊在日余明净的湖上，我看见西

---

[1]　编注:《编者之言》《编后》原为两篇编者按语，今合为一篇。

山顶上的散金，我沉吟着。静静的湖水中的影子，凝滞了少年的心，我似有着轻微的欢洽而实为一层淡淡的秋日的鬓影所萦系，那不是一个太缥缈了的梦境吗？童年的友伴，少艾的相思，那火一样的灼热，把我的心烙成了榴花似的火红，把我少年的道路拉长了。少年的心，不是如一泓清流，从辽远的去处，穿过峻板与巉壁，而流向汪洋的瑰丽的大海中吗？成年的悲哀，儿时的欢娱，诗人所咏叹的，那是太珍贵了的一份人类的私衷。作为散文家而歌唱着自己的童年的周戈，他便是通过了如此的诗人的路，而把文字溶成比诗还要流利、轻松而多感的散文的。

对于使我永远不能赞叹一声的过去，我默默地自己理着。我曾经爱过一个十七岁的姑娘，而她在十八岁那年有了丈夫，同年的冬天又做了母亲，而丈夫死了；这样的一个过去，不是很凄艳吗？我抱着一个这样的心情，我读完了《荷兰小景》，同样，我不能说什么，我只能默默地理着它所给我的感受，那是太婉曼，太明丽，而又太轻飘了一点的。她像一条静静的河流着，流着；她像年轻寡妇，披着黑纱巾，瞅着秋夜的素月；她像一个人弹着秋［音］，愁怨而娓娓动听。

原载《燕京新闻》1937 年 5 月 18 日《四人行》增刊（散文专辑），作者为该期值编，署名流金。

青色的怀恋

春，悄悄地爬上了柳枝头，南方的鸟，将唱着三月的恋歌了。

东风，带来了心境上的春天，但心上却装满了紫塞的烽烟。虽然，池上轻飘飘地飞过的，是渡海而来的燕子，那曾为我传递过初恋的情书的友伴。

又想起梦似的三月的黄昏了。江南三月的黄昏，才撩人呢；十六岁的少女，年轻的嘴唇里，唱出的三月的恋歌。

东风，为什么不把那歌声，吹过寥廓的江海之天，让年轻人的心，再镀上一层青色的怀恋呢？三月黄昏的池上，燕子的呢喃，再不会在心上泛起青色的怀恋了。

呵！黄昏装点着的江南，只从天边，可以得着一点信息啦！

相思在心上攀缘。新的相思，印着旧日的斑痕：旧的相思，故意徘徊于人面。

未放的心上的花蕾，将郁郁地死去，虽然春已来到人间。未开的嘴上的樱桃，也无心看往还的飞鸟，将无声地落在一片碧茵的草地上了。

在春水的绉上，曾把曲折的怀恋，牵住那将去的帆船，而它却偏趁着晚晴开去了。

在轻盈的白云飞驰之下，从记忆中，曾把女人的头发，系在曼陀罗花上，而丝丝的脆弱的头发，又在力曳中断了。

还依依眷恋昔年的梦吗？女人的心！眷恋那青色的记忆，又将作一次邯郸道上的人呢！

月影横斜之夜，待嫁的少女，手抱琵琶，再弹一次震断心弦的凄凉的旧曲吧！女儿的泪珠是珍贵的。

不要看不起岸上的渔夫，本来，他们也曾悠闲于水上，只因为船儿破了，才忍痛作行吟的诗人。

春，悄悄地爬上了柳枝头。

春的忧郁，原属于渔猎之家。

原载《燕京新闻》1937 年 3 月 23 日《诗与散文》增刊第 1 号；《大中时报》1937 年 5 月 5 日；《沙漠画报》1940 年第 3 卷第 17 期，署名流金。

海

我站在山上，俯视山南的云海。是九月深秋了，枫树叶正嫣红呢。

九月的风，能吹来海上的信息吗？那深聚的云，像四月之晨的海上的雾；雾中，曾迷失过我们渡海的船；像是很辽远了，辽远的、过去的安排，当浮在心之海里，还不是很新鲜吗？又记起了，那消息永远沉沉的海上的人，为什么至今没有一个平安报呢？

云，沿着山陬而弥漫，我张着迷茫的眼，伫看云驰，心像海似的寥廓了。

"尼，你还记得那年海上的一日吗？那为风浪击破的船，迷离的雾和碧沉的海水……"

"啊！还有为海所吞食的云的身体啊！她的容貌，你还能记忆吗？热情的南方人的脸，火一样的嘴唇。"我滔滔不绝的把这些话借凉秋的山风，吹过辽长的山、海和城市，带与真尼。

"你站在山上，为什么又想起海来了？"我仿佛听见尼的声音了。

"为什么不想起海呢？那藏着我童年之忧郁的地方，隐隐十年中的事，哪一件不使我系心于海上？那永远不能见的人，只有当我想起海的时候，才会如出土之朝阳，在我眼前，撒着一片红霞。"

"你看！那浓密的云，流上流下；云中的飞鸟，自东自西；怎能不使我回到记忆之乡，掘起昔年的梦影，而怅望辽远的天边，依恋旧日的樯桅呢？"

又把秋天的忧郁，投入云海中了。黑鹰，告诉我它正从北极渡海而来，然后，盘桓在云间，向着澄朗的天空发出疲倦的太息。于是，我又与远行归来的旧侣，相对寒暄了。

"先生，你经过那个大海吗？成天咆哮着的碧沉的海。有红色的珊瑚树，有白色的海鸥，有微蓝的苍茫的边际，有温微的潮润的海风……"

"那曾经摧毁我幸福之梦的海啊！它依然无恙吧？"我梦似的向着晴空，凄怆而微语。

"那海吗？咆哮得更厉害了，它日夜不息的奔腾，狂笑与痛哭之无时，已失掉往日的宁静了，你还念着它吗？"

十年了，渺茫的岁月！海是我的家乡，我要把我的骨肉，化作它的血脉，云不是那样做了吗？是啊！还有许多许多都那样做过了呢。

九月的风吹乱了我的头发。

云的海，愁绪之舟；海上的信息已不沉沉了，我想着咆哮的海水，奔腾的浪涛。

下山时，回闻巅峦之细语，我又为云海所淹沉了。我的眉毛上，聚着小小的水珠。看云静静地、飘飘地移动着，我的脚步又轻徐起来了。

原载《燕京新闻》1937 年 4 月 6 日《诗与散文》第 5 期，署名流金。

侮　辱

昨夜雨声里，我听出青蛙的一段隐情，睡眠不复缠绕我了，立在昏暗的栏外，我为这小生物而烦忧。轻轻地走到豆棚下，想以温存的话语去安慰它，但阁阁声却戛然而止了。

我像受了一次侮辱，搔着自己的头发，颓然地倒在床上；不安在心下继续滋生着，于是我跑到隔壁叫醒弟弟，把我所知道的青蛙的隐情告诉他，而他却凛然地笑了。

粉　笔

"江文通之梦"，我的笔笑着向我说，"做得甜吗？"

我把它重重地放在白铜的笔架上，相对默然。理不尽的思绪又在我手下拉长了。

流星，惊醒了未阑之梦，空明的庭院，又在引诱我了。披上夜衣，独自徘徊于月泻如银的树下。

山　行

低头拾起一片红叶，夕阳朝着我笑了。心窝里奏着九月雁飞的交响乐。

森然的巉岩断了归路，我戚然于日暮荒寒的古道。

山禽向我言："谁叫你做苦吟的诗人呢？"

初　恋

我站在苦雨的街头，三月江南的雨点，那么柔软地飘落在面上，街灯孤寂地照着幽暗的一角。

一听见脚步声，便心悸起来，拖着抖颤的腿，迎脚步声而去，雨丝的温柔意，也忘了。

突然，雷电交作，街灯熄了，道上积水成渠，但我仍立在人家门前，蔽身于屋檐之下。

一九三七年三月廿日

原载《燕京新闻》1937 年 4 月 20 日《四人行》第 3 期（小品专辑），署名流金。

卜 居

　　——这是一个真实的故事，我写着纪念一个死去的朋友。

　　你说你欢喜曲流的清溪，缘溪种下绿竹千杆，春天的竹林中，有云雀伴着清晨和夕暮；在溪流的尽头，筑草屋三椽，早起看山雾缘行，晚归听寺钟东嗡[1]，灯昏兀坐，悠然遐想，静闻细微的细水潺湲，写下一两行小诗；或冥然直听溪声远去，胸中了无一念。仿佛不断的潺湲，也绝尘不复返了。

　　这儿，季节的迁移，在心上不会留下任何斑痕。花谢花开，雁来雁去，东风吹转篷帆，朔气带来霜雪，这一切，于人事的离合悲欢，都无挂牵。

　　这是一个秋晚，我因××的病滞居匡庐的一个疗养院中的时候，偶尔出游，坐在五老峰下深潭的石上，她对我说的那番诗似的梦之语。

　　秋山的红叶映着少女的微红的面颊，凝睇着天边互相追逐的云彩，她漆黑的眼珠，深邃而幽渺。

　　我谛听着那温语如诗，我的情思全给美化了。一句话没有从我嘴边流出，我平□而凝视她幽沉的目光。这不是古诗人之语吗？我不相信十七岁的少女会耽静如僧！

　　沉默辟启了她恬静的心田，从那薄唇边又飘坠下来串串的话语。

　　　　我有一个紫色的恋，

　　　　而我知道自己不得永年；

---

[1]　编注："东嗡"二字疑手写误植。

因我那份不治之病，

摧毁了我未来的梦境。

我是一朵未放而将坠的花蕾

只能无声无息地化作春泥；

但当未坠之前，

却还有希望驰骋在心田。

当我挽着她的手臂，催她归去的时候，我心如石沉了。我望着那微晕的少女的面颊，她干咳了几声。

是那年后第二个秋天了。从铺满红叶的山道上，我一个人走着。

旧地的重来，是为着带回那掩埋在病院旁的山腰上的少女的遗骸。踏叶声惊破了旧梦。两年的流徙，我是显得更苍老一些了。何况，还有着一桩未了的心愿呢？

那位十七岁的少女，她的最后的一日，就是当她和我说完那些话后第三个月的一个隆冬之夜。

我携着她的遗骸，买棹东归；卜地于玲河的右岸，牛首山阴的旷原，做了一座新坟，那儿，曲溪环抱，修竹成阴。一个春天，我在墓前听鸟语终日，沉在旧事的氤氲里。

清溪之滨，

是我怀往之林，

虽然我与诗无分，

但我却偏爱诗人。

一九三七年四月

原载《燕京新闻》1937 年 4 月 20 日《四人行》第 3 期（小品专辑），署名沈思。

牧 女

　　一个人对于出世的旧居，常怀一种姑息的爱恋；何况我还有着一次隐秘的初恋的温情呢？缺乏一份冷静的人，常会在回忆的骚乱中陷自己于迷茫；或让宁静的心胸，坠入于幽昏的深井；或悬自己于天心，看夕阳朝露，晨星残月，平添梦似的沉思。

　　我有一个故事，常常使我幽闭于往昔的梦中；如在一片绿茵的塞原，看骏马与奔驰的名驹；或白露秋江之上，远听渔歌，升沉断续。这故事在别人也许觉得十分平凡，但我爱惜它却有如生命。当我重新沉湎于旧事的时候，真有点隔世之感了。

　　多雨的江南的四月，初夏的风，吹着柔的雨丝；田野的薄暮，静静地罩着一层轻绡的面纱；小河里的乌篷船吐出缕缕的青烟，那么轻飘地消散于迷濛的河面；蟠伏的山峦，把那张峻秀的脸面，藏于如梦的烟霭里，仅露出一线淡青的额角。在草绿高原之上，聚着成群的牛羊；原边荫翳的大树下，坐立着放牧的儿女，他们都是那般年轻，颜面上镌刻着美妙的童年之光彩。待雨丝模糊，村落只剩下一团黑影，牛羊下山，牧歌震颤着如梦的黄昏，纵横的田路上，随处印下了蹄痕。

　　我独自出游，在路口，遇见一个高雅明净的少女，骑在牛背上，笠帽斜系于鬓底，蹙眉浅笑，一掠而过。我依依独立，追寻那一霎过去的容姿，我咀嚼着那遗在黄昏中的浅笑。待雨紧步归，一个人冥坐在书房里，那一霎驰去的模糊的影子，复现在四壁的图书上，在窗外的雨雾里，在从远地送来的夜半钟声和潺潺的檐溜之间，在帘幕和豆棚之上……我想起古代的神女，在故事中曾经让自己童年浸淫过的心，于是便坠入奇瑰幻丽的境地了。

第二天，我又独立于路口，等待着那一霎时心灵的激荡。雨，还是那样悠然的飘坠，云，还是那样悠然的飞驰，我以奇异的神光探视暮雨纷纷中的牧女。

我踟蹰着，黄昏尽了，我追寻昨夜的梦思。一双燕子，轻捷地从雨中飞归旧巢，雨又紧密了。

昨日那一霎而过的模糊的面影，只依稀浮在天背的云间。

后来，我听说有一位从远处来客××村的姑娘，乔装农女，于一个黄昏的雨里，牧牛原上，而没有一个人发现了她是一位外乡人。据说，她的作客是由于随着她的家人清理乡下的田产。

我至今还能从那一霎的模糊的过影里，想像出一位年约十五六岁的素净明睿的姑娘。

一九三七年四月二十二日

原载《燕京新闻》1937年5月7日《诗与散文》增刊第2号，署名流金。

我们的自白
——我是一个乡下人

　　我是一个乡下人，南国农村的风光的旖旎培植了我童年之梦。永远不能忘怀的璨烂的童年，常使我坠于烦忧。夏天，江头日暮，我瞒着祖母，独立黄昏，看夕阳帆影，沉迷于江上唱晚的渔歌——那如梦的歌声，不是曾经牵系我弱稚的心灵么？当西风初起的时候，目送着从我们乡下开往大城的船：布帆如飞，轻捷地掠过江岸，我想起三月春暮差池的燕子了。冬天的早晨，门前的山黛蒙在轻玄的雾气中，我默默地行走，细数田垄间的菜圃，有时蹲下来折一两枝金黄的菜花，回来告诉祖母说，"我作过一次朝起的安步了"。……

　　我爱乡下人的浑厚与质朴。我爱乡下人的真纯与耿直。这一些乡下人的性子，我将来要借助自己这支并不算十分笨拙的笔，诉于世人，使他们知道天地间还有那些不会虚诈而像愚鲁的人们存在着。

　　二十年的黄金的日子，支持了我向上的心。倘使我没有那美丽的童年，如不与世人同流，便将郁郁以死。

　　夕阳挂在青翠的山头上，把山容染成金紫，山的那边，藏着我童年之梦。待日光还未尽落，我要努力爬过高峰；万一飞来一两片流云，把余晖遮住，那我亦必停憩在半山之间，驾大鹏绝云霄而越岭表，纵然从半空坠下，白骨如絮，逐尘埃而乱飞，但我决无悔心，多么美妙的将敛的阳光，不是诗人所咏叹的情景吗？虽然，流云作祸，大鹏也故意把人扔下千丈高空。

禀着父亲一份士大夫的气质，加上童年私塾里的教育，我的乡下人的性子，被斲丧好些了。无形中，我血管里面流入了毒汁，我渐渐学会那些不是乡下人所习惯的一切了，我傲恨，我烦苦；我想撕裂自己的心！于是，我把自己看成一个"梦的追求者"了，谁能说，这不是一个很大的悲哀呢。

"本来有点近乎浪漫气味的文人的我，常把自己的未来，安排得如神话中的故事"，我曾经为了一点误会，和一个朋友这样写过。（有着和我那位友对我一般的误会的人，是不很少的。）我，一个那么单纯的乡下人，在别人心目中，常会引起出乎我意想之外的推揣，为了这些本来对我不十分重要的误会，我生气，于是我爱好孤独起来。孤独对于我，虽然不算一剂良药，但，至少把我安静下来了。然而一个年轻的孩子，有的是一份熊熊的热情的火焰。哪能自甘寂寞呢？

世人与我接触愈密，我的心便和现实隔得愈远，我的心冷了。但我仍旧期待着夕阳，渡过一山之隔。

我用了整个的六度春秋的童年，咀嚼了一些中国的古籍，我同情那些落魄的中国的古代诗人。

何琼佩之偃蹇兮，众薆然而蔽之。——屈原《离骚》
使我感到一阵阵淡淡的惆怅。

从田园的冲澹的生活里走出来，从祖母的无涯涘的爱里面走出来，世界的一切，使我疑恐，使我愤悻；我看见一些梦想不到的事，我心中起了痉挛。世人常以真实为虚伪，以耿直为乖张，把自己装饰在晶莹剔透的玉匣之中，及背人面，则毕露原形；实则欢喜谈论别人的不是处的人，他自己已不足为人所齿。我偏恨这一类的"灵魂的负疚"者，我因此为一些大可不必误解我的人所误解。而自己也受着深重的精神上的创痛了。

"记得在中学时代，为××会的事，……在第二中学的古槐之下，春阴微雨，你打着雨伞，轻微的雨点打在伞上，你一只手抚我的肩膀，平静的面上，有着像曲溪流水那般清丽的表情。你与我解释人与人的关系，你说我不应该太看重自己，……那时候，我恨透了你，我觉得连同情我的都不了解我了，我便愀然离你而去，冒着春雨，坐在败城残垒之上，独自神驰了许久。"

这是对一个朋友的自白。谈到朋友，我又烦恼了，什么叫做朋友呢？"若夫平居里巷相慕悦，酒食游戏相征逐，嬉嬉强笑语以相取下，握手出肺肝相示……，一旦临小利害，仅如毛发比，反眼若不相识，反挤之又下石焉者，皆是也。"这样沉痛的感叹，不是常激刺我的心么？有人说："我的朋友太少，我不懂人情世故。"不错，我是没有"朋友"的。假如有一天，对于人，我消除了那一份憎恶，我可以和任何人结交——这是可能的吗？

坐在江堤的柳荫下，看那些过往的结实的青年和真纯的少女；徘徊在初夏的陇中，听那些曼妙的情歌，和流水的微吟，我又做着爱情的梦。我所知道的乡下人的爱情，像阳光那样灿烂，像春风那样娟好，像海洋那样伟大，像山岳那样坚贞，像出水的莲花，像秋夕的素月，像涓涓的流溪，像熊熊的炉火，像合卺的初夕，像江海的浮鸥，……于是，在"情场"中，我所表现的又"与众不同"了；有些人，以为恋爱是罪恶，我还没有那样聪明；有些人，以为恋爱是事业，我也没有那么愚蠢。我所知道的恋爱，是人性的本能。而对于恋爱的忠实，也该为人所必需。

"自命不凡""与众不同"是一些人对于我的"侮辱"，其实，"不凡"与"不同"，不过是些"土气"而已。

我爱乡下人的朴实，假如我还有气力生活下去，我要把那份朴实感染一些我的朋友。

乡下人有的是一份固执，但固执并不是他的错处，他的错处，在不能阿谀某一种人的自以为崇高处；乡下人有的是一份骄矜，但骄矜并不是他的错处，他的错处，在不肯把自己看得比人家小，看得比人家轻，他珍重自己。

的确，我非常珍重自己，但一点不姑息；苦雨青灯之夜，垂首独思，我心灵上所负的痛楚，有着雨一样的沉重；常为了一句话，使我悔恨一两天，让漫漫的长夜，施之以凌迟的苦刑。我有一个善良的祖母，她教我许多做人的道理，她教我宁使人负，不我负人；她把吃得苦中苦，做得人上人的哲学灌输到我幼稚的心灵中；她待人以宽大，处己以严峻；她爱所有一切的人，她鼓励别人都向善；她遇事不悲观，作事不退缩；她把这一切都教育我了，而我做到了的却少得可怜，于是，我在矛盾中探索正义，在黑暗中追寻光热。染着浓重的乡下人的气分的祖母，已走到了人生的尽头，七十年代的岁月，使她认识了一切良善的乡下人的面目与肝胆，假如，我这一生，能长在那朴实的农村生活下去，我不信我处理自己，会比祖母坏；但是，我已经从一个世界的一面走到一个世界的另一面去了，处理自己，在聪明人必定也要另换一种的手法；而我，却愚笨得，固执得，不曾换，也不肯换呢。于是，我便为世人所诟病了。

"然而我永远做不成隐士，既长了一副闲不住的手脚，对于外界的光色又贪婪得比谁也不清高。我喜欢一脚脚地爬到山巅，明知道山巅还是那块平凡世界。我时常托着一颗滚（烫）的心巴望一个陌生女人，及至这女人稍一现露粗俗的本相时，我的心又伤碎了。于是，在工作上我极好胜争强，也极容易失望。对于人，熟起来可以没有半层隔阂。但一细看出少许破绽，又即刻憎恶起来。"[1]

在《写给自己》里我说：

"青年人照例欢喜和自己的当前开玩笑，弄得神志昏眩，终日茫茫而无以自持。又爱把自己的尺去衡量别人的心，待觉得与自己相

---

[1] 原注：萧乾《栗子·忧郁者的自白》。

差太远时，便把一些无名的悲哀，来烦恼自己。在这种种不必要的精神的活动上，把时间一寸一寸地让它过去，把自己的心一分一分地让它磨折。于是，他们便大声疾呼着烦闷，苦恼。其实那全是自作自受，与别人毫不相干，别人毫不能负任何责任。每逢觉得别人不是处，假如能把镜子照一照自己，也许可以减少一点不必要的憎恨。不是吗？这明明是一部分人把自己处理得好，而另一部分人则把自己处理得失当了，我希望我们能多用点功夫清算一下过去所犯的这一类的错误。"

对于朋友，我曾经双手捧出过我赤裸裸的心；而大多数人拒绝我了，他们要和我弄虚玄，要掩饰自己。然而我是一个平凡的人，我未曾学习过隐身法，我仅有的是一份真实，大家诚诚恳恳不更好吗？然而，除掉乡下人以外，那些人是很少会肯和真实结缘的。

给许多殷红的记忆，

铸就了在年月上爬行的悲哀。

悲哀的是：

人类为什么要遗弃那份珍贵的天真，

把生命耗丧在那永不能尽的相互的疑猜？[1]

秋深红叶的山道上，听凄凉的芦管；瑟瑟的西风，吹起我薄薄的夹衣，踏着落叶，我咀嚼孤独的悲哀，谁会了解这时候乡下人的心情？

看山顶上盘旋的飞鹰，

我遂倦于远游；

送你以如珠的眼泪，

飘忽地又记起梦里的温情了。[2]

---

[1] 原注：我自己一首未发表的诗。

[2] 原注：我自己一首未发表的诗。

我爱翱翔在九月的晴空中勇敢的飞鹰，我爱徘徊在五月的黄昏的流云，我爱三月的杜鹃，我爱中秋的夜月，我爱独立巖上的苍松，我爱孤飞天际的鸿雁，我爱春水上飞鸟似的布帆，我爱风雪江边的野渡，……这些全是我童年之梦影，是我眼前的光。

不知从什么时候起，我也开始学习容忍了，这是一些善良的朋友教我这样做的。这些容忍，使我染上了忧郁的难治之病，然而我却不是一个自甘忧郁的人，我年轻，我要追逐心田上的愉快。

我为了眷怀童年的绮丽，写了《我的教育》和《牧女》；为了依稀不能忘怀的农村的恋慕，写了《一个老人的故事》和《玉石井的风波》；为了珍惜一些已过的恋情，我写了《海》《卜居》《山雨》和《青色的怀恋》。以后我还要写，对于人，那是太渺小的；而对于我自己，却是一种慰安，一种鼓励，使我不会忘怀我所依恋的绚烂的农村，那是有着秋菊的淡远、春风的和悦、令人沉醉的梦的世界。对于那些人，我更爱他们，尊重他们，我要介绍他们给一些陌生的另一些人看看。

什么是我的事业？什么是我的爱情？我不能像一些人说得那样娓娓动听：我只是一个乡下人！乡下人简单。

自己为自己的一切作注脚，要人家信，要人家听，那往往是多余的。

我写的一些东西，都是为的满足我自己。假如，说我还有几个朋友，让朋友从这些"多余的话"中，得点什么，也总算没有白白浪费自己的一份精力了。

原载《燕京新闻》1937 年 5 月 18 日《四人行》第 4 期（散文专辑），署名流金。

我的教育

——回忆之五

春末夏初，吃过了午饭，祖母常喜到田间去散步，和农夫们讨论天候和年岁的丰欠。碧茵的原上，伴着祖母徐行，听她那些新奇的谈话，小心灵上，平静得像一池的春水。

天上行云的浓淡，风势的急疾迟迟，常会引起她的议论。"日看东南，夜看西北。"这是她推测天气晴阴的铁则。农家最关心的事，莫过于天候，所以年老经验多的人，为他们所敬重。尤其像祖母那样留心观察而且仔细的老人，在他们心中，更有着不轻的分量。

出水的新秧像缎子一般在明媚的阳光下颤慄着，祖母立在田塍上和那些耘禾的人攀谈起来，他们讨论哪一类的田应该种湖南早，哪一类的田应该种黄花草；哪种土壤适宜于糯谷的生长，哪种土壤适宜于芝麻或粟豆的栽培。那时候祖母真像一个熟练的农夫，田地上的事，她真是无所不知了。我对于农民的信爱和酷好农村生活的性子，就这样从小就养成了。

刚耘早禾的时候，晚田里还有未尽除的油菜花，蝴蝶随着花香的地方飞来飞去。我每次趁着祖母和人家谈话的时候，赶着蝴蝶乱跑，有时候滑在软泥里，非等到爬不起来，总不发任何求助的呼号。当祖母蹒跚地跑近我跟前，拉起我来的时候，我看到那副慈蔼而庄严的面孔，便紧紧地握住她的手，告诉她我因追蝴蝶而滑倒的事情，以歉疚的目光，希求她的饶恕。但她只提提我的耳朵，仍然向着碧沉沉的原野走去。

祖母似乎常常沉醉在过去的童年之中，她童年的生活，粗野而奔放；抚着我的头，谈着五十年前的过去，那是多么美丽的童年呵！水车，黄牛：原野上的追逐，水草边的游戏，舅公小时候的玩皮和太外祖母的劬勤——尤其是太外祖父的闲适与飘致至今还令人神往。

四月耕耘的时候，全家人都在田地上工作，太外公坐在堤畔的柳荫之下，手执旱烟管，一卷破旧的陶诗，摊开在面前，小时候的祖母，在他旁边向河里掷石子，把平静的河面，织成无数的涟漪。

"种苗在东皋，苗生满阡陌。"

聪睿的祖母，小时候把太外祖父朗诵的诗句记下来了，待重新从记忆中翻出来念给我听的时候，又深深镌在我心中了。这不是一份贵重的遗产吗？我将如何珍重传与后人呢？

当每回完毕一次这样轻松安闲的散步以后，我所知道的故事和能默诵的诗句便加添起来了。

原载《燕京新闻》1937 年 6 月 1 日《四人行》增刊，署名流金。

给"一二·九"运动中的朋友们

一

昨天睡的很晚，中国南部的冬夜，并不比北方温暖；我所有的冬衣都遗落在北方，新做的大衣，已经不起这透骨的寒风了。山上山下一片枝叶交战的萧索之声，更显得夜的恐怖；一声声的雁唳，飘过清冷的天空；稀落的寒星跳颤着。我一个人从宿舍前面的宽路上走向湖边，我脑子里隐现着你们的面容。我告诉你们我想些什么吗？不，我不能告诉你一些使你们伤心的话，我没有那样的勇气。

在中国的各部，你们正活动着！你们都是有勇气、有毅力、有信仰的青年。过去，我们朝夕相处，谈着我们的责任，我们的幻想。大家都说："我们这一代的青年，就只有苦吃，我们的幸福都消溶在民族的幸福里，我们是后一代中国人的母亲，我们要把我们的乳汁喂养着后一代，使他们成为结实的、公正的、快乐的新的中国的青年。"

朋友们，两年了，长长的时间是那样快地飞驰过去了。过去两年，我们在和顽强的势力的拼死挣扎中，在人们繁华春梦正酣的时候，在正人君子们无耻的诬蔑和谩骂中，争取着民族的自由和解放；在苦难中，我们背上了千钧的重负；我们带着肉体上和精神上的枷锁，走上了救亡的阵线。

二

　　塞外的寒风，吹到河北平原上；一种正在进行的阴谋，使古城感到了不可遏制的愤怒、不能忍受的屈辱。她渐渐抬起头来，瞻望着祖国的大地，安抚着自身的创痛，继而便咆哮起来了。她的血又重新流动着。朋友们，现在再温习一遍那伟大的艰苦的景象吧！无疑地，那将使我们更坚强、更勇敢地踏上光明的路。

　　一切伟大的事业，都必须在艰苦和不断的奋斗中作成。还记得西郊道上和王府井大街我们的队伍被摧毁的景象吗？那些无情的大刀、鞭子和水龙，都曾用作屠杀我们的武器；警察所、陆军监狱，以及一些莫名其妙的幽闭的地方，也曾做过我们的家。前门外，宣武门外的惨状，你们还能记忆吗？西便门被我们铁一般的巨流冲破了的时候，我们的心情是怎样的呢？黑夜，奔疲的队伍，静静地在西直门外移动着，我们的心还是那样的坚定；在长辛店，在固安，在……，我们的民众是多么可爱啊！当军警把我们"弹压"北返的时候，当大刀队包围清华园的时候，我们的眼泪。湿透了祖国辽阔的土地，我们发出绝望的呻吟；然而，我们终于坚强地活下去了；为了祖国，我们是不惜一死的。

三

　　那可爱的古城啊，我们的情感在那儿长成了；我们建筑了一座精神的长城，保卫我们的国家。"三·三一""六·一三"这些个悲哀的日子，痛苦的日子，都将用血在历史上写下一页的。

　　朋友们，我们的希望就在这种苦难中生长了；我们还要在苦难中，完成我们的志愿！

　　任什么样的势力的摧毁，我们一直过了一年多紧张繁缛的生活；

我们的生活，表现着中华民族的伟大和再生的希望；朋友们，我们以后还要那样生活下去，和我们的敌人，日本帝国主义者决死生。

一种不敢提及的伤心事，在我心上永远是创伤；在你们心上，一定也是一样的。

我们是怀着一种怎样的心情，在古城中分手了，如今天各一方。当我们离开古城的时候，谁忍心呼吸一口那迥非昔比的血腥味啊！谁不带着一颗屈辱的心和一个痛苦的希望呢！记得登舟南航的夜里，怅望祖国的山河，多少年轻人的泪珠，多少凄凉的叹息，散播在秋风暗浪的海上！

四

朋友们，写到这里，我又要掉眼泪了。告诉你们，我现在是在××大学[1]的图书馆里，我一边写，一边听那嘈杂的响声，这儿的人又要和我们一样的流亡了，此地的学校当局，又在一箱一箱的装起图书和仪器准备西行了。你们想想，假如你们处在我此时的境地，会作怎样的感想呢？

再过两天，就是那个伟大的日子了，我想着应该如何去纪念它。现在的一点光明，不是也有一部分是我们两年来的血和泪争来的吗？我们没有机会，也不可能在一起来纪念这个日子，来开展一个更进一步的救亡运动。但是我相信，我们大家都有同一的愿望；我们会在各个不同的地方，发出同一的呼声！

前些日子，××来信，告诉我一些事，他的悲哀渗入我自己的悲哀了。他说，他找不着他能做而让他做的事；他借读的××临时大学，又将西迁入川，因为家庭关系，他又不能西行；要读书而没

---

[1]　编注：指武汉大学。

有书读，要做事又无事可做。朋友们，我想这不是某一个人的问题，而是我们大家的问题。我常想：这不是个好的现象，这太令人伤心了。在"一二·九"运动的时候，那时的环境比现在恶劣得多，我们还能做很多事：下乡宣传，教农民识字，指导工人读报……。现在的环境，已经很好了，先前被认为"反动"的歌声，已经散播在祖国的大地上了；当时被认为"反动"的组织民众的运动，现在也被当作切要的工作而着手进行了，虽然还有些没心肝的人暗中阻挠它的开展，但至少我们现在可以公开的提出这个问题，而自己也多少可以做一点了。现在，我们为什么要工作等待我们呢？我们去找可做的事不好吗？朋友们，我们曾经说过："无论什么事情，只要我们努力争取，总会有结果的。"我们为什么感觉苦闷与悲观呢？我们现在可以着手做一些小的、为人所不愿做的事，在前方，在后方，都到了可以让我们尽力的时候了。

有好些朋友，在中国各地已经做得很好，我们要以他们为榜样。唯有最小的事，作来最切实，最为有益，我们不要希望一些更奢的工作。我们要以切实的工作来纪念明年这个伟大的日子。

朋友们，我们要牢牢记住：我们是未来的中国人的母亲呀！

一九三七年十二月在武昌

原载《大公报》（汉口）1937年12月9日、10日《战线》第70、71期，署名流金。

故乡小景

一

初夏的雨，疲乏无力地在阴暗的旧式第邸宽畅的天井里奏着幽深的夜曲。天井里的花台上，春天新绿后的月季花的桠枝，积聚着晶莹的水珠；一阵东南风过后，柔弱的枝条被摇撼着，雨珠梦似地飘落下来……

小鸡吱吱地在竹栅栏里叫着；窗棂上面，浮着一层漫暗的夜影。母亲手里拿着一盏洋油灯，走进我的卧室，映在微弱的光影下的苍白的面容，更显得憔悴。

荒凉的旧时的第宅，入夜以后，格外森冷可怖，我默默地坐在灯下，沉湎在辽远的记忆之中，听着自己的脉搏的跳颤。母亲慈祥的目光，一刻不放松地盯着我，引起了我极大的不安；我努力想找一些话和母亲讲，但那对于我竟有着不可思议的困难。瞧着我那副困惫的面容，母亲似乎也想先找出一些话来打破我们之间的沉默，那对于我们，简直是一种痛苦。

最后，还是母亲先开口了，

"镠，你在家里有几天住呢？"

"过几天再说吧，我想多住些时候的。"

接着又是一片沉默。母子一别半年，真的没有话说吗？……

关于家里的事，我问了许多，忽然之间，我想起已经过世半年的三祖父，提起那老人，我们都有说不出的酸楚。

"听说三爷爷的治丧费用和人家送的礼金都捐做了抗日经费，是吗？"

"三爷爷真是有福气，这个年头还不是死了好些吗？上海打仗的时候，四叔把他老人家送到乡下来，因为路上劳碌了一下，到家里没有几天就过世了。那时七叔也从四川坐飞机回来，叔叔们都觉得三爷爷一生行善，就决定把治丧费用节省下来修理乡下的围堤，把人家送的礼金全捐做抗日经费了。"

我听着母亲的话，一个白发苍然的老者的面容便在我面前浮现：我想起卢沟桥事变的时候四叔告诉我的三爷爷因为政府对于和战踌躇而忧虑的事，和七叔告诉我他老人家易箦的时候还以我困居古城未归为念的话，那是一种永远不能忘怀的事啊！

由于对死者的崇高的敬念，母亲和我都沉在悠悠的念逝的沉默里。

母亲离开我的卧室以前，叮嘱我早一点睡，她说："回家总可以过几天舒舒服服的日子。"

坐在儿时诵读的小屋中，一切的什具，都使我的记忆展开。我把灯吹灭，兀然孤坐……

当抬起头来的时候，我看见母亲站在我的身边。起初，我以为自己在做梦，但当母亲的手抚着我的头发的时候，我像小孩一样倚在母亲怀里。为了祖国，我抛下母亲半年了，但当我再回到慈亲的膝下时，瞧着她的衰弱，我感到一阵阵的痛心……

二

回家的第二天，我从另一所大屋旁边走过，屋内喃喃的诵经声，使我的步子迟缓了，似为那声音所蛊惑。最后，我把脚步完全停止下来，站在那所大屋外面，约有十多分钟。那虔诚的、恳求的、颤动的声音，把我感动了。那种声音，已经十多年没有听见啦！

吃晚饭的时候，我问母亲那所大屋里面为什么有念经的声音。母亲说，那所屋子现在××太子住在那里，这几天，家里几个吃长斋的人，在那里日夜诵经，求菩萨保佑我们家乡的安宁。那时已经念过五天了，后天便做法事。她并且要我去磕一个头。

晚饭还没有吃完，有三个五十岁以上的老妇从我门前走过，依稀里，我还能识得她们的面貌：当我离乡之前，九老太已经吃斋好几年了，那三个人里面，走在最前面的便是她，胸前挂着佛珠，头微微下垂，嘴唇也微微地动着。那另外两个，一位是我的姑婆，另一位是隔房的叔祖母，她们念佛只有一两年的光景。

我望着她们走过，我打算饭后去拜访她们一次。

当我走进九老太的屋中，她以一种过分的兴奋接待我。她说："镠呀！你的娘真为你急死了，我天天求菩萨保佑你。"

我把山西的情况和那些出生入死的故事讲给她听，她说不是菩萨保佑，我不会平安回来。看她安静地说着，一种崇高的虔敬的情操从她语音中透入我灵魂的深处。当我们别时，她嘱咐我做法事的那天去谢谢菩萨，那种圣洁的期愿，使我没有勇气拒绝。

做法事的那天，下着小雨，我坐在家里，母亲陪着我。将夜的时候，木鱼声遥遥地从河边飘来，那时，大典将告成了。

夜里，我又去看过九老太，她满足地告诉我功事已经完毕，我们乡下会受到菩萨的保护。

三

每天吃过晚饭，坐在池塘边的青草地上和小弟妹讲故事，小一点的欢喜那些《天方夜谭》中的 *The Enchanted Horse* 和 *The*

Story of Sindbad the Sailor 的神奇，十二三岁的弟妹对于 *The Seige of Berlin*、*The Last Lesson* 则感到兴奋。在柏林之围里面，我讲到法国和德国，他们异口同声的说法国好，他们说法国是帮助我们的。故事慢慢地讲下去，一个接着一个，小一点的妹妹坐在我身上，弟弟们有的坐着，有的拉着我的衣服，站在我身边，出神地谛听。

池塘中的水，给晚风掀开暗波，天上的星星密得使我想起自己的儿时。在故乡，我完整度过了我的童年，我认识许多星星，我想起那教我认识它们的人。想不到在这万方多难，祖国在苦难中挣扎的当儿，我会在这沉寂的家园和弟妹们坐在群星之下，让自己在儿时的追念中作一种淡淡的哀思的散步。当一个故事结束时，我常常忽然一句话不说的坐在他们中间，不管他们怎样闹，扯我的衣服，摸我的头发。真的，小小的心灵，怎能体会到他们的哥哥孤冷的心呢？让他们不要像他们的哥哥吧，永远的勤勉、快乐、勇敢……

有一回，故事讲完了，大家回去睡觉，我牵着樱妹的手，她今年十一岁了，生在南京，也长在那里，其间，只在河南住过一年多。我问她道："妹妹，你觉得南京好玩还是乡下好玩？"她说："南京好玩，你在乡下，乡下也好玩。"我吻着她的手，我笑了。南京，在儿童心中，所留恋的是什么呢？后湖的夜泛？陵园的春游？抑或是宽阔伟大的道路？富丽堂皇的建筑？……当我想继续问下去的时候，她把我的手一撒开便跑了。

这一夜，我觉得有点什么不安的症状。

四

有一天，我到四姑婆家里去，四姑婆二十年没有回家，这回，给日本强盗赶回来的。

七岁的小表妹，手里拿着一张印有各国国旗的图画，走到她母亲身边，指着那些旗子，问哪一个国家是帮助我们的。接着三四个小孩跟着进来了，一齐乱嚷："四姑婆，表叔说美国帮助我们，是不是？"他们抢着指那个有着无数星星的旗子。

　　小孩子们嚷一阵出去了，四姑婆和我说："我的莹莹几可怜啰？天天问哪一国帮助我们，他巴不得所有的旗子都是帮我们的忙的。"

　　莹莹出去了，四姑婆又把他叫回来，要他唱个"打倒日本"的歌给我听。当小小的嘴唇紧张地动起来，小手一摇一摇的时候，我不知道是哭还是笑好，因为那两样都能表示我的欢喜。

一九三七年六月

原载《大公报》（汉口）1938 年 6 月 26 日，署名流金。

昆明杂事

　　窗外一阵一阵挖防空壕的声音，掺和着工人的喘息；天蓝得像故都春晚远山的颜色；太阳光透过一重门纸，嘲弄地摸抚着乱杂的床铺和堆在洋油箱子上面的什物书报，我躺在靠近门边的床上，一种渺茫的忧悒的情绪缠绕着疲倦的脑子；一切似很熟悉而又生疏的样子，故意使我孤独地默想；窗外的声音，差不多是这宇宙间唯一的声音了，它是那么的残酷，直钻入我心室的深处；我像一头受伤的野兽，那声音，就是我自己的呻吟！

　　安静美丽的山城啊，我们今天同样地共罹那寂寞的悲哀了，我听着从你身上发出来的声音，就好像是我自己受了一些不可知的侮辱而发出的一种呼声，但那是寂寞的。

　　窗外的天，渐渐由蓝转为灰暗了；我闭上眼睛，仍旧躺着；我想着那声音所给予我的痛苦。……那是多么熟稔的痛苦啊，我曾写在书页上和朋友的信里的。现在，我完全沉溺在那些类似的痛苦中了。当一个人没有一点儿幸福的回忆的时候，在痛苦中，依旧可以过得像幸福的人一样的；我不就是这样过了一年吗？

　　声音越来越大了，我想着以前和这同样的声音，那一串一串的由这声音所引起来的苦痛，在我的血液中流动；我羡慕那些出去疏散的人们；对于这微弱的生命，我似乎没有以前那样爱惜了。

　　我把眼睛放在零乱的什物上，一切都记着这一年来流离的痕影；一个人又无端地烦躁起来了，假如世界可以由我毁灭的话，我得把它捏成细粉，……

窗下有着黯黯的秋雨，幽暗的卧室中，有使健康的人也感到疲弱的空气，我再也耐不住这阴沉的压迫了，我冒着雨，走过了一条长街又一条长街，街上似乎变成了久无人居的冷市，只有一两个赶马的人；马蹄敲着坚硬的石块，细雨声中，夹杂着铿铿的马蹄之声。街石给雨水冲洗后，也现着出山时的洁白了。

我冒着雨，渐入闹市，警察悠闲地站在街心，偶尔把手扬一扬，一辆小汽车便嘶……的一声过去了。

当我疲乏了的时候，我又一个人踏着轻软的两脚，我想一口气走回住所，当近学校宿舍时，两只飞机高高地穿过云峰，只留下一阵震响；"这应该是出去摸索的，"我想。

太阳光重新照着大地，雨后的浮云从山的那一面隐匿了，宿舍中，顿时热闹起来，疏散到郊外去的人都回来了。

我仍旧躺在床上，不断的喧闹，充塞了整个的宿舍，因未空袭而引起的一番议论，在我听起来是好笑的。

"老×，你没有出去疏散吗？"

我实在太疲乏了，我回答他们的话，他们没有听见，其实我自己也仅仅感觉得嘴唇只动一动；于是，一堆嘲骂便落在我身上了！

"那里？人家上过前线，还怕那个玩意儿！"

……

快近中秋的夜月，分外明亮：天上一点儿云彩也没有；窗外古木的影子，斜斜地落映孤窗；不眠的人，坐在树荫下：

"今夜说不定飞机会来的，去年南京，一到月亮圆的时候，就整夜的空袭。"

秋风吹落了树木的叶子，月影婆娑；轧轧的机声，掠过夜空，人们虽不免为所惊动，但过一会儿，大家都说：

"这是我们的飞机。"

一九三八年十月一日。

原载《大公报》(重庆) 1938 年 12 月 9 日《战线》第 219 期，署名流金。

乡　思

　　我彷徨在小山上，小山在迟迟未去的夕阳中，妩媚似新月初升时潋滟的湖波；山下的平畴，给淡淡的斜晖饰上了一层处女的颜色；纵横的阡陌之间，移动着劳作了一天将归的人影，笨重的牛车，一步一步的走进星一样的村舍；日暮的歌声，流动在烟霭初聚的去处，远远近近的人家，已到晚炊的时候了。

　　我慢慢地走下山来，田舍的暮歌像平静的溪流泛滥在宽广的村垄之上；在小山边吃草的羊群也咩咩起来了；这是一种什么样的声音呢？是所谓的异乡的情调吗？不然，为什么像蛇一般的缠绕我的心灵，而给与我的只是一种烦忧。

　　我似乎为那种歌声所迷惑，踟蹰在田垄之间，一种孤独之感残忍地窜入我的胸怀了。夕阳还依依眷恋着人间，抛下惜别的无声之语；我重新步上小山，浮漾在丛林梢杪的落日的余波，渐渐平静而消逝了。暗色的流质结集在山中，此时，天空比地面上似更清明；我抬起头来，感到无边无际的海上的苍茫，我坠入怀乡的病中了；从视力所能及的地方，我遥遥望去，而丛叠的山峦都障阻了望乡之路，……

　　一幅图画慢慢在我面前展开了。

　　若回忆是痛苦的话，聪明人当会有一种智慧的忘却；但忘却并不是真的存在，而聪明人却常常比愚者更绞其心肠的。让我做一个愚蠢的人吧，我还要抽出另一些使人痛苦的回忆了。

我现在怎么能想象那一切我所不敢想象的事啊！当人们把故乡的噩讯转诉与我的辰光，我所能感到的只是心的跳颤；我做着狂乱的梦。

"初秋的明月映射在幽深的宅中，明天我就要离开家了（但愿这不是永别！），母亲忍着眼泪说：'只要你们（指父亲、弟弟和我）都走了，我就放心，我和奶奶（祖母）在家里怕什么；日本人来了，还要老命不成？万一不得已，就到外婆家里去（这是一个偏僻的山村）。'"

"小小的草儿，似乎也知道要离开她们了，那还在牙牙学语的小儿，便咿唔地喊着干爷，不肯去睡，祖母哄她道：'草呀，干爷到川去，叫你娘给你买葡萄干吃（草儿最爱吃此物）。'"

我翻开手记的一页，一直读下去，像读别人的文章似的，然而眼泪却不能自止的流出来了。

"我是不是一个脆弱的人？"

在平原上纡徐地流着的河流，还能似往日那般让牵牛人涉渡而过吗？那个驾渡船的老人，还能给过渡的村童讲那悲凉而使幼稚的心震栗的故事吗？当秋收过后，夕阳在河上泛红的时节，河畔的村庄，是不是还依旧隐现在微薄的光辉和翠霭中呢？穿大棉袄，腰系广宽的线织的腰带的老人，是不是还依然坐在禾堆旁边，漫谈着气候的阴晴和村中琐事呢？我又记起另外一些琐事了。

假如我的记忆还清楚，往日，天暮时，在低低的茅檐下，还有许多中年妇女，喁喁而谈，手里编织一条麻线或缝着一件儿女的新衣（那是预备儿童过年穿的）；在稻场上，还有未嫁的少女们偶然逗发的笑声，当她们在打毽子或讨论着村中一桩刚发生的新闻的时候；在交错的田路上，还有村童跨着牛背缓缓归来；在古老的宅第中，还有龙钟的祖母，被天真无知的儿童围着，要求她讲祖父的故事和父亲的故事，黯淡的灯光，随着逐渐来临的夜色渐渐明亮，故事像永无止境，从祖母嘴里边流到儿童好奇的心中，使他们在软软的温情中，静静地坠入无价的孩子的安睡的摇篮中去。

亲爱的读者，不知道你们有没有读过邓肯女士那本精致的小书，她说，一个人只有两次哭声，当孩子诞生的时候和死的时候，我此时的心情，是和她当她的孩子被汽车压死的时候一样的。

天上有几点星星了，我踽踽地走下山来；平地上，远远近近也有两三灯火在幽暗中挣扎着；山下升起了一壁青雾，穿过重重的雾，无数的山，便是我的家啊！然而那是多么辽远！我似乎看见在星光之下，我的母亲扶着一位白发如银的老者，颠蹶前行，然而我的疲弱的神经只震动一下便静止了。

谁能想象三千里外的山中，坐在昏暗的灯光之下的老人，在流离中叹息，在悲伤中还牵记着异乡的游子的心情？

"婆娑老眼千行泪，望断云寒冻不开。"

在这个伟大的国度里，血和泪是一样多的。

这正是一个婴儿诞生的时候啊。

一九三八年十二月廿六日。

原载《大公报》（重庆）1939 年 1 月 8 日《战线》第 244 期；《大公报》（香港）1939 年 3 月 10 日《文艺》第 547 期，署名流金。

昨夜，忽然回到一年前的生活中去了。

梦里，我登上了西北的大山：高原上隆冬的风，吹着陈旧的为人遗留下来的棉衣[1]，寒冷的气流像刀子一样从破絮的缝中流入我温暖年轻的肢体，像在梦中，间伴着寒战。

我似乎在山边上，倾听着汾河的水流叙说着一个悲伤的故事——从长远的年代的异族的侵凌一直到今日故事重演的日子。汾河的年岁，比我们民族的年岁还老。它养育着我们的祖先，当我们现在居处的南方还是蛮荒的时候；任何哪个朝代和异族的斗争，它都看过，而且没有谁比它知道得更清楚的；当它把那些故事讲给我们听的时候，比任何哪一本历史书上记载下来的真实，使人感动。

当我们住在姑射山中的时候，一个稀有的闲散的晴朝或黄昏，它把我们引导它的身边去。坐在山边上，让自己的心灵，撷取那故事中的悲伤的情节和男女离合的私情；也许因为那故事和我们自身的遭遇奇巧地暗合吧，不然，为什么它的声音仿佛就是我们的呢？当一个人偶然从河边上走过，出神地听着一个短曲，心弦必轻轻地震闪在很忧悒的歌声［里］。我又听到那歌声了。

　　　　在过去的日子

　　　　月色如银的夜间，

---

[1]　原注：我们穿的衣服，为 × 军穿过而旧的。

年轻的男女，
双双地坐在杨柳岸边。

他们用婉曼的歌声，
申诉着黄金一样的爱情，
好像语言还不足以为意，
于是以山为誓，以海为盟。

如今的日子变了，
鸡犬飞上了墙头。
美丽的农庄，
窜入了虎狼，
男女僵卧在道旁，
土地上留下的只有草莽。

从远远的山边上，又似乎望见慢慢移动的行列了。在那儿，也有粗壮纯朴声响。

打陕北过了山西呀，
日本鬼子别再想过啊。

亲爱的读者，你们没有听过这样的声音吧，我是不能用文字把那声音中的情感传达给你们的，从这些粗陋的文字中，你们也许可以感到一点自负的意义吧——可是那是不为过的，一年以后，黄河边上，还不是依旧飘扬着象征一个新生的民族的旗帜么？那滚滚的黄流，不依旧蔽护着美丽的西北的江山么？在吕梁山和姑射山中，不依旧可以听到那民族的歌声么？

我们生长在这里，

每一寸土地都是我们自己的，

无论谁要强占去，

我们就和他拼到底。

这歌声，牢不可拔的植在高原的土壤间了。

我又似乎沉湎在寒月军营中的梦里。僻乡山村中的犬吠，从村子的东头流到西头，使梦断续。一会儿似在大青山北的草原上，看骏马飞奔，膜拜塞上的佛殿；一会儿似置身于故乡的华严的宫殿；一会儿又像在江南纤丽的农村，依偎祖母的膝下……号声起时，现实的生活，使我感到一点忧悒。山村沐浴在初起的阳光中，似有一种精力充裕的气象，老年的农夫，坐在阳光底下向人告白他从军的雄心，这样，愉快又充溢在生活之中了。

我又似乎骑在马上，从一座山走向一座山去。杨[1]走在我前面，我望着他结实的背影，我想着那个人从十五岁便抛弃了美丽的家庭为一个渺茫愿望而斗争的故事。一个石块拌了马脚或下一个山坡而起的轻微的颤动，使我抛下了那些念头，无目的地望一望濯濯的口山，然后，慢慢地把我所想的事在马上告诉那个英雄似的骑者，使他在受了别人的扬颂之后，更讲一些动人的长征的故事。

这时，我感到无比的愉快了。但忽然之间，那最使人为之颤栗的战后的山地的图画又在梦中展开了。

那惨绝人寰的呻吟，那野兽似的叫声，泛滥在混合着血腥和火药味的山地上，从这些声音里，我们能听到一些什么呢？那不是将死的哀鸣吗？一个人当生命离他而去的时候，幸福的忆，不会比忏悔更多吧，辽远的海上的思妇，一定比我更能懂得那声音中的意义

---

[1] 原注：杨是一个军队中的统领。

的；人类的声音，只有这时候才是真实的啊！人类的忏悔，也只有
这时候，才是毫无虚饰的，世界上再也没有别的事比这种忏悔更能
使人同情的。我听着那声音，我忘记他们（死者们）是我的仇人了；
我阻止那些想从死人的身上加以掠取的人们的举动，我无言地忍受
一种粗暴的反抗，这时，复仇之火，正燃烧着战胜者之心；"我们被
打死了的还要挨刺刀和马蹄呢"。[1]这正是报复的时候啊。但我的报
复之心比怜悯之心少得多了。

一年又过去了，这是去年的事，去年这时候，我在军中，杨和
我说"报上为什么没有什么我们的消息呢？"

愿这点小东西偶然落到他们手上吧。

一九三八年尽日

原载《中央日报》（重庆）1939年1月17日，署名流金。

---

[1] 谓日兵也。

墓

——献给故乡的朋友、年长者与年幼者

　　春风吹到原上，细草沿山边绿向无尽远处。方从大地中萌生的新鲜的生命，在蓝天下展开笑靥，……在屋内的炉火边度过了一年中清闲的日子，老农夫瞧着那由无形的手撒下的春光，渐渐在原上流动，便从堆积着农具的仓屋里，取出犁和耙，在阳光明暖的门前，细细修整。

　　篱门外，山发蓝；山边的水细细漾动；水边有捣衣声。新鲜得发亮的空气，从人身边流过，心渐渐闲适，梦渐渐辽远；欣欣的希望，跳跃在青青的山边上，远远的蓝天没尽的地方……

　　山中林子里，有座二百多年的古墓，和春一般的寄托着人们的希望。村子环山，星似的罗列在山下辽阔的原上；晨午炊烟，飘在山的四周，如自然烟雾，使过往的异乡人，看不见山，只惊叹此地人烟的稠密。

　　二百年前的旧习未废，当这春归不早不迟的时候，村里的居民，无论贫富贵贱，都向山中那座二百年前的古墓，许下一年中与各人身份相当的心愿，献出大年里存下的最珍贵的酒肉，香烛和鞭炮……

　　村子至山，稻田如锦秀，开满了黄色的油菜花，颜色繁多的豆花，肥田草的紫色的花，花中间杂冬天种下春后青青的麦子。山里有松竹，有杉枞，鸟唱着春日最初的歌。各式各样的树中，茶树最为美丽，花

色亦最动人，淡白色，深红色或浅浅的黄，春梦比不上的美丽。

从二百年前算到现在，在山里那座墓前礼拜过的人数，比山上的树多，若比山上的草，纵使少，也少得无法用数目来表示。人类的传说与习俗，要改变不比移山容易，世代相传的古墓的故事，及至今日，依然在人心里占个说不轻而实重的位置。

二百年前的一个春天，一群在土地上飘泊了多年的人，不知从什么地方，来到这里。那时，这小小平原上的人家，有好几姓，大姓百来户，小姓三两家，从什么时候住起。以及详细的家族历史，我们都不知道。那群飘泊来的人，看看地方还好，依他们"老祖母"的意思，便想傍山搭起他们的帐篷。须找个主人，给予他们耕种的土地，"老祖母"于是走进一个人家，说了他们的愿望。老人的话在情在理，善良的村民说：

"山边有荒地，你们要耕种，成家立业还容易。"

老人感动地谢了她未来的主人，说她活到七十多岁，没见过有人那样的慈惠。

于是那群人便在山边住下了。

荒地变成了良田，稻、麦、油菜、芝麻，样样可种。人望高，水望低，无家的人勤苦地在土地上挣起了他们的家。在他们的"老祖母"将死的时候，向他们说：

"天叫我们在这里生下了跟，我们子孙将来也会世世代代保有这里的土地。但我死了，你们要把我埋在山边，背着山，朝着水……"

老祖母过完了勤劳的一生，闭上了眼睛，她的子孙顺从她的话，葬她在山边。百年后，五代子孙做了大官，重新造下一座大坟，相传金作棺，玉作椁，远远近近的人，无不称羡。

过去了无数的日子，人在岁月上生的生，死的死……死去的人，有的还活在人心上，有的人却在泥土中腐了，没有人提起。

冬夜的炉边，夏日的星空下，老祖母常为后辈人讲他们的"老祖母"的故事。

"夜里失了路，只要望空拜一拜，便有光来接引，带失路人回家，吃娘给预备好的夜饭。"

小孩子总问：

"奶奶，怎么一拜就有光？光也会走路？"

"蝉头[1]，那不是光，是老祖宗的魂灵。"

"奶奶，你拜过没有？"

"奶奶不出门，不走夜路，不用拜。你们长大了，走夜路，记得奶奶的话。"

孩子希望自己快快长大，长大了，好走夜路。那光定不同于平常的光，奶奶常说夜明珠，或和夜明珠一样。

"奶奶，是不是因为老祖宗坟里有夜明珠？到了夜里就亮？"

若这时祖母身边，还有另一个大点的孩子，那小孩必定说：

"不是夜明珠，夜明珠可用钱买，那是钱买不到的。"

小点的不服气，亦必说：

"奶奶没说你莫说！奶奶常说夜明珠的。"

"我不说，你知道？金丝提笼你知道？"

"金丝提笼我不知道？"小孩子的争执，不像大人那样，说到金丝提笼，话便转到金丝提笼上了，"奶奶，金丝提笼，你讲……"

于是老祖母又讲起金丝提笼来。

"奶奶，你见过？"

"奶奶没见过。"奶奶说。

"谁见过？"

"你太子[2]见过。前清时，要家里有人中进士，点翰林，老祖宗

---

[1] 原注：蝉头，对小孩的昵称。

[2] 原注：太子，即曾祖母。

便挂起金丝提笼来。"

"挂在哪里?"

"挂在山边。"

孩子望山边,山上有星星。

"有没有星大?"

"比月亮还大。挂时,天空一片霞,又红又亮。"

"奶奶,怎么现在不挂?"

"要你做了厅长,就挂。"

孩子想起家里有厅长,就问:

"××爷爷做厅长,怎不挂?"

"挂了,奶奶没看见,蝉头还小,蝉头也没有看见。"

奶奶亲亲孩子的脸,说:

"要蝉头做了厅长,奶奶就会看见。"

"有没人看见?"

"有很多人看见,但都以为是人在烧山,不知道,后来才晓得是挂金丝提笼。"

有时,孩子眼前一片火光,便以为那是金丝提笼了。轻轻扯扯奶奶的袖子:

"奶奶,你看,……金丝提笼。"

奶奶说不是。

故事永远如此,但永远给孩子或大人一种渺茫神奇的感叹。世代相传,便成为那地方每个孩子童年教育的一部分。若说它有用,人难得说出用处在哪里;无稽的话,也见不出什么坏处来。过去的事情活在心里,挂在嘴边,渗入每个人或小或大的心灵中。

两月前,沦陷的故乡一个幼时朋友来信说:

"……你总还记得清明时候,我们穿长袍马褂去上的那座'老祖母'的大坟,提起来你或不免痛心,实在,家里人没一个不如此,正在今年清明时候，那座坟被××、××、××挖了。早晓得这样，百年前，我们的祖宗，不应该把'老祖母'重新改葬；金棺玉椁，是引起他们邪念的唯一原因。这世界，真是活的不安，死的也不安。坟挖了，没人敢说一句话；哼一声，便是抗日分子。狐假虎威！那些人，在日本人未来之前，谁都知道他们想做汉奸，但怎样也想不到会忍心挖自己祖宗的坟。挖了不算，还说：'老祖宗偏心，只应两房；现在干净，谁都不应。'×× 太婆天天哭，说地方当败，自己子孙拆自己祖宗骨头；还只有她能倚老卖老说几句。……"

　　人有一种古怪情感，不知来自何处，自己亦无法解释。读着那信，我不知道说什么好，我希望有个故乡人在我身边——他（或她）的年龄，正适当于听一些个荒诞的故事的，听我慢慢讲"老祖母"的故事以及那信上所说的一切。

　　世界上尽有一种人，对于荒诞的故事不关心，但人类却因那一点点与现实离得远点的事而产生许多灿烂的艺术与文学，而具有一种热忱的坚信与生活的勇气，在世界内创造世界，产生另一些荒诞故事，使后人又从世界内创造世界。

1939 年 10 月末写，1940 年 1 月改。

原载《中央日报》(昆明) 1940 年 1 月 24 日《平明》第 159 期，署名流金。

罪与罚[1]

三十二年四月

半个月都在惊涛骇浪中过去。心很乱，只想回南方。××下午常来看我，有时同她出去，沿着洛水往南走，明媚的四月的风光，叫我把身边的人想得很美丽。远山画一般地引我向它去。我想着就这样离开这儿，二十天不也就到江边了；向他说着南方，俨然像对自己的爱人说着一般。

瓶里的丁香残了。灯下，看瓣瓣落在桌布上的白花，惘然于美丽的生命消逝得太匆促。

又一日

早晨和友人写信，写完了，偶然想起一句诗，觉得比信里写的都好，把信撕了；只寄了那句诗去——"一春风雨四移家"。春到尽头了。从有大窗子日望嵩山的楼上搬了出来，先住在一家书店后面的长屋里，屋子外面，时时有年轻人的歌声，也时时有孩子们到我屋里来。不久又搬到那所有大院子，安静而古老的宅子里，那正是春浓时节，清晨的阳光带着槐香进来，日午南风阵阵送着鹧鸪的声音，夜静后，月色溶溶，照在帘子上，梦思有时便和明月一般。后来又搬了，搬到四处有友人住着的一个深院的南屋下。到现在，已

---

[1] 编注：该文系日记体，目前共见 26 则。

七天了。心境到也平静得很。

又一日

　　南归的事已商量好了。想着留在这里一无好处，恨不得马上便入秦雍，让曾相识的云山，唤起我来时的梦。人活下去，必须有一个自己抓不住的东西引着向前，在现实的外面，创一个世界寄托着自己的欢乐。

　　××听我要走了，很不快乐。我似乎为她这种不快乐也变得严肃起来了，想她果真爱我，要同我走，便带她走。有时却又迟疑起来，纷乱得像窗前正在下着的细雨。很不想见她。

　　一切似都迷离得很。清醒是实难的。朋友都责备我没有拒绝她来看我，我却因此而愤怒。人真像他们所说的，要怎样便怎样么？一种真情的流露，能为人所轻视么？以她为有夫之妇不应该来看我，那么我们为什么不做人所应该做的事呢？人愈骂她，我愈同情她。假如我没有迟疑的感觉，我一定要向所有人宣布我爱她。

　　以上第1—3则原载于《大公晚报》1944年9月18日，署名流金；再刊于《新生晚报》1944年12月16日，未署名。

又一日

　　雨下着不停。两天没出去，一个人在屋里，异常寂寞。和朋友写信，才知道我所爱的都在南边。真能了解我的，只有那一二朋友。人多愚蠢，不以为世上全是好，便全是坏；多自私，不以为人全为己，便迫令人全为己。其实，人都不全好，也不全坏。有缺点才显得出完全。人不必如己，自己也不必一定不像别人，谁能不承认他或她也想过也做过自己以为不该想不该做的事呢？

五月×日

五月总使人想起许多往事。北平这时正花明柳暗，未名湖上一派旖旎风光：藤萝花、丁香花、蔷薇花和湖边小山上一带的草，把园子装点得醉人如江南。景物固然好，主要的还是因为人的缘故，"我们的五月啊"，多么熟识地又萦绕在耳边，一转眼便已六年了。黄昏时坐在临河的一棵槐树下，苍然暮色中看远山渐渐逝去，艰涩的水流声，恰好也带来人世的悲悯之情。过几日便回南边了。想起二十九年初来时，病后觉得孑然一身，没慰藉没温暖的官舍里，每个黄昏，都使我一人散步到那儿的心绪，借千余年前洛水给诗人的梦想，在和友人的通信中诉说着自己的悲哀。日子过去真觉得像流水一般，剩下来的便只泥沙了。

又一日

七八天没和××见面，生活里的风波像又平息了。但我很想见她。每回从外面回来，总问小勤务有没有人来过：听人说她在家里闹得很厉害，将一个人远去，但听的不甚真切，来看我的人……人却不见了。

夜里，看新月挂在天边，心也似挂在天边了。

五月末

夜宿潼关，二十六年十二月十四日夜也住在潼关。离开洛阳两天了。车子开动的时候，颇恋恋于洛下的云山，北邙就像母亲一般地在我望中远去，我颓然地望下，倚着窗前的几子。三年在那里留下的，忽变得那样丰富动心。人真是奇怪的。

以上第4—7则原载于《中央日报》（重庆）1940年2月3日；又刊于《大公晚报》1944年9月18日，署名流金。

七月十日

南来忽忽半年，初来时，山中桃花方谢，山前山后，天天听野
雉叫声，现在夏天又过去了。朋友音信，久久断绝。一则因为道途
遥远，书信往返，最快的需两月时间，慢的便得半年；二则山中没
有什么可说的事，人物既少佳趣，生活思想，也甚沉滞得很。但虽
如此幽闷独居，和世事亲旧如此远隔，却并未得到相忘江湖的情致。
每当着一种和往日相似的情景，从心上过时，便怀念旧游，觉得自
己飘然一身，一种说不出的忧愁，像窗外的云山，时时环绕着我的
左右。或在梦里，寻到一番当梦后惘然的欢乐。

记得古人说过"太上忘情，其次不及情，情之所钟，正在我辈"
的话，不知古人意指什么，大概这样说着是有一番感慨的。

今日南风略含湿润，午后独坐大树荫下，忽作此想。

又一日

山西一位朋友来信，说在□县办了一中等学校，有三百个学生。
并且说："……自知年纪不大，但已有属望来者之意。每沿黄河行，
辄忆及'前不见古人，后不见来者。念天地之悠悠，独怆然而泪
下'之句。然则所谓工作者，岂非前后皆不见之事乎？！"读了颇觉
得喟然。忆奈丝（Neith）女神圣庙中的著名铭刻有："I am that
which in that which was, and that which will be, do
one has lifted my veil"的话。朋友来信，似乎有和它相同的
意思。

近年来，朋友们都有当中学教员的打算，以为中等教育问题，
至为迫切，需要有胸襟，有魄力，有热情的人去作。这或亦环境使
然。李维（Livy）说得好："在我们的时代，既不能容忍我们的罪
过，又不能接受那些改过之道。"

又一日

黄昏时候，乘向晚风凉，散步在河岸边。

太阳还留下那使人依恋的颜色在群山上。远近山群，浴在垂暮的天宇下，安静地像昵视着人世的消息。

河上，远远有帆影。傍着青山，像点点白鸥，随着清流下来。

这梦似的图画，展开了又轻轻地轴卷了。一切都是这样的。但自然继续运转，去了的会回来；人口的好乖，却便无常了。

暮色深时，河面上，朦胧像覆了一层轻纱。东边山头，像水流尽的地方，明月冉冉下山来，……

明月正照着下随流水的帆樯，模糊地像有人蹲在船头上，凝望着那流在船前面的河水，也似驰神于月上时江水的清幽。

步着月色归来。山谷里有虫声，山道上，流萤像和明月争弄着清辉；稻花香，满溢着半解的衣巾。……

又一日

今日拂晓，在屋后菜园中看菜蔬的生意。露水像珠子积聚在绿叶上。天上还有月亮，淡淡的一弯，仿佛含愁一般。四周寂无音响。忽然觉得自己是刚刚才到这幽僻的山中来。

韩愈与崔群书有云："自古贤者少，不肖者多。自省事以来，又见贤者恒不遇，不贤者比肩青紫；贤者恒无以自存，不贤者志满气得；贤者虽得卑位，则旋而死，不贤者或至眉寿。不知造物者意竟如何？无乃所好恶与人异心哉！……"小时候读了，觉得可哀。不料自己自省事后，所见实情，也是如此。大抵古今中外，莫不如此。当希腊罗马盛时，在位的何尝都是贤者？不然，我们哪得见到那些优美的文艺作品。在中国，许由、巢父一辈人物，不也是生当盛时么？黑格尔以为感情私愿和自私的欲望之满足为一切行动最有效力的源泉。人却很少能约束自己的私愿，虽有道德法律的限制，仍尽有人能巧妙地避开这些限制的。中国道学家以为私欲甚于洪水猛兽，亦有至理。不过他们所谓私欲，仅指饮食男女之事，范围未免太过狭隘。自私与崇高之念，根本不相容，而大多数人却不能跳出私欲的牢笼，故不肖者多而贤者却少。只不过当道德无灵，法律变成具文的时代，私欲更横流罢了。

又一日

友人某君，怀念他的北方，从昆明去香港的路上，曾作断句云"我去年从这条路上来，今年从这条路上去，但我只是个漂泊的行旅，我不是回到我的北方去——群山仿佛是旧日的云烟，只是我心上多一层忧郁，我怕走熟了陌生的道路，却无日回到我的北方去。"家在江南，距此仅三百里，久陷于敌，思归不得。重温友人的短句，觉得那些话全为我说。反复缠绵之情，表现得那样朴素儁洁。陶公诗曰："……久游恋所生，如何淹在兹。"亦时常脱口便吟，也觉得是心里的话。前日寄弟诗曰："……大别东来千万山，去江犹有百余里。闻说敌骑尚纵横，波涛险恶不可渡。不可渡，且留住：山中夜雨乡思泪。江上云飞别母心，四年慈母望归时。……"虽亦说得心中几许话，但不似友人和古人说得那么自然有致。

七月末

连日欲雨未成，气候却转凉了。昨日梦后，始闻秋风，心意亦觉清凉。

今晨仍有下雨模样，天色沉沉，远山望不见。读伍译木尔兹（L. T. Merz）的《十九世纪欧洲思想史》序文多时，不禁想起上一世纪世界人类兢兢业业所成就的精神的事业在今日所遭受的祸害而悲伤。那活泼的，丰富的生命的创造物，不又得随古希腊罗马之后而供后人的凭吊么？假如历史真是这样往复循环，那么所谓人类精神的事业，乃不过上帝的游戏而已。

午后小雨，楼外山河，都在烟霭中。忆初到山中，正当春晚，楼亦新成，坐小窗下，春雨如烟，为这些云山倾倒不置。后因天热下楼，楼下屋小如斗，一床一桌，便无起坐的余地，时时望住在楼上的佳趣。现在夏天过去，又上楼来，转眼便秋凉，和此楼为别的时候也近了。

一九四二年八月录自山中日记

以上第 8—13 则《流金集》（诗文编）失收。原载于《大公报》（重庆）1942 年 11 月 1 日，署名流金。

十月末

一个人与人离得更远，对人似懂得更多，一切世俗恩怨，都淡然了。

夜里，卧听风声、落叶声。独与自然对语……

十一月 × 日

××来信，语多哀怨。其实，象我这样，除偶然沉入自己幻境中，能得一分愉快，也没有多少快乐了。情重的人，有时反觉无情，但这种人没人能了解，常想对 ×× 说两句人常说的话，但说后，总觉无聊，以至没话可说，看来象薄情人，仿佛木石。

十一月 × 日

英雄无一人有世俗幸福，他所有的只一苦字。看历史上的英雄，莫不如此。今日阳光暖丽，独立小山上，眺望西山滇海，忽有此感。

夜里，复念此话，转觉凄然。

十一月 × 日

　　今日桐来，谈艺术与文学竟日，我以为一切必须真，真而能感，能表现而恰到好处者，则是大艺术家、大文学家。哥德晚年，写一自传，叫作《诗与真》，王国维论词，拈出境界二字，谓能写真景物真感情者，为有境界。现代人都似乎缺乏一点真，写下文章，可有可无，显然为某某种不相干的观念所支配，而人亦似乎失去了太多人情，尽情尽理的事，我们已很少见了。

十一月 ×× 日

　　细雨，山色空蒙，午后出城小步，尤加利树簌簌如秋后梧桐，骡马的铃声，从远处山中传来；若雨大些，雨中独听雨声，当另有一番风味。

十一月 ×× 日

　　女人对一切，似都没分量，爱无分寸，恨无分寸。爱得过份时，使自己痛苦，反之，则使别人痛苦。以男人比女人，实仿佛树木与花。

十一月 ×× 日

　　平常，人莫不有个理想或幻想。有人毕生抱住一个不放，有人则随遇而迁，图一时的安乐、荣誉，自诩得意。前者终身难享世俗幸福，后者则无灾无难，过去一生。

十一月 ×× 日

　　玉兰花盛开，在故乡正菊花已谢、梅花未开时节。爱花，爱鸟，大抵为人类本性。但时下有一些人，连这点点爱都泯灭了。看许多人过木兰树下，冷漠的神情，心下着实感到悲哀。

以上第14—21则原载于《中央日报》（昆明）1940年3月17日《平明》第188期，署名流金。

十一月×日

天气晴和，坐小院中看日影，远处树丛，仿佛曾在哪儿见过，如一个老朋友，甚觉可亲。两边过道上，有来来回回的人，初不曾惹起我一点注意，我好象独自只一人，坐在没人的空旷的地方，只那一片焦黄的叶子，不至使人联想到沙漠。太阳慢慢转移到我远远望见的墙上，墙是白的，墙下面有很多树，我似乎又想起了"人"，我觉得寂寞；梦似的，我又惘然地望着那过往的人，蓦然想起，我不是和人相去太远了么？

我缓缓地走回自己的屋子，窗子上映着阳光，菊花开得正好，洁白如雪的花瓣，使我想起病后苍白的脸，和那看不见的，只令我轻微地梦似地感觉到的心。

我写了一封信给远方的人，写完，似还觉得没说出我的话，我不是有一点太自苦了吗？

又一日

我常常责备自己。为了一个悠久的梦，我轻轻地放过了一切可以使我也能像人们一般幸福的机会。我不是把人生看得太庄严了一点吗？一些不必认真的，我却偏偏地像孩子一样执拗！这便是哈代所说的宿命，我想着不必如此，而事实上无一次不如此的。

人最难得做到的，是要改变他自己，而最难得的，也便是他自己的终身的执拗，这或许不是宿命，而是一种不可言说的我们所谓的习性。这永远只有自己知道，我们不是常常会为一句自己想说而不说，所说的反是自己不应说的话，而引起一件终身痛苦的意外吗？

黄昏时，独立河边，看河岸远处迤逦的山，山入黄昏，色转紫转黑，隐没在一霎眼之间，遗下惆怅，抹在心上直至入梦不去。圣人不凝滞于物，而我却无物不动于心，感于心，看万物变忽，体人生百味。

又一日

过午细雨入黄昏，天地灰暗如泣，夜听雨打窗棂，风声杂雁声，久久不能成寐。

一个朋友来信，问起洛阳景事，我实觉得无话可说，在床上杂乱看书，意欲寻章摘句，看有否可资我不用我自己的话，答复朋友殷勤的寄问的，究一无所得。睡着又乱梦入怀，只得起来，索性听一夜秋雨、雁声，但一披衣坐起，忽忆东坡《王君宝绘堂记》有曰："君子可以寓意于物，不可留意于物"，两语很好，我便写道：

"××信来，苦不能答，四月奔走，空余皮骨，且我素不善作地方印象记，而亦素不留意于物，更谈不到寓意于物了，无足病者，亦无足乐者……"以下便是些乱话。呜呼，我岂真无话可说哉？不过说来，总只落得个轻轻叹息，徒扰乱朋友心情耳。

又一日

病后东来，还是无力作事、读正经书。今日偶得一册 Ovid 的《拟情书》，读后觉得颇安适。西京病中，终日看病房外面茂叶上的天空，切想找几册怡悦性情的小书，而未可得。到洛阳后，遍求 Fabre 的《昆虫记》，却偶然得《拟情书》一册，少补病中未了之愿，亦大可喜也。

今日复寄××信，引尼采《苏鲁支语录》"论朋友"中语："在女人的爱情中，便有对于凡其不爱者之无理与盲目。便是在女人的自知的爱情中，也仍然永远有光明以外的突变、雷电和黑夜。"事后想来，话大可不必如是说。人与人之间，其所赖以维系者，若缺少一种对于某些真理的共同了解，表面上虽因一时情热，或可保持一种友情或超友情以上的爱情，而亦仅存躯壳罢了。司汤达最欢喜说热情爱，读他所为文字，亦无处不可看出他对于那所谓热情爱的热烈的倾慕。其实，这种热情爱，假如没有对爱情的一种至高无上的看法，把爱情视若比生命重要，比生命真实，则所谓热情爱者，只不过如我们所见的一时情热而已，或更说得具体些，一种情欲的发狂罢了。真正的热情爱，中古时代似特别值得人们唏嘘感叹。在欧洲，像阿伯拉罕与哀绿绮思的故事。在中国，就我们所知，不及欧洲来得多，但所传玉堂春的故事，也是值得我们感叹了。

夜，新月如钩。倦怠之后，小步□林荫处，虽寂寞可伤，但人清醒异常，于此月地，顿悟人生淡泊的美丽，逼近中年人的情怀，比少年时，更多梦境，活下来实较轻松得多了。

又一日

永久怀念的一个人，昨夜又入梦中。隔墙有一所小楼，为她昔曾寄寓之处。那时，我尚在北平，正当她遭遇了一个极大的不幸的时候，曾打过电报一通，到我今日朝夕所近的那地方。事已隔四年，想来犹仿如昨日，人之难忘情于幼小情事一至如此，这不是人终身的一个大累吗？

晨兴朝日满院如金，过墙，伫望小楼近处远处的林子，有一个影子，似隐现于林中楼上的窗口。慢走近楼边，我似唤着那由我所亲炙的名字，她好象一如往日，轻轻地跳向我身边，依偎着我，我又重新坠入那迷惘的境中了。

一片雀噪声，盘旋在澄明碧蓝的海上，我低徊无限，亦哀怨亦幽慕。

　　竟日未作事。一个少女的负心的往事，啮着我的灵魂，但我一点不责怨那个人，我想的，只是所传闻的她身世的飘零。

　　夜月依旧如钩，今日则非昨日的所感了。

　　以上第22—26则原载于《大公报》(重庆) 1941年2月27日《战线》第733号，署名流金。

十二月

　　出城憩一小园中，树木半凋落，天上片云如浮鸥；树上有松鼠跳来跳去，甚觉安闲自在。远处山色，有浓有淡，山与山之间，有在阳光下的山影。从小有一种痴想；当还住在乡下的时候，偶一出门，便对门外的山（在我们乡下叫作上天岭）出神，总希望有一天能过山那边，仿佛有□□□的世界在被山阴着的一面。家里有客来，如那客人是从山里来的，总是问这样，问那样，希望他所说的，能如自己所想像的，但往往使我悲哀，山那边与自己的家实无什么不相同之处。悲哀后，由于自己执拗的性子，依旧在想象中保持一些幻梦。望着山，直到如今，还有儿时的感觉。

　　看不见的总似能寄托一个希望；摆在自己面前的，希望就破灭了，什么也留不下来。

　　小园中只我一个人，一直让我静静地躺在草地上，从下午二时到四时，人若在做梦。一只野狗在落叶上，用那尖锐的鼻子，寻找食物。我忽地从地上站起来，赶上前，一脚踢去，而它只无力地叫了两声，便可怜地逸去；我想那也许不是一条野狗。过后，我便走出了园子。

　　街上有人打架。许多人围成一圈，如看猴子戏。那许多人之中，似乎包含农工商学兵诸类。自己因不爱热闹，便匆匆走过去，下高坡后，入翠湖，绕堤前行。刚下过一点小雨，枯草踏着便有脚迹。间或有窸窸声。远山雨后，清新可爱，住在这里，无日不见山。若易山为海，为平畴，或可老死是间。

读《圣经·约书亚记》七、八两章。

竟日阴霾。黄昏时，偕××步出城郊，小立城基高处，看群山渐渐沉没。夜来如潮，心上似亦为一层暗影所笼罩。

睡前，读《波纳尔之罪》数十页。当约翰妮订婚以后，有一段话我欢喜，给抄在下面。

"一切的变幻，即全是最有希望的，也有他们的惆怅，因为我们所离开的，就是我们本身的一部分。为着走入一个旁的生活，应当先在这一个生活中死亡。"

天气甚寒，如故都腊月，只不见冰。早晨霜重如雪，山雾弥漫，远山全为云所掩。

人与人之间，其距离看来似甚远而实近；世界上，只有那能看到他时代的前面去的，而且把所看到的说出来了的人，才与他同时代的人有个距离。一个时代的文学家或艺术家，常不能予他同时代的人以影响；反之，倒影响于后一代者多，甚至后两百年、三百年，以至一千年……

看目下光景，常愿古人能多给我们一点，我们的工作，或是为后一代人做的。

冬后始雪，忽忆故乡的雪朝，坐南窗下，和祖母、姊姊、小弟弟围炉的情景；或在北方，骑驴向西山走去，雪里的山村云树，尽足娱人心目；或居湖上，湖外的山，山头的白云积雪，梅树的清瘦枝柯与如雪的梅花；回忆里的湖上、人物、风景，似都极完美，如诗如画。

雨不止，湖边败叶残枝，一片萧疏景象。水上结聚着一层薄雾，凝定不动，望去心下如沉铅。昨日圣诞节，三年前在绥远，两年前在山西。如今，那两处地方都常系梦魂，在过去里生活，讨些个虚幻的快乐，所有的也就不多了。

气候转晴，一年过去。可眷恋的地方似不多，一夜便是隔年，又是春来，春去，历夏复秋，一生中第二十四个冬天又来……

人究竟不知作些什么好？混下去吗？我不能。我所要作的，而又正是世人所不需要的。

原载《中央日报》（昆明）1940 年 3 月 3 日《平明》第 180 期，署名流金。

除　夕

街上一阵寒风，吹得我颤了一下。夜已将过去，我从一个朋友家中，独个儿走回寓居。

对于这个夜，我是没有感觉的。

幽暗的卧室中，一支蜡烛照着我的影子，我毫没有睡的意思，但也不想什么。我只希望听到一点声音，像无数的过去的日子一般，并不一定是在除夕。每回在家里，睡晚了，母亲总叫："镠，还不睡，十二点打过了（或是一点打过了）。"小时候，家里人守岁，小孩子也老挨在火炉边，母亲总说："小孩子不守岁，快点去睡觉，明天一早起来，好拜年。"

夜已过去了，四点钟响的时候，我还坐在烛光下，光似乎离我很远，我瞧不见什么。

心下记不起什么，一个人独坐的时候，常常如此。但我仍努力追想着一些事，我希望一切过去都回到身边来，我愿望我所爱着的每一个人都在回望中重现，像影子一般的和我在一起。我没有能这样做到，伴着我的只是我自己，甚或感到自己也分成两个了，一个不知在什么地方。

这时，假如有一个熟人来过我身边，他定能说许多我自己不能说□的那辰光的情景，我只仿佛记得自己一直坐到蜡烛烧尽了以后，还在黑暗中直坐到天明。

天明以后，若为一种愿望所驱使，我轻轻地走出卧室。稀薄的晨光，从窗外流进我的屋子里，阶前的樱桃花白得在晨光中抖颤，一阵阵冷香，和门外远处山边的淡蓝色的雾，都使人觉得如在梦里。

这时，在另外一个地方，在另外一个日子里，散在平原上的一种声音，一种气味，若偶然落下的一瓣花，一个子叶，静静地降落在我的身边。但盛开着的樱桃花的白的颜色，敷在我心上的是一种截然不同的情愫，我的思念又退回到凝固时光的境地。

我是一个人站在阶台上，一切还如昨夜一样的沉寂……我还依旧在人间么？

我希望是一个完全没有了感觉的人。

过去五年的除夕，也都在他乡。比起这回来，似乎都还好些。每回夜里，总为自己所爱着的人祈祷，总有一个希望和一份对于过去一年的眷恋的余情。不论在什么地方总不忘记给父亲写一个贺年的邮简，在山西戎马倥偬里，也不曾疏忽过的。这一回，生活并不算不安定，心情，自己也感觉不到有什么异样的坏，但为什么会这样呢？我不知道。世界上，恐怕也不会有人知道的。

原载《中央日报》(重庆) 1940 年 3 月 17 日，署名流金。

作　客

　　儿时作客的事，颇不常有；一年中难得碰着的是到离家不远的外祖母家里去，这常常是在元宵前四五天，遇有好天气的时候。

　　在家里，一年三百六十日，在大屋里混来混去，实在烦腻不过；更小时候的事已不能记忆，七岁以后，记得的唯有单调死板、严厉得无法形容的年轻的塾师，即使把一天的功课做好，也难保他不在你头上出出气。最可怕的是他喝醉了酒，直像猫儿捉老鼠，把我们这群小学生，赶得到处躲，结果总是在学校里跪成一排。他自己，则站在我们面前，使尽那折磨小孩子的手段；那时，哭也是不敢出声的。直到天断黑，什么都看不见了，家里的老佣人才向他求情，把我们领回去。

　　冬天来后，冷得快，十一月半便放了学；天不太冷，总要到腊月初，才不上学了。一年中最痛快的时候，便是从放学起，到元宵后十天吃上学酒。半个冬天，坐在火炉旁，听祖母讲故事，或煨薯和芋头吃，便是放学后最愉快的事情。

　　但至今，提起最令人神往的，是去外祖母家里作客。

　　外祖母家在小山中，距我们家里约七八华里。小时候去时，总是走旱路。水涨了，坐船较方便，但我只在七年前，最后一次去的时候坐过船。

　　冬天天气好，早晨从家里动身，一乘独轮车把母亲和我载上路。路上经过的村子给我的印象很深，每回想起，都很亲切熟悉。母亲是个沉静的人，从不轻易开口。对着淡淡的远山，静静的流水，村里人家和村外的风景，小孩子的欢喜，总是无穷。

外祖母家的房子，是极普通的乡间的平屋。紧靠着屋后的一山松树，为我最爱的地方。同表兄弟在松林中跑来跑去，每次总抬回满满的一口袋松子，如珍宝一样地藏在母亲的花篮子里面，带回家分给家里的兄弟们。外祖母有时看我那样子好笑，说：

"乡下孩子不要的，你当宝贝看；那样的东西多的是，要多少有多少，哪天叫你舅舅送一担去。"

但外祖母从来没送过松子来。

另一回去作客时，满山松树都没有了，只剩下无数的树兜子，我忽然哭着跑到母亲面前去。外祖母看我哭得伤心的样子，总以为哪一个表兄弟欺负了我，问我是谁，她去打谁。我说："松子都没有了。"看着我哭的人，听了这句话，都不禁笑起来。外祖母说："蝉头，松子还没有？跟我来！"外祖母牵着我走，进入一间小屋子，满屋子都是松子。那时，我的眼泪虽还在流，但心里已不知高兴到什么样子，赖在那里怎么也不肯走。外祖母好容易才把我哄出去，说都给我，叫人用车子推到我家里去。那时，我是十岁。

十岁以后，一直到十八岁的那年，外祖母作古了两个月，才去过外祖母家一次。重温儿时的事，不知说些什么好。那时，母亲在赣东一小县中，外祖母去世的消息，是瞒着她的。在外祖母去世前，两个舅舅，先五年，一个死在北方，先两年，一个死在家里，景况够凄凉的。

原载《中央日报》（昆明）1940年3月20日《平明》第190期，署名流金。

窗

没有在阳光下熠熠发出钻石光芒的花玻璃的配装，更没有从熊火中锻炼出来的坚韧的钢铁的窗框；现在，在我眼前的是出自劣拙手艺的匠工木栅□窗，木条一根挤着一根，常常切开了窗外低垂的孕着多量水分的乌云。

一间小小的屋子里，没有因了这扇窗的存在，而略减去室内阴暗的。木栅窗外常常滴着的是像从荷叶上滑下来的晶莹露珠般的檐水，从木栅窗中带进来的是抑郁质冷冷的气流。虽然，在一个晴朗的朝晨，这狭狭的木栅缝中，也能漏进来阳光和鸟语，但是，这是多么稀少的日子呢？

小屋子里，泥地上排泄着湿气，我仅有的书籍和用具每天都会生长出一朵朵的小白花，仿佛从成群粉蝶翼上遗留下来的粉末。我在这里像一只鸟，被野孩子们掠夺来的、可怜受了伤的小鸟，我曾默默地，怀着悲哀和凄伤，在这小屋子里，自秋□开始而度□暮冬的日子了。

窗外，曾是广袤的大地，想想自由的人在原野上自由的驰骋吧，虽然这里常有的是灰色的低低的天空。

一个早晨，浓雾像炊烟般地一缕缕从木栅窗中滚了进来，灰色的墙顶会变作窗外灰色的天空，下起霖雨来了。小小的屋子里说着还算暖和的——看浓雾化成了水珠！

一张小纸条，从屋主人的手里转了过来，我还睡在床上。

这是多么熟稔的字呢？

×：这算是唐突的事吧？明天我要离开这里了。

憎厌这里常有的阴灰的天空，阴灰是多么寂寞和消沉啊，我的心胸是受不了这灰色的束缚的。——让我走吧。

我想到很遥远的地方去，纵然，这地方不限定是天天有蓝天和灿烂的阳光，但是，那里会常常见到的是绿的炮弹和红的火光；雄壮的冲锋号和炮弹划过天空的嘶鸣足够解除我的寂寞了。

为着不使我们别离时，多一层离愁或者是怅惘，我不要你来送我。或许，当我走过你的窗口，我会喊你一声，向你招招手的。

——别了，朋友。

瑜 × 日清晨

这确是突兀的事啊，想不到瑜这样快地走了。虽然，我也曾经几多次的听他说要走的话，但是年轻人未来的岁月是冗长的，这足能长长的宕延着自己打算的计划。但是，他坚决地在明天走了。

瑜，像我一样年轻，但也像我一样有着牢骚和忧郁。几多次，他在忧郁的痛苦中学着麻醉，一个时期，他的脸孔的肤色是常红的，张开薄薄的嘴唇，是冲人嗅觉的酒味。也有一个时期，他会像我一样，关在一间同我一样潮湿和阴暗的小屋子里，在寂寞和凄凉中打发去日子。

但是，他年轻的，年轻人有奔放着的热情，他受不了这残酷的桎梏啊，所以他要走了。

想想瑜走得是对的，然而我呢？

……

这是第二天的早晨，隔夜的星星召来了今天黎明的霞彩，不久，太阳出来了。太阳的脚从窗栅中伸了进来，在潮湿的泥地上，印出了可怕的仿佛牢笼栅门的黑影！

我几次不安地抬起头来，把视线掷向窗外。不是欣赏窗外被割小了的暮冬的宇宙——是等待着瑜熟悉的呼唤。

一个响亮的声音，跟着是一条欠健全的人的影子；影子更渐渐清晰了，是瑜啊，在日光下看到的他有一副明朗的脸，他还确实向我招手，但当我兴奋地从小房子里跳出来的时候，他急遽的步履，将他带到很远了。

他静悄悄地这样走了，是的，在这里我也不希望他遗留下什么痕迹，痕迹是徒增我对瑜的想念！

在今天，收到他的信，这中间的时间整整相隔了二个月了。修长的信笺上草乱的写上我永远熟稔着的字。

"一到这里后，参加了×师的政治部工作。

告诉你，同士兵们相处生活的快乐吧，他们都是同一的纯洁和忠诚啊！

离火线只有三里路，小钢炮咚咚的声音伴着我写起这封信。

朋友，你那里天还灰暗的吧，说不定降着浓雾或者下着淫雨。这里的天空是常晴的，但是晴天也有雨下着——这枪弹做的雨啊，会点缀成晴天多少的美丽呢。"

一封信，兑去了我多少的嫉妒，瑜这样在我眼前炫耀着骄傲。……

窗外的阳光往上移着，潮湿地上可怕的仿佛牢笼的栅门的黑影越拉越长了。

这小屋子当真是我的牢笼吗？窗外的幸福一样能够享受的，悲哀和凄伤决不能绊住我要动的一颗心。展展我疏生了的翼膀吧，从木栅窗孔中飞了出去。

原载《中央日报》(昆明) 1940 年 4 月 8 日《平明》202 期，署名流金。

告　别

　　去年五月十八日，《平明》创刊后一期，我就为《平明》写稿。十月底，帮忙凤子先生编几个特刊。十二月底凤子先生去渝，至今年四月，我又帮孙毓堂先生看稿。四月以后，我始正式负编辑之责至本月底，为时不过两月。此外，《星期综合》自二月创刊，是一直由我编着的。总计我和《平明》的关系，共一年又十三日。先后编过散文、翻译、批评与介绍共三期，《星期综合》十四期，《平明》两月

＊　　　　＊　　　　＊

　　一年的时间，不算太短。自己是一个二十四岁的少年人，为了这个不大不小的事业，也曾做过许多很美丽的梦。

　　小院里的白兰花已经开了，想到自己又将去一个远地方，对着案头成堆的文稿，不禁有点怅然。许多相识或未相识的朋友，给予我的温情与对《平明》的爱护，更不能不使我在临去之前，说一声告别的话，顺便提一提我个人对文艺的一点小小意见。

　　我是一个稍稍有些偏见的人，对世界有爱有恨，对人却只有温情。在文艺方面，我不反对任何一种主义，但我只凭着自己的良心，写一些感动过我，我所知道得最多最清楚，质重朴厚的文字。对人类的远景的倾心，复使我对于现实，常带着忧郁的情调，说出我内心的痛苦。那些为我所爱的，也是在心灵方面，与我脉脉相通的作家。

因为有这偏见，《平明》自然也不免受了一点我的影响。

＊　　　＊　　　＊

有许多作者来信，抱怨文章寄出了一月两月，不见动静。自二月以后，这问题常常使我痛苦。

自凤子先生去渝，这边除固有的《星期综合》以外，不发新稿，许多好稿子，印不出来，必须寄到重庆去。四月我接编后，情形稍微好点，但积稿清理，便费去了不少的日子，而当方有头绪，便发生若干新问题了。此外，每天来稿，至少亦有五六件，也是编者为难的地方。但我自己，当看稿时，必是一字一句从头到尾的读下去，有时看过一段，觉得不好，放下来；但总是一次放下，一次拾取，终必把它看完，才肯决定取舍的。

＊　　　＊　　　＊

《星期综合》现在也结束了。我们做到的，不及我们希望的十分之一。但与时下文章是截然不同。这得感谢黎舒里、怀霜、开莱、崇一、念诲、陈时诸先生，他们都是用许多笔名，写过一些结实的文章的。

最后，沈从文先生、庄瑞源先生，以及许多相识或不相识的作者们，均一并致谢。

原载《中央日报》1940 年 6 月 1 日《平明》第 227 期，署名流金。

拾落叶的孩子

今天早晨我八点钟起来。我的一个男仆，已经在我屋里，进出过几次了。我看着他进来又出去，知道已到了我该起床的时候，但睡在被里，觉得比往常冷，窗外的风也比往常大。当他最后一次进来时，我问他道："外面是在下雪吗？"他似乎没听懂我的话，半晌不作声。我改正着我南方的口音，又重新复述一次我的问话："外面是在下雪吗？"他很是惊奇的样子，说："下雪还得等半个月里，外面太阳已经出来好半天了。"我只"啊"的一声下床来，习惯地打开窗子，望一望外面，外面有着淡淡的阳光。

早晨一直坐在太阳下，看一个孩子扫着落叶。那孩子不过十来岁光景，穿了一身红色的衣服，我起初以为那是个女孩子，以为是公家雇用的童工；看着他一声不响的扫地上的叶子，叶子一堆一堆的堆在地面上。

刚吃过早饭，一个朋友来了。那朋友是个好心人，问我昨天夜里睡得冷不冷，他说："早晨起来，地上有很厚的霜，水池里也结薄薄的冰了，冷得很！"我说："我没起来，还以为外面下雪呢！这里是冷得早啊，在我们家里，这时还不过穿厚一点夹衣吧。"

在太阳下面，我们出门，沿着大路向广场走去。远远的林子还披着一层薄薄的雾；空树枝桠，看来甚觉清冷。田垄上，笨重的牛车，迂徐地若向遥远的地方走去。牛项下的铃声，孤零地响着。赶车人悠闲的迎着阳光，那饱经风霜的脸面，在阳光下更显出了刻画着人生忧患的痕迹。

我们默默地在广场里走来走去，差不多有半小时光景。

下午，我又一个人坐在阳光下，看那扫落叶的孩子的工作。叶子被风吹散了好几处，他又重新把它们积集成一个个的小堆。这回除了那穿红衣服的孩子外，还有一个比他约莫小个三四岁的小孩。看样子他们像是兄弟，那较小的孩子手里，拿着一条大麻袋，袋子比他还要高些。把叶子重新地堆聚起来后，他们便开始收集的工作了，小一点的把袋子张开来，大一点的一把一把的把叶子装进袋子里去。我瞧着他们工作，他们好像完全没有注意到我，一句话不说的工作着。看看袋子装满了，矗立在地面上，比他们两个人任何一个都高。大一点的孩子，从口袋里摸出一条小麻线，把袋口扎起来后，一声不响地和另外那个小一点的扛着走了。约莫过了二十分钟后，两个孩子又回来，继续着收集的工作。

大点的孩子有一对圆溜溜黑漆漆的眼睛，有张宽阔的嘴，鼻子扁平的。小一点的嘴和鼻子完全和大的一般，只眼睛不如大的有神采。两个孩子都没有南方小孩子的活泼，似乎很小就懂得了人世的艰苦，阴沉沉的，把叶子都收集完了，两个小孩扛着只有半袋子树叶回去的时候，太阳只有半丈高了。

我目送着两个在落日余晖中的小影子，看他们渐渐的远了，不知不觉的追上他们去，似乎想和他们说些什么。当急促的脚步声快追上他们的瞬间，那个大一点的孩子，回转身来，太阳照得他的红衣裤像血样，我忽然想起中古时候穿红色的刑服的犯人，我不知说些什么好，而我终于毫无意义的说了：

"孩子，你把叶子弄走干什么呀！"

"弄回去烧的。"孩子说。

两只乌溜溜的小眼睛，很奇怪的望着我。

原载《大公报》（香港）1941 年 2 月 19 日，署名流金。

雪窗杂忆

　　昨天下了一天雪，在南方过了两个冬天，没见过雪，今已整整两年了。这里的冬天，也就不曾下过雪，这突如其来的一次大雪，使我十分欢喜，像久别的朋友，说来，老不来，而突如其然的来了，使我来不及准备我的欢喜，准备那见面时的寒暄，或抱怨他来得太迟了，或询问他路上的辛苦，或安慰他、疼他、故意的骂他，要不然，打趣他，说他老哄我，说来，而不来，必是为别一个人留住，忘记了我。

　　早晨起来，窗上光辉夺目，隔夜应有明月，皎皎竟夕。夜半大风，衾中亦觉添寒，心想必有一场大雪，但瞧着窗子上亮亮的，踌躇必是晴了。趱趱下床来，仔细打窗上一望，又不像是日光，衣服还不及穿好，便走向窗边，开窗望望究竟是下雪了还是晴了。窗子刚一开，一股寒峭峭的雪风，便向脸上扑来，窗外一片白雪絮似的涌下，真真下雪了。

　　雪下来，地上积起来，从早到晚，又寸寸深。我对一些地方的怀念，从早到晚，也寸寸深，这是能用文字或语言说得出来的么？纵说，也不过说到一二分吧。

　　我生长在湖湘，大湖从我生长的地方，随流入江，江水又急急不顾掉头东去。小时候，下雪的时候，不出门，乐得在大屋里的台阶上跳，唱"黑狗身上白，白狗身上肿"。雪融了，用竹竿子打檐下的"溜溜"，偶然滑跌了，爬起来，不哭，只怕衣服弄脏了，给祖母骂，不给东西吃，倘在年前，必唬我不给压岁钱了。十四五岁时，一下雪，便偷偷地溜出来，向水边走，听打鱼人坐在船舱里说故事。湖远远地望不见边，水上如烟如梦，静静地似只听见风声水响，和船舱里开水吱吱的声音。

二十五年的冬天，我从北平过绥远，到归绥复北向武川，过大青山，以达百灵庙，从百灵庙回来，又到武川。大青山藏在雪中，将近黄昏，车子远在山中出没，雪已停了半天了，一大群人，把身子和脑壳都包在羊毛毯子里面。有一个人忽然伸出头来，打车子外边望，惊喜得叫了起来：山腰上一大群雪似的羊，一个牧羊人，沉思地坐在山腰里的一块石头上，夕阳抹着万山的峰顶，有的山，已从积雪中露出它苍苍的天似的颜色来。羊咩咩地在山腰中叫着，车子在道中曲曲奔驰，一会儿羊和牧羊人都不见了，拐过一个山嘴，又远远地看见了那羊群和沉思的牧羊人。当暮色坠入山中的时候，我们却已出山，在平原上了。

从归绥回来，过平地泉，夜了，我们一共四个人，另外两个睡了，只我和植清，坐在餐车里，絮絮地谈着。年轻人的梦，装饰着那一次的夜话，有无比的美丽。夜深了，车上静悄悄的，没有一个人来往，偶然谈话中断时，辘辘的车辆的单调声亦觉愉快。车在大同停下时，植清开窗外望，车子外面，一片白，在我们的对谈当中，雪至少已积下五寸来了。车站上，只两三个手上提着路灯，穿大皮领子衣服的人，迟缓的来往。一阵阵寒风，从窗口吹入，我问植清"冷么？"她瞧着我，不说话，立刻跑去取了一床毯子来，我们重复坐下用毯子盖着腿，一直到天亮……

下午到北平，清华一个朋友，请我们吃晚饭。雪已不下了。从后学门出去，进清华园。又从女生宿舍到二院，打工字厅门前过，两边的树木，觉得很高。月亮照着清冷的树梢，树影中有着我们的影子，林子里，雪上的明月，明月中，我们轻轻的歌声。……

这是太远了的事么？

我似乎又回到过去的境地中。

雪下了一天，第二天便晴了。黄昏后，有两个女孩子来看我，我告诉她们我对于雪的喜悦。

是十七夜，月亮还好，开窗子叫她们看月，月亮正挂上树梢。明月中，又是一片白，月色蠕动在雪上面，雪向人夸耀说："因为有了我，这月色才会引动你们的欢念！"

从住处出北门，有一条路。路旁的雪上，路旁的树枝上，处处浮着明月的幽光。我送她们回去，我给她们谈另一处，另一个人，另一个和这极相同的晚上。

假如我会飞，我将飞向何处。我知道，假如另一个人，同我一般，也偶然回到那过去的同一境地，她应飞向何处？

这一切都是太渺茫了的，不是么？自那一场雪后，我心情又似乎回到我那二十岁的时候去了，我似乎年轻了七八岁一般。

原载《东南日报》1941 年 12 月 29 日，另以《忆》为题，刊于《阵中日报》1941 年 3 月 16 日，署名流金。

窗及其他

　　我住的一个小屋，有一个大窗子，约占那方它所依附的石墙三分之一少一点。窗上的玻璃，已被炸碎了。当我搬进来的时候，连一点点碎片都找不到，现在是纸代替了过去玻璃的地位。关起来的时候，只有光还能透入，看不见窗子外面的树木，建筑物，来来往往的人，日里的阳光，夜里的星星或月亮。我常想：假如是玻璃的多好，装上一个浅绿的或天青的窗帷，当我不要打外面望，把窗帷拉上，那安静的颜色会使我做梦；若是天雨或天晴的日子，拉开它看雨，点点的，阵阵的落下来，或阳光中的树的颜色，天的颜色，树枝上跳来跳去的鸟雀，或秋空中的飞雁，春来后双双的燕子。窗东向，这个冬天，几不曾开过十次，因为窗口太大，一开便失去了屋里的温暖。但我很喜欢看月下的影子，十五，十六，十七，十八夜里，月亮升起来后，我便灭了屋里的灯，月亮便从那个小洞里进来，每回总只十分钟，或二十分钟，便离开了那个小洞。但这时间，对我已够了，倘在小洞边逗留太久了，那我一晚的时间，便都给了她，沉入于那和她有过关系的情景中了。

　　这窗子是我唯一的安慰，也是唯一的痛苦。虽然安慰或痛苦，并不是窗子本身所给予我的。假如没有了它，我想痛苦一定比安慰更多些。因此，我也不能说不是它本身的话。我是冬天搬到这屋里来的，第一天夜里，睡得不好，一翻身，便看见窗子，那一夜，我关心到它上面颜色的变化，几乎比关心自己的睡眠，还多得多。就在那第一天晚上，我和它发生了似乎一种永久的关系，对它有一种永久的希望，好像我的希望便寄托在它身上一般。几回睁开眼睛，望着它，希望它告诉我一点我所希望的，但它异常沉默，板着脸，老给我看一副黑漆漆的面孔，我几乎恨它了；但它终于似乎怕伤了我的心，断了我们中间的友情似的，慢慢给我一点我所希望的了，但这是当我起心恨它四五回以后的事。它渐渐给予我更多的希望了，黑漆漆的面孔，变为温柔可爱的晴明的脸色了。当着我再不希望别的什么的时候，我穿好了衣服，站在它面前，它似乎也很高兴，但又似因为曾惹我生过点小气，怪不好意思渐渐的红了脸。在它外面远远的天那边，在颜色繁多的云彩下面，捧出一个鲜明耀眼的太阳来，远远近近的建筑物上，树枝上，都给抹上了一层金色的光。我于是把窗子开开来，让它藏在两边的墙的遮掩下，十分自私地给原应轻吻着它那雪白的面额的光，在我苍白失眠的脸上摸抚，轻轻地吻着我漆黑的头发。它生气了，叫起一阵风来，让云掩住了我从它手里夺去的阳光。我又带着自私的心，让它给我抵挡那在刹间来的风，它虽依从了我，但它却更怒不可遏，整天不断地拍拍作响，搅扰我内心的宁静。

伴过我的窗子不少，我爱过的也不少。我的灵魂，惯从窗口进进出出，一点不麻烦它们。只这一个窗子不然，我必须常常打扰它，因为它常常阻止我的灵魂出入——我不是说过么：若是不打扰它，我根本无法瞧见它外面的动静。灵魂虽无影无形，但它只能从明亮处进出，像现在的纸窗子，它是不能进来出去的。这也是我自己的一个大麻烦：我心远游，过江，过海，过雪山，必须把窗打开，让灵魂出去；待灵魂归来时，又必须把窗子关住，好让它告诉我它在江海上，雪山中，看见一些什么，找到了一些什么，说时不给窗外的人打扰、窃听了。只除在梦里，灵魂可以去任何一个地方，不受任何事物的阻止，而窗子和我自身，也无劳动之苦。

我家里有一座楼，楼上也有两个大窗子，夏天是从来不关的。楼下有许多树，又高又大极茂密的古槐的树枝子，从窗口，小孩一伸手，便可抓得着；树外边，是一带小丘阜，明净的小河，从远远的平原上流来又向远远的平原流去；河那边，望去，一色青青，有大牧场和广阔数十里的稻田；云里面，隐隐约约地看见那和天一般高的匡庐峰色。儿时的幻思，便全为这楼上的大窗子所孕育，长远的水流，关系着我一生的思想和生活，很小的时候，我便知道了许多关于水的故事；就明白自己所爱的人，来必来自水上，去亦必去自水上；甚至懂得了"生"，亦了解了"死"。小河上，夜里一片渔歌声。长夏日午，风悠悠地从河上吹来，小孩子倦倚窗边，眼里是白帆，与白帆下的水流，白帆上的青色的天；梦里，便是关于那些船夫动人的故事。

　　于是，居住在任何一个地方，便不时因窗子想到水。假如我现在的窗子下面，有一条河，像过去一般，或是一片海水，那多好！有时，就是像现在一般的，我也会把晴明的天，幻作河，幻作海，白云幻作儿时的梦，我会一个人对自己说我所知道的关于水的故事，船夫的故事，会把窗外的歌声，也幻作夏夜河上的渔歌。

　　今天，我打开窗子，让我希望的来到我心里，但现在，窗子只肯半开着。

　　窗子是我生命的象征，象征了窗子的，是我的梦。

原载《华北导报月刊》1943 年第 2 卷 3、4 期合刊，署名流金。

花溪的夏天

一

去年在太湖过夏，六月酷热天气，泽蓁病卧床褥，日夜听她呻吟的声音，为她料理汤药，实有寂寞凄凉之感。她病好了，就到了秋天。衰弱的病人，还是日日躺在床上，看她情绪，感到的寂寞凄凉比我更深。她常常怀念家。那个北方的城，对她似乎永远是春天，何况在病中呢。我有时觉得这样颓丧不大好，时时用话安慰她，但话照例都是泛泛的。看着那逼得叫人透不过气来的山，艰涩地从山里流出来的瘦的水，那样闷热的气候，周围又都是冷得像冬天一般的人，怎令人不想着在平原上，有活活的小河，昼日有凉风从很高的天井里倒下的大宅子，大树荫里蝉声梦似的响着的家呢。泽蓁常说：

"这时候，西瓜，又大又甜，中午从井里吊出来，一个一个剖开，家里姊妹多，大的一人半个，小的两人半个，那小得还不能吃瓜的，总先哄着他睡，省得哭、闹……"说得那样动情，不很笑着的脸，也有笑容了。但毕竟过了一个夏天，到秋天我们才回到北方去。

现在又是夏天了，泽蓁回到她的故乡，已快一年。我却意想不到地来了去年在四千里外想着、今年走了八千里路才到的地方。开封的夏天，不知是不是还能让她找到儿时的梦，西瓜是不是还能像过去觉得的那样又大又甜。我这里的夏天，却过得不像去年那样叫人怀念家园。

二

六年在旅途上过着漂泊的日子，叫人吃惊的只是那不能安静的心，觉得再也得不着安慰了。昆明的云树，重庆的碧嶂与清江，关中平原上四月的麦浪，洛阳城里的槐花，都曾动过我的梦思，把少年时候的热慕与幽情，叫了回来，但霎时一切又都远去，我又被遗弃在沙漠的人生的途上，迷了道路，发着悲叹的彷徨的呼啸。

两度经过贵州，留在我记忆里的只是雨雾。二十七年过黄平，夜深不寐，偶然记起东坡"瘦岭春耕少，孤城夜漏闲"的诗句，觉得可以形容我所经过的贵州所有的城县，而贵州也就永远在我记忆中无什么动情之处了。

这次回到花溪来，就完全为的是朋友。未来之前，和宗瀛写信，说愿来花溪，只因三事：一有畏友，二少交游，三可读书。却不料到了花溪，觉得溪山好处，直叫人可以在这里买山长住。黄昏时候，山色向人，像海水一般催人入梦。有月亮的夜里，站在桥上，斜倚着红栏杆，听溪声远远来，远远去。月色依依，光随着水流动，漾漾成波。正对着溪流西边，一个小山兀兀地立起，四面都是森森的林木，月亮只照着它的一半，一半成了森严的影子。露在人不觉中下了下来，栏杆倚处，结聚了水珠。人真像在仙境里，什么想念都飞去了。等踏着月色回来的时候，飕飕的凉风吹着，想一想刚从那儿出来的梦境，觉得又快乐又悲哀。夜里睡熟了又猛然在梦中给溪声叫醒，世界上，除了它，好像一切都没有了。不知道多少年前，忘却了多么久的事都给它带了来，使你重回到那忘得太久、离得太远了的地方，拾起往日的梦，或已寂灭了的恋情。有时它像一条带子，牢牢地系住你的心，在那上面，画着你想的人、爱情的故事、已经失却了的希望、未曾得到的温情……有时，虽然夜已深了，它还诱引着你出来，在它的怀抱里，让明月清风对你说着它为别人传达的对你的相思，明月像是它灵窍的心，清风仿佛是那丰神。它随处伴着你，慰你撩扰你……但总是那样温顺，一点不别扭，随着你所想的。

三

我为花溪迷着了。逝去了已久的少年时代对文学的热情回来了，将近三十的人应该有的平静的心情也有啦！热情的幻梦就像这山里的云，那样地随着随处的山，飘浮着。清晨的阳光，隐在雾里，徐步在山下，望隐隐在雾里的小市人家。迷蒙中一片稻香，悠然地唤起睡着了已久的闲情，微微的醉了。

没有雾的早晨，望左近的山峦，真是像陶渊明所说的：

雾凝无游氛，

天高风景澈；

陵岑耸逸峰，

遥瞻皆奇绝。

到了中午，山都昏昏地睡去，只溪声还流入梦中；太阳强烈地晒在青青的稻田上，夏，只这入午的辰光，在这一片土地上露一露他的炎威。至于溪山深处，虽在亭午，也还是云木沉沉，不像夏天的。

我住的房子后面，是大山，开窗便可望得见。一个夏天，我没听过蝉声，只早晨有春天的鸟声，像三月的江南；夜里，虫声，便仿佛秋天了。有月亮，月亮照到屋里头，把屋里的灯光冲淡。兴来时，索性把灯灭了，让月光照满一屋子，人在月明里探寻出梦。

四

一个夏天过去了。我给泽蓁写信：

"我走了七千里路到这里来，离开北方的时候还是初夏，现已新秋了。你在开封一定想不到这里的风物，但我的心情你想得到的。你想过我么？

你说，无论离我多远多久，不会减少对我的忠心与欢喜，且会因不见我而更想我，更觉得世上只我一个人在你心上。现在是这样么？"

"这儿有蓝天，夏天很少雨，水是绿的，都是相思的颜色。

我读诗，读小说，读悲剧……完全像二十岁的人，把许多自己看了也会红脸的话，写在日记上，像不怕日子过去了不再回来。"

"家居寂寞么？不得来，从中原来的雁，将更使我想念风沙里的消息。

夜有月色，对月想起东坡的词：

'但愿人长久，千里共婵娟。'

北方也是秋天了吧。"

三十二年八月二十七日花溪

原载《经纬》1943 年第 2 卷第 2 期；《半月文选》1944 年第 2 卷第 1 期，署名流金。

新年的希望

　　说出一种希望来是难的。且往往当一种希望达到时，另一种希望又来了，而使你觉得原来的希望并不像已经得到的。因之真的希望更难说了。

　　去年希望过些什么确已模糊但去年却不见得不曾希望过。昨天希望一个人的信来，今天又盼着别的事。小时候的希望具体得多，过年望穿新衣，吃糖食，去外婆家；模模糊糊还希望着自己快点大，像大人一般的行事；或者打破了罐子杯子不被家里人知道，该挨打时不挨打；……种种希望曾达到过，大了却又盼着回转到童时。没来的可以望着它们来，已来的却难得再来了。

　　十七八岁的时候希望成为一个运动家，中学毕业希望考取一个好大学；这一切都并没有变成失望，可也不曾有使人难忘的快乐

　　爱情上的希望与失望不必说了。一年的希望与一年的失望和后浪推着前浪一样的来。往往希望完成了，失望就来了；"完全"长存在想像中，但又总不相信它如此。每当失望之余，等悲哀的灰烬灭了，另一个希望的光便燃了起来。生命就在这燃烧中化为灰烬，炼出精金。

　　有人说希望愈高则失望愈大，但失望却是快乐的源泉。快乐常酝酿在失望中，完成于希望获得后。懂得快乐的人，一定在失望里翻过几回筋斗，而不曾有过绝望的悲哀。

　　多少年不曾有过什么希望了，为的是这世界少着发亮的欢乐。

少年时代的梦幻，虽经不起人世的骇涛惊浪，多多少少破了，但还不曾失去希望的心。

北方的春天是短促的，一花开便花谢。六年中还有两年在昆明，也记不起那儿有过明媚的春天。友人来信，殷勤问这边乐否？半个夏天过去，秋尽了复冬来，忽又望着春归。快乐是不可说的，纵有，说出了也仍是真意难传。只希望又似乎比得上南国的春天，但又只可意会不能言传了。

一九四三年十二月尽

原载《革命日报》1944年1月6日，署名流金。

除夕的前一日，夜里出城，沿河走，阵阵南风，仿佛冬天已过去了。

下了一个月的雨，小屋子外面，总是潇潇的雨声，偶然雨住了，风又带着溪声来，更乱人思绪。

河上有点点的灯光，星光也有着点点在山头。××说：

"好天气啊！"

"明天会晴！"我望着星星，伸出手，想捉住吹过来的河上的风，风软软的，又轻柔又温和。像是春天了。

"也该晴呀！一年快完，晴两天叫人高兴高兴些。"

"可不是，晴晴多好！到贵阳来，什么都不错，就只雨下得有点烦人！"

"你看会晴不？"××指着山顶上的星星，"星星又没有了！"

"吹南风一定会晴的，为了你，也该晴！"

"为了我该晴？除非你是——"

"除非我是什么？"

"除非你是'天'！"

"我是'天'，倒不会晴。"

"那'天'更不会晴了。"

"那可不然，你晓得，'天'是无所不知的，他知道你想晴，便晴了。我呢？我能知道你想晴么？"

"你是'天'便知道的！"

"我是'天'更不能和你一块儿走，一块儿玩，一块儿说话。我不做'天'！"

"那么明天再下雨，怎么办？"

"你看，星星又出来了，"我站在树下，水从我脚底下流过去，一边说，一边又数着星光"一个，两个，三个……"

十年不在故乡度岁，年年除夕，总梦绕着家园，琐琐絮絮的事，在记忆里愈鲜明的，愈叫人恋恋。客居的日子，每逢着这佳节，没有一次不从这些往事的追怀中牵出若干惆怅的思绪。在这南风里，星光下，那年年来的、处处有的似乎都远了。近着我的是星光，梦样的温情，像已回到了故乡的怀抱，又像故乡飞来了我的身旁。

一九四四年一月二十五夜

原载《星期》周刊 1944 年 1 月 30 日第 24 期，署名流金。

贵州印象

我到过三次贵州，每次都觉得贵州在进步。但这种进步我说不出，只来一回便感到一回新鲜，一回愉快，感到一种向上的气象。

第一次来贵州是二十七年的初秋，在贵阳住了二十天；从湖南一进贵州境，便觉湖南好得多，到了贵阳，感到这个多山多雨的城市，引不起我一点点的留恋。有一回去江南大旅社，看一位老师，那是个极天真可爱的前辈，老哲学教授。他极有趣地说要给我讲一件事，话还没开始，他自己就笑起来了。但笑得并不快乐。他问我：

"你有没有看过这里的壮丁训练"？

我说没有。他说：

"哪天起个早，看一看，准会叫你笑不得，哭不得；一个个又瘦又黄的人，在街上搬石头，搬来搬去，这就叫壮丁训练。"说完，说的人听的人都叹息了。

我始终没有起过一个早，但后来去了，到现在还没有忘记这件事。

离开贵州到云南，一入云南境，一切不同，让人兴奋、快乐。天气，公路，路上的行人，都使人觉得云南是个好地方。

二十九年从云南北去再过贵州，觉得贵州有好雾，早晨车子在山里来来去去，雾在车里来来去去，想刚离开的地方也没什么比雾更可眷恋。到贵阳正夏天，因有一个朋友在大夏教书，常去那边散步。有雨的黄昏，坐在学校附近的茶店里，看雨，看行人。夕阳时沿着城外马路去中央医院，山和水声，都极动人。一个细雨的早晨，坐上去重庆的车子，经过黔北几个大县，但一到四川，便觉得四川整洁可喜，山上梯田里的农作物给人丰富的感觉。这算第二次到贵州。

离开贵州三年，这回从万里外，经过好几个省份，好几条大江，更有无数的大山到贵州来。想象中的贵州比不上四川与云南；贵州地方，天气，比不上关洛的气派和有风有雪有花的洛阳与长安。但我从长江边上太湖畔到洛阳，经过西安成都，更在重庆住了一个月，觉得只有贵州在进步。这进步就表现在公路上。豫皖□线不必说了，到处是饥饿，死亡，挣扎，……宝鸡以南，□□□左近，汉惠渠新成，水汜汜流动成碧，当我经过的时候，正值初夏，山原沉绿，颇像江南。但看不出人事上除汉惠渠外更有令人高兴的地方。到四川，风景也正是蜀中最好的时节，沿途旅寓，叫人觉得不安；成渝道中，吃的用的处处让你感到一种压迫。陪都给人的印象缺少一点朴素的美。人多，见闻少，心像不在自己的心里。从重庆南行，第一个好印象是住在桐梓，住的干净，吃的便宜，第一天吃完饭，一算账，叫我怀疑算错了，问茶房，茶房说："不错，不错，天天来来往往多少人，都是这价钱，哪能多要你的"？

到了花溪，学校正放假，溪山人物，都叫人惊异。

当我过安□一个小镇时，找旅馆，家家都满了人，心想这地方哪来那么多旅客，不禁奇怪，找一家旅馆问起店老板时，才晓得小镇附近，有个临时中学，学生常来镇上玩，一来便把旅馆占了。那夜我很勉强地找一家旅馆的客室睡下，彻夜被麻将牌吵得不能成寝。一看到这批学生，似乎一种已失去的希望又回来了。便正如长途中的失望到这长途快结束时才觉得事实也有出我想像之外的一般。

一九四四年二月廿日重写

原载《星期》周刊 1944 年 2 月 20 日第 26 期，署名流金。

说我自己
——心声之一

从今天开始，我们便是朋友了。凡关心到我将来要说的一切的人们，我都以友人的态度对待他们。我的话，也只是为我的友人说的。

《星期》的读者，对我或已不甚生疏了。从我的短文里也可略窥见我的思想了。我是一个乡下人，不会说假话，也不说漂亮话的。我希望我的读者都是青年，青年人可以饶恕我的"狂妄"。我常常有一种感觉，觉得自己有时接近神。我的一切愿望都是极强烈的。

我的故乡，给我印象最深的，是夏天一出大门望去金黄丰盛的原野，远远的有蜿蜒的山伏在天底下。另一个给我影响最深最大的，便是我祖母坚贞的性格——这，我已在一篇还没有完成的小说中写到过。

我永远不能脱去这种无形的教育的羁绊，我在许多地方表现着过分的强烈与峥嵘，因此有些朋友以为我这一辈子不能在这个社会里有成就，但我始终走着我自己的路。我有着不少爱我的朋友，尤其是十年以上的老友，和许多与我共过事的青年。

我相信世界上有好人，我亲眼见过许多正直的军人，他们都来自田间。假如你生长在农村，假如你去过农村，你一定也能告诉我农民性格的朴素无华、坚忍纯厚。中国南北各地，凡我去过的地方，无一处不使我感到中国农民的人情厚，都是直心肠。我爱这个国家。

我有一个愿望，我要写一部描写中国农民的小说，让温情和爱散布到大多数中国知识分子心中去。

我相信一种力量，从爱一切而产生的力量。世界上，只是这种力量能叫我们振奋，叫我们忘记自己，创造，永远不停止地追求那最高的。永远让生命流出来，结成果树与花卉。

我不相信任何人的说教，除了自己的感情以外。一切能达到成就的境界的，无一不由于我们感情的力量，用文字表现的往往不能进入我们的心里去。只有我们见过，听过，感觉过的，一句话，生活过了的一切，才能使我们感到实在，有一种实在的爱憎。凡曾感动过我的，都是真实的人的活动。我在河南，曾为流离的灾民流过泪，曾因此大大地改变了我的思想，至今一想到那些灾民流离的情景，我马上就能知道我们所能为这个国家尽力的是什么。

朋友，我这些话你听了，相信了，我会快乐。假如你因此而更想近我，更多知道我，我更快乐，但我却希望你照着你真真实实感动过的说你的话，行你的事。不过有一点，你得记住：就是假如你不能爱的话，你这一生，必定要过得落空的。

一九四四年二月在花溪

原载《星期》周刊 1944 年 3 月 19 日第 27 期，署名流金。

至大与至乐
——心声之二

昨夜下了大雪，今天冷得象冬天。但我的精神却是极好的，这时候有淡淡的阳光照在我的窗子上，窗外有宛宛的禽声。

自从《心声》第一节寄出去之后，我就想着要继续写的话。今天刚刚下课回来，觉得有一种异常迫切的愿望，吐出我的话来。

多少次我对我的学生们说，我希望他们有一个宽广的心胸，我切望他们知道，除了我们自己以外，还有一个比我们所想像的要大得多的世界。我教他们爱一切不是他们自己的，让它们像一只只浮在海上的船一样，浮在他们心里。凡能容得下和自己不同的，才配得上去了解一切更高的精神与存在。有一天我给他们讲一篇古代的文章，我自己被那种精神感动了，我教他们也爱它。现在我愿意把文章在这里抄下来：

> 如有一介臣，断断兮无他伎，其心休休焉，其如有容焉。
> 人之有伎，若己有之；人之彦圣，其心好之，不啻若自其口出。

我喜欢这样的一种人，我认为只有这种人才配得上称为"大"。我非常喜欢看海，对着海，我能作无边的幻想。我有一种自由自在的感觉，在这样沉默浩淼无边的海的面前，我意识到了自己的存在，而又忘记了自己的存在。我崇拜像海一样的人，一个人，假如心胸狭窄得只局限于自己的一切，其他的都不必谈了。但这种气度又不是做作得出来的，表面上装作能容人，而内心却在拒绝人，比表面上显得拒绝人的更丑恶；真做不到能容人而勉强自己放宽、放大，以至自己痛苦、矛盾，而最后真容下了旁人的，值得佩服，值得受人尊敬。一个人只有当忘记他自己的时候，才能达到至大的境界。只有在这种境界里，有自己，也有别人。这是一种至大的精神，是人性最高的一种表现。

现在窗前不仅仅是淡淡的阳光了，我打开窗子，望着窗外：山脚下一片绿，充满了生命的感觉，天蓝得像近黄昏时平静的海水，阳光照在水上，水流着，光也随着流动了，那么多的光，而我的手摸不着，它似乎只使我的脑子感受到丰富，而不能使我的手有如此的感觉。

我忽然想，生命的真实之感，便存在于当你感到了除你以外的一切真实存在以后。你看，我窗外的山，云树，村落，流水，村落上的炊烟，满照着的阳光，沉碧的豆菜和动人的鸟声，哪一样不使我感到自然的真实存在？这一切存在都给我一种喜悦。当这一切给予我喜悦时，"我"没有了；当我觉得我有这种喜悦的时候，我才获得了一种自己也存在的真实的感觉。在这样的谐和里，我们不是可以得到一种超乎一切的快乐么？你有没有这样的一种感觉呢？我过去也把和这类似的感觉说给我的学生听。我怕他们不懂，在说完这使他们不十分懂的话后就说：你们在家庭里，看见父亲快乐，母亲快乐，弟弟妹妹也快乐，一家子都融融泄泄的，你不也觉得快乐吗？但是，还有比这种快乐更高的快乐，假如把家的范围放大些，你就可以得到了。不过，我又说，假如你们连我说的前者的快乐都没有，那你一辈子也不会有快乐了。

太阳渐渐淡下去了，我走出门去，远远有好几片金黄的菜花；山上、山下，春天和阳光都给它们带来了颜色。我沉思地站在门前，不知又在想什么；东南边山脚下，正有人赶了一群羊走过去。我觉得这世界给了我很多，我想我自己也应该多多把得到的给予人，回来便写了这一段，也就把这回想和你们说的结束了。

今夜这里一定有一个很美的夜，有明月与溪声……

一九四四年三月二十六日

原载《星期》周刊 1944 年 4 月 2 日第 28 期，署名流金。

自尊与独立

——心声之三

昨天礼拜六，下午有点倦，躺在床上读一本外国的小说，中文译本叫做《咆哮山庄》。我不大喜欢那种风格，比起英国另一位女作家来，我更爱她的明净、朴素与简洁。

天气十分好，窗外有阳光，有花香、云和山色、吹动着柳叶的风，都柔媚动人。天天在春色中，天天有种新的东西向我袭来。二十几个春天过去了，我所经验的春天的情绪，似乎有千万种，而又像只有一种——不管变化与新奇，但推动着我的，都是一种激越的力量，这力量使我找回了我所有的。在这样的思想里面，我感到丰富，虽然有许多仍为我不知道——存在于我灵性中的，我所能感到的世界里的。

一个人觉得他一切都有，所有的知识，只不过帮助他发现自己；这样，我相信他是快乐的、独立的、自尊的。每一件事的完成，决不由于获得，而是由于发现。发现它，需要的只是无邪的心，虔诚与坚毅。只有自己看重自己的人，才能有这种自我发现的快乐。人生最大的成就，就在于发现自己，完成自己，发现得越多，完成的也越大。要发现自己，就不要为知识所束缚，为偏见所束缚，为自私的感情所束缚。所以圣人之道便在求其"能婴儿乎"，便在回返到"赤子之心"。

我常对我的学生说起"自尊"，说起"独立"；只有相信一切自己本来就有的人，才懂得自尊；能有勇气努力去发现自己、完成自己的人，才懂得独立。只有这种独立自尊的人，才能向我们揭示人类的伟大和人类的成就。

凡是认为自己才有而别人没有的这种人，便是愚妄，他永远也不能发现自己；他的心已被这种愚蠢的自大阻塞了。凡是只认为别人有而以为自己没有的这种人，便是怯懦，他永远也不能了解别人，他的心已被这种怯懦的自卑腐蚀完了。

人类历史上有许多成就事业的英雄，有许多精神成就上的英雄，他们，对于愚妄的人、怯懦的人永远是英雄，是神，是魔鬼，是不可近的；只有对于自尊独立的人，是可近的。凡能把英雄看作和自己相同的，才能了解英雄；大诗人、思想家、艺术家……比我们具有的，并不更多一些，只是他们在努力中完成了自己。

窗外一片蓝天，鸟声如梦；凡是我说的，都由于对自然的一种神契中得来；在混乱中悟出一种秩序的世界。

一九四四年三月二十六日

原载《星期》周刊 1944 年 4 月 16 日第 29 期，署名流金。

完全和不完全
——心声之四

　　花溪的春天过去了。今天午后天阴，像我的故乡梅雨初来的时候。我刚刚下课回来，一路上沉绿的山原给我以一种郁然之感。这时窗外仍有鸟声，声声如梦，但不像初春那样给我以欢喜，我感到一种逝去的惆怅。

　　我有一种要诉说的愿望，我拿起笔来了。

　　今天一整天，我心里骚动得很，但没有半点悲哀。一种有力度的骚动，使我回顾了一下这骚动的来源。我想走出这里，想我爱的人近我，听我说话。一种极强烈的欲望叫我离开，或把身边的环境变过来。我心上似乎被一种什么东西压住了，我要跳，要像鸟一样的飞。这叫做忧患吗，抑或是矛盾？在想象中存在着的一种快乐，是永远达不到的。但我要求达到它，我明知道那可望而不可即，但我不愿而也不能停留下来。一个山峰到达了，而另一个更高的又耸立在我面前。我望着它，快乐而喘息，失望与希望交互着，我的生命像水一样的奔流。一切的完美都在前面，看得到它，追不到它。当你追到了，必又不是你所看见的在你前面的那个了。这是缺陷，也是圆满。在不完美中追求完美，永无止境，才是真正的完美。一切凝滞的、固定的，都为我所摒斥，为我所不喜。我愿永远留在不完全的快乐里，我把这叫作幸福。在这种不完全的快乐里，我无半点追悔、自责之情与衰惫倦怠之感。力量便弥漫在这不完全之中。

人生似乎永远在长期的矛盾、暂时的调和的情景中。许多能努力使矛盾得到暂时调和的人，都留下了不朽的事业；许多勉强说"矛盾调和了"茫然自欺、或竟对己对人都毫无所知的人，都被时间淹没了。世界上，具有伟大的性格的人很多，而有能和那性格相称的知识的人却很少。所以在我们人类历史上，只留下来少数诗人、军人、艺术家、哲学家的可供我们发现自己的事业，而大多数具有伟大性格的人的精神，只默默地流动在我们的血液里。

凡伟大的都是不完全的。今天，在我们心目中，有很多完全的了——完全的人格，完美的诗篇——但这都是客观的完全。大诗人觉得他诗篇的完美，不过一刹那；英雄满意于自己的成就的时间，也极短暂。只有愚人才常觉得一切都有、都完美。完全，在主观上是没有的。

春天，一场风雨，一片落花，一个阴天，从一方面说是缺陷，从另一方面说又是完美。

忽忽黄昏了，外面下着细雨。我站在窗口，望外面浮在烟雨里的山色，听外面浮在烟雨处的溪声，一种神奇之感，猛然抓住我了；再过一下，一切都将隐去，我又独立坐在灯下，听着溪声。

明天，这里或又有一个晴天。

一九四四年四月十三日

原载《星期》周刊 1944 年 4 月 30 日第 30 期，署名流金。

现实与希望
——心声之五

今天是五月初十。现正清晨，外面有阳光，啼鸟、溪声，令人入梦。我离开北方一年了。

这些日子的中原的战讯，使我像怀乡一样的念着它。昨天已经没有洛阳的电报了，龙门去洛阳三十里，敌人一渡伊水，洛阳便一定得完了，我有说不出的悲哀。

民国三十年的初夏，中条山沦陷，洛阳终日听得到炮声。那时我住在西宫，警报里，和几个同事坐在树荫下，正值花开时节，一片槐花香，把人从这个世界摄去了。有一个同事提议用"洛阳三月花如锦"来联句，一位姓夏的朋友便接着来了一句"今古情怀迥不同"。我当时便说："接得太好了，我们无法再做下去！"花香如梦，远近都听到炮声，今古情怀，真太不同，还有什么可说的呢！但洛阳终于安然无恙。接着我也就去了别的地方，隔一年才又回到洛阳来。

洛阳这回恐怕是一定完了。我能说些什么呢！

希望支持着我们的生活，失望又常常在生活中投下许多阴影。现实生活带来的失望多，希望便显得无力而缥缈。盲目的人是没有"希望"的，"希望"对他们是虚妄；没有自信的人是没有"希望"的，"希望"对他们是"枉然"；自大的人是没有"希望"的，希望对他们是妄想。希望只是那些能面对现实，有勇气、有信心去改变现实的人的朋友。能了解现实，正确地抓住现实的人，希望才会发光，才是慰藉、是诱导、是力量。希望来自现实，现实是希望的母亲。现实中的失望一点也不能减少希望的光辉。但假如现实是疲弱的，像一个疲弱的母亲；是腐朽的，像一个腐朽的母亲，那希望也便如先天不足、教养不良的孩子了。一块肥沃的土地，才能希望丰美的收获，深耕易耨，才能有好的收成。

没有"希望"的人，是极可怜的，因为他已是虽生犹死的人了。年轻的人而没有希望，反不及皈依上帝的老者。有信仰的人，希望是追随着他的。希望与力量同在，与无畏同在，与不息同在。心满意足的人，希望鄙弃他。倦于生活的人，希望离开他。

写完这些话，我出去散了一回步。山庄附近的树，充满了颜色与光，草上也浮动着一种生命的光辉。这一切，和我的心情渐渐趋于调谐，在这巨变中，想说的实在又不是能写的。

一九四四年五月十日

原载《星期》周刊 1944 年 5 月 28 日第 32 期，署名流金。

爱与恨
——心声之六

　　我感到一种纷乱、一种窒息，当我一挑选了这个题目的时候。

　　我自己有一个极强烈的性子。从中学时代起，我就有我最爱的和极端藐视冷淡的。我恩怨分明，有朋友，也有敌人。要我爱我的敌人，我办不到，但我却会去同情我所敌视的人的不幸。感情上和我相反的人，我每每不能取悦于他，见容于他；同样，我也不能去接近他，我有自己的爱憎。我重真实，爱质朴。装着同意一个人的意见或谄媚一下自己所厌恶的人，对我是一种不能忍受的痛苦，一种不能忍受的耻辱。我的爱由此而来，恨也由此而来。我是感情很丰富的人，所以我的爱憎也强烈。没有感情的人，是没有什么爱憎的，甚至不能爱父母，爱兄弟，爱妻孥，更谈不上什么对理想、对正义、对国家的爱了。孔子说"惟仁者能好人能恶人"，仁者是有真性情的人。

　　耶稣博爱之道太伟大了，我无法企及。也许因为我是中国人的缘故，我觉得孔子所说的爱，更近乎人情。我爱父母兄弟，总比爱别的人多；我爱乡土，也比别的地方深。一个对父母不孝的人，希望他对朋友忠实，是不可能的。一个对朋友不忠实的人，希望他爱国家、殉道，更是妄想了。爱常常是自私的、真情的、无条件的。最高的一种爱是"给予"，一般的爱是互感的，爱之强而恨也深了。爱是一种积极的力量，恨却是消极的。爱一个人，爱一件事，爱一个什么的时候，对所爱的只感到一片混沌；但在恨里，却有是非之念，感情里掺杂了极明显的理智的成分了。爱可为之而死：为人而死，为理想而死，为国家而死。但恨却难能使人为之牺牲自己的生命，"求仁得仁"，一点也不后悔。

一个有生命力的人，一个有生命力的民族，莫不是积极地爱着；而近于衰老的生命，无进取的民族，对于事物表示爱憎时，则多是恨了。爱是一种热烈的追逐，是一种不断的发现与创造。欧洲近代大诗人大思想家歌德的一生，便是爱的完美表现。他在每一个时期里，都有最热烈的向往与追求。他的一生，便如一首波涛起伏，声调铿锵的诗。我国的圣人孔子，他恋慕着那个逝去的时代，在他的一生中，虔诚地追求着一种人格最高的表现——"仁"和"圣"，以至于"朝闻道，夕死可矣"。这都是在人生中，表现了最伟大的爱的力量的人。只为着战争乱离之际，由于一种消极的嫉恨以至杀身的事亦每有，但那只不过徒留给后人凭吊与唏嘘叹息而已。

花溪一连阴了好多天，天天夜雨；今天忽又放晴了，窗外有阳光，鹧鸪声最引人入梦，天色比平时更蓝些。

一九四四年五月十九日

原载《星期》周刊 1944 年 6 月 4 日第 33 期，署名流金。

论积极精神
——心声之七

　　朋友们，差不多有一个月我们没有通信了。这一个月内的变化很大，同盟军在法国海岸的登陆和我国名城长沙的陷落，是世界上两件大事，我们当然更关心我们国内的战事，自从武汉撤退，长沙的争夺是最撼动我们的心灵的。

　　我们是一个最不能反省的民族，历史上的例子太多了。远的不必说，就以近百年的史事来说吧：当一接触到西方的文明时，把人家看作蛮夷戎狄，后来蛮夷戎狄又变天神了。这显然是盲目的自大与自卑，这都是不能反省的表现。抗战之初，多少人悲观，多少人认为一年半年我们必要灭亡，但我们打下去了；而后来又忽然自大起来了，一种狂妄的自信，叫外国人看了也惊异的。我们打了七年仗，试问我们从敌人那里学到了什么？我们和盟国接触也有三年多了，我们向盟友又学到了什么？一个多么不自省的民族，不虚心的民族，不欣赏人家的优点的民族！

　　我们祖先的教训是要"虚怀若谷"，是"吾日三省吾身"，我们向古人又学得了什么呢？

　　我今天要向青年朋友们大声疾呼：我们要积极地承认自己的错误；敢于认错的人是了不起的，只有敢于认错的人，才能勇于改过。

　　这是我要对大家说的第一点。

　　积极的认错的精神是我们儒家的精神。儒者之道，失传于今已一千七八百年了。现在支配中国的是道家的个人主义——自私，法家的功利主义——权术，儒家留在今天的，只不过是不合时代要求的名教而已。我们今日需要的是儒家积极做人、舍己为人的精神。洁身自好之士是无补于今日的，那是一种间接的误国，间接的贼国，是自私。我们今日需要的是善善恶恶的积极有为的丈夫，是逼人为善、劝人为善、教人为善；禁止人作恶、防止人作恶、避免人作恶的惶惶不可终日、寝不安席、食不甘味的积极的丈夫。

我们所认为的好人，是自己好了，要别人也好，使别人不得不好，不敢不好的人。

我们崇拜进取的立人达人之士，我们崇拜知其不可为而为的英雄。

朋友们，我们现在真到了生死关头。国家无生路，个人是无生路可言的。

贵阳三日风、四日雨，一定给你们带来了不少忧思。但我常从窗外看山上的小路和山下的新绿秧田，我觉得我们这个民族能有力量创造出一个新的世界来。

一九四四年六月末一日

原载《星期》周刊 1944 年 7 月 23 日第 36 期，署名流金。

人生的意义与价值
——心声之八

　　人在自然中常常感到生命的飘忽、无常、渺小；自然中的一切，多么的无限、永恒。面临沧海，我们便想到千万年前是浩波千里，一片汪洋；千万年后，亦依然如故。日月星辰，运转不息，春夏秋冬，递相代谢，于是便想到自己的生命无常，充满了文学中的，是一种无常的哀思"朝为美少年，夕暮成丑老"与"人生如寄"之感了。

　　人类开始最亲切的是自然，因而很自然地追求在自然中的意义；追求的结果，是"华屋山丘""沧海一粟"的悲凉无极。印度人如此，充满了印度人的是无常之思；希腊人如此，充满了希腊人的是不可知的命运所造成的悲剧；中国人如此，充满了中国人的是"及时行乐""放荡形骸"的颓废。当然也有在这种对自然的参悟里，领会出一种别的意义来的，那便是所谓的乐天、制天（这是我杜撰的名词，用荀子"制天命而用之"的意思），以及近代的进一步征服自然的想往。

　　但人永远是拗不过自然的；人在自然中追求生命的意义与价值，将永远是空虚、无常与飘忽，"如梦"和"如寄"了。

　　但人有另外的生存的意义，有另外的生存的价值，生命在另外一些地方，可以发光，可以不朽。中国的圣人孔子最懂得这个道理，秦汉以后的儒者，也多少懂得这个道理。孔子不谈性，不谈天道，不谈鬼神，孔子的精神是"知其不可为而为"，孔子的对象是"人"。秦汉以后的儒者，论不朽，曰立德，曰立功，曰立言，也还有点孔子的精神。西洋人似乎比中国人更知道人生的意义与价值。西洋人崇拜英雄，英雄是在德、功、言三者之任何一方面能垂诸不朽的人。西洋人重事功，重个人在人群中所兴起的波澜。西洋人追求人在社会中的意义，重视人在社会中的价值。

人只有在社会中才能有价值，人生只有在社会中能追求得到它的意义，才可以不朽，可"与日月争光"。

孔子在我们今日的一部分人心中，依然是活着的，二千四百年来，他的光辉不断地照耀着。柏拉图、耶稣、释迦牟尼，今古的意义是同样的大，一点没因时间的影响而失去光彩。这是一些最伟大的人物。而同样也有许多无名的英雄活在我们的心中，永远令人感念。没有一个人经过山西、陕西的山地，看到那万顷梯田，不追怀先民稼穑缔造的艰难的；没有一个人登临长城，不感叹先民创业魄力的雄伟而兴怀古之思的。任何一处经人力创设的地方，莫不给人留下一种意义，一种鼓舞。一段曲折崎岖的山道，一座小桥，都可令人感动。当我们瞻仰一座颂扬母德的纪念碑时，有几个能不怀想生我育我的伟大母亲！

人，只有在社会中才有意义，才有价值。人生的意义是不断的奋斗与创造。人生的价值在于既成就了别人，也成就了自己。

一九四四年七月十一日早晨

原载《星期》周刊 1944 年 8 月 13 日第 37 期，署名流金。

　　二十八年在昆明读书，开始在我们自己办的一个壁报上，发表我的日记，后来又在中央日报的《平明》和大公报的《战线》上陆续发表些。所发表的不及所有的四十分之一，但都是以表示我一个时期的生活和感想；到去年为止，差不多已有五年了。这五年有一年半在昆明，其他的日子都在北方。中间在安徽太湖住了五六个月。我从极端厌倦生活渐渐变得忍受它，而至于欢喜了。那些日记我给了它一个名字：《罪与罚》。一方面表示我的生活，另一方面表示我的感情。去年回到南边来，在一个溪山人物都极动心的地方住下，教书使我快乐，同时从一位认识了五年，继续不断地通过三年信的老朋友那里得到了一种我追寻了多年的梦境似的爱与信赖，我觉得自己变了许多。今天忽然翻出自己的日记来了，在极动人的黄昏的窗下，我一页一页地翻阅着，风微拂在窗外，一片云霞，一片鸟声，一阵溪声……远远山脚下有树和村落，晚烟浮在树林子中间，渐渐升到树的上面云的下面了。五年前第一次抄出自己的日记发表时的情景，忽然现在目前。那时候的朋友，一个在昆明，一个在上海，两个在贵州，而又一在花溪，在咫尺的天涯。

　　一种无边的怀念让我神驰于这美丽的晚景之中，心像极远极远了；但我是十分快乐的。灯下我便从今年的日记中，抄了些出来，又索性给了它一个极普通的名字——新生，来纪念我这几个月，以及以后要来的和过去不同的生活与情怀，用这样体裁来写我自己，关心我的朋友大概都会欢喜的。

二月 × 日

天天下雨，但我不觉得。她来了，我眼前日日都有阳光。火炉中的炭整天都烧得极旺盛。下午只有我们两个人留在屋里，一切都丰富、充实，我似乎从今天起，才得到实实在在的快乐了。以前想象着的美丽与快乐，如今变得平凡了。充满了她的是虔诚与智慧，我有的是一种不可抗拒的热情和一种极近乎神的感觉。世界在我看来多么小而又多么大！我沉醉而又清醒。

昨天傍晚新晴，从饭厅里出来，夕阳正照在大将山上。山上长满了树，树过了冬还青青的，久雨后，树叶子含蕴着湿润，在阳光下发着光亮。山高得似乎要碰着天了。天是蓝的，有一块一块的云从山上飞过去。在这一刹那间，世界似乎充满了神奇的壮丽，我默默地望着山，望着云，望着蓝天，望着夕阳……一切在我眼里合一了，混沌了。我觉得我面前有着那么多的光，那么多的颜色，神在我面前了。

又一日

今天她走了。天阴的。她来了十天，像只来了一会儿。一切都跟着她走了。但我仍旧觉得这世界是我的。晚上坐在灯下，给她写信，她似乎就在我身边，我快乐。

夜里有如梦的溪声，它把多少回忆与希望给我带来了，又把多少怀念替我带了去，凡听得到这溪声的地方，就有我在，她是听得到这溪声的。

又一日

前两天就有学生回来。他们又把快乐、生命带到这溪山中来了。

坐在办公室里，听到窗子外面年轻的呼唤，那样熟识的、亲切的打着我的心，我有说不出来的喜悦。我更欢喜那些幼小的、天真朴实的脸面，充满了爱的光辉，简单的纯洁的，我可以从他们脸上觉得到一种我喜欢的精神与感情。我碰见他们的时候总问他们年过得好么，但我心里有更多的话要说，可是只说了那一句。一个个都胖了，红润了，从学校得不着的在家里都得着了。

下午有极好的阳光，和几个同事坐在草地上，浴着阳光，真像春天。有好几只小羊在我们脚边咩咩地叫着，有的蜷着睡在草地上，柔软光滑的毛，给阳光照得极动人，我轻轻地抚摸着它，它轻经地颤着。大羊把花盆里的兰草都啃光了。

又一日

今天又晴了。入冬以来，下了两个多月的雨，虽也偶然晴过，但一半天又下起雨来。阳光简直像一个又美丽又飘忽的少妇，飘然而至，但不一定什么时候说走又走了，使人觉得当她来的时候所有的一份快乐里，也渗入着一种怕要失去的感情。

下午打开窗子，让阳光进来，窗外一切如画，山的颜色、天的颜色、草树的颜色、鸟的声音、水流的声音，无不令人神往。我常常觉得在这世界外有一个世界，一定更好，更完美，我们永远不能达到但我永远想达到。当我正凝神于窗外云山，刹那间，我觉得那不可达到的世界在我面前了，但又只一会儿就消逝了。

又一日

读纪德的《新的粮食》，觉得那里面充满了我的思想，又高兴，又快乐。从昨夜开始，我便为他所抓住了，我的血液在那些文字间流动。纪德不是一个法国人，是一个世界的人。近代文明发展到了它的最高峰，已开始走着下山的路。高尔斯华绥在他的现代喜剧中，所写的是一群无信仰的人，H. G. 威尔斯把亚历山大、穆罕默德、拿破仑都写得那么失却了他们本来的面目，罗曼·罗兰的悲天悯人的心，都是近代文明衰落的朕兆。纪德却代表着新时代的开始的声音。他说："人生尽会比人所公认的更美。智慧不在理性，而在爱……听新的法则先必须没有旧的法则。解放啊！自由啊……"这是一种新的声音。

被他充满了我的，也是我自己的；当我没有读《新的粮食》之先，我写了《心声》第一段。我并不曾因窃取而有了自己的思想。

灯下，她又回到我身边来了。我要她也读它。

原载《革命日报》1944 年 3 月 21 日《革命军》第 1113 期，署名流金。

新生（二）

四月 × 日

过去的生活，现在看起来，就像是昨天听了的一次演讲一般。现在，天是蓝的，夕阳最后的光辉也从河上隐去了。

风送来花香。

月亮照在我窗子上，我高声诵着"自从建安来，绮丽不足珍……"的诗。想想自从南来后重新激发起来的对文学的兴趣，一阵沉思抓住我。

现在所见到的这个国家的文学，似乎就只在说谎、虚饰、浮夸、伤感上面显得有光彩，但最令人不快的还是狂妄的说教，幼稚而故作的成熟。

我们需要健康、结实、充满了生活、富有希望而不流于说梦话的文学。

李白超出了现实的世界，追求更高的，是真正的盛唐之音，真正唐人的气象。杜甫执着于现实，怜悯一个光荣的逝去，希望过去了的还回来，极易打动普通人的心。我们这民族，对李白似未能普遍地了解，他却是近乎近代西洋的。但现在走杜甫的路的，也只剩故作的感情了。

又一日

早晨有雾，阳光从雾里出来了，山也出来了，又是好天气。我坐在窗口上，不知有多少花香冲进来，像夜里牵引着我的溪声。

翻旧杂志，济慈给海珊的信中说别人对于他的批评，有一段很好："……称誉和诋毁对于一个爱好抽象的美的人只有很短暂的影响，因为这种爱好已使他成为对自己作品最严厉的批评家……而假如我觉得自己是对的，外界的赞美所给我的兴奋远不如我自己发现、承认'完美'以后的快乐。"

近来读王尔德传。一八九三至九四年间，当他达到成功的峰顶时，他和蔼理斯的谈话中间，也充分透露这样的自信。一个人似乎需要像这里动人的溪边的野花那样，欣喜地、傲然地开在每一个应当开放的季节里。给村姑和诗人以同样的惊奇和喜悦，而自己却无半点对别人欣赏与否的考虑。

夜色动人极了。坐在旗亭，看群山在暮色中深暗，又在月明中渐渐露出那娉婷的姿影时，似乎只有神能给予那种动人的神妙。

又一日

溪水疯狂似的响彻云霄，昨夜大雷雨，蹭蹭的声音再也听不到了。天仍阴，风也转了方向。山色清淳如□。出学校门，一片槐花香，仿佛又在过去中打了一个回转。重读着纪德《田园交响乐》，仍感到纪德在那本书里面似乎说明了一种极近乎悲剧的精神。人常会欺骗自己，为了一个崇高的向往；但往往渗入生活中的却不是那一些，而是现象世界中实实在在的。但我仍觉得悲哀，我们真不能用一种力量欺骗自己到底么？使我们爱的真是我们所爱的！

我为这问题而苦自己，不止一次。我假如是日特露德（《田园交响乐》中的女主人公），也一定自杀。死有时便是生。活着而离不开自疚之情，其苦或比死更难堪。

又一日

四月又过去了，我快乐而又充满生命之力。××今天来了。天晚了，我以为她不会来，一个人在屋里读书，虽心里仍在盼望她。似乎是一种完全新的快乐，我感到两个生命的悸动。情感方面的一致，是极不易达到的，思想在男女之间，似乎是另外一回事。

晚上去公园里散步，已听到蛙声。朦朦的夜，大将山似乎就在我面前，用手触得着，而那山下的灯看去却极远极远，远得把我的思想引向那边，我的灵魂似乎就只有那一个出口处。

末一日

下午出太阳。野外有耕过的田，瞧着那翻过了的泥土，感着异样亲切。我的童年都在乡下过去，对土地似有一种特殊的情分。

一天到晚听着鸟声：早晨的莺声，稍晚一点的鹧鸪声，如梦的布谷声，还有许多不知名的鸟。有一种叫声，就像莫扎特的音乐，那样给人轻快喜悦之感。

花鸟围绕着的世界！溪声似乎是从另一世界里来的。我们坐在屋里，我常想，当我们一到静默的时候，说点什么最恰当呢？多贫乏的言语啊！这样丰富的自然，这样充实的心，这样泛滥着的我的情感。爱，美，神奇，快乐……一切这类似的字，加起来也抵不上我心里一刹那的变动。我感谢了上苍。上苍给予我的是这样多，这样的丰盛。我觉得我肩上肩了这整个世界，但我仍是轻松得很。

夜来了，又是一个明月的夜。光像流动在我心里，一切美丽的，都似乎为我故意而安排。

五月×日

洛阳最令人怀念的时候是初夏。四月的平原上，有旷野似的风情。风吹着时，觉得有一种极大的力量推你向前。西宫一带，清晨和夜间，就像江南一般。但我并不欢喜那南方抒情的味儿，我爱北方那沉郁的原野上的磅礴的风，洛水也给人一种沉郁的感觉，听那种浩浩的流声，艰苦地远远流来，又挣扎着从我们身边远去，极易使人感到卓绝，和想起我们祖先与自然苦斗的历史。

我离开洛阳一年了。这两天特别想起洛阳来，这种怀念苦我！龙门去洛阳四十里，敌人已过龙门更向北去，洛阳恐已不保了。

像怀念一个垂危的朋友一样念着它。南来了一年，我第一次有忧郁。我这几天特别觉得爱我的国家。而未来的黑影纱似的在我面前飘动。

纪德说："个人主义的胜利须抛弃个人才能做到。"意义是深远的。五年前在汉口，我觉得我可以抛弃一切，为了我的国家。这种感情，近日又回来了。但我又能抛弃什么呢？我爱着的是可以和我一样贡献出我所贡献得出来的。

一种力量压着我，沉重地压着我。

夜里大雷雨，不得成寐。我的心也像这雷雨。

又一日

天又亮了起来。七八天不见她，见她的日子又近了。近了反觉得日子难过了。

又一日

站在溪边上望黄昏，动人得简直可以死。一春过去，就见过五六十种花，五六十种鸟，那是一种神圣的默示。今天采了一把金银花来，香了一晚，迷了我一晚。她只一天就来了，但我想她马上来，顶好我一叫就来了。

读纪德论歌德的短文，极佩服。他认为歌德影响了他的，为近人情。他说"他（歌德）不爱崇高的超乎人情的高峰，而爱被阳光笼罩着的生有营养人和陶醉人的小麦和葡萄的半高原"，一为探讨精神，一为生活与诗的一致；每首诗，即一行为：一为注意现象的世界，依照感觉的世界法则去思想。一为不断的努力；"行为与梦和纯粹的冥想对峙着……在歌德全生涯里……保持着的对抗，这种对抗使他只有在奋斗中才觉得满足，使他不承认在死以外还有休息。"

但他却不赞成歌德的容忍，而更爱孕育于歌德而完成于尼采的决绝。

这是极好的见解，明睿的见解。对于现代中国人的一种补剂。

温柔的衣，微风，花香，灵巧的星星，密语的树叶，沿着溪流的钟声……还有不时传来的远村的犬吠，在我身边交织着。

原载《自由论坛》1944 年 10 月 22 日，署名流金。

新生三续

十二月十日

昨天天晴，后窗的树在阳光下和悦动人。黄昏时候，山色苍蓝，仿佛是在春天。坐窗下，和藁谈去年冬天花溪的雨雾，因对日前战事，发生感慨。藁说：

"看这两天情形，贵阳恐不会掉了！"我说：

"我一向认为，贵阳掉不掉不是问题。问题只在我们自己是否能反省，能向好处走。把山西作例子，二十七年底，几乎就全完了：但到今天，晋西一隅之地，还守得住，兵足食足，上下相安，敌人始终没有办法，完全是因为山西的领导人，能洗心革面，真往好处走的缘故。"

去年我对学生，说至大至乐，说独立自尊，劝他们以圣贤自期。今年我只希望他们做了什么，便说什么；想做什么，便做什么。甚至我对他们讲：

"真正男盗女娼，而敢说的，我也佩服！"

我将歌颂那些为恶而敢于承担的人。我们的敌人，是乡愿，是伪君子；我们的国家，到今日这般地步，都是因为乡愿太多，伪君子占据了我们一切活动的领导地位的缘故。

晚上给一个学生写纪念册："天地甚大，人生的路甚广，只有心胸阔大的人，能感到自由、丰富与幸福。"

十二日

　　读毕纪德《刚果旅行》。纪德真正是新时代的声音。个人主义在今天，似乎是没落了。我们的国度里，个人主义的声音，更是随着我们所向往的思想与文艺一齐消逝，连一层薄暗的影子都不曾留下。

　　但在我们今日，一切显得幽昧、无力的时代，却是需要个人主义的。

　　个人主义，其实就是独立不惧和朴质天真的表现。而这两种美德，在我们身上，很难找到了。代替它的，是表面上的集体主义和骨子里的自私自利，是谄媚人和要人谄媚的极度的奴性。

　　五四运动以来，鲁迅是真正的个人主义者；充满了他作品里面的反抗的、漾溢着生命的情绪，在现在的文学作品中，是被虚伪和粉饰代替了。

　　下午，阳光照着屋里半开的窗户；院子里有一个刚满一岁半的小孩，在盛开的白茶花下面，玩一个空了的饼干筒子。金属碰在石块上面的响亮的声音，引得我站在槛杆旁边，注视那可爱的充满了生命的愉快的小脸。有一只松鼠悄悄地从墙那边过来，停在对楼的槛杆尽头张望，转眼之间，又悄悄溜走了。

二十八日

　　天晴，晴得那样好。早晨，坐在阳光下面，窗外的竹林，时时逗起我一种渺茫的梦想。

　　在中国文学里面，诗和我的情感至深。中国的哲学特别着重人，中国的社会，始终以农业为基础：因此在中国诗里面，道德的成分和自然的抒情，占有着特殊的位置。表现于前者的，是杜甫的忠君爱国。表现于后者的，是陶潜的田园梦思。但我近来却更喜欢屈原的想象、阮籍的悲愤、李白的超越，他们是比杜甫、陶潜更高、更丰富、更给人一种高世之感的。

远山寂然凝然，时时有白云飘然打上面经过，忽想古今伟大人物，都寂寞而痛苦，充满了矛盾和孤往的情怀。矛盾越大，痛苦越深，其伟大程度越不可企及。但矛盾之极，是一种舍弃一切的调和，苦痛之极，是一种浑然忘我的至乐——经过了多少磨折艰难的一种澄明而不可企望的境界。不过依然是一种旷世的寂寞，如日初升时的彩霞围绕着他们左右。耶稣临死，没有一个学生敢认他。孔子门徒七十二人，也没有一个能真正与他同心。

夜晚，有好明月，清幽入户，像在北方。翻旧《哲学评论》杂志，熊十力先生论文《答江易铧》有云：

"伪者，缺乏诚心，或知求诚为贵，而未能克己。血气盛，而其辞足以逞；智虽小，而读书足以识故事，侈见闻，俨若胸罗今古，笔走风云，便谓天下之道果在乎是，存之心，发于言，张皇狂大，一切不惭，天下皆孩之，而我为其父师，为其慈母，俨若仁覆诸天，德侔千圣，其骄盈之气，亦驰骤有光怪。天下有月者少，无月者多，则群相惊骇，以为文之盛也；而识者则知其浮而无根，华而不实，夸而无据，肆而不敛，奇而已绌，其精神意气，毕露乎词也；韩愈之流是也，此习伪为也。"

这一段话，似乎就在说今天某一部分的人，虽然他们比起韩愈来，连徒孙都够不上的。

四五年一月七日

有两个从贵阳来的学生来看我。打那边来的消息都叫人悲哀。他们都是高中二年级的学生，都只还不过是十七岁的孩子，学校没有了，从花溪走到安顺，好容易找到人，介绍到保山加入远征军去。我问他们为什么不就在贵州就近加入军队的工作，其中一个极爽直的孩子说：

"远征军是打出去的，所以我要去保山。"

他们带来的一个朋友的信，更使我感动。信上说：

"我们本来是准备从军的，因此早就打算离开学校。但黔南战事吃紧，我就把从军的念头打消。我不能把生命，和我学生的生命，在兵荒马乱之中交给一个临时凑起来的乌合之众，因此我就劝他们暂时不从军，等局面稳定一下再说……"

"十一月三十一日，学校决定停课，尽速疏散学生，但许多学生都不肯走。当天晚上，由我的建议，开了一个音乐会。这音乐会是我一生也不能忘记的。本来在校历上规定十二月二日有一个音乐会，我们已经准备了两个月。在这样紧张的一个场合中，我们提前了两天来举行，使每个人非常地兴奋。当初三的学生唱到'大军已过新墙河，后军纷纷渡汨罗'时，我几乎流泪了。这不是我一个人的情感。初三的这支《胜利曲》，后来被 encore 了三次。最后的校歌也是使人不能忘记的。那天留下来开音乐会的学生不过一百三四十人，但唱校歌时，声音竟比平日大两倍。"

"一日二日两天，学生走完了，只剩下十九个无家的孩子，准备跟学校一起走。那两天是最难受的时候，学生慢慢走空了，教室里是空的，寝室里也是空的。我那班的，有几个人自动把教室收拾得很干净，更给人留下无穷的忆念。还有一些人，在谈着那天的音乐会，但也是无精打采的。"

读完了这封信，七年前，北平沦陷的那天早晨，日本飞机刚炸完西苑，我们从未名湖旁的树下回来，一辆美国大使馆的汽车，正停在贝公楼前面，从汽车里走出一个人，手里拿着一面美国的国旗，走进贝公楼去；一会儿，楼前草地上，飘扬的青天白日旗，在我们沉默的悲哀中降下的情景，又那么熟悉地来到眼前了。

夜里大风。久久不成寐。对当前工作，忽然感到无意义。六年前，这时候正在山西，二十九和三十一年在洛阳，去年便在花溪过去。年富力强的日子，不能把生命贯注于一个是在为人的工作上，或也就是和我同时代的人共同的痛苦。

一月九日

　　父亲从江西寄来的衣服，今天辗转从贵阳带到。路上，已经过半年了。说不出的感激，和流不出的眼泪，充满着我的心胸。又快乐，又怀念。念母，念姊姊，念远在印度军中的弟弟。一想起他们来，我的心就开了。谈到他们时，我面上有光。今天，我在怀念中满足了。

一月二十三日

　　后园的梅花，已经盛开。无端地我又想起花溪来了。我仿佛还住在那溪边的小屋里。一片大山，横在窗前；一丛一丛树，在夕阳里变换颜色，在晨雾中渐渐清明，在初春的阳光下闪耀，在雨里缓缓婆娑。

　　春天来的时候，那样地给你惊喜，来不及的一种赞叹，真是忽然一下就站在你的面前，把你摄住，使你昏迷、快乐、骚动。雨后，天猛然一晴，山壁上的夕阳、溪水上的亮光、树上充满了生命的颜色，不知带来了多少令人沉醉的情绪。

　　柳树才绿的时候，后山上便有一种花香。从山下过来过去，我老闻到那香味，但不知道是什么花香；有好几回我在山脚下找来找去，找了半天找不到；偶然问起小屋里住的一个女仆人，才知道那香味就是我们小屋后面荆棘里发出来的。是一种蔷薇科的野花，已经开了。

　　一个春天，就不知道有多少花丛饰过我的梦。沿着溪边开的桃花、李花，山坳里的梨花，再晚一点的刺莉、金银花，遍地的二月蓝、金钟花。红的、白的、蓝的、黄的，数不尽的野花，只要是有春天的地方，都会有的。春天完了，花的季节还没有完。夏天，有一种野百合花，那样高贵地开在山岗上，人难走到的去处，独立迎风，引起你一阵惊喜的赞叹。除了花，便是那和花一样多的鸟声。我能叫得出名字来的，似乎就只有那充满了梦思，在月夜还不绝地歌唱的杜鹃。

在花溪的日子，真是充满了诗与梦思。去年初夏，给一个朋友说那边的风景和清怀：

"花溪日日风吹雨，云暗天低望不开。浅草迷离临水岸，深林冥杳聚山隈，莺声昏晓当窗急，苗唱低昂越岭来。小市人家春酒美，典衣求沽亦佳哉。"

同年四月三日记事中一段说：

"雨后，山像洗了一般，天也更澄净蔚蓝了。山下麦色、柳色、菜花，都给人一种极清新的感觉。中午，有好几支渔船，从山庄前面过去，掠过水面，十分轻盈。一大群学生，和我坐在溪边草地上。蕖也来了。我心情上从来没有像今天这样充满了阳光。命运注定了我和青年、自然、阳光在一起。我年轻、健康、快乐、充满了生命。蕖的身体和灵魂里都充满了我。"

二月一日

和在上海的一个朋友写信说：

"当道德堕落的今天，道德在文字上却显得异常丰富。人们嘴上，几乎无不以道德相标尚。这大概也是今日的悲哀。常试想，凡事都不可充满在纸上，在话言中。真真实实的，大概是不说的。一百个人说仁义，行仁义的恐怕连一个都不会有的吧。近年来我感到作文开会都无用处，只劝人种田当兵，对于知识，十分轻视。知识在今天，已成为自炫自媒的工具。有知识之人，四体不动而高自位置，对国家一无用处。真知实在只能从行动中求得到。"

晚上和则良谈论。则良说："今天做贼的都没有一个了不起的！"

我说："了不起的贼，必须是一个了不起的人，我们今天所遇到的，严格地说来，都是一些影子。譬如以做生意来说吧，做生意有什么坏处？但有许多人做了生意却不敢说。要有了不起的人，必须要先有一个能允许人敢做敢说的社会。在现在这个社会里，人的力量大概都消耗到作伪那方面去了。"

我们大概还是在旧传统下面喘息。旧日的标准太高了，我们今日都不可企及。一部分的知识分子，又太向往于西洋的文化，而那又不是自己所能达得到的。因此，我们眼前的人，都成了奴隶，一个个装腔作势，以至于连求达到人的最低欲望的企图都不敢告人。来往人间，如鼠之躲闪，实在也是值得悲悯的事！谁有勇气，把这一切压在我们背上的都毁灭，重新凭着人性开辟一条新的人生道路！

一九四五年三月六日早晨抄写完

原载《文聚》1945 年第 2 卷第 3 期，署名流金。

花溪的春天

　　××兄来信，要我写一篇花溪春天的文字，我乍看觉得颇能胜任愉快，就在心里应许了他。前天夜里从公园里回来，拿起笔，摊开纸，想了好半天，一个字也写不出来，才觉得那是个难题目了。花溪的春天确是最好的，但要说怎么个好却又踌躇了。记得那天夜里起了个头："我们小山庄前面便是溪流，不下雨的日子可以望见许多山，一些树，一些人家。"但怎么也接不下去了。放下了笔，应一个朋友的约去镇上吃汤圆，回来打过九点就睡了。昨天想了一天依然写不出一个字，花溪的春天似乎不是用我们熟知的文字写得出来的。

　　今天是个阴天，窗外有悠长而疲倦的鹧鸪的叫声，柳枝被浓密的绿叶压得垂下腰来了。绿叶的外面，似乎还有另一种鸟声，已经带得有点初夏的意味。水边的村舍里，有鸡鸣，悠然催人入梦。我一边磨墨，一边想着怎样来写这个花溪的春天。

　　不知是为自己的记忆不完全，还是为了别的缘故，信手打开抽屉，把入春以来的日记，一页一页地翻看着。日记上记下的原极简单，但亦足以让我的记忆展开，使过去日子里的情思，真实地再现一次。我想就用那原有的简略的纪事，扩充一下，排比一下，不更足以展现我在这个春天里面的情感和这个春天在我生活上留下的泥爪么？

　　我便从日记里，抄了些下来。

三月一日

　　竟日细雨，春迟迟不来。北方这时候已是好天气，柳色都青了。尤其是郊外的麦色，给人一种富有生命的感觉，风一吹，绿在心中漾动，眼前天地无限宽阔。刚从冬天苏醒过来的河水与山色，也那样给人一种初生的喜悦，使人觉得自己才刚刚到这世界上来。这里的春天来得太晚了，整个冬日都是雨天，立春后，偶然在人们盼望了很久很切的时候晴一下，但最多不过一天，又下起雨来；窗外依旧吹着又湿又冷的风，以至连盼望春天来的心情都没有了。

　　黄昏的时候，溪水上忽然出现几只打渔的小船，山下有好几处菜花的颜色映在水里，似乎有了点春意。

三月七日

　　昨夜下了大雪，早晨冷得很。一会儿雪全融化了。午后有阳光，阳光把春带来了。山下面一片菜花，一片麦色，水流去像一条绿色的带子，围绕着被刚刚出生的小花小草装点得发亮的山。下午我躺在床上，阳光洒满了我一床，窗外有无数的颜色与声音。春一来就这样绚烂，我来不及感觉自己的快乐了。

　　黄昏时，山脚下那一片平地上，有数不清的颜色奔到我面前来，水欢乐地拥抱着山和平原，天罩着下面一切的欢乐，发出梦似的蓝。我愿死在这山下，充满了我的是梦幻似的神奇，我不要再回人间了。

三月十四日

　　十日晚上有大风雨，但连续晴了几天。今天又阴着了。柳树默默地抽了芽。山庄左近，开门一片金黄，没有阳光，也似有着阳光。草地上蓝、白地丁，全开了花，香得异样。

三月二十日

　　早晨在屋里读书，窗外一片鸟声，有阵阵花香送进来，心不觉悠然远去。黄昏小河边上，充满了诗与音乐，我有一种奇异的快乐与安静。

三月二十五日

　　有好阳光，李花、樱花都盛开了。学校门口有一棵大杏树，也盛开着花，樱花白得非常可爱，杏花却只给人一种热闹之感。

　　下午天忽然阴起来，下了一阵雨，傍晚又起了风。西边的云彩非常的壮丽。入夜后，大雷雨，雨过，满天的星星。山庄外面异常安静，只溪声悠然入梦。

三月二十六日

　　天气极好，有点象初夏。一夜桃花尽开。到处都是花香。河边上有残落满地的杏花。青草岸边有人垂钓，蝴蝶在草上飞来飞去。公园里游人多得象花丛里的蜂子。

　　晚上有新月，溪水上，月色妩媚，我坐在溪边看明月疏星，听溪声渐远渐近，像默默地读着一首诗。

　　春一天比一天动人了。

三月三十日

　　果行从安顺到重庆，顺道到花溪来看我，我买了一尾鱼、半斤米酒款待他，我们谈得很快乐。他在花溪过过一个春天，但不曾留下什么可爱的记忆。昨天下午山庄很清静，恰好从城里借来的贝多芬的《田园交响乐》还在我这里，我便开这张片子给他听，他比我更喜欢音乐，也懂得多些。

三月三十一日

柳树枝条渐渐低垂了，山庄外面一片溪声，一片鸟声，草色与花香，无不令人神往。果行很快乐，今天起得很早，我起来时，看见他从外面回来，手里拿了一把柳条，精神焕发得很。进了屋子，又向我要了留声机。我一边洗脸，一边注视他凝神于《田园交响乐》中的神情。音乐完了，他对我说："这回到花溪来真值得，看了这么好的风景，听了这么好的音乐。我一早晨循着溪路走了一遍，到处都是草色溪声。桃花开得太好了，别处的好像就没有那样的艳丽。回来后，再听《田园交响乐》，就好像更懂了一些。"

四月二日

宗蕖昨天傍晚从城里来。天阴着，但我心中充满了阳光。

山多在烟雾里，坐在小楼上看楼外群山，水一线青碧自山中来，如梦一般远去。近处，柳色里的人家、轻盈地从水上滑过去的小渔船，也有着梦似的情调。

我不记得过去可有过春天。

四月六日

是初夏了，春来得晚，来得匆匆；春也去得太早太快了。

一九四四年四月十九日晚上抄写成

原载《星期》周刊 1944 年 5 月 14 日第 31 期，署名流金。

花鸟云树

　　我仿佛还住在那溪边的小屋子里面。从窗口望出去，一片大山；一丛一丛树，在夕阳里变换颜色，在早晨的雾里渐渐地清明，在初春的阳光下闪耀，在雨里缓缓婆娑。山和树以外，还有那变幻的云；雨天，雾在山上飞，一时把山藏起，一时又露出山来。

　　花溪的春天是最动人的，现在又是春天了。

　　在花溪，春天一来，像猛然站在你面前一般，叫你觉得一下就摸得到她，触得到她，觉得有一种力量，把你摄住，使你昏眩、快乐、骚动；尤其是下过几次雨，天猛然一晴，山壁上的夕阳，溪水上的亮光，树上充满了生命的颜色，会给你带来一种叫你沉醉而又清醒的情绪。

　　柳树才绿，后山上便有一种花香。从山下过来过去，我老闻到这种香味，但不知道是什么花的。好几次，我在山脚下找来找去，找了半天也找不到。偶然问起小屋里住着的一个女仆人，才知道那香味来自小屋后面的荆棘丛中，一种蔷薇科的野花已经开了。

　　一个春天，无数的花装饰着我的梦，沿着溪边的桃花、李花，山坳里的梨花，再晚一些的刺梨……单瓣的玫瑰花、金银花，遍地的二月兰、金钟花；红的、白的、蓝的、黄的，这都不说，只要有春天的地方，这都有的。最叫人不能忘记的是那一些叫不出名字来的野花，开出了好几种；开了一个春天，真不知道有多少种！春天过完了，花的季节似也完了。到了夏天，又有一种野百合花，那样的高贵地开在山崖上。假如你有兴致走上没有人去的山岗，你可能发现这种白花，在你望得见却要艰难地才走得到的山岗岩石上独立迎风，会引起你一阵惊喜的赞叹！

溪上有树的地方和后山浓密的林里，和花一样多的是春夏的鸟声。星期日，一天不出门，静静地坐在窗下；鸟类的歌唱，从窗外天刚刚亮的时候便开始了那繁复的合奏。住久了，听来真象一个音乐家对于音节的熟悉与敏感，能分辨得出他们的种类。但最动人的还是明月的夜里，溪路上偶然听到的杜鹃的低吟，那似乎就是诗人因明月而动的低徊。

花开完了，鸟声也渐渐从雨雾中消逝。枫叶和野梅又随着秋冬带来睡乡一样的沉思。我常在薄雾中爬上山顶，看云在山中出没；有时傻得用大袖子把云雾笼起来，紧紧地握住袖口；下山后，坐在窗前，雾从窗口进来，又出去；袖里的云雾，却连踪影也没有。我有的，只是几片枫叶，几枝野梅，珍重地夹入书页，或插入瓶中。但我的思绪，仍萦绕着那缥缈的云烟。想起那花鸟欢乐的春夏，一股金银花醉人的芬芳，一声杜鹃如梦的哀诉，不知道为什么会那样迅速，一下便把我拉到那明媚的日子去了。

我常想：假如在我的小屋旁边，有一大片丛林，鸟在云树里歌唱，花香随着云雾飘向我窗前……

作于 1945 年春

原载昆明 1945 年 6 月《观察报》副刊《新希望》，具体日期不详，署名流金。

真我

——我说之一

　　我心里充满了痛苦，充满了烦忧；我迷失在森林里，彷徨在歧路上；当逃避时我得到内心的宁静，当斗争时又酿成矛盾；我拒绝而又接受，失足而又回头；人间一切浮华向我招手，一切魔鬼对我开颜；我登高山，望远海，临深池，俯重泉；我心翻转，我血沸腾；我回顾千年，瞻望千年；终于，我走出这世界了。

　　我发现我是陷在重围中（才有了这一切）。

　　富贵引诱我，威武胁迫我，贫贱慑服我；一切我眼前的祸与福，都在捆绑我。我求富贵，计毁誉，希享受。而我又有一个"真我"在。"真我"一直引导我，警戒我。

　　于是，我对一切引诱我的，发出愤怒的呼喊。

　　我说："你这一切引诱我的啊！滚你的吧！我自还我的'真我'来！"

　　我忘却了，放弃了；于是我得着了快乐与自由。我前面有一片亮光，希望在光明中闪耀。

　　假如说，人生是梦，我从梦中醒来了。我得到新生。新生是从独立开始的。

　　我的兄弟啊！今天，当我独立了的时候，我可以解除你们的痛苦。我可以告诉你们的痛苦所在。

　　兄弟，从今天开始，我袒开胸怀，对你们说我自己，也说你们。

我走出了这世界，又回到这世界来了。我告诉你：我们活了这么多年，一直都活在罪恶中。我们的祖先，也曾创造过一个美丽的世界，但在那里，只允许极少数人停留，绝大多数人，都被摈弃在外面。从他们一开始，就错误了，就种下了我们今日一切的祸殃。

兄弟，真正美丽的世界，是像自然界那么美丽而调谐的。你不见凤凰吗？不见燕雀吗？它们虽大小各异，美丑相殊，都自由而快乐。你不见青松，不见翠竹，都同路而生长；风风雨雨，又有什么相碍与差池？而我们人类，富者田连阡陌，贫者穷无立锥；甚至朱门酒肉臭，而路多冻死的同是方趾圆颅！充满了我们历史的，哪一页不是这样的罪恶的篇章！

兄弟，试翻阅一下那些历史的记载吧，这样的世界，虽美丽而充满了罪恶的，我们要吗？

迷路的人们，你们不要想重造一个这样的世界来，你们不必用动听的言词，抒写你们的梦幻。这样的世界，我们不要它。

我们看看今日的世界吧！

我要对你们说的。但我要求各人都先还一个"真我"来。有了它，我们才有勇气拒绝，才有力量创造。

作于 1945 年 6 月 9 日

原载报刊与日期不详，署名流金。

默想的光
——我说之二

黄昏尽了，天边云霞已经消逝。我寂寞地对着树。树影迷蒙了。星星陪伴着我默想。

我默想山海的变迁，海的颜色，梦的颜色。默想中的光替代了星的光。我看不见什么。但我在默想中，明察一切。

一切澄明了。我觉得寂寞。但这不是我常有的那一种。

兄弟，我是在你们心里。但你们心中，却只有我常有的那一种。

你们不要求同情么？不要求欢乐么？不也觉得寂寞么？

你们在同情中获得了，在欢乐中纵情了，在寂寞中痛苦了。但是，你们所要求的，所受过的，只是虚幻。

等你们知道了的时候，就和我近了。

兄弟，我告诉你们：在这世界里，同情不可得，欢乐不可求，痛苦不可除。

同情失去的时候使你愤怒，欢乐失去时使你悲哀，痛苦是一个难解的结。

兄弟，你们知道么？

你们的声音在我耳边振动："说这话是愚人、是疯子！"

你们逃避我，拒绝我，骂我，恨我，鄙弃我了。

但我仍在你们的心中。我知道你们的路。

耶稣说："今夜鸡叫以前，你要三次不认我。"

过去我疾视你们，诅咒你们，唾弃你们。现在，我原宥了。

兄弟，你们原都良善，都勇敢，都有温情。

我找着了使你们失去这一切的原因。

因为人类一开始，就分出了强弱。强者希望阳光只照着他。于是弱者求依附。强者也变成弱者了。

英雄迷惑了人的眼睛。

我哀怜那些英雄。

我对你们说：知识不能创造，权力不能创造，财富不能创造。

真正的创造，是永远不断的生命的欢悦。

你不见山，不见海，不见日月星辰，和春来常绿的草树？

你只能吊古长安，咏叹金陵、雅典与罗马，也只能对一碧的海天依稀想像古代的光荣与富丽！

我哀怜那些英雄。

我哀怜那些英雄的人的笑脸。

同情只在没有英雄的国度里。快乐只在人人是英雄的国度里。我在默想中明察如阳光。

六月十六日夜

作于 1945 年 6 月 16 日，原载报刊与日期不详，《流金集》（诗文编）收入。

一个冬夜
——我说之三

冬夜。下过雪，我们围坐在一盆炉火边；木炭的气味，酒的香味，还有烤熟了的年糕的香味。

熊熊的火焰照着我们兴奋的脸。

二十年前我们都是孩子，

甲说：我要权力。

乙说：我要名誉。

我说我要的比他们多，我曾想过一切诱惑过我的，我也得到过一些我想要的。

我自信我能得到我现在还没有得到的。已得到的都已平淡无奇，没得到的却又那般美妙。

一个坐在我对面的朋友，始终在微笑里不说话。我问她："你要什么？"

她说："我要快乐。"

我们都注视着她。火种象星星一样在我眼前跳跃。

我打开窗子，月亮照在积雪上。窗外，一片寂静，只断续有水流声，迢递飘过山野。

我一个人走出门去。我是常常这样出去的。

我在山下一座小茅屋前面站住了。茅屋里住的，是一个为我们洗衣服、看农场的老妇人，和她的一个才离开襁褓的小孙女。这时她们还没有睡，小孩子在哭着。

茅屋前面有一株大树，有一小丛灌木；大树下一堆乱石，中间有两三块较大的。我常常看见她们坐在那里晒太阳，有时候，老妇人从小女孩蓬乱的头发上，寻找出一个个虱子，放入嘴里咬得卜卜响。

我便在树下徘徊起来，迎面的大山在月下仿佛有知觉了，我还在想我们方才在炉边所说的话。

小孩子哭叫得更厉害，我走入茅屋。

老妇人蜷卧在土坑上，坑上只有一堆稻草，一条不完整的被絮。藉着月亮，我瞧见了老妇人的脸，小女孩依偎在她怀里。

我不知道为什么进去的，但我却忽然问那老妇人：

"我的衣服洗好了吗？"

老妇人愕然地望着我，黯淡的目光，颤抖地和我惊异的、探索的目光碰着了。

小孩的哭声，停了一会儿。

我想问她的是："你要什么呢？"

"先生，你的衣服，我都给你送去了。"

"哦——"我一转身，便在茅屋外了。小女孩又哭叫起来。

我走回我们的屋子去，我心里充满了"我要快乐"那句话。一进门，他们问我哪儿去了，去得那么久。我说，我去了人间。

他们都惊愕地望着我。

我想了一夜我所要的。

原载昆明《新观察》1945 年 6 月 21 日副刊《新希望》第 13 期，署名流金。

思　亲

孩子才生下二十几日，就懂得要人注意他。几乎常常是这样：一睁开眼便哭，有时他母亲，有时是我，只要一走到他小床边去，立刻便停止了哭声，小脸上现出不知道有着多少委屈，一下子得了安慰的动人怜爱的模样。他母亲暑假后还得做事，不能成天待在家里；我更是不分昼夜的有我的工作，也不能时时注意他；因此他母亲便常说，假如我母亲在这里，小东西便不至于这么可怜了。

从他一生下地，我便时常怀念我的祖母和母亲。这几年来，我就特别喜欢孩子，自己孩子的出世，我的快乐自然是最大的；但在这快乐中，我也就无端地想念寂寞地住在故乡，心牵千里万里外的我的祖母和母亲。

祖母今年大约也有八十岁了吧。我从小就跟着祖母长大的。我小时候大约也和我的孩子一般，如他母亲所说的是个坏脾气的小孩。

二十五年夏天，我从北方回故乡住了四五日。我姐姐第一个孩子，便跟祖母住在我家里。小孩才不过半岁多，因为姐姐去日本读书，便雇了奶妈，让祖母照管，和她的母亲分开了。奶妈自然是刁难不过的，小孩子一哭，祖母便颤巍巍地把小孩子抱来，抱怨姐姐结了婚，有了孩子，还要跑那么远，读什么书；叹息现在做母亲的也不像做母亲了。有一次孩子哭得实在太厉害，祖母半夜里从奶妈床上把孩子抱到自己身边，我便对祖母说："小孩子哭哭有什么关系，奶奶半夜里还要起来。"

"你们小时候还不是这样"，祖母一边说，一边轻轻地拍着小孩，咿咿呀呀的。"草儿比你还乖得多呢，你小时候，一醒就要哭，一哭就要抱，坏得连自己的母亲都不要，一定要我，三四岁了，天热睡不着，还要我背你，走来走去，一直到睡着了，不停地和你扇，才肯乖乖地睡去。"

为人母的心情我现在是懂得的。十年前。小孩一哭我就现出不高兴的样子，祖母就说："看你将来自己生儿育女的时候怎么样。"

祖母很欢喜姐姐那第一个孩子，八年来，我们都在外边，那孩子，更是老人在故乡唯一的慰藉。二十七年夏天，我从山西回来，那时故乡还未沦陷，在家里住了半个多月，草儿已可跑来跑去了，为了博得祖母的欢心，我也常常抱她。正房外面东边的小屋，是我儿时读书的地方，我一回家，多半的时候便在那小屋里，祖母一天总有好几次和草儿说："你去看看干爹，看他在屋里做什么？"照例是小孩一边重复着祖母的话，一边向我屋这边摸着墙壁过来，到我门口，掀开帘子，望我一望。我有时故意装着没有听见祖母的话，小孩站在帘子边时也故意装着没有看见她，她便又摸着墙壁回去，和祖母说："在看书。"话总是咿唔说不清楚的。祖母却照例地高声叫我："镠呀，你看她多乖，你这个傻干爸，读书读得这小孩子都不晓得欢喜了。"

好几年来，我一想起草儿的时候，就充满了忏悔之情。现在自己有了孩子，更加重了我的负罪之心。我常对孩子的母亲说起我的祖母。孩子一哭，我就禁不住要走到他的小床边去，和他说："老曾祖母在这里就好了，她才不像爸爸，任听你哭，不抱你，她听你哭，才心疼呢！"

一九四五年六月二十五夜

原载报刊与日期不详，《流金集》（诗文编）收录。

洛阳的槐花

我在洛阳前后住了两年多，最令人难忘的是西宫四月的槐花。

西宫的春天已是烂漫；最先是热闹的杏花泄露春光。就在我住的小屋外面，左右一里路长的园子里，全是手可攀折的矮树。我初到洛阳时已是深秋，秋冬的雨雾，晴日的朝霞与暮烟，聚散在这丛丛的林木中，不知道有过多少晨昏，把我引入梦境。过后是一番雪，几番风雨，矮树枝条，仿佛是在一夜梦中，化作了千万媚人的花朵，使我惊喜春天来得太唐突。

桃李相约地不让红杏独占春光，但给人的惊喜却被杏花分去。春来了多时，窗外的水色山光，风的温存，鸟的欢情，陌上的麦色青青，天津桥畔的杨柳依依，也是令人心动。尤其是不远的山边，千树梨花，高贵地诉说着古昔和这地方相附的凄哀。

有一回我站在断桥上，看黄昏春水流在薄烟中，洛水西面的山峦，在渐渐变换颜色的天边，渐渐迷蒙，差一点儿我便随着春水漂向远方，要不是一阵风来，柳枝拂过我的脸面。

夜夜一片氤氲，有时还和着一片月色，来到我窗前，我总相信是在梦里。

洛河上，有两座大桥。一座是断桥，还有一座天津桥，现在叫作林森桥。从天津桥顺着河堤东去，渐渐绕向洛阳的东南，春天堤上的浅草与清沙，一半在白云边的嵩岳青苍，可以叫你流连半天；河湾里的破船，乱石间的小草，离河岸不远的麦色和河边断续的捣砧声，也时时动人抒情地梦想。

但使我最沉醉，连梦也不能比的美丽的着了魔的时候，是当一切花开谢，牡丹、芍药都没有了颜色，槐花香陶然地淹没了我的心魂的四月的西宫。

日午人静，西宫处处绿荫，处处暗暗花香，光影像永远也不再移动，人就会被摄住在这一片清幽中，连梦也不必再寻了。我就有一次一个人站在树荫下，许多熟人，从我身边过去又过来。

夜里，无论是有明月或繁星，光影溶溶的树下，香气便更幽媚，更浓郁，树下立一个清宵，抵得上一春的陶醉。我没有一夜不敞开窗户，让花气当我醒时诱我入梦，当我在梦里又让它唤我梦回。

朝来啼鸟交响在密叶如云的花园里，迢遥的鹧鸪的呼唤最引动我对槐花的关怀。假如我要把鸟声譬作花香，鹧鸪的声音和槐花的香味最动我类似的联想，虽然槐花没有那般哀怨，但两者都是春暮的精魂。

离开洛阳两年了，一想起洛阳，眼前便是一片绿，一片槐花香，细缊飘向人来。

六月十七日夜

作于 1945 年 6 月 17 日，原载报刊与日期不详，《流金集》（诗文编）收录。

倚闾

——怀旧集之三

　　这地方我只去过两次，自从回家以后。十年前，我是常常去的：小河边上一簇树林。四五间平屋，参差地背着林子，前面是一片荷塘，屋子西面的尽头，有一个土坝，引着河水折向西去，连接着另一簇树林和林里的人家。

　　我第二次去这地方，是和我刚从四川回来的一位堂兄一道。已过黄昏了，紧靠着土坝那所平屋的门前，正打完了稻子，稻蒿一捆一捆的在上堆。有一个老妇人，把一捆稻蒿，从地上举起时，我远远地看见她。我们走近稻场去，一切都那样的熟悉，干稻草味！石碌子，池上的残荷，那已白了的头发下面的轮廓；我默默地在稻场上有一会儿，然后走进那老妇人去，招呼她："成太太，你老人家精神真好！还有力量堆禾！"

　　老妇人看见我照例有一种逾分的亲热，留我在她家里过夜[1]，说她的大儿子牵了两只小猪到涂家埠去卖还没有回来。我说："你老人家忙，不要招呼我们。"

　　秋天快过完了，傍晚的风，着实有点寒意。上弦月斜斜地悬在天边，稻草堆下，有模糊的影子。老妇人身上穿的那件白大布褂子，在月下显得特别有颜色，我默默地站在她身边，她也放下了工作，

---

[1]　原注：吃晚饭之意。

坐在稻草上面，用袖子揩着额上的汗珠。

我回家后第二天，她便到我家里来；离开了故乡八年的人，都已陆续还乡，只她的儿子连个信儿都没有。她的儿子和我，从小在一起读书；辍学后，在军队里做过看护，机关里当过小职员，后来我去北平读书，在一个私立中学替他找到了一个位置，一方面又给他设法弄进华北学院工读；抗战的时候，他回江西做了一年宣传工作；二十七年夏天，我从南昌去昆明，和他晤过面，到昆明以后，还时常接到他从皖南来的信，后来我去北方，便没有接过他的信了。当他的母亲到我家里来时，那皤然的头发，怆然的眼泪，真叫我不知如何安慰她。我应当和她说：她的儿子比我好，说许多我自己已知内愧的话，但我不能这样，而且我知道这也不能安慰她。但除此以外，我又能说些什么呢？她是相信她的儿子会回来的；他出去的时候，还只二十岁，那样健壮，那样正直，一点歪心的事都不会做的。

有人说：战事平定了，信总可通呀！信为什么不来呢？但有的又说：她儿子做的是叛逆的事，所以不敢写信回家。她相信她的儿子不会做叛逆的事的。她和我说："这，你是晓得的，我泉老一个月赚二十来块钱的时候，一个月也带十来块回家的，他怎么会做不好的事呢？"我告诉她说："一泉短时期恐怕不会回来，信也难得通。也许过些日子，就可以回来了，纵使回不来，信也可以寄一个。现在，也不独一泉是这样，我有好多同学都这样。"

真的，我们不也都在盼望着一些亲友的重聚？多少人家，不也还在期待着儿女的音信么？

看着我回来了，老人心里似乎更有一种不可言说的悲哀，我顶怕看见她那默默的对我的凝视，深深的叹息，我到她家里去过一次，以后想去时却总是踌躇不前；那阴阴的林木，盛夏时荷塘冉冉的清芬，小河边草坪上的牛群，石碾旁树下的废碓，虽无处不留下儿时的追怀，但老人的倚闾之望，因我而更深时，却使我有一种漠然的哀感。

　　稻场上渐渐沉寂了，我们向那老妇人告辞时，微月照着她脸上正在流着的眼泪。我跨出门槛，回头看见她披了一件衣服，还站在门槛边。

十一月二十三日重抄

　　原载《益世报》(天津) 1946 年 11 月 21 日《文学周刊》第 20 期；《益世报》(上海) 1946 年 12 月 21 日《文学周刊》第 3 期，署名流金。

还旧居

一

船一过泥岭渡，便望见从林荫中露出的白墙。孩子睡在他母亲的怀里，我轻轻地摇醒他，一边说："白贝，到家家了。"遥指着前面的丛林，不觉从船舱中站了起来，宗蕖也随着我欠起身子向外望，船便渐渐摇近了沙岸。

真像梦一样，我又回到故乡了。祖母颤巍巍地从座上站了起来，母亲正在纺棉花。放下了孩子，牵着母亲的手，眼泪不觉脱眶而出了。父亲逝世刚过周年，母亲还守着旧日的规矩，穿着重孝。祖母看见我哭，连忙抱起孩子，大声对我说："孩子初回家，宗蕖也是初来，不要哭，图个吉利。"父亲是独子，祖父三十二岁便客死桂林，祖母颤抖的声音，更使我的眼泪像泉一样的涌出，但我终于抑制住了哭声。最后，还是孩子改变了我们的情绪，母亲拿了两块米糖出来，他便扑到母亲怀里去。

孩子才一岁零两个月，在昆明的时候，我们常教他喊太子和奶奶，希望回到家中，藉他来安慰老人的悲怀。从昆明动身，计算日子，到家可以赶上父亲周年的忌日。不料在汉口等船等了十天，期望着到家的时候，却在由汉口到九江的舟中。

九江到家不过百多里路，先坐汽车，后换小船，孩子一路都不哭，叫他喊太子便喊太子，喊奶奶便喊奶奶，乖巧动人处却使我时时追念父亲，愈近故乡，愈觉悲从中来，眼泪阵阵在眼眶里打转。到家的几天，宗藁总逗他喊太子，喊奶奶，和奶奶亲亲，太子亲亲；我却不想逗他，反怕因此而引起老人的哀念。但真只有他才博得老人的欢喜了。祖母常指着他对人说："这孩子是他奶奶的开心丸，回来了，我连饭也多吃一碗了。"

姊姊去年一停战，便带了小孩回到家中，父亲去世的时候，只有她亲视含殓。夏夜，小院子还像旧日的风凉。斜月从檐窗漏下。母亲躺在竹睡椅上，听我们说话，有时暗暗垂泪。十岁的小外甥，一直跟着父亲长大的，父亲最宠他。敌兵窜扰赣南的时候，父亲总是带着他逃难，他也最有孝心。姊姊说，父亲临死的前几个月，总是他给父亲捶腿，父亲宠他，和他说："小狗。你给我捶腿。我每天买饼给你吃。"他总说："爷爷，我给你捶，不要你买饼。"父亲死的时候，他哭了好几天。夜里和我们坐在一起乘凉时，一看到我母亲哭，他便蹲在我母亲旁边哽咽。

后来弟弟也从上海回来了，母亲因我们回来而触动的哀念，似乎也渐淡去，但团聚的欢欣里，仍时时潜隐着哀伤。

二

我们时常带了孩子出去散步。屋后是一片树林，树林外一线高地环绕。高地上荒废的是累累的古墓，还有一坐孤零零的庙宇；星星的稻田点缀着荒凉的墓地，春暖初凉，田里丰富的颜色，给予这地方以生命的感觉。过了高地，便是小河，河水入秋净涤，如茵的草坪随着流水远去。晴明的日子，匡庐山影画似的飘来河上；老渡头的垂荫，临水依依如梦。

孩子最欢喜这块地方，尤其是树林里的小黄花，草坪上的小蓝花，惹得他不住地叫"美美"。把他一带到草坪上，他便从怀抱里挣扎着下来，在草坪上跑来跑去，"走得，走得"的乱嚷，有时找到一棵小蓝花，便蹲着用小手指着花朵，看看我，看看他母亲："爸爸，美美！""妈妈，美美！"说够了，闹够了，小花便被他揉得一瓣一瓣，狼藉在草上。河上偶然有船，他看见了，便弯着小身子，两只手同时向船那边指，小脸上充满了惊奇和快乐，嘴里"要要，要要"地大喊，他母亲看他这样子，便对他说："白贝，这是船，你说嘛，船，我便带你过去坐船。"他就是说不清这个船字，要他说船时便张着嘴注视他妈妈的脸，那种逗人的样子，真叫人想喊住那只船，带他上去，让那小小心灵得到满足。

深秋明净，沿河一望无际，近黄昏时，斜阳软软地抚着浅草，远处山色亦温柔动人。我们躺在草地上，任孩子在近边爬来爬去。隔岸临渡有几间茅屋，门外鹅鸭噪聒的声音，随着阵阵澌澌的流声，悠然催人入梦。当孩子忽然发现没有人理会他的时候，便咿咿哑哑地依偎在他母亲身旁，他母亲装着睡了，我便起来抱他，哄他说："白贝，让妈妈在这儿睡，我们回家家去。"他看看我，又看看他母亲，连说："不好，不好！"我便说："你喊妈妈，妈妈醒了，我们就一块儿回去。"他便驼起背来，大声地喊："妈妈，来！"

回家的路上，遇见有小牛，孩子又高兴得在他母亲手里跳，挣扎下来，站在小牛身边，用手做打人的样子，嘴里不住地喊："牛牛，打打！"我有时抱他起来，捉他的手放在牛背上去，他等手一碰着牛毛，便赶快缩回来，做怪脸，"咿呀，咿呀"[1]地伏在我肩上。

二十年以前，这块地方，是我的乐园，夏天偷偷地从这儿下河洗澡，"淹鼻孔"[2]；春天看牛吵架，学牧牛孩子骑在牛背上，放风筝，排阵势打仗；冬季年近日子，日日到河边上等装年货的船从南

---

[1] 原注：家乡语，表示惊恐之意。

[2] 原注：捏着鼻孔把头浸入水中，为故乡儿童玩水时的一种游戏。

昌吴城回来。父亲每次回家，坐船时也总是在这儿上岸，把快乐给我带来。

原载《经世日报》1946 年 12 月 8 日《文艺周刊》第 17 期，署名流金。

又一日。

人常常同我说起英雄，我自己也常常说起。英雄是什么呢？

英雄是斗士，充满英雄的心的是一片创造的光，但英雄不为自己。

人永远在企图扼杀创造；但历史却因这些创造者而辉耀。

能创造的人，必先对这世界有所不满，必先感到压在他身上的重量，而且承认那是重量。因此反抗开始了。能反抗的人，自信与希望充满了他。

但不幸，我们历史上所有的英雄，都只不过是解放了他自己。因此，我们仍在期望中。

真正的英雄，是解放了自己，而也解放了别人的。但不能解放自己的，永远只配做奴隶。

精神上奴役于人的最可悯。求得解放不知有多少不同的道路。

我不要人走我的道路。

又一日。

我近来对于一切决定论者都有极大的反感。但他们之中，也有许多不同的种类。动听的言词不但使听者迷惘，对自己也是一种虚幻的满足。在我的朋友之中，有一些决定论者却充满了悲悯之心来发挥他的议论；但我相信了他们还在中途。

对于那些大言不惭的决定论者，我只想问他们一句话：你们能给的是什么呢？

又一日。

一瞬间，我的心情变得这样快，等我自己知道了已经千百种变化的时候，那一切变化又杳无踪影。

我要皈依，生命只有在信仰中才见出光辉。日月星辰，都有它们的轨路；流星，不是比星辰更美丽么，但动人只是暂时的。

我又要重读福音书了，福音书上说："我心尊主为大，……他的名为圣。他怜悯敬畏他的人，直到世世代代。……他叫有权柄的失位，叫卑贱的升高，叫饥饿的得美食，叫富足的空手回去。"（《路加福音》第一章）

我快乐了。多少年来，在我心里就有一种力量使我在富贵前却步，在争夺中不能自制的发怒，在人前透露我的真情。我曾说过我自己是不能求功名富贵的人，虽然那一切于我也实动心。现在，我相信我与神同在。

又一日。

昨夜，我过了最好的一个夜晚。新月那样娇媚，充满了青春的颜色，我的性格是近乎热情的南方人的，明媚，流动，总易刺激我的想象。

我记起纪德的一句话，纪德叫我们不要追求那和我们不相称的。这么多的日子，我心情上被一种思想压着，有如负了一个万钧的重负。有时，我便悲哀地审问自己：这和你相称么？结果总是痛苦。

昨夜，我得了解放。我的心情，真轻盈得如明月的光辉有无数的声音，唤醒了我在那种思想中的沈滞。

我在花园里走得那样自由，一切都离我远了；我又体验了一次二十岁时沉溺于文学中的情绪。

睡后，也没有梦；我是满足了，但我说不出是怎样的一种满足。

万能的神啊，你是那样缥缈地追随着我的；我只能当自己也是不可捉摸时才能近你；但我又是如此的固定，如此的不能渗透到你的心灵中去！

我今天实在是要求依附，只那一夕，我就觉得我精神的飞翔，能给我什么样的快乐了。

（仿日记体独白之一）

原载《京沪周刊》1947年第1卷第1期，署名流金。

种树
——为一个纪念学校的纪念日而作

　　我离开昆明忽忽过了九个月。春天了，我怀念起昆明那些小树来，那是我们的学校从昆明城里搬到小坝以后，我们在校园里手植的洋槐。我没有离开那儿的时候，我常带了我的孩子在树边玩，树已有我一岁的孩子两个高，孩子站在树下，那方成长的小树，和稚子一般的颜色。我不知道有过多少次感到生命成长的喜悦。

　　说起这些树来，我真是充满了一种动心的回想。我想起当我们的学校搬到那个原是美军电台的那一片矮屋子里去了之后，每天完毕了下午的功课，我便领着一群孩子，一个个的拿了锹，拿了锄头，开辟着一条条的路。女孩子用大的石头，敲着小的石头，手敲肿了，敲破了，还唱着歌，把敲好了的小石子铺在挖好了的路上去，然后又去小河边上挑来了沙，一段一段的把路铺好，每当一段路完工的时候，总快近黄昏；歇下来，一个个都感到一种工作完成了的愉快，在铺好了沙的路上，用脚蹬一蹬，想着：等下过一次雨，路就是最好的了。

　　从礼堂通大门的路，通教堂的路，以大操场为中心，四面八方的大路小路，一一完成了，我们又买来一大批树苗，在路的两边种下去，每人至少种一苗，这一棵就代表各人的命运。有好些孩子趁早赶晚的浇水，敷土，看到枯了叶子的枝上重新生出嫩芽，心里不知有多大快乐。树渐渐长大了，叶子也渐渐多起来了；下了课，有无数次我听见那些种树的孩子，在树边争论着谁种的长得大，谁种的长得小。后来放暑假了，树在一阵雨之后，猛然地长大了许多，就在这时，我离开了它。

每个种过了树的孩子，他们离开了学校后，到了春天，我想都会有像我一般的怀念。

一九四七年四月十七日早晨

原载《新民报》晚刊 1947 年 4 月 21 日，署名流金。

望庐楼

　　望庐楼是儿时读书的地方，不见它已是十年了。最难忘的是那儿的花树；红梅花开在腊月，盛在春初。明月一楼，放了夜学回来，那甜甜的迷人的花香，直随着我回到家中，倒在祖母的怀里。中秋月好，姑姑们深夜成群的上楼，接仙姑下凡，小孩子便杂在姑姑群里，一声都不敢响的等待仙姑。阵阵的落叶香，把期待的心情，装点得又美丽又真实。落叶像是仙姑的步子，花气便是天上的芬芳。这时，正桂花盛开，桂花开谢，便是菊花了。冬日初寒，下了早课，我们一群孩子，在先生的监督下，把菊一盆一盆的移在向阳的石阶上，排列成行，黄白相间，望去如一幅铺锦。书斋前面，正对着一树石榴，石榴旁边，有一棵枇杷，一棵樱桃，樱桃四月里便累累如碧珠，过后便是枇杷。石榴是单开花不结果的，夕阳时，如一片红露，映在窗上，艳艳动心。但这时已是夏天了，我们已由书斋移到前一排向北的空屋里，临窗一排槐树，终日不见阳光，只在散学的时候，打书斋对面廊下走过，恋恋于那映在窗上的石榴的颜色。

　　楼的一面便俯瞰着这些花树，红梅的枝桠，直伸到长廊栏杆边的蒧席间。另一面有两个大窗子，百里内的云山都奔来眼底。窗下是昔年盛时的花园，我们小时候便成了废苑，只有一些大树，亭亭阴翳日影。春秋晴日，河上的风光，不知裁剪了多少儿时的梦幻。小河弯弯曲曲的从东南流来，一到渡口的柳树下便转回西游。河的两岸是无际的田野，紧临着河岸的长堤，随着河水蜿蜒起伏。草绿秧青，河上帆船，远远望去如点点鸥鹭，浮在万顷的碧波里。暮春秋晚，四十里外来的渔船，偶然泊在河心。打鱼的人，撒下了网，把船摇近岸边；留在船上的人，便对着还依依徘徊在河上的夕阳唱歌。我们散了学，陪先生一出门，又回到学校里，站在楼上，听打渔人唱歌，不等到家里人来寻不回去。

楼外夏日的蝉声，到我十七八岁的时候，才开始让我坐在窗前梦似地过一个日午；小时候最喜欢的还是那在林间叫一个春天的黄雀。大房里从前有一老男仆，是个外乡人，随着主人到我们这边来，到老不曾回去，一大早便提个鸟笼子，在树林里散步，笼子总挂在楼上窗口那株大树上。笼里养的便是一只黄雀子，羽毛既极动孩子的心，声音又极宛转可爱，一早晨在笼里跳上跳下，林里雀子叫，它也叫。我和一位堂兄，久久便想捉到一只那样的雀子，但小小愿望总没法实现。有一天趁那仆人不在，偷偷走到鸟笼边，爬上树，想打开笼子把那只黄雀偷回家；不料笼子一开，黄雀快得连我们没霎一下眼就飞跑了。哥哥吓得从树上摔了下来，我却一溜烟似地跑回了学校。后来哥哥竟被那老仆人抓住了。我们被先生罚了饭，以后有很多日子不敢去树林里，看到那老人鸟笼里又有一只黄雀的时候，心里却暗暗的羡慕。

二十岁的时候，从北平回来，望庐楼虽非儿时的情景，但花木扶疏，楼外的树林也青苍如旧。

又十年过去，回家的第二天，到望庐楼去，昔年的花木一点也没有了，只剩下一片空地。小学生在那儿做体操，仅存的一个大花台子中，树了一支木杆，一面约两尺大的国旗，歪歪地插在竿头上。楼外那一片树林，也只剩下三两株。小弟弟告诉我说是日本人投降以后，住在我们家里斫了当柴烧的。

那位欢喜养鸟的老仆人，死去也快二十年了。春来的时候，黄雀在后园也找不到家了吧。[1]

　　原载《人世间》1947 年第 1 卷第 1 期，署名流金。

---

[1]　编注：此文为系列散文"感旧集"第一篇，发表时前有序如下：
　　　"陶公诗曰：'久游恋所生，如何淹在兹。'我今已回到故乡，既欣侍温颜，姊
　　　姊和弟弟也俱先后回家，乡里故老虽十年来凋零殆尽，但田庐尚在，衣食之费
　　　也不必忧虑，照理当更无所恋，尤不必有淹留之感。但自入秋以来，夜窗岑
　　　寂，所思不论远近，或为虫鱼木石，或是朋友亲师，偶有感触，便随手掇写，
　　　虽都不过是一个人的感怀，然亦有关一时一地的兴废，一人一物的气运。无以
　　　名篇，遂曰感旧。"

照　片

　　我离开北平的时候，只带了一条红色的毛毯和几件夏天的换洗衣服。两册蓝色绒面子的《海上述林》，是那时我很心爱的，原来夹在衣服中间想带着走的，不料在踏上校车进城时也被一位好心的朋友发现，被劝着留下来了。安然到达上海的时候和以后的好几年，和人谈起北平，总不会忘记谈到那被迫而遗弃的两册书，好像有无限惋惜似的。

　　后来却想着那些没有带走的衣服。真料不到有连衣服也缝不起的日子，瞧着自己的穷相，实在颇为后悔那时的幼稚的想头——以为到了南边，一定是扛着枪上前线去的，哪还用得着那些劳什子？不说衣服，就连那些书，如《康熙字典》《辞海》之类，也使我想着带了出来的话，不也可以卖卖，救一时的贫困么？

　　太平洋战争爆发之后，在成都碰到一位旧日的同学，问起他我离开学校以后留在那里的东西的下落，他说：

　　"你的衣服大概全没有了，我在二楼顶还看见过你一些书和那只里面空空的铁箱子。"

　　"啊——"我不觉默然。

　　"还有你那个镜框子，我在海淀一个杂货摊子上也见过来的。"

　　镜框子，他提起来我记得，那是从南昌带去的，大约有一尺二寸大吧。

　　"你怎么知道是我的呢？"

"里面的照片还在，就是你过去常说起的那位小姐。"

我禁不住心跳起来。

"真是岂有此理，连照片也卖?!"

我有着一种说不出的惆怅，渐渐更有了一种负疚之情啃噬着我的心。

十多年前，我在南昌念中学，有一个女孩子我很喜欢她。她有一张参加运动会的照片，照相馆替她放大了，陈设在橱窗里很多时，后来给我买了，到北平后，一直挂在床头的壁上的。我曾因她做过不少的梦，受过不少的痛苦，后来她出嫁了。当我离开北平时，因她而起的希望与痛苦虽已冲淡，而且过了一年多，但那张照片仍以一向挂着的缘故挂在那里，想不到竟会落到摊贩的手中去。

我已有十年不知道她的消息。过去的情感也能像照片一般的下落么?

想着那盗卖照片的人，也莫非是为了穷困的缘故。

原载《新民报》晚刊 1947 年 5 月 6 日，署名流金。

至乐莫如读书

　　小时候，家里有一副对联，上联说："至乐莫如读书，至要莫如教子。"读书至乐，心想那是大人的事，和小孩子无关。进中学时，虚岁十四，实足还不满十三，读书的面宽了，生理卫生、植物学颇使我惊异，闻所未闻，确亦可乐。但月考、学期考一来，反以读书为苦了。老实说，直到大学毕业，我并无读书最乐之感。虽然我也曾经沉溺于俄国小说、我国古代诗词以及《世说新语》《论衡》之类的著作当中。

　　在中学教书的第一年，溪山风物使我十分留恋，长夜青灯，我读《庄子》，读《楚辞》，读《史记》，读《水经注》，读唐宋诗文，作第二天上课的准备，大概是第一次，我感到了读书之至乐。那时，我还没有结婚，我的一位女朋友，从城里来度假日，我和她漫步在溪山之间，谈的便尽是这种乐趣。四十多年过去了，我那滔滔不绝的议论，记忆中还仿如昨日。

　　快淡然忘怀了。1968年以前，我在学校附近一个生产队劳动。送蔬菜去市场，到梅陇镇去拉砖瓦，去七宝镇车酒糟，在桂林路和漕宝路上拉粪车……家里的藏书，1959年之后，一批一批的卖去，所剩已经不多。不肯卖的，除《资治通鉴》《廿四史》之外，一律上了小阁楼，晚饭后，和妻子一灯相对，也没有什么可以密谋的事，亲朋来往，亦断绝多年，唯一可以排闷的，便是读书。从中学开始便已和我结识的《资治通鉴》便成了我的精神情侣，慰我寂寞。常常是坐在破沙发上，翻到哪里，就读到哪里，读下去，忘记了一切。

后来被隔离，写检查，读《资治通鉴》的快乐也被剥夺了。这一年的除夕，从学校回来，随手取出《通鉴》第十册，读之忘倦。妻子已睡了，隔壁两个孩子也已入梦乡。忽然想到在清华大学建筑系教书的弟弟，便写了一首诗：

> 岁末怀吾季，芸芸谁独醒？
>
> 有身成大辱，何人问死生。
>
> 除夜风兼雨，孤灯暗复明。
>
> 梦回惊岁换，不尽古今情。

第二年四月，我才知道，我的弟弟这时候已经因为受不了侮辱自沉于荷塘中了。

原载《新民晚报》1986 年 8 月 26 日《夜光杯》，署名程应镠。

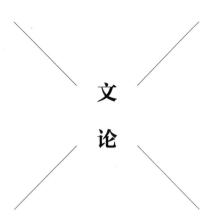

文论

略论燕园文坛

　　我们过的日子，有些人嫌它太平淡，有些人嫌他它太拘谨，有些人诅骂，有些人懊恼；大家都说：这时代是个不幸的时代！的确，人不能单独生活在世界上，他们周身罗列着各色各样的物事，奇离荒诞，变化万端。太古的日子已经过去，隐士的高行，已是梦中的瑰丽；食薇蕨，饮露餐英，现代人都不能办到，只要一落足于斯土，吃饭，穿衣，行路，恋爱，说话，……，没有一件能撇开人的牵连，社会的拘束。倘有人说，他能超然世外，可以与众不同，祸福忧患，只许自家儿打算，那种人，如不被认为愚蠢，至少我要说他有点近乎疯狂，或还未打开眼睛看看自己。

　　这里，我不想再写什么了，上面那些话的意思，是想留心一切事实的人们，把眼光放远一点，想得周到一点，多多避开书本上一些自欺欺人的教条，而对一切切身的问题，不妨大量的下点功夫——譬如你今天为什么能安安静静坐下吃饭，或悠闲的和爱人谈天。

　　《半月刊》编者要我写一篇关于燕园文坛的文章，而我凭着一时的兴会，答应下来了。我知道这种文章写来不得见能讨大家的好，使大家看了能得一点好的或坏的，我想，假如能使大家不致太失望，写写或许亦不无益处；最后，我又考虑到用叙述的方法，对燕园文坛作一个概括的申陈，或比用批判的态度与以评议，来得得体。于是当握笔的时候，又增一份踟蹰，与踌躇，而行文之处，作者有时难免偏见，我也深深知道；想来想去，想到反正文章是写给自家人看，即或有谬讹之处，也不会有文字狱之兴，便大胆写了。

两年来，经过几次国内巨大的政潮。"一二·九"运动，在中国历史上，树一块界碑。整个的社会，在急转剧迁，不甘寂寞的人们，少不得要敲几下"边鼓"；我不敢说燕京的同学都优秀，我也不否认，在那不算少的一群中，有优秀的人存在着（我这里所指的优秀的人与普通所谓略有不合）。"一二·九"运动，有些人沉默，有些甚至连沉默都耐不住，似乎对那些喊口号的敏感青年不加以一种"反抗"，未便干休；对任何一种活动，只要不是他们手创，便摈诸门外，拒而不纳；所以在从"一二·九"至"陕变"[1]以前，燕园文坛上的活动，沉默者和不时沉默……者，我都不谈。第一，因为没有什么可谈；第二，无法能谈，"一二·九"运动的火花，他们处之以逃避的姿态。

跟着伟大的"一二·九"运动，燕园作家坚强地踏上了民族抗战的路，大家大概都还没忘记：那血一样鲜明与钢一样坚强的情绪！那时候，周刊改为"一二·九"特刊，虽然，我们从那里面找不出一篇完美的作品，如那时候我们的情绪一样为人所珍重，但那不是我们的错，鲁迅说："革命时期没有文学"，对于那短短的时日，可作一种正确的解释。

聚燕园将近五十位爱好文艺的青年，于是有"一二·九"文艺社的诞生。在《火星》发刊以后，那时燕园的文坛，曾经一度热闹，在小型的刊物上面，最令人难忘的，便是非垢的诗，论表现的技术，当然还嫌生疏，但那种奔放缠绵的情思，常在读者心弦之上，敲出一种难抑的悲愤的楚调。同时夏梦在周刊上，发表了他两篇游记，只要读者稍微留心，便忘不了那笔下的流畅与明洁。作为一种团体

---

[1]　编注：即西安事变。

活动的记载看，那两篇文章，便反映了当时学生运动的一面，无疑地可使身临其境的人们日后读了会激起旧情的燃烧。以学生运动为题材，玲君写了他的小说《城》，把新鲜的经历，渲染到纸上，假如故事安排得当，文字调遣灵便，无疑地可成为一篇永存的佳作，但作者，却把故事糟蹋了。但这，不能算是作者的过失，只是他在纷乱中还没有能力安定自己写作的心情。从"一二·九"到六月末暑假开始，这是一个非常的时代，人们的心，天天如大海中的船，安静与他无分，故对于写作，便忽视了文字上的洗练。只要重翻一下《火星》，我们便立刻想到，我们一年的过去，在心上所留的难灭的光辉，假如为着行文上的缺失，而把那些可珍之处抹煞；或因为那些值得永存的"内含"，而忽视今后表现的技巧，都是错误的。记住，燕园作家们，自今还可以骄傲的，是你们在那些过去的日子里，贡献了你们的血和泪；一份精力与一份时间，一行诗或半页散文，所做的是什么，所写的是什么，都在那里说明了。

秋风吹淡了未名湖畔的垂立的柳树的风姿，西山躺在明洁的秋日的云边，我们迷醉于古城静静的秋；伟大的时序，好像已过去，然而一些鲜明的记忆，只要偶一闪耀，人们的情绪，便如江河一样的流泻，那不能忘怀的现世的污浊，那在期待人们去垦拓的未辟的园囿，都不能使他们轻便地卸下戎装，于是便有"一二·九"文艺社的改组，《青年作家》的出现。于斗争的姿态上，一变《火星》时代的轻捷，透露，明快与急烈。《青年作家》里，我们找得出许多社会相，然而被表现出来，是温和而涵蓄；若《丘东路》，若《山中问对》，若《慈善家》，这不都是些大家所熟悉而说来还不免有一份愤慨的事实，而在作者写来，是那么平心静气。在经济窘困之下，燕园的"文人"，挣扎着出了两期中型的纯文艺月刊，而社会上所给他们的评价，有些至今还可为"燕京人"所骄傲。

在这半年里，曾以诗人的身份出现于燕园的力野，致力于创作小说，在文辞的修炼上，沉郁中而带有深湛的情感，使人不忍释手于北方人的厚重，发表于《青年作家》上的《慈善家》与《回想曲》，大家大概还未忘记，后者在情调上，充分地表示作者曾经一度作过诗人。

其次，曾经为周刊编者誉为"燕大周刊中历年来仅有的佳作"文夷的《童话》一篇，用笔的紧凑、灵活，是其长处；而平铺直叙下来的故事，使人读之，失却一轻一重的心海的波澜，则未免舍弃了小说的功效而专在讽刺的题意下着笔。若论取材的现实，当不愧为燕园中的一篇力作。

这里，笔者表示遗憾的，是绥战爆发以后的募捐运动，和西安政变时的学生心理，无一人就此着笔。较之"一二·九"运动时代，那种抓住现实题材而写作的狂热，令人有感今昔。

此外，在《燕京新闻》上面，龙门主编的《燕园诗风》，也为一些人所欢迎，诗的技巧和内容，常常为一些读者商谈到，无疑地，大家都觉得离生活远一点，但这种说法，也嫌空洞，我们知道，这一代的大学生的生活，是奇离而近乎令人难以索解，譬如他们在社会斗争上，是一个十足的"前进分子"，而在生活态度上则不妨扭扭捏捏，甚至比雍雍大度的绅士还不如，反而显得更小气。（如文夷所写的也是暴露现实的最真的一面）绥战胜利结束，陕事和平解决，随着阳春的来到，《青年作家》和过去的日子一样的奏了丧歌！代替着它出现于燕园的文坛的，有《诗与散文》。我们非常欣幸在那里读到了一些成熟的作品。萧萍的清新朴实，宋悌芬的明丽婉约，黄裳的浓艳，郭蕊的闲雅，论其作风，各有门路，那虽然是寥寥的几篇作品（《旧窠》《雾》《卢笛》《三月的诗篇》）而无一篇不值得珍惜。

除开创作以外，翻译在燕园，似乎太少有人注意到。在理解外国文字的程度上，"燕京人"不会比别人差，而愿从事于这种必要的事业上面的，除有厂以外，好像再找不出来——这不很可惜吗？有厂翻的都是苏联作品，以他那种对俄文理解能力的深，和国文根底的出人一筹，译品忠实而流畅，在燕园文坛上，他是尽过一份力量的。

此外，方出两期的《四人行》，内容已见新异，据编者说，他们想在批评、介绍、翻译上用点工夫，并决定出几个像第二期《书信专辑》那样的东西。本年度周刊改为半月刊，有出一个文艺专号的计划，而对于翻译、批评也想做点切实的工作。我们希望都能顺利进行。

把眼睛看一看。世界，人物，自己的前途，民族的命运，从事文学的人，绝不难找出自己所应走的路。

我们需要真实的作品。

原刊《燕京半月刊》1937年第1卷第1期，署名沈思。

评《中国的西北角》

　　假如有人说，他念过一本书，完美无瑕。那我们听来，至少有两点疑虑：第一，必虑他知道的太少，被骗了而不自知；第二，必疑他偏心先存，故意隐蔽其恶。因为我们不相信世界上有绝对的好坏，对于所谓好的事物，总爱找出它几处瑕疵。若说这是癖好，不如说这是为了一个信念——永远摸索真理之门。

　　不到一年，由一版以至于五版，这本书——《中国的西北角》，大家都知道，而且不能说不好。因为我们读后，知道西北，事实上，并非如所传闻，那样简单。它有复杂的民族关系，有使人难以想像的贫穷，并因其特殊的地理与历史的背景，使关心西北问题的人，不得不作另一种的看法。周飞先生评《中国西北角》说：

　　"在读着的时候，我随着作者的笔尖从成都而兰州而西安，从繁华的都市到偏僻的野山，从古老的废墟到景色如画的贺兰山旁，它随处给我以新鲜活泼的刺激，随时给我以深思猛省的机会，数年来我没有读过这样一本充实的书籍，没有领略过比读这本书时更大的快慰。"

　　"作者在行文中不时加上些确有其事的笑话，而对于地方当局又每每有所论列，字里行间，到处流露出他置身度外，冀或在民族复兴运动中有所供献的热忱，故这本书非同一本普通的游记可比，它有它的独特之价值。我们对长江君'此种实际艰难创作工作人士'尤当致其无上的敬意。"

在好的一方面，这两段话说得最切实，透彻。但究竟一件好东西，亦必有其坏处，现在，我们就从这一点上着笔了。纵不为作者、读者所喜，但迫而不得不言的话，总不好留在心头。

作者，跋涉于崇山峻岭之间，荒旱苦寒之地，目之所击，耳之所闻，把那颗慈悲的心感动了。全书中，我们看到他那殷殷以生民为念的胸襟，也激起了良心的发现。

"女人的嬉笑声，老爷的呵叱声，与夫役们的急步声相和。益以游人的谈话声，使人感想万端。"

"以肥沃的土地，丰收的年成，勤劳的农夫，而终不免成为道旁之饿莩。实令人大惑不解。"

"生于乱离之世，不死于枪炮，亦丧于徭役，哀我农民，奈何无自救之方也。"

字里行间，所流露的伟大的对人类的同情心和对丑恶的现实的尽情的暴露，使人悲愤，流泪，彷徨，绝望。但作者只以"诚令人大惑不解"作为解了，不过事实上真的如此吗？真的没有办法使饥者得食，寒者得衣吗，这一点，无疑地是他疏忽了的。要知道，人们需要某种刺激，使他愤怒，反抗；同时也需要一种使他们有希望，有前途，能在苦中微笑，在战斗中讴歌的慰安。

在暴露现实这一点，作者尽了他伟大的任务。但他，不知道把一个"理想"的社会的影子放置在那些流亡大众的面前，使他们知道并非没有出路，而不自填沟壑，徒"无告于天下"。（在《沉寂了的绥远》中，作者做到了我们所提的那一点了。）

说得具体一点，就是作者应该明白指示：那些流亡之民，应如何从死里逃出，另求生路——当然，求生之道甚多，做土匪，作盗贼，都是吃饭的办法，但那至少不能算是上策。上策，无疑地是使他们要求一个使他们衣足食足的社会制度。

西北角上，政治的黑暗，吏风的窳败，直令人难以想象。

"此间县政府之'班头'，闻名各县。一切县政，非得班头同意，决办不通。班头下乡，乡人必设香案迎接，县长亦无此威风。城内街市住宅，凡较为宽敞壮丽者，皆为班上人所有，故有'大门皆班'之谚。然而所谓'班上'者，不过县府之行政警察，何以有如此大势力，此则中国县政制度若干年来已养成如此变态形势，至今日益形厉害。中国各县县政，素无完善之表册，规程，及记录等，一切县政，全在经手之胥吏心中，世代相传，班头等形成一种'肉表册'，关于县政情形，除彼等外，即难有人知晓。故作县长者，多仰其协力，因而权势益重，搜刮日多，浸成中上之家。'钱''势'相互影响，其魔力愈大。现在之县长随时更换，而班上人员，则永无调易，故乡人不重视县长，而重视班头；得罪县长，充其量受几个月的罪，得罪班头，则恐终身均不能安宁也。"

　　"而事实上，亦来认真使'汉民'垦殖，徒位置自己亲信的几个官僚与军阀，用各种名目以剥削敲诈藏民，故作官者每视'办番案'为优差。"

　　作者对于这些政治黑暗的原因，不甚了然。他处处透露着渺茫的希望——修明的政治，以为政得其人，便可使民困全苏。这种希望，若在百年前，并不渺茫。照例，天下纷扰一阵，圣君贤臣者出，"省刑罚，薄赋敛，深畊易耨，壮者以暇日，修其孝悌忠信"，不难使社会重新安定，使人民有饭可吃。但中国现状，远非闭关自守时代可比，若还作如此想法，则无异于"痴人说梦"。因为中国自鸦片战争以后，一切与帝国主义都有不可分离的联系，整个的社会机构被破坏，政治经济支配于帝国主义之下。自满清倾覆，国内军阀纷争，边事更无人理。疆吏则趁此机会，搜括财富。由于帝国主义促成的二十年来的南北战争及群雄分据，使边事没人过问，于是那些边鄙的官吏，便畅所欲为。这是西北政治黑暗的主因，和闭关自守时代的政治黑暗是截然两途的。中西交通以后，大都市勃兴，"照通常情形来说，都市工业是剥削农村的。第一，都市工业破坏了农村手工艺，使农民减少副业收入。第二，工业以自然的低价收买原料和粮食，而以较高价出卖工业品……特别在中国，国民经济以殖民地为基本性质。工业的中心，不在国内，而在国外。外国工业品所换得之代价，直接流在外国，而无再回复至中国农村之可能。所以中国农村比外国农村破产更为急速。"因此西北民生，更陷于不可思议的痛苦，而流散逃亡。这又和闭关自守时代民生痛苦不同，此其二。"东北四省未失以前，甘省党参销路甚好，其出产地区为岷县，西固，武都，文县一带。文县之碧口为收货总口，碧口商人多在中寨有分庄，收买药材，九一八以前，中寨市镇至为热闹，今则党参之大销场已失……中寨原有之商号，相继撤销，所余数家，亦勉强维持，无交易可作。"我们读了这一段，又可以知道西北有些地方市面的萧条，其原因也和闭关自守时代，略有差池。

上面之所以引证，全是作者自己的话，"以子之矛，攻子之盾"，我们又用以质难他了。目下，还希望如百年前一样，想政治修明，只注意到人的问题，则未免有"空中楼阁"之诮。我们得认清，西北的一切，绝对不能单独来谈。当整个国家，还在帝国主义剥削之下的时候，西北的民生疾苦，是无法解决的。当我们民族解放了，帝国主义被赶走了，全国同胞衣食足了。西北还会有问题吗？假如我们不能"自力更生"，不能把帝国主义以及它们的爪牙赶走，西北民众和全中国民众一样，永不能见天日。所以作者的"一个渺茫的希望"，实在太渺茫了。

其次，我们便要谈到民族问题了。全书中作者郑重提到这个问题。他说：

"东亚争夺之重心，已集中于中国，中国各民族的不同关系，正与人以可乘之机。姑不论事之内容如何，满族已不在中国范围中，外蒙古之独立，西藏之附英，已为不可讳言之事实，所余者，仅内蒙一带之蒙族，宁夏青海甘肃一部之回族，及西康青海四川边境之藏族而已，以目前情形现之，此等部分，如加以外力之煽动，及将当之强力引诱，是否能维持如今日之关系，恐难得乐观之答复。"

"真正团结民族之方法，是各民族平等的联合，所谓民族平等的真义，从政治上'比例的平等'，文化经济上，'发展机会之平等'。诚如是在各族间压迫既不可能，生存上相依成为必要，经济的自然溶通，文化上之自然交流，如是必能造成巩固之团结，育酿出充实的崭新的文明。非然者，记者窃恐中国今后民族之大分裂，为期不远也。"

这一段话，所见到的很远，说到的亦极透彻。但空泛，不着边际。试问如何能达到"平等的联合"，如何能使政治上"比例的平等"，文化经济上，"发展机会之平等"，这都是成为问题的问题。我们认为作者先应该谈到而最重要的是语言文字的设法统一和教育的设法普及，因为各民族间的仇恨，是基于不能互相了解，"汝诈我疑"。假如语言相通，则渐渐可以掏出肝胆来开诚相见。至于教育问题，更重要了。如民族间的仇恨，多起于小小的争执，他们全是因所见太短，假如人民智识提高，知道国际大势，便不会起今日所谓的无理的纷扰。长江先生说"……依记者观察所得，赶快办理西北教育，诚然重要，但是教育的本身，并不能解决西北上的问题，相反的只能使西北人更进一步的了解上（述）的问题，而提出些更大的问题来等待解决。"他这种见解，显然歪曲，虽然他后面说到"自然从大局上看是不怕问题的"，但至少他心中总以为愚民政策还是一个好办法。长江先生处处提到民族平等的原则，而还有这种怪论，不得不使人大惑不解。对于调整民族间关系，他说："日前似乎有两种工作，可以努力。第一，把青海的各方面赶紧的'国家化'，即是努力使青海的一切与全国的各方面发生关系，努力使之成中国密切之一片。第二，……我们可以把各民族的青年集合训练，以民族平等的思想指导他们，使他们将来负担领导各民族解放责任。"

这种说法，似还嫌太空洞。如风俗习惯，语言文字，根本不同，怎么谈得到"国家化"？怎么能够使那些言语不通，风俗各异的人，"集合训练"？显然，作者没能抓住民族相互仇恨的原因，否则当然不会舍本求末，不会忽略语言文字的统一和教育的普及问题——当然，人民不能饿着肚子去受教育，要教育普及，还须民生问题解决了才能做到。但如何解决人民生计问题呢？笔者前面已经说过了。当然，除了根本改良现代社会制度外找不出更好的办法。

以上那些话，不过是作为我们就问题上所提出的问题，对于这样一册巨著，万不能降其身价，侮其尊严，愿那些想多知道一点中国的事的人们，快点去读一读那本并不算厚而能有所得的佳作。

原载《燕京新闻》1937 年 2 月 19 日《四人行》创刊号，署名李华、徐芳。

对于作家间新的运动的一种看法

中国新文学运动有了二十年，据说可以分成三个时期，从五四到五卅为第一个时期，五卅到"九·一八"为第二个时期，"九·一八"到现在为第三个时期；二十年的历史不算太短，作品也有一大堆，假如你细细地去读一遍，从文艺理论，论战，小说，戏剧，散文，诗歌以至于杂文，小品，你能得到什么，你自己会知道。不过大家都说，似乎还没有伟大的东西为你发现；因此有许多批评家，便造出许多"不伟大"的理由和"伟大"的条件；这些议论聚起来真不少，但大都脱不了转贩的习气；批评家的舌头，尽管把死的说活，活的说死；不过涉及个人的恩怨的地方总不宜太多。像伯林斯基那样的批评家中国没有，但像果戈尔，普希金等似的作家，中国也还找不到。在我们的国度里作家嘲骂批评家，批评家对作家有些地方也不免太刻毒，这无论什么人都不能否认。只要翻翻每次论战的文章，谁都不难在读后叹一口长气，行文之处，有时竟可笑得以个人的私德而为攻讦的矢，为自己的理论做一种掩护。平心静气来讨论任何一件事，中国人好像都不能办到，必要打得你死我活，热热闹闹一下，到头还是"握手言欢"。其结果，吃亏的除他自己以外，还是大多数的读者。

二十年的新文学运动不是几千字几万字的文章可以谈得完。离我们稍远一点的暂时就此搁下；先把我们身边的问题来谈谈，——虽然意见是个人的，偏见不可避免，若不算太浪费了大家的时间，说说也无大妨碍。

若说我们的情感，不如原始人那样单纯——其实原始人也用简单的语言表示他们的情感，那么耳朵所听到的，眼睛所看见的，当不只是一声叹息，或一声赞赏所尽能传达；看见一个无辜的人而被戕贼，一个稚弱的孩子而被遗弃为一个万千人的专横而为奴为仆，或年轻的男女为一点暧昧的（事）而不得不离乡背井，凡是人，不能不有所感动；社会上的事，逼得你不得不在心灵上起一种反应而求表现，其表现的方法，谁都不借助于文学与艺术。撇开艺术不谈，专以文学来表现，便有许多不同的形式，这些形式即所谓的文学的各部门。人对事情的看法见仁见智；而各人的生活，也不尽相同，所以文学的形式与内容表面上因某一种力量可以逼得它走上一条路，或因一种风尚，使它趋于一致；使真实的人的情感，真实的人的生活，无论如何，绝不会同一模型，只要稍为留心一点文学史的人，它便可以给你许多事实作为解答。因某一种力量，使文学的内容与形式"差不多"，这便是一种政治上的对文学的摧残，不算十分可怕；最可怕的乃是因趋于一种风尚而差不多。有好些人说：文学是时代的反应，这是大致不差的。但"时代"这两个字要说起来就相当费解。我想，时代在一般人眼睛里似乎太简单了一点。我们所处的时代，是一个非常的时代，谁都不会否认。在这个时代里，有各种不同的人——商人，工人，农人，小贩，大兵，学生，政府的官吏，洋场的买办，……大家也不容否认，时代虽是非常，但人的生活绝不会"差不多"，决不如一些人所想象的那么简单：有一个时期写农村时髦，于是一群作家便就农村着笔，而那些作家群中，尽有着不少的未出门一步的角色；有一个时期，国防文学抬头，于是大家便就"国防"二字而选取题材，不管自己对那些题材是否能够把握，能理解。炯之先生说：

"近几年来……大多数新出版的文学书籍和流行杂志，……文章内容差不多，所表现的观念也差不多。……这个现象说得蕴藉一点，是作者大都关心'时代'，已走上了一条共通必由的大道，说得诚实一点，却是一般作者都不大长进，因为缺少独立识见，只知追逐时髦，……"

"同时情感虚伪，识见粗窳，文字已平庸无奇，故事又毫不经心注意安排。"

只要大家肯冷静的想一想，多用点时间，把过去二十年来的文学著作，重翻一遍，再把炯之先生所说的，咀嚼一下，虽不会十分同意他的说法，至少当不忍心再看中国的作家还继续这样差不多下去。过去的事实，我们应当承认，铁一般的事实，绝不是某人一支笔所能颠倒；伟大的作品，谁都知道是合于真善美的制作。时下流行的作品中，有几篇是有生命的东西？尽有的是一份虚伪的情感，何真可言；识见粗窳，何善足道；甚至文字亦矫造，故事亦平庸，连仅能感人的一点美也使我们求之不获。

以真实的事作骨干，而寄以作者自己的理想，心匠独运，成而为文，这类作品，我们似嫌太少，而我们所需要的却是这一类。

事实胜于雄辩，时间会给人解释一切，会告诉人许多真理：中国的文坛，向来是为一些恶势力所包揽，空头的文学家，手执大旗，狂呼疾嚷，到头除只落得一场热闹，什么也没有。目下，在政治上，我们要求民主政治，而一些不民主的事，却奇离得尽出乎现代人们之手：在文坛上，有一个人提出一个口号，不管对不对，必要攻击得他体无完肤，才肯干休，而其态度更流于谩骂；不信，把时行的报章杂志翻翻看，假如你还有一颗未变的赤心，你决会皱起眉头来。

空言无补，人家说我们差不多，我们应当想想自己是否差不多；差不多的原因在哪里，才是大家所该注意到的问题。否则，说者自己会缄默而终必认错的。

一九三七年四月二十九日

原刊《燕京半月刊》1937年第1卷第2期，署名沈思。

评萧乾近作《灰烬》[1]

　　萧乾先生名他近作的一个集子作《灰烬》，读过那集子的人，想不至对作者所用的集名有所异议，那正和 Turgenev 把他一本小说叫做《烟》，《灰烬》是作者对某些事的一种感喟。

　　两年来的中国人民，生活上有着甚大的变迁；前线和后方，尽有若干不同处，但其感受，本质上决无二致。"抗战文学"的范围，就广义说，应包括抗战中种种，当不像战争初起时，那样盲目的认战场上的一切为一切，把非战场上的事相，放在抗战之外。人类的情感，不如某些人所视的简单：各人所见的不尽同，所感受的不一致，用文字表现，亦当各异其趋，希望人人如自己，不是愚，则必是妄。

　　离开天津到上海，作者找到《黑与白》的题材，那正当抗战前半年。那作风与《篱下集》中诸篇，绝无二致，处理那样的事，作者是好手；写来带着一种挑拨的无限的愤感。作者从上海到昆明，顺序排来，遥遥的路程中我们又看到《灰烬》[2]与《两个检查员》这两篇，与《黑与白》同一情调。《两个检查员》，带着一种懂事的孩子的心情，作者抒写了一个知识分子在僻塞的山地中的遭逢，若就其天真处而言，天真得令人谈着本该愤慨之处而微笑，但其天真，

---

[1]　原注：《灰烬》萧乾作，文化生活出版社"文艺小丛刊"内有《灰烬》《一只受了伤的猎犬》《黑与白》《爱狗者》《两个检查员》《刘粹刚之死》诸篇。

[2]　原注：《灰烬》即集中一篇名。

也是懂事的孩子的天真。

人世间的事，在诗人笔下与在小说家笔下，说来便不相同。诗人从正面说，小说家则从反面；我说诗人、小说家，是指其气质，并不指写诗或小说的，Gogel 是小说家，而 Turgenev 则是诗人。萧乾先生的气质是小说家的。《爱狗者》《一条受了伤的猎犬》，其宽度与深度，正表示着一个小说家未来的希望与成就，虽在目下，距那条光荣的路，作者还有个相当的距离。"谈爱狗者，使人想起鲁迅先生的《野草》，在技术上，鲁迅先生是熟练得多的。"

《刘粹刚之死》，在《灰烬》中，占有不小的分量，技巧上，也最成功。假如我们当作抗战小说看，应是我所见到的抗战小说中的佳作了。作者把《灰烬》放在集首，而这篇摆在最后，"又一颗崇高的英雄的星，陨落了。"[1] 我们放下这本小书，想起题作《灰烬》的集名，心下不禁有淡淡的哀愁。

一九三九年十月昆明

原载《中央日报》1939 年 10 月 21 日《平明》第 106 期，署名沈思。

---

[1] 自注：《刘粹刚之死》，全书 87 页。

俄罗斯少女

　　陀思妥耶夫斯基，相信地球上要实现一个真正的基督王国，在那王国里面，没有奸私，没有剥取，没有恶诈欺骗；所有的只是幸福，和平，与永久的相互真诚的友爱。他诅咒西方的文明，他相信斯拉夫人要担起革新全世界末日颓运的使命。

　　我们永不能忘怀于索尼亚伴着拉思科里涅珂夫在西比利亚过着辛苦的生活，以及他为它所感动而开始的一个新的生活，"那新生活并不会白白交给他的，他必须付重大的代价，那要费他大大的努力，大大的受苦。"

　　十九世纪俄国的文学，比任何一个时代更震荡人类的心灵。索尼亚的精神容貌，是俄罗斯土地上生长的女人们的最高的典型，那与屠格涅夫的小说中的女主角——丽莎、爱伦娜……是难找得不同之点的。

　　我们读哈代的小说，常为一种朦胧的愁思所笼罩。人的一切，为一种无形的力量所支配，幸或不幸，人本身无可为力。为了苔丝的不幸，我们可以放肆地流流眼泪；摊下书，自己也软软的人活下来有什么意义呢？奥丁的小说，写人间琐事，人似乎只凭着某一种需要而活着——平平凡凡的。人与生物之间，看来相差无几，也许根本相同。

　　法国有表现理智的文学传统，大小说家如巴尔扎克、福楼拜、法郎士，都多多少少教会了我们一些什么。欧贞尼、葛朗代，是真实的人的活动。"人间喜剧"，用以作为他整个作品的命名，是再适当不过的，那的确说明了巴氏的一切。法国人聪明，教给别人聪明。使我们渗透一层雾看世界与人。

有一种文学作品，鼓励人进取，给人以信念与力量；有一种文学作品，给人说明一切，英法实代表着后者。

丽莎，表现着一种完全不同的精神，那是俄国的。当她和拉甫列斯基分别以后，孤独地在修道院度着漫漫的岁月。有人说，她太傻了。真的那是傻吗？生命的值得珍惜处，是我们普通人所认为的耳目之娱吗？十月革命之前，俄国多少少女，为减轻革命者的罪，自认犯罪者为丈夫，陪伴着一个不相识的男子，涉漫漫长路。这不比丽莎更愚蠢吗？

女子的天性中，自我牺牲的精神，最为强烈：与托依于上帝的一种热烈的宗教的情绪相混合，即成为一种如春天、如旭日的光明美丽，是今日苏联的预示。

托尔斯泰在完成他那□□□□□□，在一种无望的思索中，为检讨他□□□□□□人生的意义而苦恼。到底人生的意义□□□□方呢？我们到今日还能想像他那为一种□□□思索而痛苦的情境。[1] 然而，他自己，以及他同时代的人都已看到了这一点的。人类最崇高的德性，是给与（to give），生的意义亦在给与，如丽莎、爱伦娜一般。当人有了这一点以后，力量便随之而来了。从丽莎到爱伦娜，我们更可以看到更清楚的路，那便是十月革命时代俄国人的路。

在奥斯丁的小说 *Emma* 里，我们能感到那种如丽莎所感动过我们的么？十九世纪俄国文学的一切便在这里。俄国人的一切也在这里。

原载《中央日报》（昆明）1940 年 6 月 16 日《平明》第 237 期，署名沈思。

---

[1] 编注：此三行中空缺若干字，为原扫描胶卷缺损。

门外诗谈

友人徐高阮君以为创作成功的基本条件有二：一为健全而有情的人生观；二为适当而利便的形式。他的意思我很欢喜。我常说一个诗人走入人间，或在其中，或在其上，而不能在其外。杜甫是在其中的；李白在其中，亦在其上。在其中的，表现的是它全部的欢喜与悲哀，我们可以从他的作品里呼吸到他所处的时代的气息。譬如杜甫的诗："剑外忽传收蓟北，初闻涕泪满衣裳，却看妻子愁何在，漫卷诗书喜欲狂。白首放歌须纵酒，青春作伴好还乡。即从巴峡穿巫峡，便下襄阳向洛阳。"说的虽是他一个人的悲喜，但也表现了他同时代流寓西南的人们的悲喜。李白在其中，亦在其上。李白既表现了他的时代，而又超越了它。"德阳春树似新丰，行入新都若旧宫。柳树未饶秦地绿，花光不减上林红。"当玄宗入蜀之后，离乱的人并没有这种感觉；但诗人却摆脱了时代的羁绊，发出了这样的声音，不过他并没有置身于局外。批评人生，表现人生，或在其中或在其上的，都流露着一种真情。只有站在人生圈外冷眼看人生，无论其为欢喜或悲哀，处处现出一个人的小天地来的诗人，是令人感着他可有可无的。不过这样的诗人，时间一定会把他淘汰。我觉得徐君之所谓健全而有情的人生观，和我所说的走入人间，在其中在其上的颇相似。

西洋文学史家常依诗的形式把诗分作两类。一为叙事诗，一为抒情诗。我们的诗大约也可以分成这两类。《离骚》大概是所说叙事诗的一类，不过和西洋人所说的不大相同。后来的《孔雀东南飞》，杜甫的《北征》《三吏》《三别》，白居易的《新乐府》，也都可算作叙事诗。抒情诗是我们的诗最大的成就，《诗经》里的大部分，《楚辞》中的《九歌》《九章》和后来的《古诗十九首》，曹、阮、陶、谢、李、杜的诗都属于所谓的抒情诗。这些诗有说理的，有言情的，有写景的。但说理的和后两者相当不易分别，写到了情理不分，情即理，理即情的地步。诗本来不宜于说理，中国诗的说理，用的方法却是一种诗的方法。孔子是第一个用这个方法说理的人，《论语》里面的"子在川上曰：'逝者如斯夫，不舍昼夜！'"真正是一首说理的好诗。阮籍、陶潜的诗，说理的也不少。阮籍的"开轩临四野，登高望所思；丘墓蔽山岗，万代同一时。""天马出西北，由来从东道。春秋非有托，富贵焉常保。"陶潜的"众鸟欣有托，吾亦爱吾庐"；"采菊东篱下，悠然见南山。"都是说理的诗，但也都情理浑而为一，使我们分不出哪是情，哪是理，和孔子的川上之叹，如出一辙。陈子昂的"前不见古人，后不见来者，念天地之悠悠，独怅然而涕下"，李白的"弃我去者，昨日之日不可留，乱我心者，今日之日多烦忧，长空万里送秋雁，对此可以酣高楼。"又何处不是理，何处不是情，真正可以说是达到了说理的最高境界。但必有人要问：就这样，你就可以说它是说理的么？我必说：是的。说理的诗不但可以触动我们的情，还可以引起我们的思，我们读了那样的诗，不仅如读了一首言情的诗一样被感动了，而且还不禁要默然地去想一下。言情的诗，象元稹的《遣悲怀》，杜甫的《悲陈陶》，是令人感动的，但只感动而已。不过我们说理的诗，唐以后和唐以前的不同。宋朝有些道学家，如邵雍、朱熹、陆九渊等用诗来说理，但却说得象"半亩方塘一鉴开，天光云影共徘徊；问渠那得清如许，惟有源头活水来"一样的淡乎寡味。把诗当作说理的工具，用散文的方法是不成的，要用诗的方法。诗的方法是一种领悟的方法；领悟是经过极精细的观察，极艰苦的探求而得来的一种了解。

关于说理的诗，我已讲了许多，因为这是我们诗里最宝贵的一部分，目前有许多诗人似乎也很喜欢用诗的形式来说理，所以特别先提出它来。唐以前的人为什么会有这种成就？我也想来说一下。唐以前的人，对于人生、世界、宇宙都看其全，而不看其偏；对于和人生有关的问题，都把它当作他自己的问题来看的；宋以后却不然。我们设一譬喻：唐以前的人看这些问题时，像日光之普照，黑夜的君临，无论光明或黑暗，都是摄收无余的。唐以后人看这些问题时，便像一支烛照亮黑夜的一角，像一片云在白日下投下一片阴影。唐宋的诗本是我们文学史上聚讼的问题。我对于唐诗和宋诗的看法，常爱把杜甫和黄山谷比一下：同是描写秋天，杜甫写成"无边落木萧萧下，不尽长江滚滚来"。黄山谷写成"落木千山天远大，澄江一道月分明"。一个是浑然表现出秋天的气象，诉之于我们的听觉的比视觉多，充满了音乐的快感。一个是刻意在那儿描摹，俨然画出一幅秋天的景色，给我们一种图画的鲜明。他们用的方法，显然两样，一个是身在其中，一个是身在其外。一个令人近乎沉醉，一个令人近乎清醒。我以为从这个例子便可以看出唐宋诗的分别。我们刚才讲，诗的方法是一种领悟的方法，屈原的"滔滔孟夏兮，草木莽莽"，也可以作为领悟的一证。把江水的流声来形容孟夏的生机，是经过多少次诗人对孟夏勃勃的生机的观察而后得来的一种发现。那种草木萌生的声音，在诗人心中久久无法表现，偶然听见滔滔的水声，和他所感觉到的草木生长的声音契合了，"滔滔"二字便成了不朽的艺术的创造。像这样的艺术创造，有待于诗人对人生、世界、宇宙看其全的态度。

一个诗人对于人生与世界能看其全，他便走入了人生，走入了世界。他的作品也能让我们呼吸到他所处的时代气息。换句话说，他的作品便能反映他的时代。大作家的作品，无一不如此。一个大作品，第一必须反映他的时代，第二必须具有艺术的价值；这两者实在也就是一件事。好的作品不论其为诗，为小说，为历史……莫不是如此的。我们现在说的是诗，当然还是以诗为限。

关于诗的艺术，我们可以说包括两方面：一为言语的艺术，一为文字的艺术。《诗经》，大体上可以说是言语的艺术。《诗经》里大部分的篇章用的都是精粹的语言，因精粹而显出力量。"昔我往矣，杨柳依依。今我来思，雨雪霏霏！行道迟迟，载渴载饥；我心伤悲，莫知我哀！""我心伤悲，莫知我哀"，是多少话中的话，是多么的质朴。"陟彼岨矣！我马瘏矣！我仆痡矣！云何吁矣！"一连四个矣字，岨（音居）、瘏（音途）、痡（音敷）、吁又是四个双声韵，真是有力量之至！"舒而脱脱（音兑）兮，无感我帨（音税）兮，无使尨（美邦反）也吠！"那个又羞又怯的女孩子的口吻，不是活现在我们的面前吗！后于《诗经》的《楚辞》却充满了文字的艺术。"闺中既以邃远兮，哲王又不悟。怀朕情而不发兮，余焉能忍与此终古！""屯余身其千乘兮，齐玉轪而并驰。驾八龙之婉婉兮，载云旗之委蛇。""余处幽篁兮终不见天，路险难兮独后来！""秋兰兮麋芜，罗生兮堂下，绿叶兮素枝，芳霏霏兮袭余。""山峻高以蔽日兮，下出晦以多雨。霰雪纷其无垠，云霏霏而承宇。"比起《诗经》来，是一种进步。我们可以说，《诗经》是一个乡村的姑娘，风韵天然，如璞玉之无华。而《楚辞》却是一个打扮了的女子，人工更妆点出她天然的美丽，更令人觉得婉约多姿，但脂粉服饰，莫不恰如其分，也仿佛是与生俱来。魏晋以下至唐，诗的艺术都偏重于文字的艺术，诗人似乎不太欢喜从言语中去提炼精华。大家如阮、陶、杜、李，亦莫不如此。杜甫是最讲究文字的艺术的人，"老去渐于诗律细"，足见他自负的一斑，虽然他也颇醉心于言语的运用，晚年戏为"吴体"，运用俗语入诗，但他似乎没有把握住言语的特性，强把民间的话，收入整齐的七言近体之中，既失去了人为的文字的音节，又失去了自然的言语的音调。中国的诗，从《诗经》以至唐诗，是从运用言语入诗到运用文字作诗的阶段。把民间的语言，变为诗的语言是《诗经》的成就；把通行的文字，变为诗的文字，是屈原以后至唐代诸大家的成就。这两种成就，虽有精与粗，朴质与华丽的分别，但所收到的效果是一样的。因之我们读古人的好诗只觉得是诗，而不想到它是语言的诗或是文字的诗。语言与文字一经成为了诗，便无从辨出它们本来的面目了。

宋人在运用文字入诗这一点上，也许比唐人还进了一步。清乾嘉以迄于近代的江西诗派，比宋人或许又进了一步。但即使是大家的作品，我们也觉得不如唐以前；二三流的作品，更令人有一种文字游戏之感。这或许就是我所说的他们看人生、世界、宇宙，只看其偏；他们是站在人生的外面，或者只不过如近人所说的"在人生的边缘上"的缘故。

所以关于徐君所说的第二点，我便觉得不如第一点那样重要。

第一点我们可以说是作者的人生观、世界观、宇宙观；第二点我们可以说是作者探索的作品形式。一个大诗人，既有一种健全的有情的人生观，形式决不会限制他的成就。

一九四七年四月廿五日上海

此文最早约刊于 1940 年昆明《中央日报·平明副刊》，网搜未得；再刊于《人世间》1947 年第一卷第三期，署名流金。

一

这里，我将说明一些真真实实的，不借用任何人一句话，为自己的思想辩护，或证明我的观察正确。

我之所感，由于对这民族的热爱，因而真实，而不免碰着一些人的痛处。

我反对口号：为艺术而艺术，一切艺术在为宣传，以及其他。人是具有神智的动物，他生长在那一块土地上，必爱那土地上的风景与人物；眷恋那土地的过去，憧憬着那土地未来的幸福与快乐；这情感，与生俱来，至死不失。这是一切历史之所由来，倘有一种人，要以另一种解释来反对我所说的，中国外国的历史，都可以给他扯去那昏愦的帷幕。历史上的战争，大大小小的，莫不因人爱他的土地，而剧烈；而延续不已。目下，我们所生长的土地，只能让我们远远的想着，怀念着；在一个地方的春天，想起另一个地方的，那地方，有他儿时的幻想，有他最亲爱的人，与最熟悉的一山一水，一草一木。这情感，凡人莫不具有。表现于文艺上的，或悲愤，或哀婉。看来，或与这战争有关、或无关。缘个人因秉赋不同；民族因气质有别，表现亦有所歧异，但只须真切，便可流传，实不必强求铸诸种于一型。倘这样，徒无益而且做不到。俄国诸大作家，以描写农民一点来说，普希金和果戈理不同，托尔斯泰和屠格涅夫又不同。以我国历史上诸人相比，杜甫和屈原、陆放翁和吴梅村，其身世之惑，慨叹之情，何曾一致，而出诸讽咏，或悲壮，或哀艳，或沉郁，或幽怨，虽不尽相同，而均不朽。何况在这民族生死关头，除却少数无心肝汉奸，何人不生活在战争里，在胜利期望里，虽因教养气质，所努力方面，或有歧异，但目的实在没有两样。而可叹的是：一面是说风凉话，一面是徇私情：表面上看来，团结极为热闹，其实各人心里，无日不在为自己打算。这种人，嘴里边虽高唱"与抗战有关"，实最为我们真真实实的关心民族者所不齿。

不为口号所拘束，真实的爱这国家的人，不论在战场上，在后方，都默默地在工作；我看过一时期文艺稿件，认识的人或不认识的，当我每回送出一批排成铅字时，我每一次必想起这古老民族的精神，将必在他们手里或粗糙或精致地制成模型，给我们自己作一面上贯五千年下逮百万岁的祖宗子孙的镜子；这民族，若干年来，实太不为自己所了解，为别一民族所误解了。抗战以后，我们有许多无偏见的从事文艺的青年的记述中，多多少少地看出了中华民族一种严肃而又超脱的精神。在军人中，固不论；即愚夫愚妇，一旦家破人亡，悲哀之后，轰轰烈烈地作一些动人的事，亦不在少数。山西一省，两年来守节不渝，受国府褒扬的，至少十数起。这便是我们民族的真精神，国家命运之所寄托；这精神，在一些不知名的年轻人笔下，表现得最为真切。

二

有人感叹三年多，没有过一篇像样的作品。也有人捧过几位作家，提过那些作家的作品百数十遍以上，声声说是伟大的制作，说是已创造了典型的人物。这两种人，若不是太幼稚，便必是愚昧得连自己不知道自己耳目的所用。像样的作品，有个什么样的标准，伟大的又有个什么样的标准。我们从来没有听见过一本书、一篇文章刚问世的时候，便为同时人说伟大的。巴尔扎克的伟大，恐怕当巴尔扎克在世时，只他自己以为如此。司汤达的小说，是很像样的了，但他自己以为必待一九四〇年，才有人欣赏。《红楼梦》，是伟大的，何以曹雪芹当时必至穷病而死呢？原来伟大，必是经过若干年后才"伟大得起来"的。一个大思想家、艺术家、文学家，想以他的思想文艺影响他同时代的人，永远是办不到的事。鲁迅是伟大的，但今人所说的鲁迅的伟大，亦不是鲁迅真实的伟大之处，也许必待四五十年后，才有人能真正了解他，如他自己所了解的一般。

这一段，在说明目前，批评界的贫乏、无知。

三

新文学运动以来，短篇小说、散文两方面成就最大。抗战以后，这两者，进展却极微，甚且退落了许多。这现象，可从两方面解释：一是生活的不安定，影响了作家的沉思！沉思两字，取昭明太子"事出于沉思"之义；二是作者大多数为年轻人，修养工夫，较之"五四"时代以后诸人相差甚远。但这不足悲观，本来在战争当中，原不免这种现象，像托尔斯泰能在战火中写出SERATOPOL，已属少见：而《战争与和平》，距拿翁称霸，亦已很久了；SERATOPOL比起《战争与和平》来，实在差得太远。以近事来说，第一次世界大战当中，《启示录四骑士》，《西线无战事》，《火线下》，俱是战后的产物。但我并不是说："等待"；也不是说战后必有好作品，这不过是对当前现象一种解释罢了。

年轻的文艺工作者：这三年来，是你们在撑持着中国文坛的局面，只你们的作品是真实；将来，亦必是你们继续着中国过去的在世界文坛上的光荣。我们不说诗歌，那具备了最好的文学与史学的条件的《史记》；即如《金瓶梅》《红楼梦》那样的小说，外国诸大作品中，哪一部能比得上他们。法国人，文学上的传统，是几十本几十本的带有历史性的小说，如大仲马、巴尔扎克、左拉，以及现在的罗曼罗兰，都是最著名的人物；他们的书，如《人间喜剧》《龙贡家族的家运》，都是我们所熟悉的。英国人，那些不朽的巨匠，都是以长诗出名的。我们文学的传统精神，固不能有他们那样清楚的线索，但自《三百篇》《楚辞》，以至《金瓶梅》《红楼梦》，在精神上，原是一贯的。

抗战以后，无时无地，莫不可以找到动人的材料，在这光明与黑暗交织的现状当中，随手拈来，无一事不可以着笔，都是些可歌可泣的事。喜怒哀乐，怨懑悲愤，泛滥在我们这一代人的心中，我们必可用文字来说明；绘成一幅包罗万象的人生百景。

一个人若能返其赤子之心，必可明善恶，辨是非。世界上伟大的作家们，没有一个不是天真的像孩子一般的。这，不必凭借于理论的探讨，而仅须反求于自己清白的心，这是我们每一个人必须做到，尤其是我们从事于文艺工作的朋友。

民族形式的问题，一个时期，最为人们所乐道。中国的民族形式，被看得太死了，甚至有人说，是民族形式最为民众所了解的一种。这一篇帐太难算了。中国历史五千年，民族形式也不知变过几十次、几百次，据我所知道的，《诗经》变为骚，变为赋，又渐渐由繁复入简易，四言变为五言，七言；经印度文化东来，诗和散文，又变，最明显的，如诗由古体变为近体，散文由骈而又复古，另外又产生一种变文，诗又变成词，变为曲；此外杂剧，小说，平话亦并行不悖。此是就大的正统的方面来说，小的变化，更多，地方的差异亦大。到底那一种是民族形式呢？都是的！没有人能说七言律诗不是我们的民族形式。但民族形式是天天在变的，就时间上说，前一百年不像后一百年的，以地来说：甲地不如乙地的。"五四"运动前后，西欧思想输入，我们在思想方面在变，正如印度思想输入时一般。思想一变，渐次及于文艺，故有所谓文学革命运动，白话诗，白话散文，小说，应之而起。这已经就是民族形式的又再变了。二十多年过去，这形式，在主观上，既未有十分成就。客观上，亦未为大众所接收；一到抗战，于是有人急了，怀疑了，提出"大众化"的口号。这种人若不是太急，便是根本不懂民族形式是怎么一回事。"大众化"口号叫了，有些人改了行，写起"大众化"的东西来。但这，还是无用。于是又提出民族形式问题来，想起死回生，把僵了的形式注入复活的药汁；又不成，失败了。这在明眼人看来，原本如此，只不过徒劳罢了。根本上，死的已死，如骚体之死了一般，变文体死了一般，无法复活的；刚生长的，只不过还未成长，而人反误以为那是外来货，不是民族形式！试问：那有无根的树木，能生长到二十多年，而且日渐繁茂的？

我们说：只有"五四"以后的新文学运动中诸形式，才是我们今日中国的民族形式的萌芽，正如鼎革以后，我们的政治制度一般。现在政治何曾大好了，但我总不会再抬出那君主专制政体来的！

世上说教者，只是使聪明人糊涂，愚蠢的更愚蠢。假如有个说教的人，能使我这愚蠢的聪明一点，我依从他。

原刊《北战场》1941年第1卷第5期，署名流金。

展开"北战场"的文艺运动

本月十四日下午，我们有过一个小小的茶会。到会二十人，有为文艺工作者，有为文艺爱好者。平日，这么些人，很难得聚在一起，一日见面，各人心里都有一种感觉：即太沉闷的感觉。这沉闷，说来极为有趣，似乎都指着文艺工作的沉闷而言。我个人，来洛阳时间不久，对此间文艺界朋友，亦不甚熟悉，而沉闷之感，却正与他们相同。两小时茶会时间，便全费在讨论如何打破这沉闷上面。

先说一点别的事

茶会的前一日，有个年轻的朋友来看我，经人介绍我知道他出身中央军官学校，对文艺爱好，而且诚恳地从事文艺诸种习作。他说："现在，军队里有许多人，最感到缺乏的，是文艺的读物；最感到苦闷的，是缺乏写作的经验，不能把那些他们亲身经历过的血一般的斗争，写下来。"又说："也有一些人能写，写出来了，没地方发表，缺少鼓励。"我说："这现象不好，实在埋没了许多人。人说，抗战以后无好作品，也许有了，在军人中，人不知道！"

茶会那一天，这个人也在座。会后，他又和我谈，一个纯文艺刊物，在北战场，比任何地方更需要。有了，实在可以培植一批文艺的干部。我心里亦正如他那样想，但我不仅以为北战场需要一个纯文艺的刊物，别的地方，也同样的需要，而且这文艺刊物，必须是为发表新人的作品的。

我自始即有一个偏见，以为后日的文学，必产生于军人中、农民中，像我自己这种人，若要从事文艺创作，必须爱这两种人，了解他们的生活与思想。但我更希望在这两种人中，有自己能道出自己苦乐的巨匠。

再说和一点别的事有关系的

抗战以后，有些年轻文艺工作者，到军队中去，时间或长或短，但随后便又由军队里出来，写下了一些关于军队的报告或小说。抗战开始一二年间，这类作品，在市场上很流行，而且销售得不坏。当时，我有一个感觉，我以为写这类文章的人太不懂得军队了，他们的生活，和军队的生活相差得远。要写，只好写他自己半年一年在军队里，他自己的一切，而不可写军队。关于中国军人的生活思想，必须待他们自己来写，或真正和他们生活过，爱过他们所爱的，恨过他们所恨的人去写。以后，那类小册子，不太流行了，不知是读者不需要它，还是作者本身自觉的不再写那类他自己所不知道的了。这现象，在一面看来，是好的；但另一面，却说明我们年轻的文艺工作者，始终没有能深入到军队里去。抗战以前，一时写农民生活风气很盛，现在也不见这类作品了。这现象是不好的。

现在我们再说北战场

北战场，从地理上说，应包括大河以北地方，东到海，西到河，北出塞，至大青山。这一大片土地，经我们祖宗艰苦经营，数千年以来，为中国文化的摇篮。现在这土地上生长的人民，有与其他中国地方生长的人不同的特性。经多年北方外患，与朝代更迭的斗争，其懂得生存的意义程度，亦自较深刻。这次大战争，北方人所表现的，大体上虽与其他各地无有二致，但小处却有不同，其不同处，便反映出了他特性之所在。一个作家，若要写北方人在抗战中之所表现，便必须懂得那特性。以山西来说，其与敌人斗争，比起江苏来，便有不同的方式。自然环境决定人类活动的方式。这方式，亦必须是真正生长在那地方的，才懂得，才能体会其微细处。四年以来，我们看，文艺上所表现的中国民族性是什么，北战场上的又是什么？我们是不是可以谈到一篇文章，真正说出了中国的民族性的，说出了北战场的农民与士兵奋斗与反抗、悲哀或欢喜的呢？这是值得我们特别注意的。一时代有一时代的风气，一地方又是一地方的特色，风气或因时间而变易，或因地方而有差异，实在不必是完全相同的。以外国文学来说，英法俄三国，英国人在文学上的是说明人怎样的生活；法国人则在说明怎样生活得好些、坏些；而俄国人却着重于应该怎样生活、生活为的是什么。十九世纪中，这三国的文学，同为世界文艺上的花朵，而亦各有其不同处。以一国而言，俄国南部与北部的不同；以时代来说，普式庚与屠格涅夫又不同，而其大处，则极为吻合。换句话说，整个的相同不妨碍部分的不同，这便是普式庚之为普式庚，屠格涅夫之为屠格涅夫的理由。十九世纪中，在思想方面，有个共同的趋势，文学上所表现的，亦是如此，而英法俄三国文学，亦能表现他们在同一时代风气中不同的个性。

近日文坛上，有"公式化""差不多""洋八股"等一类名词出现，事实亦有此种现象。其原因，就是我们不懂得表现一事，可用许多不同的方法，在表现中，对自己所要表现的，无深刻的观察与体贴。一个人走路吃饭，尚有许多不同的方式，甚且今日和昨日亦有不同处。心灵的活动，当比行路吃饭有更多变化，亦复杂了许多。譬如以沦陷区妇女被掳，与敌军斗争一事来说，其心理之变化，心灵的活动，必各有差异之处，不必一定如吾人所拟，那样一致。假如有两姑嫂同时被奸，姑嫂二人对于受辱的反应自必不一样。若两人一为掳自南方，一为掳自北方，其敌忾之心，亦必有若干差异之处，其反抗过程，亦必不如吾人所拟，一模一样的。

我们需要在表现方面的具有独特的个性，而这，就必须经过艰苦的努力。在北战场上的文艺工作者，我们希望他们真正的能表现"北战场的"。

文艺的题材

假如一个人感到题材的缺乏，我们便必说这个人上帝冤枉给他一副脑子。世界上，伟大的作家，从来没有一个这样说过的。在这世界中，题材实如一江春水，取之不穷，用之不竭。现在若有人感到不能写，而并不关乎题材的缺乏。这也有两点可以说明：一必是无力表现；其二，便是他只注意到世界的一部分，而认为那是世界的全体。

一切均需自己去寻找，等待的只有那自甘堕落的一类。题材是找出来的，若一个人足不出户，他所看到的只不过他自己的一点影子，世界上的喜怒哀乐，均与之无分，他的心灵，也就只限于在极小的天地中活动，而不能有强烈的感受，强烈的求表现自己因所感触到的喜怒哀乐的爱憎。一个人必须具有同情心，倘不然，即整日面对生老疾病，饥饿存亡，……亦必感到题材的缺乏。一切伟大的制作，均由于同情心而来，由于爱而生。爱真理的，便必恨那反乎真理的；爱光明的，亦必恨黑暗；爱国家的人，必视那要毁灭他的国家的为寇仇。若无所爱，必无所恨，一切便没有了，一个人只徒存躯壳，等于失去了生命。

有爱憎，便有真实。题材之真实与否，便看有没有真实的爱憎。一切具有强烈的爱憎之感的表现，当有积极的意义，有感人的热力，有教人求生的切望，一切力量，由此而来。

北战场上，文艺的题材，虽因抗战有若干与其他各地相类似，但亦有其独特之处。如廿七年黄河决口，其动人心魄之处，可比欧洲文学史上之许多叙事诗（Epic），其本身，也就是一首伟大的叙事诗的题材。这一类的题材，在北战场上从事文艺工作的朋友，必须给予注重。我们目下生活在这地方，对这地方人，无论如何，不应不有个同情的体验。从过去历史上所说的，民间之所流传的故事中的神与人，只须估量一下他们在如今所流传的人心里的分量，亦可以知道如今人们心神之所向往、之所企求。这一类流传的故事，亦大可着笔。近人有一种错误的见解，即是拘泥于现实二字，把现实看得很死。我们不如此看法，我们以为一切与目下生活有关的，都是现实。歌德的《浮士德》，为欧洲多年的传说，各国都有，而且在歌德以前，也有人写过。而《浮士德》在歌德手中，渗入德国的民族性，和他自己的个性，成为代表德国人之最好的一部文学作品。我们今日赞之，实觉得今日德国人的声音，在《浮士德》中，处处可以听到。北方民间，所流传的神与人——神化了的人，极多极多。即不从目下抗战事实中，以表现北方人之独特处，从那些所流传的传说中，亦自可有足以表现北方人的生活思想者。

这几段在说明我个人的一些感想与意见。下面又是我们那个小小茶会所讨论的结果，我便写下来，作为这篇小文的结束。

两个办法

为要展开北战场的文艺运动，在这北战场的心脏，我们觉得需要一个新的文艺刊物，这刊物应完全是"北战场的"，一方面在创造一个新空气，另一方面，在培植北战场文艺的干部，其目的便是在军队中提拔一些新作家。在这刊物没有诞生之时，我们的工作，便是在充实那已有的报纸期刊的文艺部分，使之成为一个文艺水准较高的读物，尤其重要的，是使之变成充分表现北战场的。

这是一个具体的办法。

另一个，我们愿意维持这个茶会到永久，使之变成一个文艺的Salon，这茶会，完全是聚文艺爱好者和热心北战场文艺运动的人，交换意见的一个 Informal 的 Club。

三十年三月十八日

原载《北战场》1941年第2卷第1期，署名流金。

书信中的意见

我于戏剧，纯属外行，外国剧本，除易卜生外，仅读过莫利哀，拉辛和高乃意少数名著；希腊悲剧，和依利沙白时代英国的剧本，虽酷好之，但读时所注意者，为剧中人物的性格和行为有助于小说方面底分析者。西洋近代剧本，可说毫无所知。吾国旧剧，因爱文字美丽，亦尝涉及，但亦如读西洋剧本时，同一态度。（如读文章一般）"五四"以后的话剧田汉早期作品，和曹禺晚近著作，虽曾读过，但亦谈不到研究。抗战以后诸家作品，可说连一本也没有看过。故想对于这方面写一点自己意见，亦无半点值得可写之处。歌德尝谓："小说所表现的以情感与事件为主，戏剧所表现的是性格和行为。"当写此信时便想到这句名言，惟因弟于戏剧实是个外行，想对这句名言作一番解释，亦找不到适当词句。Wilbur L. Cross 在所著 *Development of English Novel* 中论十八世纪小说渊源时，有一章说明小说与戏剧的关系，有一点颇值得吾人思索：他认为那时候的小说家为继续已开始的一种工作（戏剧）。这颇足使人想起吾国继元剧以后的小说的发达；他又认为戏剧所能表现的，不及小说来得广泛。一个好的剧本，需要更好的天才的演员，才能收到她的效果。这都是些零零碎碎的意见，因要写文章才想起的；即这些话，亦系外行之谈。

原载《北战场》（戏剧问题专辑）1941 年第 3 卷第 3 期，署名流金。

《北京人》的悲剧精神

　　罗曼·罗兰氏在他的名著《约翰·克里斯多夫》中，最动情地说着一个伟大心灵自我牺牲的故事。十九世纪末叶，凡具崇高理想的人，对于人情中最美的部分，莫不以此为极致，倾心向慕。假如说我们近代人有最不可缺少而缺少了的，便是这种精神的丧失。这是一种悲剧的精神。为着一个梦、一个理想、一个人，被侮辱，被损害，一辈子不出门，不嫁人，吃苦，受气，到死！素芳是充满着悲剧的精神的。

　　曹禺先生的作品，都是悲剧，而只《北京人》里的人物，充满着悲剧的精神。古代的悲剧是不可知的命运的结果。不可知的命运，像幽灵一般，游行在《雷雨》全剧里面，隐隐操持着各个人的命运——不该死的，死了，而不必活着的，却无热无光地活在世上。《日出》所表现的陈白露的悲剧，是近代的。陈白露可以不死，看到了明天，而且太阳出来了，为什么要死呢？死，只是主人公性格的反映。陈白露、周朴园、繁漪、鲁妈，都缺少悲剧的精神，而真真实实是悲剧。《原野》中的仇虎，充满了复仇的情绪，剧中场面都是阴森森的。在这三个剧中，都找不着一个像素芳那般的人，为着一个梦、一个理想、一个人，被侮辱，被损害，自己受苦，看着人家快乐，自己也觉得快乐的。《北京人》在这一意义上，就超过了作者其他三个作品。作者创造了人，也创造了空气。第三幕第一景，素芳和瑞贞的对话，是最动人的场面，全剧的顶点。由远远城墙上渐续送来归营的号手吹出的号声，在凄凉的空气中荡漾。素芳动情地哭了，愉快地哭了。她的眼泪，是因为她的理想像蓝天一般的涌现在自己的面前了。她的眼泪明明是因为她太高兴了！这是一种崇高无比的情操，为自己爱着的受苦，而且觉得快乐。世界上只有这种快乐是最美丽的。作者所创造的素芳，到第三幕第一景最后一段长的对话中达到了完全。把好的送给人家，坏的留给自己，甚么可怜的人我们都要帮助，我们不是单靠吃米活着的啊！这远远的号声，随着风在空中寂寞地震抖，和剧情是那样的调和，完完全全把我们的情绪置诸作者所创造的空气中。艺术手法也达到完美的境界了。

屠格涅夫在《贵族之家》的尾声里，制造了一种空气——十年后，丽莎爱着的人到修道院来看她，她正做着弥撒，低垂着头，数着念珠，只睫毛颤动了一下。那诗一般的文字，和着音乐的美，把人感动得掉下泪来。素芳和丽莎正是相似的人物。

《北京人》的发表，距作者在《北京人》里面写的时间，至少有十五年。素芳，正是我们所认为最崇高的精神的表征。这十五年，我们的国家在难中，《北京人》的出现，正代表着我们的希望。丽莎在俄国革命以后，便成为《第四十一》中的女主人了。

《北京人》不过是一种象征，素芳才是真正健全的心灵。比利时剧作家梅特林克在《青鸟》一剧中，把青鸟作为一种象征，亦正如曹禺先生把《北京人》作为一种象征一般。但这并不是缺点。北京人是原始的人，作者并无意要我们返回到原始的时代，而是要我们认清我们本来的面目。正相反，我们需要过一种文化的生活，需要一种像素芳那样悲剧的精神。

原载《阵中日报》（洛阳）1943 年 2 月 13 日，署名流金。

关于诗人

　　我将以全力来证明一点：诗人所有的并不比我们多，只他所要的比我们少。诗人能够把他的所有奉献给全人类、全宇宙，而我们不能；我们，至多只能把我们所有的给予某一些人，父母、妻子、兄弟、朋友，或者我们的国家。

　　从自然里带来的，再让它回到自然里去；诗人一生的事业，便在这种"返本"的努力，这种"返本"的斗争。在这努力与斗争中，最先需要的是一种领悟，一种对永恒的领悟。这种领悟，最普通，人人都可有，不过只有那能放弃自己的人才能抓得住——或不如说，只有能肯定自己的人能抓得住更好些吧，因为真的肯定了，就是放弃了。

　　诗人对自己的肯定是"前不见古人，后不见来者；念天地之悠悠，独怆然而涕下"的一种天地长存、人生短暂的弃绝自己的感情。有了这种肯定，才能有"逝者如斯夫，不舍昼夜"的领悟，才能超出这现实的、短暂的世界，与"天地同寿"，与"日月争光"。否则，强欲不朽，只不过是一种幻梦。

　　但最重要的，还在那种"返本"的奋斗。在这种奋斗中，充满了矛盾、痛苦。痛苦越深，矛盾越大，奋斗越强烈，越彻底，在奋斗的过程中，越充满了思想的光、智慧的光、艺术的光。环绕着我们的，无处不是社会习惯的约束，道德的约束，法律的约束，富贵生死的约束，受得起这些约束，跳得出这些约束的，才能创造——

其实，返本就是创造，才能给予，才能"本色"，和这些拘束的斗争——我常想，就不如说和这些诱惑的斗争更切当些吧，就是返本的奋斗。在我们历史上，第一个大诗人，屈原，便是经过这种奋斗的。

屈原在中国文学史当中，谁能比得上他这样痛苦的呼声：

"闺中既以邃远兮，哲王又不悟；怀朕情而不发兮，余焉能忍而与此终古。"

这是一种崇高的追求得不到以后的绝望的悲吟！屈原所遭遇的痛苦，是任何一个时代人类优秀的心灵所遭遇到的。你看，他所处的世界就是和我们现在的一样：

"众皆竞进以贪婪兮，凭不厌乎求索。"

"固时俗之工巧兮，偭规矩而改错；背绳墨以追曲兮，竞周容以为度。"

但他却好修为常，肯定了自己："亦余心之所善兮，虽九死其犹未悔"；又放弃了自己："长太息以掩涕兮，哀生民之多艰"；固执着，追求着他的理想：人间既不能找到他情之所寄，天上也不能；当天上也不能时，唯一能安慰他的，便是找一位像但丁《神曲》中的 Beatrice，和歌德《浮士德》中的海伦娜来使他的灵魂飞升，但这也成了梦幻，遂发出如上我们所引的"闺中既以邃远"的叹息了。

但他还不绝望，还不灰心，他还可以远逝；于是经过一番极大的痛苦之后，得到了一种超越的飞翔。

"屯余车其千乘兮，齐玉轪而并驰；驾八龙之蜿婉兮，载云旗之委蛇。抑志而弭节兮，神高驰之邈邈。……"

这是多么的一种自由，快乐，飘然高举的境界！但这在屈原又是多么短暂，只像一刹那的电光，终于，他仍回到人间来了，汨罗江成了他永息之处！

纪德在新的《粮食》中说："每一种肯定都在克己中完成。你在自己身上舍去的都得生，凡是想法肯定自己的都否定自己。完全的享有惟有以赠与证明。凡是你不会赠与的一切都占有你。没有牺牲就没有复活，一切惟有靠供献而开花，你企图在自己身上保护的一切都萎缩。"（据卞之琳译本）

"放弃自己"是诗人的开始。依我想，所谓的放弃，是放弃社会所要求的一切，用我们中国的说法，就是"正其谊不谋其利，明其道不计其功"。屈原虽然放弃了自己，但他仍不能不计其功，灵魂深处，仍充满了人类的孱弱，我们读他的作品，仍旧觉得他亦值得我们的悲悯与同情。等到另一个新时代开始，阮籍的更刚强更遒劲的诗篇，更引导着我们入于一个更高的境界。

阮籍，生当离乱之际，对于他那个时代，实在倾吐了一种更高、更有力的感伤，在我们国家当中，没有哪一个能达到他那样沉痛深处。

"夜中不能寐，起坐弹鸣琴；薄帷鉴明月，清风吹我襟；孤鸿号外野，翔鸟鸣北林；徘徊将何见，忧思独伤心。"

沉沉的哀感，充满了他的诗篇中的，谁能比得上："良辰在何许，凝霜沾衣襟。"

但这种感情，是一个超越的心灵，感到羁旅无畴，俯仰内伤而发出来的。

在那个"小人计其功"的时代，只有他，能自甘憔悴，以"丘墓蔽山冈，万代同一时"的永恒之念，把自己从痛苦中解脱出来，寄同情于那些"失路""忘归"的人们。

一种旷代的哀感，希世的凄凉的音调，是弥漫在我们任何一个人当着乱离之际的心情中的，但只有那能把自己放弃了的人能呼喊得出来，能用艺术的形式表现，给我们以永恒的哀思。

"独坐空堂上，谁可与欢者？出门临永路，不见行车马。登高望九州，悠悠分旷野。孤鸟西北飞，离兽东南下。日暮思亲友，晤言用自写。"今天，我们任何一个人，读着这一首诗，能不有同感么？

伊尔文在《西敏七德大寺》中写道：

"……诗人和他的读者之间，永远存在着一种新鲜的，活泼的，亲近的感情。诗人活着，为别人更多于他自己，他牺牲了周遭的快乐，自绝于世俗的欢娱，他的心灵是贯通于今古异代的人的心灵的……"

对于诗人，这应当时最好的一种界说了。

我国历史上的诗人，除了屈原、阮籍之外，李白，是最不可企及的了。但奇怪的是，我们是一个最不能了解诗人的民族。我们的视听是仅止于山川风物、田园梦想、君臣的遇合及仕途的坎坷，对于那关涉人类的旷世之情，面对宇宙的深远之思，永远接触不到。充满了我们自唐以下千年来的文学中的，都是一些物囿于汉以后儒家狭隘的教义中的琐琐哀愤与欢情，或身居廊庙，或身在江湖，都没有一种超然而思、奋然而起的极悲极乐之情。人生的意义，似乎就只在于个人的穷通之中。

李白的诗篇中，不知有多少奇诡的梦，有多少奔放的梦，他的思想，真的是可以凌空，可以绝尘。高山，真的是他的人格、思想的象征。

"天姥连天向天横，势拔五岳掩赤城。天台四万八千丈，对此欲倒东南倾。"是何等的一种气象！"黄河之水天上来"，何等的奔放！蜀道之难，又何等动魄惊心！

"淮南望江南，千里碧山对。我行倦过之，半落青天外。……独立山海间，空老圣明代。知音不易得，抚剑增感慨。当结九万期，中途莫先退。"

超迈绝伦，一种积极的，充满了生命的呼唤，永远迥荡在我们心灵的底处！

山，和李白，这个旷代的大诗人，在我们想象中永远是分不开的。和山出现在太白诗中一样多的是斗酒十千，百年三万日长醉人间的一种狂欢的情绪。

但李白那种比屈原更多的矛盾、比阮籍更广阔的浑茫的感思，千年以来，在杜甫乱离悲悯的诗篇中被人忘却了。而那，正是比一切放弃自己的更高的境界。李白正生在唐代的盛日，而那个现实世界不能满足他。他要求更高的。他是最优秀的民族生命力的一种极高的表现。我们，对于他，是有一种不能企及之感的。但一个生命力丰富的民族，是应当比欣赏杜甫更欣赏他的。只有这一类诗人，能给我们以鼓舞、以骚动。以超绝一切的感情。

李白，真正是站在一切的峰顶上，真正是完全肯定了自己而又放弃了自己的。

"大雅久不作，吾衰竟谁陈！"只有他，才配得上发出如此巨大的声音。像这样，他还能向我们要些什么呢？

原载《大公报》(重庆) 1945 年 8 月 26 日，署名流金。

纪念屈原
——屈原的道路

　　屈原的道路，是一种孤往的道路。我们说他是孤往，是指他独守情于人民，充满了他伟大的心灵中的，是无数被压迫的、痛苦的、憔悴的人民的心。从《九歌》《离骚》，无论是年青时的幻想，壮年时的悲愤，或是临死时的凄凉，莫不透露着崇高的追寻，美丽的梦思，反抗的斗争，坚决的弃绝，一切的一切，都只是为着那种忠贞不移的对人民的热爱与同情。横贯他作品中的不正是弃绝自己，反抗他同时代压迫者的斗争的情绪？为了人民，他憔悴、悲愤、矛盾、斗争，以至被迁流，以至于死。年轻时的美梦，转而为壮年时的悲愤；他至死而不移的坚贞，亦适足以象征那动人无比的人格，证实了他一生的追寻并非虚假。最重要的还是这一切，都不是为了他自己。茫茫尘海，上下千年，不知有多少人，也曾驰骋幻思，多生悲愤，也曾临难不惧，从容殉节。而无人能并其崇高，并其不朽，永为后世纪念。只为的是他这一切，动人景慕之忱，并不在求一己的灵光，永照耀于天地。（虽然他已是与日月同光，并山岳河海，永不灭于人间了。）

　　从有史到如今，人类不知经过了多少代。人类的历史，一开始就建筑在残害之上。从大部落征服小部落，从一个民族征服另一个民族，一种文化征服另一种文化，一种宗教征服另一种宗教。被征服者都成为奴隶。征服者的光荣，征服者的创造，征服者的艺术与文明，都吸取了被征服者的血、汗，因而成其灿烂，成其繁荣，成其富厚。等到被征服者一翻身，另一种征服者的残害又开始了。于是历史上便有一连串残酷的记载，罪恶的记载，人类永远在对立中消耗青春与幸福。人性失去了，最具人性的人，在漫漫长夜之中，便显耀一种神光：耶稣，最具人性的人，在失去了人性的人的心中，变成神了，人人都以为不可企及了。屈原，最具人性的人，在人的心目中，也有着无限的景慕与追怀。假如人类的历史文化，一开始便不是这样，我们之中的千千万万人，个个都会有一屈原映在心头，屈原便不如如今，经过了两千年，还令人追慕，令人咏叹。正因为我们人类的历史，一开始就错了。我们的文化建筑在吸取大多数人的血汗之上，我们才失去了人性。好心的人，才在矛盾中，痛苦中，向屈原找回自己。在历史道统与社会道德法律压迫之下，我们变成了弱者，才向那颗坚强的心，求支持、求安慰。

工业革命以后，资本主义兴起，新的帝国主义徒恃武力来征服还不够，武力以外还有另一种征服的武器——知识。于是新兴的资本主义国家，为求一个完全的征服，教育着他的人民。知识从古代、中古为少数人所有的，变为大多数人所有了。于是被征服者开始了觉醒，统治者和被统治者开始了强烈的对立，一部分人渐渐恢复了人性，因而有所谓的阶级的斗争，反抗被奴役、做牛马。工业革命转变了历史。经过了百余年的酝酿，人民的世纪便开始了。屈原，本身是贵族，是统治者，但他站在人民的立场上反对统治者的残暴、贪婪、罪恶，他为人民奋斗了一生，死后，永远铭刻在人民心中，人民把自己的节日来纪念他的死，纪念他为人民所作的斗争。这是我们最近才明白的。

《九歌》是梦幻的抒情的诗歌，二千年来，中国没有哪一种比得上。在那年轻的梦幻里，所有的人物，都有一颗真纯的心，有一种美丽的向往。写爱情，是最健康的质朴的爱情，没有怃怩、没有闪躲，更没有搔首弄姿，山花山鸟是它的象征。人世的哀情，借流水而抒写，但也只不过是透露着一种宇宙的矛盾与自然的变迁无端。它的韵律是天籁，它所表现的哀怨与欢愉，是从心底发出来的纯金的声音。在少年时有这种感情的人，眼见到人世的矛盾：善恶的绝对对立，是非的颠倒，黑白的混淆，苦乐的异路，比自然中的矛盾不知又深了多少。于是梦幻的抒情，被对现实的忧愤代替了。《离骚》在文学上的价值，不知比《九歌》差了多远，但比《九歌》更为人所热爱的，便是屈原的政论。《离骚》中所透露的，不是《九歌》那种寄梦思于神仙国度的抒情，而是对当前政治的凶恶的揭发，对当前政治暴力的反抗。充满了《离骚》中的，是对小人的唾弃与谴责、咀咒，是对人民的挚爱。为人民的理想追求，也是他拒绝引诱的斗争，是至死不忘的对土地、人民的深情。

屈原所处的时代，所能感到的人类历史造成的罪恶，远没有我们今日所感受的深。只是屈原的心，和贫苦无告的人民的心那么近，因此他不自觉地、孤独地完成了他的斗争。

两千年来，屈原的道路是孤往的道路，屈原在生前和死后，都是寂寞的。

在"圣教"钳制下，屈原又被埋没在美丽的谎言中。直至今日，我们才知道，屈原的道路，便是我们人民的道路。假如他有知，纵目今日的世界，当不会觉得有他往日的寂寞了。

约作于 1945 年，原载报刊与日期不详，《流金集》（诗文编）收入。

程应镠文学文存

（下）

程应镠 著

虞云国
范荧
编

上海书店出版社
SHANGHAI BOOKSTORE PUBLISHING HOUSE

谈《混沌》

（《混沌》骆宾基著，一九四七年新群出版社刊。）

对于一个作品所感到的喜悦，开始是朦胧的。骆宾基先生的《混沌》就给了我这样一种朦胧的喜悦。假如不是我阅读范围不广，我敢说十年来我读过的我们自己的小说，打动过我的就只有这一部。

我在这篇短文里，对于我们新文学所走的道路和小说方面的成就，很想做一番简单的说明。因为我觉得只有这样，才能解释我对《混沌》这本书所以偏爱的理由。我明知道这种工作不是我所能胜任。不过倘因我错误的看法而得到高明的指示因而可以解答我心中的问题，也是很愉快的事。

"五四"以来的新文学运动，产生了我们近代的小说，鲁迅的《狂人日记》，可说是最早的一种尝试。收在《呐喊》与《彷徨》两个集子里面的短篇，为中国近代短篇小说奠下了基石。直到现在，短篇小说的作者如林，但他们的成就，迄不能超过《呐喊》与《彷徨》。"五四"以后也是鲁迅第一人把反封建的思想，用文学的形式来表现。这种文学的形式，严格说来，并非我们所固有，是从外面输入的。《呐喊》与《彷徨》，在形式方面，和十九世纪最伟大的短篇小说作家契诃夫的关系，是尽人皆知的事实。稍后的短篇小说的作者，有成就的如沈从文、巴金、张天翼，各人所取的题材虽不尽相同，但在形式方面，依旧走的是鲁迅的路。在长篇小说方面，一直到茅盾的《子夜》出世，我们才有像样的作品。《子夜》反帝的色彩是十分浓厚的。茅盾先生写实的手法，也是欧洲自从工厂制度盛行之后，文学上的写实主义（即自然主义）的传统。

在这里，我们可以做一个简单的结论。我们可以说，"五四"以来至抗战为止小说方面最有成就的作家，得数鲁迅与茅盾。他们写的是我们中国现代人的生活，用的形式是现代西洋的形式，所表现的思想是反封建反帝的思想。这也就是我所说的我们新文学所走的道路。三十年来，从事于文艺工作的人，也有许多走别一条路；也有许多因为限于自己的才具，而不能有成就；也有一些人因缘时会，浪得虚名，但在我们今日看来，历史俱已把他们安置在一个适合于他们的地方了。

自从二十六年抗日战争发生，文学被摈退于一个不甚重要的地位，抗战时期的作者，如碧野、姚雪垠、田涛诸位，几乎是全部作品均取材于战地军中的见闻。姚雪垠的《春暖花开的时候》，可作为一个代表。在我们今日看来，这些作品和抗战以前的优秀的作品相比，其唯一的不同点，便在于写实主义精神的丧失，有的只是一种不健全的浪漫气息的泛滥，因而也就缺少了力量。这个原因，和当时政治的关系很大。作家有形无形的失去创作的自由了。

欧洲自十九世纪中叶以来，文学上的写实主义，代替了前一期的浪漫主义。浪漫主义运动，正反映当日中产阶级与贵族争夺政权的一段历史。故其主旨在求一己的感情的流露与个性的发扬。等到工业革命之后，政治上的社会主义风起云涌，在工厂制度下做工的人的悲惨生活，已普遍引起社会的不安定。物质文明发达的结果，城市中贫富的悬殊，乡村中苦乐的悬殊，亦足发人深省。有心的作家，已感"俯仰之间，无非愧怍之事"。因此过去那些不足以登大雅之堂的低微人物的生活，也出现在小说家的笔下。正如浪漫主义所代表的为中产阶级争自由，写实主义代表的就是政治上的社会主义运动。这样产生的写实主义，表现在法国的为冷淡的类似科学家的分析与解剖一般的描写，表现在俄国的则为和书中人物有着共同悲欢的情绪的一种作风。

我们不惮其烦地来叙述近代欧洲文学上的这两种倾向。就是为了要说明骆宾基先生在《混沌》中承继了俄国的写实主义的手法。

《混沌》，正如它本身所示，只不过是一个开始。它是作者所要写而尚未完成的长篇小说《姜步畏家史》的第一部。一开始，我们就感到作者卓越的天才。那么朴质而流利的文字，一点不像我们现代许多小说家一样关于风景冗长而无味的描写。红旗河在他笔下是：

> 河边儿，全是树皮剥光的木排，几乎掩蔽了红旗河的一半水面。……夏季的每天下午，城里的妇女们都聚集在这些木排上洗衣裳。僻静的远处，男人站在木排上洗浴，孩子们蹲在木排上垂钓。岸上锯割方木的高架子上，终天不断响着锯木的嗤嗤声，斧锤击打锯板间木塞的叮咚声和洗衣妇女们手里不停用棒槌挥打湿衣的捶衣声，还有往来海参崴、清津港的帆船上的水手，遇到一阵把布蓬鼓满的有力的风所起的欢叫，……

但最主要的还是对于幼小心灵的一种刻画，他笔下的孩子的哀乐，仿佛就和我们小时候一般。

> "连哥儿你怎么的了，我给你带香蕉糖来啦！"……她把糖包送到我眼前，……
>
> "哪！给你一块大的，张开口，……张开口……""……你看，我吃块小的！"我看见她也送到嘴里一块，把糖又包起来，要向她口袋里放。
>
> "我看看！"我攀住她的手；她一边打开纸包，一边说："我给你放着，还有许多呢！"……并不让我的手指碰到糖。
>
> "我也有个口袋，你看看！"我说。但崔婆不注意我的话，还是把糖包装到自己袋里去，……

在这个长篇小说的开始，一些在东北的山东的移民的生活与性格，一个个如凸出的画面。姜步畏的母亲，美丽坚强的少妇；他的父亲，一个精力充沛的人物，到了暮年，因事业失败而来的一种退休的情绪；他的固执而偏爱长子长孙的伯父；贪嘴而好心肠的崔婆；尤其是古班，生长在原野里的人的粗犷与豪迈，无一不充满了人的气味，有着他自己的思想，坚定地相信他自己所信的。这许许多多出现在《混沌》中的人物，都只不过是一个开始，但我们和他们之间，却一点不觉得陌生，他们无论好坏，均极自然的令人觉得可亲。在作者笔下的这些人物也许真曾占据过作者幼年的天地，甚至那个流亡的俄国的军官刘不林斯基，也让我们感到一种对孩子的温暖的喜悦。这使我们想起俄国的伟大的作家，屠格涅夫与托尔斯泰，屠格涅夫在《父与子》中所描写的虚无主义的信徒，托尔斯泰在《安娜·卡列尼娜》中所写的吉提与奥布浪夫斯基，不也是使我们感到处处有情么？据我推测，姜步畏家史中，大概不会有如狄更斯的小说中的尤利和大卫那样彻头彻尾的坏蛋，彻头彻尾的良善的人物的。

我们说过好几次了，《混沌》，只不过一个长篇小说的开始。我们倘要根据这个开始对作者的思想有所论列，是不妥当的。从这一个开始，我们只能说作者已透露他的健康的倾向了，不论在思想或在文字方面。多少年来，我们的文字都在乞灵于陈腐的文言和别扭的欧化过程当中。有一些小说，其文字的艰涩、死板不下于旧日的文言。《混沌》中却一点没有这毛病，我们不敢说作者处理文字已到完美的地步，但他却扬弃了文言文的堆砌的装饰，和欧化的别别扭扭的卖弄风姿。

窗外的阳光又是那样金辉闪闪的，夏日的晴空又是那么蓝，一种北方所特有的纯蓝，柔和的蓝色呀！圣洁的蓝色呀！怎样的诱惑人。我仿佛望见那蓝天下面，红旗河的渤渤水流，我仿佛听见一些游泳孩子的欢呼。

在《混沌》里面，我们也看不见唠叨的说教，廉价的伤感，或是用故事来解释一个什么深奥的思想的企图，有的只是真实的生活与孩子的心境婉转的描绘，当然，当作者选取他的素材时，也自有他的选取的标准。不过在他书中，孩子就是孩子，一个被伤害了的心灵的少妇不会变成一头纯良的羔羊，一个自尊心极强而又固执的老人为了偏爱他那食不得饱的长孙的父亲也会作出偷窃幼子粮食的勾当。过惯了草原的牧人的生活的古班自然会觉得戏院"真叫人喘不出气来"，"一出戏院子门口，就高声喘了口气"的。这，就足以说明作者的健康的倾向了，不是吗？还有什么比自然更为健康呢？

在这个虚伪的时代，在这个人性泯灭的时代，我们能呼吸到一种健康的气息，我们能感到自己是活在人群当中，虽然这只不过是来自一个作家的笔下的，我们已经感到一种幸福，一种希望。

但临了我还得声明一句，作者对他所写的人物，并没有半点姑息。换句话说，他决不夸张，也决不吝惜他应给予的一分情感。

一九四八年五月八日

原载《人世间》1948 年第 2 卷第 5、6 期，署名流金。

谈望夫石的故事

　　关于望夫石的传说，在民间流行得很普遍。什么地方有一块像人形状的石头，民众往往就叫作望夫石。说是从前有一个女人，因为她的丈夫久久不归，朝夕盼望，便化为石。各地的传说大致都是这样的轮廓，其中总渗透着一种悲壮的气氛。令人联想到苏联作家西蒙诺夫的一首名诗："等待着我吧，我要回来的……"虽然一则为男，一则为女，然而所表示的人的意志却是一样坚强。

　　这个传说，至迟在南北朝时就产生了。在唐宋的文人作品中，它成了一个很常采用的题材。白行简有一篇《望夫石赋》，其中写着："至坚者石，至灵者人。何精诚之所感，忽变化而如神。……观夫其形未泐，其怨则深。介然而凝，类夫启母之状；确乎不拔，坚于王霸之心。口也不言，腹兮则实。"顾况的《望夫石诗》，更为千古绝唱："望夫处，江悠悠。化为石，不回头。山头日日风和雨，行人归来石应语。"而刘禹锡的《望夫矶》"终日望夫夫不归，化为枯石苦相思。望来已是几千载，无异当时初望时。"被宋代的陈师道在《后山诗话》中推崇为："望夫石在处有之，古今诗人共用一律，唯梦得云：'望来已是几千岁，无异当时初望时。'语虽拙而意工。"

　　宋代王安石的《望夫石》诗："云鬟烟鬓为谁期，一去天边更不归。还似九嶷山上女，千秋长望舜裳衣。"同时的诗人苏辙有一首《咏望夫台》的诗（台在四川忠州南数十里）："江上孤峰石为骨，望夫不来空独立。去时江水拍天流，去后江移水成碛。江移岸改安可知，独与高山化为石。山高身在心不移，慰尔行人远行役。"唐代李白在《长干行》中说："十五始展眉，愿同尘与灰。常存抱柱信，岂上望夫台？"末句大概也是用这个民间传说的。

元代的杨维桢乐府中有《石妇操》一篇，序及诗云："石妇即望夫石也，在处有之。时人悲其志与精卫同，不必问其主名也。予为词补夫琴操云：'峨峨孤竹冈，上有石鲁鲁。山夫折山华，岁岁山头歌石妇。行人几时归？东海山头有时聚。行人归，啼石柱，石妇岑岑化黄土'。"对于这个失去姓名的平凡女人，诗人抱着满腔的同情在歌颂她。明代的戏剧《西厢记》中，在《哭妻》一出也写道："眼底空留意，寻思起就里，险化做望夫石。"这些不过随便举几个例子罢了。歌咏望夫石或望夫岗一类的诗文是很多的。

这个传说为什么会产生呢？它到底有什么意义呢？关于这点，曾经有好些古人作过解答。一位名叫李素的，他认为："望夫化石立山根，何事人间处处存？汉广汝坟风化远，乾坤留此愧鹑奔。"把它当作了贞节牌坊，作为封建社会的典型女性看待，希望当时的女人都向她看齐。另一位便是白居易，他在《咏石妇诗》中提到："不比山头石，空有望夫名。"以为这位化石的女性是不够旧礼教的节孝标准，应该像那位守节孝于舅姑的妇人，竭尽妇人之天职，后人可以刻一个石像。不必自己逃避责任，化石而死。

我们看看各地方志中关于望夫石的记载，便可发现这两位古人是完全为他们的阶级意识所囿，有意的曲解着民间的传说，抹煞它原来的社会意义。《陕西通志》兴安州部分有一条记载："望夫石，在紫阳县西南八里，旧传有妇人其夫从戍，朝夕登望，后化为石。"《河南通志》南阳府部分记载着："望夫石，在新野县北二十五里白河岸，世传一妇送夫从戍，至此别后，其妇望夫，伫立忘归。久之，化为石。故名。"其实，这传说的产生原因及意义，在极早的记录中，便已经可以明白看出来了。南朝刘义庆（403—444）的《幽明录》上说："武昌北山望夫石，石若人立。传云：昔有贞女，其夫从役，走赴'国难'，携弱子，饯送此山，立望而死，形化为石。"而宋代陈望道的《望夫石》诗："碛戍人何在？秋霜志不移。无言息妒怨，有泪舜娥悲。山静云盘髻，江空月印眉。谁将望远意，歌作送征诗。"更明显地说明了这个女人的丈夫是被统治阶级拉上战场去的了。他或者是为统治者"开边"，发动侵略战争，其结果不外乎"年年战骨埋荒外，空见葡萄入汉家"。无定河边上的枯骨，哪一个不是春闺里的梦中人呢？或者是为统治者"平乱"，镇压农民暴动，用自己的手去杀害为生存而斗争的弟兄，来巩固反动的王朝。《幽明录》中所谓"国难"，其实恐怕就是统治阶级本身之难，人民要起来找他们算账了。在这两种情形下，自己不愿意去打仗，却被统治者以抽丁的方式强逼而去，好好的一对恩爱夫妻就活生生地拆散了。丈夫作了无谓的牺牲，妻子守着活寡，这岂不是人间之痛事吗？

在封建社会中，这种惨痛的事实是屡见不鲜的，所以差不多每处都有望夫石。望夫石不是一座座贞节牌坊，那是统治阶级的曲解。它是一座座统治阶级的罪行碑，永远记录着他们无耻的罪行以及一笔笔的血债。这些女人的死都是对于统治者的抗议，绝不是什么守节之类。她们无名无姓，当然不是帝王将相的妻女，而只是封建社会中下层平凡渺小的人物。然而这些人物具有诚实而纯洁的灵魂，坚定而不能磨灭的意志。民众对她们怀着热爱，为纪念她们，才创造出望夫石这种动人的传说。

原载《光明日报》1950 年 7 月 2 日，署名流金。

自录诗草后记

　　韶龄学诗，至今四十余年。自二十五岁至五十岁，所作均曾留草，文化大革命中，为红卫兵取去。当时窃望革命人们可以据此审查我的一生，因其中颇有与时事有关者，即友朋答赠的篇什，也可见交游。今年四月[1]，工宣队领导尽还从我这里取去的书物，但这一本诗草则不复见。星期得暇，辄默以录，得四十余首，仅及原稿四之一、二，解放后所作，则不及五之一矣。年事既长，记忆力愈衰，但三十年前旧作，为旧草所未录者，这回也还得了四、五首。

　　这种东西，本来是应当烧掉的。为了使儿女从这里取得一些教训，则还有可以保存的理由。我这个人自幼读孔孟之书，后又受到资产阶级民主自由思想的浸润。三十多年来，始终在个人狭隘的圈子里转来转去。在洛阳，虽有忧愤，但仍幻想改良。在昆明，忧愤深了一些，改良的幻想也破灭了，却仍然拒绝到工农兵中去。"北去南来"、"东行西上"，固实有所指，但也不过是对朱颜失去的怅惘而已。这不是大可悲的吗？《给宗蕖》一首，是解放前在上海生活、思想的写实，仍旧落了古人的圈套，即有悲哀，也不过是一千年以前嵇康、阮籍的悲哀。

　　读其诗，想见其为人。我希望孩子们要以我为戒，不要以为古老董（老古董）就不会再以别的形式在你们身上出现。

---

[1]　编按：此或记误。据著者《文革日记》1971年5月18日云："取回发还书物"，则四月当作五月。

这两年，我比较认真地读了一些马列和毛主席的书，对自己的解剖也比较多了。重录这些东西，不免和它们一同回到了过去的日子。一九三六年、三七年的北京，有什么可以留恋的呢？多么可诅咒的往日啊！而我在我国解放之后六年重到北京写的几首诗，不独调子是低沉的，而且对过去还有无限的留恋。当时，有的朋友指出了这一点，但我却强为之词，说我所留恋的是青年时代革命的激情。吾谁欺？欺天乎！因为要保存我的本来面目，虽所记不全，录下来的俱不易一字。我是应当受到裁判的。

一九七一年国庆后一日记[1]

---

[1] 编按：本文迻录自《程应镠先生编年事辑》，据手稿校核，篇名编者代拟。

《沈从文笔下的中国》中译本序

金介甫先生著的《沈从文笔下的中国》，由邵华强、虞建华、童世骏同志译成中文，不久就要出版，我是很高兴的。

开始读从文先生的书，我已进入高中了。当时，我非常喜欢郁达夫的作品，但《边城》把我带到另一个使人迷恋的世界。五十多年过去了，我从一个爱好文学的青年，变成在高等学校讲授历史的教授。去年秋天，我看了《边城》的电影，还有着和往日一样的淡淡的哀愁。

从文先生的书，三十年来，不为人所重，我是觉得很奇怪的。人们可以作这样的说明，也可以作那样的说明，但都无补于这个已经成为事实的损失。我深深地知道，凡是读过《边城》的人，对靠近湘西边境的碧水青山，对那住在塔下的老人和风雨里长大的翠翠，没有一个不心驰神往的。

沈先生的为人也和他的书一样，五十年来，一直为人所倾慕，所敬重。"一二·九"运动中，燕京大学有个文艺社，出版了一种以《青年作家》命名的文学期刊。这个期刊的发刊词《对于一个新刊诞生的颂词》，就是沈先生的手笔。文艺社都是爱好文艺要求抗日的青年，以为文艺是打击敌人的武器，其中，还有不少是加入了"左联"的。

抗日战争之后，昆明成为后方一个文化中心。西南联合大学教授陈铨著文提倡"英雄崇拜"。在《读〈英雄崇拜〉》一文中，沈先生以为到了二十世纪，神的解体是十分自然的，再也不需要什么宗教情绪了。他反对迷信，坚持五四运动提倡的民主与科学，以为不宜提倡什么英雄崇拜。这篇文章大约是 1940 年写的，距今四十五年了。

中断了文学创作之后，从文先生致力于古代文物的研究。汪曾祺同志在祝沈先生八十寿辰的诗中说："玩物从来非丧志，著书老去为抒情。"从文先生在历代丝绸、瓷器、玉器、漆器的研究中，倾注的是对祖国的热忱，是对祖国文化的无限深情，和"玩物丧志"是不相干的。

1956 年，他为上海师范大学（当时称上海第一师范学院）在北京购古代铜器、瓷器、玉器、兵器和大量的碑帖，其中有很多精品。他以为学习历史、研究历史，要把文献知识和地下发掘的实物相结合。他还把自己收藏的丝绸、拓本和纸张送给师大，有极不易得的东魏高贞碑和乾隆的织锦。一九六三年，我在极端困难的条件下，完成了吴晗主编的《中国历代史话》中《南北朝史话》的写作。这部史话的插图全部是从文先生选制的，其中《北齐校书图》和《南朝农民》都是摹本。在这些插图上面沈先生所费的心力，每一回看到，每一回都使我回想起青年时代寄文章给他经他修改发表以后我的感激之情。

《中国古代服饰研究》这部呕心沥血之作，和他盛年所创作的《边城》《湘行散记》……一样，都倾注着他对我们这个民族和民族文化的深情与厚爱。金介甫先生的著作，对于了解从文先生的为人、为学和他的作品是有帮助的。作者是美国人。美国人眼中的中国作家，也有助于我们的反思。

一九八六年一月十三日

原载《上海师范大学学报》1986 年第 2 期，后作为华东师范大学出版社 1994 年版《沈从文笔下的中国社会与文化》的序，署名流金。

《中国历史小辞典》前言

　　《中国历史小辞典》不久要出版了，这是令人高兴的事。在我国，出版这样的辞书，还是第一次。《中国历史大辞典》经始于一九七九年，迄今六年，只有史学史和宋史两册于八三、八四两年先后问世。

　　编写这一类辞书是不容易的。为了搞清一位历史人物的生卒年月，搞清一位历史人物的籍贯，花一天半天，从正史、野史、文集、地志之中，翻来翻去，并不稀奇。写尚书这一类官名的释文，从它开始以至历代不同执掌，也不知要翻多少书；即使袭用旧文，审核资料所出，检视的书籍也要堆满一书桌。这部书全由青年学者担任编写，旭麓同志和我什么事也没有做。短短一年中，完成这样多的工作，真令人感到后生可畏，来者难诬！

　　读书已成为我们生活中日益重要的内容。历史书籍的阅读，需要有这样的辞书作顾问，是不用说的了。哲学、文学著作的阅读，还有政治学、经济学、社会学，其内容涉及历史的也不少，也需要有这一类辞书放在案头，时时向它请益。这本《中国历史小辞典》的出版，是合乎今日的需要的。

程应镠　　陈旭麓

一九八五年三月十六日

据《上海学》公号 2024 年 3 月 15 日蒋维崧《两位大家的一篇前言》文迻录，《中国历史小辞典》后因故未出版，此文由程应镠起草，与陈旭麓共同署名，手稿由蒋维崧保存。

纪

实

从北平到百灵庙

（一）出发之前

十九日下午，得到上海妇孺前线慰劳团二十日启程的消息，非常兴奋。当天晚上，梦里山河，便非复本来模样了。大青山头的雪，草原上的羊群，荷枪野戍的哨兵，挽弓驰骋的战士，……一齐都奔来眼底——五年以来，中国人的心，谁不系于西北边疆之上呢？

宿舍里，时钟的得之声，敲破了黎明的岑寂，上弦月已落了。检点行装，匆匆就道。我们一行五人，被汽车载向大城，疾驰于"燕平"道上。晨起的驼铃，蹄蹄哴哴，掠耳而过。寒林在风中颤抖，晨雾游移于清冷的枝桠之间。乡下已有鸡犬之声了。

到车站时，他们那一群，已先我们而至。7时火车便在晨光熹微中，徐徐移动。

车厢中时时放出浩浩的歌声。

> 自从占领了我们的沈阳，
>
> 又进攻了我们的长江。

从年轻的嘴里，化成的壮美的歌声，使人愤恨，哀怒。北风舐着车窗，在急剧的行驶中，时闻碰击的巨响。

（二）塞上风光

车近南口，西望妙峰山，屹然独立。牛栏山自密云、怀柔蜿蜒西来，两山夹峙，古称天险。长城碉垛卧于山上，时出时入，时上时下，因山而迂回曲折，默想当年工程之不易，叹人工之神奇。穿山洞为居庸关，关上大石千斤，关下三五人家，老树枯枝，坏墙残雪，从车中望之，不胜今昔之感。居庸关扼冀察咽喉，为河北西北部唯一门户，南蔽北平，西控察哈尔，旧为吾国边防重镇，自东北沦陷，其重要更倍于畴昔。过关时，不见一戍卒，边防尽撤，所怀万端。出居庸关数十里即青龙桥，为冀察界地，春秋佳日，游人甚多。过青龙桥，便入察境了。青龙桥八达岭之间，山峦重叠，绵延不断，为平绥路兴工时最困难的一段。有一山洞，火车穿行其中，约需两分钟光景。

察省境内，有从绥远下来的阴山山脉中的阴山，沿线起伏。桑干河自山西五台山地流出后，汇洋河于涿鹿附近，沿线东南流入冀境，皆已封冻，阳光照射其上，有一种南人不易得的美感。西行抵宣化，洋河傍山而下，亦已成冰。宣化为昔察省省会，盛产葡萄，味美而甘。附近土木堡，为明英宗为也先所虏处，古战场也。地濒洋河北岸，控大漠，蔽河北，形势险要。近日人势力扩张甚速，随处可见"仁丹""胃活""大学眼药""老笃眼药""味の素""利比儿"等颜色广告。看太阳旗飘扬于朔风之中，使人深深地感到家国将亡的沉哀。

（三）日本势力支配下之张家口

在张家口因为换车，我们有数小时的停留，于是有机会作一度巡礼。短短的时间中，耳目之所见闻，平添了无限的悲怆与愤嫉。从车站出来，第一个给我的印象，是十数辆插着太阳旗的载重汽车陈列于道旁，而守之以戴红边军帽的友邦士兵。"在我们的土地上，能容忍其行吗？"我反复默念。立时之间，东北同胞的嗟伤，便回旋于耳际了。谁能担保张家口不为东北、冀东、察北之续，假如自己还依旧自甘为奴的话。

张家口有二城，清水河作了它天然的界限，河上架有铁桥，桥东为车站所在之地，桥西为商业及政治区域。清水河源自阴山之麓，过张家口流入洋河。张家口市街，宽狭如北平前外大栅栏，颇繁盛。皮毛业发达，世称东口，与称作西口的归绥，同为皮货羊毛集散地。舶来品来自平津，价格较北平约高二成。大减价、大拍卖的广告，触目皆是。内在的危机，正有不堪设想者。大街上——笔者曾见有××商号一类的字号，入而问之，始知即鸦片及毒物贩卖之所，"欣赏"之余，不禁使人叹服友邦人士之苦心！既掠我土地，复毁我百姓，直欲置中华民族于万劫不复的地步而后已。

张家口为一新兴都市，文化比较落后，笔者为买一份平津报纸，沿街遍跑一小时，而结果没有买到。街上妇女很少见，有之，则半为娼妓，企以肉体博朝夕温饱者。街上代步的车辆也不多，其价甚昂。从距车站不到2里地的地方雇一个黄包车回站，必须花大洋1角左右。

张家口海拔800公尺，气候寒冷，冬季特长，土壤肥沃，为世界最肥美的黑钙土与栗钙土带，但因气候的限制，未能发挥其耕种固有的价值。

渡阴山，去张家口90里为张北县，为察哈尔的门户，有汽车道北通库伦，南达张家口，西至商都、南壕堑等处。从张家口至张北有韩努壩与神威台壩，峭壁陡坡，"叹行路难"。自察北陷后，张北随亡，不独察省门户洞开，即绥东、兴和、集宁子等地亦受到极大的威胁。这次绥远将士，欲趁收复百灵庙及大庙的余威，一鼓下商都，取张北至于多伦，使我衣冠文物，复于旧邦。本来热察绥远三省，在地形上为一整块，蒙古安加拉大陆的南部。风俗习惯，亦完全相同。我们欲保西北，必守绥远，欲守绥远，必取热察二省以为屏障，而热察二省，又必须东北失地收复，才可得长治久安。中国自鸭绿江、图们江以西，唇齿相依附，合则存，不合则亡的。这次笔者从绥远将士口中，曾听到不少的豪语："收复察北，指日可待。"无论哪一位都这样说过，我们愿有事实上的证明，勿作不兑现的空头支票；同时我们还希望全国民众督促政府赶快抱定抗敌图存的决心，不要再事犹豫，不要等民族的血流尽了的时候，而获取人家的怜哀，而开始"友好"。

（四）从张家口到大同

我们下午4点多钟离开张家口，这段路所经过的时间，是夕阳残照的黄昏和月色朦胧的晚上。张家口所留给我们的印象，使我们不能在车上安静下来，凭栏远眺，看山上的飞鸟，与原上的羊群；河畔的衰草和胡天的明月。缅怀国家，感慨万千。沿线地方，为黑钙土带，山亦地平，洋河涓涓傍路南而流，除可为理想的牧畜地区外，农业发展，亦有厚望。据同车者言，五、六月之间，遍地罂粟花，在和风之下，非常娇艳。笔者聆至此，深感物得其用足以利人，不得其用足以害人之理真切。本来是一块膏腴的壤地，若从牧畜业、农业上下工夫，不独其地的人民可获享安乐，即于国家边防上，亦增大不少力量。今者则化"玉帛"为"干戈"，使利民者适足以害民！

车过洋河，驰行于河西岸，不久便到大同了。大同北上直入绥远境，为山西通塞唯一的门户，平绥铁路以此为中心。自古为防匈奴重镇，北魏拓跋之都也。

在火车上看事物，当然比"走马观花"更来得马虎，其错误在所难免。希望日后有机会能在此一路作一个更详细的考察。

（五）与所向往的城市行握手礼

21日早晨6点钟光景，车近归绥，从星光中遥望此"边城"，迷茫中见灯火隐现，心中有无限欣忭！车行渐慢，乘客从梦中初醒，大家似很匆忙收检行箧，车中顿时嘈杂起来了。尤其是我们这些初来的人，巴不得车子立即停下，好像连几分钟都不能忍耐。

归绥车站很大，当车到达时，已有省政府派来迎接我们的人了。当我的脚踏在归绥的土上时，真快乐得要泪下！我们感谢、敬佩傅作义主席的艰苦撑持，不然，这一席之地也许已卷入虎狼的掌握中了。

从车站乘省政府所备的汽车，径赴旧城。沿途道路宽坦，市街整齐，更夫戍卒，屡见于道上。以绥远一个这样穷的省，建设事业，能有今日的成绩，可谓难得。傅主席为人，重实干，不尚空谈，于此可见。当我们的车子疾驰于归绥道上的时候，车中的男女，莫不以惊奇的眼光，探望车外，好像他们都已经有了一个"归绥与众不同"的念头。

晓天浮着乳白色的雾似的气体，我们的歌声，掷在广阔的天盖之下，显得嘹亮而沉雄。

起来！

不愿做奴隶的人们，

把我们的血肉，

筑成我们新的长城！

车中男女的心都紧紧地系在一柱之上了。

归绥为绥远及归化二城的合称，旧城曰归化，绥远乃新城也。位于大青山南，黑水河北，山川环抱，货物辐辏。俗称归化为西口，口外羊毛、羊皮、骆驼毛等均聚散于此，有官商合办的织工厂，年产毛72000余磅，其出产品畅销华北各地，近年外人以大宗款项，集中西北购买羊毛、驼毛，致影响该厂原料廉价的供给，于是产品价格，不得不提高，因此销路为之稍滞，现仅能维持现状。目下全国视听，都集中于西北一大块壤地之上，我们很希望政府以较大的财力援助绥远当局，使西北的毛织业，得以发育成就。假如在西北有几个较大的工厂，不独毛织品的产量可以增加，使本国出产，足供自己的需求，且可容纳许多西北穷苦的流民，使之就范，不至铤而走险，如王英、李守信之辈，为日人所利用。

（六）"日本人不敢来了"！

"日本人不敢来了！"这是一个旅社中的茶房对我说的事。我思索这句话中复杂的意义，我从去年日本在绥远的横行问到此刻在绥远人口中流出"日本人不敢来了"的一切，在他嬉笑怒骂的表情中，我了解了我们民族对日本的仇恨。我和他的谈话很零碎，很坦白，有些自己至今还不敢说，也未能说的，便让它仍旧埋藏于肺腑中吧。现在且述其中之一片段，一方面使我们自己有所警惕，一方面白于"友邦"人士以希其改变一贯的错误的政策。——

"日本人现在绥远的有多少。"我问。

"只有两三个。"

"那么那一大批到哪儿去了呢？"

"全跑了！"

"为什么会跑了？"

"您不知道吗，自从百灵庙收复后，有一次日本的汽车在街上撞死了我们的老百姓，政府马上提出抗议，要求赔偿损失，抚恤死者，结果全照办。以前，他们的车子撞了人，还叫我们赔他的车呢！"

"你们恨日本人吗？"

"干嘛不恨他？害得我们苦了。"

"你们也受到苦吗？"

"可不是，他们以前全住在我们旅馆里，稍微招待得不好就要挨打受骂，我们连哼一声也不敢。"

明达的"友邦"人士，旧的梦快醒了吧。中国决不愿做奴隶！中国决不是睡狮！你曾否听到？南北大众的怒吼——反抗的呼声。

（七）大北旅社中的一个晴朝

汽车把我们带到这个旅社中，四、五个人一组分据一间房子。把行李检点好，天慢慢亮了。一天一夜旅程上的疲劳，算是暂时得到了一点安谧的休憩。旅社中除了时时有歌声激起人们的情绪，一切都静静地躺在乳油似的朝气中。待太阳一分一分爬上栏杆，人声又骚然而起了。"一日之计在于晨"，大家都想利用这个美的晴朝，筹划一下在此"边城"中的一切。本来这次上海妇女儿童前线慰劳团来绥，有宣传部和调查部的组织，于是这两部负责人便乘此机会活动起来。

（八）病院里的"英雄"和"美人"

这里是受了"名誉"的伤的弟兄，睡倒在医院的床上；当我们迈进病房时，他们倏地坐起来了。睁大了眼睛望着我们，望着致辞的人。

"……诸位英勇的弟兄！我们来了，把后方千千万万的妇女儿童对诸位的关切和热望带到这儿来；我们回去时，也要把最使人鼓舞的消息带给他们，说：我们前方的战士就要恢复健康，就要回到战场上去杀敌了！……"

回答的是一阵热烈的掌声。

分发着慰劳品——毛巾和饼干；分别向战士们致我们最温暖的

慰安和鼓励。

"弟兄们辛苦了呵？"我说。

"哪里？……哼！为了国家，为了打日本，还能说辛苦？……炸弹来了，我的腿受伤了，弟兄们那么多受了伤，可是，怕什么？百灵庙夺下来了；百灵庙夺下来了，他日本再来个十万八万兵也抢不回去呵！……"

憔悴的脸变得红晕了。这是他最得意的杰作呵！

一条毛巾，鲜红的写着"民族先锋"四个字，几块饼干，表示后方民众挂念着将士的寒冷和饥饿；这来的一群，从四千里外奔波来致一点慰问的一群，虽只有几句话（从心底里蹦出来的话），却表现了千千万万片的牵挂，千千万万妇女儿童的殷红的心。

"慰劳歌"低低地从我们口里唱出来了：

> 你们正为着老百姓，
>
> 为着千万的妇女儿童，
>
> 受了名誉的伤，
>
> 躺在这医院的床上。……

我们的声音在颤动——我看见弟兄们的眼泪了。

> ……他们要把中国当做一个屠场，
>
> 任他们杀！任他们抢！
>
> 弟兄们！我们争呵！
>
> 我们要争生存，否则就要灭亡。
>
> 我们要争做自由的人，否则就要变做牛羊！

歌声里是愤怒，是反抗。

> ……我们拼着最后的一滴血，
>
> 守着我们的家乡！

这末了一句，末了一个字，绕在屋里，久久不去。弟兄们仰着脸，张大了眼，兴奋着；从他们的神色里，我仿佛听到这样的答复：

"对！守住我们的家乡！"

当留声机声往病院中悠扬播送的时候，我们感到一阵舒畅，躺在医院的床上的弟兄们的愉快，不就是我们的愉快吗？

（九）傅主席的招待筵上

"自从'九·一八'以后，我们都心痛！"当傅主席用沉重的语调把大家久蓄于心而未敢言的话打在我们心上时，我们真有悲喜交集的一种说不出的情怀！我愿有一天，在松花江头，重闻如此的悲壮的话语。

来绥以后，一切事物——病院中的访问与对泣，旅馆里的对语与联欢，贩夫走卒的微言，达官贵人的谈吐，莫不使人感动，使人兴奋！"廉顽立懦"，谁说不是此时呢？

官场里应酬的虚文，在这天的筵席上，至少减去三分之一了。我们能在西北边疆之上聚首一堂，祝民族解放开始的成功，是以前梦也难的。

傅主席那天很兴奋，简短的演说辞是一篇有血有泪的文章。我们愿天下人都铭记于心，要知道中华民族已经觉醒了。下面是他演说辞中的大意。

1. 死去的弟兄，他们面带笑容，因为民族解放的死，他们是觉得愉快的。

2. 受伤的弟兄，他们不觉得痛苦，因为自从九一八以后，我们都心痛，为解救全中国人心上的痛苦，故他们断了胳臂，折了脚腿，还欣欣然有喜色。

3. 运灵回去的弟兄的父兄妻儿，以为此次牺牲，用钱难买，莫不抚棺而欣喜，深庆自己的家人，在民族解放的斗争上，留下了一页不可磨灭的荣光。

这种筵会，我们有生以来，可算初次吧。当傅主席离筵之顷，我们向这位民族英雄深深致敬了。

（十）二十二日早晨的一个联欢会

太阳直射在大北旅社的小院里（绥远的阳光是一样地暖和的），小院里面对面地站着两排人：一边是慰劳团团员；一边是太原女师前线慰劳服务队。

二十六个女孩子，有着黝黑的而已冻紫了的面颊，平凡的容颜，透露着坚定的意志。蓝布袍，黑皮鞋，一式的；笔直地立在我们面前。

听说我们从温暖的南方来了，她们来欢迎我们的。

一个月以前，她们来到这儿了，但那是很不容易呢。——

"我们奉阎主任的命令来到前线服务。离开太原的时候，我们的朋友阻止我们，我们的师长阻止我们，家庭更不准许我们跑向炮火场上去，但我们坚定了自己，向他们说服，有的，竟是偷着跑出来了。"

"我们没有得到同情，沿途听到的都是斥骂和讥笑：'女孩子，到前方去做什么？给找麻烦！'"

"到了绥远，傅主席也劝我们回去，说这儿会有很多不便，恐怕不但不能服务，反增加许多麻烦。可是我们固执地要求工作。到末了，他们允许了我们到医院去服务，但每天只给3小时的工作；于是，我们工作下来。我们的住处离医院约有8里路，医院离吃饭地点又有2里路，每天我们很早地出来，很晚地回去，要步行20里路，我们这里有的是小姐，娇生惯养的；可是我们下了决心。我们了解这是一个试探，试探我们是否能吃苦，为了表示我们最大的为国家为民族牺牲的决心，我们咬紧了牙，忍受下来了，十几天以后，舆论改变了，不再是毁谤和讥笑，而是赞美！钦佩！我们的工作时间也增加到 8 小时。"

"这是一个艰苦的奋斗的过程。从这次的奋斗中我们得到一点认识：莫空喊口号，要求中华民族的解放，要求民族的解放，只有我们自己直接参加工作，参加斗争！"

望着那朴实的一群，望着那原是贵族小姐而现在脸上只有斗争的坚决的一群，我从心底里致最深的敬意。

（十一）烈士公园与舍力图召

二十二日下午，蒙绥远省政府派人领我们参观，因为时间的关系，只看了一个为生人而设的喇嘛庙——清康熙朝为羁縻蒙古人，造寺以蓄养之，和一个为纪念死者的光荣而修的烈士公园。一片荒漠的旷原之上，巍然矗立着一座写着"华北军第 59 军长城阵亡将士公墓"的碑石，引路的人告诉我们，这就是叫做烈士公园的地方。在碑石之旁，我凝神深思，我念着中国未来的为祖国流血的一群，他年，他们是否也要一块这样"永垂不朽"的碑文，树立于荒原之上？他们是否仅需此一块碑文？

领我们来的那位朋友，指着那块石碑说："长城"二字，原为"抗日"，后来才改的。我们抬头端详，果然"长城"二字还可见新的琢痕。我们英勇的弟兄，本来是为抗日而亡，而死后"抗日"这份光荣，迫而不能使人知道，九泉之下，应有如何感想。当听罢那位先生的话言后，就有人争道；现在"日本人不敢来了"我们可以仍将"长城"换作"抗日"了。

碑石之后，为一所平屋，里面挂了很多烈士们的照片，瞻仰之余，遥生无限的尊慕。

太阳把大青山照得轮廓分明，虽然是塞上天寒，我们却无一丝凉意。

从烈士公园出来，径赴舍力图召。该召在旧城东隅，建筑颇壮丽，舍力图召为俗称，蒙语也。昔康熙曾驻节于此，赐名延寿寺。召中为蒙人所居，奉黄教喇嘛。其中摆设，为久居中国本部者所难见，故我们都感到一点新的惊奇。在召中，恰好遇着喇嘛诵经的时间，七、八人围坐在一个炕上，口中喃喃不绝，到我们耳朵里来的，全是些不懂的胡音。他们诵经时，有吹有打，像南方的道士作法驱邪，或为死者解除罪戾的情景。那些蒙古喇嘛，鸡肤鹤骨，面色黄黑，假如你想一想成吉思汗时代铁骑纵横于欧亚大陆的蒙人英姿，不禁为通古斯民族来日的危亡，捏一把酸泪。据说蒙古人嗜好极深，多无法自拔，生殖率日渐衰退。假如我们政府再不想一个办法使之自新，中华民族的力量，便无形中减去几分了。

（十二）九一八纪念堂中悲壮的一幕

参观回来，径赴九一八纪念堂。今天下午慰问团在此演剧慰劳兵士。

楼下满坐着兵士，前面几排是伤兵，包了头，包了臂膀或腿的。他们多系轻伤，从医院抬到这里来的。

台上正表演着《放下你的鞭子》。老年的父亲和娇弱的女儿因为沈阳失陷，流落到北平来，日日在街头卖艺，以图温饱。但生活是这样的艰难，肚子常是空的。父亲觉得生活无望，是由于他的女儿不卖力气，竟拿鞭子抽他唯一的孩子。这时引起一个青年的不平，跳上前去，夺下他手中的鞭子。一会儿拳足交加，竟把老头儿打倒了。女儿悲痛之余，跑上去阻止，并向青年诉说他们的流浪，他们的饥饿与寒冷。这时老头儿已经从地上爬起来，用拳头捶着自己的脑袋；"我真疯了吗？为什么打自己亲生的女儿？呵，她是我亲生的女儿呀，刚才我已经忘了她是我亲生的女儿了。"父女两人抱头大哭，青年在旁懊丧不已。

老头儿用着抖颤的声音请求青年的原恕，并向他诉说九一八以后他们流亡的经过。

"你知道这是谁使得你这样的？"

"这是命呵！"老头儿说。

"命？谁给你的这条命？"

"天……"老头儿手指着天。

"天？天是空的！你这命是人给你的；弄得这样全是人干的！全是日本帝国主义干出来的！"

老头儿似乎明白了，但即刻又恐惧起来。

"那我们怎么办呢？"声音里带着无知的颤抖。

"让我们联合起来，去找压迫我们的人欺侮我们的人算总账！看——"青年手指台下："这儿全是我们的朋友，让我们联合起来打倒日本帝国主义！"

"那么……那么用什么打呢？没枪没刀……"

青年从地上拾起鞭子：

"这就是我们的武器——拳头，拳头也是我们的武器呀！"

台下一片喊声：

"对！拳头也是我们的武器！拳头也是我们的武器！"

老头儿乐了，女儿也带着泪笑了，3个人拉起手来。

"去找压迫我们的人算总账！"

台下一个个戴灰色军帽的头向前伸着。啊，这里是千万人的愤怒——这里是千万个有力的拳头！

戏院里歌声起了——

　　打回老家去！

　　打回老家去！……

　　打走日本帝国主义！

打走日本帝国主义！

东北地方是我们的！

他杀死我们同胞，

他强占我们土地，

东北同胞快起来——我们不做亡国奴隶！

打回老家去！

打回老家去！

打回老家去！

歌声里，士兵走了出来。在门外站着，看见两个弟兄，伤了腿的，相互扶着出来，兀自指指点点地述说剧中故事，诉着他们的愤恨和眼泪。

（十三）横过了大青山

"在南方旅行，可以增加一个人的智慧；在北方旅行，可以增加一个人的气魄。"这看来似乎很平常的两句话，假如你没有过南北旅行的经验，你永远不会了解。

微雪后的大青山头，太阳光从浓重的山雾之下饰大地以金黄的衣衫，在山石上曲折成波。半山之间，有一个老人坐在千仞之高的岩石上，看守觅食于石隙中的羊群，手执羊鞭，翘首天外，那种悠然的神态，会使你生一种如何的感念？

当汽车在斜坡上行驶，你可毫无惊惧，待下坡时，偶一回首，你便会觉得自己已把性命作过一次"孤注一掷"了。

出入山中，你眼前的景物，变幻万千。一会儿是千仞悬崖，崖上点缀着几棵枯树；一会儿是万丈枯涧，涧底卧着大小的山石；一会儿豁然开朗，漠原上四五人家；一会儿群山排列，云海苍茫。无处不雄奇，无处不浑朴。只要你把眼睛张开，你狭窄的心，登时会汪洋如巨浸；你烦腻的情怀，会澄明如潭水。

当你置身于南方的山中，和你做朋友的，是幽峭的巉岩，涓细的泉流，山禽的和鸣，绿树叶的微语，……而置身于大青山中，则所见的是方石、老树、枯泉、羊鸣，……会使你想象豪爽、率直、粗而不野、憨而不痴的北方人的面影。

车在山中行时，我们常彼此以手击臂膀，把自己所见的奇景，互相传诉，似不忍"好景独赏。""嗨！你看。"这样短促的自然的呼唤，常会惊动其他同车的朋友，使他们也依我们之所向而转动着头颅。

大青山一过，便是一望无际的草原了，武川县紧靠着山坡，作为归绥的第一道门户，在百灵庙没有收复以前，有重兵驻守。作为山城的武川，居民多从事于畜牧，地苦寒，农产缺乏，粮食仰给于山南（指大青山而言，）全由归绥转运而来，物价甚高，南人居处是间，常常感到生活之不易维持。我们此行，省府早有电话通知该县，故车近县城，即见招待人鹄候于城畔了。

武川在军事上的地位，颇为重要，其他各方面，则毫无可言。论街市的整洁、繁荣，和南方的一个普通小镇，也难与齐比。

出乎意外的事，是武川的美味，可并平津。我们都惊奇于这个小地方，能有那样善于调羹的技师。

从武川望北走，不见山了。大草原上，有成群的牛、羊、驼、马，看骏马奔驰于旷原之上，会连带想起蒙古人西征时代的英姿。

（十四）群山环抱中的一个古刹

从车中望见群山之中，有栉比的人家，那时太阳还没有下山，晴朗的空际，蓝天和白屋，看来分外的鲜明。

"百灵庙到了吧！"我们都如此猜测着。

汽车的速度，渐渐慢下来，迎面跑来数名荷枪的戍卒，问明我们的来意之后，他们领着我们走另外一条入山的大道。为的是我们之前走的那条路上，筑了许多防御工事。

"地雷危险哪！"我们从车上发现了地下埋着的地雷露在外面的"柄子。"

沿山头张着电网，电网外，有很深的战壕，电网里边，则为已构筑的避飞机轰炸的工事。据弟兄们说，××[1]用一万人攻百灵庙，我们只须守以三千。

去夏以来，由归绥至百灵庙之路被阻，一般关心边防的人，欲来此而未能者，不知道有多少？我们这回蒙绥远省政府用四辆汽车载着，来到这个全国人梦魂所系的边疆，心头的愉快，绝不是随便几笔，所能描画。

把几个山头一过，便上了到百灵庙的大道，庙东南为孙兰峰军队驻地。夕阳西下，暮烟笼罩了的营垒之间，时有号角声，划破向晚的澄净的天宇。当我们的车子过时，看弟兄们都立在门外，于是我们招之以手，对他们表示："我们是来慰劳你们的呀！"

白色的墙壁上，有无数的大小的破洞，庙门半用石块堵塞了。衢巷之间，沙包叠起如山丘，庙中的楼阁栋梁，自在歪斜。这一切的残破与零乱，象征着战后的仓皇。我们默默地随着迎迓的人走向住宿之所，心里为战后的蒙民作来日"归田"的打算。

从小门进去，左右两旁，有两个蒙古包，包后便是一所房屋，为前日本特务机关长所居之所。据弟兄们言，他不是跑得早，性命难逃。

百灵庙处万山之中，为高原中之胜地。"清康熙帝平定外蒙及新疆天山北路，曾驻兵于此，建喇嘛庙，赐额'鸿釐寺'，俗名'贝

---

[1] 编注：×× 即指日本。

勒庙'，音转为'百灵庙'。其地周围丘陵起伏，凡九座，俨如城郭，百灵河（笔者按：即哈尔红河）流贯其间，河东为市街，即汉蒙贸易之所；河西为喇嘛寺，建筑宏壮；寺侧有蒙古包数十座，即前蒙古地方自治政务委员会办公处，合政治宗教商业三种功用于一地……"（见《地理教育》二卷一期张其昀《绥远省之军事地理》）

（十五）初宿之夕

清幽的塞月，午夜从窗口窥探这些远来客的寒温，挂在破碎的檐下，迟迟而不忍去。这时候，除在外边夜戍的弟兄，徘徊于严冷的冬夜之中外，谁都蜷缩了肌体，让毡裘与深冬的奇寒角战。

四、五个人挤在一床旧棉絮上，彼此交换着体内的温暖。南方人，谁有过这种寒冷的经验，躺在一床大被与重裘之下，而冷不能自支呢？假如有人要我给他一个百灵庙的图绘，第一件事当忘不这初夜寒冷的攻袭。

因为车子的颠簸，已有相当的疲倦，故不到九点钟就睡了。天知道，我们睡了多少时候？谁不绝尽心计，使自己不要为严寒所侵。

当重寒难耐之时，想到温暖的可贵，不禁念及那些忍冻的战士，待哺的流民。寒冷时，我们切求着温暖；同样，饥饿的人，他们也需要麦饭。

第二天早晨起来，每个人的面容，都憔悴几许了。

"这真是有生以来，没有受过的寒冷！"这句话在我们口中，至少嚼过二十遍。

（十六）袁参谋长的一席话——中国人不打中国人

二十四日的清晨，我们用过了早餐。大家都很正经地坐着，站着，谛听着一位年青军官，追述收复百灵庙的经过。其中详情，闻袁参谋长日后有专书发表，这里，只记其重要者数事。

我们知道，这次绥远当局，对战事化守为攻，在绥东击败伪匪军之后，就决定了。唯对于"取商都？取百灵庙？"军中还有着不同的意见。待决定攻百灵庙后，二十日，国军即向前移动，二十二日集中于二口子等地，以迅雷不及掩耳的手段，一晓晚工夫，把百灵庙攻下——这是二十四日的事。百灵庙之役，将士用命，作战勇敢，年来鲜见！尤其是统帅的沉着坚毅的精神，使人闻之，肃然起敬。

袁参谋长还告诉我们，这次绥战胜利，在军事上固然有其力量，然大部仍收效于政治的力量。当战争开始，我们即提出中国人不打中国人的口号，使敌人无法施展其用中国人打中国人的毒辣政策。"见故国之旗鼓，谁不感生平于畴昔"呢？

我国边鄙，地薄民穷，人民收获艰困，不铤而走险，恃劫掠以图温饱，便饿死道路，以填沟壑。加之政治黑暗，吏风窳败，把良善的老百姓，不断的逼上"梁山"。仓廪实然后知礼节，现状如斯，怎能叫他们不为敌人所利用？这次绥远抗战，"中国人不打中国人"的口号，固已收效于一时，但根本的办法，还须从人民的生活上着想，使他们都能乐业安居，使不致再为敌人利诱，而乱自己的邦家。

（十七）在大庙前教会了弟兄们许多新的歌曲

在大殿前的广场里，和暖的阳光下，演完了"放下你的鞭子"一剧，卖艺老人的声音仍袅袅在空中。"联合起来！和压迫我们的人算总账！……"我们的弟兄们握紧了拳头，热烈地跟着喊口号，在抗战的过程中，他们已了解到这口号具体的内容了。

"我们愿意教一个歌——《义勇军进行曲》。弟兄们，跟我们唱啊！"

歌声像一条河，滚滚流出来了。

"起来！不愿做奴隶的人们！

把我们的血肉筑成我们新的长城！

……我们万众一心，冒着敌人的炮火，前进！前进！前进进！"

由于对一种新事物的尝试，他们显然有点怯懦，可是，每一个字，每一个音里都充满了热的力！

为弟兄们学习的热诚所感动，我抽出纸片，用僵冷的手替他们写热诚的歌。

欣悦感激的眼光从前面射过来，要求的手从脑后伸过来，"也给我写一张啊！"我被包围在肉屏风里了，周遭的热力向我压过来。手仍是冻着僵着，可是周身因一种热的气流的通过而温暖起来。

"我再给写一个别的吧——写一个《打回老家去》，写一个《时事打牙牌歌》"。

"给我写那个，刚才你们唱的什么'脚步和着脚步，臂膀挽着臂膀，我们的队伍是广大强壮！……'"

"我教你唱吧，要你们全记住呢。"

"喂！什么歌儿都有了，打下百灵庙的歌你们编出来了没有？"

我转过头来望那发问的士兵，他眼睛里放着矜夸的骄傲的光芒。攻下百灵庙是我们战士们最值得夸耀的一页历史，虽然只是千万个中的一个无名英雄，他却愿意把他最珍贵的经历放在人们的口边呢。

远远的军号声响了，是弟兄们应该去吃饭的时候，但他们不肯走，同声说着："不要紧，我们可以晚点回去。"我很担忧，怕因我们而使他们犯了军规，我催促他们归去，我答允他们把歌儿写好以后寄来。他们纷纷地掏出名片，"我的名字和住址都给了您了，给我寄来啊！百灵庙的歌编好了，千万给我寄来！"

我含笑走回住所，从救亡歌曲里我得到站在一条战线上以血和肉来抗战的勇士做朋友了。

（十八）胡天的月夜

月亮实在太妩媚了。我们一行六、七人，耐不住如斯的勾引。冒着寒风，踏行于空明的沙上。众山昏黄，哈尔红河在明月浸淫之下，更见其具有一种二十八岁的少妇的丰盛的美。

异乡的明月，可使人愁困。尤其是感情脆弱的年轻人，当羁身于旅途上，望他乡之月，会因之而动乡愁。现在去家何止万里？然我们一点乡愁都没有。我们只会玄想胡笳；想在大漠上，一个人牧着羊群，踏月的情怀。

我念着："深闺莫道秋砧冷，夜夜寒光满铁衣"的诗句，我咀嚼着古人吟此诗的情怀。"夜夜寒光满铁衣"，不是吗？山头上，一个个黑的影子，不就是持枪夜戍的士兵吗？

月夜，使我引起许多儿时的追忆。我片段的把那些故事，告诉清。也许，日后当头白之年，我会与比我们后一代的人，共话此夕胡天的明月。

在百灵庙，夜晚出来，是不很方便的。万一你应不出来他们的口令，便有生命的危险。故我们出门时，便请教了一位官长，他告诉我们只要应一声慰劳团，就可通行无阻。但当我们行近大庙，听到弟兄们严峻的呼问，大家都不肯前进，也不便前进了。

当踏月归来时，心上已深染了一层前所未有的色素。几声马嘶，更使人感到边塞是正值"荒乱之秋"。

（十九）悲壮的别情

天还没有亮，我们就起来了，行见就要与此相处两日的古刹长别，未可毫无眷恋。我们凝眸注视白塔、炊烟、庙中的楼阁，四山的朝雾。

当汽车慢慢地移动时，我们向袁参谋长举手致敬。当"拥护袁参谋长抗×"，"拥护爱国弟兄抗×"[1]，"中华民族解放万岁"的口号，从我们口中喊出来的时候，谁都对这位年轻军官、中国的未来抱着一种热烈的期望。

"打回老家去！打回老家去！"

雄壮的歌声，不断地震荡于冬朝的旷原；弟兄们也正是朝起操练的时候，灰色的一队一队，步伐整齐而严肃。

"再会吧！百灵庙！"

"再会吧！百灵庙！"

大家临时编就的歌曲，也从口里流出来了。

车爬过山头，白色的庙宇渐渐地远了。回首北望，有无限惆怅！我们坐的是没有篷的载重车，冷风吹了，连睫毛、眉毛都冻结了。有一位朋友说："我们有热的心，不怕冻！"于是在笑谈之间，又复奔驰于草原上了。

我们愿旧地重游，当重来时，愿百灵庙烟火万家，不闻刁斗之声，不见军旅之盛。

原载《科学时报》1937年第4卷第3期、第4期，署名"植清、流金"，至"胡天的月夜"结束，共十七节。另有两人同署的《绥游片断》，原载《新中华》1937年第5卷第9期，全文包括《从北平到百灵庙》的"（十三）横过了大青山"至"（十七）胡天的月夜"五节，并有"在大庙前教会了弟兄们许多新的歌曲"（在"胡天的月夜"之前）和结尾"悲壮的别情"两节。这次整理将其作为（十七）和（十九）补之。《绥游片断》发表时间稍后，文字亦略有改动，故（十三）至（十九）节以《绥游片断》为基础校订。

---

[1] 编注："抗×"即"抗日"。

离别古城前后

一

带着愤怒与悲怆，我出了古城。

把身子放在人的丛林中，我望着一角残破的城楼，那不是伴着我年轻的岁月在烟火的气味中享受着风月的柔丽的宁静的古城吗？我低垂着我郁闷的头了。

高粱在田野里抽咽着，田野在阴惨的彤云下面，偷弹着泪珠。

我们的忠实勤俭的农民的家园呢？庐舍已任敌人的悍马摧毁了！

我怀念着那些忠实的脸，我能见到的只是凶残的骄傲的脸了。

列车穿过了无数的枪林，低沉地喘着气。无数的同胞的亲热的面孔在眼前摆着，然而我们彼此都守着沉默。深潜的亡国的悲哀同样地洋溢着在我们的心房！强盗们严密的监视封住了我们的嘴唇。

月台上飘着太阳旗，我眼前已暗无天日。古城在我们饮泣的时刻，隐隐地在灰暗的天边，敌人的刀刃，割断了炽热的别离的情怀，南风吹过广阔的原野。迢遥地望着南方，一线薄薄的蝉翅似的光辉，又投到我微红的眼皮上来了。

倚在车厢外的扶栏上，温习起那前后两日之间的笑和泪，欢喜与悲哀，我以泪别了那丰腴的田原。

二

未名湖上粼粼的碧波反映着将升的太阳散在东方的红霞，垂暮的柳枝条吻着晨兴的湖面，发出轻快的微弱的絮语。隔夕廊房的炮声，消遣了长夜的慵倦，我横卧在床上。廊外已经三五成群，争议着战与不战的国家大事。

隐隐的机声立刻把热烈的议论终止了，七八个黑点子浮在明净的天际，俄顷之间，便盘旋在我们的头上了。

巨大的爆炸声响了。我们为隔墙的士兵们祝福。（我们学校附近，便是西苑，为二十九军兵营。）

毫无恐惧，四十年来的怒火，在每个人心里燃烧，我们不愿再无声无臭地为敌人宰割了。我们只希望战，用整个民族的血肉，争取我们的生存！

炮声愈来愈近，这时候北平和四郊交通已经断绝了。

在沉默中期待着消息，校内的电话铃一响，大家便如大旱后得了甘霖一般。

当我们知道宋哲元已通电全国抗战后，"中华民国万岁"的呼声，震彻了燕园。

接着，丰台、廊坊收复的消息，给予我们以未之前有的兴奋的喜悦。

整晚没有睡，战争的兴奋作了我们丰盛的晚餐。

谁会想到当天下午会转变到一种令人梦想似的难以置信的情形呢。

这儿，我先说一点，我们的军队在南苑失利的惨状。

廿八日下午，灯市口大街，遇着从战场回来的士兵，我们热烈地欢迎他们。

×营长流着眼泪，告诉我们说，他一营只剩下四十几个人了。

当他伸出四个指头的时候，我瞧着他悲惨的面容，我也几乎掉下了眼泪。

二十九日的早晨，飞机仍然在西苑上空飞翔，投炸弹。

古城，已成为人世的地狱了。

太阳旗在四郊飘扬，兵士的尸体横陈于道路。生者则待毙于高粱丛中。夜听敌人战马的嘶鸣，谁不肝肠寸断！

那儿，我们天天看的是汉奸们的无耻与荒淫，强盗们的横暴与骄佚。

古城已失掉它的宁静了。同胞们期待的是南方的消息，即使是祖国的鞭打都是好的。每个人都在期待着平津的收复，把鲜血洒在自己的国土上，他们才能瞑目以死。

那儿，有无数的冤魂待慰，有无数的尸骨待收，有无数的人民待解倒悬。

原载《大公报》1937年9月9日《临时晚刊》，署名流金。

在秦皇岛
——流亡之一页

过了唐山，车上的乘客少了，我们才得到一席安身之地。倚立在车厢的夹道旁，眺望着山和海，辽阔的海和绵延不尽的苍山，使我们感到一阵一阵的痛楚。"大好的山河啊！"C君感怀无限，怆然而下泪了。

火车在原野里喘息着。我们渐渐望见远处的烟囱了。

"快到秦皇岛啦！"大家忙着下车了，我们却还默默地坐在车窗旁，探首瞭望无边的原野和白茫茫的海水。

从天津和我们同上车的一个年轻人，也默默地坐着，不时打量着我们，我们也望着他作一种忖度。

"你们是在秦皇岛下车的吗？"他首先向我们搭话了。

我们点点头。他说他也在秦皇岛下车，声音非常低沉。

"你是在天津念书的吧？"我们看他的样子很像读书人，而且有着北方人的诚实的面孔，虽然他已经乔装着一个买卖人的模样了。

他说他是南开中学的学生，在秦皇岛有家。

温暖在我们体内交流了。

他告诉了我们许多秦皇岛的情况，言下颇为我们担忧。火车进站了，车站上的宪警不断地打量着我们这些下车人。

当我们安全地出站的时候，心下交织着生的欢悦和死的恐怖。

在秦皇岛住在一家中国人的旅馆里，旅馆的主人对我们非常亲热。他们说，有好些日子没有见过像我们一样的人了。

我们休息了一些时候，又有三个唐山交大的学生来投宿那个旅馆。恰好我们之中，有一位认识那三人中的一位，于是我们大家都交谈起来。他们说，在他们下车的时候，便被日本宪兵带了去，盘查了许久，才把他们放走。这些"脱险"的经过，增加我们不少的对自己的侥幸的喜悦，和旅馆主人对日本人的憎恨。事后当我们想起在敌人的窥伺之内那样大胆的放谈，不禁打了无数的寒噤。

傍晚，旅馆的主人说，恐怕夜里有日本宪兵检查，叮嘱我们小心谨慎，言下极示关切，真使我们流下感激的眼泪了。

中国人究竟是中国人，亡国的惨痛，在任何人都是一样的。

彻夜不敢眠，结果检查的没有来，我们平安度过了一个秦皇岛上之夜。

第二天早晨上船，在街上遇见那个车上的年轻朋友。我们紧紧握着手，只用眼睛彼此传递了当时的喜悦。分手时，我们的眼睛都湿了。他轻轻地说道："我不知哪天能回到南开去。"

原载《大公报》(汉口) 1937 年 9 月 27 日，署名流金。

离散之前

　　未名湖上浮着晨兴的雾，七月的南风唤醒垂曲的柳枝了；湖畔已有早起行深呼吸的人们，踱着安详的步子。

　　北方的残夏，有着江南初秋的景象。白色的云，追逐在蔚蓝的天幕下；林翳中，时送来婉丽的禽音。

　　人们正在做着各种不同的梦。

　　往日，梦后的追寻，每作为一种朝起的粮食；一些泥滞于梦境的人们，常小立栏前，凝睇辽远的山峦，把现实的世界忘却。

　　然而这是一个不同的日子，穿云而过的机身，翱翔在未名湖的上空，轧轧的机声，搅乱了夜来的清梦；现实的狰狞的面影，正摇晃于人前。

　　一声巨响驱去了一切的宁静。人们的心狂跳了。

　　在山径中，在湖岸边，在辉煌的建筑底下，在沥青路上，奔跑着仓皇的人影。

　　巨响从隔壁西苑蔓延过来，黑烟升起在翠蓝的山下。

　　"西苑炸了！"

　　我们担心着二十九路军同胞的生死，忘记了死神的巨掌，还紧扼着我们的咽喉。

　　飞机在晴空里上下，又从容地向东南角上飞去了。

　　陷在无情消息的闷阒中，一些人踯躅在湖畔。

　　"神圣的抗战爆发了吧？"我们心里盘算着。

暴风雨后的西郊，笼罩着无边的沉寂。

我们从东校门偷偷地骑着自行车出去，绕过清华向西山的路上走，看见柳树底下放着好几辆载重汽车，汽车上面掩放着青的柳枝。

从清华到颐和园的路上，已禁止通行了。路旁构筑了简单的工事，荷枪实弹的兵士，伏在浅浅的战壕里，期待着肉搏的来临。

我们用热的眼泪、紧张的情绪，迎接着这伟大的时序，那是我们六年来艰辛的待望。

时间在人们的紧张中，显得更快了。

学生会的情报组从城里得来的消息，用大号字写着，在燕园的墙壁上，眩惑了人们的眼睛。

"宋哲元通电全国抗战"，在人们的眼前渐渐大起来了。

没有人不滚着欣喜的泪珠，没有人不双手迎接这神圣的抗战。

我们忙着接城内的电话；另一部分人忙着救护的训练。

强盗们一伸手，无数的无辜民众便遭殃，在西苑投下来的炸弹，震毁了许多房舍，路上结集了许多难民了。毗邻燕大而居的人，都避入燕园中，他们以为可以得到外国人的保护。我们便乘着这个机会向他们宣传了；因为从很久以前，他们就和我们成了朋友，所以我们的话奏了相当的功效。在逃难中，能井然有序，并有许多人愿意参加我们的救护工作，这不是一个"奇迹"吗？

胜利的消息，使我们发狂了。愈来愈急的炮声，使我们对抗战的弟兄怀有无限的敬意。

我们的朋友——司徒雷登——庆贺我们民族解放战争的开始的胜利。他说，那该是我们最光荣的日子！那深刻在他面上的皱纹中的笑容，使我们感到一种崇高的人类的伟大的爱。

晚上，我们开了一个座谈会，参加的有许多外籍人氏。会后，我们高呼"中华民族万岁""打倒日本帝国主义"等口号，那才算得是真正的快乐的呼声。

会后归来，传闻日本将用毒气攻北平，我们忙着做防毒面具，并将在校的同学和职员组织好，以防汉奸。

我轮到守夜，在林荫中来往，静听断续的炮声。有着和"一二·九"时代守夜的不同情怀。

二十九日，天还没有亮，城内来电话，谓我军已退出平津，大家都不相信。

又是一个同样的早晨，飞机翱翔在我们的头上；我们看它怎样飞来，怎样飞去，怎样投弹；我们希望也有我们自己的飞机来。

依我们简单的判断，以为敌机在轰炸，我们的军队决没有退走。

飞机走后，我们回到宿舍里打听消息。第一落在我们眼里的是一辆从城里来的小汽车，停在贝公楼后面。

大家都在说："×××弃城出走，×××做了汉奸。"

后来我们又知道那辆汽车来自美国大使馆，专为送一面美国国旗来保护燕京。

我们望着立在桥畔的挂国旗的木柱，追恋往日升降国旗时的号声。一位同学说："马上就要看到别样的国旗在那儿代替我们的国旗了。"

"何时能见故国之旗呢？"我想着。

当灿烂的美国旗在空中飘扬时，太阳旗已遍遮燕京外面的世界了。

"我们随着三十七师退到保定去吧！清华有好些人去了。"

好几辆自行车匆促地、沮丧地在西郊大道上走着。

原载《大公报》（汉口）1937 年 10 月 25 日《战线》第 33 期［《救亡文辑》1937 年第 4 期］，署名流金。

平津道上
——流亡的一页

对着一角残破的城楼，我的神志徘徊在迷茫的雾里。就这样的离开那庄严宁静的古城吗？我不信自己已挤在人的丛林中了。

眼前跳动着无数的永远追怀的古城的朝暮，那作成我梦境的国度的世界，如今却粉碎了我一切的幻思，只遗下血和泪，涂抹了一幅悲暗的画面；在那上面浮现着兽性的残暴、奴性的容忍、壮士的头颅、年轻人的泪珠……

我想着"一二·九"时代古城中的咆哮，便有着更深切的悲哀；如今，精神的长城也摧毁了啊！

如锦的山河，忠实勤俭的人民，还有，那逗人忆恋的西山雨夜的年轻的笑语与雄辩，未名湖畔的素月和的圆明园烈士墓碑旁的野火……这一切，都闪过我年轻的脑海。此外，我那些朋友、先生，尚在那儿饮泣而吞声；我们的百姓，也在苦难中翘首南国的阳光，忍受仇雠的鞭挞呢！

噙着泪，我又望着古城上的云彩了。汉奸们的无耻与强盗的凶焰替代了静静的苍蓝；天底下浮动着异国的军鼓之声；谁能忍受那屈辱的悲哀呢？

南风吹着沉郁的原野，青青的高粱在原野里啜泣着。原野上印着可痛的敌人兵马的斑痕，一片荒凉的寂寞，驻足于原野上。我们的人民呢？

敌人的炮火，粉碎了我们的家园；篱门外，系着敌军的战马；胡马嘶鸣，更助人凄凉的感喟了。

列车低沉地喘息着，爬行在广大的平原上；刀枪铿锵之声，压着我们沉重的心，更显得可怖了。

死一样的沉寂笼罩了整辆车厢，只有停站时嘈杂的胡音，挑动心底的跳跃，和难言的愤怒；同胞们的亲切的面孔，放射出一种如雪朝壁炉中的温暖；然而我们彼此却不能交换一两句话语，否则，凶狠的眼睛便逡巡于你的身上了。

和我们走着相反方向的兵车，不断的阻止我们前进的路，像有意折磨我们一样。在站上停留的时间，十数倍于平时，让刺人眼睛的太阳旗，飘在空中，延续我们的痛苦。

皇军们在车厢里打盹的时候，把头枕在我们的同胞身上，没有一个人敢表示些微的不满，那是一种怎样的屈辱啊！亡国的人的牛马性，就是这样养成的？

当遥望着沽河上的帆樯时，有种异于往日的情怀潜入心底！往日，我们曾矜夸过她的如丰腴少女的艳装，现在，可怜她的憔悴，也只能作无言的太息。

天津总站以久病未痊的中年妇人的姿容，迎接我们这流亡之群。我们的心，隐隐地作痛，是为着她的消损，还是为着自己的欲泪的无言呢？

当我们踯躅在法国租界的梧桐树下，我想的是还有没有重睹旧山河的一日！

那一天晚上，便作了一个荒诞的梦，而在往日却是真情。

一九三七年九月，南京

原载《大公报》（汉口）1937 年 10 月 31 日《文艺》第 376 期，署名流金。

（一）

今夜有疏朗的星星，我站在山头上，刺骨的寒风把我的肢体收缩了，隔岸的灯火闪动着；我望着辽远的北方，真像梦一样，我又回到那塞上寒夜的景象中了。

我们踏着明月，黄沙在脚底下瑟瑟作响，哈尔红河披上了雾样的轻纱，银波上浮着秃兀的山群。远远地不时传来凄绝的笳声，更杂以悲凉的战马的嘶鸣；沉吟在银色的海里。我们把眼睛望着辽远的去处，我们想着古代成吉思汗的伟绩，和孙兰峰将军不朽的功勋。辉煌的大殿静静地立着，不时送出三晋勇士的雄浑的声音，黑影子在殿门前、过道中移动，果敢而沉着。

我们沉醉于壮美的胡天的月夜，继续踏沙而行，虽然腊尽的塞外的寒风，割着我们的面颊，但一种胜利后的欢乐，燃烧起了年轻人心里的火焰。

悲壮的离别，是在一个黄雾迷蒙的早晨，我们唱着歌，喊着口号，祝壮士们的胜利和国运的昌隆。

当汽车奔驰在草原上，我遥遥地向着百灵庙致敬。我说："愿重来时，烟火万家，不闻金鼓之声，不见军旅之盛。"

现在，战士们的血已染红了那静静地流淌着的川流了吧！也许那血已经凝冻了！我遥祝他们的灵魂的安宁；当我想起那亲切的面孔和激动的言词，我禁不住自己的悲怆了。

（二）

我又想起那凄厉的歌声了。

在归绥城的一个病院中，北方的朝起的阳光，射在低矮的病院的门墙上；蓝色的天际，浮着一片片闲散的流云，低沉的脚步声，从这一个病室流到那一个病室；同样的，歌声也继续震荡着每一个病室中的壮士的心，而使他们挥洒着珍贵的泪珠。

> 你们正为着我们老百姓，
>
> 为着千万的妇女儿童，
>
> 受了名誉的伤，
>
> 躺在病院的床上。

悠徐地颤栗着的歌声，把我们和战士们的心都系在一起了；那是一种无上的崇高的情感，在我们中间交流着。

"为什么我的眼睛会湿呢？"当我走出病院的时候，有点懵然，我自己曾矜夸过我没有掉过眼泪的。

路上，我们耳边还响着那悲壮的言语——"我们好了还要上前线去。"

在一个昏黑的夜里，我从街上走回寓所。自己听着自己的足音，感到一种莫名的愉快。我暗暗祝愿这塞外的城市，在苦难中成长下去。

楼外歌咏队又在练习那个为我熟知的曲子了：

"你们正为着我们老百姓。为着千万的妇女儿童……"我倚立栏前，凝望着远处的群山；我觉得我的心轻轻地动了。

（三）

这里我致无限的敬意于两个为祖国的自由、解放而牺牲的十三军战士——兰泽惠和车驷君之前。

东行的列车把我们带到绥东重镇平地泉的时候，太阳已经西斜了。车站旁边的大广场里，约有一连人在操演。我们下了车，离开车站向平地泉的闹市走去；黄昏将近时的号声，浸没了这个塞上的边城；我们感到古代的边塞之声的悲凉。

在十三军的兵营里，我们一共五个人围坐在一个炕上，谛听一个年轻的军官讲他怎样在晋陕边界的地方"剿匪"的故事，和他又怎样开到绥远来的。在我所见到的军人中，能够像他那样了解中国的社会问题和当前抗战的问题的，真太少了。当我后来从北平逃出来的时候，知道这支部队已由平地泉东进。因当时自己身居虎口，没法给他写信。南归之后，疲于道途，且那时正值南口战事激烈，我又没法和他通信。不知他那时有如何的快乐。

兰泽惠君，你的血为祖国的生存而洒了。你为我们的未来的幸福而牺牲了，你将会永远活在我们心里，你已经做了我们后死者的榜样了。

我现在虽身在南方，但当我想起你的尸骨还暴露在北边的旷野，我便会感到一种重累，我将继你未了之志，愿你的魂灵归来吧，我记得你还有家在洪泽湖之滨呢！

当我们将离平地泉的夜里，不期然地我遇见了中学时代的老同学车驷君。他已变得那样的强壮了，当我握着他的手的时候，不禁为自己的孱弱而悲哀了。

深沉的夜，覆盖着冰冷的旷野；车站的灯放出惨白的光辉；我们来回地走着。别后的事谈起来是那样的有趣又使我惊奇啊，想不到五年前和我在一起玩球的傻孩子，如今竟是一个铁一般坚强的中国青年军官。

"应镠，我们到多伦再见吧！"是多么肯定的声音啊！我在他兴奋的脸上抛下怜惜的眼光。

车子动了，我们彼此挥着手；坚强的身影，在我眼前渐渐变为不可思议的神人了。

我们一直沉默着。他知道他会有一个系念他的朋友的。

我知道他死在疆场上，是当我从故乡西行的前夕，在九江的一家旅馆中。

我惭愧自己还坐在这个大学里写纪念他的文章。

一九三七年十一月七日

原载《大公报》(汉口) 1937 年 11 月 23 日《战线》第 57 期；《国闻周报》1937 年第 14 卷第 50 期，署名流金。

黑夜的游龙

因为敌情不明，在漫河村住了一天。坐在温暖的阳光下，同志们解开衣服捉虱子，有的在老百姓家里炒豆子吃。下午，隐隐的炮声，从四面的山地中传来；侦察队带来了报告：漫河四十里以外的地方，全有敌军的踪迹。

山风吹过来羊群的哀鸣，冬日的黄昏逼近了。山村中只有年老的农妇守着可爱的家园，少年男女和粗壮的农夫农妇全走上了无尽长的逃亡的路……

师部来了命令：晚上十点钟吃饭，十一点出发。

大家和衣而睡，等待着出动的号声；我无论怎样，都睡不着，看看在自己身边酣睡的朋友，心里只有羡慕；一种恐怖的情绪紧抓住我的心，毫不顾羞愧地我想到自己的生命了；向来对于自己的生命不十分重视的我，那时竟格外地表示珍惜，亲友们亲切的面孔，在我的心里映现，我完全陷在一种迷茫的境地中了；……悲壮的号声，猛然地驱去了我一切的思念；骨碌地从炕上起来，和所有的同志一样，我把毯子叠好，送给马夫去。

冬天的夜里，冰似的气流，在身边荡动着；鼻涕流到嘴唇边，凝结了，像两颗冰柱子挂在唇上；寒星孤零地照着山头，若不胜情似的在可怕的沉黑的夜空中摇动；幽咽的犬吠声，泣诉着荒村的劫运。

"同志们，今天夜里我们要以急行军通过敌人的封锁线，自×××前进，路上不许说话，打手电，每个人手上绑一块白布做记号，迷了路，不要叫喊，拍一下手，就有人来找的……"出发之前，政治委员杨向大家报告。

可怕的沉默，落在山谷中；我们这个将近五千人的行列，在可怕的山谷中蠕动；战士们显得异样的紧张，沉着；一忽儿咳嗽声，引得谷中轻轻地响一下，立刻那个咳嗽的同志，便受到他的伙伴们的无声的警告——在他的背上，或者膀子上，轻轻地打一下。

刚翻过一条山沟，从山的左侧便传过来一声炮响，队伍里显得骚动起来，但一会儿就过去了；指导员、教导员依然沉着地向前走，战斗员们也都镇定了。

我走在政治部的中间，安静的队伍使我也安静下来，但我不时地想着："是不是会打起来呢？"从来没有过战场上的经验的我，虽然觉得战争的可怖，但还渴望着战争。

两边山头上闪着星星的火光，山脚下村庄里，犬狂吠着。我们离开敌军的哨地，仅有两三里路，沿着山脚下，密布着我们的哨兵，荷枪的同志们，严肃的站在冰冷的山石中间，两只眼睛放射着严峻的，袭人的光芒，谨慎地守着他们的哨岗；一丝儿的风声，都逃不出他们的注意；我望着他们，心里燃烧着一种崇敬的情感，假如那时候容许我的话，我一定跑到他们的身边，紧紧地抓住他们的手，用我的眼泪，诉说着我所想和他们说的热情的话语。

翻过一个山沟又一个山沟，我骑着马，疲倦使我的眼皮微微的合上了；马蹄敲着山道中的乱石，清晰地响着；这唯一的响声，又使我的睡意淡下去了，我努力瞪开疲倦的眼睛，望着星疏清冷的夜空，心下又轻松起来；北斗星已悬在天心，只有五个发着惨淡的光辉，另外两个只能在我记忆中判定它们的方位。这时候，在祖国的地面上应该有多少的母亲、少妇，为她的儿子、丈夫祝福啊，有多少无家的人怀念着他们美丽的田园啊！又有着多少的异国的征人，在军营中做着凄凉的乡梦，多少的兽徒，在我们的少妇的闺中干着凶淫无耻的勾当呢！

山快尽了，天上的星光也活跃起来了，我们大约还有二十里的路程便通过敌人的封锁线了；队伍急速的爬上一条陡峭的山岗，一上岗，又下坡了。我从马上跳下来，谨慎地下着坡子，看着前面的行列已经走在坡下，一不提防，便从坡上跌下去了；胸膛碰在石块上，我不顾痛楚，立即爬起来，昏眩了一阵，我迷失在沽涸的涧底中，心跳得很厉害；但我没命的向前走去，喜出望外的找到了山下我们的哨岗，我把白布给他瞧，他一声不响地带着我到一个山沟的树底下，原来我的马夫看到我跌下坡去，便在那里等着我了；年老的东北人——我的马夫，他是从广阳到我们的队伍里来的，立刻把我扶上马去，向马做了一个手势，于是我的马便急速地把我带到我的队伍中去了。

黑暗的夜去了，熹微的晨光，生长在谷中，薄薄的雾，游戏在山腰上；残月挂在山边，天转蓝了；澄净的北方的天空，是那样迷人的一幅美景；一夜的紧张恐怖的心情，像烟一样的逝去了。

队伍里，断续的谈话声起来了，那是那样的一种愉快、轻松的调子啊！

"妈的，鬼子究竟不是种，放了一炮就不敢动了，哼！那只吓得倒 × 军，我们还会怕那个吗？夜里打仗是老子的拿手。"

那些有名的河北大汉嚷着。他们是"宁都暴动"后加入 × 军的，六七年的老资格！

"我们都是神枪手，每一颗子弹消灭一个仇敌！……"

"还有劲儿唱歌吗？养养神，明天再好打呀！……"

太阳又红遍山头了。

一九三七年二月对竹镇。

原载《文艺阵地》1938 年第 1 卷第 7 期，署名流金。

姑射山中的风雪

蒙蒙的雾结聚在山腰上，带着淡蓝色的山的浮影，在漠漠的辽阔的天的下面蠕动；丛丛叠叠的山岭，连接着灰沉的模糊的郁闷的天，使人想起垂暮的人的萎缩的神态。

从山坞里，偶然飞起几只山禽，两翼嘎嘎地打动着冷峭的寒雾，翻过一个小山岗便不见了。

无数的钝老的山岗，已不是昔年峥嵘的面目了。怯懦地匍伏着，好像回到了青春的追恋的梦中，但不表示一点懊惋的神气。裸露着的黄色松弛的皮肤，告诉着人们它曾饱经风霜，看过千万代的日月和星辰、无数朝代的兴衰；也曾偎搂过壮士的白骨、头颅……

在山坡子上，有疏落的人家，恬静地躺在濛濛的晓色里。因人马的足音惊起的断续的狗吠，震颤在象六月中的冰块四周的寒雾的波上，发出悠徐的清脆的声音，回荡在山谷里。

"我们都是神枪手，

每一颗子弹消灭一个仇敌。"

轻快的、快乐的一串声波，在空气中跳动着，沿着山边追逐着另一串轻快的、快乐的声波：

"我们都是飞行军，

哪怕那山高水又深，……"

从山脚下爬到山的巅顶，无尽长的行列把山分做两半了。灰色的影子不停地蠕动着，像群蚁爬上枯老的槐树的枝条。

从北面吹来的风，挟着巨量的尘沙，叫啸在山谷里；孤立在山上的枞树，被摇撼得抖颤，在空旷的山地上呜咽起来。

"同志，又要下雪了。"

把衣服的领子拉起来，顺便燃起一支卷烟，动着他那有点可爱的嘴，这是一个比起"他们"[1]来显得有点疲弱的年轻人，烟，袅袅地升到帽子的前缘上便消失了。

从山坞里浮起一缕缕的炊烟，在行军中无法知道时间的人，也该想到这正是"幸福的人们"晓梦方阑的时候了。

沿着山坡下来，在枯涸的涧中走在乱石交错的大道上，这是来往于××村和××镇的人必经的官道。

"同志们，老百姓烧好了开水给我们喝啰！"

在村路边，放着大锅盛的开水，供我们饮取。有一些朴实的老乡守在锅旁边，脸上浮着深厚的笑容。

"谢谢你啊，老乡！"传达我们彼此间的感情的，就是那些深厚的笑容啊！

和雪一同来到的夜，坠在这个山国中了。

当第二天早晨这个×千人的行列蜿蜒在山谷中的时候，群山已披上一件洁白的外衣了。

雪掺和着的黄土的山路，在脚下沙沙地作响；马蹄再也扬不起地上的尘埃了，留下了很深的蹄印子，散在高低的山道中间。

灰青的雪雾，像积聚着过量的水气的玻璃，弥漫在远远的山谷中；很少见到一两处山坡上的灌木林，也成了那暗色的雾的归宿的地方，只有一些孤高自赏的松树，倨傲地站在山岗上，眺览着空气中飞舞的雪花。

"救亡运动高涨起来了，

---

[1] 原注："他们"指经过二万五千里长征的战士。

抗日胜利实现在明朝。"

翻过一重山又一重山，这样的歌声继续在山里飘荡。

"青年队再来一个新的歌！"一群孩子嚷着。

"我们来和青年队比赛呀！"宣传队不服气了。

这一群孩子和大孩子是不怕爬山的。

当着休息的时候，雪又作为我们的饮料了。老一点的同志说："同志们，不要太大胆了啊！我们天天得爬山的人，是不能够病的。"

有些人还把雪掷在这些好心人身上。在这里，小孩子"欺负"老同志是最有趣不过的事情，笑声便象连珠似的爆发了。

从雪地上吹过来的风，带着北方少有的湿润，有时还从村坊里吹送出一些干草味。

从天明到黄昏，我们喝饮着雪地里的山风；在这样的环境中长大起来的人，是不会忘记残暴的日本帝国主义者的"赐予"的。

雪，似乎也感觉疲倦了，在我们还未宿营之前，便停止了她的轻盈的妙舞。

过了××村，便到汾西县境了。从山里奔流下来的汾水支流的源头，滚着巨浪，向西南山地中寻找它的归宿。

山月半弦，挂在柔条编织的门上，村里的犬吠声也寂然了。

"老王，六天路程已经走过一半了……"

在一个昏暗的油灯跳颤的小窑里，一个年轻人的细小的有点感觉得愉快的声音，震荡了一下寂静的山村的夜。

满窗的明月，象熹微的晨光，窑洞里流着清冷的月色了。……

明月满山的路上，队伍又继续前进着。

汾阳县属三区高家庄

原载《大公报》(汉口) 1938 年 2 月 17 日《战线》第 115 期；《上海周报》1939 年第 1 卷第 17 期，署名流金。

（一）

……在山上，伟大的行列像城雉似的蜿蜒着，热情燃烧着二月的原野；原野上浪涌着年轻人的血流。……

山石跳动了。

初春的风，还没有消灭十二月的冰冷，吹着热烘烘的面颊，吹着热烘烘的心，汗蒸发着，步伐加紧了。

山，吼着，细浅的溪流，却奏着与这世界完全不同的调子，像梦呓。我们爱这些山，峥嵘的山峰，狭隘的山道，山里边的林子，山腰里的村庄，……在这里，我们可以用手榴弹消灭野兽。野兽是笨的，它不会爬山，而它却无缘无故窜入这和平的山中来。

爬高山，走小路，同志们是勇敢的。夜里，鬼子们的眼只会打量我们年轻的姑娘，他们是惯于调情的。夜里，我们的眼睛则习于捉拿这些匪徒。

高山、小路和夜，都是我们的好朋友。

（二）

村子里的"老乡"逃到山里去了，他们不知道逃不是办法，"逃"是鬼子教会的。不逃，让自己的妻女被"人"蹂躏吗？不成，那是看不过去的，愤怒会激使他们像猛兽，但，刀枪是可以消灭无组织的"猛兽"的。

"老乡走了，食和宿，给了我们很大困难"，大家都说："这里的民众发动得太不够了！"

宣传队、政治工作人员跑上了山。

"老乡，我们是 × 路军[1]！你们不要怕。"

山里面有一些人影在移动。喁喁的私语，传入这些宣传员、政治工作人员耳朵里了："是 × 路军！好军队！"

一个一个回来了，老的、少的、男的、女的。

烧开水，女人忙着；找粮食，男人奔走着。小孩子和我们聊起来了，他们都不怕 × 路军。

"你们住在这里，鬼子就不敢来！"天真的言谈，男女老幼都是一样的。

夜，落在村子里；山谷中，飘着黑沉沉的幕布；犬吠声；流动在村子的东头、西头……

夜里，虽然没有愉快的梦，但女人们是不用关门睡觉的，她们还期待着第二个同样的安眠的夜呢！然而，第二天我们走了；老乡们用依恋的目光，追随着我们，直到队伍转到另一个山中去；表示另外一种崇厚的情谊的，是那些替我们做了一天运输工作的人们的汗水。

（三）

黎明。

伟大的力流动着；雄壮的歌声流动着；光明在山头上闪耀着；

---

[1] 编注：即八路军。

山，静静地站着。

从这座山翻过那座山；无尽长的山路，无尽穷的希望，伟大的行列，雄浑的歌声。

我们又转到另一个机动的位置了。

在石块上，在山坡上，我们休息了。

高级指挥员在山顶眺望着。从望远镜里看到的是敌人的骑兵、步兵，辎重在远处的山脚下迂迟地移动。

命令来了，马伕、火伕留在后面。

队伍急速地流向山的那一面。隔山，有炮弹飞过来了，山，跳起来了；枪弹在空气中呼啸，尖锐的声音，是少女的歌喉赶不上的！

从这一座山到那一座山，中间有一条路，炮弹都落在这条路上，而我们一定要经过这条路到那座山去。

沉着的同志们，从弹雨中穿过了；我们在后面暗暗地喝彩了。谁都鼓起勇气来了。在战场上，落伍是羞辱的事。

敌人不走这条路了，发现了我们的番号后，他们绕道从双池镇过去，迟缓了两天的日程。

（四）

夜，又落在村落上。

宿营地，交响着粗的、细的、愤慨的、快乐的声音。

"便宜鬼子一次了，假如他再前进，非打他一家伙不可！"

"哈哈，饼干今天吃不成了……"

……

一部分队伍还留在山上。回到宿营地的一部分，忙着送饭，送开水。

星星眨着眼睛，夜风凛凛地吹着战地和宿营地。

宣传队计划着明天的晚会。演戏，是鼓动战斗员的情绪的最好的武器。

集体创作成功了，剧本是不用写的，各人想各人自己应该说的话："这是××××创作的精神。"一群人笑了。

昨天在火线上的战士，今天集体坐在地上看戏了；火药味和血腥味淘洗尽了……这儿的人们是快乐的。

命令来了：明日继续南进，留下一小部分牵制敌军主力。

这一天，干部分配到营里去了。宣传队，在一年轻的孩子领导下，讨论《蒋委员长告全国军民书》。"小鬼"忙着做干粮。

……残月挂在山头上。

山是无尽的，希望是无穷的……

在灵石

原载《大公报》(汉口) 1938 年 5 月 14 日《战线》第 144 期，署名流金。

美丽的山城
——陕行杂记之一

　　完毕了八百里的山行，远远地望见了围抱着延安城的山上的白塔和庙宇；延水如带，绕着古旧的城墙；落日的余晖，怀着依依的别情，从延水上消失了。

　　一阵军号声，跳荡在山水之间；城里的人家，静静地躺在明朗的蓝色的天底下，炊烟从城上飞向山里去了；渐暗的暮空，当号声静寂下来的时候，为一种愉快的歌声振荡着，孕育着一种闲美、淡远的诗情。

　　延水的西岸，山脚下一大片的旷地，有成群的男女来往，他们是那样的快乐，似乎连这美好的暮景也不感到兴趣了；旷地北边的山上，有无数的新开的窑洞，窑洞下面，本为抗大的故址，现在陕北公学便在那里。

　　"别了一年的延安，气象大不同了。"我的同伴林君，意味深长地和我说。

　　快到延水边了；那样多的陌生的眼睛，和我们的视线接触了；他们带着一点惊奇，打量着这两个外来人；"前方来的，你看他们的黄呢大衣，不是和服务团一样的吗？丁玲在西安的时候，我见过她穿着和他们一样的大衣。"当他们亲密的目光打在我身上的时候，我回答了他们一个愉快的微笑。对于前方回来的人们，他们莫不抱着一种崇敬的情感，想着他们的艰苦，他们的汗马功劳……

已经解冻了的河流，当春风吹起了的时候，柔媚的碧波，常会使人联想到江南春野的牧女；在延水上，更容易使人兴起那种情感了；河边上的捣衣声，歌声，女儿的喧笑声，织成了一幅崇高的古典的图画！她们是那样的快乐，生活在这个她们梦中的国度里；我不知道怎样去描写她们的心境，甚至连那些外在的情感，我也不能写下一点来。

> 快乐的心，
>
> 随着歌声跳荡；
>
> 快乐的人们，
>
> 神采飞扬；

她们唱出了那毫无底蕴的丰富的生之愉快；在春水的波上，在山谷当中，在旷原上，……到处汜流着这种歌声。

当然，这只是她们情感的一面；当审判汉奸的时候，当举行反侵略运动大会的时候，当总理诞辰的纪念节日，从她们的嘴唇里，我们还可听到另一种歌声，为另一种情感所感染。

这儿，生活是多方面的。

我和林，站到河边上，沉湎在他们的境界中，四个月来的烽烟气味，像烟似的飞逸了。

从河边到城墙脚下，一片麦田，肥料味因风发散着。林说："春耕运动已经开始了。"

进城门的时候，我屡屡的回头望着那快乐的一群。

原载《少年先锋》1938 年第 7 期，署名流金。

延安的街

——陕行杂记之二

　　这是会使任何一个初来延安的人感到惊奇的事：在和其他西北的城市丝毫不显得有什么不同的街上走着，会有一种在延安以外的地方不曾有过的情感深刻的快乐；这并不是那些歌声引起来的，也不是墙壁上花花绿绿的标语引起来的；这不是那来来往往的秩序井然的行人引起来的，也不是他们所穿的一律的服装——军装，不论战士，学生，公务员，都穿军装；这是一种亲切的面孔引起来的，这是他们给你的一种热情的友爱所引起来的；在中国，没有什么地方比这儿更能使你感到温暖的了：人与人之间，一点隔阂都没有，只要你不是汉奸，任何人接触了陌生的人们，他们都会给你适当的接待，使你感到回到自己的家一样。我敢说，无论什么地方，没有像延安那样很快地就能和所有的人认识的了。朋友，到这儿来过的人，也有碰着"不幸的遭遇"的呢；因此，他们觉得延安并没有什么值得称道的地方；你们也一定听过别人这样说吧；我想：这没有别的理由来解释他们的"不幸"，除了他们自己显得和那些人有所不同，他们觉得他们是他自己以外。

　　延安的街，一共加起来，恐怕也不会超过六七华里；最繁盛的地方，约有小摊一百上下，店铺的数目比摊子要少一点，从早晨九点钟到夜晚八点钟，为营业的时间，一过晚上八点，店铺差不多都关门了。因为这里主要的消费者为公务人员和学生，他们晚上都有九点钟以后不能出门的规定，尤其是陕北公学的学生，进城还须学校当局的许可，更不易在街上出现。

现在街上也有警察了，一年前这儿是没有的；这儿的警察，和外面的是有点不同的：街上既没有需要他们维持秩序的必要，也没有车夫让他们鞭挞；据我所知的：他们常给与从外面来到此地的人，以极大的便利；因为这里的机关学校，没有和别的民房建筑有什么不同的地方，也没有显明的标识可以使人们知道这是教育厅，或财政厅……而警察便可以使你到所要去的地方去；表面上看来，警察似乎除此以外，便没有什么工作了，我告诉你们说："这可不尽然，汉奸逃不过他们的眼睛。"

有时，一两个和我们只显得有一点点不同的异国人，异样地出现在街上，他们和居民点头，亲热的招呼；中国话虽然说得不算好，可是比广东人所说的北方话还要强一点；这种人，无疑地也会给我们初去的人一个惊奇，你如果觉得需要问一问那里的居民的话，他们会告诉你："从山西解放来的俘虏。"还有一种人，英美法等国的新闻记者，也常常出现在街上，他们毫不惮烦地向翻译员问这问那，他们似乎需要知道这里的一切。

一个初来的人可以感到一点不同的；便是少数商人的"重利"；他们因为苏区改为边区政府以后，来到此地，本质上尚无什么显著的变化，然而守秩序，有礼貌，也会使你感到"总有些不同"的。

星期日，"晚会"的节目贴在街上；人们关于晚会的一切，都津津乐道，一群一群被吸引在那些广告之下，瞧着，纵谈着；广告上的节目，多用两种字写成，一种是"新文字"，商民，乡下人，工人多半都认识新文字，对于他们，广告不像别的地方那样，只因为有一些图画而偶被吸引，或因为"看热闹"。除开晚会以外，识字运动，也趁着这一天的闲暇，在街上推行起来，在小巷口，在店铺门壁上，都贴着一些关于教人努力学习识字的醒目的漫画、标语和在

什么时间在什么地方举行识字运动大会的通知。可惜，我因为时间
的关系没有参加过一次识字运动大会，我想那里一定有许多值得报
告的材料的。

原载《少年先锋》1938 年第 8 期，署名流金。

两个异国的朋友

——陕行杂记之三

到延安的第二天，早晨，迷蒙的雾，浮漾在城边的山上；像要下雨的样子；我从政治部出来，想到街上去买点日用品，刚下完数十级的山梯，在招待所的附近，便见到那两个异国的朋友。当我在灵石的时候，（那时候已经离开刘村三个月了，）我听说他们已于一月间到陕北了。我离开山西，渡河后，因为一心想快点到延安来，路上，我没有打听过那两个异国的朋友的信息，这次偶然的会晤，不仅有着一份喜悦；并且一种惊奇之感，猛袭着我的心：他们是变得那般的壮健，快乐，比刘村时大不同了；和在广阳时，他们刚归顺到我们的队伍里的时候，更差的很远很远。

"程同志，你也来了吗？"出乎意料之外的，他竟能操简单的华语了。我们紧紧地握着手，一种奇妙的，热情的喜悦，通过了我们的心；我没有和他们谈很多的话，我只问他们的生活怎样？对延安的观感如何！他们同声告诉我：在中国的莫斯科，一切都使人感到有一种无限的希望和远大的前程。

广阳村一役，我们活捉了两个"皇军"。在山西，"皇军"们是相当顽强的，平型关之战，由于我们弟兄们的情绪的高涨，民族的深仇大恨，我们没有一个俘虏。广阳战时，我们用了很大的力量，说服弟兄们不要杀俘虏，用政治力量在敌军中建立中国的军队和日本士兵的友谊，究竟因为时间的短促，没有收到预期的成功。那两个被俘虏的"皇军"，起初还不能改变他们的冥顽，给他们饼干吃，他们不要；（读者诸君，你们大概还不知道，那些饼干是阎司令长官犒赏我们的东西，在我们军队里，上至朱德同志，下至杂务工作同志，都视为珍品的。）并且他们还做出"命令朱德备鸡一只"的事。由于我们的解释和说服，他们渐渐好起来了，但仍时时感到身居异域的悲哀；夜里，我常和他们聊天，我们变得很熟，彼此也很坦白；但当我和他提起日本军阀侵略中国日本人民应当起来和中国人民站在一条战线上的时候，他总以"这是为政者的意见，我们不知道"来表示他们对于他们国家的军阀的态度。他们到刘村后，两个多星期，我也到刘村了，在晚会上，我遇见了他们，那时，他们竟能在台上表示他们对于日本军阀的憎恨了。……

在延安，因为职务上的关系，没有耽搁很久；对于那两个异国的朋友，没有作一度访问，至今恨恨。

招待处的同志和我说："那两个日本人，小米吃不惯，不过他们从没有说过，我们一领到大米，便给他们做大米饭，他们便高兴得像小孩子样的跳着，唱着；他们没有事，找'小鬼'玩玩牌，或上街踏踏，有时还参加我们的讨论会，学我们唱歌，总理诞辰纪念的那天，他们有一个还上台演说了，不过时时把头低下来，好像有点不好意思……"

诸位，也许还想多知道那些人一些吧——譬如说，他们叫什么名字，姓什么？这个，每个在陕北的人，和你们一样无从打听；就是我所知道的，也不见得是真的，假如是的话，更不能说了，因为在不久的将来，那两位朋友，也许要回到他们祖国去，为我们效力呢。

原载《少年先锋》1938 年第 9 期，署名流金。

给上延安去的朋友们

　　因为职务上的关系，我从晋西前线回到延安了；现在，又从延安到汉口去。在延安，我看到无数的从南北各地来的年轻朋友；更无意中遇着了一位来自故乡的中学时代的老友；几天的聚首，我和他们谈了许多；到现在，我还不能减少他们对于我的一种热情的谢意！从他们口里，我知道一些在前线上的人所不知道的事，我知道一些年轻人的苦闷与憧憬像前些时我自己一样的，我的眼睛充满了热情的泪。但是，我告诉他们说："我们这一代的人，光有热情是不够的——因为我被他们的热情感动得太厉害了，我们需要比热情更高的毅力，和坚强的信心。"我又告诉他们说："你们到延安来，希望太高了，理想太大了；延安并不和你们所想像的那样，同样地延安只能给你一些书本上的知识，当然那些知识是切乎实际的，是可以把你们的头脑武装起来的，是适合于目前抗战的；假如你们以为一到了延安，你们就立刻会变作一个和以前不同的人，可以担起那神圣的民族自卫战争的伟大的任务，那便错了。更切实点说：延安只能给你们工作技术上的训练，工作方针的指导，只能在某种程度中养成你们艰苦奋斗，勇敢牺牲的作风；你们的最富的知识仓库，应该是在继续不断的斗争当中；广大的民众会教育你、训练你；我们的敌人——日本，汉奸，托派，会使你认识到你的更重大的任务，会使你更深刻的了解抗战的意义，了解你自己。在战线上，你们柔弱的会坚强，坚强的会更坚强，那时候，你们的热情会溶在工作中，学习中，决不会空洞洞的；我这样说，因为我是你们之中的人，我有过你们的热情，我也想过你们现在所想的事，到现在，我觉得我那时候，有些希望是太大，有些理想是太高了一点的。"

从延安南行，路上，我又看到三五成群的学生，带着简单的行李，向延安走去；朋友，这种精神是会使任何人感动的。还有一些更令人感动的事：辽长的旅途上，一个人，自己背着自己的行囊，冒着雨走。（那天下着小雨，我们的汽车停在一个小村里。）那时，我们对他表示了隆重的敬礼，我们喊着口号，送他上征途。

这一切，你们知道你们自己表现了什么。同样，你们也知道这是中华民族伟大的前途的曙光。

但是我还要和你们提到在延安的时候和那些朋友们所说的话。我应当这样的说：

我对你们的热情，表示十二万分的崇敬！但是我诚恳地告诉你们，延安并不如你们所想象的那样，你们到延安去学习，正如你们在延安以外的地方学习一样的。不过延安更快的把你们所需要的，给你们了，这不过是时间上的问题，我敢断言，不久的将来，延安以外的学校，也会像抗大、陕公那样教育你们的，因为只有那样，才能使学生们的力量能够用到抗战上去。

延安的学习，是你们"新的学习"——这是我自己用的词句，我觉得这样用法你们会了解的——的开始，我们一样，要从继续不断的斗争中去学习，只有在继续不断的斗争中，才能得到我们所想得到的东西。

朋友，你们不会讨厌我这样反复的说吧！

在耀县，我参加一个晚会，有六七十个从抗大毕业出来的朋友，有二三十个正要去抗大、陕公的朋友，此外还有李公朴先生。那一次，他们也谈到我所谈的问题，去抗大和陕公的朋友，告诉我们的话，像我所听到的别的朋友所说的一样，抗大毕业的朋友们，告诉他们新的校友，也差不多完全和我向你们说的一样。李公朴先生告诉抗大毕业的朋友们说："你们从抗大出来，到前方或后方，同样地要遭受更多的艰苦，需要更大的忍耐，从艰苦与忍耐当中，所得到的东西，一定会比学习的时期内多得多。"他告诉那另外一群将去延安的朋友说："你们的热情，是值得佩服的，但更要把那种热情永远的继续下去，在学习中，在工作中……延安只能给你们抗战中的一部分的知识罢了。"

朋友，要说的话暂止于此吧。

在延安，许多年轻人都很快乐，那个地方，会使你忘记个人的愁苦的。在那里住下一个时期，包管你会增加五磅至十磅的体重的。

三月二十八日在耀县旅次

原载《少年先锋》1938年第5期，署名流金。

从 × 营夺得的"同志"

　　夜色渐渐浓了，广阳镇的小街上，不时吐着鲜红的火焰，照出枯老的树枝嶙峋的影子。山地中一阵一阵的呻吟声，随着黑夜更显得凄凉可怖。晚风吹过战场，刺鼻的血腥和火药味，代替了村庄里干草的芳香和高原上尘土的气息。镇上假如没有那些余剩的火光的话，我们的心一定会比冰雪还要冷的。

　　战争从下午三时开始，六点钟后，枪声才慢慢沉寂。× 军[1]顺着公路往西继续前进，我们今夜便打算占住广阳镇附近的山地，另派一个部队乘胜向西连夜进击。广阳镇昨天便被 × 军占领，我们埋伏在广阳对面的山中，一直到今天下午才出击从广阳西开的 × 军——一联队。

　　夜色中，我们到了广阳街上。少将参谋长陈同志带了三个卫兵，我和七八个政治部工作人员跟着他。我们的任务，是搜索镇上的残 ×。参谋长说："假如还有活着的 × 军，无论如何要生擒过来，万不可把他弄死。"

　　街上到处冒着浓烟，不时还有未灭的火光闪耀。我们用火力搜索残 ×，除街上躺着的无数具死尸外，毫无所得。参谋长有点焦急的神气，他把小手枪一连放了几下，随后，选定一家还未十分破败的窑洞，想进去稍休息。

---

[1]　编注："× 军"即日军，篇题中的"× 营"即日营。

在军队中生活了很久的人，一切都来得精细稳健，当还没有进那窑洞之前，参谋长便用手电朝着窑洞里面照射。电光下，似有人影动摇。

"有鬼！"

"哪里是鬼？活活的一个人。"

大家紧张起来，不知如何是好。参谋长倒是有办法，他连忙用日语喊道："缴枪！不杀！我们是八路军！"窑洞里面似毫无动静，卫兵要开枪，被我们止住了。参谋长仔细瞧了一下窑洞，来福枪口正对着街上。卫兵上前，把伸在窑洞外面的一部分枪抓住，我们继续用日语告诉那窑洞中的人：八路军优待俘虏。

夜越发黑，连星光都没有。僵持之局，不久被参谋长结束了。他跑进窑洞去，手里拿着那支小手枪。我们随着他后面，一拥而入。

那 × 兵面无血色，口中喃喃，声调颤抖。他没戴帽子，留着很长的头髪，样子不像士兵。腰间佩有长剑，参谋长要他把剑解下，费了很大的气力。后来证明那东西原为指挥之用，故极为他所重视。

我们不会说日本话，便用笔和他接谈。参谋长问他为什么要侵略中国，他说因为中国人野蛮，而且举出证据来："今天不是你们先开枪吗？"参谋长不嫌他冥顽，继续和他谈了许多，最后他在簿子上写着："此乃当道者之意见，我不知道。"

那俘虏文化程度很高，能作中国旧诗，在他日记簿上，有去国绝诗两首：

"决然去国向天涯，生别又当死别时。弟妹不知阿兄志，殷勤牵袖问归期。"

"壮志腰间三尺剑，欲排妖雾见青天。不堪双泪辞亲日，正是丹心报国年。"

那天夜里，他便和我们住在一起。第二天在广阳开群众大会，把他带去，老百姓和士兵都叫骂，有的甚至想动武，被我们极力劝住了。他看此情景，觉得无法自安，便用英语和我讲话，要换我们的衣服，我给他一顶青天白日帽徽的军帽，他戴起来，引得士兵乐了一番。

我们在广阳住了两天，刚要开走的时候，他给我一个条子，写着"命令朱德备鸡一只"字样，十分神气。我把条子送去总部，管理员送了鸡来。另外给我带了话转语那索鸡的人。他吃鸡的法子很特别，鸡肉以外的东西全不要，且只须半熟。我等他吃完，告诉他说："朱德是八路军的总指挥，他不管这些零碎的事，你要什么，可向管理员索取。"他不禁赧然，表示懊悔。

一月初，我到临汾的时候，他离开我们已经快两个月了。在刘村办事处，我见到他，那时他正在台上演说，用的是他本国的语言，下面的人望着他，他似乎不好意思，把头低垂，音量也很小。那次因为有点别的事情，没有和他单独谈过话。

晋西军中，三个多月没有得到他一点消息。四月中旬，我从大宁西渡，临走参谋长叫我报告他一点后方的消息。我到肤施后两日，就给他写了一封这样的信：

陈同志：

　　我昨天到此地，路上走了十四天，人很疲乏，可是夜里还没有睡觉，和我们的朋友直谈到更深。你想想那个人是谁？说起来你一定会惊奇的。我碰着他，在政治部的大门口，那时，已经十点多了。他的样子和以前大不同，脸圆了许多，脸皮红红的，神采很好。他热情握着我的手，操着简单的华语，称呼我用"同志"。本来，他是那样一个冷肃的家伙，现在真温和可爱。他问我许多关于前方的事，好几次提到你，他要你和他写信，他说，不久，他要到我们的部队中去。

　　他的生活非常悠闲，每天和小鬼一块玩扑克牌。延安街上的人他都熟识，一上街就有许多人招呼他。他说："延安真不错，'中国的红都'！"

今天反侵略大会，他上台讲演。我还记得他在临汾那回讲演的情景，我真不相信这回的讲演，前后就是一个人！他比我们还要激昂些，他把他祖国的军阀，××××，下面的掌声，比毛主席演说时还要响亮。

天天有外国记者来访问他，他有时候真是一位忙人，令人想不到。

你给他写个信吧。

后方的消息，我只报告这一点。你一定会想起广阳那一幕，而得意的。

原载《大公报》(香港) 1939 年 2 月 7 日，署名流金。

一

　　夜里下着小雨，窗下有喁喁的虫声。睡在床上翻翻覆覆，我又患着失眠症了。微弱的闪电，照在窗子上旋又逝去……

　　父亲离家几天了，年将半百的父亲，去年因战事还乡，想在家里安静的过日子，而不到半年又须远行。中年以上的人，对于一切都很悲观，不论我怎么说，他总觉得前面只有一片黑，抱着过一日算一日的心情，加以祖母衰迈，受不了旅途上的辛苦，母亲不得不留乡侍奉，更添了他的忧虑。送父亲上船的时候，瞧着他的影子，在故乡秀丽的山水间逝去，有一种难说的悲楚。

　　高大的屋舍里，父亲走后更显得寂寞。祖母念着远行的父亲，整天郁闷不乐。可怜的母亲，还强作欢笑，想稍释老人的思念。在这样的环境中活着，愁苦真有万分！

　　"一家一家就这样的散了！"祖母不时叹息着。

　　父亲走的时候，湖口还没有失守，那时他要我同走，我因为乡下读书会的事，没有和他同行。湖口陷后，九江吃紧，母亲便天天催我快点离开家，她说："你们走了，我的心就安了，你这样挨着不走，真是急死人呀！"因为听人说，像父亲和我这样的人，不走是不行的，所以母亲唯一的希望便是我们早一点到达四川云南这些地方。其实，她哪里又舍得我们走呢！

我老挨着不走，乡下一部分人对我便造出许多谣言了。因为我去过山西一趟，在乡下已成为一个引人注目的人物。尤其因为我和一些年轻的兄弟姐妹组织了一个读书会，更引起他们的猜疑。有些人说："××在家里总不得了的，他在山西打过游击，现在要到家里打游击了。人家说，××人[1]顶恨游击队，有游击队的地方就要遭殃的……"

"七七"纪念那天，读书会在乡下做了一些宣传工作，因为贴标语的缘故，曾引起一些士绅激烈的反对。"标语是惹祸的东西"，打游击更不得了了。那些准备作顺民的人，对于读书会便造出许多无耻的谣言。他们说：读书会每月从朱德那里拿二百块钱的津贴，读书会的人，都是危险分子——共产党。于是，我的母亲更急了，天天哀求似的要我快点离开家，她说，假如让她多活几天我就应该快点走，眼泪从苍白的脸上滚下来了。

因此，我便决定提早行期了。

我真想不到我的故乡有这样荒唐无耻的事实存在呢……

夜里下着小雨，窗下有喝喝的虫声。睡在床上翻翻覆覆，我又患着失眠症了。

雨声渐止，母亲的卧室里，有轻微的响动，我抬起头来，望望对面的窗户，灯光在糊着白纸的窗子上摇曳，母亲在为我收拾行李了。当我重新睡下，伏在枕上，不觉的抽咽起来……

明天，我便是个无家之人啊！

二

我们家里有一座楼房，它本身的建筑和位置，都可以动人怀古

---

[1] 编注："××人"即日本人。

的幽情。我的曾祖、祖父以及父亲这一辈，在那里消磨了整个的童年，我的长兄和我也在那里度过几年的塾童生活。楼前面是一个大天井，种有桂树、石榴、枇杷和红梅，此外是一些小花草。本来还有松树和柏树，但我没有见过，所以楼的左边读书的小屋叫作"枇杷晚翠松柏后凋之斋"。楼的后面是一片空地，古木成荫，打开楼上的窗子，可以望见隐在雾里的匡庐和赣水的一个支流。近年以来，因家里住在外边，很少修葺，但那高雅、古朴的建筑，令人不忍遗弃。每年寒暑假，小楼中总不少年轻人的欢笑与雄辩的热情。去年战争爆发，家里的人多起来，楼中更热闹了。今年夏天，我回家和一些年轻的叔叔、姑姑、兄弟姐妹组织了一个读书会，会址也就在那里。

记得小时候家里的叔叔们，在冬天常把那座楼当作俱乐部，吃酒、玩诗条子、打牌……现在我们的作风不同了，我们在楼中读书、开讨论会、唱歌、排戏，许多小孩子也被我们吸引，跟着我们唱词，在读书室里看画报。

夏天日午，我们挥汗写壁报、排戏；夜里，斜月一楼，清风吹送着河上的渔歌，百年老树的影子爬上栏杆，我们坐在朦胧的月影中，述志论道，年轻人的朝气洋溢着。

安静、热烈、愉快的生活，一刹间为湖口的 × 人的炮火轰走了，乡村中迅速地传播着无稽的谣言。一层暗影落在我们心上，去年从南京镇江避难回家的人们，现在又忙着西奔。读书会的人，有好几位要随着家里走。因此，几天来，大家都显得有点忧闷，楼上的歌声和谈笑没有前些日子那般充满着活气了。

楼外的稻子正黄，南风吹着，蠕蠕而动，有的已经卧倒在土上，一两天就要割了。夏天的阳光，照着匡庐峰下河上的帆船，河水依偎着绵延不断的苍山，悲凉的歌唱，像哀悼着劫运的来临。

每天，离别的哀愁纠缠着我们的心，坐在楼上，默然相对。书籍、图画、杂志散乱地杂陈着，陪伴人们作无语的别离。华说："我真不敢再上楼来了，凄凉得可怕呀！"

在家里，我的年龄比较大，我尝过的别离的苦味也比较多，我告诉他们：我怎样别故都，别上海，怎样离汾阳，离离石。我说："我们要坚强些，从悲哀中，我们应该生出一种力量！大家都知道是谁使得我们离散了！现在，该不是戚戚的时候了，我们要下决心回到故乡呼吸自由的空气……"这些话是杨对我说的，我仿佛又回到风雪之夜汾阳城外的军营中去了。

广阔的原野上，吹着夏夜新凉的风，河上的帆船已经落下白篷了，山影模糊地挂在天的边缘，星星逗引着孩子们晶亮的眼珠。两条小舟载着我们轻驶在故乡的河上，明天的远行人似乎对于这条碧净的河流有着不尽的依依的恋情，要求着这最后一次的夜泛，却故意添了一些相思在来日的醒与梦中。

　　再会吧，南阳！

　　你海波绿，海云长，

　　你是我们第二的故乡，

　　我们民族的血汗，

　　洒遍了这几百个荒凉的岛上。

一九三六年的夏天，"一二·九"运动中战斗的朋友们毕业他去，我们唱过这个歌。这时，我又唱着了。

月亮出来了，河面上浮起一层朦胧的雾，船和坐船的人全浴在月色之中，这时，更添了一些忧悒的离绪。我们又唱起临时作就的《别曲》：

　　今夜的河水，

　　今夜的明月与星星，

　　今夜——

　　你们听：河上的歌声，

你们看：泪眼已盈盈。

别恨，离绪，乡情！

女儿幽咽了。

"十年、八年之后，当我们回到故乡，我们要唱像苏联《祖国进行曲》那样雄壮的歌啊！"我说。

原载《大公报》(香港) 1939 年 4 月 13 日《文艺》第 580 期；又以"一家一家就这样的散了"为题刊于《华美周刊》1939 年第 2 卷第 3 期，署名流金。

汾水的西岸

天上驰着幻丽的云彩，夕阳依依地□着群山的峰顶；冷风吹来了恐怖的夜，黑暗像巨大的野兽，□在地上，吞灭了山陵，农庄，河流，树林，跳动的大自然的心。

彻夜准备着出发的事情，把文件书籍收拾好，便开始做行军时的标语、谜语，叫宣传员带到连队里面去，以解战士行军时的疲乏。

从老百姓家里借来的东西，分别的送还了。

我向屋主致了谢意，告诉他半夜就要离开这里。

老屋主不声不响坐在炕上，像为无限的心事纠缠着；一会儿，吞吞吐吐的自语起来了。

"世界变了，绝子灭孙的 ×× 连小孩子也不放过……"

我知道他为汾阳城里的故事苦恼着。

在汾阳失陷的日子，据说，"皇军"一怒杀掉了男女老少，一共二百个人；从北门到东门的房子，一把火烧了，烈焰冲出了冬日的晴空，照着三四十里以外的农庄。"同志，我跟你打游击去。"他嗫嚅地向我说。他的紧张的脸，表现着愤怒和痛恨。

"老乡，你不要去，在乡里凑合一些小伙子，藏在山里，碰着鬼子，就和他干一下……"

"同志，不行，我要和你们一起走，只有八路军 ×× 才怕。老虽老了，但我可以当伙夫，请你和团长说一下，……"

我看到这位老乡很坚决，把他的意思和杨说了。

星星点缀着黑暗的夜，风啸着。

到××村的时候，鸡已经叫了。

迷茫的山雾，在熹微的晨光中苏醒了；被雾□断了的山峦，隐约地和我们挤着调情的眼眉。

黑夜死灭了，从东方浮起来的光明，统摄了这一个世界。

战士们的情绪很高，一路歌唱着。

"……没有吃，没有穿，自有那敌人送上前，

没有枪，没有炮，敌人给我们造，……"

老战士谈着平型关，正太路的故事，在那些没有过战争经验的战士心里，漾着新奇、神秘的波纹。

从下口到郭家口九十里的路程，我们只走了八点钟。

飞机在天空高高地侦察着：晋西全线的战事，已经紧张了。

山中的积雪，渐渐溶化；涓细的溪流，汩汩地穿过着□濯的童山；太阳光暖和的晒在身上。

从□□谷到川口镇的公路，已被敌人占领了，我们今天宿营在大麦郊东北二十里的地方。

一阵一阵的炮声，从山上飞过来，大家预料大麦郊有激烈的战争。夜里，从破壁中吹进来的凛烈的山风，驱走了军营中的梦，黑暗紧压着不□的心怀，幽咽的犬吠声，长久地停留在不眠人的耳际。

原载《申报》(香港) 1939 年 4 月 17 日《自由谈》，署名沈思。

大麦郊之夜
——汾水西岸行军记

夜又去了，繁密的炮火落在我们心上；隔着一座山，我们等着战争。

从早晨到中午，一直和 × 人保持着接触；炮火猛烈地飞到山中上来，我们留了一小部分人在山上牵制着敌人的主力，不时用快枪向山下的公路上射击；翻过一重山，我们的主力便伏 × 人后面了。凛冽的寒风，带着血腥和火药味流过战场。

万山环抱的晋西的重镇，萎缩地，疲倦地伏在山脚下，连一声喘息也没有了。

这是西线上的一个支点，被敌人占领已经两天了。

人们可以想象到的凄凉，在这里，不能引起任何人凄凉的感念了。人类的悲剧，并不是死；我们并不为死而叹息，悲嗟；人类的悲剧，是当心灵深处的仇恨被发掘的时候，而不能找着他们的仇人；在遥远的地方，仇敌逍遥着……

当我看到那些受难者的时候（我们的同胞和被日本法西斯强盗所迫来到自己的祖国进行疯狂的屠杀的东北同胞），我想着，这是人类的悲剧啊！

深夜，我由那里回来，从死尸身边走过；残月挂在乱山中，山市静寂无声；我忽然记起宋人"鬼哭但余残月在，村焚无复只鸡留"的诗句。

敌人遗留下来的面粉，猪肉，……做了我们一顿丰盛的晚餐。

"有毒的，不要吃吧！"我阻止着他们。

猪肉的香味，恶作剧地纠纷着我，终于我自己也□□地吃起来了。

原载《申报》(香港版) 1939 年 4 月 19 日《自由谈》，署名沈思。

俘 虏

　　下弦月挂在府头上，一程一程的送着我们，当太阳出来的时候，已经走了廿里了。

　　沿途都是敌军经过的地方，汾水西岸的各村庄里，一个人影子都没有了。

　　再也看不见晨起的炊烟了，心上感到一阵荒凉。

　　狗，徘徊在路旁，舐着地面的血。远远望见公路曲折地从山上下来，路上布满了我们警戒的部队。

　　拍！拍！拍！连接响了。

　　当我们通过公路的时候，从公路旁边的村子里，四个敌人向公路这边走过来。

　　我们迎着上去，快枪嘹亮的叫了一下，一个日本兵倒下来了。

　　"缴枪，不杀，优待你们！"宣传员用日语喊着口号，我们的行列继续前进着。

　　另外三个日本兵，向前面的村子跑去，跟在后面紧追着的我们战士，也用日语喊话了。

　　我们是八路军，优待俘虏。

　　三个活的日本兵，被解除武装了。

　　我问他们："你们为什么会受法西斯军阀的欺骗，到中国来当炮灰？"

　　他们长久地低着头，不做声。

忽然有一个说话了，声音有点激动。

"我们是为东亚和平而战，不是为侵略而战。"

我又问："为和平而战，为什么到中国来，强占中国的土地，残杀中国的人民，□中国的妇女，……"

他说："因为中国不能谅解。"

我有点气了，问道：

"我们谅解什么呢？"

"我也不知道本国为政者是何意见。"

政治员把我们的主张告诉他们了。他说："我们并不仇视日本的国民，我们只要打倒日本法西斯军阀。大部分的日本人和我们一样，都在受害，我们——中国人和日本人，应该联合起来，打击法西斯□□□，解除我们自身的痛苦。"他们对政治员的谈话，表示了赞同。那位政治员的态度，那样诚恳，真挚，真能感人啊！

后来又对他们说："譬如你们到中国来，不但永远回不去，家里的父母妻子还天天念着：到中国来，你们是没有好处的！"

"就是家中想我等也要想死啊！"

三个异邦人的眼泪出来了。

南关的一炮声很猛烈；于是我们那位政治员带了一营人到光九谷桃花坡之间公路两旁的山中去了。准备截击敌人的汽车队。

原载《申报》(香港版) 1939 年 5 月 20 日《自由谈》，署名沈思。

寂　寞

时训回家后，过不多日子，便发起闷来。幼时的朋友，多在外面作事，成了家，立了业；在家里的，不过两三个，但十年来生活不同，所受教育不同，无形中有个很大的差别，一切无法谈起。弟弟那一辈照理谈得来，（一个个还在二十以内年纪，虎虎有生气的，）但在某些方面，四五岁或七八岁的差别，已生出一个像是永远无法除去的鸿沟。父亲一代，在家里不多，即在家里，也难得谈上半句知心话。

夜里月色极好，池塘中有月影人影，池边的小树，映入水里，也有个美丽的影子。虫声象梦，听起来似懂非懂，心中有一点点怅惘。人的影子，在池水里分明，池塘边，石砌成的台阶，石质坚硬光滑，夏夜有露，露滴石上清凉。小时候坐在池塘边，听祖母唱童谣："青石板，板石青，青石板上钉红钉。"回忆中都很新鲜。"一个人永远作孩子多好！"

每天夜里，家里人坐在草场里透凉，时训便一个人立在池塘边，人家不知道他在想什么，总说："时训真怪，小时候傻得要月亮，大了不开口。"

"怪人会读书，兄兄弟弟哪个有他好！不打仗，大学也毕了业。"

月亮亮得叫人流眼泪。那东西真怪，圆也好，缺也好。不像人，人好人说好，人不好，人便有不好的话说。

"出外想家，回家厌家，难道一切都如此。得不着的想要，得着了。抛开只怕不快。"心下有事，不知道究竟什么事，愁不像愁，苦不像苦，一切都无确定意义。

远远有流星，人的思想也像流星飞过无数山，无数水，无数人的心，——人不觉得。其实觉得又怎样，不觉得又怎样？

"永远没人觉得，永不给人知道，自己的事情放在自己心里，不比放在别人心里好？"时训暗暗在自己心里说。猛瞧见水里影子在动，立时脸上一阵红，怕有人在自己身边，自己没觉得。轻轻移动了步子，影子随着动，知道影子不是别人，又暗暗地笑了。

池边顿时热闹起来。一大群年轻人，刚从××地方宣传回来。女孩子还在唱歌，歌声掩住了虫声。

"时训，今天你怎不去？××地方的人不错，大大为我们所感动了，莫说叫他们打游击，叫他们去死都成。"

"我们要走，怎么也不让我们走，'再唱一个，再唱一个'，不断地叫，音乐真能感动人。"

男孩子女孩子抢着说，说个不休。

"时训，你打过游击，明天最好你去讲一讲，他们必定更兴奋。"

"让他先给我们讲讲。打游击，我们只听说过，没见过，他倒真是打过的。"

"女人打不打？据说××军[1]有女的，是真的？"

时训告诉他们，他也没打过，只走过路，行过军。打游击需要军事知识，需要很好的群众工作，并不好玩。

这时有人叫那群年轻人回去。草场上透凉的人在发议论。

"这些小鬼不得了，天天出去宣传，组织游击队，闹出乱子，谁担当？"

"不怕说，不怕骂，成群结队，演戏唱歌，男不像男，女不

---

[1]　编注："××军"即八路军。

像女！"

有几个长辈近乎愤慨了：

"我们各管各的，不让出门。救国的也有，总没有把家先闹得昏天黑地的。"

"像人家孩子，救国在外面，山西、陕西，哪里不能去，偏要在家里……"

年轻人都各自回家了，没有一个不在家里闹。小孩子依各人性情不同，有的不服气，说自己想说的话，有的把事放在心里，不说。

时训回到家，月亮正照在西边窗上，似还不能入睡，坐在竹床上听家人议论，自己心里则议论那些议论。心情似极坏，想说话，想想还是不说好，仍旧坐着静听。

"小孩子不懂事，国要他们救，国不早亡了？"

"演戏、唱歌不要紧，贴标语可不成，听说日本人看到有标语的地方，便杀那地方的人，烧那地方的房子。"

虫声伴人清梦，没梦的人，正想着梦外的世界。

原载《中央日报》（昆明）1939 年 11 月 6 日《平明》第 118 期；《中央日报》（重庆）1939 年 12 月 1 日，署名流金。

副官
——群相之一章

一天的时间过去，忽又入夜。

太阳隐没不久，初升的月亮，又渐渐照亮着无云的夜空；已将消失的山影，重又浮漾在朦胧的光雾中。

我坐在村中一个农家南房的窗前，窗上光影浮动。对这村子，蓦然浮起一种依恋之情，滞留胸中，不能遣去。

老农妇把为我洗好的衣服送来以后，打开手上拿着的一个红布包，抬起那暮年的慈祥的脸，简单地说：

"乡下地方，没好的吃，就只这枣子，同志们欢喜的。"

枣子在灯下，颜色红艳，给予旅人温情。

在我感激的心情中，老农妇颤巍巍地横过月明的院子。

在我重新坐在窗前沉思的时候，××送来明天走路所需用的证明文件和马匹；同他来的还有明天与我同行的姓刘的副官。

刘副官一直留在我屋里很久。

对于遇到的人，我们都欢喜描写一番：

副官照例平庸，在军队里归于无能的一类，尤其在××军是如此。但军队里最有趣的，便首先数副官了。

就整个外形上来说，刘副官毫无疑问，一看便能令人发笑。短腿，走路摇摆象鸭子，穿上军服，十分不相称。（军服好像生就为英俊魁梧的人物所独享。）嘴巴甚阔，嘴唇厚极，且上下掀起；整个面部象锭子，中间下陷，上下两部则向前突出。平扁的鼻，鼻孔大如牛鼻，全露在外面。

说话时，刺刺不休，一切装作知道，而实在一切不知道。对外来的人，谨慎有礼，异常羡慕。在招待所时，天天周旋于上海救亡演剧队中，若谈起那些人，姓名、面貌，说来无一不如旧相识。因管饭管茶，多叫两次"副官"，吃饭时必多一份肉；缺了开水，告诉他，便立刻叫小鬼送来。在小鬼面前，逢性子来时，俨然如一位副官，大叫大骂；有时却很好；表示遇下和善宽大，如他自己所说的那些英雄对待部下的情景。

这种人，对人没有坏处，处处给人以好处；譬如我们对他，想寻开心时，便可随自己高兴，乐一阵，笑一阵。

当我见到他的时候，一种如我所曾遇见过的那种人物的影子，便立刻浮在目前。但又因某种理由，对于一切××军的人物，总存着和我本性相反的一种见解，不敢认定我自己的见解。

两个人在小屋中，因明天同路，话极自然谈到路上的事。

"从这里到×村有多少路？"我问。

"不远，有马只要半天。"为显得他知道得更多，还拿起笔来，向我要纸，打算画给我看。笔扣在军服的口袋上，拔下来时，用两个手指捏着，样子极笨。

我从桌上找纸，桌上没有可画的纸，他便拿出小记事簿，撕下一页来。

笔在纸上画，极不自然，画一条线，便给我解释，但纸上无一地名，只有线和圆圈。我看了半天，不清楚，我说："你把地名写出，我就知道，不用解释。"但他无法写清楚地名，刘村的"村"字写成"春"。我看那样子，恐怕他不能写，便说："我清楚了。"

"军队里画图就这样的，参谋长也这样画的。"他两个手指还捏着笔，说时，笔落在桌上。拾起笔来，又说：

"嘎，这笔是日本的，战利品。"

说完，给我瞧。我说："真好！战利品。"

"师长还有更好的。"笔又重新扣在军服的口袋上。

用普通人的口气，对刘副官，我还不免恭维一番，从那支笔谈起，慢慢便谈到不久以前平型关的战事。

他拿起小手枪，枪又亮又蓝，玲珑可爱。

"这也是夺来的，真正的德国货，上面还有德文"他说。说完又指着枪上的德文，问我认识不认识。我说：

"不认识，那上面写的是英文。"

"德文英文一样的。"俨然如懂得一切的样子，"那个外国人[1]告诉我是德国货。"

谈起平型关，他脸上忽变得光彩，如年轻人谈起过去的光荣得意处一样。

"人人都知道平型关，呀，那真了不得！"说着解开上衣扣子，露出一条并不结实的臂膀，给我看平型关战役所留下的光荣创痕。

"不打伤，哪会来这里休息几个月，我就一向没休息过。"

我说："现在伤好了，又去打仗，再来个平型关，好不好。"

"那消说！我们红军，就要这样'发扬高度的战斗性。'"

正当我们谈着，院子里，马忽然叫起来，我说：

"出去看看，马叫什么？"

满院月色，银似的泻在各处；院子外，山影树影，浮动在月色中如梦；远处汾水流声，仿佛来自天上。

马见人来，像极惊恐，现出不安模样。马身体极高大，毛在月下，闪闪有光，我说：

"这马真好！"

---

[1] 原注：那个外国人指史沫特莱。

"日本马，比我们的高大得多。"

"日本马，我倒没有见过。"我便走近马去，马低下头来，月亮正照着它的眼睛，眼中像有眼泪，水汪汪的。

副官说，洋马要吃好的，养不活，已死多匹，这马恐怕也不久。

我想着明天便骑这马去那个将去的地方，心中若有不快，悄立月地中，半晌不说话。

"明天一早来叫你，赶到×村吃晚饭。"副官说毕，便走出院子。

太阳还没有出来，遍地皆雾，山看不见，天际寒星，将坠未坠；打开门，院子里的雾，飘进屋里来。和副官上路的时候，山雾渐渐消去，朝阳红艳，升自万山间，风景甚为壮丽。我说："副官，你先骑马，我跟着马走。"

副官说："你们喜欢骑，我不骑。"

结果两人都没骑，一边走，一边谈。副官问我从哪儿来，来了多久，将作什么事。我说：

"从汉口来，不到十天。打算当兵去。"

"当兵，好说！"

"不当兵，当什么？"

他不说话。当兵在他看来，似不合我的身份。我说：

"当兵不好？"

"当兵好吃苦。"

"你当过兵？"

"从湖南当起，整整当过四年！"话一说完，我便说，"老红军，了不起！"

其实，在他心里，他以为值得夸耀的，倒不是那个在我们看来神秘的称谓，而是和我们一样的，对自己地位或名分的值得尊敬羡慕处。他的地位名分，在他自己看来，实毫不足道，当我称他为"老红军"时，从他那笑得极不自然的脸上，可以看得出。

"你当过兵，难道我就不能当？"

"唉，你怎能和我比，你们读书人，一年两年就能爬得高高的。"

话说到这里，似再无话可说，也就极自然地沉默起来。

天极晴蓝，无一片云彩，异常辽阔忧郁。白鸽子成群，低低飞过，振翅作声，拣无人的麦田落下。农庄附近，有过量的干草香味；人来往村道上，状极悠闲。

副官对这地方的村子，皆甚熟悉，村子名字，以及各村间远近，无不清楚。我说：

"副官，这些地方你都来过？怎么这样熟？"

"前年到山西，停了多个月，大大小小仗不知打过多少。"

于是事情又说到两年前，又把眼前的事忘了。

农村已非两年前光景，但还有两年前的人记在他心里。

"几回到临汾，想来看看一个人，但一切机会都错过了。"他似对自己说话，不像对我讲。

看他样子，一种渺茫的思念，已给他添上了一层相思的颜色。想"看看一个人"，什么人呢？我倒想知道。这时候，我已不把他当作我认识的副官看，而作为一个朋友了。我说：

"要看什么人？那个人在哪里？"

"看个'老朋友'，就在前面不远的村子里。"

一切心事，都放在那个人身上——"老朋友"的身上去，副官神驰于自己的想念中；在我，我还不明白究竟是个怎样的人，什么人？也像谈故事时，谈到那故事将完未完，怎样结束时的紧张处。

前面的村子，从习惯上说来，已经不能再称之为前面的了。我们从一座土门，进入其中；村中有小街，买卖正热闹，不算小的。在一家客店，我们休息下来。店里有茶、有面，正是该吃午饭的时候。副官在一些人的惊奇中，个别打过招呼，有说有笑。我心想：他有没有找到那个人，但看他样子，似还没有找到。我要了面，要了茶，正待和他说话，他过来对我讲：

"你坐一下，我去去就来！"

话刚说完，两条短腿，便跨出门去。我想问他去哪里，但没有来得及。

一人坐在客店中，吃完面，茶已淡得不能再喝，看太阳斜去，副官还不见回来。

问客店老板去×村有多少路，他说："四十里。得赶点夜路了。"

话才说完，副官带笑进门，后面跟着一妇人，妇人约三十光景，笨而风骚，脸大，身子粗且圆，红花衣服，紧紧贴在身上，胸及腹部上下，现出一清楚轮廓，高低可计。

妇人望着我，我对副官说：

"我先走，你歇一夜吧！"

话极中妇人的意思，妇人的眼角斜瞟着副官，但副官说：

"不行，不回去，查出来要处罚。"

"那你怎样？"

副官对妇人说：

"我报了到，过两天再来，"说毕，又对我说："时候不早，我们走吧！"

出村子五里，妇人还缠着副官，说动情话。

我走在他们面前，骑着马，看日头渐渐下山了。

到×村甚晚，见了几个必须见的人，正准备安睡，副官来了。我说：

"怎么还不睡？"

"哪里睡得着！"

月色极好，如昨夜一样，但两人心境，都与昨夜不相同。

"以前在苏区，一切随便得多。现在可真认真了。"副官说。

我过去，实不曾知道这些事；人偶然碰在一起，知道的便偶然多起来。

又在月色中送他走，临走时，他问我：

"你和参谋长说了些什么？"

我不知道对他怎么说，说"说了"，一定给他不安；说"没说"，又不忍骗他。

原载《中央日报》(昆明)1939年12月3日《平明》第136期，署名流金。

参谋长

——群相之一章

假如我的读者，对于我所介绍过的人物，觉得还有一些可爱的，那我这回提到的一个，将是最可爱的了。当我们和过去生活里的人离远了，在回忆中，大抵可爱的成分得多些，即使极不可爱的，也必因时间空间的关系，而不至讨厌吧！人或者就凭这种感情，才有力量活下去，因而多多少少给一点与人，使生活不至无意义，直到离去这世界还带着一份温情。至于那些在我们生活里令人感到全无人性的一类，大概是永远不会记起的。

十二月底，从临汾到杜戍村去，因此结识一位姓彭的参谋长，我们就叫他作彭。

"参谋长"在我印象中，是一个使人十分不快的名字。十五年前，在江西北部一个乡村做孩子的时候，我们村里便住过一个叫"参谋长"的人。他面孔瘦削而狰狞，仁丹胡子老是那么翘着，鼻子高而少肉，是所谓鹰钩鼻的一类，所有我们由"奸险"、"狠毒"、"机诈"……这些字上所能得到的意义，都可由他脸上得到。他在我们乡下住着的几个月，差不多整日躺在鸦片烟床上。此外便是勾搭女人。在他身边的一批人物，也是我们乡下那些不务正业的浪子。

这位"参谋长"给我的印象极坏，一说到参谋长，便会极自然的想起他。无形中在我心里，铸就了一个"参谋长"的面目。

但彭给我一个完全相反的印象。他没有一点"参谋长的气概"。

面貌端正大方，那圆圆的笑脸和面部匀称而不甚鲜明的线条，构成一副几乎和孩子一般的面孔。在他脸上，很难找得出一种拒绝一个人的表情。鼻子扁平，显出凡事不坚持自己的意见的神气；眼在睁得很大的时候，不会使你注意他是在瞪着眼睛；脸色健康红润，嘴上的线条柔和温暖，老是笑着，无论你说什么，在他听来都似乎觉得有趣。唯其一切如此象孩子，故凡一切孩子所有的傻气、蛮劲儿，他都具有。要做一件事，可天不怕地不怕地做去。做事时，用全力贯注，也正如孩子玩他心爱的玩具一样。

冬天的夜里，一支洋烛，一炉明火，我和彭单独坐在一个有炕的大房子里。晋南洪洞、赵城一带，有许多建筑美丽的花园，我们所驻扎的地方，便为一贾姓的巨宅。宅距村中农户二里光景，宅外一片麦田，远远一片山。围绕着宅子，有一道两丈来高的墙。远望这宅子，如座古堡，崛立平原上，庄严沉郁。彭的卧室，为宅中向南的一间正房，室外有大天井，有成荫的大树。正房的前后左右，有各种大小不同的房子。隔一个小巷，或一条走廊，还有许多房屋，足够四五百人居住，作成临时官厅、书屋、客厅、上房、仓□……种种式样。房屋颜色，多已暗淡，雕饰亦多剥落。凡一切式微门第所能给予人们的感叹，这里莫不可同样给予。

照我们的习惯，人初次见面，照例寒暄一阵，把应接洽的事办理清楚后，则极有礼地辞出，送客的人，也极有礼地给予客人一个好印象。待宾主尽礼，各人又回到各人的事务上去。

当我把应办的事办完，话却极自然地谈到照例的话以外去。

彭的口音，初听很难辨出他是哪省人。尤其因那种对我接洽的事，简单的答复，更不易给人鲜明的印象。无论我说什么，他总说："好嘛！"他好像觉得我这个人，一切无问题，答应下来一切，是他的本分。我说完要说的话，瞧他这个人一点不象"参谋长"，心想："这个人真好。"正待我要找话说却找不着时，他却先开口：

"多耽一些时间，看我们打一次仗，再回去！"

我说："我就是为打仗来的，只怕有些地方给你们不方便。"

"那不要紧，你又不是女人，女人才不方便。"

我瞧着他笑，我想："你真是一个小孩子，女人有什么不方便的？"

话一说得多，那江西南部的口音便十分清楚。我说：

"你是江西人？"

"你怎么知道？"

"我也是江西人，江西人自然听得出江西口音的。"

"那你怎么说北方话？"

"我也会说南昌话。"

"南昌话，我不会说，我只会说吉安话。"

"吉安话叫小孩子作'细伢子'，是不是？"

彭像孩子般笑："细伢子，你会讲！"

"这里江西人很多？"我问。

"以前多，现在不多了；死的死，散的散，留下来的尽是些干部，起码排长、连长了。"

人对过去，似乎不能忘怀，谈到江西，彭便像想到了一些什么事，说：

"你从江西来，江西情形怎么样？"

我说："我离开江西半年多了，没有什么可说的。"

但我想着这是个从江西出来的人。由于一种好奇心的驱使，我要求他讲一点自己的事。起初，他只笑，说没什么可讲的。但看他样子，不像没可讲的，我便说：

"可讲的一定很多，随便讲一点。"

说完，我注视着他微笑的脸，由脸上极明显的可以看出必有许多出乎我意料的事要说。在他生命里，实在一切都出乎意外，说来都像故事似的。

那时节，在屋子当中的炉火，又红又亮。蜡烛光上上下下跳动，也像要听那人说故事，有点忍耐不住的样子。

但说的人，不知道应从什么地方开始，仿佛心里的事，极混杂无章，无法说出，夜静静地过去。……

江西南部，吉水附近的一个乡村，是他生长的地方。在那里，他度过朴质农民子弟童年的生活，一切小康农民家中的孩子所有的幸福，他都享有。当该读书识字的年纪，在村塾中他开始了他的教育。因为生得结实粗壮，在一群年龄不相上下的同学中，便成为一个能干的小领袖。泅水、爬山……凡一切偷偷地背着家里人做的事，他比别人都做得多。数年过去，难驯的野性，并不因诗书陶冶而减去，读书一事，恐无希望，于是走出学堂门，家里人给他一头牛，叫他看管。坐在牛背上，这野孩子天性更易开展。夏天傍晚，牵牛过河，在河边的草场上，施令发号。远近牧童，莫不服他，俨然一方小霸王。牛见他来，无论怎么不易驯服的，也只要一喝，便柔顺如绵羊。乡下地方，人生得强壮剽悍，遇事无畏怯，长大成家立业，前途不可限量。但他也许因一种不幸，没有能够走这正常的路。十四岁的那年，人长得快，已是个小小男人了。担挑一百斤，来回距他乡下四五十里的地方，轻松不吃力。一天夜里，从一镇上赶了一群牛，乘月色回家。人小胆大，且走且唱歌，过山过岭，毫不畏怯。但那夜连人带牛，不见回来。经打听结果，人和牛都被另一种群强悍的人，赶去山中寨上。

山中大王，见他力大胆大，十分欢喜，对他说：

"留在山里，有吃有用，日子过去，快活无忧。"

他见他们个个孔武有力，持刀持枪，极中人意，便连连点头，表示愿和他们一起生活，一起奋斗。

日子过去两年，山里一切，合乎他性子的发展。因为必须为生活奋斗，一切生存技术，也都学会；只有一点，生活该安定时，不得安定，从这山到那山。有时也感到有安定生活的需要。有时偷偷进城，城里的繁华和年轻女人，使他心动，不甘长年藏伏山中。一切野心幻想，使他从山里打出，占据城池，享受他应有的快乐。

恰好这时候，"×军"[1]过境，他便与大王商议，加入"×军"打天下。从小做惯领袖，做头目的思想，在他异常强烈，加入"×军"后，劫舍劫城，他都比一切人勇敢，自己手下有了两千兄弟。二十岁那年，调到瑞金"×军大学"受特别训练，学作大领袖本领。但人见他生得壮健如牛，灵活如豹，叫他去远远的地方，学在空中飞行的本领。他想，那地方一定好玩，又是外国，定多奇怪物事，心为之动。但那时正和一个女人相好，想想要去，不独路上危险，就去了以后，也不知哪年得回来。

一天夜晚，跑去女人身边，两人爬山到顶，时候正是初夏。江西南部的山水，出独立不惧的男子，产娇好热情的女人，山上夜来花香，温馨如醉，山风忽去忽来，竹叶轻轻颤动。女人正在十七八岁，柔情蜜意，对二十来岁的勇敢强健男子，实在不可言。

男人道："我去外国，你说好不好？"

女人说："你不去。"

只这一句话，男人便再无话可说。

一夜里，别的话实无从记述，话统统藏于男人心里，一直没忘记。

那回去外国，共有二十个"×军大学"的学生，现在能回来的该都已回来了。

年轻的参谋长，故事讲到这里，忽然停顿下来，茫然回顾过去。

瑞金在他二十一岁那年，完全变了模样。当兵的人不管在哪里，

---

[1] 编注："×军"指红军。

总有一份当兵的义务。外国可因女人不去，但临到战争，他却没法因女人而避去那份义务。

于是战争使他走了一段很长的路，使他永远离开了过去的一切。

冬夜的北风，吹动天井里的枯树，树瑟瑟作声。月色已偷偷地洒在树枝的薄雾上面。炭在炉中发出轻微的爆裂声音。一阵沉默，在故事讲完的时候，停落在我们中间。

北方的冬天，农村里恬静而闲美。每个黄昏的时候，我和彭总爱向汾水边上走去，看落日浮动于万山中，迟迟隐入山后；接着听暮夜中汾水的流声。等星星出来的时候，淡蓝色的薄雾，织成夜中神秘的图景，我们又带着烟雾回营去。

有一次，夕阳将下，汾水流来幽咽，水上浮着黄昏的雾霭，他又和我谈起在贵州时的奇怪的遭遇。

"也是这样的时候，天刚刚向晚，我在山路上清醒过来。昏过去了半天，队伍已经走得很远了。"

"山里还下着小雨，雨色濛濛，什么都看不见。人非常疲倦，又冷又饿，一点也想不起来昏过去的事了，只想着队伍过去远不远，还来得及赶得上赶不上。腿一点力气也没有，但站起来，试试走，还能走得动。于是循着下山的路，一步步地向前走去。刚走不久，忽然听见前面有读书的声音。渐渐走近，濛濛中仿佛有灯光，我想莫不是自己在梦中。而走进林子，一切告诉我不是在梦里。"

"林子里有一栋小小茅屋，屋里朗诵声，喃喃不绝。我渐渐走近屋子，声音忽然停止，一个人打开了竹子编的小门，向外张望。我便鼓起勇气，向他走去。"

"那人约有五十开外年纪，面容清瘦，但非常和善可亲。我走近他去，问他道：'请问老乡，下午有没有军队从这儿过去？'"

"他起初像不大懂我的话，沉吟了半晌，似乎懂了，便说：'有的，但过去了大一阵。'"

"我想那一定是我们的队伍，又问道：'前面有没有大村子？'他立刻回答道：'下山二十里，便有个大村庄。'"

"这时雨越下越大，在贵州山里，夜里走路很不方便，我想下山二十里既有大村子，军队必定扎在那儿了，于是便打算向那人借宿一夜，第二天一早再赶路。我还没有露出要借宿的意思，他便邀我进门。"

"屋里豆油灯光下，摊着一本大字的书。我在一把竹子做的小凳子上坐下来，问他深夜读书，读的是什么书。他拿过来给我瞧，……"

说到这里，说的人似乎还忍不住他那次为一本书所引起的惊奇和激动，向我道："你猜是什么书！"

我猜了半天，猜不着。我说：

"是不是天书？"

听我说，他哈哈大笑起来，说：

"什么天书，一本大字的《三字经》！"

"《三字经》！"我也惊奇地叫起来！

"就是那个读《三字经》的人，救了我的命！"他又接着说下去了："他给我草药，解了我在路上所中的瘴气。夜里，我为他读《三字经》，使他大大地佩服，想不到小时候读的一点点东西，到时候还有用处！当我第二天走的时候，他还叫他两个儿子送我，一直送到很远。下山路上，全是苗子住的洞，看我过去，都很奇怪。那两个送我的人，和他们说一些我不懂的话。我心想假如没有他们，我一个人怎样能够过得去！贵州的山路，我们是很难得一个人走路，没有危险的。"

"那两个年轻苗子，也听得懂我的话。我真没见过那样可爱的人物：一边走一边唱歌，歌声神秘温柔，简直不像男人唱的。我坐在竹舆里，一边听他们唱，一边看山头上的雾，飞来飞去，简直像在梦境。太阳慢慢出来时，我们已下山了。他们对我说：'你看，对面山边，就是你们队伍驻扎的地方。'一片青葱的树，远远望去有晨烟缭绕。昨天下过雨，山里空气异常温润。到那个所谓大村子时，见大村子不过是沿山筑有更多的洞。洞外异常静，我想，莫不是队伍又走了？到洞边时，不见一个队伍里的人。我对他们说：'依你们看，队伍该往哪里走？'那两兄弟便同时向远处张望一下，叫我上舆去，说：'这里的路，我们熟点，准可找得到。'"

"过山过岭，他们简直是猴子。翻过一座大山后，果然看到对山有人群像蚂蚁一样的在爬，我高兴得叫起来了；他们都看着我笑。我说：'赶到了，你们回去吧！'放下竹舆，他们便若无其事地往回走，愉快而轻捷地走了。"

汾水两岸，一片明月幽光。他说完了，抬起头来，月色恰好照出他带得有无限追怀的脸面。水流声喁喁不断地远去，月色在流动的河面上，也渐渐远去了。

当我滞留在杜戍村十多天的日子里，我从没有感到过烦躁和沉闷。我和彭常常谈到他过去的日子，沉湎于一种无限的温情之中，光阴甚觉可爱。在军事上，以及其他的政治问题，我们好像都没有什么大的兴趣似的，从来没有落到我们谈话的圈子里。

人真是一种奇怪的动物，一切人做出来的事，有时也出乎我们自己想象之外的，我们只要回想一下我们自己的过去，有多少真正是我们自己能预料的。所做过的事，不过是一种偶然的遇合罢了！

世界上却也有一种人，为一套观念或什么所支配，给予人类行为或思想以一种奇怪的解释；说来，也仿佛煞有介事的。但世界并不为这种人改变一点点，一切还得依人类的本性做去。

一种真正的爱，归根结底说来，还是无法去解释。但除却爱自己、爱人类。爱自己的国家以外，世界上，恐怕再没有别的一种了。人便是为这种爱生存的，人类的历史，也因为这种爱被人作成了。

我离开杜戍村时，正大雪纷飞，那时，灵石的战局正紧，彭领了一个支队，向更北的地方出发。我望着他在雪地中的年轻而矫捷的身影，希望他遇见更多的将来为他所乐于提及的人。

沿着汾水的西岸，我和另一个我已经提及过的人，走入石楼山中了。

原载《大公报》(重庆) 1940 年 4 月 19 日、20 日《战线》第 350、351 期，署名流金。

我和同来的老同学在临汾分了手。

我那个同学，年纪和我一般大，不很健康，背还有点驼，说起话来，结结巴巴的。

现在想起他来，有一件事颇足以引起我的兴趣，好听故事的读者，如不因我拙劣的文字，能对那故事有和我自己差不多一种感觉，因而还想到一点什么，那便是我最大的愿望。

在珞珈山的时候，我常常听他说起一个人。见他面，我总问起那个人，显得对他关切的样子。

"怎么，老胡，××有信没有？"

有的时候，便笑嘻嘻的翻遍衣服里面所有的口袋，拿出信来，自己匆匆忙忙得意地看过一遍，再递给我看；有时却不给，那多半是在信里有别人看不得的话的时候。但无论怎样，给信看或不给看，必说些信外的话。

"你知道她在哪里？"

有时候我故意逗他，说"我知道。"

"你怎知道？"他便像煞有介事的急起来，好奇地瞧着我。看那样子好笑，我便说："我知道她在你心里。"

话说到人笑，笑的人话便多了。

"不在心里在哪里？你说的倒不错。"

真是在他心里，他眼睛不动，想着心里的人。

"不要发呆，老胡，管她在哪里，反正不会在别人心里的。"

于是他又笑嘻嘻的叫我别开玩笑。（其实，人高兴时，开开玩笑是不妨事的。）

"她到底在哪里，你说。"

"啊，真看不出，从河南到陕西，现在又到山西了。"

"是呀！娇滴滴的，也能走路吃苦。"

"在山西，还打仗，穿了军服，来信说我不会认得她。"

"你会不会认得呢？"

"不认得！好，莫说穿军服，穿什么服也不会不认得的！"

信里的话，常常缠绵得叫人不忍释手，不像穿军服的女人写的。

有时没信，一经人问起，更显得十分狼狈。瞧他那样儿，我常常后悔不该问。他，没信照例不说话的，心里胡思乱想。想的事，据他自己说，总是那女人是否还爱他，有没有在军队里找过更英俊的人物；或是一种离乱时人们应有的想头：平安不平安，或生和死种种。

日子过得缺少点东西，人们，照例不明白缺少的是什么。老胡便如此，缺少那个女人，不知道。（也许他知道，知道得不确实。）

当我离开汉口的时候，我对他说："同我去，去找你的人。"

事说穿了，一切当再不应费思索。但他由于身体上的不健康，主意一时打不定。

"找不着，怎么样？"

"怎会找不着？"

想了一夜，说定同我走，但他还说要先打个电报问一问，看她是不是仍旧在原来那地方。

但我说我不等，要走就走，不必啰啰唆唆的。

三天后，火车把我们载到黄河边上了。

过了黄河，在风陵渡住了一夜，那里有个熟人，为××总队部派来黄河口上招待指导往山西去的学生的。见我们面就说：

"老胡，是不是来找××？"话还没说完，听的人的眼睛便瞪得极大。我说："自然没有别的事，你碰见过××？快点说，省得人家着急。"

"前两天还见过来的，在临汾××服务团。"他拍着老胡的肩，说："老胡，要去快去，下午恐怕还有车，明天早晨可到，服务团在临汾，听说没很多日子耽搁。"

在临汾，老胡找着了他的人，我们两天没见面，有一次在街上碰着他在买枣子，我叫他。

"老胡，人找到了就不来望望我。"

"……"他睁大眼睛不说话。手上抱着一大包红枣。

"枣子买给××吃，是不是？"

他点点头，叫我也去吃。

我同他走去他的住所，心想，枣子可不吃，倒想看看那个人。

北方冬天，太阳极好，窗上浮影，如浅水中光影。窗外有棵大树，枝条为阳光映得发亮，树中雀巢，看上去也很分明。一群年轻男女，坐在树下，远远望见老胡，有一个忽地起来，大声嚷着吃枣子。我想这大概就是那个人。她似乎也早已知道我，瞧着我，有点扭捏。老胡忙着给她枣子，简直把我忘记。我心想，"你说叫我也来吃，却把枣子统统给了她。"但我觉得有点时间让我专心看看那个人，比吃还好。

眼圆圆的，眼珠子滑滑的，又黑又亮；嘴小小的，掇起来，像熟透了的樱桃；脸不长不圆，正当红嫩□龄，有青春光彩；虽穿军服，仍不失其美丽，动人处，照样动人。

我看够了，买枣的人还是不理我，我便说：

"老胡，怎么样？"

老胡转过脸，那女人抱了一包枣子，跑到树下给一群人分。树下又叫又笑。我望着老胡笑。

"叫我来吃枣，枣没给人吃，还半天不理人。"

老胡在别的事情上，不比别人傻，只对女人，便傻得可怜。有了女人，女人以外的事情全不管。在汉口时如此，见到那个人后也如此。

树下正在吃枣子，那个人跑回我和老胡说话的地方，带来两把枣。老胡给我介绍她。她望着我，伸出手上所拿的枣，请我吃。

我想，她倒不比老胡。吃完一个枣，便说：

"这里枣子，又大又甜。"

她正咬住一个在嘴上，枣子红得和她嘴一样。当太阳慢慢斜，我起身回去，并说："老胡，我明天走。"

她问我走到哪儿去，我告诉她：

"走到哪儿，还不知道。"

老胡送了我一段路，两人在街上，一人听另一人说，话都天真可爱，最后听的人说：

"老胡，结婚吧，反正两人在一起，结过婚，一切方便。"

其实，老胡在这方面，比我懂得还多。（也许老胡不懂，那女人懂。）

当我在晋西时，听到许多关于他们的消息，使我笑自己装老成。

边塞四月，冰刚刚溶化。从府谷往南边走，天天看见黄河。黄昏时，天色明净；一断夜，雾便渐渐结聚，似迷人去路一般。山的颜色，如海上的颜色。

骑着马，已走了四天，风景无动人处，心下正感寂寞，在××地方兵站上，偶然碰见老胡那个女人，在那样一个陌生地方碰见一个熟人，高兴是不必说的。

那女人样子，和初见时差不多，只因在路上，颜色中似带得有一点风尘。

话开始时，极困难，因我既没有问过老胡她的姓，又不便直接叫她那个为老胡独称的名字，正感到没办法的时候，倒是她先叫我了。

"陈同志！"

声调怪熟悉的，虽然我们只见一次面。

她的话还没说下去，从一个窑洞里，又跑出来了一个人。一瞥见那个人，我便惊喜的叫起来，立刻跑近他去，然而那并不是老胡，是我另一个在北平时的熟人。

"老夏，怎么，你打哪儿来，真想不到碰着你。……"

老夏似乎心下有点什么事，说话远不如以前痛快，吞吞吐吐的。那个女人，站在老夏旁边，望着我，看那样子，我也感到有点异样。

老夏告诉了我他如何来到那地方，将往哪儿去。因为第二天一早，大家都要赶路，夜里，我们都睡得很早，但我不知为什么想起老胡来。天还没亮，就喂好牲口，继续向南去，离开那个兵站的时候，老夏和那个女人还在梦里。

读者们，也许会关心到老胡吧？但我自己，一直到现在，还没听到过他的一个确切消息。

有人说他去了五台，又有人说，当那个女人和另一个人要好以后，他又一个人跑回长江中部的家里去了。

原载《大公报》(香港) 1940 年 9 月 9 日《文艺》第 921 期，署名流金。

一个女人的小事
——群相之四

　　我们常常欢喜留心一些小事情，读者们也许爱听那惊心动魄的，但就人间所有，究是平凡的多。我愿好心的读者们，对于你们忠实的仆人，不要苛求太多：若能用看一个从远方来的友人所带回的书片的温情，来看我这些零碎的记录和那刻画得不甚清楚的人物，那便是作者最大的愿望。

　　有一天我去访一位住在刘村的朋友，冬日的太阳，刚升起不久，院子里，老年农夫，坐在土台阶上晒太阳，悠闲地吸着旱烟袋，阳光给予老年人一种幸福，照在老人面上很柔和。

　　院子一面是门，三面是土房子。门朝东，门前不远是山，山下是田，我那个朋友，便住在南边的屋里。

　　朋友屋里，有个女人在哭，哭声不小不大，三四个男人围着她。我心想："大清早哭什么？有什么事值得哭？"但看朋友不高兴的脸，什么也不好说。

　　女人又哭又讲。

　　"我又没做什么不好的事，定要我去！"

　　一个男人安慰她，一个却说：

　　"走就走，有什么哭的，你走我同走。"

　　女人对说的人讲：

　　"谁要你走？"想想又继续说，"要走，也得走个明白。"声音中，似有过多委屈。

女人看样子在都市中生活过一个很长时间，一身蓝布工人服，式样很时髦，大衣放在床上，黑白格子花呢布，与人和简陋小屋，均不甚调和。

男人都穿灰布军服，只那个说话的，还是黄 Jaker，花呢西服裤，紧坐在女人身边，若有极大苦痛。

"同你来，就同你去。"话中有痛苦，痛苦里有温情。

女人不说话，另外那个安慰她的人说：

"走总得走，不走还有麻烦。"

女人又哭，抬起头来，望望说的人，像从那话里感到比走更难受的委屈。

"你不走？"

"我走到哪里去？"

"你自己不知道！"

我的朋友，似乎不能忍住不说。看看女人，又看看那两个男人。

"大家都不必走，你们得明白自己为什么来的？"说完，又专对女人说："你也可不走，只须过河，进 ×××× 大学，一切便无问题。"

"她进 ×× 大学，我也去。"那个穿 Jaker 的男子说。

"你去由你。"我的朋友说。室内又归寂静。阳光满院，窗内看不见窗外，但觉窗外极亮。

窗外有人叫我朋友名字，说学兵队有信来，信里的话，都是关于那个女人的。我的朋友对那女人说：

"有信来，叫你赶快走，一切没办法。"

女人骤受信刺激，又哭起来。

"没偷没抢，走，走，有什么稀奇。"

一切无办法时，一切都有了办法。

结果女的决定先到××再说，那个穿 Jaker 的男人同去。

屋子里只剩我和我的朋友时，我问我的朋友道：

"什么事？闹了半天，我还不知道。"

朋友说："什么事，还不是女人闹起来的，无缘无故地跑到这里来，抛了一个爱过另一个。"

"抛了那个穿 Jaker 的？"

"可不是，不然，什么事都没有。"

"这样简单！"

我想再说些什么，但没说。

世界上的事，有些无法了解，抛了一个爱过另一个，在别处，也不至严重到逼走一个女人。和朋友对面坐着，我终不信真实情形像他所说的那样。

"他们从哪儿来？"我问。

"从上海。"

"你都认识？"

"以前不认识，到山西才认识。"

朋友有事必须出去，我说下午回××，他托我带给那女人一个信。

从刘村回××路上，碰着那个女人同那两个男子正往××去。我把信交给她。

我因想多知道一点那女人的事，努力和她接近，对她表示同情。

"什么事值得那样大惊小怪，真不懂。"我说。

她望望我，不说话。

女人穿上大衣，比单穿工人服，动人得多。烫卷的细黑头发，在大衣领子上颤动，眼睛灵活有韵致，小而端正的鼻子。

到××后，我们同住在××同学流亡会，天天可以见面，因此她告诉我比我所听到的更多的事。

年轻女人，聪明美丽，身边总不会缺少男人们，也常常爱的却不是所想爱的。

当她还在学校的时候，有个她所爱的人，悄悄地去一个远地方。人们在那时候，对那地方，不是过分的幻作美丽，便是过分为幻作恐惧。抗战以后，她写信给那美丽地方她所爱的人，说要去那地方。那人回信说，能吃苦就去，那儿生活恐怕对她不合适。地方美，人尽是英雄，吃苦不要紧，于是偷偷的离开家，到那地方去。有个爱她的人，不知想做英雄，还是想得美人，也跟着她去。到××，知道那个人不在××在××，于是又走回头路，跑到××来。见到那个人，他说她有勇气，小姐脾气也变了，给她欢喜。在××，唱歌演戏，处处如革命女青年，离"同志"的路一天一天近。刘村××军学兵队开办，那个人在学兵队作一份事，她便当个学兵，爬山在一起，唱歌在一起，开晚会，一个在前台忙，一个在台后忙。但好日子过去不久，忽来一个意外，学兵队里对她有谣言，那个人对她冷淡，跟她来的人，催促她走，同去别个地方。

理想与现实，常常像真实和梦，那般远隔。那女人的理想，也许和她所处的现实世界，有若干不合的地方，于是留下来的，也只是梦影。……

"你打算怎样？回上海，还是呆在××入学校？"一天，我问她。

"什么不打算，走不是路，留在这儿也不是路。"

从那么远，跑来这地方，人和一切，都使她失望：俨然对一切，已缺乏理想和梦。

穿 Jaker 的人天天伴着她，她有时对他极不好，但有时也给予他想得的一份温情。

忽然他们走了，我一点不知道。

对于事情经过的简单，直至今日我还不能相信，真的像她自己所说：她又没做过什么不好的事，怎么一定要她走？

我想过一切关于必须要她走的因子。行为浪漫，似乎总无法成立罪名。

原载《大公报》(重庆) 1942 年 3 月 6 日《战线》第 880 期，署名蔬珍。

杨
——群相之六

倘若你们蔑视安适与柔席，与女性居室唯恐不远，那便是你们道德的萌蘖。

——尼采

在晋西山里，有支不大不小的游击队，人数约三千左右，这些人来自中国各部，语音异常复杂。但经过多年的患难与共，各人有如兄弟，彼此不独能互通语言，即内心也极相契合。若为他们写一部生活史，必极神奇动人。但他们自己，把一切都看得极为平凡，多数人对过去毫不觉得可以骄傲，亦绝少提起过去的事。他们好像生来就习惯了一切风霜雨露，饥渴寒暑；人生的路，久已把它看作是艰难坎坷的，而一点也没有想到这路上，有可休息的凉亭，有沙漠里的泉水。这一点在有些人看来，也许不无骇异，但这是千真万确的。也许有人觉得骇异之余，而又不得不相信的时候，便找出一些可笑的解释，说有一种主义，一种信仰，支持着他们，使他们如此。但他们自己，所知道的只是生活，他们在过去生活里，认识了生活的意义。这有意义的生活，有如一种无比的力，使他们有了一种无比坚定的向善的心。

有过死的经验的人们，才懂得生命的真谛，才能具有丰富的同情心，来拯救已陷于痛苦的人们。当太阳落下去的时候，我们这些幸福的人，常有一种惘然的眷恋之情。而他们呢？他们说："太阳落了还会出来的，自然会永远继续着它的运转。"

在这许多人当中的一个生长在湖南西北某处的人，有一双很明亮的眼睛，两个极高的颧骨，任何人见到他，眼和颧骨总必给人以特别的印象，特别使人不能忘记。此外，便是那洪亮的声音。早晨，在山谷里，他常常用一种出众的声调，给弟兄们解释一次战斗的任务，或一些生活上的问题，声浪波及四山的峰顶边缘，反复回荡；时而平和，时而昂亢，如海边静夜，听海水私语。他身材不高，仅及常人，着灰布军衣；有时骑马，马为东洋所产，高大，和他的身躯不甚相称。但当爬山走小路时，却矫捷如猿猴，从不落后，从不现一点点的疲倦。他带着这三千人马，从一座山过另一座山，日日夜夜，在山中来去。遇敌人，机警时，使敌人过去，只知山中风吹草动，不知山里隐伏着人马；狂暴时，则如一阵夏天骤来风雨，使敌人来不及躲闪，一个个弃骨于异乡荒僻山中。但他从不矜诩自己的才能，每次战斗结束，他从不说到自己，只是夸奖着别人的勇敢、别人的智慧，一点也不虚伪，也从没有人能在他那沉稳，简短，朴实的言语中，感到一点点矫作的成分。他内心，实在觉得自己极为平凡。每当谈起自己，必说一切都是别人善心的给予，一切都为一种兄弟们的崇高的爱所孕育，因此他能如现在这样生活；他亦无时不为别人争取生活的幸福。

那三千人，没有一个不敬爱他，于是他成了那三千个人的灵魂。据说他只有一个癖习，就是每到一个地方去，不让一个人知道，不论是在晚上或任何一个时候，当大家都睡得正好，或疲倦后渴望一点休息而正在休息的时候，他说要走就走，走到别的地方。有时可以使人想象得到或立刻就明白走的道理，但亦有时一点不明白。这，他十几年来就如此，他从来不说明的，就连和他最接近的人，也无从知道。多少年来，这癖习常常为人所谈起，现在大家虽已习惯了他这种脾气，但过去若干次使他们始终不明白的迅速转移驻营地的故事，仍为好多人所津津乐道。他自己也惯于听人们说起这一些，但没有一点点表示。

此外，便是他从来没和女人亲近过。没有人知道这个人过去的历史。

在×××地，有一个家庭，以及这家庭的亲戚朋友，常常说起一个十四岁的孩子，在某一年的春天离开家庭的故事，还常常托人打听那个失去了的孩子的消息。但日子过去久了，这故事在人心里也淡了下去。只有一个当他离去家乡时还只十五岁的女孩，还不时和几个熟悉的朋友谈起他。一九三六年的夏天，我在暑假中，寄居北方一个大学里，和这个女人有过一段不算短的交往。有一夜，她和我谈起她那个少年时的同学的故事。那女人颇深于情，说起他的时候，还若有无限怅惘与对世界的一种忿忿之情：

十年前，在××省的省会，有过一次极大的变故。有个姓马的孩子，年方龄十四岁，在××中学初中一年级读书。在学校里，年小而顽强，为人慷慨而大方，严肃洒脱，当时俨然成为一方小领袖。就是那一年，因为过于激进，被学校开除，在城里无容身之地，避往家乡。乡下地方，亦初经骚乱，父母为他担心，把他送到一个更僻远的姨母家里去。一个刚刚十四岁的孩子，避居姨母家附近山中小庙里，将近三个月，看看风涛过去，父母又把他接回家来。一到家，风声对孩子十分不利。母亲忍着泪从被絮里掏出二十块白闪闪的袁大头，为儿子缝在夹衣里，叫他自寻生路。

出走是在夜里，正月色初溶，乡间山里，野花盛开，杜鹃无休止地啼唱，明月照着母亲盈盈的眼泪。一程又一程，过了山，离家已经三里远了；母亲说："自己好生保重，当兵做工，随你自己意思，只要走远些……"说完，望着月光下孩子的身影渐渐远去，昏倒在山脚下。第二天家里人给找着抬了回去，病得只剩一口气，但总算活了下来，用眼泪祝儿子的幸福。

十四岁的孩子，走得并不远，一个人又偷偷地到了省会某处一个女同学的家里。见面时，两人都仿佛如梦，男的说他要去当兵，说完，一个人走了。女的不知怎样好，也跟着他出门来，跟着他到一家小旅馆，进了一个小小的房间，刚坐下，孩子们给店主人盘查不过，又出门去。当夜，男孩子上了去汉口的火车，以后，这孩子就没有再见到他往日的熟人了。

日子过去许久，这孩子的生活，只在人们的揣测中如此如此，一直没有确切的消息。那个女孩子，读完了中学的课程后，又进了一个在省会的学校。从二十四岁起，一直在北平一个大学的图书馆里度着她沉郁的生涯，花似的少女的岁月，都在怀念中过去了。

从杜戌村到洛阳，我同着那一个三千人的游击队伍，一共过了六天。那三千人的灵魂的人，和我天天夜里在一起。他姓杨，我们叫他做杨。

最后一天，我们住在一个万山环抱的小镇上。这小镇，恰如我们所经过的许多小镇一般，有小脚的妇人和赤着下身在炕上爬的孩子。

下午四点钟，我们来到这地方。十一月初过，落日的余晖，已迟迟地从山顶隐没去了。

我们住的地方，是并排开着三个小门和三个窗子的土窑，有一个小小的院子，用土墙围着，院子里有个小小的柴草搭成的马棚，有两匹骡子正在吃着干草，干草撒满在雪后潮湿的泥土上。我们走进院子的时候，那两匹骡子惊奇地抬起头来，发出一种若受了惊恐的叫声。

窗子像从来没有开过的样子，糊着的白纸，黝黑得一点不能透过阳光。走进窑洞的门，有一妇人，盘着腿坐在炕上，也惊奇地望着我们。围在炕上的孩子，细声细气向母亲耳边，问我们是不是要把他们的山药蛋[1]抢去。

当杨和那妇人说明了来意以后，她说：早已有人来过，什物都已经放在另外两个窑洞里了。

夜渐深，寒星颤抖如梦，上弦夜月，已快没入西边的山底。

从小街上，我们买来花生、核桃、纸烟和小小的一块砖茶。一盏不甚明亮的豆油灯，照着我和杨的脸面。

杨说："明天就要到达目的地，这里的生活你过得惯吗？"

我说："没有什么过不惯的，这总比过 × 地好得多吧！"

灯花结成一朵朵，如金子似的闪着，他微微地露出笑来，若有所思而沉默着。

六天当中，时时听他说话，那带着浓重的湖南口音，使我想到那个图书馆的管理员所说起的那个十四岁的孩子，但我又时时把这念头驱去，不相信自己有这般的巧遇。有时，好奇心又使我想问问那孩子的下落，也许他知道。知道的话，能让那个在沉郁中度过了少女时代，而又将逼近中年的女子，得知那个为人类的远景倾心，离乡背井，弃绝了温存，已久无消息的人的下落，因而可改变一下她的生活；而我也可以得到一种为别人做了一件事的满足。

冬天的风，吹得窗子上的破纸啪啪地响着。我望着杨，努力想从他脸上找出那个十四岁的孩子的影子，但这好像是徒然的，除了都是湖南人外，更无其他迹象可以把我导入这个近三十岁的汉子和那个十四岁的孩子的联想中去。但我仍然告诉他：我在北平认识一个湖南籍的女人，那个女人给我说过一段她永远难忘的故事，委托我打听一下那故事中的人，不知道他是不是还在人世。我想也许可以给她打听到。

---

[1] 原注：山药蛋即马铃薯或称土豆。

他问我想要知道的人，是个什么样的人，那个女人和那人有个什么样的关系。我说：

"十年前××地方有个姓马的孩子，在××的一个中学里读书，不得已离开了学校，回到家里。后来在家里也无法藏身，他母亲给了他二十块钱，叫他远远去寻生路。那个女人是他中学里的同学。他最后一次到××，她送他到去汉口的火车站。那时她只十五岁，现在已二十五岁了。"

杨听我说时，和听人说故事的神气大不相同。我的话，在别人听来，应毫无可感动之处；而在他，却俨然似乎沉湎于一桩久已忘怀而又重新被人提起的旧事里。我的话，使他梦似的回到那过去的日子里了。

我瞧他样子，一种极大的困惑之情，在我心里激荡。我也梦似地想着："难道那个姓马的孩子就是他吗？"

当我将要重新开始我们的谈话时，他问我道：

"那个图书馆的管理员是不是叫做王纯英的女孩子？"

这是千真万确的，那个姓马的孩子就是他了。登时，我从炕上跳起来，我叫道："那姓马的孩子就是你！你赶快写个信给王纯英去。她知道你在这里，一定高兴得很。"

但他仍旧坐在原来的地方，努力压迫着他不宁的心情，只有那双明亮的眼睛，梦似地对着那黯淡的灯光。他用极低的声调，压止着我狂喜欲乱的情怀，强迫着我立时恢复了平静。

"那姓马的孩子，是我的一个同学，我也和那个女孩子一样，自从他去汉口以后，就没得过他的消息。据说他去汉口后，加入了×××部队。两月后，开往××地方，就脱离了那个部队，到另外一个他所喜欢的部队中去。起先作个宣传队长，后来带兵，走过许多地方，打过许多仗，一过好多年，他又开始了一个长长的跋涉……"

我听他说。他说的，就仿佛如我所想的那个说话人自身，当他还要往下说时，我不禁问他那个人现在在哪里？

　　"自从他那次远征以后，就一直没有过他的消息，……后来我在洛阳，又听说他也到山西来了。参加过平型关的战役，但我始终没有看见过他，算来也快十年了，那个女孩子也有十年没有见面了。像我这样，从小就在生活里奋斗，过去的事，差不多都记不起来啦，不是你提起那个女孩子，我真是一辈子也不会说起这些来的。"

　　他不知道说些什么好，一种极古怪的念头，钻入我的神髓中：他真是在说别人，还是在说他自己呢？正当我困惑的时候，他又说：

　　"那个姓马的孩子，我想一直是过得很好的，和我们一样，已在生活中磨炼得有个生活的理想了。你将来也许有机会可以碰到他，正和遇到我一般，虽然过了十年，也还有见到他的时候。恐怕我见到他，我们彼此都不会认识了。那个姓王的女孩，她现在还在北平吗？也该有好几个孩子了吧！我们同学中有六七个女的，听说在××那次变故中，已死了好几个了。"

　　那个沉郁的二十五岁的女人的面容，仿佛在我眼前。那一夜，她对我讲那个姓马的孩子的故事时的情景，我还能清清楚楚地忆起。我想，若不是这个说话的人就是那个姓马的孩子，他必不会时时隐隐约约提起那姓王的女孩。我说：

　　"我在北平的时候，常常见到那姓王的女子，她和我说起那姓马的孩子的时候，伤感而忧郁，她自离开学校，一直在那个图书馆里工作，没结过婚，据我所知，也没有爱过任何一个男子。疾病常常缠绕着她，苍白的脸色，像有肺病的样子。她每次和我谈话，总信任着我，问我一个远远地方的消息。她几次要离开她的工作，向那个远远的地方走去。但她有一个年老的母亲和还没有离开中学的小弟弟，于是她无限制地饮着痛苦，忍受着一切精神上的折磨，也许到死，还只能带着对那个姓马的孩子的孤独的爱情死去。我几回劝她不必如此，而那种湖南人执拗的性子，使她一往情深，终不肯回转过头来。"

我一边说一边望着那个人，我说完，那个人又说了一些他听人说的关于那个姓马的人的事：

"在学校里的时候，那两个孩子，什么也不懂，常常偷偷地在一起说大人说的话，说什么生在一起，死在一起。被人偷听了，告诉许多人。许多人耻笑他们，说两个厚脸皮。可是那个姓马的孩子，心地实在，傻头傻脑的，当他一个人去汉口而那女孩没和他同去，他就发誓永远不见她。但他在外边许多年，也没再欢喜过别的女人。想不到隔了这么些日子，那女孩子也还念着他……"

话停住时，说话的人也许想到了很远的事、很远地方的人，但他却又说转来了：

"……我们总有机会见到那个姓马的人，告诉他这些事，看他怎么样？"

"我想那姓马的所想的，必定和你一般。你们从一个学校里出来，又从一种完全同样的生活里长大起来的。"我想把话说动了那个人。

那个人在沉默里温习着又复忆恋着往日。

我等待着那个人说一句可以结束这故事的话，但他仍不愿说出那一个真实，依然沉默不语，我却也只能甘于等待了。

二月尽的一个早晨，我从大宁县属的一个小地方，过河去某地。

山中雪后，早晨起来，风冷如冰。山里云雾，积聚成海，弥漫蠕动，一望如在十月的湖上，不见起伏的山峦，突兀的山峰。远远有河水流声，呜咽如梦。

太阳出来的时候，云从山头坠下，如降轻纱，两山之间，云雾结聚，逆阳光来处流去，渐渐散淡无踪影。

农庄匍匐在山前山后的腰际，晨起炊烟，继已散晨雾而淡淡升起，山路上，赶马赶驴的客商，都赶着日出过山、过岭，到一个地方，又到另一个地方去。

这仅仅是晋西一角小小的安宁去处；通城的路由距这小地方六十里去处往南、往北。沿大路的村庄城镇，都在炮火的射程内。这地方和大路隔了一座大山，西边又过三座大山到黄河。那支三千人的游击队伍，便留在近大路的山里，阻止着敌兵过山来，拱卫着黄河在山陕界上的东岸。在那无日不在大大小小的战斗的大路旁的山间，我过了一个冬天，我等待着那个故事的结束。直到这次将离开山西的时候，得了个不结束的结束。

当我因事须过河去，夜里告诉了杨，杨说早晨送我一程路。那个早晨，他便独自一人骑着马，送我过那个六十里地的大山。他和我说：

"这回过河去，恐怕你再回来时，我已不在这山中，也许再往北去，也许越过铁路，进入另一座山。你多耽些时候，或许有机会见到那个姓马的人，但以后这恐怕是不可能的了。我已写了一个信，给你所说的那个姓王的女孩子，告诉她马家孩子的消息，告诉她回信可由我转去。你回到后方，倘再有遇见她的机会，也告诉她写信给马家孩子，由我转交。"

马蹄声一声一声打在山路上，异常清晰，山中甚觉静谧。我说我要回来，一定得看看那个姓马的人，不然，见到她，我也不给她说他托付我的话。我意在故意作弄那个实在有点别扭的人，而他却说：

"你不说也好。一个人从小已懂得了生活，从小已把一种爱死灭，而另一种滋长成就，已深深地植在心里……"

我经过四个月光景不能明白的一个人，此时我始恍然了。有着一种难言的对他的崇敬之情，这是不能用言语来形容的。

我们不是太渺小了一点吗？

他那洪亮的声音在我耳边反复回荡。

三月的风，又送着我回到了南京。柳树的柔条，婉婉地垂在江边。我又从汉口过一个美丽的山城，……让一种爱在孤寂中死去。

一九四〇年十月初稿，十一月末重改

原连载于《大公报》（重庆）1941年3月11日、19日、20日《战线》第737至739期；《大公报》（桂林）1941年3月24日、26日、28日、31日，署名旒珍。

乡村琐事

——群相之七

（一）

高家庄有一个老人，失去了一个儿子和两匹牲口。这不过是一月前的事。

这地方过一座山，便是汾阳的大路，离汾阳县城十里大路上，有个小镇，约百户人家。在战事发生以前，这镇上颇为繁盛，每当赶集日子，远近十里，车马货物云集，四乡居民，把土里出产，手中作物，当太阳出来，用骡马带到镇上；过午后则满载油盐杂货，趁夕阳归去。

十二月方过，隆冬腊里，战事已从汾阳埝子上转入山中，去汾阳路上，萧条无人迹；但山里居民，仍在梦乡，家家还忙着过年，大批大批货物，由骡马运去镇上。一日，去镇上货物骡马都不见回来，山中多数人，失去财物以外，还失去了儿子和丈夫。

我们来到这地方，已是这件事发生半月后，那时，汾阳城还没有失去。

高家庄地方，四处高山拥抱。有一条小河，从远处山里流来，又从东南山下流去。出口处，约有三亩大一块平地，平地上，有一座倾圮庙宇，庙后山地上，有二三十来户人家，依山开洞而居。洞高低不一，西南向日，可看夕阳至黄昏。山水到冬天，枯涸见底，只小小细流，在石子铺成的河床中间，潺潺不断。流里小石子，透过灼在水面上的阳光，显露着一种异样珍贵的光泽。

老人世代居住这山中，家道殷实。地下藏有一串串大明钱，被絮里有成十成百雪亮的银圆，大□里有陈年的高粱酒，一匹终年用不着从事耕耘的马，四方走动，可得利息。一年过去，剩下来粮食，还可运去城里换银子。村中人民，风俗朴厚，守望相助，患难相恤，老人亦不为富不仁，只终身勤俭谨慎，家里人丁单薄，省吃省用，才有那般积蓄。在四十岁头上，妻子死去，膝下只一男一女，男的二十左右，已定下亲事；女孩只十五六岁，还未有人家。

我们初来这村里，村里人因过去兵乱经验，年轻男子和妇人，都已逃避一空，只老弱者留守孤村，和外来人打交道。日子过去，见这些兵并无任何侵扰，逃去的人，又渐渐回来。

老人有天坐在洞外，和我说这地方情形。说他一个儿子，赶两匹牲口去镇上不见回来，心下十分忧虑。问我是否给拉伕拉去，听说镇上到了东洋兵，已没一切买卖。

"过了冬，马上田里有事，人不回来，牲口不回来，下一年就不知怎么过？"

我告诉他他儿子和牲口，恐怕给日本兵掳去，恐怕难得再回家乡。

老人似乎没听懂我的话，眼睛望着远处。有个女孩子，跑来他身边，面色惨白，十分惊悸模样，讷讷地说：

"爸爸，有人从镇上来，说哥哥给东洋兵捉去了，……"

话打在老人心上，老人颤巍巍地站起来，眼泪模糊了他那昏花的眼睛。女孩子也怔忡地站着不动。老人嘴里没半句话，万千痛楚在他心里澎湃。

从此，我们天天看到一个神情恍惚的老人，问他儿子几时得回来，回不回得来。也看到一个女孩子，有时忧郁地坐在洞口看夕阳，有时偷偷地问人把他哥哥捉去的东洋兵的去向。

女孩子是这荒僻山中一朵花，无人不珍惜爱重。但她长得并不美，亦无妖艳动人风度。老是羞涩地低着头，那可爱的若为巧匠雕塑所成的前额，遮掩在一排青丝似的留海里。但久久和我们习惯了，除了躲避一些人贪婪的目光外，也不再远远地弯着另一条路怕从我们身边过去。

有一回，我们中间有个少年，大胆地送两件衣服给她洗，她一声不响地接着，洗好，送来我们住的地方，不说话，放下衣服便出去。

其后，她便常到我们住处来，我们各人换衣都更勤些，各人似都为请她洗一次衣服，多一次交往，觉得无限快乐。而她，却仍然很少说话，我们给她洗衣钱，她不要，抬起头，望一望给钱的人，说一声不要，又羞涩地低下头来，迅速地出门去。

（二）

山里夜来异常静寂，二百人暗暗藏在山中，窥伺着镇上的动静，山里山外，只听见寒风细语。人乘着夜浓处下山来……

天渐亮，大队人马又复入山中，镇上已剩下不多的居民，也跟随着这队伍，离去了那个血肉模糊的小镇。

太阳升起来了，远远望见高家庄小河上的雾，滚滚顺着水流，向山坳里流聚。

女孩子站在山坡上，望着我们回来，在我们队伍中，有一个声音喊着她，她奔跑下山来，向那声音来处奔去。

山里顿时喧闹，所有山中居民，都围住我们，听我们说夜里去镇上捉敌人的故事，听得出神处，笑声暴发在山里，四处山谷也笑着。

镇上敌人辎重，都运到山里来，堆积在山下小河边平处。我们说：

"这是给你们大家过年的礼物，各人随便取，光了完事。"

老百姓没一个动手，我们给各人送去各人家里，有的一匹布，有的一头羊，有的两袋面粉，……

老人见儿子回来，两匹牲口外，还另得一头小羊，说不尽欢喜，走来我们屋里，说不出一句话，只教儿子磕头，年轻小伙子只笑，望着他爸爸，说：

"我们把那头猪，那头羊，都宰了，请同志们过一个年，好不好？"

老人正当无主意表示他的感谢，给儿子一说，若恍然大悟，也不再叫儿子磕头，回去就杀猪宰羊，一直忙到晚上，酒肉上桌，请我们去。

女孩子穿上过年衣服，印花大棉袄，大红洋布裤子，两个大辫子拖过背心，桃红色的线，系住那蛇一般的蠕动的头发，棉袄上银链子走起路来，发出清脆的金属的声音，团团的脸上，写着羞涩动人的微笑。我们偷偷地说：

"这女孩今天活像个新嫁娘。"

话说得故意让她听见，个个人都想逗一下她，觉得快乐。

戏谑的话，更加重了那小脸上的胭脂，她躲避着我们热情的眼光，迅速地跑去外面，两个辫子在她圆圆的美丽的背上蠕动，若有无限魅力。

一出去就不回来了，一个人站在小小流水旁边，望星星眼睛。那个第一次送衣服给她洗的少年，偷偷的走到她身边，把她吓得一跳，回过头，轻轻地说：

"你们笑我。"

那少年困惑不宁，抖着胆子跑去她身边，却无勇气在她身边说一句话，只站着望她，久久才说：

"你爸爸叫你，说你不懂事，不陪客人，一个人跑出去。"

女孩子知道这少年说了个谎，心里暗笑，嘴却说：

"爸爸不会叫客人来叫我……"

说完，眼睛亮得像星星。

老人大声喊着女儿，女孩便电似的一下离开了那少年男子。两个星星似的眼睛，牢牢地嵌在少年心里。小河里的水，快乐地追逐着那在星光下，梦似的棋布的石子。

（三）

冬尽的日子，下了几天大雪。山里异常宁静，雪弥漫着山谷，山径间，终日瞧不见一个人影，我们坐在窑洞里，终日无事可作，老人常常来，有时带一壶酒，有时带一大包芝麻核桃糖，和我们一起烤火，谈一些家常话，俨然如自己一家人，一切异常融洽。他儿子更无日不和我们在一起，年轻人心地实在，问我们怎么不和过去军队一般，这样规矩和气。山中物产甚少，天天饭食，只小米高粱面，仅得一饱，村里人常常送来一点咸菜，有时一只鸡，或几个鸡子。老人一家，更常给做一点好菜，譬如辣椒炒干牛肉，油炸洋芋。

那女孩，亦渐渐不如过去羞涩，为我们补衣服，做鞋子，不受一文钱。我们时常作弄她，笑话她和那个少年亲密处，有时说得过火些，问她愿不愿意嫁给那个少年男子，她就噘起小嘴，轻轻地骂那说笑人一声。实在她心地无瑕，觉得人对她好，她也对人好。那少年本年轻温存，在她心上，实在比别人更有分量。

二月初，汾阳战事正紧，我们接到转入汾阳以西地区的命令，消息立刻便传遍这村子。村里人异常忧闷。

出发前夕，老人来我们住所，说要跟着我们同走：

"你们一走，这里不是东洋兵来，便是××军队来，我们都没有生路。"

我们说：

"东洋兵不敢来山里，别的军队，和我们一样，不会骚扰老百姓。"

老人不信我们的话，说我们嫌他老，做不得事，说：

"你们军队人，个个年轻，但我也并不老，烧饭烧水，我还能干，往年没打仗，我赶个牲口，东西南北，一天也能走个百十里地。"

我们安慰他，说并不是嫌他老，因为我们走了，以后或许还要来，来时，假如老百姓都走光了，我们连饭也没得吃。

他听后，觉得话还有理，会意地点点头，但说：

"我那小伙子要跟你们去，你们总得让他去，不然，东洋兵来了，亦必把他抓去的。"

离开高家庄的第一夜，我们宿营在桃花坡地方。老人就在那一天，不见了女儿。

到桃花坡，正下午四点钟光景。刚开饭，一个哨兵把那女孩子带来，我们大家又惊又喜，问她怎么一个人跑来。她说：

"我来找我哥哥的。"

说完这话，赧然地低下头，似再无话说。我们问她道：

"你哥哥来打仗，你也来打仗，你不怕？"

另一个人说：

"你是找哥哥回去，还是来打仗的？"

我们叫人把她哥哥找来，她哥哥看见妹子，觉得十分惊异，问她怎么一个人敢离家。她拉着哥哥到外面去，想说什么，若又不好意思说，最后，她告诉她哥哥，说她也来打仗的。她哥哥弄得莫名其妙，不知如何处理？又同地走进来，告诉我们说：

"这小孩子也要打仗。"

我想这小孩，并不小，除要打仗外，还必有其他原因。

我对那个少年说：

"你去问问她，看看她到底为什么来的？"

少年一时十分腼腆，女孩子亦极不自在，我指着少年向女孩说：

"你去同他商量，他一定会为你想办法。"

我们大家只怕女孩子吃不了行军的苦，但她既来了，也无别的办法可想，只好带着她走，除了那少年多一点他心甘情愿的麻烦外，也没有别的不方便地方。

（四）

在汾阳西部地区，过了半个月后，我们又来到高家庄，到在深夜里。

高家庄只剩残破房屋，终夜不闻一声犬吠，小河里流声，呜咽入山南去。……

女孩子坐在家门前，伴着流声呜咽，星星烁着眼，一个少年男子站在星星下，忧郁地望着她的泪珠，在星光下□□。

原载《大公报》(重庆) 1942 年 8 月 23 日《战线》第 938 期，署名旒珍。

枣

　　夜里有月亮，上山下山，如在白天。山路平时，就在黑夜，也不碍事，信步走去，一个跟着一个，像我们这样走惯夜路的人，也和白天差不多。最怕天黑，山没有路，乱石，树桩，高高低低，摸不清楚，脚一不稳，便摔下去，爬不起来也得爬，掉了没人管，吃风吃雪还不打紧，遇到小鬼[1]，吃外国丸子，可不是玩的；平空给日人逮去，受种种折磨，更是冤枉！

　　天天走，而且夜里走，只在白天休息；什么时候不走了，什么时候白天走？谁也不知道。因为我们尽走夜路，总觉白天走，更有趣味；即使是雪天，也比夜里好：绵延不断的山，山里山外的流水，山腰上或山坞里的村庄，来去无迹的云雾，一层层梯子般的山田，可以给舒口气，变换一下视觉；倘是南方人，话更多了，由这里不毛的山谈到家乡木林森森的峰岭；汾黄的水谈到那一泓清流，或载着如鸟的帆船的大江；家里的村子，高墙密树，也不像这儿零零落落，三家五家；家乡的小镇比这儿的县城还大。永和，大宁，汾西，……像什么样子，小得可怜！"不是打日本，谁上这儿来！"南方人总这样说。

　　走了一个月夜路，以前在白天拜访过的城镇，只能在黑夜中，偷偷地迅速地从山背掠过；路熟的本地人，轻轻说，这是某地方，

---

[1] 原注：即日本人。

那是某地方，听的人不作声，心里却说："什么鬼，一个月功夫，地方都掉光了，吃饭不中用，拿钱不打仗。"远远眼巴巴的回望那经过却未曾瞧见的地方，虽然望不见什么——天空的星星到处一样，山也到处一样，但心里却总有个分寸，某地什么样子，城门朝南朝北，村公所，县政府的位置，都十分清楚；心里还不禁这样想："总有一天，要把日本赶走，不怕日本炮火厉害，爬不了山，走不了夜路，到头看看你死，还是我活。"

昨天夜里打了个小仗。到底日兵夜里没眼睛，经不住手榴弹，我们夺回了一个小村子；那村子在公路旁边，真是个小小站头。吃的问题解决了。面粉，猪油，三十个人的食粮，我们两百多人吃；不够不要紧，反正肚子可伸可缩，好些时没吃过这样好的，大家平分一份，虽只两口三口，但比小米饭有味得多，油麦面更不能比。

三十多个日本兵，尸首抛在马路上，村子口上也有，没一个给逃脱，等明天给汽车带走，烧成灰，坐海船回去。人类本来和兽类没什么不同，大家都要活，谁不让别人活，谁也别想活。夜里漆黑，踢到尸首，骂句狗日的，算表示得意，或者还有点感到晦气的意思。

吃完了面粉做的大馍馍，酸菜炒肉片，大家想睡，杨说，不能睡，休息一下再跑路，假如日兵漏网了一两个，回城里报信，调大队伍来，我们不好应付。

夜，冷冷的，三月还未解冻，星星挂在山头上，疲惫地闪着光。

到一处吃一处，吃不饱，越来越想吃。今夜真吃得好，但比以前更少，肚里咕咕叫。哪天才有饱的吃？且看吧，明天吃的还不知道在哪儿呢。

夜里没有休息，白天还要走路。天蒙蒙光，我们离开那村子，早晨风景好，山从雾里苏醒，雾散去无痕迹；一切醒时，似乎有点声音，但听不见。太阳翻过山，投下软软的光线在山地上，山下有山影，山上只有人影，山太荒凉了些。我们揉揉眼睛，白天似乎和我们离别得太久，张开温暖的手，让我们握着它。上山，下山，太阳紧紧跟着，不肯离去，在它柔软的摸抚中，我们像在母亲的怀抱里，笑着，歌唱着。

"……哪怕你山高水又深……"声韵悠然而愉快。

三月的晴空，蓝得像海水；远山也蓝；假如这儿有水的话，也一定是蓝的。

"那山真美"，我指着那远远的山。

"我们今天便要翻过那座山，在山下找个宿营地。"杨说。

"翻过那座山，一百里，八十里，走到了太阳落了，"我想，脚践着松松的黄土路，思想似乎像脚一般的沉下地底去。

麦色正青青，嫩叶柔软如茵，只路上不见人影，村里不闻犬吠，我感到一阵荒凉。

"这里到过日人吗？"我叩问着杨。

"这是条大路，由兑九口到对竹镇，过了公路，便翻这座山。"杨停了一下，像对我的问话感到一点惊异，又接着说，"怎么你就忘记了，那天夜里，我们在桃花坡打过了日人的汽车，便从这儿跑到漫河村。"

我极力搜索我记忆中的这山的影子。飞鹰静静地盘旋在山下的麦田之上，……

远处的山渐渐近。下山路上，涧水的流声，低诉着各人不同的心事。山涧深处，有低矮的林丛，经过一冬的风雪，叶子还没有掉落，长着美丽的羽毛的山禽，在林丛中飞鸣，我想："这真是别有天地。"

不尽的山！下了山又上山了。

天依然蓝得像海洋，但远山却不见，我们已在那蓝的山顶上。

"下去便是村子，今夜便住在那儿。"杨遥指着远远可以望得见的一个村子，我想问一问，还有多少路，村子大不大，有没有人家？但被杨的话阻住了。

"再过去是大宁县，距黄河六十里，假如没有命令，便多有几天休息。"

村子在山上，我们一到，便四处找人买米买盐。

"人都跑了，县里据说到了日本兵，"一个村里的闲人，四十上下年纪，衣衫褴褛，瘦削的脸，眼睛不断地打量着杨，和杨说着话。

"我们是×路军"[1]，杨告诉他不要怕，接着又问，"老乡，有没有吃的卖，小米，高粱，油麦，面粉，什么都行。"

"吃的，村里人都跑光了，哪儿有？"他拍拍他破旧的衣衫，眼睛四处望望。

"老乡，不要紧，我们买东西给钱，中央票山西票随你要。"杨说，我们大家跟着说。

杨叫宣传队到山里去叫村里人回来[2]，那个"老乡"瞧着那么些人被吩咐，不知出了什么事，赶快变口气。

"官长"，他还没有说完，有人便告诉他不要叫官长，大家只要称呼同志。

"啊，同志"，他笑嘻嘻的说，"别的倒没有，枣还有十几担，假如你们要，我便去找钥匙开门。"

"黄河边上，枣子又大又甜，当饭也可以。"我说。

他跑去拿钥匙，我们看到他从条小路走下山，便不见了。

一个三十多岁的妇人，跟着他到村里来，他教她叫我们做同志。她指着他对我们讲。

"他说同志要枣子，叫我来开门，你们要多少？"

---

[1] 编注："×路军"即八路军。

[2] 原注：晋西皆山，日军一到，乡下人便藏在附近山中僻处。

"你有多少要多少，两百多人当饭吃。"杨说。

妇人觉得很惊奇，枣子当饭吃，她从来没有听见过，又甜又腻，当饭当不了。她说：

"同志，怎么枣子当饭？村里有小米，有油麦，……"

那男人不作声。杨说：

"小米油麦更好，你替我们去买，照价给钱。"

她对那男人讲：

"你家里不是还有吗？他们不会不给钱，×路军讲信用。"

杨瞧那个老乡有点不自在，赶快把话说得婉转动听些。

"老乡，你替我去买，不管谁的都好，一家买一点，我先给钱。"

杨把钱交给那老乡，我们等米做饭。

妇人问我们还要不要枣。我们都说买点煮粥。黄河边上枣子有名，机会不可错过。

妇人说话伶俐，为人亦和气诚恳。一边开藏枣子的门，一边说：

"你们要多少，量多少，等日本人来吃，不如自家人吃。"

"你真有见识，说得真好。不过我们买东西都要给钱，上边有命令，不给钱不能要老百姓一根草。"

太阳光正照在门槛上。枣子用簸囤囤着，红得可爱，一阵扑鼻的干果香味，引起人的食欲。一部分同志们站在门槛外，妇人立刻用木升量出一升分给他们吃。

"你们打日本真辛苦，乡下没什么好吃的。"那温情的笑容已足使我们从内心泛起一份感激之情了。

"大嫂，不打仗，你们枣子运到城里卖，价钱怎么样？"我问她道。

"这种东西哪值许多钱，二十铜板三升半。"

"我们南方真没见过这样大的枣，一点点大的，也论两数卖。"

她一升一升的量，满了一大箩，我说：

"不要这样多，半箩就够。"

她说她的丈夫也当兵，当兵的人苦，煮粥剩下的做干粮，恐怕两百人嫌少点。

"我们不好带，路上也没时间吃，一箩足够。"我照她所说的价给她钱，她一定不肯收，我们打算走的时候再给她。

夕阳留恋着群山的峰顶，迟迟地别去人间，当最后的光线从村前的榆树上消失的时候，好像那良善的妇人在我的视域里隐去时一般，我似乎有无限的惆怅。

晚雾渐渐升起，山上山下浮漾着淡蓝色的轻雾，山如在梦中。

长庚星孤独地悬在山头上，天色正如黄昏时的海色，只太寂静，不似海水轻轻地颤动时的神秘的微语，足以摇荡心灵。

人世间有许多想不到的美丽事，当它们来时，给我们以秘密的忘俗的愉快，去时，却又添一份无端的怅惘了。

吃饭的时间，枣子在稀淡的小米粥中蒸发出的香味，使我阵阵的谈起那良善的妇人。

坐在杨的小屋中，等总部的电令。煤灯惨淡地照着我们焦急的面容。

明天也许又要离开这儿了，在有钱买不到吃的山国中，我们将会时时想起那良善的妇人吧。

村里寂静似远隔人世，村外雾气如海，我们分辨不出哪里是雾，哪是夜色，……

原载《大公报》(香港) 1939 年 12 月 27 日、29 日，署名流金。

夜　行

　　山渐渐在黄昏中消失了，举目一片黑暗。仅有天际微光可以看得出山路的轮廓。若使我们人不在山中，谁会想到这不是一个宽垣的平原？无月无星之夜，凭着视觉，无论山和海，原野和陂泽，……都只能给人一种同样的感觉。在山中，我常常欢喜黑夜的来临。白天，无论走到哪里去，都是些一个连接一个平凡的山头。人就好像完全被禁锢在这样一个天然的牢狱里。虽然有时候对着一座山，被山阻着的去处，也会引起一些好奇的揣度，以为必然有些发现，但翻过这座山，入目又是另一座山，照样的丰草长林，红色的土坡，黧黑的岩石，都像是平淡无奇，会把人一点点的幻思也夺去。夜间，则眼前一片黑，俨然□性。黄昏拂晓之际，从山石林木轮廓上，尤可以使人任意安排一些比平凡更甚动人的想象。一切都有了生气，有了不可解不可思议的光与影，气味与声音。我们欢迎黑夜。

　　白日过去，举凡随白日而来的事实，（战争实在是一种极单纯的事实）都同样成为过去了。

　　火药味渐渐在晚风中淡散了，一阵暴风雨似的袭击之后，我们的一支小小队伍，又在黑暗中从流水道的山沟中向另一个山地里走去。两小时紧张的心情，于是渐渐松弛下来。随着渐深的山中的夜，思想该到活动的时候了，然而一种从山地中发出的某种声音，实在使我痛苦。那声音简直是在逼人勒人，两只脚和一颗心都将被缚着，不能挣扎，无从外脱。当一个人听到那种声音的时候，一切人生的幸福与痛苦仿佛都失去了意义。假如那声音所表示的只是无端的愤怒，与绝望的哀恳，总还不至于使我这样发生无力之感。这声音实在只是一种悲鸣，一种临死的低唤。一个人当生命离他躯壳而去的时候，剩下来一种忏悔的无言之语，发为微弱的哀鸣，然而那不是普通人所能懂的。像这样深深地打动我的声音，是少有的，古怪到无可形容的。那并不是人声，却只是泽地里一只鸟的孵雏！那声音好像是向我说，"怎么办怎么办。"怎么办，打下去，拖下去，历史是一段长长日子造成的！

一个伙计被件什么东西绊倒了，爬起来时轻轻骂着，"死了还挡着路！"

另一个手电筒晃了一下，就有人警告："不许，不许，你走你的，这不是地方！"

"搜一搜！"

"不能唉，不能唉。"

"好臭！"

"你完了也不会是香的！"

星星慢慢的出来了，像海上的小灯，一盏盏浮在神秘莫测的空际。弱光之下，路旁可以发现一堆一片东西。都如用一种特殊的气味代替语言，"这是我倒下来，完了，这是我。"可是谁也不想对这个多知道一点点。

人是一种古怪的生物，也慈悲，也残忍，某一时节的漠然之感，便是慈悲与残忍的混合物。在另外一时一地，许多人，当走过一个死尸之旁时，必争着将他的衣物取去，虽长官不断地阻止这种无识的举动，自己都也会把斩获的鬼子军官身上所有给人欣赏。有人说，"这不许的，命令！""有命令吗？我们打死了，还得挨鬼子刺刀和马蹄呢！"啊！这是一种如何深刻的民族间的仇恨，这时节，复仇的火焰，正在战胜者的胸中燃烧。一切理性都燃烧了，正如熔炉，铁汁在滚动，都无声息。肉搏之际原是很沉静的。呻吟和呼喊依然沉静。

队伍中，时时迸发着低低笑语之声，与诅咒声。谈着白日里战争时的景状：每个人都是英雄，都说下一次再有机会必杀更多的敌人。单独的走着，听着。我知道部队里伙伴的性格和本领。我计算如何分配他们的职务，我的心也渐为他们所鼓舞。白河里，从那些质朴固执得意的脸上，看出一种为读书人所缺乏的气质。我感到一种壮健的生命的呼跃。这时节，从他们的笑骂里，也有着同样感觉。这是一群粗人，一群兄弟。我和他们一起，是我的运气。算算时间已过了危险地了，于是队伍中有了歌声，唱着《游击队之歌》：

"我们生长在这里，

每一寸土地都是我们自己的，

无论谁要强占去，

我们要和他拼到底。"

歌声很粗狂，且不整齐，夹杂呼啸，可是却赋予人们以一种无限的力量与希望。

半夜时，我们已从山地到了汾河旁边，听到了汾水的歌声。

我特别酷爱这种歌声。从现在我们抵抗外人侵略，使人想起古代我们祖先在这块土地上最先和野兽其次和异族斗争的种种情形。汾水的年岁太大了，当我们现在居处的南方还是在树木上栖身的蛮荒时代，它便养育着我们的祖先，且启示了初期的文化之光。你看它从万叠丛山中奔流而出的精神，你不能不叹异它的毅力和生命的充实。从它的歌声里，一个人似乎能读出比历史书上记载得更详尽的人类进步的历史。你听那声音，从粗暴的情［愤］怒至柔和的燕贻，似乎在告诉我们，她也被异族蹂躏过，而又以那饱经忧患的老人的口吻，告诉我们每一个朝代异族的侵凌终被打退的情景，给予我们以胜利的坚信。

山渐平处，河面也渐宽广。我们从迷濛中看着汾水的河面，水底的青天，水中星光的抖擞。一阵阵的冷风从河上吹来，我们迅速地悄悄地下了最后一座山，并河而行了。我们沿河走去。

星星渐渐繁密，光清而冷。这时节正不知有多少思妇离人，做着悲喜之梦；多少的老年慈母，不寐中宵，牵念着出征的骨肉。在我们这个小小队伍中间，也不知有多少年轻的心，从黯淡的星光中，凄然地怀念着远离的家园和血染赤过的土地破碎的乡村，以及一切随战争而被毁去的这时代。人心都是苦的，行进的沉默，增加了每个人心上的重量。

河边的沙石，在脚下发出一种寂寞而□调的声响。河水流在宽平的河床上，稳静而纡徐，河边的小村落，时有沉闷的犬吠声相互呼应，我心想，这个国家，这个世界！假如一个人当此夜深独自从河边上走过，听自己的足音，和那种犬吠，他会有一种如何的感觉？我似乎在读着一本悲哀的故事，而我自己却同时是那故事中的一角。我想起那一切的声音，钢铁崩碎和生命的呼喊。一切完了，归入沉寂。炮弹穴成了水塘，土地重新耕犁，长上麦子。把这些一齐加起来，也就是一部人类斗争史。

山的容颜依旧，水也同样的流，天上的星星还是各在它的位置上放射微弱的光。我想像着古代的山河星辰，以及我们的祖先和异族斗争的情景。我又想着未来的日子，是否也会有像我们这样的一个队伍从这儿走过，别人是否也会有着和我一般的感想？我沉浸在那个过去与未来的情景中。队伍依然在行进。……若使土地也和短促的人生一样的变化多方，世界又会怎样呢？

下弦月和晨光一同降落到山上，河面上升起了一层薄雾，渐渐弥漫到山中，黑暗从白色的晨光中褪落。当玄色的阳光从辽远的山外生长的时候，一部分的朝霞被阳光拉散了，一部分又从山上飞升向高处飞。于是，万物苏醒了，我们却因此到了安息的时候。

整夜的行军的疲倦，使我们切望到达宿营地，这时，唯一的快乐，便是让身子自由地躺下。部队中，已时常可以听到一种询问的声音："到了吧？还有多远？不远了吧？"

"弟兄们，快到了，宿营地就在前面。"听到这种话，大家似乎都振奋了一点，然而到"前面"的路，在这些疲乏的人，已比整夜的路长得多啊！路上，时时抱怨着"前面"太远，事实呢，谁能知道前面有些什么。个人的前面不问是什么，总之，到了，躺下，完事。未完的事呢，让后［给］来世。

汾河被山阻向西流，我们部队随着河流的方向，转入一个平旷的山原，原上有稀疏的林木，晨雾还未在林梢上散去。林子里，遥望有一个不小的村落，那便是我们的宿营地。我们望着这林子，有种说不出的欢乐。林外，有一片青油油的麦田，这时，小麦青绿的嫩叶，在晨光中舒展。年老的村汉，赶着高［蒿］色和灰色毛驴，缓缓地在田塍上行走，用一种敬爱的朴实的热情，迎接着我们。村前，集合了许多妇孺，女人们交头接耳，谈着两年前×军到这地方的故事。小孩子却用一种好奇的目光，投在这一群不速之客身上。俨然有所搜索，俨然有所得，"这是什么人，是游击队。"这里，还算是人间！

三月初，汾河流域上下游沿铁路公路的城市村镇，均为敌军占领。只有一些僻处山中的村镇，还在我们手里。这小村庄便是其中的一个。这地方，沿汾河下去可至汾西县，能东翻过数座大山，约八十里到灵石。男女老幼居民约二百左右，他们秉有山西农民的那种共同的质朴与诚实，至于那份山西商人所特具的圆通机诈性，却不能在他们身上发现。我们和他们在一起作息，约莫有两个月，直到我们离去之时，这村庄已化为晋西一个小小的游击队的根据地。读者如对予这个地方，发生兴趣，不惮烦劳，翻开山西灵石县的地图，当不难找到一个不甚引人注意的地名——榆树坪。但在这里却是我们的天堂。

在早晨太阳光照射的窑洞中，大家都沉沉地睡着了。就中有一个在睡梦中如闻警报，如闻飞机马达声，迷糊中爬起来，伸出个头向天空搜寻，望了一阵，见毫无消息，低头却发现了山下有乡农妇人正在推石磨磨杂粮，做干饼，微笑着，缩头重新睡去了。

原载《今日评论》1939 年第 1 卷第 5 期，署名流金。

两女孩

我有一次在汾河边上等过河，无意中结识两个从四川来的女孩子。

前几天下过雪，河边上还有一堆一堆的积雪，有水的地方，也依旧冻结着。两个女孩子正在玩雪玩水，玩得出神，我看得出神。雪从地上抓起，抛在空中。北方的雪，因所含水分，给干燥空气吸去，异常松散。抛起来，随风飘去，又因风落在人面上。抛的人不知有人在看她抛，但雪落在人面上，另一个不抛的人知道，叫抛的人："莫抛，莫抛。"说完了，望望雪落在面上的人，拉起她同伴的手就跑，跑一段短短的路，咯咯的笑一会，咬一会耳朵。

水从眼面前流去，看看那两个女孩子，又想想她们所做的事，真想和流去的水说些什么。

隔河的山望去不远，太阳光已从山边渐渐下去了，山上的雪，点点如岭上的梅花。山下有烟袅袅上升，结成浮云朵朵……看水，看山，看云……然后，眼睛又落在那两个女孩子身上去了。

女孩子还在河边另一处冰上玩，一个说：

"小心冰破了，跌下水去！"

话没说完，冰已喷喷地响。冰上的人，吓的叫起来，一只脚已落在冰下面，身子歪在冰上面。另一个看那情形，立刻走上冰去，想拉起跌在冰上的人，人没拉起，自己却照样跌倒了，两个跌在一起。当我走去把她们拉起来时，两人都大笑不止。我说：

"跌得还好，有水可拉不起来。"

她们还是望着我笑，我也只有笑着。

我正想和她们说些什么的时候，浮桥修好了，等着过河的人，便各自过来过去。

我们都过了河，一同向刘村走。路上听那两个女孩子说许多话，唱许多歌。

看她们年纪差不多，相貌差不多，性子也难得找出不同处，我说：

"你们两姊妹，是不是？"

"你看像不像？"两个同时说，彼此望着笑。

我想她们真爱笑，说：

"像得很！"

"鼻子像，还是眼睛像？"

"什么都像。"

"就是姊妹也没有那么像，总有点不像的地方。"

"就是姊妹，也没有见过这么像！"

她们又笑，一个人在另一个耳朵边，说了两句话。

"嗳，我们就是两姊妹。"一个说。

我想她们两个小姊妹，胆子真大，说南方话，跑到北方来。但说的不是想的。

"两姊妹怎都来当女兵。"

"当女兵怎么样？你也不是来当男兵的？"两张小嘴鼓起来，同时说。

"当女兵不怎么样，能当兵还不好，又不是坐在家里当小姐。"

"什么女兵不女兵，当兵就不分男女。"

我想我这个人真傻，不说当兵，偏偏要说当女兵。

但在小孩子面前说错了话，我还不至于傻到不知道错在哪里的，于是赶快说：

"北方人喜欢说男兵女兵，其实当兵就当兵，不必分男女。"

我的话，立刻除去了她们对我的一点点敌意。于是又转过一个话头。

"你们一定来得很远，路上走了不少日子？"我说。

"你猜猜看。"

"我猜……怎么猜得着？"

"猜不着就算了。"

我装着猜的样子，"是不是湖南？说话有点像××。"

"你认识××？"两人同时问，出奇地。

"不认识，会说你们话像她。"

说到认识××，她们就要见××，说要我介绍。我说：

"××一定欢喜当兵的女孩子，要见很容易，准带你们去。"

说带她们去，便高兴得跳起来，问××这样那样，因此对我也特别好了，告诉我她们从四川来，甚至把那些天真的幻想也说了。又问我怎么会说她们像湖南人，两人话里，都觉得人说她们像湖南人有点怪。

她们说她们不是湖南人，是从四川来的。我说：

"四川来，不容易！"

"走倒容易，离开家可真不容易！"

"家里舍不得，是不是？"

"哪里是舍不得，就是不让我们做救亡工作罢了，说我们什么都不懂。"

"那你们一定是偷出来的？"

"可不是偷出来的，他们一点不知道。"

"胆子真大。"

"有多大？"

"鸡蛋大。"

"不只鸡蛋大。"

"比鸡蛋还大，大得包天。"

两女孩手搀手，笑起来，走走又唱歌。

忽然，一个掉转头来，问我道：

"嗳，××会不会不要我们……"

"怎不要？像你们这样的女英雄。"我说。

"又说女英雄！"两个人努着嘴。

"啊，像你们这样的英雄。"

到了刘村，看见许多穿军服的女孩子，她们羡慕得不得了，瞧那样子，我说：

"过两天你们也穿军服了。"

她们就是为穿军服来的，为××军[1]来的，正如许多年轻女孩子，读了剑侠小说，日夜做梦，梦到峨眉山，有的还偷偷离开家，到峨眉山去。

我把她们送到××军学兵队，说明天带她们去看××。但我第二天一早，便离开临汾，把那事托给另外一个朋友。

事已过了两年，她们一定大了许多，当不再是孩子，但没有得到过她们的消息。

有一回，在山西西部黄河边上，碰着个从临汾来的人，问起有没有两个四川女孩子，在丁玲服务团里，他说没见过。

我猜，猜半天，猜不着。

……"猜不着算了。"……

那两个像一对姊妹的孩子！

原载《中央日报》(重庆)1940年5月25日，署名流金。

---

[1] 编注："××军"即八路军。

姑射山中

汾河两岸，再听不见长流的呜咽。

远水的源头，带来的不是吕梁山中淘洗过后的沙石，而是无数人类的断肢残骸和膨胀得像冬瓜似的一个还未腐烂尽的尸体。那些被遗弃的生命的残余，随着水流，漂过了无数的农庄、田野，寂寞地向南流去。十二月碧眼利喙的飞鹰，在河面高空上盘桓，好奇似的注意到河面上的漂浮物。偶尔从旁边的山地中发出疏疏落落的枪声，使它们不及满载丰美的食物，在河水里留下一个模糊而孤寂的落影，栖在河边枯老的松树林中贪婪地耽视着河面，期待着再度的攫取。

姑射山脉千万年以来，便伴着汾河的水流。它的外貌是够古老的了，假如我们要想象它所经历的年代的久远，便立刻会想起我们的祖先在那里和戎狄斗争的故事，使我们回到悠长的历史的光荣的迷梦中。我们的祖先的汗和血已看不见了，白骨堆筑了一座长城在那山上，使我们能在大河的南岸繁衍、滋盛。现在，是当着我们的本身在那儿重新再来筑一条坚固的长城，卫护我们的儿孙的时候了。

姑射山是北方的，雄浑、壮美，像一位极有涵养的康健的老人，站在那里，指点着我们的路。你站在它下面，就知道自己的渺小了。它的伟大，只有大青山北那片没边际的草原才比得上。

十二月高原上的风，打河北面吹过来。然而，河流不会呜咽，呜咽有什么用呢？这时，中国人已经没有了悲哀。风在河面上掀起了连续的波涛，漂流着的浮尸，在河水上旋转，被流水推着，洄流挽着。然而刚从源头流下来的水是湍急的，于是，河水怒吼起来了。

"打陕北过了山西呀！××再也别想过岭啊……"

人们也怒吼着。

歌声渗入冬季寒冷的山风中，很清晰地随着水流，散播在汾水岸边……

当夜色来到河上的时候，大山中间，一阵阵的军号声，在这一片静穆的暮天中，振奋着人们的心神。而另一种从辽远的海岛上来的人呢？异国的"笳声"，已使他们心碎了。

我们来到这个山中，已经有了两天。日军的防地在山东北的平坝子上面，穿黄呢制服的哨兵，一爬到高峰上便望得见的。高峰在我们的手里，假如我们有大炮，可以把它配置在山头隘要处，守御着我们的土地，可是，我们没有那重家伙，只好让兄弟们拿着"三八式"的枪——那是敌人送给我们的，守着山峰。夜里数星星，早晨擦弄着朦胧的眼睛，看太阳爬过霍山的峰顶，落在自己跟前。

黑夜刮风的时候，绕着山中的小道，常有一些不怕死的爱开点小玩笑的弟兄，偷偷溜到山下去，躲在城外小土房子的间道中，用狸猫似的眼睛窥视着×人的哨兵。假如看准了那个哨兵是个糊涂蛋，是个愣小子，便以迅雷不及掩耳的手段，群狗扑羊，三四人把他捉上山来。除了那支新式的枪武装自己外，如果那俘虏不十分顽强，便什么也不强取他的，让他在我们的队伍中学习爬山，走小路，吃小米，遇有机会，便把他送到××去休养去。有时候从山下送个可靠的消息来，说城内的敌军不多，我们便乘着这个机会打进城去，带一些必需的食用品上山，像盐，像米面，像军火……正是我们所缺少的，必需的。

早晨全山为朝雾所迷漫。从山上望山下的河流，河上轻纱似的白雾，延展成一片，随着河水颤动着，泛溢着。

"……我们生长在这里，每一寸土地都是我们自己的……"

山坞窑洞中，到处流转着这样雄浑的晨歌，一种生命的歌呼，表现出活跃生命的无比的力量，和愿欲。

太阳火似的烧遍山头，渐渐由血红转为淡黄。山头湿雾在伟大的阳光中冲淡下去，河上现出一线的浑流，曲折蜿蜒冲出万叠群山，使人想起古远的时候，它那百折不回的从山谷的桎梏中奋斗而出来的情景。

冬天高原上的早晨，光色交错，找不出那般适当的字汇，足以状其壮美和它的磅礴的气象。

这儿，无论什么，全是生命的表现：大山，河流，晨雾与朝阳，流遍山上的歌声。

每天早晨，军营外边，常有一个骑马的人来到。营中的兄弟一听马蹄声，便嚷着："政治委员来了！"当这个骑马者到达每个营门外时，便跳下马来，在许多年轻弟兄温暖热情的接待中，进入军营，坐在用树枝干搭就的长凳子上，开始异常关切的问讯。

政治委员是一位活泼的年轻人，我们叫他做杨。他的历史很动人，和他的活泼、热情、勇敢的性格相称。一九二七年的时候，他在湖南浏阳县立初中读书，清党运动在湖南进行的时候，他便以青年运动的领袖的嫌疑被迫离开了他的故乡，向远处走去。其后，在第四军里面当个上等兵，后来升了排长。这样过了二年，他已经十七岁了，可是年轻人始终沉湎在他所追恋的革命梦中，现实使他不得不又重新去寻找那可爱的、热情的过去生活。十七岁的下半年，他便开小差回到故乡。然而他已是故乡遗弃了的孩子，荒淫的人群中，哪能容得住真纯的灵魂呢？于是在他母亲的庇护下，又第二次离开了故乡。他和我说："这回离开母亲是很惨痛的！"迟疑了一下，他又用那娓娓动人的言辞继续述说着那一段经历：

"事情像梦一样的过去了，假如那真是梦的话，倒也没有再回想的价值，然而，那确是真情。"

"回到家里，我的母亲便连夜把我送到姑母家，在姑母的一个小楼上住了三天。母亲和姑母又把我从姑母家中送走了。秋夜的月亮，照着小小的山路，母亲送我一程又一程，她只知道流眼泪，连说话的声音都没有。我呢，只催促着母亲回去。最后，母亲不走了，我一个人便踏上无尽长的征途。如今，已经整整十个年头。"

部队中没有一个人不喜欢杨，他那老是泛红的面颊，那富有弹性的嘴唇，坚定有热情的目光，配上那似询问而稚气的笑容，混合稚弱与壮美，的确是个动人的家伙。从他外貌看来，若说他是个身经百战的将军，平型关歼敌战的英雄，不免给人以极大的骇奇。但你假如和他在一块儿过了一些日子，从他办事的迅速，处事的坚决，临难不惧，任劳不怨的精神，去找求那些"将军"和"英雄"所应具有的因子，你不会感到丝毫的困难。

杨是我们队伍的灵魂。

山下的敌军，时当黄昏或日午，俨若无事可作，或压惊去闷，便用重炮对着我们的防地攻击。炮弹带着呼啸越过山峰，落在山谷里面，山谷吼着，到处是烟尘和泥土。兄弟们都镇静异常，伏在山峰隐蔽地方。"好。五十发或者两百发，但凭尊便，不管我们的事。"兄弟们的事是静静等待，期待着×人的上山来，便冲锋下去迎击。

然而战事从来没有在这个山地上发生过，一直到一个多雾的清爽的早晨。这以前，只有夜间城墙底下常有被我们袭击过后的×人的死尸。第二天早晨，我们伏在山峰上，可以看见从城里出来的"皇军"把死尸一具一具的搬运进城去。

火药在山谷中发散的香味，渐渐渗入山上高空了。到炮声平静下来的时候，嗅着火药的味儿的弟兄们，不禁发出一两句嘲谑的笑话："妈的×，放了这么多的炮弹，打不着老子一个人，假如老子有家伙的话，××可就遭殃了。"

"打陕北过了山西呀！××再也别想过岭啊！……"

伏在地上的人，彼此相望做着鬼脸，又轻轻地唱了起来。有些年轻的小伙子，这样呆着实在有点急了，便粗鲁地嚷着："杀下去！"但他们知道，没有命令是不能随便行动的，仍旧伏在原来的岗位上，用枪托子，打着山上的泥土，作为一种解闷的游戏。

这样的日子，山里居民，常带着烧好了的水、小米饭和酸菜，坐在山脚下的土墩上等着从山上下来的战士取用。

"同志，辛苦了啊！"

白发红颜莫不亲热地招呼着这些从山上下来的人，手慌脚乱的把自己所有的礼物献出来，强着战士们食取。

"老乡，真谢谢你，哪儿也没有那么好的老乡呀！"一面吃着的人，一面说着感谢的话。

"哪里？哪里？不让自己人吃难道等××吃么？"

"是啦，是啦，××什么也别想我们的！"大伙儿嚷着。

吃饱了的人又上山去了。

回家的路上，居民交换着对于我们的赞语：

"×路军真好啊！你还记得那回打咱们这儿过的×军吗？人家说，×路军就是原先的×军呢。"[1]

太阳晒在身上，虽已是十二月隆冬的山地，也感到一股温暖的燥闷。天空中一点儿云彩也没有。解开棉衣躺在地上，让太阳抚摸坦露的胸膛。晴空中刺目的乱光，使人不得不闭上眼睛。要不是在警戒线上，一定会昏昏地睡去，作些个荒唐的梦，像浓日午，睡在阴凉的树下，期待着一个密约的幽会。

顺着山势下去，近河的地方，是一层层整齐的田亩。小麦已经放青了，延展在山谷低地，如一块一块地毯。居在山腰的人家，赶

---

[1] 编注：此句中"×路军"即八路军，"×军"即红军。

驴人依然坐在碾石上面，悠闲地吸着粗笨的旱烟斗。在山腰的大路上，穿着灰色制服的人们过去过来。这时，谁也不会想到翻过一条山便是敌人的防地。这种太平气象，是我们到这儿以后才有的。当我们未来以前，还不是和隔山那座小城附郭那种荒漠、凄凉、恐怖的情景一样么？

土地在我们手上的时候，是丰腴闲美的乐园。有人民，有交易，有龙钟老妇，也有妙龄少女。而当着×军来了，则只能看到恐怖、罪恶和荒淫。

"……在密密的树林里，

到处都安排着同志们的宿营地。

在高高的山岗上，有我们无数的好兄弟——"

这样充满了轻快欢悦的歌声，在山上，山下，农庄里，军营中，田垄间，道路旁——时时可以听到。

一天一天过去了，山峰几个高地仍旧在我们手中，向城中×军取威胁和监视情势，我们的队伍随时可以杀进城去。

自由充溢着高峰西北面的山地间，人民快乐地作育着他们的农庄。

一九三八年二月十一日。

黎明，杨正预备好了马，从山下王庄走上山去。晓雾从马头上飞过去，又随马尾追上来。农民已经起了床了，弓着背，曲着腰，在窑洞外面喂牲口，对杨张着嘴笑，有的还搭讪两句话，"同志，你真早呀！今天上咱家吃顿早饭好吗？"杨是喜欢开点小玩笑的人，便答道："老乡！好的，我去山上便来，可是你家预备了什么好菜呢？'你家里的'舍得杀个鸡儿吗？"

"好啊。只要你佬肯来，宰个鸡儿有什么不可以呢？"

杨把马鞭一挥去了，笑声遗留在朴实的乡民的心中。

刚走到半山，巨大的炮声在山上连续地响着。杨已经来不及到各个军营中去了，便坐在山腰上急速地写了一个纸条，叫"小鬼"赶快送到山下的参谋处去。写完了条子，他仍旧上山，在第一个营中休息下来。

"今天的情势有点不同，也许敌人有点别的企图了，我们虽早有布置，但诸位还必须加倍谨慎，等参谋长来了，我们还有别的新命令。"杨对一营的同志发了这个简短的谈话后，又拿起电话机来，把同样的话，和其他各营说了一遍。

杨站在山峰上，藉山石的掩蔽，窥视着日军的动静。军队部署已经就绪，二营绕下山去正和敌人接触着。当二营兄弟下山的时候，宣传部同志以动人的口号送着他们踏上战场。

"我们要发挥平型关战斗的精神——"

"我们要把晋南当作日军的坟墓——"

战争开始了。一批一批冲上山来的人都倒下去了。大炮无情地飞上山来，杨站在烟尘迷蒙的山头上，泰然地指挥四面八方的军事，那种镇定、勇敢的态度真非人间所有。

太阳慢慢升起来了，轧轧的机声从高峰上掠过，炸弹连珠似的响着，山峰咆哮着，几个农庄只剩下一片瓦砾了。

猛烈的炮火，连续不断地迫着高峰轰击，而弟兄们仍英勇地冲下山去，山峰的一面，已经给尸体装得有点臃肿了。

当二营开始从山下向西北移动的时候，高峰上正面的炮火已渐渐地稀少。杨还站在山峰后面指挥着一营三营退却的路，他的脸像烧灼了一样的红，声音还是银钟一般的。

敌人退到城里去了，只有炮队还守着城外的阵地。

晚风怜惜地抚摸着战场，送来一片使人肠断的呻吟之声。一勾新月斜斜地挂在无云的高空，照着那些死者的尸体，残酷地折磨着那些将死未死的壮士的心灵，那一泻银光，比锋利的白刃，更能割断人肠。

此时同一寒月下的不同的军营中的梦，应有无比的凄凉，无比的壮丽吗？

把战地打扫清了以后，我们在高峰西北的山地中宿了营。杨说："我们已经达到了消耗的目标，明天主力便向北移，只留下一小支队伍，在原有防地中活动，牵制××，警戒××！"

又是一个有雾的早晨，我们和这个伟大的北方山野离别了。"姑射山呀！你是我们的母亲，你养育过我的祖先，现在是该轮到我们供养你的时候了，我们决不能让你供敌人践踏啊！"

两月以后，被炸毁了家园的人民，全起来了。姑射山下那个小城，常有"大刀会"的人出没，那座高峰敌人也永远没敢上来过。

原载《上海周报》1940年第1卷17期，署名流金。

一个人和那个人所说的故事
——献给我敬爱的朋友 G. M.

一九三九年残夏，我从重庆来洛阳，在椑木镇等着过一个渡口。因为天下雨，江水暴涨，水流异常激速，船无法过去，无意中在那小镇上，滞留了一日夜。我是个单身的旅客，坐在小茶馆里，不时抽着卷烟，非独觉得孤寂，而且十分焦躁。有一个和我从重庆一道来的旅客，和我只隔一个座位，一个人，也和我一般地不断抽着烟。在车上，我们本来已认识，这时，便很自然地交谈起来。他是个中等身材的人，肩背甚为宽厚，两目若有神采，因为睫毛生得很长，有时亦显得温柔得很。脸上其他部分的特征是颧骨极高，脸色欢欣而有时觉得有点忧郁。

从十七岁起，他便列身军籍，现在已快二十年了。这回是从重庆过西安，再返南□戎次的。对于这么一个军官，我无形中起了一点点的好奇心。尤以他的谈吐不俗，知识丰富，更令人惊讶不已。命运注定他作军人，而他的血液里却充满着过多的诗人的气质。在那短短的一日夜里，我完全像活在一个梦的世界里，和那个小小的市镇，似乎离得很远。

茶店位置在一条通大河的小河边，远远望见山，山在雨里如低垂的云层。雨一直下着。小河里的船户，烧饭烧水，从船舱里一阵阵吐出柴草的烟，弥漫在沿河人家的屋檐下，又渐渐消失在雨里。

人不期然地相遇，又不期然地说了许多非普通萍水相逢的人所说的话，不觉时间过去很快，茶店外又渐渐望见暮色了。雨已在一日不止的疲劳中休歇。山清新可爱，淡淡浓绿，远近甚觉分明。看山下的人家烟树，听河里河外的喧嚷，人仿佛活在唐诗的境界里。我们从茶店出来，从小河摇船到大河，坐在大河边的沙岸上。大河中有一座还没有修成的石桥，屹立河心；石柱洁白如雪，水打在石柱上，溅起的浪花，亦如雪般。我说：

"假如桥已造好，我们今天不会在这里谈这么许多，我必定没有缘分知道你这个人。"

他说："我这个又粗又俗的人，不值得你知道。"

一阵波涛从我们脚下驰过，声音留在沙上。我的话没说出来，只望着他，心里说："你这个带着过多诗人气质的军人！"

沱江的西岸，山渐渐平，过了那些山，就是平原了。自从离开家，两年里所走的都是山路。住下的城市，都是终年望不见平野的山城。我们神往于那个将要到达的沃野千里的平原。我对他说："住在山里，精神上像有个天然的桎梏，我的幻想似不能够飞越过那些崇峻的峰峦。我欢喜平原，欢喜平原上远远的和天相接的地方……"

他似乎没听见我的话，不等我说完，若有所思地望着江水："水流过去就不回来了。"

那话打动了我和他自己。我们沉默地坐在沙岸上，江声入夜幽咽。

夜里住在镇上一家小小的客店里，一间正靠着大河的楼房，开窗子便可望见白帆，望见山；夜里有星星，星星亦正在我们眼里。靠近窗口，脸对着窗外，他为我说他一个学生的故事，说完，他要我写下来。那故事，他说他一直不能忘记。

故事是一个人的遭遇，真真实实的，也许不十分动人。若要作为茶余酒后的消遣，则必至全无意识。它所指示的，是我们这时代的军人的精神，和永远留存着的一种人情。

事情开始在一九三二年的初春。

二月，江南雪后的早晨，清寒如月冷秋深的夜。野地里，风穿过冬后的林梢，吹起枯枝上积聚的雪花，把它掺和在寒冷的空气里。远近村子的屋顶上，升起淡淡的炊烟，瓦上有白雪，那烟似乎就结聚在雪上；疏疏密密的林子里，飘着淡蓝色的雾。四处的村道上、残雪中，有狗的脚印子，有牛的蹄迹，和极少的人迹。

"一二·八"后，京沪道上的行人，像决后的河水。从南京下行的，从上海上行的，都莫不异常拥挤。一场不大不小的惊扰后，各人似乎都有各自迫不及待的事务，有些，简直不是哪个人能想象得到的。而事务的种类，也多得不能示以数字。假如有人能知道各个人所要做的事情，而把那些事比类、排列起来，必极好玩而极有意思。

就在那天早晨，从南京开往上海的车上，有个二十五岁的年轻军官，"一二·八"战争结束后过南京，现在又过嘉兴去。和他同一车厢，有个老妇人，挤在汹涌的人群中，连个站的地方也没有。车上的旅客，不管有身份，或是没身份的，都毫没注意到这位无力的老者，各自在争夺着一个舒适的座位，或与那已有了座位的人，发生似有理而无理的争执。

那军官把位子让给这位老妇人，却铸成了他自己一个小小的不幸。使他一直到现在，一想到这个老妇人和另一个人，还感到一种歉疚和痛苦。

老妇人清洁伶俐，穿着看来亦颇富有，在车上，一直端详着那位年轻军官，若为他那好心所感动。且俨然有因这个人想起另一个人的神气，陷于漠然的沉思中。年轻人因无其他的话可说，只问问她从哪儿来，上哪儿去，另外，还说了一点点战后车子上人太多，老年人走路不方便的话。

老妇人也到嘉兴去，对他说：

"你到嘉兴；嘉兴城我住过好多年，一切我都熟识，我有一个朋友在那里开旅馆，你若住那里，一切必方便。"

年轻军官的家，在离南京很远的地方，那地方在中国近代史上，占有极重要的地位，不独出过许多有名的政治家，且多勇敢善战的军人。受山和海的潜移默化，性格坚忍而气度阔大；富于幻想而敢于冒险。他从小粗壮矫捷。后来入了军校，毕业不久，即在军界服务，参加过许多战役。"一二·八"后，回到南京，不想在原来的部队中干了，于是跑去嘉兴，想到当时驻在嘉兴的×××部队去。

在嘉兴下车，和那个老妇人分手后，即依照老妇人的吩咐，在她那个朋友的旅馆住下。旅馆的掌柜对他伺候得异常殷勤。临走时，掌柜的说，老板吩咐过，不收房钱和饭钱。他既感谢又惭愧，问老板住在哪里，打算当面去谢谢那个老妇人。掌柜的说，主人已过南京；且掏出一封信来，说主人临走交给他，要他等客人离开时交给客人，请客人过南京时，到下关一家照相馆里去看她。

老妇人信上说，她离开嘉兴很匆促，□时就回嘉兴来，请他在嘉兴时，如无特殊不方便，便住在那家旅馆，不必客气。如她未回嘉兴前，就到南京去，便过下关某某照相馆去玩玩。恰好那时，他来嘉兴要办的事不成功，正要回南京去。

到南京便去那家照相馆。那位老太太，见他面，非常高兴，非常亲热，说她在南京正等着女儿从郑州回来，一时还不回嘉兴。过后，从楼上卧室里取下一个照片，拿在手上，望望照片，又望望对着她坐着的那个人，样子看来很奇怪，眼里还含了两大泡眼泪。年轻军官觉得异常不安，问她相片上是哪一个？她默默地把照片递给他了。年轻人一看，甚觉愕然，像片中的人，好像就是他自己，只相片很旧，想来与他年龄不相合，但仍拿着照片发愣。

老太太告诉他，那是她已死去多年的儿子。说时泪珠滚滚不断。

一个月的时间过去了。

柳树抽了芽，田野上青青的。江水终日浩浩，东风从海上吹来。春渐渐浓了。

老妇人的女儿自郑州来，车子到在深夜里。老太太和年轻军人在站上接着她。老太太拉着女儿的手，指着那年轻军人说："薇，这是你哥哥！"女孩子觉得十分奇怪，怎么又会有个哥哥呢？且年轻军人，生得英俊大方，使女孩子心下忐忑不安，怪狐疑的。

春夜融□，星星如万盏明灯；一阵阵风，从江上吹来。旅客散后，下面码头上，异常寂静；江水东流，如喁喁私语；江北岸远处灯火，朦胧中还可分辨，……

女孩生得娇好动人，眼睛灵活有光，如江南三月清溪；学校里常穿的蓝布长衫，正适合那婀娜的身材，显得朴素而美好。两颊红嫩如苹果，新鲜柔媚，具有一种无限的魅力；一切举止言谈，无一处不足以打动一个年轻男子的心。但一切都毫不做作，天真而单纯，自然、华贵而柔媚。

女儿来后，老妇人便要回嘉兴去。在嘉兴城外她有一所幽静的住宅，比下关更合她的意。她要年青军人同去，而他也正因在南京闲着没事，心里对那女孩，也觉有种莫名奇妙的拳拳之心，便和她们母女俩，又过嘉兴了。

江南的春天，四月里，出水新秧，碧油油的如交错的河港里平静的流水。柳枝上，柔条已垂垂如丝，沿着水岸一排一排的绵延不断。风轻轻地吹着，水流着，垂垂的柳枝复轻轻地吻着水的波纹；有时脱下一片叶，在水面上随风漂去。洋雀子在无边的原野里尽情地歌唱着。白色的水鸟，悠闲地掠过水面，又轻捷地飞去了。有时，又有一片一片的桑园，桑树绿叶，在阳光下闪耀，采桑人手挽着箧篮，穿行在桑间。打着白色头巾的女人，个个妖冶娟好，有时轻轻地唱着，声音掷在空气里像金子。

在这一个江南的春日，年轻军人的心锁在那个女孩子心上。这一切春日的美景，更助长着他无边的想望来日的梦。但当幸福来到的时候，他又做着另一个少年人英雄的梦了。也许人常常如此的，我们不是看到过许多人，当一种幸福来到时又颤栗地逃避了吗？人在这种情形下，便创造着人类伟大无比的事业了。

老妇人看女儿和那年轻军官很相得，心下暗暗欢喜，她似乎找到了她暮年的支撑，一天，悄悄地对年轻军官说：

"在外面奔波劳苦，而且这年头，人心坏，处处有危险，尤其你在军界，打起仗来，风餐露宿，得不到一点好吃，一点好穿。我年纪这般大，只薇儿一个女儿，嘉兴、南京两处产业，都没有人照管，你们两个人又很要好，你以后就不要出去干事，在这里过过安闲日子吧！"

老妇人说时态度，完全如对自己儿女，言下还带着眼泪，年轻军官十分感动；但忽为自己一种骄傲所扰，沉吟许久不说话。老人看他沉默，也便不再多说。

这一番话，完全搅乱了他愉快平静的生活，他复又想起他自己的事业和作为一个军人的任务。于是，在一个月明的晚上，他悄悄地告诉了那女孩这一切。女孩抬起她明亮的大眼睛，月亮照着她半个面庞，那说不尽的，就在那一霎中渗入了年轻军官的心里，年轻军官紧紧地搂住她的玉似的双臂，梦呓般说道："我必不能照你母亲的话去做，你鼓励我，做一个人，一个男子，一个好军官，明天，我就到南京去。"

女的点点头，他忽然又抱着她，说：

"你永远对我好?!"

"你永远对我好?!"女的也说。

彼此望着，明亮的眼睛湿了。

第二天，年轻军人走了。老妇人十分失望，十分害怕。十年前，她的儿子也是这样离开了家，而且永远不回来了，女儿安慰着她，但心情也恍惚得很。

事情就这样结束了吗？他真的便永远不回来了吗？幸福便永远是那一刹那的事么？谁知道呢？

他去南京后，又到安徽一个小地方去，不断地往嘉兴那里去信，说在那里，他事情做得很不好。那时皖鄂边境上，不安稳，他所在的那个军队，正在那地方担任着缉抚的任务。秋天的时候，忽然发现他不见了，军队主管人到处找他，但哪儿也找不到他。

是不是他又回到嘉兴去了呢？但在嘉兴的人，从那天以后，一直盼着他的信。秋天过去了，冬天过去了，又一个春天，……信不来，人也不来！

人说，他死了。

是不是死了呢？没人知道。

故事听完了。我想那个年轻军官，就是那个说故事的人；是不是呢？读者也许比我更清楚的。

一九四〇年十月十二日　洛阳

原载《大公报》（重庆）1940 年 11 月 25 日、26 日《战线》第685、686 期，署名流金。

北方

前　记

二十九年[1]夏天，我从昆明到洛阳去，在北方一直过了三年。去年回到南边，无意中留在贵阳教了一年书。今秋又到昆明来。

三年都在军中，只有一个短时期避地安徽太湖县，在山里过了一个春一个夏。黄河到长江，南北二千余里，潼关到正阳关，东西二千余里，在这一大片地面上，我走过许多县城，住过许多乡镇。

来回滇黔川陕之间，山水、人情、物候，有许多至今亦不能忘怀。

重来昆明，想起四年前离开昆明情景，虽然地方人物，为我久所系念，也不免有些惘然。四年的变化，似乎和我所期望的走了相反的途径。尤其是今日坐在窗下，窗外一片阳光，阳光下一片沉绿，绿里泻过来远山的青蓝，光影中，流动着在江南已听不到的鹰梭，写着北方，更觉着怀念北方，但却又无日再回到北方去了。

洛阳的秋天（北方之一）

二十九年十月初，我到洛阳。离开重庆还只八月九号，到宝鸡

[1]　原注：即民国二十九年，公元一九四〇年。

已是九月初了。普通不要十天走到的路，我却因秋雨，桥断路坏，人病了，山塌了，足足走了二十三日，过西安又病了下来，迟迟中秋后，才到洛阳。

洛阳有好的秋日，又红又大的柿子，在阳光下耀着眼，孟津梨像刚出落得伶伶俐俐的女孩儿的脸，和从灵宝来的美国种苹果一样的颜色。大红枣，大花生，烤白薯，香得叫人想起古老的北平来。

我住在一所大兵营中，营房附近都是树，终日听落叶声；刮大风的日子，落叶声更响得仿佛江流，我住的屋子外面菊花盛开，院子里积满落叶，树叶子好像都是红的。我常常坐在院子阳光下面，病后的闲适，叫我作许多梦，我会想着把那最好看的叶子拾起，装一口袋一口袋，等菊花残了，再装上那瓣瓣的落英，灌满一个枕头，寄给一位朋友，让她从树叶子的颜色，落英的颜色上，领略一点我病后的情怀。

没有风的日子，我几乎整个上午都在阳光下，拿一本书，但心绪却不在书上，只随着白云，或者是翱翔在蓝得像海的晴空下面的鹰，作无边的梦想。

兵营毗连着兵营，在北面的是战前几个军事学校的旧址——陆军军官学校第一分校，和中央航空学校；南面的雄踞在洛水上面。南北相去两千公尺，东西相去三千公尺以上，除了兵营前密密的树，和树中宽广的东西向的一条大路外，这么大的一个空间，什么也没有。这是一个我曾见过的容得下十万人以上的广场。南望大山，隐隐在云里露出一点点蓝色，西面山色浑茫，北邙即像几十头大牛，躺在东北角上。安静的清晨与黄昏，苍凉的号声，便萦绕在这一大片兵营之上，从那叫人感到伟大气象的广场上渐渐地逝去。

洛水边上是最动人的地方，夕阳时，我常常一个人走去那边，坐在断桥上，凝神于那从夕阳里浑茫的山色中流来的水声。那流声异常艰涩，常给人一点点悲哀之感。千余年前诗人梦想，有时使我想着那只不过是已逝去的繁华缥缈的幻思既在，是无论如何引不起那种情怀来了。

残败的断桥最易动人怀古的幽情，虽然它是出于近代的建筑。一百公尺长的石桥，有一半已经给水冲得没有一点遗迹。剩下来的却巍立在北岸水中，古柳掩映着近岸的地方。垂垂的柳枝，时常拂着那斑驳的石栏杆。有好明月的夜间，山就像在青纱里漾动；水则在薄明的银光下，依依远去；远村里偶然也飘来一两声犬吠。在这样明月桥畔的栏杆边坐下，风情便和古诗人的梦想渐渐近了。

秋天转眼便过去了。有一个朋友来信说："……读着你的来信，一点也不觉得你是在军中，相反地好像更容易想像你是那距离我们很久很久以前的人，我真不懂得你在那边是怎么一回事，那样清闲，那样孤独。"

"我们都觉得你这样下去不好。所有向往你军中生活的朋友，都渴望你信里面充满着战争、热烈的生活、军人和马……"

友人的话使我深思过好一阵。

我在洛阳真是过了一个和我那时的生活（我是在军中）不相称的秋天。

原载《自由论坛》1944 年（刊出日期不详），署名流金。

我第一次的工作（北方之二）

我第一次的工作便是为我的长官——战区司令部参谋长——写纪念国庆日的文章。但我第一次便失败了。当时和我做同一工作的有我在燕京大学时的一位同学，有一位清华大学毕业的，有两位武汉大学毕业的。我们五个人都是秘书，我和一位武汉大学新来的是上校待遇，另两位是中校，还有一位是少校待遇的，不久两位中校待遇的也升作上校了。我们好像都是纪念日的装点。

我还记得那次的纪念文章里面，有一篇把春秋大一统之义，说得十分动人。又有一篇用了一大段排比的句子，充满了"热情"和流行的辞藻。因此我便懂得我之所以失败的理由了。

有一次夜间，我去那位同学家里，给他看我那时作的一首归诗，里面有一句"文章无用意难平"的句子，他带开玩笑带讽刺似地说："不是'无用意难平'，而是'不用意难平'罢!"后来又承他告诉了我许多迎合长官心理的秘诀，当时觉得有点茫然。至今我一想起还觉得有点茫然啊!

但从此我就揣摩起长官的心来了。有一回我为我的长官写干训班毕业时的讲词，也就大做起文章来了。当我写完了一篇冠冕堂皇的训话之后，又加上一段叫演讲人要举手全神贯注着说的话："各位，今天我们是处在一个大时代，我们不但要有合乎三民主义的精神、创造的勇气、高远的抱负、燃烧的热情、坚定的意志，而且要有健全的体魄，要勇猛如狮子，矫捷如猿猴，负重如骆驼……"我似乎不再失败了。

当我第一次失败之后，我的声誉也就一时挽不过来。我在洛阳很少朋友，常去的地方，便是我那位同学家里。在一个失败者面前，我们就是对一个朋友，气焰也不免高了许多。我的那位同学当然也不能例外，常常在我面前夸耀的便是长官对他的恩眷。

"……你不要性急，过过也就会这一套的。×××，他和我同事两年，老×就从来没有叫他写过一篇文章。×××，来了半年也没有被取录过一篇，后来还是我给他改，教他写，才慢慢地被用了两三篇的! 对于我，老×是顶重视的。×主任告诉我，说老×在他面前，就说过我是长官部的第一支笔，洛阳的第一支笔……"

话说到得意的地方，眼睛照例亮了起来，脸上也有光彩了。但我总是唯唯地听着他，一次、二次、三次……以至于无数次。

我们好像就是为了装饰而活着的。像我的同学那样，似乎还为了这种装饰的工作满意阔怀了。

我的那位长官是顶喜欢时髦的人，因此，便有人说他像外国的军官。对于演讲稿，和用他的名字发表的文章，非常重视。我为他写一点什么，必须经过三番四次的改定，这一个人写不合意了，便找另一个人，听说最合他意的是新奇。有一回一个同事告诉我，说他有一次叫人替他写了一篇关于苏联的文章，那人用了一个《透视下之苏联》的题目，他看了觉得"透视"还不够好，改成了《显微镜下的苏联》。这件事到处被人谈论着。因此我们便费尽心机，争新斗巧了。

我在长官部八个月，我觉得我那位长官，还是我唯一敬重的人。我至今还能想起他那种办事的劳苦。每回有战事，必是他一个人的眼上有一圈黑，必是他一个人哑了嗓子；下雪的天气，早晨七点半钟，必是他的汽车第一个按时停在办公室的大门口；每天我们已回到了住处，准备吃晚饭的时候，必有他的汽车声从门前过去，下班后，他总比我们迟些回去。

我当时很不了解他为什么要我们这些人做些那样无用的事。

原载《自由论坛》1944年（刊出日期不详），署名流金。

大小蜜（北方之三）

友人蔡君，结婚了十五年，还没有孩子。他是很欢喜孩子的。他自己也还像个孩子，虽然他已过了近二十年的军队生活。他的夫人是一个忠厚的妇人，节俭而淳朴；她现在已是师长夫人了，但一切还是亲自操作。他们的家庭生活，温暖而简单，唯一的缺陷，就是没有孩子。

我有一次从洛阳去看他们，正是河南大旱的那一年的秋天。友人的师部驻扎在密县，距洛阳一百八十里。

我们分别了半年，我一到师部，他就带我上他家里去。"流金，我有两个孩子了，一对双胞，这两天家里正忙着呢！"友人一边说，一边对着我笑，笑得那样真诚。

我又惊又喜地听着他的报道，不禁紧紧地握着他的手了。

当我们走进他的卧室，他大声的嚷道："客人来了！"

床上摆满了一床小孩的衣服，另外还有几位太太坐在屋里。他夫人站起来欢迎我，我向她道喜，她说：

"程秘书，你正好赶上我们的喜酒了。"

我说："我在洛阳，一点不知道你们的大喜事，剑鸣兄来信上也不曾提起，他方才才告诉我的。"

友人坐在床上大笑起来，说："你不知道，我也不知道呀！我这位太太连我也没有告诉过，两个小娃娃就从天上掉下来了。"

一屋子的人都哄然。我却有点莫名其妙起来。但我仍努力镇静，问他的夫人的身体可好，小孩的乳够不够，人都望着我，像方才那样，有一种莫名其妙的表情。我的朋友却从床上站了起来，拉我坐在身边，说：

"流金，我给你讲一个故事。"说完，又笑了起来。他的夫人却指着他说："剑鸣，就是你不好，弄得程秘书莫名其妙的，又要给人家讲什么故事，你快同他说呀！"

友人歪在床上瞧着他的太太，故意问她："我能同他说什么呀？说那从天上掉下来的娃娃，是不是？"

另一位太太插了一句话："你们看，师长高兴得成了这个样子！"

说完，又招呼其他的太太，"我们走了，让师长和这位程秘书讲故事去。"

当那些太太都站了起来要走的时候，我的友人也忙站起来说："再坐坐，我讲故事，你们也可以听听。"

当屋里只剩下了我们两人的时候，友人说："流金，你看肥子多高兴！"肥子是他对他夫人的爱称，因为她长得胖，所以他叫她肥子。

"你还不是一样？像这样的好事，当然高兴。"我说。

隔了一间空屋有微弱的婴儿的哭声，友人燃起了一支烟，无限感慨地说：

"流金，那是两个可怜的孩子，我们连他们的父母都不知道。大前天我同参谋长出去视察地形，回来的时候，听到一阵孩子的哭声，但不知道从哪里来的。天已经快黑了，我便勒住了马，想听个清楚，但没有听见什么。当我们继续往前走的时候，小孩的哭声似乎又有了，我便叫卫士向路边去找。在山脚边的田坎下，发现了裹着破絮的两个刚出生的婴儿，一阵一阵地在哭喊。我心一动，便叫卫士抱了回来。大概弃在那儿还不久，连夜找来了乳妈，第二天有一个已经会吸乳了，那一个较小的，昨天早晨也能吸了。我的太太，这两天便忙着替他们缝被包，缝衣服。我们决心把他们养大，把他们当作自己的孩子。"

友人停了一下，又说，"今年的灾荒，像这样被遗弃的小孩，不知有多少，我们军队驻扎的地方，一天总发现一两起，有的已经死了，没有死的，给人抱了回去，你想有几个人请得起乳妈的，十九也都死去了。这两个孩子，真是顶幸运的了。"他说完时，我们都禁不住默然了。忽然，友人又兴奋起来："流金，你替他们取两个名字。"我说："是男孩还是女孩呢？"

"啊，我还忘记告诉你，是两位千金，我想她们将来定是一对极美丽的姑娘。"

"那好极了，名字现成的，你现在住的地方叫做密县，我们把密字换一换，一个叫大蜜，一个叫小蜜，好不好？"

"好的，好的！"他大声喊了他的夫人进来，对她说，"我们的孩子已经有名字了，一个叫大蜜，一个叫小蜜"！

他夫人的脸上像有些忧愁，轻轻地对他说："那个小的恐怕不中用了。一点乳也不吸，不断地在咽气。"

我在他那里住了三天，小蜜就是在第一天的夜里死去的。我衷心地为那个大蜜祝福。

第二天的早晨，我的朋友到师部来，颓丧地告诉我："流金，大蜜昨天夜里又悄悄地去了。"

一九四四年四月十九日

原载 1944 年《自由论坛》(刊出日期不详)，署名流金。

一个十九岁的上等兵（北方之四）

一

十一月，我移居俱乐部旁边一间安静的屋子。

进出要经过一个大客厅，那屋子其实就是客厅的套间。

客厅多时没人使用，道口、门口、墙角、壁上都结满了尘网。白色的墙壁也变成灰黄的了，里面空空洞洞的，一点家具都没有。客厅外面有一道长廊，廊下有两株大树，日斜树影便洒满整个的廊子，树上有几个鸟窠，夜里月色好，鸟常不安地拍拍乱飞，扰人梦寝。

第一个勤务兵来了不到一礼拜便走了，第二个也那样。他们似乎都耐不住这里的寂寞，常常我出去了便出去了，我回来了还不回来。

二

第三次来了一个极年轻的孩子，是我那位同学介绍的。他原来在山西，在一家磨豆腐的小店里做学徒。工作劳苦而琐屑。推磨、拣豆子、滤豆汁，此外还得砍柴、挑水、烧火。一年工资五元，但到年底，主人还不给他。后来便到军队里来。二十八年跟着过了黄河。

我那位同学和我说，他极忠实、质朴、憨厚，过了河。还常常和军队去河那边，回来总带一两样什物送他：两个玻璃杯，一个肥皂盒子，一条纸烟，都是从沦陷区过来的。每回总是悄悄地把东西放下，又悄悄地走了。

我说觉得他是一个极可爱的农民，我一见他便找了他来。

三

每天从大客厅里走过的人，都可以听见琅琅的读书声。

大客厅窗下，常有个剃光头，方方的憨气的脸，引起过来过去的人的注视。

四

有一天，我走过大客厅，看见墙上贴了几张从《良友画报》中剪下来的风景画，有一张蒋夫人的封面照相。我注视了一下。我问他那是从哪里来的，他只笑，不说话。

窗下有一条用石块搭起来的桌子，桌子上有一方粗劣的石砚，有几本破旧的书，石印的《千字文》，总政治部发下来的士兵读本，和油渍渍的连环图画，还有他写的歪歪斜斜的字。他羞涩地朝我看，我微笑地称赞了他一下。

五

他从来不出去，工作完了，就坐下读书，写字。和我渐渐熟了，他课业的成绩也就渐渐地送到了我的手中。

六

天寒岁暮，朝夕号角声，无日不动我乡思。快到年边，我病了。半夜醒来，火炉上水沸腾声，窗外呼呼风声，把我的思绪拉得极远。有时还使我有远离亲旧，孑然一身的寂寞凄凉之感。

病一连拖延了二十日，到后来，半夜火炉旁，总有他坐在那里，看我醒来了，便问我要不要茶，要不要水。有时便坐在我书桌前面，写他那歪歪斜斜的字，等着我醒，怕我醒了，要不到茶，要不到水。我觉得他就是我的亲人。多少次我和他说，叫不要等我，不要半夜起来，尽管自己睡，我要茶水时再叫他。但他仍夜夜半夜后起来，必等伺候过了我一次茶水，才肯睡去。

我就在病中过了阴历除夕，过了年。

年后七八天我病起，到元宵才完全恢复健康。元宵后。一天晚上他向我请假说要回家去。

我以前不知道他还有家的，一听他说要回家，真觉十分歉然。我的病，耽误了他年里的团聚，我半晌没有说话，我欠了他许多啊。

他告诉我他的家在孟津，父母没有了，年荒才到山西去的，现在家里还有祖母兄嫂。

我给了他一个月的工资，另外还送给他和工资一般多的钱，叫他买点东西回去，并同他说："什么时候能回来就什么时候回来。"

三天后他就回来了，带来一大袋梨，一大袋枣，说是他家里送给我的。

从此，我想像中便有一幅图画：在黄河边上，山地里，可以望见黄河的地方，一带树林，一带平畴绕抱之中，有几栋茅屋，他便住在那里，自己种自己的土地：冬天早晨的阳光下面，他穿着棉袄，和孩子们坐在门口打麦场上晒太阳；炊烟从茅屋上面向青天逝去，有一个妇人，把早饭做好送到门口阳光下面，红薯的热气，蒸腾着一家的温暖……

我期望他在他自己生长的地方，做一个饱暖的农夫。

七

我天天夜里回来，总在半夜后。他总是等我回来了再睡的。这样的生活，过了一个多月，有一夜，我回来时，桌上有几封信，信下面有一张是他写的"烟伤身赌败家"的纸片。我看时他就站在我旁边。我不好意思看他。我们之间连一点呼吸的声音都没有。

我睡的时候，极不快乐。

春天渐渐来了，我第一次感到了春晨里的风。

八

我离开洛阳半年了。三十年的冬天，下过两次雪。除夕，他病在床上，出疹子。过了元宵还不能起床。他脸上长满斑点。在乡间，这样的病，能免于死亡，已算大幸。

我因事必须南去，而且不能再迟延。我不敢告诉他。

好多日子我没有见他了，他天天嚷着要见我，喃喃地说一些似要临终的谵语。我抛下他走了。正是初春时候，临汝南边，春色已上了柳梢，北面山上的白雪也渐渐融去，夕阳时，一片苍蓝扑向人来。

我把他托给我的一个朋友，叫他好了便跟着他。

旅途上，一种负心之感纠缠着我，过了好些日子。

九

三十一年九月，我又回洛阳来。住在政治部大楼上，又唤起我初来洛阳时的情绪。

有人告诉我，他当我走后，好几回也要寻我到南边。后来一个人去了豫南，在方城县给人抓了去当壮丁。还有他旧日的同事知道他在哪里。

我尽我所能地找到了他所在的地方，告诉他我来了洛阳。

不久他便来了，又是一个冬天的早晨，但我几乎不认识他了。他对我跪了下来，脸上满是泪痕。

他的脸完全没有二十九年的颜色了。出疹子把脸出麻了。

大楼南望嵩山，嵩山终日送来苍翠。他站在栏杆边，似乎就是站在嵩山的下面。我的眼睛模糊了，我分不清楚哪是山，哪是栏杆下站着的人。

就在这一天，我把我去年的棉军服给了他。

原载《自由论坛》1944 年 12 月 24 日第 13 期，署名流金。

牛车（北方之五）

"叮——叮""当——当，"一阵阵时而清脆时而沉重的牛车的铃声，从墙外传来。好几天了，我心中充满了它，清晨到黄昏，黄昏到夜，就是梦里也被萦绕着。

冬日的晴朝，我常常在兵营附近一带林子里散步。刚刚卸去浅蓝色面网的山，神采奕奕地从青色的林子外面，送过来苍蓝的梦思；晨起的炊烟，袅袅地飘散在星罗棋布的村落上面，溶入晴明的天的湛蓝中去；洛水闪烁地带着一片淡烟，向那终古流去的地方，远远的向人眨一下眼，便不见了。

村路上，这里，那里，"叮——叮""当——当"的牛车的铃声，回旋在惺忪的才见一点儿青的麦原上，充满了质朴的田园的梦想和一种平原上居民的沉郁的哀思。

赶车的似乎照例是一个老人，照例悠闲地坐在车上，望着天，怡然自得地吸着旱烟袋。笨重的铁箍的大车轮，一转一转地慢慢滚动，有时，赶车的就在车上睡着了。冬日的晴朝，也就安静得有如睡去。

从四乡来的牛车，陆续在兵营外面停下；兵营外，一辆接着一辆的车子，已经满了；但通往四乡的路上，牛车还是不断的来。任何一个地方，都充满了"叮——叮""当——当"的声音。

初春，才下过两天雪；雪后，天气晴朗，春，好像一步一步的来了。青青的麦苗，嫩嫩的，软得像一幅绸子，温柔地盖在原野上。从南方吹来的风，把远山的青翠，吹散在原野上。但那不断的牛车声，扰乱着这种抒情的早春天气的梦思。

有个五十左右年纪的农夫，我天天进进出出都看见他。他的车子就停在兵营一道耳门口，一棵大槐树下。他来了好些天，从来没有离开过他的车子。牲口卸了系在槐树上，每天早晨和傍晚他从那堆得满满的车上，取下草料，把牲口喂饱，然后牵着它到洛水边上饮水去。

满满的车子上的草料渐渐没有了，当他取出他最后的草料时，有两颗极大极大的眼泪挂在他那模糊了的眼上，从那沾满了尘土的粗黑的脸上滚下来。几个大麻袋，一叠叠折得整整齐齐的冷落的放在车子的一角。

我最后一次看见他，就是当草料完了他坐在车上发愣的时候。以后，便不见他了。

这些牛车都是征发来的。乡下人，命令一下去，被摊派到了，无论远近，都带了草料，带了粮，两天三天，四天五天地走到洛阳来。打完了差，常把牲口卖了，车卖了，剩下一个光人回去；回不去的，也常有。

一有战事，便大量地征发车子。照例，被征发出来的，不知道要去什么地方，要出来多久。乡下人。虽每回带回去一些不幸，但每回总有很多诚实的顺从的农夫，带着满满的草料，满满的粮，赶着车子，来应征调。

一九四〇年二月初，敌陷南阳，北扰舞阳叶县，洛阳告警，我第一次看到这情景。第二次是四月中条山的战事。以后还有很多次。

中条山那一次，我们许多同事的家眷都撤往卢氏，每家人，都有一辆牛车，有的有两辆，三辆四辆的也有。洛阳到卢氏，牛车走起来大约要一个多星期，来回便得半个月，车子等在洛阳的日子还不计算在内。据说，那一次牛车之多，绵延了十多里路。

我那一回也分到了一辆牛车，我也是被允许撤退的人，但我可什么也没有，假如真撤退的话，我和我那位傻傻的勤务兵，都可以打开行李在车子上面睡起来，安安逸逸的到卢氏过一个夏天。当我的勤务兵把牛车拉来的时候，我和他开玩笑似的说：

"王大有，你想不想走？要是你想走的话，就一个人坐这辆车子，能回来，帮我买一把竹子睡椅带来，卢氏出竹子。"

王大有笑嘻嘻地说："你不走，我也不走。"

我说："那车子怎么办呢？"

他说："我偷偷地把它放了吧！"

原载《天风》1945年第3期，署名流金。原载编者按：上文系流金先生的"北方"第五节，其余的已在昆明《自由论坛》星期增刊连续发表。

没有雪的冬天

二十九年十二月十日在洛阳

窗外有极好的阳光，一切都显得温暖，明净。从树梢上望去的天色，显得分外蓝。有几个勤务兵坐在院子里的阶台上晒太阳，说一些我不大听得懂的话，不时还发出笑声。

昨夜写完《杨》[1]，今日重读一遍，即寄往重庆。二十六年这时候，我正在山西赵城县一个叫做杜戍村的地方，那一些在战争中成长起来的人，和杨一样，又一次浮现在我的记忆中。

又一日

余幸君今天来看我，他是我在燕大时的同学，二十六年冬天到山西一个军队做政治教官，直到现在还在那个部队中服役。这回是从长子来的，还是那样健康，宽肩，黑黑的脸。

我们一同进城，听河南戏，去一家饭店里吃饭，饭后又在另一个朋友家里打桥牌。他在学校时喜欢跳舞，是个有名的会玩的人。说这回来洛阳，想多住些时候；我便邀他住在我这里。我的屋子旁边还有一间小屋子，很安静，开窗便可见花园里的树，阳光也不缺乏。

从城里回来，一路上，月亮把槐树的影子洒满我们全身。洋车[2]

---

[1] 原注：《杨》是我《群相》中的一节，发表于重庆《大公报·战线》上。

[2] 原注：洋车即人力车。

跑得很快，只听见车轮子和路面磨擦得沙沙响。我们不约而同地想起在北平晚上从城里坐校车回来的事——有明月的夜里，米黄色的校车平稳地轻驰在树影里的时候。我们的情绪，似乎还如昨天一般。

又一日

早晨和他在官舍外面大旷场上散步，四面都是青黑而挺拔的树枝，如雪地里的树枝的影子。远山还静静地安睡在薄雾里，东边天空中有一片朝霞，说不出的美丽；早晨的号声似乎在云际里飘荡。

余君来我这里已经三天了。

他今天告诉我他们的军长是湖南人，黄埔军校一期毕业的，表面的特征是只剩下一只眼睛；喜欢读书，打仗很勇敢；用了一位极能干的参谋长。

从他的叙述中，我没有得到什么很深的印象。

阳光可爱极了。树林里出现了几个穿着红棉袄，花棉袄的褴褛的男女小孩，他们在那里拾树枝子，耙干枯了的落叶。

中午干训团有几个女孩子到我这里来，和我约定去她们那边演讲的日子。她们都穿着灰色的棉军服，约自十七八至二十一二岁不等，其中一个也还有着新鲜动人的脸面。她们走后，余君问我来洛阳后寂寞不寂寞，我开玩笑的说："常有她们来，便不寂寞了。"他也开玩笑似地说要我介绍一个给他。我说："那个脸红红的好吗？"他说："我只能有第二个选择的权利。"

一阵腊梅香默默地把我们的话打断了。阳光愉快地流动在依旧的天色中，天又远又大，光色似乎充满了我的心胸，我迷失在冬日明净的窗外。

又一日

今日午后余君和我在洛河道上散步，洁白的鹅卵石的河床，清寒的水在上面流淌，不到一尺深。没有一条鱼游在清浅的水里。辽阔的河面，没有水的地方都是淡黑色的沙，映着阳光十分美丽，在眼前炫耀着。

他讲了许多山西的情形：已沦陷的各县的政权，多得叫人不相信，有中央的，有伪组织的，有山西地方的，还有八路军的。地方的武装也同样的混乱。还有军队里面合作社的兴盛。他讲时一点不夹杂自己的意见，叙述得那样朴实。他过去留给我的印象渐渐模糊起来，有时又像是鲜明起来。

阳光照着他黑油油的脸。我默默地望着他。我浸沉在他的谈话中了。忽然有一只白色的水鸟从我们身边飞过，落在离我们远远的沙上。

我问他："你这几年回过后方吗？"他说："你是不是觉得我改变了呢？"

我在心里回答说："是的。"但一转念又觉得不是的；我们过去的环境不同于现在。他过去热烈地玩着，现在热烈地工作着。我记得他玩的时侯，有人非议他，他从没有表示过抗议。他该是一个深沉有主意的人。

这些日子，他很用功地整理这几年来得到的材料；有时一个人进城去，有时和我谈论，好几回都令我想起，二十六年秋天，我们在武汉的时侯，他一个人一声不响下山去跳舞，过一两天又一声不响地回来的情景。

又一日

今日有风，一天没有出去，读《歌德对话录》，抄选陆放翁诗。北来匆匆四月，想不到会过得这样清闲。陆游诗说："志士凄凉闲处老"，回想北来时的情怀，颇动哀念。夜里，风住了，月明如昼，引着我出去；远处犬吠，洛水默默地流着，流声忽然高昂，忽然又低沉下去了。

又一日

余君和我谈到深夜。

他所属的军队里发生了一桩重大的变故：参谋长带了一批人出走了。去的地方，传说不一，好像有人知道，又好像没有人知道。

他今天情绪很不安定，他说他的军长来电叫他回去。

我问过他几次那位参谋长可能往哪儿去，他总说那参谋长为人极好，是军中少见的。

又一日

七天前有一个同事回豫南去，今午回来了。我去看他，他递给我一张小纸片，托我验证一下那里面所记的事。我郑重地接了过来。纸片上写的是：

"二十九年十二月在叶县一古祠中，发现一尘封古碑，字多不可识，勉强摘录数则如次：'开国十有六年，大汉元帅出巡豫。往返十日，车骑所至，毁民田万顷；时麦方苗，所偃逾千万，发民夫治驰道，众二十万；地方官吏所供奉，亦百万有奇'。不知所记系何时事。"

我看了也不知道是哪一代留下来的记载，也无法满足那一位同事的好奇心。回来后，我把这件事讲给余君听，余君对我说："你是读历史的，'以今喻古'，就不难索解了。"

又一日

晚上才从干训团回来，我的勤务兵便慌慌张张跑来告诉我说："余秘书被人家抓去了！"

我一时也弄得慌张起来。我问他："怎么抓去的？是谁把他抓去的？"他说："电灯刚刚亮，王处长就来问余秘书在不在家。余秘书一听说有人问他，便开门出来答应，王处长就把他带去了。跟王处长来的，有好几个卫士。"

我坐在灯下，沉吟了半晌，然后起身找王处长去。

王处长是副官处处长，平日和我并不认识。他告诉我，我的朋友是他的军长打电话来叫扣起来的。

一夜不曾睡好，看月色照着窗子又从窗上逝去。

又一日

余君已在劳动营中，我去看他。他的生活似乎还好。我想这三年来，他真改变了很多。过去的他和现在的他，交替着在我心中出现。

我又想起了很多的朋友来了。

三十三年十月 × 日在昆明

下午在翠湖东站和一位分别了两年多的朋友孟君邂逅相逢。他是我在洛阳认识的，满面的风尘，刚从桂林撤退出来，路经昆明，将要去重庆。……

又一日

今日孟君来看我。我住的地方近城东郊外。小楼上有两面向东开的窗子，山和尤加利树正对着窗口，远山和树在日光中美妙动人。内人与余君极熟，和那位军长也熟。他告诉我们余君后来在劳动营里和里面的人相处甚好，有一个时期还能单独外出；他在街上还碰见过他，后来又忽然不见了。

那位军长，余君的事发生后，不久也去了职；在重庆还和他会过面，邀他上茶馆，心情看来很不好。经济情况也很困难，几年来都靠着老部下的一点接济过活。

我听了十分惘然。我去年过成都时，听说旧日的同事在重庆作寓公的，都过得极好，似乎都有一不小的生意在那边，有的还在城外盖起房子来了。像那位军长，退职后竟那样清苦，是令人觉得奇怪的。

朋友走后，我翻出旧日的记事。三十年一月里还录有一首诗：

"……经冬日暖天无雪，来岁年荒鼠且饥。民团应知征调久，边烽频报捷书迟。诸公好画平戎策，莫任苍生靡子遗。"

重温那时的生活与情怀，我心中充满了怀念、惋叹与悲愤。

三十三年十二月十五日夜，昆明

原载《民主周刊》（昆明）1944 年第 1 卷第 9 期，署名流金。

中国的希望

已经打过九点了，月亮升得很高，我们才回到山庄来。山庄距学校约三四百步路，已经听不到学生的声音了。

我们仍不能安静。七点钟时，萨本栋先生来学校演讲，在菜油灯暗淡的光照下，我们听了一个半钟头，临走出小礼堂，大家都不愿意离开，在一阵像永不能停止的掌声之后，各人似还都有什么东西闷在心里，要发泄出来，但又没有一个人知道该怎么做，只默默的各自下了楼，好像没有一点脚步声。

出了大楼，旗杆下面的草色在明月下朦胧地泛出一层梦样的情调。我对月呼出一口气。王首先开了口，向我说：

"你听得真出神。我一直注意你，你眼睛一动也不动。"

我只说："真好。"

接着梁和唐也出来了。

我们站在旗杆下面。梁说："他讲的就是我们平时常讲的。"唐接着说："那样亲切，那样诚恳，那样动人。"

月亮下面，操场上，草坪上，石坡子上，都站满了学生，也在谈论着我们谈论的话题。我们默默地踏着月色走向住处。

回到山庄后，各人都像有话要说，聚在我屋里。月色从窗子外面照进来，屋里没点灯。沉默了一阵，我先开口了。

"三十年来，中国经过了多大变化，多少忧患！五十左右的人，现在和我们三十上下的，不知不觉地对这国家有了共同的了解。萨先生说，他假如再回到三十年前，重做中学生，要注重本国的文字和生物学，这不就是我们常说的。'国'这个概念对我们还太抽象，真正的爱，必须从实实在在的事物上开始；最实在的莫过于'土地'，生长在这片土地上，知道它，了解它，久了就会爱它。其次便是文字，文字是我们国家的象征，我们这个大国，就靠文字的统一来维系；山西人和广东人语言差得很远，彼此不能相互交际，但写的却没有一点儿不同。话不通，一写就懂了。更要紧的是我们的文字，孕含着我们整个民族的历史与生活、思想和文化。我们懂了它，就如懂了我们的祖先和我们自己一样。"

我越说越起劲，才一停，梁便说"你是在为萨先生的话作注解。"

我们都笑了。然后，唐告诉了一些我们还不知道的萨先生的看法：

"今天我陪他去贵大（贵州大学），他和张校长谈起近来外国人对我们的态度问题，他的意见也是很对的。他说，像林××[1]，那是 Make money by selling my country and my people。我们要人家尊重，必先自尊。没有一个爱撒谎的民族，会取得人家的信任的。"

梁说："像他（指萨先生）那样的人要生活得舒适，到美国去必定受欢迎。可是他不，宁愿留在中国吃苦，种菜，养鸡，大学校长完全和我们一样过穷日子。更可贵的是一点不抱怨，他说：'我们这一辈人，注定要吃一辈子苦的。抗战胜利可以说是不成问题的，但建国却要困难得多，比之过去的七年，一定还要艰难，还要苦。'像他这样的人，可说是真正的爱国主义者，我们的抗战便是这种人支持下去的。将来建国更需要这种人。"

---

[1] 编注："林××"疑指林语堂。

我们又兴奋起来了。我顺手开了门，阶前满地月影，月亮冉冉过山来了。

　　"我以前认为他不过是个学者，尤其因为他在物理学上的成就，以为他不过是个冷静的科学家，决没有想到他是这样的有激情，这样的诚恳。你看他提起三十年前清华学堂的时侯，那样的一往情深；说到那时的周校长（周贻春先生），'周先生'三个字说得那样的尊敬、向慕，充满了深挚的感情。当他说学生要学好本国的文字时，他说：'我负责任地告诉大家，你们必须学好本国的文字。''负责任'三个字说得那么诚，那么重，我自离开大学，就没有听到过这么能抓住我，使我全神倾注的演讲了。"王也耐不住滔滔地说着。

　　"这真是中国的希望！"我说："三十年（1941）冬天，我去郑州，那时郑州的敌人刚刚退出。在中牟前线，隔了一条贾鲁河，敌我相距不过一华里。我站在战壕里，一片青青的麦色，映入眼底。一个军官对我说，他们刚一来，老百姓就回来了，一两天便耕了地，下了种子，不多时战场上就一片青青了。我当时便说，我们抗战能支持这么久，就全靠这些老百姓，我们的仗是真正靠农民打的。现在，我得说，要把这个国家弄得像个样子，就要靠像萨先生这样，对国家有如农民对土地那样深情的人，要扩大这样的人的影响到每一个中国青年身上去，正如萨先生所说，要所有青年，成为一个人，做一个人，一个中国人。"我还没有说完，梁就抢着说下去：

　　"他的做人的道理也太好了。只简简单单地引了孔子的一句话：'己所不欲，勿施于人'，他说：'你们不要只骂这社会万恶，你们先想想自己该怎么做。'"

　　说得多痛切啊！愤世嫉俗的人是想改造社会的；我们必须要积极地先改造自己，然后才说得上改造社会。假如现在个个青年都好，未来的中国社会还会坏吗？

　　忽已夜深，抬头可见明月。这些日子因河南战事被遮蔽了的心中的蔚蓝，又现了出来。我们似乎看见了中国的希望。

我们想：这些五十上下，三十左右的教授和教师，"五四"和"一二·九"两个时代的人，正默默地为我们民族做着一件庄严而艰巨的工作。

六月一日晚上写，五日后重改。

原载《星期》周刊 1944 年 6 月 25 日第 34 期，署名流金。

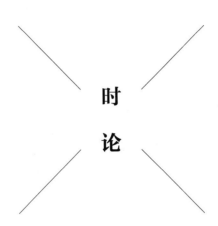

时
论

我们的西北

九一八事变以后，辽吉黑热相继被占，失地收复，遥遥无期，东北之边疆，殆不可问矣。而日帝国主义者得陇望蜀，且将继满洲伪国之后，再图造同一之傀儡蒙古回回，以亡中国以圆其"第一步征服台湾第二步征服朝鲜第三步征服满蒙第四步征服支那全土"之好梦。现在已有由东北转向西北之趋向。据传日僧山本藏太郎、町井猪正、太和清政三人借传教为名，潜匿吐鲁番，多方作反宣传，怂恿回民酿事。近者新疆之变，实大隐忧，况西北幅员广大，人种复杂，山川修阻，交通梗塞，与内地消息隔膜，中央视之亦感鞭长莫及，然东北之失已予吾人极大之教训，觉悟"开发西北实乃当今之急务，刻不容缓者也"。爰据西北之状况逐条分述如下：

（一）西北之产业

A. 矿产

1. 石油　西北油矿，以陕西新疆绥远甘肃为著，而陕西延长之产量冠全国，总计产量占全国总额百分之八十以上。惟不能利用新法开采，设备简陋，殊无成绩可言，大好宝藏，不能开发，良可概也。

2. 煤产　产地有陕甘青宁绥新六省，以陕西藏量最富。

省别	埋藏量（单位吨）
陕西	698,700,000,000

绥远	570,032,000,000
甘肃	412,000,000,000

仅由上表所列，西北煤矿已大可观，他如新疆，宁夏，青海尚有多量埋藏，因无确实调查，故不列。

3. 铁　产额以陕西为著

省别	铁矿砂（单位吨）	生铁（单位吨）
陕西	25,000	8,000
新疆	315,000	10,000
甘肃	28,000	2,000

绥远产量，据该省政府年刊之报告，谓该地铁矿蓄量为六十二万吨，又据二十年二月十一日时报所载，西北科学考察团已发现矿产量有八千五百余万吨，其认为可能之数，已达十三万六千九百余万吨之巨，矿质为磁铁矿，纳含数百分之六十。

4. 金　金矿以新疆为最富，甘青次之，陕西亦有。新疆金矿，名驰中外，年产纯金五万两以上，甘肃亦年有一万七千两之产额，青海金砂无处无之，金光炫耀，约十四万方哩，惟可采之区，仅占全面积千分之一，可获纯金4,683,616两。

5. 碱盐　绥远碱淖共有十三处，总计二千四百余里，岁可得四万一千六百元之代价，陕西亦产盐，年三万石，青海四周地面皆饱浸盐池甚多，面积约二百余里，所产之盐曰"青盐"，味甚美，销行四川及甘肃者为夥。他如新疆、宁夏、甘肃均有此项出产。此外于阗、和阗、蓝田之玉，且未与焉。耆塔城、哈密之银，终南山、疏附、拜城、库车、鄂托克之铜，拜城、同官、蒲城之硫磺，而石棉，硝石，明矾，石膏，石墨，白云母，硇砂，水银，铅，锡等，无不应有尽有，殆一得天独厚之地带也。

B. 农村畜牧与林产

农村每年产棉有二万四千八百余斤，几占全国棉产量总额四分之一。产麻有五千四百余万斤，占全国麻产总额之五分之一。产药材有三千九百余万斤，占全国药材总产额之四分之一强。其他农家用品如麦及高粱等，产额亦颇可观。畜牧有羊一千八百五十六万余头，有牛一百四十八万余头，两者合计几占全国牛羊总数之五分之三以上，各产额皆系最近数年之平均数。林业则有六百余万亩之广大林区，甘肃烟产极盛，以皋兰五原所产最佳，日"兰烟"。甘草产亦钜，年五万担，蘑菇香菌随处皆有，其味颇佳，他如新疆之果实，亦足观也。

（二）西北之交通

A. 陆路

西北铁路甚少，现仅有陇海路在陕境之洛阳长安线绥远之平包路之一段，计划中有陇海路长安至皋兰之一段，及中山计划西安大同线，西安宁夏线，西安汉口线，西安重庆线，兰州重庆线，西安于阗线，肃科布多线，肃州库伦线，拉萨兰州线，兰州若羌线，成都宗札萨线，靖边乌梁海线，五原多伦线，五原洮南线，若羌库尔勒线，北方大港哈密线，迪化乌兰固穆线，镇西库伦线，伊犁和阗线，镇西喀什尔线，哈密奇台线，拉萨于阗线。于阗喀尔渡汽车路较发达，在陕境内自潼关—长安—同官均已通车。甘肃境内已成者，有兰宁兰平兰泰等。青境内亦有兰宁之一段。宁夏境内有汽车路，西南达皋兰，东北达包头。绥远有汽车路长百二十里。新疆自迪化至塔城已驶行汽车，此外尚有行骡马之路甚多。

B. 水路

渭水自潼关至咸阳约三百五十里可通舟楫，泾水自临潼至泾阳五十里间可行小船，自西宁至皋兰，夏秋间常见皮筏沿湟水而下，名日"浑脱"，轻浮水面，颇为巧便，所谓"不用轻帆并短棹，浑脱飞渡只须臾"也。自包头至宁夏一百五十里，可驶行汽船，河套饶航运灌溉之利，宁夏附近颇饶水利，所谓"天下黄河富宁夏"也。伊犁河及塔里木河之一部，亦有航运之利。

C. 航空线

西北航空已于去年十二月十五通航。

（三）西北之都会

长安——六朝之古都也，班固西都赋曰"阗城溢郭旁流百廛，红尘四合，烟云相连"。随园诗亦有"传说关中多胜迹，男儿须到古长安"之句。可见其势之盛。近又有建设陪都之议，现有人口二十五万，西北第一大都会也，西北大学在焉。

咸阳——为渭航路之起点，历代帝陵大臣及豪富之墓甚多，洵大观也。

三原——人口三万，殷富冠渭北。

潼关——形势险要，有"一夫当关，万人莫敌"之势，因山为市，据三省之咽喉。

凤翔——人口八万，工商业颇发达。

天水——人口七万五千，富甲甘肃全省，为甘肃与陕蜀贸易之要邑。

平凉——人口五万五千，为泾水上游农业中心，陕甘驿路第一都会也。

榆林——马市也，登城远望大漠，夕阳映辉，俨然塞外风景。

皋兰——为甘肃之省会，襟带黄河，有铁桥驾其上，黄河三大铁桥之一也。人口十一万，输出品以水烟、绒毛为大宗，将来可为亚洲羊毛业之中心，水烟亦极有希望，陇海之终点也。

宁夏——宁夏之省会也，人口八万五千，贸易以羊毛为大宗，昔西夏建都于此，盖其负长城之险，擅水利之饶也。

洮州——番汉贸易之中心也。

西宁——青海省会，濒西宁河南岸，蒙藏诸族，于此贸易甚盛。

凉州——人口四万，甘肃西部政治商业之中心也。

归绥——交通便利，平包路通过之，贸易颇盛，民三开为商埠，输出品有羊毛，甘草，粟，小麦，药材，毛，皮，牛，羊等。输入品有棉布茶等。

包头——据平包路之终点，水陆交通之孔道也，为西北著名市场，贸易以马，牛，羊，毛，皮货为大宗。

迪化——为新疆之省会，繁华富庶甲于关外，素有"小苏杭"之称，为对俄商埠之一，政治商业之中心也。

哈密——位于天山之南，扼甘肃新疆交通之孔道也。

伊犁——位伊犁河畔，新疆农工商牧之中心也。

塔城——濒额米尔河之北岸，与俄接壤，为通西北利亚之孔道，对俄通商要邑也。

奇台——人口四万五千，商业最盛。

承化，疏勒，莎车，和阗——新疆四境要塞也。而承化疏勒，尤为吾国之边防重镇。

吐鲁番——产"水晶葡萄"，亦为伊犁条约对俄通商之一。

库车——矿产颇富，冶铜之业，自古所传，民富而多贾。

阿克苏——为新疆产米最良之地。

汉中——据汉水上流北瞰关中，南蔽巴蜀，当水陆交通之要冲，陕甘商人会集于此。

（四）新疆之形势及其危机

新疆僻处边陲，交通阻梗，面积广大，为我国最大之行省，十六倍于江苏，四周山脉绵延，伊犁河流贯其中，土壤肥沃，物产殷盛，（农产物甚多）故有"中亚乐国"之称。金产之富，堪与外蒙古、黑龙江鼎足而立。住民有汉，满，蒙，回诸族，汉族多住天山北路，人数不多，业农及工商。满人极少，悉务耕稼。回民最多，宗教观念极深，以农商及游牧为生。蒙古族人数亦属少数，多游牧。此外尚有俄，印，波斯，阿富汗，犹太等族，故有"亚洲民族展览会"之称。教育幼稚，学校寥若晨星，在民国十七年以前，杨增新主政，联络回民领袖，藉以怀柔一切，行政多沿旧制，尚可相安。及金树仁执政以后，厉行愚民政策，一味高压，以激成最近之变乱。方今四省沦亡，国家多事，而"处女地之新疆"，又复如此，言念及之，不禁怆然。况其与俄接壤，水路有伊犁河之航行，陆路有土西路之建设，早已成为苏俄经济预定之目标矣。下表是采俄国海关报告册于一九二三——一九三〇年间，俄国输入新疆贸易之情况，可了然矣。

　　甲、出口贸易

（一）俄国	13,528,000 卢比
（二）中国本部	737,250 卢比
金	475,000 卢比
棉布	226,250 卢比
其他	36,000 卢比
（三）印度	2,814,565 卢比
马驴	108,743 卢比
棉布	35,698 卢比
白铜与青铜	742,654 卢比
生丝	31,294 卢比
毛织物	358,451 卢比
皮（绵羊与山羊）	25,524 卢比

五金	66,789 卢比
银	161,128 卢比
皮革物	16,339 卢比
羊毛	17,288 卢比
丝毛织物	16,037 卢比
硬玉	8,272 卢比
其他	964,475 卢比
（四）阿富汗	547,540 卢比
棉布	167,500 卢比
毛毯与皮毯	80,000 卢比
骡马	88,000 卢比
沙器	21,200 卢比
丝（和阗产）	12,500 卢比
皮（山羊与绵羊）	16,800 卢比
其他	161,800 卢比

乙、进口贸易

（一）俄国	10,647,000 卢比
（二）中国本部	1,939,850 卢比
茶	770,000 卢比
珍珠	600,000 卢比
日丝	256,000 卢比
棉纱	76,000 卢比
金及五金物	69,750 卢比
其他	168,100 卢比
（三）印度	1,188,648 卢比
棉什物	276,916 卢比
药物	29,426 卢比

皮货	61,663 卢比
染色颜料	226,524 卢比
珍珠	71,335 卢比
鹄羽	25,335 卢比
丝什物	24,876 卢比
香料	36,562 卢比
毛什物	42,000 卢比
五金	41,290 卢比
其他	169,052 卢比
（四）阿富汗	830,500 卢比
鸦片	675,000 卢比
山羊皮	60,000 卢比
马	45,000 卢比
狐皮	24,000 卢比
貂皮	10,000 卢比
山猫皮	4,350 卢比
五金	8,550 卢比
其他	3,600 卢比

至于新疆出产之原料，苏俄皆采取包办政策，苏俄经济侵略，几及新疆全省，惟天山南路，尚未十分膨胀耳。近年复益以文化之侵略，设立学校，主办新闻事业，不遗余力。其次，英属印度，拉达克亦与新疆毗连，一九三一年曾想组织新疆探险队，企图自印边以飞机勘测新疆精详地图，英人之野心，已昭然若揭矣。

日本亦企图造成第二伪国于新疆，据莫斯科《真理报》廿七日评论谓：日对华侵略有三大目的，其第三目的为"最后藉中华帝国以消灭中国革命，其在关外，则必更向西北侵略，其占据察北，可视作向西向北及向西北进展之先声……"

新疆建省，将近五十年，英俄两国垂涎已久，今则日本亦思染指，形势之危，不亚于东北，况复有今日之变乱，国人其注意及之。

（五）青海之现状

青海与西藏，西康壤土相接，英人既欲图"大西藏"之好梦，对于青海亦复狡焉思逞，日夕图谋使成为其之殖民地。据最新新闻纸所载，藏番以英为后盾，屡侵青海，玉树廿五族之地，多被占领，而国防单薄，无力抵抗，政府视之亦漠然无关痛痒。总计青海兵力不过三师，且器械不齐，额数不足。噫！边事急兵，势犹如此，不禁令人长叹也。况青海财政困难，达于极点，年来灾匪频仍，民生日苦，政府入不敷出，建设事业不能兴办，当道诸公，若不加以注意，恐将为东北之续焉。

（六）西北与国防

新疆青海与英俄两国壤土相连，交通不便人种复杂，地广民稀，物产殷盛，防军薄弱，久为列强所垂涎。最近新疆事变及玉树廿五之占领，不无因也。而中央视之鞭长莫及，一旦有事，诚恐无措手足，西北边疆目下危机有如累卵，国防问题，迫于燃眉，昔白崇禧有远戍新疆之议，但终未成行。最近马占山，苏炳文，王德林部退入新疆，政府当力谋整顿，以实边防。此外巩固边防尚须注意：

1. 移民实边，2. 便利交通，3. 改革新疆之政治，4. 扩充军防，5. 开发富源，6. 训练各县警察，7. 厉行教育之普及，使汉回二族冶为一炉，则边防问题可以解决，西北之大好宝藏亦不致拱手让诸列强也。

（七）西北之民生状况

西北地大物博，居民稀少，在生活理必裕如，然观"甘肃最苦县分，一日行程不见人烟，一村住户不到十户，无门无窗无家具，人人仅衣单衣，不到十三岁以下儿童无裤，全家共棉衣一件，供出外用，夜间共睡一炕，烧牛马粪以取暖"，可知之其生活之困苦矣，尤可虑者，即鸦片流毒极深。"陕西乡人挖地洞而穴居者甚多，……最可怪者，就是在这贫民的洞中，每家总是一榻横陈，有人在那里吞云吐雾"，即当地挑伕，不吸大烟者，百人中不过一二。开发西北为当今之急务，愿今日之言开发者，于此种情形留意焉。

（八）西北农产及畜牧之今昔观

西北之农业畜牧，已如上述，然其倒退之数，洵足惊人。据统得历年棉花输出数量，就陕西一隅而言，民十二，为 31,700,000 斤，民十三，为 15,900,000 斤，民十四，为 15,000,000 斤，民十六，为 13,886,200 斤，民十七，为 10,958,300 斤，民十八，为 8,803,400 斤，民十九，为 8,199,100 斤，民廿一，为 2,311,388 斤。至于畜牧，亦日见萧条，仅以绥远一省论之，清宣统末年归绥市场交易，即六万匹。牛一万头，骆驼二万只，羊三万头。民十则马减为宣统末之三分一，牛减为二分一，骆驼减为二又二分一，羊减为三分二。至民十二马仅万匹，牛仅二千头，骆驼仅千只，而羊仅抵曩时三分之一矣。兹者世界经济恐慌，皮毛交易，亦一落千丈矣。

（九）长安建都之我见

长安山河四塞，形势雄壮，物产殷盛，交通发达，居华夏之中，其为国都也实远胜北平、金陵、杭州、成都。管见所及，建都长安，约有下列之利。鸦片战后，我国藩篱尽撤，沿海重地，割让无遗，门户洞开，诚无险要以自固，苟建都于沿海之区，一旦有事，直可升堂入室，徽钦之辱，复见于今，可断言也。如庚子之变，西太后之仓皇西下，又如民十六年列强之军舰炮毁下关，以及最近一二八之变，日军炮迫中央政府，首府北迁，可知吾国国都不适于沿海之区，而宜于内陆，此都长安之利一也。吾国海军幼稚，国防毫无，列强之军舰可直入内河，沿海及沿江之区，苟及战时，定非我有，故长安之为国都，实驾东南各城市而上焉，此都长安之利二也。吾国海军虽弱，然陆军实未尝屈居人下，满洲里及上海之役，诚可概见，若建都于长安，列强其奈我何。况西北地利，亟待开发，长安之都，所关更大，且长安又无北平之东交民巷，南京之下关，实唯一之净土，中国最适应环境之国都，此都长安之利三也。建都于长安，国政易于措置，国富易于发展，使中国有复兴之望，恢复各失地，亦较易易，此都于长安之利四也。五族共和，迄今二十又三年矣，然各族之民，依然故我，中央感鞭长莫及，于各族之不法行为，亦无办法，苟建都于长安，则便于控制，感化五族，可成为一家，此都于长安之利五也。我国之往欧西者颇费时日，若长安为都，北延陇海之西北段，经伊犁以达苏联，南延同成路南段展至口孜而往印度，利莫大焉，此都长安之利六也。有此六点，都长安之利，不待智者而知之矣。当道诸公，亦以为然否？

西北情形复杂，外患内忧，层见叠出，满城风雨，百孔千疮，加以年来灾情奇重，民无完类，野无青草，痛苦之甚，如火如荼，遍野哀鸿，嗷嗷待拯，令人思之，不禁沧桑之感。东北之版图业已变色，今西北又复岌岌可危，以西北之大，之物产之富，在吾国实占首位，太平洋风云紧矣，吾国亦其中之主角，为打开今后之出路，民族之生存，不得不为最后而加入之挣扎战争，苟作战无丰富之财源，亦不足以持久，欲有丰富之财源，惟西北之开发是赖，九一八事件已与吾人极大之教训，吾国人民处此重重包围之中，须发挥整个民族力量，以挽救西北残喘之局，最近新疆之变，中央派黄慕松、罗文幹氏宣慰，已示其重视西北之至意，愿中央于新事求一彻底解决之办法，俾贯初衷而利西北之开发也。

原载《汗血周刊》第 2 卷第 7 期、第 8 期。

关于《大公报》"林罗论战"的感想

　　林同济先生在元月二十八日和三十日《大公报》上，有一篇题作《战国时代的重演》的文章。三月廿五日和二十七日又在同报看到罗梦册先生的《不是"战国时代的重演"，而是人类解放时代的来临！》的一篇。

　　林先生的大作，始发表于他自己所编的《战国策》，去年春天在昆明时已看过，《大公报》所载的，据说是修正过的稿子，但文章本身，无甚出入，其主要目的，在说明我们所处的这时代的意义，大声疾呼地说："现时代的意义是什么呢？干脆又干脆，日在'战'的一个字。"接着便带着策士的口吻，极耸人听闻的滔滔不绝的解释"战"字的意义，说这个"战"，不是普通时代的战，而是战国时代的战，"战为中心"；"战成全体"；"战在歼灭"。这和他论"大政治"时的口吻差不多。林先生，据说颇向慕德国人的气度与作风，他自己的，便有点仿佛那种"上帝的选民"的。

　　罗先生文章，一瞥他题目，便知与林先生持论不同，兹姑录其一段，以免作者重费一番说明的文字。

　　罗先生在反驳林先生那一套历史逻辑之后，用历史上的事实，推翻了林先生的论点。于是作了一个结论：

　　"……今日弥漫于现世界的呼声，不是帝国征服的要求而是反帝国、反征服的解放的浪潮……今日你和我所已置身其中的现世界的现时代，不是一个全人类即要被征服之后退时代的黑夜，而是一个全人类即要解放和必要解放之前进时代的前夕。这个时代的特征，不是"战争"，而是以"战争"作手段去摧毁压迫人类之各色各样的束缚剥削和迫害。战争的结果，不是一个'新的世界大帝国'的形成，而是几个旧的世界帝国的消灭。战争的结束，不是世界上少了一些独立自主的国家，而是要多出一些独立自主的国家。……"

林先生学的是政治，议论处，有时下政治家的风度，我们读了他的文章，正如罗先生所说，只对于他一片爱护国家忧念民族的热情，表示感激；而对于他所持的见解，却不敢苟同。罗先生在他的大文里，充分地运用了他历史的知识，一看便知作者是一个书生（到底是不是？）因对人类远景的倾心，而确立了他自己似乎有点近乎理想的信念。世界的明日，在我们看来，似不如罗先生那样乐观。

不管历史的发展如此如彼，不管是"战国时代的重演"或是"人类解放时代的来临"。我们相信全世界人类，今日是在痛苦之中，明日的世界，想来亦必不会比今日更好些。这也是历史的事实：欧洲从古代希腊以至于现在，哪一个时代的人类，不在痛苦当中？十九世纪的欧洲，是比较和平无事的一个一百年，而十九世纪的中国，却充满了饥饿与死亡，中国以外和欧洲以外的世界，除去那一部分美国人以外，哪一处的人民，不在疾苦呻吟之中？

历史的发展，到底循一个怎么样的轨路，我们不知道，在人类生活史上，我们见到的是充满了的不幸。在希腊人、罗马人创造一种很高的文化的时候，而另一种人却在度着牛马似的生涯；当英国人宰制海上的时候，若干个民族，却为臣为仆，为英格兰人供给创造文化的余裕。世界上若没有所谓国家，那才会达到如罗先生所说的大家庭似的大同世界。但世界上，自古至今，这国家的制度，不能消灭；民族的鸿沟，亦无法破除。各民族莫不竞其虚智，夺其精力，以求他自己民族的发展昌盛。强者统治弱者，较聪明统治那较愚蠢的，这也是历史的事实。人类的悲剧便在这里。

多少年来，一般充满了同情心，怀抱着崇高的理想的人们，高呼自由平等博爱的口号。但那些美丽的名词，只不过教人类多流几次血，多作几周梦！伟大的宗教家，从自有人类活动的历史以来，便高呼着人在神面前都是平等的崇高的理想，而永远没有人把人当作兄弟般看待。欧洲宗教上所流的血，已足使我们惊心动魄的了。历史上一套一套的把戏过去了。远的我们不说；近的，如拿破仑，南征北伐，真为的是解放的事业么？谁不知道藏在美丽的幌子之下的还有一个个人的野心呢。斯大林口口声声说为被压迫的人求"幸福"，天知道，波兰的人民，波罗的海沿岸诸国的人民，是不是忍受得住那种所赐予的"幸福"呢？

我们生在这人类大悲剧重演的今日，实无所希望，无所憧憬。我们唯一的目的，便是为着自己的生存，奋斗着，而不愿接受任何一个国家所给与我们的"幸福"！

历史的事实，我们看得太多了。历史告诉我们：一个国家，不自强自立，便必趋于灭亡。

十八世纪以来，世界政治上有二大趋向；一是 Nationalism，一为 Rationalism。百余年来，人类为这两个光明的理想，不知遭受了多少痛苦。这二个只带得有若干象征意味的名词，时至今日，已暗淡无光，濒于凄凉的末路。人类已复归于野蛮，已入于草莽的无理性的时代了。生当斯世，若仍抱着这种不着边际的理想，到自己临死的时候，实在还不知道自己是死在谁人的手里。这一个世界，和过去的世界一般，是需要以爪还爪，以牙还牙的，虽然我们并不希望世界永远如此，如罗先生所说，我们也希望一个人类解放的时代的来临。

宗教革命的时候，奉路德的教义为金科玉律的，却认加尔文派的为邪教；中古末年，一般人士以亚里斯多德代替《圣经》，一个旧的权威倒了，而一个新的权威便代替了那种偏狭与横暴；法国革命时，以理智为至高无尚的神，而那一代的英雄拿破仑，把这些思想传播到欧洲其他各地去的时候，用的是一种毫无理性的手段。人类生来，自身为奴隶时，便日思反叛，一待成为了主人，则立刻以反叛为可诅咒的了。历史上，尽是这般的丑恶的记载。这种现象，是由人类那与生俱来的自私自利的心所作成。

我们读历史的人，实在不敢对未来的世界有所憧憬。我们很知道：一种现存的势力倒了，自然有一种新的势力来代替它。世界上仍不免会充满了迫害。弱小民族的命运，永远是操在别人的手中。人类解放的事业，永远是一种可望而不可即的人们的理想。

文明与野蛮的分别，我们似乎永远不能予以一个确定的概念。现世界的文明，可说是历史上所没有的；而其野蛮的程度，历史上亦不可找到。在一方面，林先生所说的"战"在今日的意义，是绝对的对的。我们只不同意他所说的一种新的文化的诞生，必须经过这样的一个"战"的时代。他在行文中，似乎对于这个"战"，有着莫大的一种钦慕。他对于人类的命运，似乎视着应为一个如希特勒那种魔王所宰制，而一种极盲目的"英雄崇拜"的心理，使他忘记了他自己的国家的命运，而亦正处于一个被宰制或不被宰制的中间，而他所大声疾呼的叫国人准备"战"的一片动人之词，是嫌太晚了。

我们是一个被侵略的国家，抵御外侮的一切力量，均须生于我们众多的人民对这国家与土地的爱，而并不能生于使这国家也跳入这"战"当中，成为英雄的心理之上。我们的力量，是生于悲哀里的，是生于求生存一念之中。中国民族，本有与别的民族不同处，中国人，不崇拜英雄，假如拿破仑生在中国，中国人亦不过如秦皇汉武那般的视之而已。中国人崇拜的，是富贵不淫，威武不屈，贫贱不移的人，如关羽、岳飞、文天祥才真正是中国人所崇拜的。可是他们都不是如欧洲的英雄一流人物。我们今日的问题，便是如何发挥我们中国人所崇拜的一流人物的精神。他们的成仁取义的精神，乃由于中国传统的伦理观念而来，乃由于夷夏之辨的观念而来。由爱这土地，爱这土地上所产生的文化，而做到如鲁迅先生所谓的"我以我血荐轩辕"的境界。

我们要认识这时代的意义。这时代的意义是什么呢？干脆又干脆，日在"野蛮"二字。我们反对"野蛮"。在这时代，理性死灭了。人像生物似的活着。过去有一班幼稚的朋友，把一个国家，想得十分美丽，心里认为他是我们唯一的友人，是人类的救星。那国家在欧洲的行动，还未能使那班幼稚的人，醒悟过来；现在，那个国家，在亚洲所做的丑事，已完全显露他本来的面目了。我想，我用这"野蛮"二字，来说明这时代，时至今日，大概是不为过的吧。

原载《北战场》1941 年第 2 卷第 3 期，署名沈思。

苏德战争底一个史的观察
——梦境似的现实

一

战争的由来，论者不一；若就其大处深处看，实只因一个爱字。凡历史上的战争，称得起为战争的，均由于各民族彼此对民族的爱而来；远如波希之战，罗马人对迦太基之战，近如英法百年战争，拿破仑对欧洲各国的战争，莫不如此。中国历史上，别于这种战争的战争，称为乱。如黄巾之乱，八王之乱，黄巢之乱，乱字用得最好。

各民族因自尊与自大，产生两种性质不同的战争。前者如吾人今日之于日本，是反侵略的；后者如日本人之于吾人，是侵略的。自尊与自大，均由于对自己民族的爱而生。民族的自大，在情上还可说得过去，在理上则说不通。民族的自尊，乃为民族生存的要素。倘一旦失去，必为奴役，为牛马。一个民族，不独须自尊，还须自强；自大则易趋于覆灭，因其极度，便变为一种疯狂的境状，陷于危险而不自知。

这一段话，在说明我们对于战争的看法，与时下诸贤的高见，或不相同。但这看法根据于历史，印证于现时的国际局面。

二

欧洲近代历史上，有两个趋势：一为吾人所熟知的民族主义的潮流，一为唯理主义之思想；前者在求得民族国家的建立，后者在求得民主政治之实现。十九世纪中，德、意、日本，在民族主义的潮流中，完成了近代民族国家。但这三个国家，当自己获得了独立自主时，却掉转枪口，来摧残其他民族走向光明的运动。上次世界大战，流了血，还嫌不够，战后二十多年的时间，在那缺乏自省力，缺乏理性的民族的心上，又造成了一次人类大流血的惨剧。人类历史若不是往回走，世界必依其进度而前行，必日与两世纪来明智人士的理想贴近。一切违反这种理想的，在过去已遭灭覆，现在与将来，亦必趋于灭亡。

法国大革命在其他各国统治者的挠阻中，由于法国人民对他们民族的爱，而告成功（并非对革命的情热！）但拿破仑成功之后，却借着革命的旗帜，违背国家的观念，梦想着统一欧洲，建立帝国。一七九九年至一八一二年间，其气势之大，与今日希特勒实无二致。当普奥败后，欧洲只剩下一个陆上的俄国，一个海上的英国。陆上的英雄，当奈何不得海王时，便企图以经济封锁来困倒它。这一个经济的封锁——Continental Blockage——直接送了英雄的命。因为大熊要生存，暗地和英国仍有往来，那个经济的封锁，它受不了，致引起一八一二年的征俄之役，拿破仑败在俄国人手里。接踵而来的，便是俄普奥联军在来普锡（Leipzig）的胜利。当圣海伦娜岛上（Saint Helena）上的夕阳，照着一代英雄的弥梦，在英雄自己的情怀中，也会料到百年后，又有人重演着他的悲剧么？生长于自由平等博爱的理想中，而剥夺着他民族的自由平等与博爱，这也不就是自己和自己开了一次大玩笑么？这是命运？抑或是主人公性格的反映呢？

欧洲大陆常产生悲剧式的英雄。近代史上，接二连三而来的，是一场又一场的由这种英雄所造成的悲剧的场面。好像上帝嫌江海平静而作风波，亦时时遣来一二英雄，兴云作雨于人间。

拿破仑的时代，算已远了。威廉第二，距现今不过二十余年；有眼睛的都能看到，有耳朵的都能听到；为什么今日的德国人，又绕来绕去，重新坠入那陷阱中呢？一九三九年八月，当《德苏互不侵协定》订立之时，我们便想到："英雄在绕圈子！"我们曾预言："绕来绕去，还是走上那条老路！"什么是英雄的老路呢？原来大陆上真正的敌人，是英国；欲攻英，必须先从打败大陆上的敌人入手。拿破仑打败了普奥，与俄国成了和议，军事上无法对付海王，便企图以经济封锁来困它，旷日持久，终于还是对俄用兵。果然，这一次，当希特勒完成对法战事时，渡海攻英之不成，转而至巴尔干用兵，战火烧到近东，英国人又先下了一着棋。近东利害，为苏联所共，而到这时候，正如拿破仑征俄时候一般，苏联的命运与英国人的息息相关。希特勒虽说绕了许许多多不同的路，终于还是不得已地走了拿破仑的路！

和我们想法不同的人会说：德国这回力量大，有我们想不到的攻战的武器，不致遭受到拿破仑的失败。我们却不作这般想法。德国强，苏联现在亦不弱。纵如人所说，两星期德国可打到莫斯科，两个月可解决苏联的事件，像希特勒这样的统治，亦还不能长久。

生长于二十世纪的我们，常憧憬于十九世纪的美丽。那伟大的政治家俾士麦、加富尔，常使人缅怀不已。政治家之能有魄力指挥军人的事实，只在十九世纪中昙花一现。一八七一年巴黎失陷，俾士麦对法国的宽容，才真正是日耳曼人的胜利。

三

理性的复活，是近代文明产生的一个重要因子；思想的解放，为形成近代文明的一个重要表征。自彼脱拉克（Petrarca）到今日，伟大的心灵，莫不孕育于古希腊的文明之中。希腊人的精神，表现在乐生的美术上，充满了生命的喜悦与生活的享受；而又节制以中庸之道，一切莫不恰如其分，适得其中。但希腊人于冥冥之中，感到了一个操持人类命运的暗影，若干思想，还未能脱去原始的色调。近代文明，乃希腊文明经罗马时代、中古时代，渗入了罗马人用法的精神[1]、基督徒用死的思想，而成的一个综合的文明；又因科学发达，对自然的役服，近代人脱去了那原始的色调；其表现于欧洲各个不同的民族性上，又成为各个民族特殊的文化。英国人得之于希腊者多，德国人得之于罗马者多，而俄国人则充满了用死的情绪，十月革命后，主义虽代替了宗教的信仰，实在形变而质未变。于是这偏重于一方面的同源而异趋的三种文化，不断的发生冲突。但因时势不同，德国人的罗马精神——崇拜英雄，成全英雄——却引导着德国人不断的毁灭，永不能继罗马之后！（这原因，就是近代和古代有一大不同点：民族主义思想远比古代强烈！）在这一点上，我们也曾为日耳曼民族抱不平，因他们所扮演的悲剧，而滴同情之泪：看他们毁灭又复兴时，为之兴奋鼓舞。（我还记得在中学时代，听一个从德国回来的人，叙述着德国复兴的故事时的感动。）

日耳曼民族是伟大的。但不是唯一伟大的啊！伟大的日耳曼的人民，你们难道忘记了英国人对你的影响，法国人对你的影响？那产生过托尔斯泰、屠格涅夫的民族，你们难道一点都不了解么？果真如此，那便是悲剧的来源。中国的老子有言："祸兮，福之所依；福兮，祸之所伏。"又曰："兵强则灭，木强则折。"这道理，若日耳曼人懂得，在上次吃了大亏之后，当不至完全归罪于"军人的太偏"，或什么经济上的原因吧。

---

[1] 原注：罗马法的精神，在公平合作，是两种实力的交互方式，不是一种势力的统制条件。见《蒋百里文集》。

四

　　一八一四年至一八一五年的维也那会议，由拿破仑所引起的问题，不独没有得到解决，反因当时统治者阶级的反动，而更严重。故二十年后，革命运动，又重新爆发，而至梅特涅只身远走。一九一九年的巴黎和会，虽未踏维也那会议的覆辙，但亦未解决了任何问题。维也那会议的前后，人民要求自由平等的愿望，如火如荼，但梅特涅采取的是反自由平等的政策，与当时唯理主义的思想大相背异；同时，正如拿破仑一般，亦压制着正在生长的民族主义的运动。一九一九年的巴黎和会，本应依着"民族自治"运动的原则而奠定新世界的秩序。德国人口的被分割和德奥合并之受阻挠，均由于战胜国的私心，故反世界潮流的愚蠢行为。波兰、罗马尼亚、捷克斯拉夫、南斯拉夫等四个较大新国家是以四千七百九十万的多数民族统治着二千二百七十万少数民族的[1]。于是，世界的问题，依然存在，战争的危机，暗伏了二十年。

　　一九二六年鲍尔温氏便预示着："在欧洲的人谁不知道要来一次大战，而且历代的文化将因这一次大打击而像罗马文化一样的毁灭。"

　　一切忧郁的悬想，在明智的人们的心中，当第一次大战结束之顷，便急速地散布于人间。乌尔夫说：

> 我们现在亲身经历着的是我们的一切蛮性的反文化的大叛乱。上次大战是西方文化衰落的第一步，……我们现在正在这第二步的中间。野蛮人们已经占了优势；他们已经冲破了文化的防线而且正在从内面毁坏它。

　　但，果真如此了么？由于历史的事实，我们不相信世界前途悲

---

[1] 原注：见《世界政治》六五页。

观到如此境地。

两个世纪来的两大主潮，曲曲折折地流在人间，已二百年之久；依我们的观察，这回的大战争，东方与西方的，均足以阻止世界上反动势力的成长。新黑暗时代虽有预示，但新的光明日子，亦在黑暗中闪耀。若这看法不错，现在这战争，将如拿破仑的战争，同样结束。但结束之后，世界的秩序，将依民族主义与唯理主义两大原则而安排。新的民族国家将成立；新的政治制度上将依各个民族国家特殊环境根于理性而被创造。

原载《北战场》1941年第3卷第1期，署名流金。

穷的启示

前几年常听到一些关于穷的议论，和由此而来的与穷不相关系的感慨。近来这种议论少了，感慨也少了。一方面也是因为我现在所接触着的人的范围也小了的缘故。

这应该是很好的现象。

但嚷嚷穷的还是有人在。只真穷的已到无可说了的地步而已。

我个人叫穷的时候是在北方。那时在北方作不大不小的官，既无权势，亦少法币。但当那物价比起今天来不算甚高之日，打应酬小牌，一场下来，奉送一千八百，却也平常得很。而我那时却真叫过穷来的——现在想着不也真奇怪么？但比起有些人来，却是真穷了。谁曾梦想过一席万金为小儿女生辰的点缀呢？

叫叫是不关痛痒的，依然是仆役侍候，不愁温饱。发牢骚和嚷嚷之流，究竟还是幸运的宠儿。

今年夏天走过重庆，所碰见的熟人，几乎没一个不说起穷来的。多年不见的老友，殷勤招待之余，话也很自然的转到穷上。"春韭""黄粱"，古人情重，穷也到了极点。但在重庆，毕竟还没有碰到过穷到了这种地步的友人，却依然是一片嚷穷之声，虽然是当茶余酒后，在帝都熙攘之域。

但这种嚷嚷还不是没道理的。人过三十未娶，可以不娶，古已有人说过。重庆朋友，据说多半是因穷而尚独居的。至于在北方像我那一类的嚷嚷，却又当别论了。譬如我之嚷嚷，说得露骨一点，也许就不过是瞧着眼红而发出的自然的呼声。

前几天昆明友人来信说："××兄在天祥中学做教务主任，异常清癯，穿一件长衫已经捉襟见肘了。"但××自己来信，却极兴奋而快乐，没有提过穷字。也许现在社会上已另有一种人，穷得无可说，不愿说，因而对穷默然了吧。

人，到了对穷不再嚷而又不自诩能安穷时，或者也是幸福的。孔老夫子不也说过颜回箪食瓢饮，不改其乐，而且大大地赞美了一番么？至于那卫道的韩愈，却卑劣得以文送穷不免于嚷嚷了。但像颜回那般，也是难能的事。

三十二年十一月二十八日写，隔一日抄

原载《革命日报》1943 年 12 月 6 日，署名流金。

说 "大"

　　近年来士人欢喜说"大"。往年听说"大帝国""大政治",觉得颇有意味。"大后方""大时代"更是普遍了。"大西北""大国民"之类,却是晚出的。日本人很喜欢说"大",但日本人却小得很。我不知道我们的民族性如何,但"大"字用得太多了,似乎也不甚好。"伟大"二字,苏联用得最多,中国徒子徒孙模仿起来,便阿猫阿狗也"伟大的"了。而我们的国粹却是"惟天为大"的。

　　我很讨厌人家讲大什么大什么,只不过是反对那种夸大的意识而已。"大"并不是不可说的,也不是不好的。相反地我还以为我们今日所缺乏的正是这个"大"字。只什么都加上一个"大"字的今日,一切都表现得小得可怜罢了。

　　"党风伐异"之风,固自古已然;"文人相轻"之习,却于今为烈。抬祖宗出来,以自夸耀;引外国人短处,来粉饰自己的过失,那是最卑劣不过的。祖宗的朽骨已长存地下,纵能还魂,亦为魔怪。以祖宗自诩,只徒示自己的无能。因人之短而宽恕自己的错误,其劣根性又比阿Q的更进了一步。这都是极小家子气的表现。

　　汉帝国于百家之学兼容并包,在政治上表现为黄老、为法家;在学术上表现为儒家、为阴阳,民间游侠之风也不脱墨子的故态。到武帝表章六经,汉代乃已走着下山路。唐帝国儒释道并尊,帝都胡人居者十万,文学艺术,莫不参杂着异域的情调。等韩愈挺身来卫道时,唐代也将完了。汉唐的盛时是"大",衰时才"小"。

宋明理学，种下了今日我们的"小"的毒。宋明儒家以为六经四书外无学问，学问死；三纲五常外无道德，道德僵。学问上既不能容人，思想上又不能容人，政治上更不能容人了，于是有党争。到外国人来了，国破家亡，一切同归于尽。宋明是理学昌明的时代。

"五四运动"倒有点汉唐时代的气象，现在却似又走入宋明人的陷阱中了。社会上有两种人，一种人高谈心性，而志在匡复，殊不知中国误了它的正是理学。七百年来的中国人，在形式中窒死了，而他们却要把那已死的叫回来，说得它栩栩如生。另一种人侈言工业化，以为有了机器，有了工厂，一切都可好起来，这也是中了形式的毒。机器和工厂救不了垂死的生命，四十年前我们已有过惨痛的经验。谈心性也罢，谈工业化也罢，最大的错误还在于以为此外便没有复兴中国的路，仍是小得可怜。

古语说："泰山不让土壤，故能成其大；河海不择细流，故能就其深。"我们要复兴这民族，要紧的还是在表现得"大"一点上。

一九四三年十二月二日花溪。

原载《星期》周刊 1943 年 12 月 9 日第 21 期，署名流金。

说"小"

上次说"大"，这回说"小"。

我们有句俗话，说"宰相肚里好撑船"，这是说宰相有容人之量。俗话中又有说人小气如妇人女子，中国人的眼光中，妇人女子是不得入流的，虽然我们也爱她们，以至作金屋而藏之的。

中国人的观念中是颇不以"小"为然的，但我们却实在小得很。孔老夫子教人言行一致，"言必信，行必果"，是儒家所倡的美德。但我们这千万徒孙，却不遵祖训，几乎都成逆子了。

让我们来自省一下，看看自己小到了什么地步。

远的不必说了，宋代党争之烈，至国亡而后已。明代东林之祸，辱及宗庙，子孙为奴者二百多年。清初遗老看得心痛，提倡实行和实学，但仍脱不了宋以来的病根，还只认得自己的道通天地，此外便是邪说左道了。

容人之量是汉唐的遗风，宋以下，容物之量都没有了，宋明诸儒却喜谈圣人。老子说："知者不言，言者不知"，我们的孔夫子也有"天何言哉"之叹，宋明诸儒却都以言说为名高。

五四时代，中国有过一种运动，我们名之曰新文化运动，其实是一种新生的运动。中国死去一千年了，五四诸人，把科学与民主用来起死回生。科学就是叫人遇事客观一点，多忘记自己一点；民主就是让别人也升天也入地。换句话说，就是叫人表现得"大"一点。"小"是科学与民主的敌人。心地狭小的人，就天天喊解放也不得解放，天天说自由也得不着自由。必须自己解放了，自由了，解放和自由才能到来。自己"小"，安能希望别人大！

林语堂先生这回回国，给青年带来了很多礼物，第一是自信心，第二是《易经》的新解，第三是泱泱大国之风。他说，自信心与孔老夫子的"民无信不立"中的信是一样的。《论语》之文，有书在，林先生曲解了。林先生的自信心不过是我们有过好祖宗呀！我们的坏处外国也有呀！这是小气。因外国人一两句好话，便把《易经》抬得天样高，是小气又是可怜。泱泱大国之风，更不是如林先生所谓装得出来的。林先生的话，叫我国人看了，该显得多么小家子气呀！

孟子说："大哉尧之为君，惟天为大，惟尧则之，荡荡乎民无能名焉！"老子曰："有物混成，先天地生，寂兮寥兮，独立不改，周行而不殆，可以为天下母，……强为名之曰大。"假如懂得这所谓的"大"，便可以了悟于"小"之为小了。

三十二年十二月廿二日花溪

原载《星期》周刊 1944 年 1 月 16 日第 23 期，署名流金。

说 "中"

　　上次我们说"大"，又说"小"，谈的都是气度。文章用意并不在骂人，也没有愤慨，只不过略说些个例子，让人好想象怎么样的小，怎么样的说着是大的，其实还是小。但那都不过是一种消极的批评、议论，只能令人晓得怎样的"不好"，而不能叫人懂得怎样才"好"。其实懂得了怎样的"好"，也还是不见得就会行事如所想的"好"一般。必须实实在在有一种力量，把他和那"好"联系起来，才会极自然的朝着"好"去。这种力量不是别人能给的、知识能给的，只有自己能给，这是从人内心里发出的一种力量。人本来有一种感情，要求一种什么，这力量便是从那种感情里来的。

　　道德、法律、……都不能给人这种力量。尤其是当着这一些失去了本身的力量的时候。

　　我们的道德的最高境界是中庸，希腊人的也是，"中庸"和"Mean"的含义，也许不尽相同，但精神却是差不多的。但现在这种道德标准没有力量了，不管仍有许多人还在假意地或真意地崇拜它、提倡它，甚至仍引为平时处世处人的标准。中庸是一种文化发达到最高点的一种境界。各种文化的内容尽管有差别，但在每个阶段内所表现的精神是差不多的。一种文化的内容腐蚀了，败坏了，但当它盛时所具有的精神却永远存在。永远比得上一切正在盛时的文化精神。但因这种精神而爱惜那已死的一切形式，便是大大错误了。我们现今就处在这样的一个时代：一切都陷溺在死去的形式中，而那种形式所代表的精神却没有了。

多少人爱说中庸，却很少数的懂得中庸。如今决不是一个可以墨守的时代，一切的形式都要我们自己来创造，一切的标准都要从我们的生活中重新建立起。要创造便得凭真真实实的感情，假如我们能从那已死去的形式中走出来，自然会有一种力量引着我们向前，在真真实实的生活中得到完成，也自然会达到一种像过去文化的那种最高的境界。但今日到处都是标准，都是形式，生吞活剥来的外来的理论和古圣贤的遗训，束缚着人心。一切力量都在这些纷乱的不自然的束缚中消灭了。芸芸众生，却叫人感不着生命的力量与波动。

假如现在还以这个最高标准——"中"——来向人说教，即我们必在一种空虚的形式中死去，永远追求不到说教者所说的"中庸"。

原载《星期》周刊 1944 年 2 月 20 日第 25 期，署名流金。

穷斯滥矣

朋友们在一块，偶然觉得近日写随笔的风气甚盛，而且写的又是些无聊琐事，于是有人慨然曰："穷斯滥矣！"

"穷斯滥矣"，是一句骂人的话。骂之无用，古已然矣。何况今日被骂，又不是一件不名誉的事。我们不常听说"这个人的好处在受得住骂！"受得住骂，是度量大，或是不要脸。不要脸却又是成功的秘诀。

我们中国人却是个欢喜骂，而且只会骂的民族。读书人所引为自得的，是一张骂人的嘴，和一支骂人的笔，骂死人或骂人以至于死。

我们有句俗语："君子动口不动手。"其实手却较嘴有用得多。打人一拳，踢人一脚，让人得一点"实惠"，比骂人一句，无关痛痒，要高出万万。

不过在我们祖宗的时代，骂还有热烈的骂，有生气的骂。而今，却变作无力的牢骚，转弯抹角的一刺了。真正敢骂，即便是转弯抹角的一刺，还不失为一种力量，虽然在目下不见得有用。最悲哀的是有一批读书人，平时养尊处优，身居象牙之塔，不识人间烟火。七年战事之后，自己消极的仍留在读书人的圈子里，但人事变迁，发财的发了财，做官的做了官，自己的生活却离平时标准日远。因而怨艾，形于言词，发于文章，琐琐碎碎，尽是些个穷愁和狭隘的不平，卑劣的妒羡。

去年在贵州，一夕和友人谈起生活，友人戏日："穷极无聊学卖文。"穷极无聊，至于卖文。倘所卖的文，又是穷愁不平、照相看花、鸡猫狗鼠之类，处此世变则属可耻了。杜工部流寓蜀州，床头屋漏，茅屋破折，而念之不忘的却在天下寒士，因此梦想着广厦千万间，都能温暖。假如把眼界稍稍扩大，在我们国家纵横万里的疆土之上，有多少人在饥寒交迫的呻吟之中，这多么的能令我们动立心立命的大志！些些个人愁苦，怎值得形诸文字，向人控诉？

假如我们真觉得今日生活不可忍受，那又为什么不去改行？作商作宦，样样都好，用自己的心力赚大钱，求高位，谁可诋毁，怕谁诋毁！

曾子说："士不可不弘毅，任重而道远。"要做士人，便要有士人的节慨抱负，不可为米盐琐屑而忧、而怒、而无力、而令人有"穷斯滥矣"之感。

作于 1945 年，原载《自由论坛》，日期不详，署名流金。

帮忙与扯淡

宋院长下台以前，傅孟真先生发表了几篇洋洋洒洒的文章，报纸杂志，竞相转载。有些人大为鼓掌，有些人却不禁默然。傅先生的文章，我因有幸来到上海，得以拜读，一如他过去的政论，充满了霸气。宋院长的私生活，我无傅先生学术上政治上的地位，不得而知。至于那填鸭式的请客方式，更无由瞻仰，当然不敢妄论。但自他主政以来，一切设施，因忝为中国小民之一，加在我身上的分量是也曾感到，而也颇为深恶痛绝的。但我没有傅先生那样的胆量，能做出那样充满了嬉笑怒骂的文章，来加以攻击的。当然，我也没有傅先生在政治上的纵横捭阖之术和政治的靠山作为我言论的后盾。

宋院长之该骂，凡中国人都有同感。但像傅先生那样的骂法，我却不敢苟同。第一，傅先生似乎是指桑骂槐，宋子文固被他骂得狗血淋头，中国共产党也被他骂得体无完肤。宋子文之当院长，照傅先生的说法，似乎是共产党希望的；但如众所周知，共产党所希望的还多，为什么偏偏只实现了这一种？何况宋之被选任为院长，其权并不操在共产党手里，南京衮衮诸公，并非个个木偶，岂容随便任共党作弄？宋之选任不当，罪在何人？倘傅先生神经还属健全，能不知道？但傅先生却大装其佯，笔下扭扭捏捏地写些什么亲痛仇快的话，一力揭穿共产面目，岂不近于扯淡！也许傅先生是别有用心，是故意来这么几下曲笔，冀幸君之一悟，俗之一改。但我要告诉他：孔走了，宋走了，类似孔宋之人，还实繁有徒。傅孟真可以休矣！第二，傅先生据说是学者，是政治家。学者而信口开河，政治家而批评人家的私生活，实也有失学者与政治家的风度。京派的学者，讲风度，讲客观，讲做人的道德。傅先生是以京派自居的，但政客的本色、学阀的本色却毕露无遗了。孔子据说有时候也要发发脾气，不甘寂寞的，难道傅先生也要步武他们乡圣么？我们读了他的文章，的确也有此感。傅先生实在大寂寞了，帮闲之余，霸气未除，帮忙之心便蠢蠢而动。你们看：孔祥熙不行，宋子文不行，我傅孟真道贯古今，学备中外，术杂王霸，比起那些官僚资本家来，哪点儿不如！学优则仕，乃古之明训；学优而不得仕，实共党的阴谋。君是圣贤之君，臣亦圣贤之臣。君臣一旦相得，郅治之世，不是可立而待吗？我们也希望傅先生一旦身居廊庙，为我们带来幸福！

但傅先生的"仗义执言"，已历有年所，不过中国依然距傅先生的理想还远，傅先生也依然是抱着那块历史语言研究所的招牌，于"治学"之余，"帮忙""扯淡"一通而已。我非先生的朋友门徒，不知他情怀何似。但遥想他身居帝城，近来也不免有寂寞之感吧。

三月廿八日

原载《时与文》1947 年第 4 期，署名流金。

摆架子

——客窗随笔之一

　　一人总不免有自己的尊严，而且也很不愿意叫人触犯。大多数人常因这尊严被触犯而发脾气。朋友当中，破脸的事也常是因彼触犯了此尊严心而来。嵇康和山涛巨源绝交，以及钟会对嵇康的仇恨，莫不是由尊严被伤而起。尽管外国人提倡幽默感，但尊严心究不可伤。托尔斯泰和屠格涅夫的交恶即是一例。我国的孔圣人，对着他的不懂得此道的子路，也说出"予所否者，天厌之，天厌之"的话。尊严心真是每个人应当有的。但过度的自尊，不容人冒犯，就变作摆架子了。摆架子之不宜，虽三岁小儿亦知，而且也让人感着委实丑陋。

　　我有一次因为领公费的关系，和学校的会计员拌嘴。为了钱和人吵架，本来是大失我尊严的事，但我直彼曲，不由得不叫人火起来。正在闹得他说他是我说我是的时候，有一位大胡子先生走进来，站在我面前，指着我喝道："你出去！"我一点没有注意到他进来，给他这一喝，倒大吃一惊。但我是理直气壮的，掉头便把一切的气泄在他身上。我也大声地说："你出去！"他真不防我有这一手，问我叫什么名字。我说："我叫×××。"然后走到别一位会计桌边去了。不久我也走了。

　　回到宿舍，把这事说给别的同学听。有一位同学问我那个叫我出去的人什么模样。我描述了一番。他说："糟了，那是×××，师范学院的院长。"我这时才恍然于被喝的缘故。但我仍是理直气壮的。我有理，和会计员吵，他不向青红皂白，就喝我出去，这未免太不讲理了。难道院长就可以这样对一个学生么？

下午，教务处果然找了我去。教务长很庄严地坐在太师椅上，大办公桌边还有另一个椅子。我走进去时，还有另外几个人在那儿。等他们走后，我在桌边站了一会儿。教务长似乎没有感觉到我在那里，于是我便坐了下来，先问找我来什么事。他抬起头来打量了我一下，说："今天你对×院长的态度很不好。"我说："没有什么不好的。"他说："看你现在的样子就知道你的态度不好了。"我也很机警的。我心里想：难道我不应坐下来么？于是我说："×先生是说我应该站着对你说么？这是我不懂这边的规矩。"他也很机警的，说："坐着或站着都是一样的，不过你对某院长的态度不好，你要去向他道歉。"于是我申说我的理由了，我不愿意向他道歉。他说："那么学校就要处罚你！"我说："处罚不处罚，我随学校办，不过我是没有错的，他没有一点对学生的态度。"他沉吟了一下，看我很强硬，说："你书面道歉好了。"我想这也不过是为挽回院长的面子的问题，就答应书面道歉了。于是我一回家，便给×院长写了一封信：

"××先生，今日冒渎尊威，罪该万死！"以下的话现在也记不起来了。

后来还收到他一封回信，大概是说些我知过能改，值得嘉勉的话。

三年后，我重回昆明，又听到一个关于他的故事：说是有一个学生黑夜里把他的头砸破了。这或者也是摆架子的结果吧。

原载《新民报》晚刊 1947 年 4 月 4 日，署名仲思。

名士气
——客窗随笔之二

《世说新语》是一部有趣味的书。那里面的人，多率真而有名士气。头一号的诗人阮籍，大概是最有真性情的人，饮酒、痛哭以至呕血数升，无一不令人感到一种真性情的流露。虽不合乎我们温柔敦厚的诗教，但也还是孔老夫子所欢喜的狂狷的一路。即如军人桓温，有时也未免有情；看到大十围的柳树，也会发出"物犹如此，人何以堪"的伤逝之叹。广义地来说，所谓的名士气，实在也就是率真的表现。一个人若没有一点名士气，大概是不会叫人欢喜的。一个不欣赏名士气的人，其枯燥无味也就可想而知了。

我们今天的中国人，实在最看不起名士。名士气，被人认作一种不登大雅之堂的派头。这原因一时实不易说。大概"君子之德"俱在"道德""文章"，一心一意为"抗战""建国"而立功业的念头，使上下成风，把名士气都席卷了的缘故。但在如今读书人的嘴边，我们也常听到"风趣"二字，我不知道风趣是否就是所谓名士气，但据我的耳食，风趣和名士气是差不多的。有一回我的一位朋友讲到我们的一位同学，说得很有风趣。那位同学，在学校里是个出名的沉默寡言的人。他的日文很好，但自七七事变之后，绝对不看日文书。他对人说，他要忘记这种文字。有没有理由呢？没有。人家心想：这是个怪人，人家要拼命学的，他却要忘记。他家里有一个很懂得风情的侍女。他的太太要生产了，他一个人住在另一间屋子里。每晚睡时，他总把门反锁上。人家问他："为什么这样呀？"他说："假如那个侍女进来了，我保得住不动心么？"我们这个同学的确是很有风趣的。但这种风趣和《世说新语》里面所写的有什么两样？

名士气的另一个别名，在读书人嘴上的是"神经病"。我在昆明的时候，也常听到关于神经病的故事。联大哲学系的某教授，有一回和一位哲学系的学生到圆通公园去散步。当他们走到一个僻静的地方的时候，那个学生在他面前跪下来了，求他的真传。那位教授是个出名的神经病，关于他的传说很多。譬如说，他在蒙自时，和一位文学系教授同屋，空袭时，他要出去躲避，但那位文学教授不让他出去，拿了一个鸡毛掸子堵在门口，说："你要出去，我就打你。"后来到了昆明，他向学校当局提了一个条件，就是不再和那位文学教授同屋。我有一个友人和他极熟。当我住在昆明时，他常来我们家里，我也亲眼见过他一个人坐在我们那张太师椅上，大声的读着希腊文，一直读到睡着了，而我和另外几个朋友正在打麻将。

我不知道他那位学生，是不是就在那天得了他的真传，但这种"神经病"的确是所谓的一种名士气。

我们每个人多少都有一点名士气，只因为我们不能脱去世俗的羁绊，或竟不知道我们是在受着世俗的羁绊，而不能流露我们的真情。

原载《新民报》晚刊 1947 年 4 月 29 日，署名仲思。

末世人的心理
——客窗随笔之三

末世人的心理，都不是常态。尤其是所谓的知识份子。这种非常态的心理的表现，就是欢喜走极端，走极端虽不合乎儒家的中庸之道，但毕竟也还有可爱之处，最明显的例子就是魏晋时代名士的放诞。阮籍的母亲死了，他还照样的喝酒食肉，然后呕血数升；刘伶的裸体的故事，也是脍炙人口的。孔夫子所说的"不得中行而与之"，而流于狂狷一路的人，也属于走极端之例。这样子走极端，虽也是痛苦的事，但乱世之音怨以怒，不比那粉饰太平，毫无情感的声音来得感人么？

《世说新语》替我们保有了许多末世的人情。我们可以看到许多动人的仁慈与残酷，奢侈与节俭，放诞与拘谨。我们可以说，一方面是庄严的工作，一方面是荒淫与无耻。但在我个人看来，都有一种感情，一种不加以掩饰的善恶。节俭的如陶侃，连锯木屑也舍不得抛弃。奢侈的如石崇，连厕房里伺候的人，也是娇妾美姬。而且用枣的清芬，来冲淡便溺的臭味，让出身巨族的王敦，也误认为那枣子是预备在上厕所时用的食品。残酷的如石勒、王敦，有情的如邓攸，也非常情所能逆度。放诞的人物，如嵇康、阮籍之流，真可说是古今无两。而拘谨的人，却仍然抱住经学和儒家的名教，不稍为时代风气所左右。

同样，春秋战国时代的人物，也有这种末世的倾向，游侠与刺客，是最能代表这方面的。

当人的生命没有保障，社会的伦理标准被无形破坏，健康的民族，自然会走上极端的路。末世的主要精神，便在于这走极端上。上焉者追求精神上的自解，分析名理，皈依自然；下焉者追求物欲的陶醉，醇酒妇人，驷马高轩。但这两方面，也不能有一种固定的分别。精神的自解与物质的陶醉，只不过是一种象征的说法。广义地说来，人生本是无常，唯了解无常的人，才能向往于一个有常的社会，使人乐其生，安其死。末世人的心理，便是对无常的社会的反动。爱与根，喜与怒，有情与无情，获得与给予，互相激荡，看似矛盾，而实在充满了一种和谐。

但末世和衰世是不同的。末世充满了一种积极而反抗的精神，衰世则弥漫着一种凄哀而妥协的情绪。同样的分析名理与醇酒妇人，现代的法国和我们的魏晋是不同的。一方面是发乎自然，一方面是强为欢笑。

三六年五月三日

原载《新民报》晚刊 1947 年 5 月 6 日；《苏报》1947 年 7 月 28 日，题为《论"末世人心"》，署名仲思。

知识分子的路

今天中国的知识分子，正徘徊在歧路之中。自有历史以来，这也许是第一次，我们得由自己来决定我们的命运：做主人还是做奴隶，进步还是沉沦。这也许还是最后一次，让我们来决定：做人，还是帮凶。这是我们所受到的最严重的一次考验，和过去历史上所遭遇的不同。

过去，我们也有过和皇权斗争的历史，而且时间也很长久。太久远的我们不谈，秦始皇用武力建立起来的绝对的皇权，知识分子是不同意的，平民也反抗它。那时候的知识分子，大部分是贵族，平民中当然也已有了。项羽和刘邦联合起来，把那个专制的皇权推翻。刘邦做了皇帝，虽然他是平民，但他也想建立一个专制的皇权。不过刘邦所建立的皇权，是打了折扣的。他给了平民一点利益，也分了一部分利益与当日的知识分子，但知识分子中的贵族，他是极力裁制的。这是皇权与知识分子第一次的结合。彼此都让了一点步。不过皇权究竟是皇权，卧榻之旁，岂容他人鼾睡。所以到了武帝时，他一方面把大权集中在他个人手里（这就是相权低落的开始）；一方办学校，大行察举制度，培植一批可以为他所左右的知识分子，来巩固他的皇权。但他的计划并没有成功，皇权转移于外戚之手，他培植的知识分子，也时时和皇权闹别扭。那时候，五德终始之说，便应运而生，以为天下是天下人的天下，不是哪一家哪一姓的天下。后来果然王莽代了汉。这时因皇权已有了相当基础，而且王莽所行的改革，是一种自上而下的改革，当时知识分子也很害怕这改变更要妨碍他们的利益。于是又来了一个姓刘的皇帝。这个皇帝叫做光武帝，他在表面上是十分尊敬知识分子的，而且特别看重知识分子的一种道德——这种道德叫做气节，反对王莽的人的道德。实际上却努力巩固他的专制的统治，把大权都集中在原为宫廷办事的尚书台，所谓中央政府的三公，便等于傀儡了。因此皇权便与知识分子局部分离了，我们一看东汉的政治史就可知道。外戚、宦官因此掌握了政权；大部分知识分子被摈于政治的圈子以外。汉末太学生的运动，就是这样造成的。从汉末直到唐初，我们可以说，是皇权和知识分子分离的时代。知识分子因反对皇权，在社会自成一种力量，甚至自成一个阶级。自从汉代皇权移于魏，魏移于晋，其后，在东晋南北朝，还有无数次的转移。皇权可说已渐衰落，这个知识分子所造成的特殊阶级，便虚戴一个皇帝而成为政治上的一种特殊力量。到了唐初，皇权又和知识分子结合。但知识分子内部，因政治上的分赃不匀，时时有斗争。关陇集团和武后所培植的一个新的政治集团（以科举文词进用的士大夫阶级）的斗争，几绵延于有唐一代。唐以后，君臣的观念，由于孔孟后学的发挥，臻于极致，尤其是所谓宋儒。真正皇权的建立，我们可以说是开始于宋的。宋对于知识分子最优待，甚至可以说是与知识分子共治。但知识分子的堕落，即从此开始。自元明以后至清，皇权真是至高无上，明代的大臣，可以廷杖，清代的大臣，朝见皇帝，三跪九叩，都足以说明这个事实。宋以前，知识分子因自己的利益而与皇权或结合或分离；宋以后，知识分子只在皇权下作帮凶，成为了皇帝压迫人民的一种工具。

因为我们是一个农业社会，知识一直是操在极少数的人的手里。政治只是少数人的事。知识分子与皇权斗争的结果是君要臣死，不能不死。大多数人民，只在逼得无路可走的时候，拿起锄头镰刀起来作一种悲惨的反抗。中国历史上何曾听到过人民的声音？

在农业社会中，知识分子虽然对皇权投降了，还可保持得住一官半职，作为剥削农民的工具。虽然失了节，还不至于饿死。"饿死事小，失节事大"，这是宋儒骗人的话。他们自己是宁可失节，不愿饿死的。

假如我们还是个能关门自守的国家，我们知识分子还依然可以走我们祖宗所走过的路，还可希望出一个圣君，来解我们的倒悬，让我们入绘凌烟，或处山林而不出，入江湖而不返。但我们的国家今日正处在一个人类历史空前的巨变中。

工业革命改变了人类的生活方式，资本主义发达的结果，一方面是生产方式的改变，一方面是群众教育的普及。前者产生了资本家与劳工尖锐的对立，后者给予了劳工以斗争的认识与力量。早期的社会主义者，企图乞灵于资本家的仁慈，求改善劳工的生活；科学的社会主义者，则提出唯有采取劳工专政的手段，废除任何的剥削，才能求得人类的幸福与和平。一百年来的历史，证明了前者是泡影与梦幻。科学的社会主义的信徒，却在一个广大的地面，树立了他们新的政治与经济的制度。

一部欧洲历史，在我们看来，亦有其可寻的规路。希腊文明，一方面由于公民中贵族与平民不断的斗争与妥协，一方面由于共同对奴隶劳动力的剥削，其结果，造成社会上阶级之间鲜明的对立：一部分人在享受，大部分人却在这种文明的炫耀之下，痛苦呻吟；结果大部分人对这种文明心怀憎恨，因而也失去了爱国心，这正如我们今日，有些人看到汽车洋房，心存忿怒，是一种心理。其实，汽车洋房，哪有可恨的理由。于是希腊的文明失去了它的光彩，这个民族，也在历史上抹去。起而代之的是罗马。罗马，又何曾不如此。和平时代的农民，战后归来，失去土地；而一部分人则因领土的扩张而致富，变成了社会上的特权者。公元后一二世纪的繁荣，却生长了阶级间的仇恨。当土地被日耳曼人蹂躏之后，基督教起来安慰失望的人的心灵。耶稣所说的有钱的人想进天国比骆驼穿针孔还难的话，岂不就是当日贫富悬殊的社会下的反动。一种文明兴起了，破灭了，另一种文明又代之而起；一个民族征服了一大片土地，然后又为另一个民族所征服；循环往复，其中原因何在？有心人是不难指出的。近代西方的文明，又正在向着过去的欧洲文明所走过的路上奔驰呢。十九世纪的一个预言者的话说明了这个道理。倘用我的话来说，是过去的文明，都因建筑在奴隶制度上，所以其结果我们可以预知。所谓奴隶制度，当然取的是它的广义的解释。最近有个朋友自英国来信说："近日有一想法，即孙中山、列宁、甘地在青年时期均曾来英，但无一不对近代西方文明提出修正或挑战，……此并非偶然之事实，盖欲变落后国家为强国，实不能抄袭英人之老路，……中国自强之机会，一一错过，乃至在美英藩篱下讨生活，于是民治之呼声大张，愚见以为所谓自由主义者皆误国有份之人，中国今后如有机会，必仍不能循西洋民治之路。"我在这里，引这一段友人的通信，虽并不足以说明我们具体的意见，但文章写到这里，把它当作一种暗示，亦好作这一段文字的结束。

我们既不能独自保留我们过去的生活方式，在这个世界激流中，我们当然不可走一条毁灭自己的道路。中西的历史，都为我们说明了乞灵于皇权与资本家的仁慈，都只不过如白日做梦。

现实摆在我们面前。引诱是有的。我们儒家的传统，西方民主的传统，还可燃起我们自求闻达的亮光。过去人物的彩色一样的丰功伟绩，还为人们衷心倾慕着。曾国藩、俾斯麦、Gladstone、加富尔，甚至张居正、梁启超，在我们有些人心中，还可引起如绘的追忆。现在，不也有"康庄大道"，让知识分子的"领袖人物"一试屠龙之技么？"理未易明，善未易察"，现实的名利，诚足动心，因此，何惜屈下双膝来呢。于是，期待慈悲的改革的呼声，便在我们耳边缭绕；乞怜似的哀鸣，更令人恶心的披露在伪君子的代言者的新闻纸上。

但现实也有的是启示。知识分子中，除了少数攀龙附凤的以外，大部分苦于迫害与饥寒，更无可被剥夺的长物了。我们今天的命运，正是二千年来被剥削的人民的命运。时势成就了我们。

面对着历史，我们的路只有一条：和人民共在。

原载《时文》杂志 1948 年第 3 卷第 8 期，署名流金。

痴人说梦

　　七月十八日上海《大公报》发表了一篇《论大学毕业生下乡》的论文。作者于申论乡村工作的六点困难之后，并向政府提出了六种基本的措施。诸如民主、法治以及待遇、考铨等，无不包括在内。

　　今年大学毕业生的出路问题，在戡乱政治之下，已达到空前严重的阶段。但鼓励大学生到"农村去创造事业"，却属多余的关切。罗季荣先生更天真的提出六种基本的措施，恕我说句不好听的话：那更是"痴人说梦"。我们知识分子，若不是奴性太深，真不该没有 Sense 到这种地步。统观罗先生的大文，好像农村所没有的，都市中都已有了。照我们简单的认识，罗先生所提出的六种基本措施，都市一如乡村，件件都需要罗先生出来呼吁。我是住在上海的，上海总是都市啊！罗先生所呼吁的民主，有么？法治，有么？待遇，不够自己一个人的温饱！进修和考试的便利，当然，要出洋，要考高考，比在农村工作的要少出一笔路费，少一些旅途上的盘查和托人情买票的麻烦！严格考铨？那才是白昼见鬼！我们教书的，却深知道一个优良的教师，无时不在解聘的威胁之中！至于康乐活动，全国运动会在上海举行时，买不起门票的，就正是我们这群公教人员！罗先生要为下乡工作的大学毕业生呼吁，就先得为已在都市工作的人员呼吁。然而，呼吁也是多余的。

　　"民主""法治"……这些调调儿，在我们有现实感的人看来，顶好不要弹了。知识分子不也要求了很多年的民主吗？我们看看它的结果：冤冤枉枉的死的死了；扭扭捏捏的甘心做爪牙的做爪牙了；不生不死的在等待着的也在等待着了，……民主只还不过是迫害和饥饿。远的且不说，最近立法院连一纸保障人权案都被否决的事实，难道罗先生也不知道么？

不过话说回来，我们究竟是一个看重文字的国度，罗先生的"苦心孤诣"，也还值得我们谅解，只不过年轻人已不像我们这一代，他们无论居市居乡，都已有了他们的认识。

老实说，读了罗先生的文章，也只不过是更加重了我们对于一部分知识分子的失望与悲哀。天堂的门，将不会为这些人开启的。

七月廿三日

原载《时与文》1948年第3卷第16期，署名况自。

论持久和平

　　爱好和平为人类的天性，自私亦为人类的本能。因自私而有争夺，因争夺而发生战争。战争却无不以和平为目的。但因一人之私，一国族之私，一集团之私，一阶级之私，以致历史上因战争而求得的和平，都十分短暂，也可以说，都是为私的和平。因而战争不已，和平的呼声亦终古而不息。

　　最早的战争起于部族的征服，随征服而来的是财富的获得。被征服者成为奴隶，奴隶只不过是一种"有生命的工具"。征服者和被征服者是两个对立的阶级。因此，我们历史上便有了不断的被征服的奴隶起而反抗的战争，如希洛人（Helot）之于斯巴达人，古代意大利人（Italian）之于罗马人，殷人之于周人，这种战争西洋史家称之为 Social war。征服者为求不费力的榨取，无反抗的剥削，泰然的享受，安然的统治，要建立一个为私的和平。被征服者感于"食狗彘之食，衣牛马之衣"，甚至终岁饥寒，老弱转死，而反抗，而诉之于战争。

　　随部族征服之后，便有了国家，国家便是一种统治的工具。统治者内部因利益分配的不均，于是有贵族与平民的对立，有野心政客之间的争夺，有朋党之纷扰。这种对立、争夺与纷扰，解决之道，或诉之于武力，或以政治的手段求取一个和平的妥协。诉之于武力的如罗马的内战，周初的内战，前后三雄和管蔡周公都采取了决胜于疆场的途径。这一类战争，就是历史上所称的内战，也就是个人或一集团争夺政权的战争，其目的在于取得个人的富贵尊荣，独享因对外的征服而得来的利益，在于建立一个为私的和平。

国家成立之后，国与国的对立带来了更剧烈的战争。一国的统治阶级，不独要占有他那一个国家中的利益，而且为巩固他的统治，还要向外扩张，取得国际间领袖的地位，屈人国以奉己。这种战争可分为两类：一为不同种的国与国的战争，一为同种的国与国的战争。前者如希腊与波斯之战，罗马和迦太基之战，殷周之战；后者如雅典与斯巴达之战，斯巴达与退比斯（Thebes）之争，春秋战国时代的战争等。这种战争我们可以说，都是争霸的战争，其目的在于建立一个统一的帝国，取得一个统治阶级的最大的利益，这种统一与统治阶级对利益的独占，是要由战争而取得和平后才能完成的。这种和平也是为私的和平。

等到统一完成之后，帝国内部的利益为一统治阶级独占之后，农民与地主的对立，劳动阶级和资产阶级的对立，官僚内部的对立，便渐渐使这个帝国又走向战争。地主、资产阶级、官僚是要保持和平的；因为他们"男不耕耘，女不纺织，衣必文采，食必粱肉"。他们保持和平的方法，开始用的是严刑峻法，最后则以战争来镇压叛乱。农民、劳动阶级，因"男子力耕不足粮食，女子纺织不足衣服"，"卖田宅，鬻子孙"而不能免于冻馁，是不需要这种和平的；因而暴动，因而揭起反抗的大旗，用我国历史上的名词，称为起义，用西洋历史的名词，称为革命。这种战争，是不属于内战之列的。但在过去，这种战争成功之后，因为人民无政治的自觉，为一家所利用，为没有得到大利的官僚所利用，战争结束之后的和平，依然是一种为私的和平。

为私的和平制造战争，因此战争往复不已。古往今来的思想家、文学家、科学家都诅咒战争，歌颂和平。但他们都没有认清这个事实：人类已曾有过的和平，都是建筑在私利之上的。罗马虽说有过二百年的和平，但战争无时不在边境上进行；帝国内部的不满，也无时不在酝酿之中；小规模反抗的战争，也从未停止。秦汉帝国的上半期，可以说是我们历史上和平的时代，但战争何尝停止过？在帝国内部的战事，从七国之乱以后，何日无之？边境上对外的战争更不必说了。

西洋史上的蛮族的入侵，以至于瓦解了那个庞大的罗马帝国。依照我个人的看法，主要的理由，还是由于帝国治下的臣民对于帝国统治者敌视的缘故。照汤因比（Toynbee）的说法，蛮族和罗马帝国内的基督徒不是都叫作 Proletariat 吗？基督教是罗马帝国中被压迫的人民的希望。在我们历史上，胡人的南下，也是由于帝国内部统治阶级和臣民的敌对，才给予胡人以可乘之机。

在过去的历史上，和平既是建筑在私利之上的，所以战争也就不能避免。一治一乱，"分久必合，合久必分"，这是过去那个阶级对立的社会所造成的，也是过去历史必然的发展。

人类的文明，无论是埃及的、巴比伦的、印度的、中国的、希腊罗马的、中世纪的、近代的，莫不是这种为私的和平下的产物，为私的和平既是少数统治者的和平，一切文明的成果也只有少数人才能享受，大多数人是被摒于文明之外的。因此，这些文明也就随着短暂的和平而萎去。

大多数人被摒于文明之外，文明对那些人便毫无意义，不仅如此，还引起一种憎恶。历史上，不是充满了饥饿的人群焚毁华贵的宫殿、破坏庄严的教堂之类的记载吗？在街头上，卑微的人民对那路上疾驰而过的某某年式的汽车，不是也投以憎恨的目光吗？因此，大多数不能享受文明的人，对文明失去了感情，对国家失去了感情，一任野蛮民族之长驱直入。一种一种的文明，都这样地成了历史的陈迹，一个一个光荣的帝国，也只是在废墟中留给后人凭吊。

由于十九世纪那个伟大先知[1]的启示，我们了解了这个事实。由于十九世纪工业革命的结果，人类历史才开始走上一条崭新的道路。工业革命开始了群众的教育。过去知识是由贵族、中产阶级所独占，现在已经普及于群众了。知识的普及，促成了群众政治的自觉。一种真正的人的觉醒，人类再生的运动现在已经开始了。这个运动，是有组织、有计划、有目的的。因有组织而有力量，因有计划而有步骤，因有目的而有理想。这种运动，便向各色各样的统治者展开正面的斗争。这种斗争，以各种不同的方式出现，或凭政治为武器，或以战争为手段。其目的，则在建立一个以人民利益为基础的和平，一种永久的和平。只有在这种和平之下，战争才会消灭。

这种斗争正在全世界进行着。这种战争就在我们的目前。懂得历史的人，便知道人类距离永久的和平已经不远了。

行文至此，本可告一结束。但为求读者更易明了我所说的这种斗争正在全世界进行的说法起见，我不妨举一个尽人皆知的例子。十一月二日美国的大选，我们不是也听到了美国人民的声音？美国人民，就利用了他们那个民主制度的武器——不记名的投票——打倒了那个完全代表特权阶级利益的杜威，选了那位比杜威好一点的杜鲁门。在美国这个国家，人民的声音不是无法传达的，由于大选，也使我们得到了一个有力的证明。

十一月二十一日

原载《启示》1949 年（革新第 1 号），署名流金。

---

[1] 编注：指马克思。

停战乎？和平乎？

从蒋总统元旦文告，至邓文仪局长二月九日在沪发表《和平与战争的发展》的书面谈话，我们可以看出：政府为和平所作的努力，只在求一因徐蚌军事失利而略事喘息的停战。蒋总统的五项原则，"和平老人"邵力子先生已喻招降的文告，当局且坦率承认"可战可和，任由共党选择"。只因新败之后，复加之以政府内部战和两派的矛盾，故仍有此被称为"和平攻势"的文告发表，和一月二十四日的"引退"。邓文仪局长的书面谈话，更明白宣称："政府要和，也有三项原则，即是：要平等的和平，全面的和平，有条件的和平。如果违背这些原则，和平便是假的，也是无法实现的。"所谓平等的和平，全面的和平，有条件的和平，是蒋总统五项和平原则的另一种说法。该谈话中更强调备战以言和，也和当局所说"政府今天在军事政治经济无论那一方面的力量，都要超过共党几倍乃至几十倍"如出一辙，这是吓唬对方以求停战的一种策略。我们觉得邓文仪局长的话，说得倒比较干脆，"政府只有积极备战，始能言和"，是不含糊的。但所谓平等的和平，有条件的和平，却不若蒋总统的五项原则具体。五项原则中，保持法统，保持宪法，保持军队三项，大概可以作为如上云云的和平的注脚。不过从元旦文告中，我们可以看出当局求和平之心，不仅仅是为了他所提的五项原则；而邓文仪局长的谈话，则明白告诉我们备战或继续战争的目的乃在维持此五项原则了。由此也可知道我们过去受过的、今天正受的、将要受的苦，是为什么而受的了。

在这个法统下，这个宪法下，我们过的生活是冷暖自知的。过去的且不谈吧，先讲现在："国立中央大学的员工为了疏散费，留校同学为了应变费，经多次向教部请愿的结束，教部始发给第一批款计一千一百万元，由校长周鸿经及总务长戈定邦经手收领。……这时，金圆券猛烈贬值，……于是同学推代表向周校长催索，校长一口答应明日上午即发现款，然而当夜他却和总务长悄悄卷款逃走了。"（见《中建》综合版第一期《南京通讯》）中央大学不是中华民国国立的大学吗？周鸿经逍遥广州，不见他受到任何中华民国法律的制裁。而中央大学的员工与学生，也只能在报上刊登启事否认周鸿经校长的地位而已。

这个宪法与法统，实在不值得我们爱护的。但爱护它的人却要以我们的血汗与生命为它的存在而从事战争。当着这种战争无法进行下去的时候，和平，这个美丽的女神，就被利用为一种达到停战以备战的武器，使我们继续流血，继续流汗，继续牺牲我们的生命。

历史上有过征服者的和平；有过不平等的和平；有过有条件的和平，所谓有条件者，是指战败而被征服的一方，接受战胜的另一方的条件。但却没有过平等的和平。平等的和平，照我们的看法，只存在于一切剥削关系消灭之后。

平等的停战，倒是有过的。西洋史上"上帝的停战（The Truce of God）"就是平等的停战。因为封建诸侯视战争为儿戏，教会规定某一些日子，不准打仗，于是双方就不得从事于战争。欧洲中古时期的教会，政治的权力是很大的，它凭借神的命令，来制止战争。但事实上，像这样的停战，也少得很。能有力量反抗教会的。依然不愿遵守这样平等的罢兵。

平等的停战，在教权高于一切的时代，尚不可能，处今之世，而冀平等的和平，倘非欺人，便是自欺。

有条件的和平，历史上倒是常见的。

古代史上，罗马和迦太基有过继续了一百一十八年的战争。中间也有过两次和平，第一次迦太基割了地、赔了款；第二次迦太基等于变成了罗马的属国。但在罗马人看来，真正的和平是来自毁灭了迦太基那个城市之后。殷周的战争，我们是熟悉的，在周人的心目中，和平也是在殷人完全被征服，营洛邑之后才完成的。迦太基人、殷人是曾获得有条件的和平的，但他们是接受了有利于别人的条件的。接受了有利于别人的条件尚且不易得到和平，而今政府却向对方要一个保障自己利益的有条件的和平，岂不又是倘非欺人，便是自欺了吗？

假如有条件的和平，是有条件的停战的话，这种停战，倒是有的。双方军事力量悬殊不大，战胜者一方，遇着意外的事变，是会同意战败者提出的有条件的停战的。公元前四二一年希腊史上的 Peace of Nicias，雅典和斯巴达同意五十年内不发动战争，便是一例。春秋时候，晋楚争盟，有条件的停战，亦屡见不鲜。但我们政府所要的却是有条件的和平。难道政府真要的是和平吗？

我在《论持久和平》一文中，曾将和平分为为私的和为公的两种。根据我的分析，历史上所有过的和平，都是为私的和平：历史上之所以乱多而治少，就因为和平是建筑在一个阶级，一个国家的利益之上的，受和平之赐的只是少数的统治者。

真正的和平是建筑于人民利益之上的。民有、民治、民享在上一世纪还只不过是一种理想。但由于人民政治意识的觉醒，和资本家对立的工人，和地主对立的农民，和帝国主义对立的殖民地，都和他们的敌人，开始了剧烈的斗争。这种斗争，在本世纪中，已一步一步地胜利；因而，上一世纪的理想，也一步一步地成为事实。

这种斗争，或以战争为手段，赢得胜利，求得和平；或以和平为手段，赢得胜利，求得和平。但不论用那一种手段，必消灭那些剥削者而后已。历史的事实告诉我们：被压迫的人民，是非到了万不得已的时候，不会以战争为手段来对付他的敌人的。历史的事实也向我们证实了：那些吮惯了人民的血的统治者，是非到山穷水尽之时，不会放下屠刀的。

"啊！和平！什么事情都假你之名以行！"

郭绍虞先生说："我不懂，为什么在三十八年元旦以前谈和有罪，而一天之隔，到三十八年元旦以后谈和就没有罪？"培根说得好："历史使人聪明。"

停战乎？和平乎？人民乎？法统乎？凡有眼睛的都看得清清楚楚的。

原载《启示》1949 年第 3 期，署名流金。

欢迎人民解放军

解放军进兵江南后，四月二十二日解放南京。国民党反动派匪首蒋介石，犹妄想作困兽之斗，悍然不顾上海六百万人民生命财产的安全，调集残余匪军，大言不惭，要进行所谓保卫大上海的战争。自上月二十五日深夜逮捕大批学生，二十七日解散交通、复旦等国立大学，光华、大夏等私立大学，以至本月二十四日举行那无耻的胜利游行的一月当中，残杀人民，强征捐税，偷运物资，用各种方式勒索财物，破坏公私产业，无所不用其极，其黑暗恐怖之统治，实为古今中外所未有。上海人民，处水深火热之中，对于这种暗无天日的行为，疾之如仇，非语言所可表达。尤其是对于那个头号匪首蒋介石和汤恩伯、毛森一类的刽子手，更恨不得食其肉而寝其皮。这种愤嫉之情与日俱深，对于解放军待盼之心则日切。

我们知道黑暗之后终必有光明来临之一日，但期待之苦，诚有似于倒悬。自本月十日，初闻炮声，我们沉重的心情才渐渐舒展，望里的云天，才觉第一次添上了动人的颜色，迢迢地传来的炮声，仿佛就是亲人的呼唤！

国民党反对派的无耻谰言，终掩不住人民真实的胜利。炮声日近一日，我们的心情，就像含苞待放的花朵。英勇的人民的军队，一天天的和我们近了，二十四日的深夜，解放军胜利地进了市区。二十五日清晨，朝晖灿烂，云淡风轻，我们和伟大的人民解放军握手了。我们真如重见天光，复感有生之乐。

我们从来没有见过这样的军队：当他们进市区时，正在深夜，鸡犬不惊！当战争迫近市区的时候，诚如《大公报》所说，"没有向市区发炮，避免向市区射击，他们承当国民党的海陆空三面火力，将牺牲留给自己，把幸福带给人民。"这不就是我们的先圣往哲所梦想的仁者之师吗？我们禁不住向他们欢呼万岁！

现在上海解放了，全国的解放亦在指顾之间。我们谨向中国共产党的领袖毛泽东先生致敬！人民解放军总司令朱德将军致敬！一切光荣都属于中国人民解放军！一切光荣都属于全体人民！

原载《展望·临时特刊》1949年，署名流金。

伟大的"一二·九"运动

一

今天我们来纪念"一二·九",有一种和过去完全不同的情绪,这种情绪是很难得说的。二十余年国民党的反动统治被推翻了,百年来帝国主义加在我们身上的锁链被砸碎了,全中国人民在中国共产党领导之下,经过长期斗争,取得了胜利,今天,就是我们胜利了的今天,一九四九年十二月九日,"一二·九"运动十四周年的纪念日!这一天,我们盼望了许久的日子,是我们无数的先烈用热血和头颅争取得来的日子,我们青年前仆后继地把我们的青春交给了它!它就是我们为民族独立、自由和幸福而斗争的象征。

十四年来,我们在国民党反动统治下,用过种种不同的方式来纪念这个学生运动的伟大的纪念日。我们为了这种纪念,曾经受到过反动派种种不同的迫害。反动派是不欢喜这一天的,因为从这天起,青年学生响[吹]起了抗日的号角,高举着民主的旗帜。反动派是不愿意抗日的。民主吗,反动派的民主只是伪国大、伪宪法的设意装潢,搜查、逮捕、拘禁、活埋、暗杀……等等名词的代用。反动派不但不欢喜"一二·九",就连"五四",他们也不欢喜。我们知道,"五四"原来是作为青年的节日来纪念的,但后来反动派忽然把三月二十九日作为青年的节日了。反动派不欢喜的,我们却欢喜它,我们纪念"一二·九",在任何情形之下,都燃烧着对祖国的希望，对祖国的热爱！都燃烧［着］对反动派的愤怒，对反动派的弃绝！每次纪念会中，我们都要温习一遍我们斗争的历史，检讨一下我们斗争的方向。我们感谢中国共产党，——"一二·九"运动的领导者——为我们指出了方向，领导着我们走向抗日，走向民主。抗日和民主是"一二·九"运动的目标，这个目标是和反帝、反封建相结合的，十四年来，我们青年都坚持了这个目标。

参加"一二·九"运动的青年学生，那时二十岁的，现已三十多了。我们参加了斗争的，现在看到了胜利。今天的青年朋友们，那时最大的也不过十岁十二岁吧，最小的恐怕还没有出生呢，斗争过来的，苦难中长成的，现在，我们都在胜利声中来迎接这个伟大的纪念日，我们真有说不出的快乐！在我们面前有着无限光明的远景，我们国家，五年十年之后的建设，一想起来就令人有无比的动心！今天是我们有了自己的国家，第一个的"一二·九"的纪念日，这个纪念日是充满了希望、信心和快乐的！

二

还让我们来温习一下"一二·九"的历史。这是我们人民英勇斗争的历史，在这一页历史中，青年学生起了先锋的作用。

一九三五年的冬天，北方的天气是明朗的，但日本帝国主义者的魔掌紧紧地扼住北方的咽喉，国民党卖国政府却不断地和日帝妥协，出卖祖国的利益。十二月九日北平学生掀起了伟大的抗日运动。这距一九三一年的"九·一八"是四年多，一九三二年的"一·二八"是三年多；日本帝国主义蹂躏着我们广大的国土，在我们东北成立了傀儡的组织"满洲国"；从一九三二年至一九三五年，日本帝国主义更蚕食着我们的北方，就在一九三五年的十一月，冀东成立了所谓防共自治政府。那时的国民党反动政府对日本帝国主义者采取了不抵抗政策，自"九·一八"以来，于一九三二年第一次破坏了十九路军在上海的抗日运动，一九三三年第二次破坏了抗日同盟军在察哈尔的抗日行动，接着是一个"塘沽协定"，一个"何梅协定"。"何梅协定"是一九三五年五月，何应钦代表反动政府和华北日本驻屯军司令梅津签订的，由于这个协定，国民党嫡系的军警和宪兵从华北撤退了。一九三五年六月，国民党政府下令"睦邻"；十一月，下令"取缔排日"，同月，"冀东防共自治政府"的牌子挂起来了。国民党反动政府一方面这样向日本帝国主义妥协、投降；一方面却用全力向中国共产党领导的红军和苏区疯狂地进攻，而美其名曰"先安内而后攘外"。一九三三年，当日本帝国主义者侵占了整个东北的时候，中国共产党就向一切进攻苏区的国民党军队提议订立一个停战协定，一致抗日。一九三五年，红军北上，更发出建立抗日民族统一战线的号召，但国民党政府对于中国人民的要求是置若罔闻的，反动派违背着全国人民的愿望！

在日本帝国主义者提出华北特殊化的要求之后，国民党反动政府又决定在十二月十六日在北平成立"冀察政务委员会"。北平的学生，在中国共产党领导之下，站在最前线，顺应着全国人民的愿望，掀起了抗日的热潮。这个热潮，震荡着全国，南北各大城市青年的爱国运动像沸腾了一般。刘少奇先生说："从大革命失败到'一二·九'中间，经过了八九年的政治上的反动时期，其间仅有一次带有全国性的革命运动的高涨，即'一二·九'事件所直接引起的抗日救国运动"，这个运动"是划分中国反动时期与革命时期的一个标志。"

凡是参加过这一运动的青年都还记得的，当我们喊出"打倒日本帝国主义"的口号时，我们的心是多么的激动！我们的眼睛包满[饱含]着热泪！我们过去对蒋介石还存着若干幻想的青年从此都把幻想丢开了。我们一到北平，瞧着在市场上来来往往的日本男女，我们就知道谁在出卖我们的国家。我们心里积下来的对日本帝国主义的仇恨，在热泪的倾泻中，好像觉得轻松了。

从"一二·九"这一天开始，许多优秀的青年，开始站在中国共产党的旗帜之下了。从"一二·九"到"七·七"抗战，青年们受着崭新的马列主义的教育了。这一课是从民族统一战线开始的，是从抗日开始的。

三

在中国共产党领导之下，"一二·九"运动成为广泛的爱国运动，成为深入的民主运动。"一二·九"运动中成长的中华民族解放先锋队，便担负着这一任务。中华民族解放先锋队成立于一九三六年一月，北平学生南下扩大宣传被武装解散之后。这是个当日先进青年的组织，它一方面负起了组织青年的任务，同时又担负着教育青年的责任，它是当日青年学习马列主义的学校。团结在"民先"周围的有许多社团，像文学会、时事座谈会、歌咏队、社会科学研究会等。以文学的团体来说，当日在清华大学有清华文学会，燕京大学有"一二·九"文艺社，燕京出版的《火星》，出了很多期，直到一九三六年的暑假，在我的记忆中是最进步的具有战斗性的小型刊物。这种会社，在北平各个学校里，真如雨后春笋，起了相当大的教育作用。以我自己来说，我是从"一二·九"起才开始和马列主义接触的，我的第一本启蒙的书叫做《哲学讲话》，现在改名为《大众哲学》，是艾思奇先生著的。有许多青年经历着和我同样的过程。"一二·九"时代的青年，经过"民先"的教育，共产党的教育，有许多现在已成为最优秀的革命家，为人民服务的最忠诚的战士。

南下扩大宣传，在"一二·九"学生运动中是有极大的意义的。

这是学生和工农兵结合的开始，尤其是和农民的结合。"一二·九"运动之后，南下扩大宣传团出发之后，到农村去成为当日北平的学生的口号。宣传团的工作是被大刀、武装的军队和特务破坏了，但到乡村去的这一条工作道路，却成为我们学生的道路。我还记得一九三六年的深冬，我们在海淀附近作乡村访问的情景；那一年的春天，我们时常在"普罗饭店"和大车夫、工人一道吃面食的情景；一九三六年的冬天，我们在归绥访问妓院，在平地泉和军队联欢的事也一一出现在我的回忆之中。抗日战争爆发之后，许多青年学生在敌后建立游击根据地，向日本帝国主义者进行着顽强的游击战争，是到乡村去的道路进一步的发展，是"一二·九"运动所指示着的。

刘少奇先生说："一二·九"青年所走的道路，乃是知识分子与广大工农兵相结合的道路。他又指出：这个运动是一个模范。

四

我们青年学生，由于"一二·九"运动，开始和工农兵结合。在八年抗日战争，三年人民解放战争中参加"一二·九"运动的青年，大部分已成为军事指挥员，政治工作人员，行政负责人，以及经济工作、文化工作指导者。"一二·九"为学生开辟了一条新的道路，在这条道路上，今天已经没有了任何的阻碍，先驱者的血，将引导着我们高歌向前。这条道路在今天就是掀起新民主主义学习的高潮，学习为人民服务的思想，训练自己成为建国的有用人才。把我们国家建设得辉煌灿烂！

原载《展望》1949年第4卷第21期，署名流金。

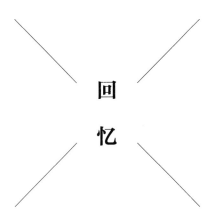

回忆

怀郭绍虞先生

前日因为贱辰，偷闲进城。因友人工作未毕，未便前去搅扰。一人上街吃了早点，又在书店里买了几册新出的杂志。复因避雨偶过省立图书馆，便进去随便翻翻自己手里的几册新书，得读郭绍虞先生《读歌小记》一文。郭先生是我大学里的老师，两年里面，我陆续听过他的文学概论、中国文学批评史，和陶潜。对于他的学问，不敢妄有所论述，我只是觉得他是少数几位诚挚的学者中的一位。二十三年以后，北方已成特殊的局面，学生们心理异常浮动。二十四年冬季到二十五年冬季，更是学生运动最剧烈的一年。郭先生课余的感慨虽不如当时热心国事的教授们多，却句句诚恳，动人深思。我当时办过几种刊物，因为和他比较接近，便常请他写文章，每回他都很认真地给我们写。陶潜本来是三四年级和研究院的课程，人数极少，郭先生有时请我去他家里，总有几样江南特有的小点心摆出来，任我们欣赏，佐助清谈。他住的地方，是燕京的名园叫做朗润园的，初春冰解，有一群小鸭子浮在他住宅旁边的池水中。

旧都沦陷，母校弦诵不辍，郭先生因亦留在北方。太平洋战争爆发后，郭先生听说仍在北方，不得南迁。老成硕学，再赋江南，自更有其哀痛。

《读歌小记》"月亮白光光"结语云：

"生丁末造，有怀难吐，安得有用如此艺术手腕而使人感受弦外之音者乎？我固将拭目以待之矣。"

"月亮白光光"是一首民歌，其全词为：

"月亮白光光，贼来偷酱缸，聋子听见忙起来，哑巴声高喊出房，跛子走上去，瘸子也来帮。一把拉住头发，原来是个和尚。"

这首歌的小记，标明作于二十七年十月，那时燕京大学还能栖迟一身。郭先生怀念故国之情，只不过是"难吐"的悲愤而已。再过几年，北平的局面，又大不同，周作人一类的逆贼已扯下了那层皮，为虎作伥了；郭先生的感慨，也就更深，更令人读之欲泪下。孤城落日，遥望着故国的山河，肠断之情，便跃然纸上了。

《读歌小记》第二页为："大雪纷纷落，拜上我家岳：再不送我妻子回，就要冻坏我的脚"后，写道：

"见故国之旗鼓，感生平于畴日"，诵"再不送我妻子回，就要冻坏我的脚"之语，柔肠寸寸断，壮怀亦跃跃欲飞矣。

《读歌小记》最后一段开始说：

"感时花溅泪，恨别鸟惊心"，愈是在繁闹场中，愈易兴起人们的怅触。天下只有古井不波的禅衲，可以不动心，何则？其心死也。天下只有随风转舵的乡愿，可以不动情，何则？其情薄也。人到心死、到情薄，再有什么话说？"做一日和尚撞一日钟"，因为本不积极，所以也不会消极。"事大如天一醉休"，因为不为热诚，所以也不会愤激。因知多愁多恨多慨感者，皆天下之多情人也，亦皆天下之伤心人也。

话说得是何等真挚，何等动人。

事变后南来，匆匆六年。两度北游，再来边郡，感怀家国，亦自伤情。读郭先生之作，更觉哀痛万分。相隔逾万里，北望幽然，怀想如河水。能不能再有一天，在朗润园的小书屋中，听先生诚挚的谈话，对他说我此日的情怀呢？

原载《革命日报》1943 年 11 月 23 日；《东南日报》1943 年 12 月 20 日，署名流金。

"一二·九"回忆

（一）

"一二·九"那年，是民国二十四年，一九三五年。我是那一年秋天到北平的。

我在南昌读了六年中学。南昌是"新生活运动"的中心。我们受的是一种"新生活运动"式的教育。墨索里尼和希特勒为我们所崇拜。《汗血月刊》《汗血周刊》那时都在南昌出版。我和几个同学也组织了一个"风岛社"，有一位还写过一篇《德意志复兴之路》的文章，颇为我们所传颂。"风岛"的意思，好像也就是说德意志复兴之风已吹到我们的国土上来了。我们热情地爱着国家，崇拜着领袖。

到了北平，看到北方特殊的环境，不禁起了很多疑问，有一种幻灭之感。当时从南边去的青年，大都和我有同样的情形。"一二·九"运动时，最活跃、最积极的学生，大都是从南方去的。

（二）

北平的十二月已入隆冬，未名湖上，溜冰开始很久了。八日晚上，学生会召集大会，讨论时局的发展，决定九日来一次示威游行运动。那时，冀东已"独立自治"，"冀察政委会"即将成立，我们的示威游行便是反对这日本卵翼下的"新组织"的。到北平后，眼见强邻压境，爱国情绪非常高。会后，我兴奋得几乎一夜不曾睡着。

"一二·九"那天，当我喊着"打倒日本帝国主义"的时候，我的眼泪也流出来了；我已有多少时候把这种情绪压在心底不能发泄啊！我不知道这是快乐的眼泪，还是伤心的眼泪，我只觉得我的心被一个东西压了很久很久，这一下，好像一切责负都卸去了。今天，我们可以一千次、一万次地喊"打倒日本帝国主义"，谁还会想到九年前我们第一次喊时的心情呢？

（三）

"一二·九"后，北平全市大中学罢课；过了一星期又一次更大规模的游行示威，就是十二月十六日的那一次。

十五日晚上，当全体大会通过了第二天游行的议案后，学生会便征集前锋队员，应征的，当时便在台上集合。我好几次想上台都没有上；后来有一位女同学上去了，我心想，"女的敢去，我不敢么？"也就随着她上去了。这位女同学现在重庆，抗战开始后，去过河北、山西，打过游击，是一位热情、坚定而有信仰的女性。

这件事，我后来常常想起，也常常和朋友们谈起。

散会后回来，想着第二天，不知道有个什么样的命运将在我面前降临。我曾想过要写一封遗书，而且真拿起过笔。年轻的时候，多的是梦，是热情；但真一拿笔也就不知道写些什么好了。

有好几位同学，都有过这种心情。事后，大家说起来也曾笑过自己，过分夸张了自己的想象。不过，现在想起，又觉得那是一种极可爱的情感。今日，国家面临大难，人民已到不能对国事表示意见的地步，而没有人能有这种感情，敢于站起来说话的了。

（四）

十六日那天，早晨十点钟，队伍停在西便门外！西直门进不去了，我们希望从西便门进去，虽然西便门也是关着的。

城楼上站了十几个警察，带着枪，城楼下便是我们两千多个学生，除燕京、清华的外，还有平大、农学院的。我们直站了一点半钟。大家似乎都在想，"一二·九"那回没有能进城去，这回非进去不可了。

西便门虽也是两扇铁门，但只闩上了铁闩子，用力一推，露出了一条缝，望得见城门里面。当我们真等得不耐烦了时，站在门边的同学就试着推那扇铁门了。城楼上的警察不时把石子从上面抛下来，像和我们开玩笑似的。

推门的人瞧着门也许可以推开了，便大声招呼后面的人一起上前推，于是人便像浪潮一样涌了上去，接着是一阵阵"荷呀！嗨呀"的吼声。这吼声使站在后面的女同学的眼泪，像潮水一样涌出。

门终于被闯开了。进城时的欢呼，留在城外的是一片蓝天，苍凉的山和苍凉的田野；这些，至今在我面前还如一幅画，一幕电影。

（五）

还有令人不能忘记的，是一头皤然的白发。

当我们从西便门去前门时，在师范大学门口，遇到一队警察，拿了木棒和石块，散在街心，阻止我们前进。师大附近有一所学校，校门关了，小工友从栏杆缝里递给我们木棍子，小石子。我们得了这些武器，便和警察对垒起来，后来竟把他们逼进了一条小胡同。有一个警察被我打落了帽子，露出一头白发来。白发如银像光在我眼前晃动，我立刻松了要抓住他的手，惘然呆立，瞧着他拾起帽子，向另一条小胡同蹒跚而去。

这一头白发，每伴着"一二·九"运动的回忆来到我眼前；每回，我似乎都有一种超越时间的情感，面向着它。

（六）

"一二·九"运动中，我是一名小卒。我当时什么也不知道，只知道爱我的国家。在运动中，我完完全全被这种热情所支配，自始至终拥护这个运动的领导者。

（七）

九年过去了，许多极熟极熟的人，都分散在四方，有的真正为国家贡献了他的所能，有的却把生命消耗在无谓中。

九年前，我们要求抗战，"一二·九"运动是我们民族解放运动的开始。九年过去了，我们今日要做的是完成这个解放运动。九年前的学生曾点起了这一个关系民族生死存亡的火，今日学生的责任，便在使这个火长明不灭。这又是我回忆过去之后的一点希望了。

原载《民主周刊》(昆明) 1944 年第 1 卷第 1 期，署名流金。

人之子
——怀念闻一多先生

闻先生死去已半年多了。我从昆明回到故乡也过了半年，哀痛的心情既不曾因时间而淡去，愤恨也不能忘却。乡间静寂的晚上，秋意中给哀雁带来不少的凄凉。灯下展读着北方友人的来信，叫我写一篇纪念先生的文字。过了秋，又过了一个冬天，终于一个字也不曾写出。记忆里的分明，反增加了文字中的朦胧，太真实的情感，也会因有限度的表现工具而使人感到烦困的吧！在我们这个时代，用文字来纪念死者，已使人觉得悲哀，而文字的纪念又不是那徒然的诔墓之类；空洞的愤怒也似乎是多余的。想着先生生前的议论，临死的光芒，我知道我所能为他作的，都会使我自己汗颜。我们不知道有多少时候不听见人的声音了，和先生在一起过的人，都会怀念那直打到我们心里来的声音吧，那声音是从畅开的胸怀中发出来的。他开始剖露了自己，揭开了自己的隐秘，把里里外外的他都展示在我们面前。我从他那里看到了我自己的面目；当着他，我自然地吐露着我的衷曲。那声音传得渐广了，我们，听到的人的真心都得到了一次发现。直面着人生的人，都一齐走向他。他在屋子里对你一个人说的话，也可以对着千万人倾诉的呀！我常向他问起"放弃"一词的含义，他却那样天真地对我说："你还太年轻啊！"接着便问我："你找到了一个什么使你想起放弃的呢？"我茫然了，想象中的光辉是多么的闪烁，"放弃"应是执着的归宿。有一天晚上，大概在他加入民盟以后不久吧，我去看他。他兴奋地告诉我说："我从'人间'走入'地狱'了。"沉默了好一会，他的语气变得更严重。他为我讲他过去的日子："以前我住在龙头村，每回走进城，上完了课又走着回去，我的太太总是带着孩子到半路上来接我。回到家，窗子上照映的已是夕阳了。我愉快的洗完了脚，便开始那简单而可口的晚餐。我的饭量总是很好的，那一天也总过得很快乐。"我听着入神了。忽然，他燃起一支烟，站立起来，有神的眼睛放着光："现在这种生活也要结束了！"那时我还不懂"人间"与"地狱"的含义，但我不自觉地想起了耶稣，我带着肃敬的心情向他告辞。那神圣的目光，严肃的声音，一直缠绕着我的心灵。那时我多么矛盾，多么固执，想要走近他而又畏缩，觉得是真诚的而又迟疑。有时，我还向往着一条和他不同的道路。不久我编了一个小小的副刊，告诉他时，他阻止我，劝说我不要把生命虚掷，不要信任一个我以为还可信任的人，我没有听他的话。他在我的朋友面前骂我。我自问没有做过违背良心的事，当他骂我的话传到我耳边时，我写了一封信托人转给他，在信里强硬地驳复他的"偏见"。后来，他的话一一说中了，那个我以为还可信任的人骗取了我们的劳力，还使我另外一位前辈受到一些没处说的气恼。但有两个多月我没有去过他那边，他却怀念起我来了，要我的一个朋友叫我去看他。我去看他了，他十分激动地说："昆明的 Strongman 是很少的，你是，我也是，我要和你谈谈。"那时战争已经结束两个多月了，有人传说他要去美国，我这回见到他时便问他有没有这回事，他说："有是有的，但我去美国干什么呢？除非我有机会到延安去一次，看过那边真实的情形，我才有勇气去美国，对他们讲讲我们的国家。"

昆明在这一年里不知经过了多少风波。我因职业的关系移居在距城十里的郊外，一星期进城上课三天，最末一次下课后，遇着空闲总到他家去看他。照其他人的说法，他那时已是"忙人"了。但他在家的时候总是很多的，也从没有说起过忙，桌上一如已往堆满了书和杂志。有一回，他指着那些杂志对我说："现在的人都不太严肃，写文章也是马马虎虎的。就以《民主周刊》来说，我的工作便只是改错字，改不通的句子。我相信写那些文章的人，只要写完了自己再看一遍，所有的错误自己都可以改过来的。这真是不好的现象。譬如我，我不写政治性的文章，因为我自己觉得写不好。我现在正在学习，假如我自己有了写好的把握，我就写了。现在我还是搞我的文学。"所有和他接近过的人，都知道他无论是写一个便条、一篇短文，无论用的是毛笔或钢笔，一个个字都像是摹刻的。至于他的学术论文，一本一本用毛边纸亲手装订，写得整整齐齐，大小如一，连空出来的天地头，也长短丝毫不差。他常说："我是从中国的旧教育中训练出来的，我现在痛恨旧的教育和美国的教育，我觉得这种教育耽误了我的半生，但我们却不能忘记那些教育的好处；一些做人做事的原则还是值得我们遵循的。譬如说，儒家的忠恕之道和美国人的负责任、切实的好处，我们就得学习。只要不是我们的敌人，我们就可宽恕他。现在民盟有些人便犯了这个不宽恕人的毛病，常常拒人于千里之外。"先生始终是宽恕我的，对我也有所期望。他相信有一天我会如他一般澈悟，能跟着他走入"地狱"，"放弃"自己。

　　昆明的夏天又来了令人难测的风暴，时时搅乱着那似乎永远平静而蓝得叫人喜欢的天空。乍暖乍寒的气候，使我们的感觉也特别灵敏。多少来自北方的人，都忙着回故乡去，文林街一带也快令人追怀八年来的盛况了。我也准备着回我的故乡，等待着可以分到我名下的飞机票。先生的西仓坡的宿舍里，已是十分冷落了。他的两位公子先去了重庆，在那里等候一家人同回北方。我最后一次去看他的时候，他说他也许比我要晚些离开昆明，叫我不要在故乡久留，快点去到上海，他也想到上海去看看朋友："你在江西是住不久的，你没有可以沉默的性格。纵使去中正大学教书，有好的读书环境，也终必苦闷，要向大地方跑的。"那时候他正在把《九歌》编成诗剧，北窗下一方小小的桌子，稿本一叠一叠地放在桌子的一角。他兴奋地讲述着他设计的布景和化装，还把《山鬼》的歌词念给我听，描述"余处幽篁兮终不见天，路险难兮独后来"的歌声怎样自远而近，丛林中有隐约的人影和隐约的歌声。谁想这是我听到的他的最后的声音呢？

联大最后的一批学生走的那天，李公朴先生就被杀害了。十五号早晨，一位同学从城里匆匆跑到我家里，说："闻先生被暗杀了。"年轻的眼睛里盈满了眼泪，声音也有些颤抖。

我十点钟雇了一辆马车跑进城去。五华山上仍旧是旧日的烟云，大路两侧的尤加利树也照旧浴在阳光里，发出耀眼的深绿色，但我却视而不见，也不知道痛苦。进了城，街道上也仍旧是熙熙攘攘的行人和彼此不相干涉的声音。在云南大学的门口，我看到有人悄悄地进去，我也默默地走了进去。走过两年来不知走了多少回的路，一步步地迈上那高坡；大楼前面站着一些人，楼前高大的柱子上贴着抗议李公朴先生被害的标语。一进大楼，碰见几个我教过的学生，他们无言地领着我向前走去。我顺从地跟着他们，一路上碰到的人，都默不出声。闻先生躺在停尸室的一间小房子的地上，左手蜷在脑后，胸部的衣服是敞开着的，有两个年轻人用棉花在擦洗他身上的血。我强忍住泪，克制住留在他身边的愿望，扭转身走了。经过学校的宿舍，我敲开了一个同事的门，约他一起去了×××的家。他家里的人说他不在（后来听说是避入了美国领事馆）。我们无言地在翠湖分了手。我又出了城，走回自己的家。

这无声的昆明啊，死去的是十字架上的主，他走入了地狱，天堂的门却为他开放了。我不知有多少回，想起耶稣的故事。先生，你的话是对的，我真是太年轻了，还不能放弃，一切追随您的人也都太年轻了。但和您一样能进入放弃的境界，却是我渴望能企及的。你，人之子，天堂的门已为你开启了。你留下来的是无字的福音。

原载《文汇报》1947 年 3 月 24 日，署名流金。

追念闻一多先生

回来上海一个月后，佳士兄不意见访。他于去年五月间离开昆明，我是七月里走的。我在故乡住了半年，他却仆仆于平津京沪道上。别离以来，真如换世，见面时虽也很高兴，但一谈起在昆明的日子，言下都不免有些伤感。佳士和我是同学，但到昆明以后才熟。他住在云大宿舍，我一星期去云大上课三次，有机会总去他那里聊天，有时谈得高兴，我们便一道去一多先生家里。佳士是个虔诚的基督徒，后来特别关心政治。一多先生于我是师辈，我从燕京转到联大的时候，他正在埋头做学问，我并不认识他，重到昆明后，才开始和他往来。在我十多年的学生生活、七八年的做事与教书的生活中，他是我认识的前辈中最诚实、最热情、最认真的一人。想起和他在一起的时间那么短暂，真不禁悲从中来。佳士不大爱说话，永远那么谦卑，那么诚恳。我是个喜欢说话的人。每回佳士同我去看一多先生的时候，我总有一种尽情倾吐了以后的愉快。我记得只有一次是佳士说得较多的，他那样有条不紊地和一多先生说明美国军队里各种不同的符号代表的各种不同军阶。我常想佳士的关心政治是由于一种良心的驱使，一多先生也是那样。我们在一起的时候，对于实际的政治问题，也谈得很少。一多先生对一切都是那样乐观，那样充满了自信与希望。围绕着他的生活的困窘，工作的繁重，（他为了养家，除教书外，还为人治印；后来加入了民盟，还要开会，看文稿，甚至刻钢板！）朋友的讥讽（人家骂他是疯子），他都全不在意。我从没有听他诉过穷，而在抗战结束之后，我却亲眼看到闻太太病在床上，要送医院而拿不出一万块钱的医药费。当时家骅先生也在那里，我瞧着他们兄弟俩相对默然。

"一二·一"惨案发生之后，联大教授会对一多先生备致责难，甚至有人在会议席上，当一多先生发言时，故意作出侮辱性的举动。我们得知后去安慰他，他不但不表示愤怒，还期望那些误解他的人，将有一天会了解他。当他在世的时候，这一切在我们的心里没有这么清明，他死了，在忆念中泛起，便仿佛如在他的左右，一种有力的呼唤，时时使我们走向他。

当佳士坐在我对面的那张椅子上时，我就想起西仓坡联大教职员宿舍靠东的那间小房子。用几块木板搭起一张长桌，桌上铺着一条破旧的被单，零乱地放着一些书，一些报纸、文具和几件粗糙的陶制茶具。一多先生坐在桌子靠门的那边，我们坐在靠墙的那边，面对面的谈话。有时是阳光照在窗子上，有时一阵阵风从窗口吹进来，窗外一片依人的月色。佳士说："那时真想不到他会死。你还记得吗，他和我们谈饶孟侃，说到他念佛。他告诉我们说要写一封公开信给他那位念佛的老朋友，说明他自己这些年来关心政治的原因。他还说，'念佛与革命都是现实的政治环境造成的。念佛看似通脱，实在通脱不了。革命呢，倒真是通脱得了的。'"饶孟侃是先生的一位朋友，是一位诗人。佳士的话，使我想起先生对我所说的"弃绝"，更使我想起他加入民盟时所说的"我不入地狱，谁入地狱？"他最大的孩子那时才进大学，最小的还在小学读书；七口之家，都靠他一个人工作来养活。闻太太的身体又不好，三五年的春天，有很长一段时间，我到他家里去，总看见她躺在床上。李公朴先生被狙以后，别人都不敢说话，只有他挺身而出。要不是真正能"弃绝"的人，哪能不想到身后寡妇孤儿生活的凄惨！

他死后，有许多人为他惋惜，说他太傻。"傻"，这就是他和他同时代的人不同的地方。他真诚实，以至情与理都发光。他对我们说的话，可以对千万人说。有些人总以为他是一个感情极易冲动的人，一说就说的情不自已。其实不是。他从不随意说话。他告诉我他不懂政治，所以不写政治论文。但他执着于一个简单的道理：违反人民利益的就是坏的。他对于违反人民利益的任何设施，都嫉之如仇。他说："我们不懂怎样做于人民有利，但原则是懂的；反之，违反人民利益的事，我们单凭良心就可以知道。"因为他以为自己不懂政治，所以他开始对于政治加以研究。有一回他读了一本拉斯基的书，高兴地告诉我："我们想到的，说不出；他替我们说得那样好！"他有好几回演讲说到他自己，他说："我心里想骂人，想了好久，我在朋友面前骂他：×××，王八蛋，大家想想看，他是不是该骂，该骂就骂！"有些人认为他骂得太过火，又有些人认为他是有意如此，耸人听闻；但听过他演讲的人，见过他骂人时的神情的，不由得不感到他语气的严肃，真是一种从心底里发出来的声音。

在西南联大那个圈子里，他成为学生们崇拜的中心，在我想来，就因为他在那里撒下了诚实的种子。他常对我们说，我们应当向青年学习。有人以为他这样说是故意取悦于学生。向青年学习，学者不要立刻抱起那"名山事业"深入于名山中嘛！我们和他在一起的时候，真不觉得他是我们的"前辈"，和他谈话，是那样地使我们无拘无束。对于一个问题，我们有什么想法使他感到兴奋时，他真是那样凝神地倾听着，反复论难，使你离开他以后，一碰到有什么心得时，恨不能立刻上他家去剧谈一番。现在他已经死去一年了，前不久北方友人来信说："看来浪漫主义、英雄主义已成为过去，今日之青年真老练而稳健，连胡适之都不能不点头赞叹。这其中实在在酝酿一种新人格、新道德，我毫不低估他们。我甚至要说，从中可以体察出时代精神。在这方面，我们这一辈要落伍多了。在我们身上恐怕时常有Ego在作祟，知识分子而去掉Ego，则St. Francis

人人可为矣！闻师昔日言向青年学习，此语实含有真理。"在昆明的时候，因为他对我们的态度，我相信他说"向青年学习"时的真诚。现在，我相信北方的师友们也了解他这话不是欺人之谈了。

"一二·一"以后，有一天我到联大去，在路上碰见他带着他的大女儿也去联大。进了联大的新校舍，他在民主墙边停下看壁报。我说回头去他家里，问他回不回去。他叫我离开新校舍前到壁报附近找他。那时正是冬天，那天又是昆明很少有的阴霾的日子，他足足在那里看了一个半钟点的壁报，等我催他走时，他才离去。一路上，他就和我谈那次的学生运动。"政治越腐败，学生就越进步。流金，你总说'一二·九'运动的时候，你们怎样热情，怎样勇敢。你觉得现在的学生没有劲儿，不敢打阵地战。你不知道那时你们是处在不懂如何摧残学生的老派的军阀治下。现在的情况和那时是大不相同了，摧残学生的办法是新奇而彻底的。现在的学生已经给他们训练得知道如何斗争，如何争取广大的同情了。他们也有的是热，但他们懂得怎样把它变成力量，他们也不比你们少勇气。暴虎凭河，死而无悔的人，固然值得佩服，但勇敢而更能讲求效果是更为可贵的！"想起他这番话，想着这次上海的学生从容坐上囚车，集体进入警局，一批人去了，又一批接着上来的精神，真使人在悲痛里见出了我们这个古老的民族的希望。

胡适之先生的"善未易明，理未易察"和一多先生的态度是绝对相反的。假如我们说胡适之先生是学者，一多先生便是宗教家。学者无所执着，宗教家却有所信仰。只可惜胡先生说这话的意思，在于暗示学生对当时政治问题所应采取的态度，并不是指对学问而言。在今天，我们打开窗子说亮话，善实易明，理实易察，我们耳闻目见，谁是谁非，还不了然吗？一多先生对内战是深恶痛绝的。佳士说："有人问一多先生：'内战会不会停止？'一多先生说：'内战一定会停止，因为我叫它停止！'接着他又说：'我，是指人民，只要中国人民叫它停止，它只好停止'。"在他心里，人民和他成为一体，他的呼声，就是人民的呼声。中国的穷乡僻壤，当他被狙殒命之后，莫不传着他死去的故事。去年八月，我回到家中，沦陷了七年的故乡的父老，知道我从昆明回来，都问我："闻一多是不是你的先生？好人！这个世界好人留不住！"我这回到上海，许多从昆明出来的学生告诉我，他们走到贵阳，走到晃县，知道一多先生被狙的消息，怎样带着一颗沉重的心，重新踏上征途。他生前，教人恨，教人爱，教人欢乐，教人愤怒。我有一回写了一篇《论个人主义》的文字，发表之后，送给他看。文章大意是说今天中国需要个人主义，个人主义的精神在于独立不惧，朴质自然。他看了以后说，很有人气。三十四年的秋天，昆明的空气是很沉闷的，尤其是我们三十左右至四十左右的知识分子，左嘛，对自己的前程有影响；右嘛，似乎又不好意思。于是假仁义之名，行功利之实。桂林失陷之后，贵阳吃紧，有一批平常素以"卫道"自居的，忽然变为中共的拥护者了。其实呢还是一心向往美国，恨不能立刻插翅西飞，镀金回来，也跻于特权阶级之列。我当时最恨这种人物，想在文章里刺他们一下，便写了那篇《论个人主义》的文字。我当时也并不反对出洋，反对作官，反对"左"或"右"。我反对的只是忸怩作态，言不由衷。一多先生是我在这方面的启迪者。他攻击伪君子，有时，他甚至说："××是伪君子的大本营，我们要摧毁它！"后来他的思想渐渐变得比较宽容了。我们也很少谈起学校里的人物了。

"诵味遗言，如亲承意旨。"《思旧赋》有云："惟古昔以怀今兮，心徘徊以踌躇。"此时此刻用文字来纪念死者，实在是"情难自已"。

一九四七年六月末，上海

原载《人世间》1947 年第 5 期，署名流金。

我与冯契的关系

冯契（原名冯宝麔）和我是在昆明认识。大约是在一九四四年的秋天，我在昆明私立天祥中学教书时，他也在天祥中学教书。当时，我教高二的文学概论，他教高二的国文。高二的学生很喜欢他，佩服他，时常在我面前提到他。有一个叫张国士的学生和他很接近，时常到他那里借阅俄国文学作品，这个学生和我也很接近。我在昆明时的一些朋友如王逊、欧阳琛、章煜然、胡正谒和他很熟悉，也时常谈到他。王逊和章煜然是学哲学的，和他是清华大学的同学。欧阳琛那时在清华大学历史系当研究生，他在清华大学哲学系当研究生，同住在一个宿舍里。胡正谒在北大法律系毕业后留在西南联大当助教。从这些人的谈话中，我知道他考入清华大学时是"状元"（第一名），在学校里书读得很好。抗日战争之后去过延安，在我离昆明去河南洛阳后回昆明复学。他虽然学的是哲学，但对文学很爱好，会写文章，尤其是短文写得很尖锐，泼辣，胡正谒就非常佩服他所写的短文。（胡正谒、欧阳琛现均在江西师范学院）

一九四五年，"一二·一"学生运动前后，天祥中学的学生（主要是高三、高二的学生）时常举行时事座谈会。有一次座谈会，冯契和我都参加了。谈的是国民党反动派在东北发动内战，向八路军进攻。当时，大家对东北的前途作了估计，我和冯契的论点大致相同——这就是不能从一时、一地的失利，一时、一地的胜利来看问题，要从大势所趋，人心所向来看问题。

一九四六年三、四月间，我担任了天祥中学的训育主任，主管学生工作。有一天夜里，我去查夜，有很多学生还没有就寝，我便催他们熄灯就寝。在高三（即张国士那一班）的一间宿舍外面，当我叫他们就寝时，有一位教师叫许寿谔的跑出来，对我催促学生熄灯的举动很不满，和我争论起来。当时，冯契也在这一学生宿舍，听到我们在争论，便出来排解。事后，我知道许寿谔是"民青联"的，那天晚上，他、冯契和一些学生正在开会。在争论时，我向许寿谔暴露了我的政治立场（当时我和民盟的关系较深，四月即正式加入民盟），对许寿谔对我不应该催促学生熄灯的指责很愤慨。这件事发生以后不久，天祥中学即迁往距昆明七八里地的小坝。当时，迁校的组织工作和宣传工作都是由我主持的，返校时，我请冯契写过一首迁校的歌词，以后即作为这个学校的校歌。迁校之后，冯契好像就不在这个学校教书了。我记得这时他和赵芳茵结婚，我曾去过他的新居一次。当天祥中学欢送毕业同学（即张国士那一班）时，开过一次晚会。他曾来小坝参加晚会返回。我和他有过一次长谈。这次谈话，他谈到在延安鲁艺（鲁迅艺术学院）时认识天蓝（原名王名衡，是我在燕京大学的同学）。抗战初期，天蓝曾写过一首长诗《队长骑马而去了》，曾经传诵一时。我们对这首长诗作了一些评论。我谈到从山西到延安时，正碰上天蓝从前线到延安，那时，他还有一些思想问题，用英文写日记，依然落落寡合。

后来，我就离开昆明，他什么时候离开昆明的，我不知道，也没有问过他。一九四七年，我来上海，那时我们的一个朋友汤德明（中共党员。在昆明由于欧阳琛的介绍，我认识他。他在昆明和冯契已很熟识）编《时与文》周刊。汤德明时常约我为《时与文》写文章，他告诉我冯契也常有文章在《时与文》发表。那时，我写文章用笔名流金。冯契当时的名字为冯宝麐，冯契是解放后用的。当时是否即用此名发表文章，我不记得。

在上海我和冯契有来往大约是在一九四八年的冬天，我知道他住在同济大学的宿舍，我去同济大学在四川路的宿舍看过他。后来，他搬到礼查饭店（也是同济的宿舍），我也去那里找过他。那时，他在同济大学教书。在这以前，我参加了大教联和大教联的一些集会，在一些宣言上签过名（如反饥饿反迫害，反美扶日等），在我的记忆中，那时候冯契似乎是沉默的。

解放前数日，大教联在上海八仙桥青年会曾有过一次集会，人数较多，约三四十人（过去开会，不过十多人或廿人），冯契也来了。这是我在上海第一次看到他参加这样的社会活动。这一次汤德明也来了。

解放之后，冯契在高教联工作，是比较活跃的。我当时主要是在上海民盟市支部临工委工作。在高教联召开的一些会议中，我和冯契时常见面。

由于我的关系，他为《展望周刊》写过一些文章，也是由于我的关系，他在私立上海法政学院暑期学校讲过哲学。这个学校距我家甚近（当时我住在绍兴路静村四号），我常约他来我家吃饭。这时，和我最为接近的人有汤德明、郭森麒。郭森麒解放前夕住在我家里，解放后汤德明又在我［家］住了一个时期。汤与郭都是冯契的朋友。当冯契在高教联工作时，我曾向冯契谈过希望他多找一些民盟的人去开会，觉得他们有意见。当时，孙大雨、陈仁炳都表示过高教联"搞宗派"，流露过不满。

解放之后，由于汤德明和冯契的介绍，我参加了教协。教协在高教联是核心。光华大学的陈青士、王惠稼是通过我（由曹未风的决定）参加［的］。教协存在的时间很短。教育工会成立之后，冯契担任文教部长，我和郭森麒则代表教育工会出席上海在一九五〇年二月召开的工代大会。这时，教育工会的会议很多，我和冯契常常在这些会议中见面。

一九四九年九月，我去高桥中学当校长，要请一批教员。当时联大同学通过冯契（或郭森麒）介绍过几个去高桥工作，我记得为教育局（当时称军管会中教处）批准的有巫宁慧、王家栋。冯契还介绍了清华大学毕业的邓广誉，也批准了，但邓广誉没有来。

冯契后来（［一九］五〇年）被选为上海市人民代表，我曾请他去高桥中学传达过人代会的决议，也请他去高桥为教职员讲过哲学。

一九五〇年暑假，上海教育工会组织过高教界一部分人去北京参观，我参加了。冯契、刘佛年也参加了。他们二人一方面是参观团的成员，一方面还代表教育工会去北京参加全国教育工会的会议。我在北京随参观团去过一次教育部，参加了由教育部召开的座谈会。这次座谈会，马叙伦讲了话，但内容已不能追忆。其他时间，我都是个人活动。因为高桥中学工作，我一个人先回上海，冯契和刘佛年在归途中还去山东济南参观过。我记得在离上海时，我和冯、刘曾去找过杭苇（当时上海教育局副局长），请杭写介绍信给山东文教局，我也是准备去山东参观的。

冯契的妻子的大姐（赵常茵?）在上海私立正中女中当校长，解放之前，冯契在这个学校教过书，解放时，冯契好像也在这个学校住过。李宗蕖之去正中女中教书，就是冯契介绍的。李宗蕖在这个学校教过两年书，至五一年秋才去高桥教书的。

解放之后，冯契在未去华东师大之前（那时师大还未成立），在几个学校（大专）担任政治课教授。我在光华教的也是政治课。我记得他曾约我去纺织学院做过一次专题演讲。一九五一年上半年，我在光华上课常常下课后到他家里，有时就在他家吃中饭。那时，他住在吴淞路附近的一所公寓里，距光华是较近的。

我的一位朋友叫熊德基的，在福建工作（先在厦门大学当教务长，后在福建师范学院当副教务长。现在中国社科院历史研究所当副所长，中共党员）。一年中，或去北京开会，或来上海开会，我们总可以见面。他对冯契是很佩服的。当冯契住在淮海中路一公寓时，我同他一道去过冯契家里。他们谈哲学，谈文学都是很投机的。当时，我对搞学校行政工作已经不发生兴趣，想回高等学校教书。冯契的看法是，我们这批人在学术上是承先启下的，老一辈的年纪大了，新的东西学不进去，而年轻一辈的历史文化知识又比较缺乏，我们应当努力。他这一看法我是同意的。我当时认为搞行政工作和作学问是矛盾的。我很羡慕他虽然在师大作系主任，但能摆脱事务性的工作，仍能读书写作。

他在去师大之前，有一个时期想写电影剧本。大约是在［一九］五一年，史瑞芬的先进事迹在上海报纸上发表以后，他对这位先进人物很有兴趣，曾去过史瑞芬教书的地方（江苏某处）作调查访问。后来写成了一个电影剧本，我看过这个剧本的初稿，后来这个剧本似未发表。

当我在高桥中学工作的最后两年，有时因事在上海不得回去，便去他家里聊天，住在他那里。（淮海中路靠近天平路的一所公寓）

一九五四年夏，我来师专工作，他那时已搬到师大的宿舍去了。我和他的来往，不如过去那么多，但往往也能在一些会议上见面（如听报告）。暑假寒假也曾相互探望。一九五六年我记得他写过一些短文，有一次去高教部开会，我和他在一起碰到汤德明，汤半开玩笑的要我向他学习，说我也应该写文章了。

一九五七年上半年，我请他来第一师范学院历史系为教师讲过一次哲学。

一九五二年或五三年冬，上海人民广播电台约我去讲过一次"一二·九"运动，事后我知道是他介绍的。一九五五年，上海人民出版社派人来师专约我写有关中国哲学史方面的小册子，我说我在这方面是外行，他认为我这样说是谦虚，他说是冯契介绍他来的。

在师专工作时期，我对师专的领导不满，曾在他家里发过牢骚，他当时对我有所批评，认为我不能这样"左也不是，右也不是；在中学作行政工作，不满意，调到高等学校来，又不满意。"

一九五七年以前，在我和他接近的七、八年间，我知道他比较接近的人为汤德明、郭森麒、刘佛年、陈旭麓。我去师大看他时，他也往往邀了陈旭麓、刘佛年来他家，或去他们家里。一九五七年春，我和他曾经约好去苏州玩一次，当时是准备刘、陈以及他和我四人同去的，后来他来信，说有事不能去，便作罢了。

一九五七年反右斗争之后，我和冯契的来往即断。［一九］六一年我看到郭森麒，曾问过他的消息。郭告诉我他在五八年也受到批判。［一九］六二年市政协在人委大礼堂组织过一次传达广州会议的报告会，我在开会时碰到过他，只匆匆作了问候。那时，我的心情是羞见故人，特别是在那么大规模的听报告的场合。

解放之后，他去过几次北京。从他的谈话中，我知道他和何其芳是很熟识的。我记得他曾几次谈到何其芳。

在《上海教育》创刊时，冯契是编委，他曾问过我愿不愿意写有关教育的文章，可以送到这个刊物去发表。

有关他的议论，除上所写，我还记得有几条：1. 他认为在解放前，作"浪子"是对的，解放后还要做"浪子"就不对了，为了说明他这一论点，他写过一篇文章在《展望周刊》上发表。2. 对于冯友兰，他一向认为此人并无学问；对冯友兰在解放后所写的一些检讨，他也认为是不深刻的。对于金岳霖，他是比较佩服。3. 对历史文化知识，他是很重视的；他认为不重视千百年来所积累起来的文化知识是不对的。我们在谈话中，常常讥笑在我们看来是海派的一些作家。4. ［一九］五二年评薪时他在我面前有过一些议论，他认为在师大把束世徵［澂］评低了，对于这样的老教授可以评得高一些。

一九六八年八月六日

本文原为"文革"中所写的交代。2016 年 10 月 28 日载于《文汇报》第 265 期《文汇学人》，这次入集补齐了发表时删略的文字。

有关张芝联的情况

一

一九三五年九月至一九三七年七月，我在北平燕京大学历史系读书，张芝联在外语系读书。这两年当中，我对张芝联知道得很少。从来没有和他单独交谈过，我所参加的一些活动，他也从来没有参加过。由于他和宋奇是好朋友，又由于他和郭心晖（他现在的爱人）常在一起，我才知道他。我和宋奇同读大一国文。那时候，我欢喜写文章，有些在报刊上发表了，有些在校内的《燕大周刊》和《燕京新闻》上发表；宋奇也欢喜写文章，有一个时期他还编过《燕大周刊》的文艺版。宋奇和我是较熟悉的。郭心晖和我都是"一二·九"文艺社的社员，当我主编"一二·九"文艺社的刊物《青年作家》时，她是这个刊物的编委之一。宋奇和郭心晖对于学生运动是同情的，和学生当中的民先队员也有来往。如我们同一个年级的赵荣声、夏得齐（现名周游）、葛力等。

这两年当中，我对张芝联在政治上的了解是：他是站在学生运动之外的。

二

在武汉大学借读时期，燕京大学同学除了我、宋奇、张芝联之外，还有赵荣声、林德常（柯华）、何慧、张郁廉等。当时，和我最接近的是张郁廉和赵荣声。我和赵荣声曾经办过一个叫做《活报》的刊物。后来又和赵荣声一道去山西临汾，参加八路军工作。张芝联和宋奇对于我们这些活动是不感兴趣的。当武汉大学还没有开学时，张芝联和宋奇住在汉口国民党一个大官僚的家里（似为翁文灏），我去过他们那里一次。那时，我们似还没有决定去哪一个大学借读，是去华中大学（教会办的）还是去武汉大学，还在犹疑。我记得我曾去过华中大学，听过一堂课，我认为质量很差，便决定去武汉大学了。在武汉大学，我和宋奇曾去听过苏雪林的课，但也很不满意。我不记得和张芝联有过什么共同的行动。后来我和赵荣声决定去山西，宋奇到我们住的旅馆来谈了一晚，张芝联也不在。

三

一九四七年二月，我来上海，在新陆师范教书，从宋奇那里我知道张芝联在光华大学。我去过几次宋奇家里。在宋家，可能遇见过张芝联。从宋奇的谈话中，我知道这时张芝联和宋奇的来往是很密的，傅雷和他们也有较亲密的关系。当张芝联还没有去英国之前，我曾去光华大学看过他，也看过他的爱人郭心晖。我曾介绍过我的堂妹程应铮到光华大学去读书。那时，他好像已经出国了。我记得这一件事是由郭心晖办的。他出国后，有几小时功课没有人上，郭心晖曾找过我，要我去代课，我因那时兼了几个学校的课，挤不出时间来，没有去。四八年暑假，我被师专解聘。张芝联介绍我去光华大学当兼任副教授，教世界通史和欧洲近代史。后来，他告诉我，周尚曾对朱经农（当时光华大学的校长）说我是共产党；朱曾问过他，他说他可以保证我不是，这样，我才接到了光华的聘书。那时，他从英国回来不久，带了一些书回来，他介绍了几本给我，我看过而记得的有 E.H.H. Carr 的一本小册子，好像是讲民族主义什么的；还有一本是 Cail Besker（？）的 *World History*。这些书所持的观点大抵是费边社的。由此，也可以看出他那时的倾向。

[一九] 四八年年底或四九年年初，朱经农走了。廖世承任光华大学校长，光华附中校长由张芝联继任。一九四九年四月底，我正在光华上课，朱有瓛来告诉我，说国民党反动派在师专贴了要逮捕的人的名单，第一个便是我。我当即去找张芝联，要他用光华的车子送我走。张芝联当时还是大学部的秘书，他便马上叫了车子把我送走。我要车子先开到重庆公寓（现名），然后，我又从重庆公寓走到建国西路（现名）我的一个亲戚家里去。朱有瓛当时是师专的教务主任，也在光华教书。对于这一件事，我对张芝联和朱有瓛是很感激的。当我还没有认清我在政治上的反动本质时，我也以此来为我在解放前的资产阶级立场辩护。

解放之后，张芝联曾在我面前流露过中学的工作不好做，问过我在高桥中学的情况。当时我是自以为进步的，我也确无"工作不好做"之感。在他决定去北京时，曾打电话给我，说要去燕京大学教书，问我愿不愿意兼任光华附中的校长。我告诉他高桥距市区这么远，兼任是不可能的。要离开高桥也不可能。他那时以为只要我答应当光华附中校长，教育局必可同意。而他认为可能的人选，如朱有瓛，教育局不一定能同意。

解放后，他还请我去附中作过一次演讲。

解放前后，我在光华和他同事将近两年，和他所发生过的关系，据回忆所及，大抵如此。据我所知，他在光华是很有权势的。我就是借了他的权势到光华去的，到了光华之后，也就是因了他的保护，才能在解放前在那里继续呆下去。他这种权势是凭借他的老子张寿镛在光华的势力和勾结国民党反动学阀而来的。这在当时，就是反动的势力。（朱经农和廖世承都是国民党反动学阀。）

四

一九六二年春，我［他］来我院找包玉珂。魏建猷告诉我他来了，我便去中文系找他。我邀了他一道去我家里。这次谈话，我记得的有下列几点：1. 他劝我不要消极，要跌倒了爬起来。我告诉他，我并不消极，现正在搞魏晋南北朝史，以后还打算搞中国史学史。2. 我问他现在搞些什么，他说在编教科书，集中在高级党校搞了一个时期。在高级党校时，还看见过葛力。3. 谈到了吕思勉，我认为吕思勉读史是极勤的。新近出版的《隋唐五代史》，我也买了一本。并把在这本书上写的一段题词给他看了。他说，吕先生可能还有遗稿，他还准备找吕的女儿去。4. 他告诉我郭心晖现在北大教外国人中文。5. 他告诉我这次来上海，复旦、师大都去过。他认为上海搞世界史是有力量的。

本文原为"文革"中的交代，写于 1968 年 9 月 6 日，今据原件录入。

追念颉刚先生

颉刚先生逝世的消息是十二月卅日知道的，虽然他已享高寿，但我还是感到黯然。我最后一次见到他，是在三十一年前，上海解放前夕，他移居湖南路一所有花园的宅子的时候。解放之后，他还在上海，我因为去浦东一所中学工作了五年，一次也没有见到过他；当我调回市区，他已去了北京，不久就是整风"反右"，我被打入了地狱，虽然去过一次北京，但我不愿见人，更不愿见旧日的师长，在北京住了两个月，竟一次也没有去看过他。但四十多年来，我是时常想念他的，他有什么著作，一发表，我总是千方百计以先睹为快。他在治学方面的怀疑精神，给我以甚深的影响，特别是我的青年时代；对于这一点，我是十分佩服的。

我第一次见到颉刚先生，已经是四十五年前的事了，决定去燕京大学读历史，就是因为对颉刚先生的倾慕。颉刚先生十分谦虚，对学生非常和气，每一学期（大约是从一九三六年开始）我把要读的课程选好之后，总是请他签字，因为他是历史系的主任。但我和他见面，大概一学期也只有这一次，除去我选读他讲授的春秋史的那个学期之外。

春秋史班上，他讲些什么，我完全忘记了。我记得的还是我幼年时读过的《左传》，特别是其中一些名篇。但他关心国家大事这一点，给我的印象却十分深刻。那时，杨刚为他编一种期刊，期刊的名字现在记不得了，内容却是通俗的，作爱国宣传的（杨刚就是杨缤，是燕大的毕业生。我和她结识，是因为对文学的爱好。她当时已经是中共党员）。那时，颉刚先生在成府有一所住宅，"七七事变"时，我和燕京几位同学，就曾在那里住过。我们从那所宅子进进出出，一无拘束，至今我一点也记不得那所宅子里除了我们几个学生之外，还有什么人，我记得的只是颉刚先生那时已在南方了。

上海解放前夕，要往香港或去台湾的人，大抵都已走了。留在上海的师友，平时很少来往，因为见面无话可说，对于当时的重大政治问题，彼此又心照不宣。不作走计，就足以说明一切了。看到颉刚先生的住处，到处都堆的是书籍，虽然我自［一九］四〇年离开昆明北去，已经有九年不曾和先生会过面。对这一代学人，我心里充满了崇敬。

［一九］三九年的春天已经过完了。在我昆明的住处，远道来了两位朋友，一位是赵宗复，一位是陈矩孙，都是燕大的同学。我那时在西南联大读书，和李宗浛同住在联大附近的一所民房里。有一天，颉刚先生来了，他那时在北平研究院工作。宗复、矩孙，也是颉刚先生的学生，他们正从重庆来，宗复还是远远地从山西前线到重庆的。颉刚先生向他们询问前线的情况、重庆的政局，问得十分详细，时而也发表一些自己的意见。宗云和我谈的是联大的情况，我们在联大出版的壁报《大学论坛》和学校的教学。那时冯友兰先生的新著《新事论》已经连续刊登在昆明出版的《新动向》上，我们对这本书很有兴趣，谈得最多，但我们的意见却很不相同。颉刚先生完全像对朋友一样对待我们这些二十二、三岁至二十四、五岁的青年，在他面前，我们争论，一点也不感到拘束。话是谈不完的，但颉刚先生却因有事要回去了。

没有过几天，颉刚先生约我们去吃饭，好像是在昆明一家极有名的饭馆，叫作"共和春"的。除了我们四人之外，记得还有陈梦家。十年浩劫中，宗复和梦家都已含冤死去，但那次吃饭的情景，还仿佛是在昨天一样。席间，颉刚先生送我们一人一本书，那就是十分著名的《汉代学术史纲》，解放之后，改名为《秦汉的方士和儒生》，发行过几版。

《汉代学术史纲》我是一个晚上躺在床上读完的。我这一生，只有在读《中国哲学史》（上册）和《奴隶制时代》时，有过读那本书时同样的感受。《中国哲学史》（上册）是在十七、八岁的时候读的，读《奴隶制时代》我已经是近四十岁了。这三本书都是使我读得不忍释手的，文字和议论都开拓过我的思想，或者说在那里跳动。六十年代初当我在《历史研究》上读到颉刚先生的《尚书今译》时，我又仿佛回到三九年读《汉代学术史纲》的岁月中去了。

颉刚先生的学问，我不能赞一词。他的为人，他的文章，给我的印象却极深。去年四月在北京开会，从谭其骧先生那里知道颉刚先生正卧病在医院，谭先生约了几位燕大的同学去看他，我也是想去的，恰巧那一天下午被另一位朋友拉去首都医院看一位病在垂危的老友。会议一结束，匆匆南归，竟就此失去了和先生见最后一面的机会。瞻仰着报纸上颉刚先生的遗容，我真不知道应当怎样来表示一个也已两鬓如霜的学生对于敬爱的师长的哀悼……

一月三日

本文作于 1981 年。后刊于《南方周末》2016 年 8 月 11 日，署名程应镠。

一位为人师表的学者

——纪念张家驹同志逝世十周年

家驹去世十年了。

一九七八年秋，他的遗著《沈括》重印，我为校下半部的清样。校毕已深夜，怀念之情不能自已，曾为一绝句：

呕心剩有遗书在，忆往难禁泪满腮。

廿载相从心似玉，一灯愁听雨声来。

我知道他已近五十年。他读研究生时我才上大学，他专攻的是宋史。当时，他并不认识我。三十年前，他从中学调到上海师专来，我们才相识。他担任历史科一年级的中国古代史，每周七节课。每星期一，我的办公桌上总放着一份写得极其认真的讲义。我总是抓紧时间读完它，但从来没有提过意见，实在也提不出什么意见，所有史实，他都查对过原书或从具有一定权威性的著作中征引。我听过他讲课，朴实无华。学生说"张老师备课认真，材料多，没有空话。"我当时因为行政事务多，只为中文科的一个班讲中国通史，每周三小时。对这一安排，意见是不少的，有人认为我把重担子丢给别人，自己挑轻的；有的说我不行，不敢给本科生上课；有的则认为我有私心，抬高自己的同学（家驹和我都是燕京大学的学生）。而家驹对此从不置一词，更没有抱怨过工作繁重。

中国古代史教研组共有八位教师：两名年轻助教、三名教授，家驹任教研组长。家驹和其他二位教师是从中学调来的，还没有确定职称。一次教研组开会时，有人不服，竟骂了他。家驹没有说什么，会后也只讲了事情经过，表示了自己对这种作风的看法。对这位同事该肯定的地方，还是予以肯定。我想，只有着眼于搞好工作的人，才能有这样的度量。

家驹是个严谨的学者。他在宋史研究方面的深度和广度，我是从《两宋经济重心的南移》和《论赵匡胤》那篇文章中了解到的。〔一九〕五六年学校酝酿评定学衔，要教师填报科研成果。家驹对自己要求极严，只填了一些他认为自己确实做过研究而又已发表的论文。对已完稿和正在付印的著作只字不提。不久评定工资级别，文件规定从中学调入高校任教的不得超过六级。家驹评了六级，虽然有的与他同样情况的评得比他高，他却不计较。此后，我和他相处多年，从五七年起直到他逝世，我一直处于逆境，十年动乱前五年都成了"牛鬼蛇神"，谈谈说说的机会是有的，我也从来没有听到他说过一句对五六年评级评薪不满的话。

〔一九〕六六年到六八年我们在一起劳动，几乎天天要拉粪车来往于漕宝路和桂林路之间，有时还要去七宝把酒糟拉回桂林二队的猪场。家驹有时也发发牢骚，但劳动是十分认真的，从不把重活和脏活推给别人。六七年冬，我和他在桂林二队铡草，他送我铡，不知怎么的我铡了他的手指。伤势不轻，他紧按着伤口疾奔医务室包扎。在等待他伤愈回校的日子里，我的心一直悬着，为自己闯下的祸惴惴不安。他回来参加劳动了，什么责备我的话也没有说，以至我连一句抱歉的话也不敢向他表示，当时我想这个人真高尚。后来知道他隐藏在心底的悲痛时，他的形象在我心目中就更高大了。原来就在这些日子里，他的独子在广东被迫害而死，丢下年轻的妻子和出生不久的儿子。他从没有对人诉说过这摇撼了他肉体和精神支柱的悲哀，工作一如以往，只是更沉默了。直到七十年代初，我们这些和他朝夕与共的朋友才知道他所遭到的不幸。

《宋史》标点组的工作是七一年开始的，家驹参加最早。我从干校回来才进入这个组。那时，已经试点过一些东西了，复旦、师大和历史所的人都参加了试点工作。大概是在五月中旬的一天，家驹把一篇未断句的白文拿给我看。按照自幼养成的习惯，我边看边读。读到他们有过争议的地方，家驹让我再读一遍。我读了，家驹笑着说："我还有要考考你的意思呢！"当时，我听了这句话是不高兴的，心想："在文字阅读的能力上，我就不如你？"《宋史》校点工作开始后，每天都要碰到有关宋史知识的具体问题：官名、地名、少数民族的人名——都要查书，弄清楚了才能标上专名号、顿号——才能读得下去。家驹开了需用书的书目，从图书馆把书调来，还亲自编了《宋会要辑稿》的简明目录，注明页码，便利大家使用。这一切我都看在眼里。我懂得家驹为什么要考我了。他对我，至少是对我阅读文言文的能力，是不知道的，而作为《宋史》校点的通读者，他又必须知道，应当考一考。而作为他的一位朋友，他采取的方式和态度，也是恰当的。我暗暗尊敬他。十年来，在工作中我常常想起这件事，它提醒我要对工作、对同志充分负责。

　　在《宋史》校点过程中，我似乎又一次看到了五十年代那个谦虚、勤奋、认真的家驹。[一九]七一年夏天那么热，他光着膀子，一边挥动蒲扇，一边看稿子，从不晚上班早下班。那年冬天又冷得出奇，我们工作的地方，不是朝西，就是朝东，生了火，毛笔有时还要冻起来。他家离学校很远，却总是准时上班，工作比谁都认真。后来我知道，回家后他还在灯下工作。看稿是件苦事，这点我后来深有体会。他看稿时真是一丝不苟，看过还把改过的稿子送给原来标点的人看，这往往会引起争论，但家驹始终能做到平心静气，从不盛气凌人。我相信，即使在争辩中，他想的还是如何能使校点质量不断提高。

　　[一九]七三年他动了一次大手术，出院之后，在家休息，仍手

不释卷地做通读工作。他夫人告诉我，连坐在便桶上他还拿着要通读的稿件。我最后一次去看他时，因手术后的综合症，他已卧床不起了。在预示着大不幸即将到来的一片凌乱中，首先进入我眼帘的，还是他和他手中的那本书——百衲本的《宋史》。那时，他已经不能吃什么了，连鸡汤都难以下咽了。

一转眼便是十年了，我还在搞宋代史籍整理工作，深感要把他留下的工作接过来是不容易的，但他的为人、治学的态度却不断地激励着我。他是一位足以为人师表的学者。"鞠躬尽瘁"，用于概括家驹的为人、治学是再贴切不过的了。

我希望这一纪念能使后来者对走在前面的人，多一些认识。

三月十一日

原载《新民晚报》1984 年 4 月 7 日，署名程应镠。

一

　　天蓝（王名衡）去世不久，四十多年前的往事常常乘夜不眠出现在眼前：一九三六年春天，西山顶上的白雪已逐渐消溶，未名湖上荡漾着清波，在五楼的一间学生宿舍，天蓝和我邀集的七八位青年，讨论着大学艺文社的成立。

　　记得参加这次讨论成立大学艺文社的有清华大学外文系学生吴其仁，神情凝重；另一位女同学王作民，词锋尖锐；还有历史系的学生戴振辉，象个学者，性格沉静，发言时，必言之有据；此外，还有一位清华同学林传鼎。他们都是天蓝在浙江大学的同学，因为反对校长郭任远，先后都离开了浙江大学，来到清华大学学习。参加讨论的燕京的学生，除了天蓝和我，还有余建亭（朱哲均），他学物理，年纪最小。我们参加了十二月九日那天游行，又参加了"一二·一六"的大示威，冲进了西便门，直至前门，在"打倒日本帝国主义"的高呼声中，结成了友谊。

　　由于我的关系，那天集会，还有从上海来北京才三个多月的刘春（刘伯文）。两年多后，我们才知道刘春那时已经是中共党员。对于天蓝和我，刘春都有过影响。他给我们介绍《铁流》《红萝卜须》以及我后来广为宣传的《静静的顿河》。这些书当时只能在地下流传，市上是买不到的。刘春的文学见解，使我感到新鲜，有一种名为《忘川》的文学刊物，是他和衷落霞（衷俊）编的。落霞那时是中国大学的学生。

大学艺文社决定出版一种综合性的文学社会科学期刊，即以《大学艺文》为名。印刷费是大家凑的，一人五元。刊物出版了，编辑和发行工作都是在未名湖畔进行的。天蓝写诗，我写小说，刘春也写小说。我们用的都是笔名，我只记得我那时用的还不是流金而是徐芳。清华几位同学都有译作，戴振辉写的是历史论文。中国大学当时有一位年轻的讲师叫许鸿，思想进步，我们请他写文章。《大学艺文》创刊号，就有他关于社会科学方面的大作。刊物只印了两期，分文收不回来，只得停刊了。

抗日战争开始，天蓝在长沙借读于由北大、清华、南开组成的临时大学（后来迁到昆明改名为西南联合大学）。当时，我在武汉大学借读。一九三七年秋，天蓝从长沙到武汉，我们在这里见了面。他说要到北方去，不回长沙了。一九三八年四月在延安，我和他不期而遇。三十九年之后，一九七七年的秋天，又在北京和他相逢。我和他去看刘春，他的身体不好，对《大学艺文》的回忆却如新。当时，我曾作两首律诗，有句云："春归上郡曾相见，地覆天翻四十度［秋］。"追忆解放后他在沈阳东北总工会和我写信，说："辽海曾传一纸书，叮咛语重绘新图，从来大笔关群众，岂有文雄媚独夫。"对我，不仅是以写作相期，还希望我深入群众，深入工农，"不媚独夫"。

回忆有时是愉快的，在回忆中似乎忘却了对老友死去的哀悼。

二

"一二·九"之后，燕京也成立了文艺组织，即以"一二·九"为名，称"一二·九文艺社"。参加文艺社的人，现在还记得的，有柯家龙、余焕栋、张非垢（张福屋）、白汝瑷（玲君）、郭心晖（郭蕊）、杜含英（杜若）、王维明、葛力（力野）、周游（夏得齐）、宋奇（悌芬），还有天蓝和我。非垢、玲君、天蓝、郭蕊都写诗。非垢的故乡是河南，他的诗作，有浓厚的乡土气息，直到现在，我似乎还闻得出来。非垢死去已二十七年了。［一九］五六年春天，我在北京见到他，依然是过去朴朴实实的样子，这时他已是国家体委的副主任了。郭蕊、玲君的诗，意象新巧。郭蕊是一位有才华的心理系的女生。抗日战争后，天蓝在山西，创作《队长骑马而去了》，发表在著名的文学刊物《七月》上，刚健清新，大家都以为是一篇力作。

"一二·九文艺社"最先出版的刊物叫《火星》，由王维明负责。文字简短，充满革命热情。十六开本，但篇幅很小，可能还不足十页。

文艺社成员，有一些还是"左联"的成员。我记得的有周游、王维明、葛力、天蓝和杜含英（杜若）。杜含英和我同班，很严肃。杜含英、周游和我一个组，以杜含英为组长，在一道过组织生活。

"一二·九文艺社"和清华文学会常常在一起活动，有时请名人演讲，有时开座谈会。清华文学会是"一二·九"运动之后清华大学学生组织的文艺团体。有一次座谈会在燕京大学穆楼（现在北京大学外文系）举行，参加的除燕京、清华学生之外，还有从校外请来的高滔、王余杞和孙席珍。高滔、王余杞当时是小说作家，孙席珍是研究文学理论的，在北京一个学院教书。座谈会总的论题是"当前文艺界主要问题"，涉及作品公式化和什么是国防文学。沈从文发表的《反对差不多》的文章，引起热烈的争议。

请朱光潜教授讲诗与散文，是在清华大学工字厅。那时，《文艺心理学》已经出版。在爱好文学的大学生中间，这是本畅销书。讲演会举行的次数似较多，朱自清教授、郭绍虞教授都给我们讲过。

燕京大学的"左联"成员，和校外联系较多，筹备组织北方文学会，天蓝和我就曾与清华大学的魏东明联系过。我们相识，以至彼此非常熟悉，就是由于北方文学会的筹备工作。几年前，他在《人民日报》副刊回忆"左联"活动，曾提到我们相会的地点、时间，商量什么事，他却没有说。酝酿成立北方文学会，在一九三六年春夏之交。我代表"一二·九文艺社"和大学艺文社。成立会是在西山清华大学农场召开的。清华大学与会的，除魏东明之外，还有蒋弗华和王逊。蒋弗华抗日战争开始后即无消息，他议论纵横，很有激情。王逊后来成为美术史专家，担任中央美术学院教授，一九五七年错划为右派，郁郁以终，也逾十年了。北方文学会的任务，是团结一切抗日的文艺力量。"左联"宣布解散，好象就在这时候。

"一二·九文艺社"社员多数是中华民族解放先锋队队员。燕京大学学生的出版物，有《燕大周刊》和《燕京新闻》。周游、葛力、宋奇和我在《燕京新闻》编了个副刊，叫《四人行》；柯家龙、余焕栋也编了一个，叫《诗与散文》。《四人行》是综合性的，和《诗与散文》不同。周游、葛力写散文和小说，《四人行》刊登的文字，有评论，有介绍，也有抒情的议论之文。当时，巴比塞的《从一个人看一个新世界》，纪德的《苏联归来》，范长江的《中国的西北角》，都引起过热烈的议论。李植清（李执）和我，写过详细介绍《中国的西北角》的文章，发表在《四人行》副刊上，占了整个的版面。鲁迅逝世，我们组织了悼念的专刊。这位空前的民族英雄，使我们醉心于还局促于西北一隅的中国共产党的一切。田军（萧军）的《八月的乡村》、萧红的《生死场》，艾芜的《南行记》，在我们中间曾极流行。沈从文的《边城》、李广田的《银狐集》、何其芳的《画梦录》，也吸引着对我国土地与人民有着很深依恋的人们的心。

三

一九三六年秋，"一二·九文艺社"决定出版一种文学期刊，定名为《青年作家》，由郭心晖和我任编辑。十二月八日创刊号出版。《祝一个新刊的诞生》，是当时住在北京已负盛名的作家沈从文写的，我们把这个祝词当作发刊词。由于沈从文的帮助，在北京的青年作家严文井、田涛、刘祖春、李欣都为《青年作家》写了稿。刘祖春、李欣是北大学生，严文井和田涛都已经参加了工作。燕京大学毕业的学生杨刚（杨缤），那时为著名历史学家顾颉刚编一通俗综合刊物，好象叫《大众文化》。我们请他和严文井、刘祖春等人，研究《青年作家》的编辑方针，很多年后，我才知道当时她已是中共党员。那时，她给我的印象，是严肃而又热情的。

　　为《青年作家》写稿的人，在创刊号发行之后，更扩大了。广州中山大学学生黎敏子、云南的李寒谷都有作品发表在这个刊物的第二期上。一九八〇年，我收到黎敏子从北京的来信。我才知道她在抗战中参加了党领导的东江纵队，解放后在广州工作，后来转到《辞源》编辑部。她不幸于一九八二年长离人间。

　　支持这个刊物的前辈，还有陆志韦、郭绍虞、陆侃如、冯沅君和作家章靳以。郭绍虞、章靳以还为《青年作家》第二期写过文章。

　　"一二·九文艺社"社员为《青年作家》撰稿的很多，给我印象最深的是受俄国文学影响很大的力野的小说。1937年初夏，我在《燕大周刊》上写过一篇《略论燕园文坛》的评论文字，对力野的小说有过较高的评价。当时，青年们对于俄国文学（包括苏联文学）是很倾心的。生活书店和文化生活出版社出了很多俄国文学作品的新译本，果戈理的《死魂灵》和《密尔格来得》、托尔斯泰的《安娜·卡列尼娜》、屠格涅夫的《罗亭》和《贵族之家》、萧洛霍夫的《被开垦的处女地》、高尔基的《母亲》和《短篇小说集》以及曹靖华译的《苏联作家七人集》，在北京都是畅销书。

　　抗日战争开始之后，这一批文学青年，都奔向抗日前线。不少人从西北一隅之地，渡河而东，过中条，逾太行，为民族的自由和解放，献出了青春。

五十年真象是一瞬，从青年时代就拿起了笔的人，看来都还象天蓝所说的那样，想的仍旧是：

"从来大笔关群众，岂有文雄媚独夫！"

1984 年 9 月 22 日

原载赵荣声、周游编《"一二·九"在未名湖畔》(北京出版社，1985 年)，署名程应镠。

　　我的幼年是在江西新建大塘乡一所大宅子里度过的。这所大宅子建于道光二十年（1840）左右，在乡村显得特别巍峨、壮观。我高祖出身翰林，官至巡抚。家里有一副林则徐写的对子，说："湖山意气归词苑，兄弟文章入选楼。"长大之后，知道林则徐的为人，深以自己出身于这样的家庭而自砥砺。

　　1922年春节过后，入塾读书，才五岁零三个月。学屋是座小楼，叫做望庐楼。书堂前面有块空地，全是花树。空地东侧一排回廊，中有一堂，匾曰"枇杷晚翠松柏后凋之斋"，是老师住的地方。红梅花初春香得醉人。过了十岁，我上夜学。梅花香味和如水月光，在记忆中还像是昨天。

　　楼上北窗望出去，便是隐现在云雾里的庐山。晴明日子，浅淡青山轮廓十分清晰。楼上有木刻一联，上联是"一楼明月追吟谱"，下联是"万卷藏书作宦囊"。老师教对对子，便说："一对万，楼对卷，一楼对万卷，实对实。追对作，追吟谱对作宦囊，虚对虚。"印象十分深刻。

　　在私塾里，我读了《诗经》、"四书"、《左传》。读完《左传》，读《东莱博议》时津津有味，我学作文便从此始。第一篇习作《屈瑕论》，受到老师称赞。私塾最后两年读《古文辞类纂》，一些经史子集的知识，都是从这部书得来的。

　　1929年春节后，去南昌一所小学补习数学。小学校长是我的叔叔。先在五年级听课，不到一星期，因为成绩优异，便成了六年级的学生。数学从比例学起，课余由叔叔的一位同学为我补习、讲解四则运算，我迅速地掌握了小学算术的知识。这年夏天考取了江西省立第二中学。这是江西的一所著名中学，一进学校，我便知道植物学家胡先骕、物理学家吴有训、数学家傅种荪都是这里的毕业生。这所学校的创办人，有意识地对新生进行爱校的教育。这对我很有影响，后来，我在昆明办学，在上海办学，都以毕业生的成就来鼓励在校的学生。

二中学生多学理工。我初中毕业免考进高中，对物理学和用器画也很感兴趣。但这个学校的文史教师，阵容不弱。汪君毅老师讲中国近代史，讲高中国文，使人喜，使人悲，时而激越，时而低沉。顾祖荫老师讲中国地理，讲得学生流泪。

1934年春因不满二中教务主任，转学心远。心远是以自由著称的。"九·一八"之后，学生办报，在社会上销售，销得亦广。校刊也办得很出色。我仍读理科，课余在运动场上的时间比在图书馆多得多。可是在这里和新文学有了接触，读了大量的郁达夫的小说和散文。最后，被沈从文的《边城》吸引住了。当我还不足十九岁的时候，做一个像《边城》作者那样的作家的念头，便萦绕着梦思。

1934年秋，从清华大学毕业不久的陈祯老师为我们讲历史。从希腊、罗马讲到法国革命和拿破仑战争，内容丰富，语言生动，常使我和本国历史比较，引起我考虑很多问题。我觉得历史是一门最有兴趣的学问。毕业前夕，我决定进大学读历史。

1935年秋天我进了燕京大学历史系。系主任是顾颉刚先生。陈祯老师向我介绍过他的治学方法，赞美过他的疑古精神。我进燕京就是由于对他的仰慕。这年冬天，"一二·九"运动却把我吸引到文学活动和理论书籍的阅读当中去了。我只是照例上西洋通史和中国通史的课。西洋通史是一个外国人教的，内容贫乏。讲授中国通史的是邓文如先生，他娓娓动听的叙述和鞭辟入里的分析，带着很浓厚的西南官话的腔调，使人终身难忘。我读了大量俄国和苏联的作品。理论书籍对我影响最深的是《家庭、私有制和国家的起源》。这本书是一位社会学系的同学发起组织阅读的，它像一阵清风把我从朦胧的睡梦中吹醒。我第一次看到的新世界是陈祯老师讲授的二千年的欧洲，第二次看到的新世界就是恩格斯笔下从野蛮到文明的历程。

1937年1月，我和几位同学随一个南方来的慰劳团过了大青山，去百灵庙慰劳战士。塞外苦寒，走在冰封的哈尔红河上，似乎生活在辽远的史书所记载的年代。从百灵庙回归绥远（今呼和浩特），车行大青山中，蜿蜒迂回。大青山北的草原上，野马奔驰，和汽车竞速。一抹斜阳映着坐在岩石之上的牧人和傍着斜坡悠然上下的羊群。塞北风光，虽一掠而过，可叫人迷恋。

抗日战争爆发了，我逃出北平，从秦皇岛南归，过上海，滞留南京、武汉几个月。冬天，从潼关渡河，由风陵渡至临汾。临汾这时已是山西的政治、军事中心。在山西从军，过了许多山，过了许多水。在吕梁、姑射山中，转来转去，两渡黄河，不禁叹息："黄河之水真是从天而降！"

1938年夏初到延安，可说是第一次从军的结束。从延安南下，关中平原，壮阔无边，到咸阳正是旧历四月，大麦正黄。西安城像一座庄严沉静的古堡。城内钟楼、鼓楼，南北相望，其间是一条笔直开阔的大街，略如北京的东西长安街，气派真像是古代帝王之都。

同年秋天，我由江西经湖南，穿过贵州到了昆明。进入西南联合大学，重新攻读历史。这所大学，有我许多在北平认识的朋友，他们或是一二·九运动中的健将，或为当日青年学生的领袖。学校里充满了民主自由的空气，学术上也真正是百家争鸣。不同的学术观点，可以在讲坛上公开争论。同学之间，政治主张不同，文艺见解不同，在壁报中也展开辩论。我在联大的第一学期，便和王永兴、李宗侗、徐高阮、丁则良等出过一张叫"大学论坛"的壁报，论政，论学，论文，为另一些同学不满，在壁报中进行笔战。我们都是读历史的，后来都成了中国历史的某一方面的专家。徐高阮解放前夕去了台湾。他以陈寅恪先生"合本子注"之说，整理了《洛阳伽蓝记》。后作《山涛论》，以为山涛、羊祜在政治上实相一致，洞察魏晋之际统治者内部朋党之争，发千古未发之蕴。现已下世二十余年。丁则良先治宋史，后转攻近代，在同辈中是通古今中外的一个，1957 年含冤自沉于北京大学未名湖，将近三十年了。

我在联大第一学期，选修了张荫麟先生的宋史。张先生上第一堂课开了个书单，下课后我便去商务印书馆把《宋史纪事本末》和《宋人轶事汇编》买了回来。有个把月，不上课的时候，便在以被单做帷幔的书室里读书。同屋的人笑我，说："他下帷读书了。"宋史这门课因张先生去重庆停开。从此，那两部书也就束之高阁。我无论如何也不会想到三十二年之后又会和宋史朝夕打交道。1971 年从五七干校回来，参加《宋史》点校的工作；1977 年开始，主持《续资治通鉴长编》的点校；1980 年开始，主编《中国历史大辞典》的宋史卷。

1940 年夏，我毕业了。秋初应友人之约，经重庆、成都，过剑门，由汉中至宝鸡，再到西安。在西安病倒了，十月初才到达洛阳。洛阳是九朝旧都，这时，是抗日战争的一个军事中心。我工作的地方就是中原地区最高的军事指挥机关。这算是我第二次从军了。但工作十分清闲，天天与我为伴的是从省政府图书室借来的一部四部备要本的《通鉴》。时事与历史，都使我感慨万端。这年岁尽，我写了四首七律，第一首一开始便说："肃肃霜飞岁又残，感时难得此心安。"冬天苦旱，没有下过雪，我忧虑的是："经冬日暖天无雪，来岁年荒鼠且饥。民困应知征调久，边烽频报捷书迟。"

1941 年初夏，洛阳最高军事机关的大墙外，停满了牛车，一辆接一辆，望不到尽头。夜深清脆铃声，常搅人清梦。机关内部纷纷传说要撤退，中条山溃军有的已渡河而南。后来我追叙这件事，在一篇《寄弟渝州》的七古中，说："中条大军三十万，一夕曾无片甲回。将军不死战士死，黄河呜咽东流哀。洛中车马今犹昔，侯门歌舞夜仍开。"

　　1943 年夏重到西南，开始教书。在大学教西洋通史，在中学教国文。西洋通史是引起我学历史的兴趣的。在大学读书时，我选修过希腊罗马史、欧洲中古史、19 世纪史和现代史。我读过的这方面的近代著作，都很有文采。费希尔的《欧洲史》，一千多页一厚册，还保存至今。从四三年开始，讲欧洲历史一直讲到五一年。因为外文不好，在大学学的法语几年不用，连阅读的能力也没有了。当重新回到高等学校时，就完全放弃了外国历史的教学工作。

　　在中学教国文是非常开心的。从小就欢喜中国诗，十几岁在一位堂房叔祖指导下读《剑南》，陆放翁很多七言律诗都背得出来。在北平学习时，对陶潜、杜甫发生兴趣。1942 年在安徽太湖，穷山无书，偶得《十八家诗钞》，便爱上了黄山谷。教国文讲《九歌》，屈原对我的吸引更超过以前接触过的那些诗人。闻一多先生是 1944 年才熟的，我向他借阅《楚辞校补》的手稿，和他论诗。从屈原、阮籍说到李白，我以为他们都是不满现实，有所追求的人物。从思想境界说到艺术意境，说得很兴奋。闻先生是诗人，又是学者，听我说时，目光像冬天的太阳。我说完了，他说："So far, so good."他还要我读《说文》："不论治史，或是研究古代文学，都要一字一字地认真读一遍。"

　　但我对中国诗的研究一开始便夭折了。为了衣食，我教很多课，尤其是抗日战争胜利到了上海之后。

　　来上海后，教学工作压得我透不过气来。最多的时候，我每周上课三十节，在三所大学、两所中学任教。剩下来的时间，还要在几个刊物上发议论，当然，这些议论引证的都是历史，外国的比中国的多。有一篇驳何永佶教授的长文——《论所谓中国式的代议制度》，是在一个晚上写成的，天黑动笔，直写到天明，有一万字，署名流金。流金是我从 1936 年开始就用的笔名，散文《一年集》，就是收集 1937 至 1938 一年内发表的文章。解放之后，才不用了。

解放后，在中学当了五年校长。业余读《说文解字》和理论书籍。《资本论》读了第一卷，深感古典政治经济学知识不足，打算回头读李嘉图和亚当·斯密的著作。1954 年重回高校，讲中国通史和魏晋南北朝隋唐史。曾想写一本三四十万字的简明通史，1956 年还和湖北人民出版社订了约。1957 年被错划为"右派"，退回了预付的稿费，心想再也不会做这种工作了。

狂风暴雨过去之后，在"待罪"中，为历史系收藏的金石写了十几万字的跋语。对历史的研究，往往忘记了现实的创痛。1959 年恢复教学工作，为学生讲历代文选，因此又对古典文学做了一些研究。但用力最多的还是在汉末开始出现的坞壁，北魏实行均田的地区与对象，拓跋部汉化的过程，以及西魏北周时士兵地位重新恢复，被称为兵农合一的府兵制，即陈寅恪先生所说的鲜卑兵制。1962、1963 两年，为学生讲授魏晋南北朝史，大部分内容是 1954 年开始，以后逐渐深入，做出了结论的研究所得。

十年动乱之前，因为讲历史文选，对我国古代史学史也做了一些探索，重点地重读了《史记》《资治通鉴》《史通》《通志》总序和《文史通义》。在讲授此课时，学生认为有些新意的东西，就是这种探索的点滴成果。去年为古文献专业讲古代学术概论，其史学部分，就较为系统地把点滴所得贯穿在一起了。

近三十年来，我国历史研究中不少问题，都是由于片面地理解马克思主义造成的。我在研究工作中，不知有过多少次，想谈谈自己的看法，但话才到嘴边又咽了回去。到处碰到的是以势压人的现象。以势压人，有各种各样的表现形式。1956年讨论百家争鸣，我发表了一点意见，以为大学里权威太多，校长、系主任是权威，党委书记、总支书记是权威，以致教研室主任，等等，都是权威，而真正的专家、各门学科的教授只能在这些权威下面喘息。不到一年，百家争鸣不提了，我成了阶下囚。

1962年的春天是难忘的。吴晗同志主编一套中国历代史话，从原始社会开始，直到清代，共十三册。史话将由北京出版社出版，周游是这个出版社的社长。他们都想到了我，周游给我写信，问我要不要写一本。这时，我已卖完了妻子母亲的遗物，开始卖书了。能够写一本书，拿一笔稿费，是求之不得的。

写一部通俗易懂的中国历史，是30年代初期张荫麟先生的愿望。他写了十几篇，从上古写到汉武帝，后来结集成书，叫《中国史纲》。张先生的文笔是很好的，议论也使人心喜。我二十几岁时也有过这样的设想，发过议论，主张语必己出，要是实录，又有文采。1956年也几乎成为事实。我给周游写信，表示愿意写；不久，又和吴晗通信，承担了《南北朝史话》的写作。吴晗告诉我，他自己写明，邓拓写清，两晋由何兹全，金由冯家升，春秋由陈懋恒，秦由翦伯赞，南北朝剩下来了，就给了我。

大约不到一年，史话写完了。南朝部分先完成，寄往北京，吴晗阅读了全文，给我写信，要我就那样写下去，快点写完它，并说已决定把南朝部分先印，分给其他各册作者参考。出版社后来还约请了在北京的史学家讨论过这一部分，把许多同志肯定这一写法的意见抄了给我寄来。1963年全书完成，13万字，注文比正文少不了多少。吴晗不赞成加注，说是通俗读物，不必说明句句都有来历。注作成未全寄，已寄的被退回。这未全寄和被退回的东西，十年动乱中全成了灰烬。

我看这本书的清样大约是在六四年春夏之交，估计年底可以出版。不久，李秀成是个叛徒的小文章为全国所注目。我那本史话当然不久也就被"工农群众"和"青年学生"判为不通俗，存在许多问题而不出版了。出版社的同志煞费苦心地按这个调子给我写了一封信。收到信，我有些黯然，也预感将有一场风暴要来了。

学校已经充满了火药味。我依旧上课，同事们见面，不交一言，非常严肃。时代精神的讨论，使人瞠目结舌，只有农民阶级和无产阶级才是时代精神的代表！我内心十分痛苦，十分清醒地以为马克思主义是在被玷辱、被宰割。但我这个"满身是资产阶级泥污"的人，只好独坐斗室，叹息"中年儿女犹为累，四卷雄文学去私"了。

此后七年，什么事也不能做，什么书也不能读。在学校附近的生产队，拉了两年粪车，目中无人地走在从这个生产队通往学校的大路上，晚上被关在历史系的小屋里读宝书，九点半才放回家。难得有不劳动不学习的日子，就从一半已经作了衣柜的书橱中取出《通鉴》，像看小说一样的看下去，真正感到是在过着史无前例的日子。

意外地盼到了四凶觳灭，更意外地在 1977 年秋天到了北京。离开北京已经二十一年了，天依旧是那样的蓝。我是得到北京出版社的通知，说《南北朝史话》准备印，要我去北京最后一次修改的。

出版社把一位专家对史话的审查意见交给我。厚厚数十页，工作做得非常认真，我仔仔细细地读了。真没有想到我错误会那么多！仿佛又是在读大字报，接受批判，心潮如海，站立不安。但这几年我的脑子清醒了。《史话》说刘宋大将到彦之年轻时挑过粪，就是美化地主阶级，这是绝对不能使人心服的。斛律光被杀，北周为之大赦，被指为没有根据，当然也会因出自专家之口而使人信服（这是明明白白见之于《通鉴》的）。

审查人结论性的意见是：作者南北朝史熟，文笔好，但观点不对，发表了更易传播毒素。谢天谢地，出版社并不同意审查人的意见。改完全书，我正式向他们表示，我一个字也没有按照审查人的意见改，除了"走向文明"这一节中被指出的一处知识性的错误。

"托身人上，忽下如草"，讲的是梁武帝萧衍。初稿是写过八遍才定下来的。这回又重写了。对这个人物的评论，从来就有分歧。我是同意范文澜先生的意见的。我自己没有什么新东西。在写这本书的时候，有一些问题，曾和吴晗同志通信讨论过，大的如民族融合，小的如斛律光父子的评价。吴晗总是明确地表示自己的意见的。

1979年3月，我改正之后，写了一首诗："廿年遭弃置，投老喜逢春。海国梅争艳，江城梦尚温。文章思杜牧，议论惜王存。老妻相对语，哀乐总难论。"感慨是很深的。在上海很多老友，许杰、徐中玉、刘哲民、陆诒都得到改正，真像是寒梅给人间带来了春色。我又想到1938年初夏和周游等同由延安至武汉，决心去抗日前线采访新闻的往事，仿佛还是昨夜的星辰。在昆明的好友，丁则良和王逊，却往而不返（王逊五七年后也郁郁而死），看不到人间的春色。

1979年以后，我的工作，一是教书，二是编书。这年秋天，为新入学的中文、历史两系学生讲中国通史，每周四课时，讲一学年。原始社会的材料，几乎全部是新的。暑假中，除去青岛休息来回十天外，全部时间都用在阅读这些材料。但讲课却不过一周。我还为华东师大古籍整理专业的研究生讲了魏晋南北朝史的专题：民族问题、流民问题和这一时期的土地制度。1980年开始，招了一名魏晋南北朝史的研究生，1982年又招了二名。宋史研究生招得多些，迄今已有八人。不论是哪一门，第一年都读《通鉴》，遇重要问题找史源，这样，熟悉一些书，懂得一点校勘和考证，更可以具体认证这部巨著作者的求实精神和以史为鉴的思想。魏晋南北朝史研究生，第二年读十二史，从《三国志》到隋志，要找问题，越多越好。宋史研究生第二年则通看标点本《宋史》全书，纠正十五卷纪、志、传中校读之误。

1980年开始主编《中国历史大辞典·宋史卷》，耗费了不少精力。仅确定辞目，就差不多花了十个月。人物辞目，从《宋史》《宋史翼》《宋诗纪事》《宋人轶事汇编》中，选来选去，增增减减，稿凡四易才定下来。我主张这本词典要收旧史中全部成词的东西，礼、乐、舆服、仪卫全不能有所遗漏。因限于条件，当时只能照现在这个样子进行工作。现在，《中国历史大辞典·宋史卷》已经出版了，旧史中的食货、职官，卷中收得不少。这都是过去所说的专门之学，读者乍见往往不得其解的。

对于历史人物的研究兴趣，我很早就有了。30年代末，沈从文先生说要为孙中山作传，就心向往之。他的《自传》和《记丁玲》，曾使我读之不忍释手。为曹操、武则天翻案的时候，我很兴奋，虽然没有发言的机会，却对同在患难中的朋友窃窃私议。三十多年来，历史研究中的问题很多，历史人物研究中的问题也很多。从1981年起，我就公开发表这方面的意见。曾对历史系去中学实习的学生说，中学历史教科书有许多问题，不讲人物是一个。人物要讲。讲历史要讲得有血有肉，有声有色，没有人物的活动，就真是剩下几条筋，干巴巴的了。后来又在几所大学，以谈谈历史人物的研究为专题，讲了几次。

1982年病中，不能做事。天天抄录已经阅读过的有关范仲淹的材料，依年代顺序，誊满了两本笔记本。还在幼年，读《岳阳楼记》，已经为"先天下之忧而忧，后天下之乐而乐"的胸怀所感动。1971年点校《宋史》，宋事知道得多了，对范仲淹这个人也了解得多，也更有感情了。1979年便决定为他写传。1982年暑假写了五万字，后来时作时辍，直到去年才成初稿。已开始修改，希望夏天能脱稿付印。

研究宋史，比研究宋以前任何一史的材料多，这是非常有利的。但我们在这方面的研究近几年才迈开大步。我认为要分门别类研究宋史。先集众力搜集材料，搜集材料要全，要多，要繁富。在这个基础上，一个专题，一个史，进行编写。如写政治，写军事，写经济，写学术。政治中又可以分很多专题，君臣可以作一个专题，君民又可以作一个专题。写专题时，写史时，要求真，要求精，要求简净。这两件工作做好了，才能对有宋一代的历史有个通解，才能做出具有规律性的结论来。我正在筹划做这样的工作，我希望还能工作二十年。

在史学方面，我以为历史经验的研究值得十分重视。对过去几千年的历史，要重新改写。

作于 1986 年 2 月 4 日

原载《世纪学人自述》第 5 卷，北京十月文艺出版社，2000 年。

回忆大教联片断

　　上海历史学会 1979 年年会，蔡尚思先生发言，讲了大教联的历史。当时，大教联会员吴泽同志和我都在主席台上。周谷城先生主持会议，地下时期，大教联开会，他到得最多。当时，我才满三十，对他每会必到，印象最深。蔡先生很有激情，讲得很动人，可能年纪大，有些事毕竟没有记起来。听了他讲话，总觉得少了些什么。1980 年中国史学会在北京开会，我和陆志仁同志同屋。他当时是上海社会科学院副院长，专门研究中共党史。闲谈中，说到大教联的事，他颇有所知。我对他说，有时间，要把所知道的写出来。我以为历史是不能改变的，作史的人要尽最大的努力求真。只有真实，历史才可以提供经验教训，用老话讲，才能借鉴。五年过去了，我的愿望没有实现，除了病，还有工作忙，也还有一些说不出的原因。我这个人要说真话，但真话往往不受欢迎，有时还没处去说。1979 年听蔡先生讲大教联，一个老盟员的名字也没有提到，彭文应、孙大雨、陈仁炳好象和大教联一点关系也没有似的。但他们在大教联中的活动，历史是不能忘记的。

　　1947 年秋，我任教于上海市立师范专科学校，还兼任上海法政学院世界通史的教授。师专同事，和我来往最密切的是孙大雨和戴望舒。我视他们为前辈。在中学读书，我就喜欢望舒先生的《雨巷》，大雨先生则是我的老师闻一多的同学，沈从文先生的好友。这一年春天，我们都在反饥饿、反迫害的宣言上签过名；接着，和学生一道，反对那所学校校长的贪污，反对国民党的腐朽统治，要求民主和自由。这所学校的学生，时常来我们家里的有周晓峰、张厚芳、仟晓初、孟昭长……有时是共商学校大政，有时是学习上的问难。一次印象最深的是他们在同济大学开会，被反动军警打散，不能回学校，直接到我们家里来，一直坐到第二天天亮才陆续离开。大约中秋前后，孙大雨和戴望舒介绍我参加了大教联（上海大学教授联谊会）。这时，民盟已被打入地下，陆钦墀和陈新桂都离开了马思南路为中共代管的那一所房子。孙大雨先生那时已经是盟员。我来上海后，从未参加过盟的组织生活，也没有暴露过我的盟员身分。钦墀因为是在云南大学的同事，新桂因为自1943年以后常常约我写文章，在《天风》这个刊物上，我还十分明确地表示过中国应该走什么样的路，特别是1947年在上海过从甚密。都知道我的政治面目。

第一次参加大教联集会，认识了复旦大学很多教授。张志让、潘震亚、周予同、李炳焕、卢于道、陈望道、章靳以都已经作古了，周谷城先生、陈子展先生、张孟闻先生也均届耄耋之年。此外，我记得还有朱伯康和张明养教授。沪江大学教授蔡尚思，大夏大学教授吴泽、张文郁，也都是在大教联认识的。麦伦中学校长沈体兰，在成都燕京大学当过教授，燕京同学葛力出国时，我曾经陪他去过一次麦伦，曾有一面之雅。民盟盟员在大教联中是很多的，我现在还记得的有林穆光、董每戡、彭文应、孙大雨、陈仁炳、赵书文。后来我由尚丁接上了上海盟的组织关系，和他们一起在民盟上海第五区分部过组织生活。沈体兰、李炳焕、朱伯康解放后都入了盟，许杰同志好像也是其中的一位。徐中玉参加大教联的时间较晚，因为他被山东大学解聘以后，1948年才来上海沪江大学任教。

大教联有个干事会，张志让是负责人（似任总干事），孙大雨、沈体兰、李正文、郑太朴、曹未风都是干事。彭文应好像也是，但记不清楚了。此外，可能也还有别的干事。1948 年张志让离开上海，沈体兰继任总干事。入会之后，我知道楚图南、翦伯赞也是联谊会的会员，那时，他们已经离开上海了。我在燕京大学时的老师郭绍虞先生，阔别十年之后，在大教联才得重见，当时，他任教同济大学。

时光流逝，我参加大教联的时候，才三十出头，可能年纪最轻。不是在师专教书，不是和大雨、望舒两位先生一同支持学生的斗争，我大概得和汤德明、冯契、郭森麒一样，到 1949 年解放之前才能入会的。汤德明是中共党员，是我在西南联大的同学，解放前不久，加入过民盟，当时是"教协"的核心人物。森麒解放后不久入了党。冯契也在五十年代中再度献身于共产主义的壮丽事业，成为中共党员。

大教联当时的活动是不公开的，开会的地方也常常变动。曹未风的姐姐在培成女中当校长，他自己是光华大学的教授，可能在培成还兼一点课。培成就成为我们经常聚会之所。西藏路上的青年会九楼，和已近郊区的麦伦中学，我们也聚会过。麦伦校舍，当时是很幽静的。沈体兰担任校长，我记得在那里的一次会议，还是在晚上开的。大教联成员中，当时是中共党员的只有李正文、曹未风和张明养。中国民主同盟的盟员有彭文应、孙大雨、陈仁炳、董每戡、林穆光、赵书文和我。楚图南在我入会时，已经离开上海了。开会是没有书面通知的，只口头传达。我去参加会议，都由孙大雨通知。1948 年初夏之前我和他还有戴望舒往往相约同行。大雨先生是每会必到的，彭文应、林穆光也很少缺席。陈仁炳 1948 年在交通大学的一次全市学生集会上作了一次演讲后便仓皇出走，圣约翰大学解聘他的消息还见于《字林西报》的第一版，大教联的活动，他也就不得不置身于事外。国民党政府越来越接近灭亡，在上海对人民的控制、压迫也越加疯狂，大教联开会，到会的人数也越来越少。

1948年夏天，吴晗从北京来上海，住在他的弟弟春曦家里。大雨先生通知我，大教联要请吴晗谈谈北京的情况，夜里在麦伦中学开会。我们都住在现在四平路的新绿村，当时叫做其美路。新绿村附近是一片荒郊，西面和北面，现在是高楼林立的地方，当时却少人迹。望舒已经被迫去香港了。我和大雨从其美路雇了一辆三轮车去麦伦中学。会议由沈体兰主持。吴晗讲了北京的情况，主要是清华、燕京和北大的教授们对时局的看法，反对蒋（介石）是主流。他特别提到了张奚若先生和金岳霖先生，还有北京大学的樊弘与曾昭抡，燕京的严景耀和雷洁琼。潘光旦先生和费孝通，在吴晗看来，是不用说的了。李正文发言，特别推崇清华大学的民主战斗精神，也提到了北京的教授在学术上的成就。我接着就讲了"一二·九"，讲"一二·九"运动中的积极分子都是成绩优异的学生，中国的士大夫和知识分子关心政治，以天下兴亡为己任，和认识是分不开的。这次集会，很晚才结束，大雨先生和我就从麦伦中学散步似的回到新绿村，走进家门已经过十一点了。

吴晗来上海之后就去了解放区，我在来喜饭店请他吃饭。这一年，他正四十岁，我说："就算是为你祝寿吧。"席上有春曦，好象还请了陈仁炳作陪，他们两人同年，因此一直留在我的记忆中。我和吴晗说了我所知道的大教联的情况，对于孙大雨这样走出艺术宫殿颇使他感到喜悦。他对大雨先生的过去了解得很多，也很熟悉大雨在北京的朋友。

1948年夏天，我被师专解聘后，复在光华大学兼课。周熙良当时任教外语系，吴逸民在数学系任教，都是大教联的成员。大夏大学的陈旭麓，大约是这个时候加入的，这时，他就是大教联中最年轻的了。淮海战役之后，我几乎每夜都在孙大雨家里收听解放区的广播，我们估计全中国的解放已经不远了。在这之前，大约是1947年的冬天，我们从广播中听到中共中央估计全国解放和蒋家王朝的彻底覆灭，比我们估计的要晚几年。大教联开会，也讨论过这个问题，大家都希望共产党的胜利早日来临。1947 年集会，主要讨论的是对学生反饥饿、反迫害斗争的支持；对伪国大代表的选举坚决的抵制。情况的交流，问题的讨论，往往使人会怅然于会议时间过得太快！

1949 年，大约已经有春意了。在青年会九楼开了一个上午的会。这时，国民党反动派已经由"呼吁和平"变为要"和共产党周旋到底"。周建人先生在这个会上讲了许多话，很多人发了言。这是一个以聚餐为名的会议。我走出会场，走进餐所，周谷城先生和夫人已经坐在那里用餐了。他样子非常安闲，用他那别有风味的长沙官话和我们打招呼。大雨先生和我那时都住在绍兴路静村四号周诒春先生家里。周先生去香港时，要我和宗蕖替他照管房子。当时风风雨雨，新绿村已经不能住了，我们也就乐于迁居。离开青年会，孙先生和我私下议论谷老的高明。这一天，有很多人没有到会，对国民党警犬的嗅觉作了过高的估计。

静村四号周家，对我们来说，是一个乐园。周诒春先生去香港前，是国民党政府的农林部部长，全村居民把我们当作部长的亲戚看待，大雨先生住在这里的时候，为大教联草拟揭露蒋介石贪污、腐朽以及暴行的材料，并送给美国当时派到中国来的特使魏德迈。大雨先生晚上工作到深夜，白天打字，一连十几天。工作完了，他还自己亲自把材料送出去，怎样送的，送到什么地方，我一无所知，也从来没有问过。

在国民党作垂死挣扎的时候，大教联的会员，只有过一次在陕南新村的集会，是应王艮仲的邀请而去的。谈些什么，已经完全不记得了。王艮仲那时办了一个《中建半月刊》，还办了一个大型期刊叫《中国建设》。在半月刊上，吴晗要我写过一些文章。《中国建设》创刊，汤德明是主要编辑之一，我为他写过一篇《论中国新文化的创造》，我记得吴泽似乎也有关这方面的论文，其中用了毛泽东《新民主主义论》中有关文化的论点。大教联存在的日子里，也有过对学术问题的讨论。张志让冷静而入理的分析，蔡尚思热烈而激昂的议论，给我的印象是很深的。对梁漱溟先生的批判，蔡先生的话，当时叫我这个三十才出头的人也感到失之偏颇。谈国际问题，张明养的话是娓娓动听的。从这方面来说，大教联也是当时一个地下的学术团体。

5月28日，上海解放了。月底或6月初，孙大雨、彭文应和我正在大世界附近一个饭店里，参加上海工商界人士（其中我清楚地记得有张绚伯、胡厥文）的聚会，忽然接到大教联开会的通知，我们都去参加。其时，陈仁炳还在南京没有回来。会上，我看见李正文穿了军装，他离上海已多时，现在跟着解放军回来了。那次也是第一次见到李亚农，我知道他已久了，他也穿了军装。章靳以、张明养、陈望道等复旦大学的人大部分都到了。见到这些人，我是很高兴的，都已经很久不见了，要说的话很多。我特别希望从解放区来的人多谈一点我们希望听到的人和事。但主持会议的人，却十分匆促地宣布本次为改选干事会，使我感到非常吃惊。这是为什么呢？民盟在干事会中的人都落选了。但这却是大教联最后的一次集会。多少年来，这件事使我深思，使我在前进的道路中时萌退志。

1986年3月10日细雨中写毕

原载《上海文史资料选辑》2006年第3期（上海民盟专辑），上海市文史资料编辑部出版。

树勋巷五号

一九三八年八月，我到昆明后住在迤西会馆联大工学院宿舍，等待借读联大。

九月，我和两位江西同学在树勋巷五号租了两室一厅朝南的房子。两人一室，可住四人。学校在大西门外昆华师范，距树勋巷约十分钟路。联大宿舍十分拥挤，有的多至五、六十人，上下铺都人满，设备也很简陋。开学大概是在十月，原燕京大学同学李宗瀛和我同住。各有一书桌，我还用汽油木箱叠成书架，四层，临时买了一些旧书：世界书局影印两巨册的《资治通鉴》和中华书局四部备要本的《国语》《战国策》，商务印书馆出版的《宋人轶事汇编》《宋史纪事本末》是我书架上最早的史书；我从南昌带来的《中华二千年史》《十八家诗钞》当然也是第一批出现在这个书架上的书籍。

开学之后，树勋巷来往的人渐渐多起来。宗瀛和我共同的朋友徐高阮、王永兴、丁则良是常来的。我的朋友有雷志阽。志阽和我同住的胡正谒既是中学同学，又同在北大学习，当然也常来。还有周树人和欧阳琛，他们和我同住的胡正谒也是一个学校出来的。

《大学论坛》这张壁报，就在这个地方编辑抄写，然后在学校里张贴出来。这两室一厅的地方，就成为联大学生论政论学的别馆。当时我们都选读了雷海宗先生的欧洲中古史，刘崇宏先生的欧洲十九世纪史，葛邦福先生的希腊罗马史和陈寅恪先生的魏晋南北朝史，高阮、永兴、则良、宗瀛和我都是学历史的。则良那时已任清华助教，但这四门课都旁听。论学的一个中心，便是西方和中国历史的异同。那时，住在我们楼上的还有陈兰滋和邵森棣两位女同学。陈是燕京学生，大一英文和我同一个班。邵是清华的，专攻西方文学。由于高阮的提议，我们还搞过一个 recitting club，由参加者轮流朗读一些英文名篇，但只搞过几次，因为女士们搬去学校宿舍而中止了。

我当时虽读历史，而文学兴趣甚浓，且喜写作。我选读了吴宓先生的欧洲文学史，刘文典先生的温李诗，旁听过闻一多先生的《楚辞》。王逊那时在清华读研究生，钟开莱读数学，因为共同的文学兴趣，我们过从亦甚密。[一九] 三九年夏，赵宗复、陈洁、柯家龙、张韵斐有的来自延安，有的来自山西，都经昆明去香港，在昆明住了一些日子。赵、陈和高阮、宗复、永兴都是"一二·九"时代的学生领袖，我和他们也熟，特别是宗复，两过昆明（从香港返山西也在昆明住了一些日子），终成好朋友。树勋巷在他们小住时，非常热闹，论事论人，使我得益不浅。[一九] 八〇年我去太原，吊宗复诗中，有云："曾惊海国清宵梦，怕忆山城日暮云。"上句指的是四八年在报上看到他在太原被国民党逮捕入狱的消息，下句便是指在昆明和他在一起的日子。

除了联大的旧知，因为昆明《中央日报》有个副刊叫《平明》的，自凤子去重庆后，由我负责编辑，就有一些联大一、二年级的同学，常来往于我们这个校外的宿舍。我记得有陈时，卢静，他们当时都写诗；还有就是我的妻子李宗蕖，当时写充满了梦一样的东西的散文。中山大学那时迁在澂江，到昆明来，《平明》的作者如江篱、吴风也总来这里探望探望。

《平明》由凤子编的时候，她也是树勋巷的常客。我在这个副刊上发表的第一篇文章叫《澂江小记》[1]，她很欣赏。那时她已是著名

---

[1]　编按：作者在昆明《中央日报》副刊《平明》上发表的文章并非《澂江小记》，现有据可查的是《蛮子》，刊于 1939 年 5 月 18 日。

的话剧演员，《原野》在昆明演出，她扮金子，很受联大师生欢迎。

从在北京就开始为我修改习作的沈从文先生，这时在联大教书。《今日评论》出版时，文艺由他主编。他来树勋巷约稿，我送去一篇在山西八路军中随六八六团夜行军的纪事。他精心修改后发表了，后为《大西洋杂志》所载，英文译名即为《夜行》。王逊、钟开来也就是在这个时候和从文先生认识的。

我书架上的书，两年后几乎全满了。牛津新版的法文字典，是下课后在教室外面路上买到的。为此，永兴还和我生过气，他嫌我"捷足先登"。我却以为那时我口袋里有钱，字典为我所有没有什么可以非议。我的父亲那时在重庆，从秀鹤图书馆购寄了一些俄国小说，我记得有屠格涅夫《父与子》的英译本。宗复从香港回山西，为我买了《安娜·卡列尼娜》的英译本，商务、文化生活出版社出版的外国作品的译本，我也买了不少。中国古典文学著作，当时能买到的也都买了。外文的外国历史书籍，我曾和则良合买了一本 Fisher 的欧洲史，［一九］四五年在昆明教书，讲世界史，则良送给了我。［一九］四六年仓皇出走，这本书却带在身边。十年动乱被抄走，后来又发了回来，至今仍在我的藏书中。

树勋巷一出来，就是先生坡。坡下便是翠湖，靠近昆华图书馆的长堤上，柳树成荫。我好几次从图书馆出来，好几次看见陈寅恪先生在堤上散步。写到这里，"翠湖春好燕移家"之句便忽到唇边。

八六年三月十八日

原载《云南文史资料选辑 34 辑·西南联合大学建校五十周年专辑》，云南人民出版社，1988 年。

永恒的怀念

从文先生逝世，我知道得较晚。

去年九月，卧病华东医院，一月一月过去，从秋到冬，从春到夏。家里人怕我难过，不告诉我；在病榻上，我是连报纸也不看了。听到这个消息，是很难过的，对我来说，从此，我失去了一位五十多年的良师。

我看《边城》，还在中学读书，对作者十分倾倒。进了大学，和作者住在同一城市，便希望有机会见到他。1936年初，"一二·九文艺社"成立，决定出版一种叫《青年作家》的刊物，大家都希望能得到著名作家的支持。推我做代表，去找从文先生，请求他支持。在《青年作家》创刊号上，便有一篇几千字的长文——《对一个新刊诞生的颂词》。

初春的阳光照得满院子充满了生机，在院子北面的书屋里，我见到这位倾慕已久的作家，五十多年来，他引导我如何做人，如何对待后辈。这所充满了阳光的住宅，在北京西城一个僻静的胡同里。此后，我多次在这里和先生会面，还认识了一些文学青年；现在这些人都过了七十，有的也快近八十了吧。他们都给了《青年作家》以支持，如严文井、田涛在这个刊物上发表过散文。我自己不时写点东西向从文先生求教，他每回都一字一字地改，改得十分认真，远远超过我大一国文的教师、一位著名的文学史家陆先生。这样为我改文字，持续了几年。抗日战争的第三年，我写的一篇以《夜行》

为题的纪实文章，发表后又被《大西洋杂志》译成英文刊载，就是他精心修改的。

1937年秋，我借读武汉大学。那时，从文先生住在珞珈山。未入学之前，我去凌叔华先生的住处，在那里见到离别似乎很久的先生。他正在看一本《动物生活史》，十分有味地读着。不久，他回了湘西，我也离开武汉北上了。重新和从文先生在一起，是两次住在昆明的日子。第一次是1938年至1940年，第二次我在云南大学教书。先生自1938年以后，便在西南联大当教授。

西南联大有许多爱好文学的青年，据我所知，没有一个不深慕从文先生叫人坠入梦境的文笔。数学系的钟开莱，那时已经是系里的"天骄"，现在是驰名中外的数学家、史坦福大学数学系教授，对先生的倾慕，至今五十年，还像在杭州一所中学读《边城》时那样真挚。还有国文系的汪曾祺，现在是著名的作家，他祝先生八十寿辰时说："犹及回乡听楚声，此身虽在总堪惊。海内文章谁似我，长河流水浊还清。玩物从来非丧志，著书老去好抒情，避寿瞒人贪寂寞，小车只顾走辚辚。"

昆明的日子，记忆中是十分迷人的。由于先生的推荐，［一九］三九年至四〇年，我负责昆明《中央日报》副刊《平明》的编辑工作，西南联大的学生，有不少在这里发表处女作，汪曾祺大概也是的吧。我还记得的有袁可嘉等。有的后来专治历史，如现在昆明师院历史系主任方龄贵。继清华、北大之后，中山大学也搬到距昆明不远的澂江。这个学校也有不少爱好文学的青年，《平明》便成为他们一个小小的阵地。从文先生常常拿一个蓝色小包袱到我的住处来，从那里拿出用各种不同稿纸写的文章，有的还经过他亲手修改。

1940年夏，我离开昆明北去，四年后再到昆明。从文先生住在呈贡，每周来昆明上课、改卷子，西南联大给了他一间工作休息的房间。1945年初，他要我参加《观察报》负责人的一次邀请，座中有田汉、安娥。《观察报》副刊由他负责，取名《新希望》，日常编辑工作由我来承担。那时开莱还没有出国，王逊正在西南联大教逻辑学，丁则良教中国通史。我便请这些老友帮忙，直到抗日战争胜利。有一次和王逊到呈贡乡下去，他用上官碧的笔名，为我写一个条幅，写的是我在抗战胜利后的一首七律："百死难为魍魉身，哀时有泪亦潜吞。志存家国嘻心性，血写文章论本原。大地烽烟连海静，人生意绪逐江翻。故园亲老归无计，蛮雨蛮烟正断魂。"这个条幅我在上海裱好一直挂到十年动乱，被暴徒视为"四旧"取去，现在不知落在谁手里。我现在特别想到它，那里面有历史，有那时知识分子的沉哀……

解放战争时期，他仍在北京大学任教。为了衣食，我在上海兼任几个学校的课程。我好几次动了回乡的念头，他劝我还是在大城市好，万人如海，最宜居住。

解放后，先生调历史博物馆工作。我主持上海第一师范学院（即上海师大前身）历史系系务，筹建古文物陈列室。在此之前，他在给我的来信中，说研究中国古代史，必须充分利用地下发掘的资料，做到实物和文献资料结合。实际的情况是，搞地下发掘工作人员，缺乏文献知识；而掌握文献资料的人又不重视实物的研究，这种情况需要改变。我对这个意见非常赞成，认为历史教学也要充分利用实物，便向学校建议托他在北京收购博物院不收购的东西。学校当即批准一万元为收购之用。

〔一九〕五六、五七两年，文物陆续从北京运来。乘政协委员视察之便，他来我校对管理陈列室的一位青年作了具体指导。他自己所藏乾隆宫纸、数种丝织物也都赠给了学校。

谁也没有想到，十年后，这批文物竟被目为"四旧"。所幸的是这些"四旧"在将被焚毁的时候，不知什么人救了它。后来只是被窃去一些玉器，钱大昕、林则徐所藏旧拓亦不知去向。

令人窒息的岁月，使生活过得昏沉而宁静。人们都远远地避开我，仿佛避开洪水猛兽。我只能对妻子倾吐所要说的，连儿女也尽量不要他们听到。就在这样的时候，先生给我来信。信照例是长的，说到的事情也很多。除开他的工作，还讲了一些熟人的近况，有的飞黄腾达，有的落魄沉沦。但中心思想，却像他后来在湖北咸宁诗中所说的："独轮车虽小，不倒永向前。"

一场大风暴才过，北京出版社又要出版我那本小书——《南北朝史话》。约我到北京定稿。不到京华已经 21 年，我于 1977 年 9 月又到了北京。我十分高兴，因为可以见到阔别已久的师友和仅仅分别了一年的先生。

1976 年唐山地震，他曾南来，住苏州他的夫人张兆和先生家里，曾来上海看望朋友，我陪他去施蛰存先生家，施先生是连招待客人的一席之地也没有了。在这之前约三年，他还来过一次，只看巴金一人。整整半天，他两人对谈，但没有一句话说到"文化大革命"中所受到的遭遇。这时，巴老楼上还没有启封，我们都坐在楼下走廊上。

北京的秋天，最为我所喜爱。我每天上午校改《南北朝史话》，下午先去故宫，然后看望朋友。一星期中，大约有两次去小羊宜宾胡同。在那里，我没有碰见过什么人，和上海一样，知识分子来往极少；只见过一次卞之琳，一次周有光。我常常想起先生在咸宁的生活，想起那些信、那些诗。在这以前，先生从来没有给我寄过诗，以后也没有。诗是五言，首首都很长。每回信来，好像总有诗。我贪婪地读信、读诗，给他回信，说诗在近代当属压卷之作。先生以为"说得太过分"。信中谈的是在咸宁的生活，读了叫人感到苦中有乐。有时，信里也说到别人，写他们的劳动情况，从面部表情直到劳动的门类。

小羊胡同住屋不过十几平方，一张床，一张桌子，床上、桌上全是书稿。接待客人的几个椅子、凳子，吃茶时用它，吃饭时也用它。

1977 年深秋，修改完《南北朝史话》，我写了一首怀念吴晗的诗，先生读了前四句，不断地点头。全诗说："地下能相见，生逢不可期。秋深云漠漠，风老雨丝丝。遗札当三复，淫威呈一时。劳人还草草，寂寞待春归。"

……

不幸的是疾病对先生的袭击。1984 年初夏，我去北京时专门去探望，他已能在卧室兼书室内扶着走走了。1985 年冬，"一二·九"运动五十周年，燕京大学当时参加者建议聚会，我于 8 日到北京。下机之后，即乘车至前门东大街，先生比一年前精神显得好多了。在那里一直坐到刘祖春来，快两小时，我才离去。南归前一日，又去看他，兆和先生一定要留饭，我因事先有约，不得不匆匆离去，谁知这竟是永别！

古人欢喜讲天长地久，先生的道德文章是"不废江河万古流"的。他临终遗言不也是空谷足音吗！

1988 年 10 月 9 日

原载《长河不尽流·怀念沈从文先生》，湖南文艺出版社，1989 年。

怀念老友熊德基同志

德基离开我们一年多了。[一九]八七年他走的时候我正在病中，宗蕖怕我难过不敢告诉我，我知道得较晚，还是历史系一位同志说的。五十多年来的往事和他的音容笑貌常系梦中。我认识他时还不到十九岁，那时正在北京（当时叫北平）上大学。他故乡蔓湖距我家大塘不到百里，我的族祖晋孟和四叔梦觉同他父亲是熟人。我向晋孟学诗，我还记得那年冬天我的两句诗："乡梦欲归南国远，旅思偏怨暮城客。"他家境不好，到北京读书，还是当了几年小学教员积了一点钱；在南昌读师范，用熊柔曼笔名，时常为报纸副刊写稿，得点稿费作零用。当时，我住在学校，湖光塔影，是很著名的。他在城内，住新建县馆朝南的屋子，和我的朋友程一惠隔壁。

[一九]三五年冬至，"一二·九"运动迅速席卷北京大中学校。德基读书极用功，后来转学西南联大，我看过他的转学文件，各种功课没有八十分以下的。但在这年冬至，德基被投入监狱。

"七·七"事变后，德基回到南昌，积极参加抗敌后援工作。[一九]三八年初夏，我在潭口和一惠邂逅相逢，知道德基入党后潜入国民党江西省党部作范某的秘书，为范某所重。但不久从吉安仓皇出走，由湖南经广西、贵州到昆明。在追述这次遭遇时，他有"多少蛾眉谣诼死，余生犹幸走蛮方"之句。

在联大读书时，他出名的勤奋，课堂笔记常为同学借用，近代史听课笔记我的朋友借来看了一晚便取得高分。他这时还忙着地下党支部的工作，令人佩服。

［一九］四三年他在兰田师范学院任教，致力于汉史，对《汉书·天文志》下极大功夫。我在花溪，给他寄诗，说："汉书岂已系君心，不见来书慰苦吟。"抗战结束，他去厦门，我来上海。解放后，他先在厦大，后在福建师院，除教课外，还担任行政职务，一年去北京几次，到上海去总来看我。有一次住我家，和宗蕖夜夜谈文学，说她比我强。对中国文学，他造诣很深，无论是诗词，还是戏曲小说，都下过工夫。在中学读书时，就天天跑图书馆。当时江西一中的藏书十分丰富，汤显祖、蒋士铨的作品，在他十七八岁时就精研过。他在我面前夸宗蕖，我才知道他对俄国文学也下过功夫。

［一九］五六年他调往北京任历史所副所长，过沪时，为我系教师作了一次学术演讲，给大家印象很深。有一位青年教师说这次演讲给他开了窍，使他懂得甚么叫做做学问。

德基一生欢喜书，在福建买了许多书，［一九］五六年北去，行李全是书籍。他家三间房子一间插架琳琅，不止万卷。前不久他夫人给宗蕖来信，说书已送给历史所，所里专辟藏书室，存放这些书籍。汉以后的历史，他都作过研究，魏晋南北朝史致力尤深。在厦门就写过明史的文章发表于《新中华》杂志。《武则天》是"四人帮"粉碎以后写的，当然不免有未息的嫉恨。

［一九］五七年的狂风暴雨，摧折了他一些朋友，我也在内。有几年不知道他的音讯，郑成功的学术讨论会，他由上海去福建参加，在上海停留两天，匆匆忙忙约我见面，说我还和过去差不多，很高兴。

［一九］六三年他去牯岭，路过上海，雇了辆三轮来找我。那时，我正在写《南北朝史话》，写得差不多了，对幹、吏、均田有些意见，纵论古今，和他谈得十分高兴。这个对历史充满感情的人，春天给我寄来了参观内蒙古历史古迹的诗，诗写得极好，读后我写

了一首古诗说"上京遗址有长篇，议古论今俱第一"。那时，听说又要搞什么运动，心情不大好，那诗给我很多快乐，因此，遂有"岂意君诗胜春酒"之句。这回参观，德基是不大满意的，信里说想不到一些著名学者也官气十足。[一九] 六四年我大女儿在新疆缺少皮衣，我托他在北京买个皮统子。他说有件旧的给我寄了来，其实是新的，他知道我的负担重。[一九] 五七年降了五级，家里有些困难。

我对北京十分怀念，青年时代的朋友都在那里。他知道得很清楚。[一九] 五六年去京，参加高师会议，德基也在，邂逅相逢，十分高兴。不到京华九年了，德基约我去京，过一个愉快的国庆节，食宿都在他家。我那时正在上课，《南北朝史话》也没写完，北京仍在梦中。

史无前例的大动乱过去了。北京出版社 [一九] 七七年约我去京修改《南北朝史话》，我们又重新相见，谈论这十几年生活，无限感慨。他在乡下写的诗，俱有新鲜的气息。我说有关咏史诸作，也许二十年后才能发表。他哈哈大笑，说我门槛精。对我怀念吴晗的一首五律，以起句"地下能相见，生逢不可期"感情深厚，对"淫威逞一时"之句说得太直率，不宜公开。这首诗后来我完整的收录在《史话》后记中，想不到仅仅一年多，变化就这么大。

我和他最后一次见面是 [一九] 八六年十二月，想不到一年，即离我而去。住在病院，挽他一联：呴沫相亲，却忆三十年前，雨暴风狂，惟君怜我；老衰同病，岂意二千里外，魂归梦断，竟我哭君。

原载《江西社会科学》1990 年第 1 期，署名程应镠。

流金诗词稿

目 录

上卷

下卷

上卷

—1935年—

十九岁初度

故园郁郁冬青树，掩映童心十九年。今日儿时成昨梦，异乡月好不须圆。

—1937年—

孟夏夜雨二首
二十一岁时在北京

百花过尽绿荫成，隐隐轻雷带雨声。梦伴孤灯听漏尽，心随檐影怯愁生。楚江水涨思亲泪，东海云飞忆弟情。今夜相思在何处，乱山疏雨啭流莺。

三千里外慈亲泪，应比今宵客邸多。雨击楼台催梦醒，心牵湖海看春过。云山冥濛家常在，日月播迁岁几何？豆蔻花开买归棹，灯前老母话蹉跎。

江道中

二十六年归途中

晨起舟行疾，江云似旧时。青山飞鸟过，大乱更何思。
□□□□□，□□□□□。故园春树好，四月足鱼虾。

编注：第二首前两句原诗已佚。

—1938年—

故乡立夏

自山西归已两日矣

久作异乡客，南风忆故园。岂期多难日，小住水云村。强饮吾
亲喜，低吟暮雨昏。烽烟连万里，所食尚鸡豚。

一九三八年九月赠矩孙

闭门觅句陈无己，广武登临阮步兵。天上麒麟原有种，乱中兄
弟最关情。出泥不染莲心苦，学道无成髀肉生。此夜别君无限意，
但期为善莫近名。

编注：矩孙，陈絜字。早年为燕京大学地下党领导人，后因冤案
脱党，1980 年代恢复党籍。1949 年后任教福建师范学院。

—1939年—

廿四岁初度

昆明作

腰围减尽诗犹佳，零落乡心梦更哀。乱世麒麟悲堕泪，殊方日月怕登台。醒来琴筝难回首，历遍风霜未染埃。二十四年前事在，杜陵身世魏王才。

—1940年—

留别成骏、百年、志鸿

凄其此日难为别，惆怅无由订后期。南北十年惊宿梦，东西万里费相思。多愁我已伤身世，独客谁能共酒卮？且喜驰驱风景地，陇云秦树足供诗。

编注：成骏，刘成骏，燕京大学时大学艺文社社员，时在重庆。百年，刘钟颐，中学同学与好友，时在重庆。志鸿，吴志鸿，中学同学，时在重庆任职于民国政府海军部，1949年后赴台湾。

出蜀有感

西蜀地形天下险，杜陵诗句万人传。安危此日终须仗，松柏经寒益更坚。大局东南情炭炭，小臣方寸意拳拳。明朝走马秦雍道，回首关山只暮烟。

编注：此诗另一抄本题作《试为拗体简宗复》，"情"作"城"。

宁羌醉中作

蜀道崎岖忽已过，入秦峰势更嵯峨。黄昏细雨车初到，小市征人酒半酡。疾病不解千日醉，文章已负此生多。飘零南北东西惯，云栈屏山漫放歌。

编注：此首前作者手稿题曰：《嵩洛集》，二十五岁至二十八岁作，古近体诗二十七首。

白龙江边待渡

声声树上鸦飞绕，向晚江边水鸟呼，悄立渡头望江水，月明江上似银铺。

襄城月下简郁廉

明月关山此夜愁，月明如水傍山流。相思得似山头月，夜夜盈盈满蜀州。

编注：郁廉，张郁廉，燕京大学同学。抗战军兴，曾任塔斯社记者。1949年后赴台湾。

西京病后闻歌
时八月十七夜

青灯小院夜闻歌，百二山河似梦过。月色初亏风渐老，腰围半减病方瘥。于今行役音书少，忆往情怀涕泪多。听彻秦声幽咽甚，万千心事诉嫦娥。

暮冬野望

今年冬日如春暖，腊鼓咚咚未放梅。塞上江南殊气候，他乡故国阻尘埃。墟烟寂寂依村路，画角声声绕郭来。苦忆故园好风景，万山环抱一门开。

移居长官部志感

小小园林一月居（原住省府南院，地幽僻而饶园林之胜），偷安得似武陵渔。未能夷简同高士，且学嶻嵘写谤书（谓近作《罪与罚》）。此日文章等糟粕，一秋风雨费舟车。来春好遂南归愿，返我儒冠与俗疏。

—1941年—

岁暮诗四首
余闲居寡欢，寒云冻树，独对凄然。想明时于已远，抚近事而伤情。岁且云暮，发为短章，亦以遣怀。

肃肃霜飞岁又残，感时难得此心安。愁边雁过江南去，云外山从直北看。鼙鼓声中悲落日，烽烟台上怯高寒。平生剩有澄清志，惭悔儒冠莫自宽。

十年南北东西路，一夕悲欢离合情。华发早生心益苦，文章无用意难平。倚门乡阙萱堂梦，忆弟池塘春草生。此日洛城千万意，说来唯有泪纵横。

南游滇越西巴蜀，北过秦雍又洛伊。万里关山看不厌，一秋风雨愿相违。身经百嶂千峰地，梦坠三更五鼓时。杜老苦吟情不减，难将形胜论安危。

河南河北传烽火，江右江东遍虎狼。旧日衣冠皆左衽，此时粉墨又登场。遗民泪尽胡尘里，王业偏安杜宇乡。忍向樽前说旧史，汉唐盛事已沾裳。

十二月八日

冉冉光阴寒月初，吏情归思两难舒。风声浩荡市声寂，月影凄凉树影疏。宦里生涯等鸡肋，客中心境似鲦鱼。何时了却平生意，听雨挑灯读异书。

十二月廿七夜

读罢遗山又放翁，文情乐与古人同。耽吟强饮非吾志，弹铗思鱼亦道穷。可耐新霜入青发，但愁孤直比枯桐。阮郎死后深山寂，庾信江南句未工。

梦到江州与蜀州，思亲思友两情遒。平生意已空陈迹，半世忧成作醉侯。大局虽难凭手挽，男儿端不为身谋。山林朝市非居处，欲语吾怀却欲愁。

洛阳经冬不雪开春后烽警频传因赋长句

才放梅花三两枝，江边一树又舒眉。经冬日暖天无雪，来岁年荒鼠且饥。民困应知征调久，边烽频报捷书迟。诸公好画平戎策，莫任苍生靡孑遗。

初春早望

病起初为放浪行，平林漠漠远山横。烟消陌路牛羊出，水入平芜光影生。春动郊原知日暖，病舒围带觉身轻。东邻西舍闲来往，历历农家乐岁声。

戏咏桃花和念兹兄原韵
三月廿日

夭桃灼灼又喜开，临倚东风笑几回。梦里桃源今再到，客中崔护亦重来。却怜小阁春无力，漫惜红羊劫后杯。待得明年寻旧约，莫如刘阮问天台。

编注：念兹，段念兹，一作段念慈，洛阳军中的同事；后曾入职上海师范学院。

西宫怀古
三月廿二日

川原雄壮拥西宫，万紫千红气郁葱。山接伏牛归大别，水吞伊洛注淮东。千秋霸业今何在，一代风流事已空。最是东风春草绿，鹧鸪仍唱夕阳红。

斗酒即席有怀

时在座者有畹秋、道平、麓峤、李四滨、荣声夫妇等。

斗酒十千笑语开，哀时王粲敢言才。曾闻济世安人略，忍说红羊劫后杯。北国几人歌易水，东都无泪泣高台。遥怜今夜天边月，犹是将军梦里回。

编注：畹秋，姓不详，时在洛阳。道平，夏道平，时供职于驻扎洛阳的国民革命军第十三军。麓峤，郭麓峤，时任河南省政府秘书；李四滨，不详，时在洛阳。荣声，赵荣声，燕京大学同学，时受共产党密遣任第一战区长官司令部秘书，1949年后曾任《工人日报》社长；其妻靳明也是燕京大学同学，当时同在洛阳。

春末怀高阮南溪二首

一九四一年春作，八三年写定，时高阮下世逾十年矣。

多难悲身世，浮云动客情。一春花事尽，四月野风横。已苦经年别，还惊半夜更。九朝歌舞地，废苑独闻莺。

季子黄金尽，犹怜白屋寒。有诗堪作客，无欲能自安。末世稀同调，奇文孰与看？川南瘴疠地，应亦梦秦观。

编注：高阮，徐高阮，抗日战争前就读于清华大学，为陈寅恪弟子，与作者订交于西南联大。1949年后赴台湾。

赠高阮

微言久绝天南北，更有何人说风兮。道丧吾徒唯待死，时危物我岂能齐？尚书乞米空鸡舞，校尉封侯亦路迷。莫叹迁流悲汉祚，江山兴废鹧鸪啼。

简高阮南溪

南溪岂已系君心，不见来书慰苦吟。念子情同蜀江水，劳思意比伯牙琴。支离病骨人伤老，荏苒光阴岁又深。怅望滇池旧颜色，夜寒买酒醉中寻。

四月四夜

永夕难安玉漏迟，隔窗风雨意丝丝。独怜今夜天边月，何事含愁滞海涯？

四月五日遣怀

冷雨埋春四月初，天涯牢落忆吾庐。绕篱春笋生无数，满陌青秧翠有余。久别方知田舍好，远游更恨雁书疏。何时弃此冷官去，独向湖边赋索居。

五月五日作

布谷声中夏令初，黄鹂啼啭似山居。今年又报春光尽，明月窗头罢著书。

病 中
太白兄有赐新词，因成两律奉寄

我意难为俗子论，佯狂无赖食侯门。愁烧绛蜡诗千首，闷系天涯酒一尊。落日黄云怀故国，淡烟芳草忆王孙。世人欲杀君还惜，懒为劳生更断魂。

读罢新词万感兴，怀君久病益怆然。沉沉戎幕人疑梦，蔼蔼停云岁又迁。但得青钱沽白酒，还将乐事饯流年。春来花发堪供眼，待醉论心酒十千。

编注：太白，姓不详。

王逊久不来信有怀，
并简高阮、宗瀛、矩孙、宗复

更为后会知何地，永忆前言挟百衰。览镜忍知生华发，看云欲语上高台。雁飞白夜惊瑶席，梦入青山忆旧梅。此会长吟倍惆怅，北来消息隔蓬莱。

编注：王逊，美术史家，清华大学哲学系研究生，与作者结识于1936年北方文学会成立大会，西南联大时期继续交往，后任中央美术学院教授。宗瀛，李宗瀛，内兄，燕京大学与西南联大时同学，1949

年后在香港大公报供职。宗复，赵宗复（1915—1966），燕京大学同学，长期从事共产党的秘密工作，1949年后曾任山西省教育厅厅长、山西大学副校长等职。

赠道平兄

一天风色暗成昏，欲遣离忧就酒樽。相慰苦无三两语，还论要识兴衰原。书生仗策元无赖，文士哭陵信有冤。我与夏生俱惆怅，夜寒浊酒暂相温。

岁暮怀人

开莱十月八日来书并寄诗一章，久思奉答，以文情枯涸而止。今日得高阮蜀笺，复提及开莱此诗，即用郑太傅感怀诗元韵并袭其首句分寄开莱、高阮，用以代书，亦岁暮怀人之意耳。

沉沉戎幕罢衔杯，风急天高雁唳哀。顾我自非题柱客，知君皆是不凡才。天涯踽踽归无计，往事悠悠去不回。且喜故人相问讯，几回翘首几徘徊。

编注：开莱，钟开莱（1917—2009），清华大学数学系学生，西南联大时期同学，1945年赴美，后为斯坦福大学数学系主任，著名概率论专家。

开莱诗来奉答

诗来句句翻云雨，巧语灵思意象真。水影嘉陵牵梦远，山光岷岭入思新。何妨市小堪高枕，那得闲多绝俗尘。想见西窗看暝影，万山屏对一诗人。

—1942年—

北 邙

北邙山色西宫树，感物怀人古帝京。伊洛有情朝魏阙，文章无意问苍生。凄凉乡社归耕晚，零落亲朋客梦惊。少小虽非投笔吏，至今尚有意纵横。

偶 成
登封大金店

漠漠冬寒酿雪天，幽居又值送残年。萧条山市堪酤酒，寥落军书好醉眠。道路畏闻柴米价，文章乐在水云边。商量生事今何虑，且读庄生内外篇。

岁暮村居即事
临汝

岁贫汝颖村无酿，地僻鳞鸿信未通。短日送寒知岁晚，青灯黄卷又年终。思亲泪应更声落，忆弟情同汝水东。尚喜此身强健在，未须惆怅感飘蓬。

寒　夜

寒夜更声太寂寥，故山归梦最魂销。三千里外思亲泪，应似胥江八五潮。

除夜思亲

十年江海记犹温，久病难安远客魂。骨肉他乡今夜梦，强持卮酒忆湖村。

角鼓声声动地哀，梦归故里不能回。伤心今夜吾亲泪，还为儿孙入酒杯。

立春后一日寄郁廉重庆

别来试问愁多少，应似春江未可量。昨夜土牛辞帝阙，今春蜂蝶又空忙。

黄昏依约柳荫情，却见枯枝破碧撑。一夜梦归江汉路，浑疑不在洛阳城。

离离斗转似三更，欲诉衷情语未成。忽听鸡声冲晓色，梦回梅影隔窗横。

难裁尺素写相思，字字斟来若未宜。不是江郎无彩笔，恐将离合怨蛾眉。

鱼鸟犹思天地宽（借句），侧身人海若为难。沈郎腰比梅花瘦，不为相思亦未安。

怀剑鸣

十年江海浮沉久，客路相逢亦偶然。黯黯青灯长夜话，依依别梦暮春天。岭云寂历归村树，落月空明照大川。惆怅乱离无一语，纷纷意绪灞桥边。

编注：剑鸣，蔡剑鸣，毕业于黄埔军校，曾任国民党第四师副师长、师长，驻军南漳。1940年与作者结识于自重庆赴洛阳途中。1948年，不愿打内战而卸甲归广西老家。

洛阳即席赠道平

秋至初为别，从军细柳营。几回明月夜，不尽古今情。中岳云山拱，孤村烟雾生。苍茫游子意，唯足与君论。

千里同为客，新交胜旧知。絮谈风雨夜，相慰乱离时。兴极诗盈箧，愁浸酒满卮。洛城寂寞甚，风月尚依稀。

病中偶成

客里偏多病，秋冬已四回。应知精力减，敢说鬓毛摧。怅望江南地，几同蜀帝哀。相思今更苦，时取近书开。

读海宁蒋百里先生遗文有感

板荡神州事可哀，先生空负不凡才。要论事业关时运，岂惜声名付酒杯。慷慨有人歌击楫，栖迟无梦入荒台。青山千载英雄骨，欲吊灵均恨几回。

临汝初春

腊尽春生汝水头，连朝好日卸轻裘。夕阳濑去山含态，南雁归来月满楼。田里麦苗连地碧，村中犬吠入林幽。远游未遂还家计，却忆吴山叹滞留。

别汝州

杨枝娴娴见青柔，春送诗人作远游。珍重多情悄石友（谓剑兄），教人欲去故夷犹。

编注：剑兄即蔡剑鸣。

界首始登舟望月

四年不见春江水，今夕舟中亦快哉！明月照人千里远，银涛拍岸几帆回？满船咿呀都儿女，一片氤氲入酒杯。嵩洛风尘成昨梦，平生怀抱向谁开？

淮南江道中

淮南二月寒犹峭，新麦纤纤拂面来。水远天低波浩淼，风轻雨细鹭飞回。舟中卧稳日高起，灯下吟成蜡泪堆。海内风尘诸弟隔，八公山下不胜哀。

太湖寄夏道平成都

二月南行未寄书，卜居谁计此山隅。长江于我如天堑，短梦因春入舞雩。明月屡愁狂太白，滞留仍困病相如。至今不解青牛句，犹对青松问大夫。（道平有信寄荣声询余近况）

怀君永夕思难罄，转为平安有报书。相见或期今夜梦，问讯难寄水双鱼。洛阳好句留春暮（去年道平与余同在洛阳卫公幕中，道平有句曰：洛阳三月花如锦，今古情怀迥不同），嘉定新诗足细娱（道平返川后游嘉定诗有曰：缥缈山灵应识我，征尘未染此心丹）。倘有文君堪市酒，何如为肆在成都？

编注：卫公，指卫立煌。

山中雨霁出游作二首

雨霁山争出，天倪水涌来。白云随散尽，四顾画图开。鸥鹭随流下，渔人罢钓回。南村炊正熟，呼饭妇孺催。

羡说村居好，真堪隐此间。开门依碧水，绕屋望青山。鸭泳池塘绿，风吟草阁寒。幽深林际路，尚有竹千竿。

简高阮津门

寄书未足言心事，百草千花值暮春。岂恨相悬如日远，但悲难复对庄吟。生涯落落数杯酒，身世悠悠一散人。大别山边暂栖止，登高只为濯京尘。

寄高阮

五月山中气郁蒸，炎歊不复爱山行。兴来读书南窗下，胸中忽觉烟云生。山前有水明如练，时欲招之入书卷；藉洗平生万里心，使之一净洛中尘。花猪肉，黄鸡粥，五日十日不一得，生事如今无有四立壁。愁多有酒亦难浇，何当归卧故山丘？人生衣食固其端，胡为他乡叹滞留！

初夏述怀
卅一年六月太湖

山中梅雨初收日，江上轻帆饱挂时。一片夕阳翻石壁，数家农妇倚柴扉。乱离久作还家计，悲愤难为乞食词。戎马二年惭报国，功名岂逮挂冠期。

湖山虽好敢淹留，忆昨滇南接俊游。少日文章轻贾谊，当时意气薄名流。传经心事今还在，忧国情怀总未休。待得秋来乘传去，拾遗有笔似吴钩。

寄弟渝州

五年丧乱走南北，乡情日夜注江曲。前年北上过巴中，亲情笑语一何乐。同携幼妹戏道衢，语语如今俱可惜。蜀瓜不如故乡好，蜀水不比故乡绿；弟留重庆不多时，趋庭还泛嘉陵水。忆夜相送在江滨，思亲别弟泪双垂。八月秋风起，我向秦中去；叶落秋风老，行人踽踽潼关道。潼关巍峨河水黄，战声日暮倍苍凉；烦怨新鬼应无数，何人更咏潼关路？潼关东去向东都，万里来投卫公幕；卫公门下三千客，肝胆如同楚与越。北邙苍苍洛水清，悠悠我思古人情；古人于今不可见，洛阳山色莽苍横。西风吹尽洛阳草，四月南风复又生。滔滔孟夏南风多，胡马南来欲渡河；中条险巇惟鸟道，四年胡马未能过；古称在德不在险，山高水深奈敌何？太行西下如风雷，山中白日蔽尘埃；中条大军三十万，一夕曾无片甲回。将军不死战士死，黄河呜咽东流哀。洛中车马今犹昔，侯门歌舞夜仍开；昔人唯道南中苦，云山北望千行泪；今人苦怨洛阳尘，说到南中泪如雨。岂关南北风景殊，哀乐之心判如许。八月烽烟起郑州，我随细柳下登密。中岳云峰耸天汉，箕颍风高邈难及。讲院犹存昔贤像，少林尚见达摩石。我生虽当三季后，依依窃慕古人节。秋风张翰莼鲈思，命驾营中苦不速。十年湖海事多乖，何必人间徒碌碌！二月春风始南行，桃红杏白柳青青。颍川东去五百里，入淮好与白鸥盟。淮水长流向江海，白云晶晶川上平。我生二十气纵横，淮南月夜万里犹梦骑长鲸。不向淮南攀桂枝，行行日近长江水。大别东来千万山，去江犹有百余里。闻说敌骑尚纵横，波涛汹汹不可渡。不可渡，且留住，山中夜雨思乡泪，江上云飞别母心，四年慈母望归时。今夕山中初见月，夏气炎蒸入初伏，寄诗吾弟如晤语，似觉可以慰幽独。

编注：弟程应铨，中央大学建筑系毕业。1949 年后，执教清华大学建筑系。1957 年蒙冤，1969 年自沉而死。

八月三日寄蔡剑鸣师长河南
并示章浩若登封十三军二首

清晨著意寻秋去，步出柴门见远山。苍翠若经名画手，峥嵘忆望古嵩颜。萧萧确荦坡头路，冷冷沦漪水一湾。天地肃清堪北望，西风刁斗动云间。

春到淮南卜此居，吾生已分世情疏。若非寄食同飘梗，自可终享饱脍鱼。薄宦原无三日恋，穷乡恐废十年书。圣人门户从今始，已过皆非且学蘧。

编注：章浩若，章亚若弟，原名章懋宣，新建同乡，中学同学，时在驻洛阳的第一战区政治部与十三军任职。

壬午八月廿四日得剑鸣兄信并惠赠
三百金因寄，兼呈高阮上海，宗瀛贵阳，
开莱、王逊昆明

世乱迫偷生，山中少欢趣；所亲俱远道，四视惟异类。晨夕望山川，依依念前途。山气夏多佳，江流亦逶迤。如何少年士，沦谪此山隅？忆昔燕赵游，气动震风雷；因遭东夷祸，远迁至南陲。虽多流离感，清言犹可娱。文学王与钟，政事李与徐。庚辰一北行，复别昔相知。萍水逢吾子，风流世所稀；儒术祭征虏，高怀阮与嵇；至情存古道，千载不可遇；感我遭飘荡，视我如兄弟；我远来山中，与世日相违；家书半年断，滇蜀信亦疏；惟日望子信，慰我久羁旅。今晨有书来，语语铭肝肺；赠金念我贫，感之双泪垂。顾身如幽系，何以报琼琚？秋风江月白，古木夜鸣时。

秋后三十余日仍热感赋

秋来三十日，过午气犹热。入夜虽稍凉，蚊蚋食人血。纵目望山川，唯见秋田熟。江边鸥与鹭，巧当幽径浴。西风苦不早，转觉不如伏。吁嗟岁月为谁留，已到秋时不肯秋！世事终古都如此，怎令吾人不白头！

淮南江道中

一年两度淮南路，前值东风后值秋。归计未成仍碌碌，征途此去转悠悠。劳生天际双鸿雁，病卧沧江一钓舟。赖有老聃堪领略，微躯若未困贫愁。

病 余

病余岁月似还山，得意希罗古史间（近读希腊罗马史）。损益可知千载事，蹉跎已负一官闲。希罗多德真吾业（Herodotos 为希腊最伟大史家），凯撒庞培失旧颜。怀古怀人情不浅，短灯挑尽意犹悭。

到洛阳寄泽蓁开封

北邙山色西宫树，今日重看似梦中。落日断桥多绮思，秋风吹梦洛阳东。

编注：泽蓁，石泽蓁，一名石晓玲，与作者同在洛阳军中，时任督察处译电员。

十二月七日答念兹西安

当年载酒行吟地，此日重来百感兴。论世何人千斛泪，怀君夜雨十年灯。河潼形胜今仍在，李郭功名岂不能！想见故人相问意，白云华岳比峻嶒。

—1943年—

三月十二夜寄郁廉

未因人远难为梦，偶值灵通得句奇。春月便无秋月好，盈虚一样写相思。

四月廿一日寄泽蓁

故人有约青山老，及壮犹思梦是家。文字千秋空想望，才情一代负春华。秦关蜀栈风波恶，洛水嵩云岁月赊。记得昔年江海去，曾因芳讯问天涯。

六月二十四夜侍瑾叔、二姑丈谈至更深，宿沙坪坝中央大学宿舍，不寐。用八叔祖龙泉寄示诸侄元韵赋感。

因饥驱我河南去，心恋江湖归去来。蜀水如看章贡水，吾才何似李苏才。花溪此日能为隐，怀抱何时得好开。独夜不眠听雨滴，空山隐隐有轻雷。

到渝后七叔赠诗因韵奉答

来从河朔三千里，奉侍渝州一再难（余廿九年北上过渝，今复过渝）。壮志未酬惭报国，寸心无语话悲酸。秋鸿春燕故山梦，女嫁男婚异县欢。弟妹喜能承叔意，谢家韵事拭目观（谓浩妹）。

三　年

三年奔走空皮骨，到此能安且作家。止酒不愁贫无俸，著书可待笔生花。溪山有约行千里，学殖何须富五车！羁绊一官抛弃早，报书应向故人夸。

编注：此首前作者手稿题曰：《西南集》二十八岁至三十一岁，古近体诗二十四首。

梦见一首

梦见山成海，还疑梦不真。飘然舟一叶，载去眼前人。挥手泪双落，回头迹已陈。白云迷去处，归路不知津。

七月十五日作
时来花溪七日矣

四千里外神驰地，一一都从眼底新。岑岭有情频点首，稻粱无计得闲身。连朝风色夸清霁，一片相思逐水云。观瀑亭前心似镜，拈来诗笔已如神。

七月二十二日夜与友人作书，述近状并花溪风物，苦无词，因为四绝句

澄明一曲花溪水，远近青山万点蓝。到此始知天力巧，谁研淡墨写青山？

编注：末两句初稿本作"到此行人皆驻足，溪南溪北柳毵毵。"

日近黄昏山更好，夜阑偏听水声愁。茫茫万事都无绪，始信吾生未解忧。

水宜晴日山宜雨，雨欲来时雾作堆。天脚云迷山远近，故山仿佛云中开。

浩浩清溪日夜奔，声声若为说乡心。应知流入长江水，直到湖山又一村。（家有额曰：家在湖山又一村）

失　题

万里南来暂息机，吴山东望白云飞。休官未遂还家计，空向千岩送夕晖。

编注：原诗失题，诗题代拟。

花溪公园归来口占

青烟白鸟苍山暮，明月初弯恰似钩。独咏不嫌行寂历，伴人归路有清流。

孟夏花溪作

花溪日日风吹雨，云暗天低望不开。浅草迷离临水岸，深林冥杳聚山隈。莺声昏晓当窗急，苗唱低昂越岭来。小市人家春酒美，典衣求沽亦佳哉！

花溪水涨，奔流如瀑，八月四日，因为一绝

倾耳有声浑入梦，见来似雪觉寒生。诗情奔涌如斯水，吟出无端句未成。

秋夕偶成

三十二年八月

月色明秋夕，微云伴明月。人行明月下，心境自怡悦。

黔中喜晤植人并寄植青皁宁

三年一别时非短，万里相逢事更难。燕冀旧游真梦想，京黔好聚亦缘欢。有人为国轻珠玉（谓植清），羡你成家舞凤鸾。明日还思今日会，客中怀抱欲为宽。

编注：植人，李植人；植青，一作植清，李植青（清），亦作李执。两姊妹同为作者燕京大学同学。

赠方潜明

身行万里半天下，心折诗人唯使君。末世能论希独立，危言敢作竟无闻。江湖有梦终难到，愚智而今浩莫分。想得看山读书日（潜明花溪绝句有"半为看山半读书"之句），忧时只剩句凌云。

编注：方潜明，花溪中学同事。

立秋日寄泽蓁

去年寄身太湖县，入秋热比暑犹烈。手摇蒲扇终日夕，夜来蚊蚋吸人血。山峦似茧将身裹，除却西风无可悦。今年花溪立秋日，飒飒秋风淡淡月。流水仿佛梦中来，月光雨后益清绝。黔皖相去五千里，今年迥与去年别。

友人结婚戏为一绝
八月三日夜

今宵月比美人眉，昨夜灯催合卺诗。好事岂应天上有，良辰一样是佳期。

蝶恋花·三十二年八月十二日

十年不见今如故，梦里相逢，犹是江南路。陌上花开花解语，春云寂历春山暮。

蓦醒乍惊人已远，十载佳人、音信关河阻。相思应悔矜持误，回头梦亦无寻处。

八月十三夜为七绝句

几年别梦西南好，伊洛栖迟梦是家。今日岭云北向望，秋风吹梦又天涯。

黄昏天气似中州，浩浩溪声洛水头。蓦忆天津桥上立，溶溶清泪为伊流。

秋来已老溪边柳，柳色依稀似旧京。仿佛梦中寻故道，西山遥指白云横。

年年秋色同为客，北地南中总忆秋。一片花溪溪上月，置身仍在古梁州。

徘徊溪路宁忍去，历历溪声带梦来。尘世苦多乐本少，梦中花向故人开。

一样溪声百样思，朝闻暮听亦参差。虽然不尽人间事，欲合溪声总适宜。

听倦溪声漏渐催，行行归路且徘徊。低吟海上生明月，明月相携一路回。

醉落魄·三十二年中秋

天涯牢落，花溪又值中秋节。故山音信经年绝，遥望江湖，怕见今宵月。

千山万水终难隔，故尘满目伤心色。梦中犹是江南北，白发重闻，泪滴罗巾湿。

八月二十六夜作

秋山静夜秋虫泣，昏昏天暗无颜色。绕屋溪声声惨恻，蓦立门前真愁绝。去年今日西南忆，不谓今年复忆北。挑灯磨墨试吟笔，时闻一声饥鼠啮。

八月二十七夜大雨，次晨溪水暴涨，浑浊如黄河，雨后秋意更浓，为成长句

万里来从麋鹿游，溪山形胜曷胜收。清流一夜成黄水，叠嶂千峰似晋州。秋入园林思塞马，风吹梧叶乱乡愁。迁流未遂英雄志，何日元龙百尺楼？

八月二十八日寄开莱、王逊、高阮

胜会今难再，怀君酒一杯。花溪读书处，唯见白云来。汗漫思前踪，萧条是此时。相思今夜意，唯有此灯知。

寄宗蕖

欢喜不可说，久雨遇晴日。昨夜秋梦中，仿佛见颜色。未语已先怯，不知语安出。三年走南北，相思数反侧。愧此木石身，难当金玉质；遂令相思意，长逐飘风逝。逝去随复来，弃去仍还集。更愿如春风，长吹入君室。初夏南行日，昆明期把晤；想象旧游地，复得共朝暮。长路云山多，几忘行旅苦。私念别离来，忧乐无从诉。山青水还碧，青碧如思慕。忆在洛阳日，梦绕花溪树。几度寄书来，羡说花溪雾；语语似非真，今在花溪住。

编注：宗蕖，李宗蕖，李宗瀛妹，后为作者妻。毕业于西南联大心理系，时任教于贵阳实验小学。作者时在花溪清华中学任教。

病　起

病起低吟李白诗，晓风吹雨入窗扉。忽然梦到匡庐去，九月山行雾满衣。

南柯子·十月四日寄宗藁

河洛书成夜，昆明信到时，几年别绪尽相思。春草迷离，归路总疑猜。

可惜溪边月，还吟陌上诗，好云何事苦归迟。明月初弯，冉冉下山来。

望江南

溪水满，明月几时回？独立小桥西北望，溪声入梦为徘徊，相思岭云开。

山已暮，欲去又依依。点点轻寒随雨下，纷纷白鸟向山归，梦亦下前溪。

寄上寿七叔四十诗两首，用原诗首末两章之韵

南归得侍蜀江头，事去忽经十四秋（余十四岁入省从七叔读书，今忽忽十四年矣。时兄弟中钊兄、钧兄均六年不见矣）。雁序当年劳梦想，人生何意似棋楸。叔今强仕看桃李，侄正投冠远忮求。最忆青灯风

雨夜，朗朗声响较谁优。

积善从来岂有因，何人忧道不忧贫？志存家国孤愤泪，心恋江湖浩荡春（叔诗中多感怀世局并怀乡之意）。好爵不萦多所耻，新诗吟罢自如神。遥知重庆称觞日，尽室逢迎是故人。

喜晤正谒兄自滇经筑之桂林

相逢同讶三年别，好事还应说滇南（余旅滇两年与正谒同寓树勋巷）。风雨对床如梦寐，西山有约续清谈。文章我欲惊聋聩，典令君能极纵探。末学何人堪独立，江西风节未应惭。

编注：正谒，胡正谒，中学同学。"纵探"疑作"缉探"，搜寻探访。

十月十七日得重庆友人信因寄

人皆逐利轻名节，我亦浮沉任去留。家国阽危忠义绝，扪心欲恸泪难流。

廿八初度

今年初度黔中郡，六载飘蓬过眼来。相思纷纷南复北，停云霭霭水之涯。才因忤世甘休隐，学可传人不用媒。更喜花溪好风色，寂寥相慰且徘徊。

聊　寄

聊寄吾怀在山水，也曾因梦入江西。事非经过原难说，语入精微未足奇。万里烽烟儿女瘦，一秋风月梦思肥。诗成翻被诗情扰，独立苍茫复咏诗。

十二月廿五日宗蕖来花溪作

今日天阴雨，无花亦作冬。寒鸦声瑟瑟，青岭雾蒙蒙。缓缓行溪路，依依觅旧踪。但言相忆苦，不觉已相逢。语语来肝肺，情偏或更真。夜床空辗转，鱼水自相亲。梦里花溪月，愁边洛下春。归来万里外，应惜岁寒身。

思君夜夜上灯初，万种情怀此岁余。记得洛城风雪夜，病中犹寄数行书。

—1944年—

岁末怀旧游兼呈高阮、悌芬

岁恶村贫苦闭关，稻粱无计幸生还。难逢名士教挥麈，且为儿童一解颜。踏雪寻梅思往事，清谈薄饮忆诸蛮。梦中重历天南北，欲问苍生意尚殷。

编注：悌芬，宋悌芬，即宋淇，亦作宋奇。燕京大学同学。1949年后移居香港，曾任中文大学翻译研究中心主任。

新春即事示宗蕖

去年归梦三千里，春忆江南年夜灯。今日花溪灯似梦，红泥炉畔意难胜。

正月二十一日作

昨夜梦还乡，醒来意转恻。遥知慈母泪，应亦枕头湿。辗转不复眠，溪声闻历历。

喜得祖兄自坪石来信并赐诗奉答

七年两向黄河去，慷慨曾思革裹尸。书剑未成惭报国，溪山此住愧为师。乱中久断佳人问，意外欣闻岭上诗。仿佛西窗风雨夜，对床同说别离时。

编注：祖兄，即许祖淳，中学同学，同乡。

民国三十三年五月白怀寄诗，读史之作怀乡之什均足动风思，余南来忽忽一年，溪山遁隐，所乐有托，然展读故人诗篇亦多感触，因为两章奉答

千里读君诗，历历见君志。相去几山水，宛如相晤语。引领望山川，感慨亦嘘欷。世乱愤填膺，贫贱多所耻。直道不可行，还当浮海去。自从花溪来，仿佛转童稚。乐此青年人，生命日充沛。梦

境溪山多，风雨春难隮。

千里读君诗，仿佛亲君情。怀乡意何挚，使我乡思生。此地如蓝田，亦多春虫声。溪水抱山流，日夜声蹭蹬。客居虽云乐，开卷泪亦倾。哀哀生民艰，父母兄弟分。生既不相问，死亦不相闻。何语慰吾子，勉收泪纵横。

编注：白怀，欧阳琛字，清华大学历史系硕士，1949年后任教于江西师范大学。

五月十六日作

午后睡初起，意懒精神倦。独沿溪水行，苍翠忽在眼。西风扇微凉，鹧鸪声相唤。路旁野花香，草色绿已满。我心转恬淡，万物皆静观。中原苦烽火，此地独苟安。归来赋此诗，悄然对麟山。

将之滇作

一年邂逅花溪住，临去溪山百有情。梦里温存莺宛转，望中惆怅水清明。论心旧惜青山约，偕老新成白首盟。他日乱平重过此，沧桑应问鹧鸪声。

到昆明一月，颇忆高阮，偶想旧游，遂温往事，率成三章，兼寄宗复山西、宗瀛贵阳、新桂成都

北居日夜忆南鄙，梦接斯文每慨然。匡复有人且揽辔，横流何

地著先鞭。驰驱戎马三年后，敝屣功名歧路前。四月南风归计决，飘然又到蜀江边。

花溪一载堪留恋，儿女情深复友生。风雨青灯他日话，文章白首百年心。溪山处处皆成梦，鱼鸟依依亦有情。不谓安居才到夏，鹓雏猜意又西行。

四年梦里昆明树，苍绿依然上小楼。议论有心夸独到，边愁无奈入离忧。翠湖明月成新话，曲巷清宵忆旧游。煮酒已难评世局，书生鲜不为身谋。

编注：新桂，陈新桂。作者执教清华中学时订交。1949 年前曾任民盟总部秘书，1949 年后任民盟中央宣传委员、《中央盟讯》副主编，1957 年划为"右派"。平反后复职。

无　题

十年久倦登临兴，邂逅初为九日游。眼底湖山惊壮阔，酒边清碧梦温柔。天明气澈堪高坐，市远身闲得小休。待晚西风吹鬓乱，薄寒如水浸清秋。

编注：此诗作年不详，以"十年久倦""湖山壮阔"姑系重到昆明之年，原诗失题。

为　人

为人性癖耽孤往，末世天真独不磨。丧乱论交文字始，飘零相问死生多。潜心数理雕肝肾，托兴诗文远鬼魔。伊洛壮游情未已，昆明寂寞只君过。

编注：此诗原无题，今题代拟。

失　题

　　且约归期柳色春，家山乐事及□□。诗文得赏清游愿，富贵何须屈蠖伸。苏轼才高原有种，伊川道绝继无人。酒中岁月神仙似，鱼鸟江湖岂独亲。

　　编注：此诗原无题，应作于1940年代前半期，准确作年失考，姑系于此。次句末二字原残缺。

残　句

　　白首有情悲蜀道，青春无计问齐人。

　　编注：准确编年失考，应作于1940年代前半期。

—1945年—

岁末念母

　　别母已七年，年年远作客。况值干戈际，音书久断绝。忆当别母日，童心犹未歇；忽忽期而立，母发应已白。岁暮多北风，绕屋声惨恻；倚门望远方，母泪应如织。幼弟适异国，大姊滞异县；老父亦飘零，母情真可见。七年岁月赊，艰难惟一面；敌近陷赣州，江西苦征战；我情常恻恻，思亲心如煎。昆明少阴寒，今日亦雨霏。

四月三日游半边山归来作

吾生三十春，此春为最好。春来六十日，日醉春怀抱。忽然转少年，乐极不能道。昨日作春游，其乐更可傲。洄溯十余里，山水皆含笑。处处悦心目，天工叹独造。连山如壁立，危矗欲倾倒；水从山际来，渌静光可照；四视无通路，望之惊欲叫；悬崖一百丈，仰视天可到；须臾上层崖，下视水流绕。纵目骋心意，山倾如海啸。平生万里心，翱翔出岭表。九年走南北，未睹此奇妙。归来见夕阳，复见云间月；一程一境界，无处不奇绝；携来山野春，不必梦吴越。

昆明喜晤应铨

腾说收京日，边城晤弟初。八月慈母泪，万里故乡鱼。哀乐终宵并，艰难志未舒。连床听夜雨，有梦亦江湖。

真儿初生有作

三十喜得子，所喜志有托。我生三十年，志业最落落。识者怜孤往，愚者恣笑谑。十五诵诗书，二十气磅礴。廿二遭国难，立志填沟壑。两度黄河去，从军在汾洛。目击生民艰，抗言论民瘼。廿八投冠归，传经甘藜藿；得意青云间，性理穷冥索；涕泪阮公咏，壮心结山岳。高吟李白诗，耻效阮公哭。举世在罗网，我欲奋飞跃；心灵自永恒，安用不死药？去年在花溪，喜结同心约，汝母识吾情，慰我长寂寞。汝生才两日，我心即恢拓。汝我赤子心，将令世人觉。及你而立年，我当仍矍铄；我志有未就，汝我同奋作。

编注：真儿，长子程念祖乳名。

书　愤

百死难为魍魉身，哀时有泪亦潜吞。志存家国嚣心性，血写文章论本原。大地烽烟连海静，人生意绪逐江翻。故园亲老归无计，蛮雨蛮烟正断魂。

—1946年—

到汉口吊一多师并念滇中师友

西南漂泊佳人死，忍泪脱从虎口来。契阔死生诚梦寐，斗争文字疾风雷。望门投宿思张俭，酹酒临江吊楚囚。家国阽危忠义绝，江声东去隐沉哀。

编注：一多，即闻一多，作者在西南联大追随的师长。此首前作者手稿题曰："《还乡集》三十一岁至至……"

重到汉口有怀

汉阳绿树武昌山，百样情怀逐浪翻。南去北来多旧约，东行西上失朱颜。旌旗父老诚无恙，生死艰难岂等闲。障目烟尘怀旧侣，楚云犹映泪斑斓。

自南昌泛舟归里门一首

买舟自南昌，清秋奋诗思。江野旷无人，愀然多所悲。客行逾十年，丧乱久别离。山川殊不异，井邑非故时。自经沦陷后，十室九不炊。妇孺辗转死，土地久废弛。乱定已一年，壮丁犹未归。舟子为余言，感叹亦唏嘘。忽听桨声寂，江水流澌澌。我生经变乱，久矣失仁慈。今日闻此语，不觉泪亦垂。默默俯长流，欲语拙言词。

编注："唏嘘"疑作"嘘唏"。

到　家

远客归三伏，离家已八年。蓦然悲喜极，久矣魂梦牵。乐事天伦里，哀心遗像前。夜阑说丧乱，惊悸母犹怜。

寄高阮宗瀛上海

赋归敢诩田园兴，衣食无营亦苟安。南北此心系烽火，江湖是处有饥寒。斗争文字拼刀刃，丧乱亲朋易肺肝。历历望中山色好，秋深迢递慰凭栏。

到南昌有怀百年天津、果行南京

钓游同辈未全归，临水登山挟百哀。荒废城隅秋草乱，凄凉江上雁声来。京华新结神仙侣（果行新婚），津沽遥知蕴抱开。何日一樽相对属，青灯重忆十年怀。

编注：果行，葛果行，中学同学，1949年后为华中工业大学教授。

故乡怀不歧北塞

荒凉故宅沈秋感，零落亲昵异旧欢。千斛泪应悲豆煎，一秋闲为警风寒。未成白首归母巫，得惜朱颜石可刊。慷慨思君天北极，夜阑灯炮意如湍。

编注：不歧，即赵宗复。

素梅三姑乱定还乡长句哀逝敬步原韵亦以咏怀

九年风雨异乡秋，西北西南叹滞留。定乱魄烦回绖马，得归敢乞望庐楼（楼为幼峰公养疴习静之地，家故楼也）。卜居蒋诩惟三径，伤时张衡有四愁。独立沧江悲逝水，缤纷时俗尽从流。

柬德基兄厦门
三十五年故乡

还乡未遂清游愿，君已南行我后来。咏史已多悲愤泪，纪程诗好亦堪哀。（德基兄寄示近作，有读史诗甚多，入闽诗又有"变生伉俪太堪悲"之句。）

论心犹忆昆明日，曲巷清宵意兴奢，最是绿堤风景好，差池燕羽看移家。

十月新霜芥菜肥，厦门风物似乡无？明年我亦东南去，莫向槎陂问故居。（德基兄所示近作有"槎陂云树梦湖花"。原注"两处皆故乡地名"。）

编注：德基，熊德基。同乡，与作者订交于"一二·九"运动，后为西南联大同学。1949年后任教于厦门大学、福建师范大学，调任中国科学院历史研究所副所长。

初　寒

故园十月如春暖，昨日零濛觉早寒。漠漠江天数飞鸟，冥冥云海隐重峦。春蔬有味添新芥，家酿无多惜旧欢。促膝夜窗听雨滴，青灯犹忆路漫漫。

十一月廿九日新晴

新晴山色明如洗，小雨园蔬绿泼油。乌鹊相喧是故国，田垄入望有疲牛。漫从断瓦颓垣里，试傍青松翠竹游。人事等闲谁可料，去年今日在滇州。

喜　晴

清晨出门去，遥睇远山碧；鹊噪村边树，东南云作赤。风从天际来，吹皱池塘绿；鸡声隐隐闻，历历烟树簇。疲牛卧垅底，鹅鸭喧水竹。昨夜冬雨歇，新晴如食肉。

戏答念兹南京

局促此楼同面壁，纵横四座一思君。春风春雨知寒暑，江北江南倦听闻。解惑何人开境界？入忧有梦为离群。金陵柳色今何限，绿到樽边应十分。

贺志阽新婚

祝君以葡萄之酒，贺君以关雎之诗；我欲因之一颂君，不尽胸中欢喜词。与君相交自总角，念年不磨如金石。君之勤奋我所师，君之严正我所畏；我昔飘零在洛滨，怀君每值风和雨。乱定闻君得所欢，几回雀跃为君喜；桃花灼灼烧三春，仓庚鸣兮君新婚；我为淑女庆得人，我亦为君乐且湛。

编注：志阽，雷志阽，中学与西南联大同学，后侨居美国。

病中有怀

不料兼旬竟两病，未摧毛发总伤神。小窗尽日窥砖瓦，短梦终宵杂伪真。淅沥檐前初夏雨，依稀灯下小蛮身。情牵一曲清江水，似水闲愁病不禁。

编注：据作者手稿字迹，《还乡集》似止于此。

—1947年—

灯　火

灯火杯盘酒报春，殷勤珍重百年身。诗来道韫情何厚，归赋东山屈暂伸。烽火田园如梦寐，文章青眼属家人。依依绕屋清流水，隔岸庐山日夕亲。

编注：原诗失题，今题代拟。

—1948年—

晤屏孙兄有作

未成报国惭书剑（东坡句），安得雄词沥肺肝。南北有情迷望草，东西无碍急流湍。河山崩析功名晚，风雨凄其道路难。契阔几回问消息，相逢有梦到长安。

编注：屏孙，即陈絜。

卅三初度

大乱之生幸有家，讵怜无计惜年华。妻能淡泊甘同命，我亦峥嵘学种瓜。少日心情哀晼晚，而今思慕在蒹葭。故乡可望三千里，归梦依依过白楂。

闻宗复以事系狱书愤

死而不厌真吾子，慷慨犹思不见诗。遥想柏台风雨夜，银铛声杂雁声悲。

—1949年—

寄宗蕖

半年四度劳车马，迢递征途两地心。儿女几曾系归梦，田园虽好亦沾襟。哀余偃蹇无长策，累你沉吟入暮砧。愁绝一楼风雨夜，前缘如海涌骎骎。

闻解放军云集江岸喜成一绝

大军已集江南岸，亿兆生民盼解悬。不信长江是天险，精诚所至海能填。

下卷

—1953年—

屡求回高等学校任教不获，忽四年矣，因春感赋一律

万里春风喜莫加，卅年委运恨如麻。回天力已成诸夏，起死恩今感万家。快意恶除萧艾尽，会心人惜蕙兰花。自怜才薄当斯任，有志难谐鬓渐华。

—1956年—

解放之后七年重到北京两绝句

似曾相识惊重到，雪后群山卧夕阳。嫩绿浮天春汗漫，千条万缕舞淋浪。

陇麦纤纤翠作堆，楼台重叠梦中来。谁知二十年前客，依旧诗人梦未回。

与周游、柯华、力野、荣声集于中苏友谊餐厅

摇金柳色春如梦，畏病中年酒未酣。想得燕京读书日，尚余春梦足清谈。

编注：周游，原名夏得齐，燕京大学同学，1949年后曾任北京日

报社、北京出版社、人民文学出版社领导干部。柯华：原名林德常，燕京大学同学，1949年后曾任外交部礼宾司司长、驻英大使等。力野，即葛力，燕京大学同学，中央党校哲学教授。

怀森弟二首
七月二十三夜作

征程忆在渝州日，夜宿南山抵足眠。十四年间音讯绝，解衣犹忆晚凉天。

谁想历历儿时事，复绕中年九转肠。道士星低乡梦远，海风拂面送新凉。

编注：森弟，从弟程森荣。

丙申之秋得念兹金陵书并诗促其东来

怜君久病金陵卧，一诵君诗倦眼开。往日沉沦今已矣，新秋明净待君来。

读念兹近诗

新秋帘外疏疏雨，独夜灯前耿耿心。病起文园诗满箧，中年哀乐转深沉。

丙申十月于役福州喜晤矩孙，申江一别已过八年，距昆明相聚之日忽忽十七年矣，论事怀人，遂成长句

何期百嶂千峰地，邂逅居然别久逢。情重故人心尚赤，语开生面气如虹。西风依约山前水，晴日槎枒寺外松。生事一瓢仍足乐，艰难忆往与君同。

入闽杂诗

十年行尽西南路，今日东南始一行。岁月催人忽四十，江山万里喜相迎。

梦中过尽浙西山，一夕乡心万马奔。晓日照人犹旖旎，初收田垄放鸡豚。

铅山南去山如剑，一路看山到建瓯。明月西溪人似梦，苍茫独立小南楼。

—1957年—

丁酉新春病起一绝

病起欣看雪映窗，妇调汤药子持浆。村居久绝亲朋会，颇忆家山打谷场。

一九五七年春假答念兹金陵，盖先有西游之约也

今春有约金陵去，畏病居然未敢行。四壁图书供啸傲，一灯文字任纵横。

临风细柳绿成烟，忆上春江放钓船。极目江天春似海，白鱼黄雀负今年。

—1960年—

庚子元旦

浩荡春光一望收，河山壮丽世无俦。万千烟突排云出，大小村庄竞自由。四十年华惊电速，九重恩义感山丘。从今慎把光阴惜，跃马挥鞭立上游。

简宗蕖

又是喧喧打麦天，怀君意绪最难传。柳边莺啭疏疏雨，陌上风飘续续弦。问水寻山忘岁月，盟心把臂记当年。楼头一夜相思雨，洒遍松江万顷田。

寄周游北京

自叹中年百不如，韶华逝去得追无？革新人物开生面，跃进江

山好画图。未尽涓埃伤往事，宁思安乐惧长途？青春有约从头践，白尽髭须誓不渝。

—1961年—

十二月十九日立春细雨，从邮局取回
宗瀛寄宗蘷食糖，枕上吟成长句因以代书

冬尽江南雪尚疏，春回细雨润如酥。楼头依约天边笛，枕上沉吟海外书。失马塞翁知祸福，亡羊歧路极踟蹰。昆明风雨花溪夜，敢话平生说故吾。

喜得宗津信并简王逊

难得燕京一纸书，脱胎换骨证双鱼。春风又绿江南岸，柳色摇金病欲舒。

编注：宗津，李宗津，内兄。中央美术学院教授，著名油画家，与作者同年"错划"为"右派"，同年摘帽。

闻加加林宇宙航行归来欣然有作

宇宙飞行第一回，加加林是出群才。青冥浩荡黮无底，日月细缊翠作堆。云路岂难一日到，天门终为万人开。东风吹皱西江水，快意当前一举杯。

辛丑初夏随社联参观青浦发掘新石器时代遗物，并游淀山湖，率成四绝句

遗物居然见太初，石锛陶釜记唐虞。江南历史应重作，岂独龙山记海隅。

临湖小市足鱼虾，锦绣江南莫漫夸。记得瘟君曾肆虐，百家剩有两三家。

水阔天低望不开，淀山湖上我初来。滇南风景欣重见，心逐机船万里回。

新秧千顷弄新晴，牛背儿童缓缓行。浅淡青山伴归路，鹧鸪时唤两三声。

闻一多先生殉国十六周年

十六年前血尚丹，一生独立挽狂澜。夜窗犹忆惊风雨，愁绝当时失畹兰。

辛丑中秋于力寄新词，诗以答之，叙心境，怀旧欢，亦有所期也

年来发薄不胜梳，论史论文每自疑。春雨向荣舒万木，青毡惟恐负明时。风生万壑鹰思奋，月到中秋梦欲痴。鲈脍莼羹乡味美，待君横槊赋新诗。

编注：于力，施于力，高桥中学五二级学生，后考入北京大学中文系。毕业后留校，次年划为右派。1962年自请下放云南个旧，死于

"文革"初期。

一九六一年十一月周游来沪流连尽日欣然有作

久绝亲朋会，欣为一日游。青衫怜旧雨，白首记同舟。春雨江城暮，西风海国秋。悠悠廿四载，惭愧此淹留。

—1962年—

不作古体垂二十年，壬寅二月十八日读德基访问内蒙古自治区诗，欣然尽日，取其自由，得一百三十八字

喜读德基诗，塞北风光入眼迷；牛羊成群豆成堆，牧草如云牧马肥。江山自古惊辽阔，今日江山非复昔；抱山拥水新成市，灯火人家迎远客。霸业千秋余古迹，议论终须大手笔；上京遗址有长篇，议古论今俱第一。与君结交三十年，我昔花溪君蓝田；君时致力在汉史，以诗论史意拳拳。楼头日日看春柳，岂意君诗胜春酒！望断天边绛色云，东风嫩绿浮南亩。

壬寅五月十八日风雨骤作，追忆前月森弟上海之行，并示应铨

怜君巴蜀长为客，我亦江东逐俸钱。昔日少年俱老矣，旧时乡

梦尚依然。莺花三月舒青眼，哀乐中年感逝川。危坐一楼风雨急，声声珍重问吾铨。

示炎女

平生剩有江湖恋，乞得清闲便索居。烧饭炊茶欣有女，北窗一榻读藏书。

编注：炎女，即作者长女程炎。

秋后渐凉闲中得句

少逐声名翰墨场，晚于青史识沧桑。九年蝶梦迷归路，三斛纯灰净秽肠。绿色侵帘瓜豆蔓，好风穿户午阴长。夜窗卧看星河落，清露无声枕簟凉。

秋日窗前好读书，此生已分食无鱼。后山双井槎枒甚，欲向飞鸿学画图。

秋日园林豆荚肥，辛勤不负手亲栽。平生领略闲中趣，此是渊明第一回。

车中望海，大小金山如碧螺浮现晴日中

车行渐觉海天多，大小金山似碧螺。看水看山看不足，细风吹海漾晴波。

读朱东润作《陆游传》二首

三十年前读剑南，一回一读一潸然。只今识得孤愤泪，闾里忠言胜简编。

铁马冰河爱欲痴，放翁端的是男儿。中华此日开新运，逝去青春亦可追。

—1963年—

一九六三年一月十九日参观松江山阴人民公社

早发城阃午到村，田家风物喜相迎。炊烟广陌连天碧，晴日长空映岸帻。鹅鸭甚喧临水竹，鸡豚渐足满栅棚。新看敬老成新院，历尽艰辛乐太平。

初夏偶成

绿叶成荫花满枝，楼头初听暮鹃啼。青春犹记燕南梦，暝色浮天意渐迷。

读碧野《月夜青峰》有怀

一片豪情逾旧时，全篇风格见新知。江山秀绝浑如梦，人物英奇尽是诗。辟地开天书跃进，移风易俗颂红旗。因君一点灵犀动，长夜挑灯有所思。

编注：碧野，作家。1940年代相识于河南。

读《雷锋日记》

风流人物今谁是？卓荦雷锋一代钦。洁比白云纯似玉，气吞黄海志如金。

寄德基牯岭重忆旧游

当年载酒归宗寺，痛饮狂歌九月天。旧侣青春云散尽，重寻乐事晚窗前。

—1964年—

初 春

风生万壑鹰思奋，春到人间喜自由。往矣曹公歌伏枥，休哉王粲赋登楼。天连东国云方曙，龙战三洲气正遒。如海心潮闻大庆，红旗高处即鳌头。

炎女去新疆参加建设诗以勖之

中华儿女志气高，吾儿志气亦凌霄。伊犁河水天山雪，好画新图颂舜尧。

广厦方今已奠基，青春灿烂仗明时。叮咛骨肉情深语，战士雷锋是你师。

得炎女乌鲁木齐长信多作豪语，喜而有作

万里飞来一纸书，昂扬斗志信吾儿。行军五好夸同辈，革命终身是壮图。沙漠风光堪苦战，明珠世界盼先驱。更期娇女成钢铁，伫待佳音慰倚闾。

甲辰秋日与百年再逢上海，为别不觉十六年矣，忆往情深，相期语重，爰成两章聊为别后相思之资

十六年前君少年，而今我发渐皤然。已成初志除三害，更尽青樽着一鞭。锻炼久惭亏后辈，瞻依仍许望前贤。长江后浪推前浪，莫向人间哭逝川。

新秋皓月竞光华，论史论诗意未赊。迢递关山思往事，艰难岁月护新芽。（一九四八年秋，百年由沪去解放区，临行前数日语余，曾促成之。）满天星斗能为梦，遍地桑麻可作家。彩笔待君千气象，九州生气起龙蛇。

我国第一颗原子弹爆炸成功

百年积耻已全消，风卷红旗似海潮。已有文章惊宇内，更有核弹撼星条。欢呼浩荡动天地，奋立峥嵘颂舜尧。飒爽秋风今又是，黄花满地胜花朝。

四十九岁初度有怀旧游

四十八年今日过，敢将心事悔蹉跎。知非岂在古人后，鉴往应随白发多。寥廓霜天看雁字，苍茫月夜渡黄河。秋深岂有江湖恋，却忆青春学枕戈。

甲辰秋日与荣声相晤于上海，追述旧事成四绝句

怜君少有移山志，中道覆车亦可伤。我昔漫漫望天晓，何期歧路哭亡羊？

一天霜雪风陵渡，万丈尘埃古洛州。少小不知家国恨，却收热泪叹淹留。

生年五十从头学，犹有丹心似旧时。相对夜窗如梦寐，千回百转只君知。

易老人生不老天，好收心力惜华年。相逢后日从头问，敢逐声名作郑笺。

—1965年—

沁园春·忆南昌

一九六五年四月

春意方浓，长天如染，楚尾吴头。把千岩万壑，云蒸霞蔚，长桥短棹，柳岸烟浮。孺子亭边，梳妆台畔，万类逢春俱自由。正年少，任排山倒海，占尽风流。

何时故国重游？看春风十里绿杨稠。念匡庐旧侣，气吞吴楚，洪都志士，笑傲王侯。革命无双，头颅奋掷，岁月艰难气更遒。蓦回首，惊卅年电掣，风雨同舟。

一九六五年十月松江县城东人民公社
兴隆大队贫协成立大会

歌声遍地欢成海，秋色宜人稻始花。破浪乘风帆尽发，翻江倒海事无涯。须知狐鼠终为祟，好趁风雷狠打蛇。热火朝天敢胜利，泖江潮涨映红霞。

十一月七日青浦观获稻

秋尽冬回始见霜，郊区社社获田忙。千斤亩产超纲要，万井人歌向太阳。南舍东场机脱粒，四方八面稻成墙；不分男女兵商学，尽把农庄作战场。

—1966年—

示宗蘷

清明已过，小园绿成一片而雨不止，宗蘷去松江访问学习，寂寞无侣，率成一律。

一天风雨叹霜髭，寥落晨星忆习池。把酒甚惭顽有禄，挑灯长恨闷无知。中年儿女犹为累，四卷雄文学去私。想得松江春涨满，访贫问苦欲忘归。

—1968年—

简应铨

岁末怀吾季，芸芸谁独醒？有身成大辱，何人问死生。除夕风兼雨，孤灯暗复明，梦回惊岁换，不尽古今情。

—1969年—

江　涛

江涛汹涌横沙岛，海浪掀腾六月天。满目葱茏人换世，红旗飘荡晓风前。

失 题

海上涛来云似墨，天边雁字月如霜。夜窗犹忆惊风雨，老眼婆娑泪万行。

编注：此诗原无题。

—1970年—

哭森弟三首

森弟客西蜀近三十年，去冬闻病逝成都，为之黯然者累日。自六四年上海一别，不通音问且五年，岂意遂成永诀。始悟古人中年伤于哀乐之语。

去年春尽哭吾季，岂意深冬复哭君。记得巴山听夜雨，不堪清泪望西云。

间关蜀道欣重见，海国春深喜再逢。老去自怜心尚在，梦中犹谓汝犹东。（兄弟中，余与森荣议论最相合。三十年来，相见日少。一九四三年余自河南过重庆，两度访弟于南山，欢谈终夕。解放后，弟两至上海，虽俱已入中年而豪情犹昔。弟每谓余应在学术上有所树立，意甚殷勤。）

而今杳杳隔重泉，一恸凭棺恨未能。宿草新坟何处是？死生消息亦茫然。

怜 君

一九六〇年，宗蕖下放青浦劳动，曾有诗寄之，匆匆已十年矣。今春炎儿归宁，而宗蕖又支援采摘春茶去黄山，积习未除，仍用前诗韵，凑成一律。

怜君此日黄山去，正值炎归万里天。昔日儿童今长矣，旧时意绪竟茫然。且抛恩怨舒肝肾，欲为桑榆惜晚年。春梦已随青草远，不知明月照窗前。

一九七〇年四月炎儿归宁五月送她返新疆

更有豪情异昔时，工农结合信吾儿。江南四月春如海，又是东风送汝归。

送炎儿返疆得长句

潇潇风雨车声远，送你归来意转深。壮志倘能空塞北，人间何用不平鸣。兰摧桂折悲前世，地覆天翻乐此生。都下恨无佳讯到，悠悠万里念长征。

—1972年—

母亲谢世忽忽六年扫祭无由恸成二十字

春草年年绿，哀思瀛上萦。何时游子泪，一为洒江城。

苏　堤

一别西湖四十秋，老来更作少年游。堪怜十里苏堤路，山色湖光看未休。

六和塔

千年古塔临高岸，极目江山荡此胸。尚喜登临犹健捷，未须惆怅叹衰翁。

赠　人

春波潋滟难为画，仙侣同舟却有情；竹屋纸窗堪送老，隔溪云水读书声。

编注：另一抄件题作《赠宗薰》。

归途三首

西望仙霞是故乡，背人岁月去皇皇。风驰电掣江南路，车外贪看万亩桑。

行遍西南千万山，西湖山色最堪怜。高低远近明如画，晴晦晨昏意总妍。梅鹤凄凉怀处士，井堤灌溉羡诗仙。春风十里苏堤路，看尽青山不费钱。

留恋莺声出谷迟，偶然疲累歇云梯。因逢旧物思前侣，且喜同游有老妻。阅历渐深风景异，湖山愈好世时移。驱车直向钱塘去，绝顶登临望欲西。

编注：第一首"皇皇"一作"堂堂"，"车外"一作"窗外"。

郊居书事呈中玉

江头日日看春归，每向西郊送夕晖。无病老来原是福，得闲灯下自哦诗。当窗云树成新侣，入梦音容有旧知。偶与异书相邂逅，不知人静夜阑时。

编注：中玉，徐中玉，与作者订交于鼎革前夕，后任华东师范大学中文系主任。"入梦"一作"如梦"。

—1973年—

闻宗蕖轮换返沪甚多感触遂成两章

岁暮多风雪，殷勤望汝归。遥怜小儿女，偏惜少年时。大泽归无计，新书读几回。十年叹憔悴，从此莫依离。

海国春初动，爱山意未阑。含鄱惊浩淼，五老乐跻攀。梦里花溪树，愁边栗子湾。何时携手去，扶杖望南山。

壬子十二月二十七日吾姊六十初度，远隔千里以诗为寿

姊今年六十，大寿已可期。诸甥俱成立，举案尚齐眉。绕膝孙孙小，加餐事事宜。迢遥祝千里，闲坐忆儿时。

投老诗成癖，河清恨不才。图书犹满席，肝胆讵能灰。梦里怜吾季，春归报早梅。今年佳节到，酒禁为君开。

编注：姊程应锦，江西拖拉机制造厂退休职员。

壬子岁暮怀人简植人姊妹、周游、柯华

三十年前塞上行，哀时俱作不平鸣。沸腾热血思三户，慷慨论兵誓九京。铁马冰河多壮志，陈言谰语藐诸生。大青山北连天草，雪映飞车喜晚晴。

编注：李植人、李植青姊妹曾与作者在 1937 年同赴绥远宣传抗日。

壬子除夕示怡祺

插队迢迢结伴归，一儿一女乐难支。未须惆怅人千里，且尽欢娱酒一杯。老去雄心犹未歇，春回大地尚能诗。年年佳节思亲日，好味而今异昔时。

编注：怡祺，即次女程怡，次子程念祺。

春日杂诗

毁誉由人每自宽，偶然亦忆在山泉。春风二月如刀剪，且喜还非缩项鳊。

日日行程十里余，春来不觉柳如丝。东村西郭无人见，独立长桥看打鱼。

抱玉端知没此材，投珠终被鹬雏猜。清风明月无人管，挹取诗情入画来。

一树垂垂已十年，长条尽日拂窗帘。三春又是风和雨，林暗莺啼最可怜。

此日校书亦自得，他年扫叶更何人。索丘坟典欺人甚，不遇知心未足论。

登南京长江大桥北堡用望岳诗韵

钟山仍虎踞，青青看未了。大桥通南北，人世变昏晓。村集如积木，舟舰若飞鸟。壮哉此登临，一览长江小。

雨花台有感

群峰叠翠拥丰碑，凭吊英灵亦自哀。奋掷头颅缘底事，千秋模楷雨花台。

仲远叔公惠寄山中月夜诗，忽忽一周，今夜梅雨初收，勉成八十四字奉寄

新诗百回读不厌，山中情景宛可见。此老胸中尽珠玑，况复寻山不辞远。檐前积雨犹淅沥，局促书生同面壁。索古证今以商韩，议论纵横待抽绎。壮岁有心驱熊罴，中经困厄谁扶持。读罢新诗亦惘然，照窗明月漾清辉。

游黄山两律

壮岁游山泪不收，陆沉千度哭神州。大青冬尽漫天雪，庐阜秋深万树楸。甚爱风狂如怒虎，颇怜山静似疲牛。从军两向黄河去，踏遍青山恨未休。

编注：此首另一抄本题作《忆旧》，疑是。

二十四年人换世，白头扶杖又山行。千峰凝黛描难就，万壑流金画未成。脚健不觉攀跻苦，身闲始觉往来轻。相逢四海皆游侣，邂逅何须问姓名。

西江月·黄山归来示宗薰二首

四十年前梦想，千岩万壑销魂。乱云飞渡了无痕，悄然不语黄昏。迎客青松有意，夜来幽梦谁论？淙淙流水绕山门，何时了却风尘！

四十年前梦想，千岩万壑销魂。可怜秃笔不能传，始信天工独运。青松历尽霜雪，白云时过天门，何时把臂与同看，白头乐尽天真。

黄山归来，仲远叔祖屡惠佳作，十月已尽，偶得闲坐灯下，忆三月前之游，因为短章奉答

西风吹落叶，萧萧已秋暮。山气夏多佳，犹忆黄山路。少年走万里，颇亦轻霜露；何意矍铄翁，攀登不知苦！千峰落眼底，飞鸟乃可数；天门风甚狂，山静如太古。松声夜作涛，晓日浮青雾；此山事事足，盛夏不知暑。壮游夸少年，寻幽羡老夫。归来九十日，

佳句已满楮；倘得住山中，半山可结庐。

编注：程仲远，从叔祖。善书画。

题仲远叔祖为科美祖姑丈画黄山图

玉屏楼望天都峰，落笔云烟兴未穷。迎客松与送客松，搜奇探幽输与公。气吞吴楚两诗翁，峥嵘而立亦从容。画家意匠谁与同？浩荡山峰落照红。

编注：陈科美，祖姑丈，上海师范大学教育系教授。

—1974年—

祺儿返黑龙江呼玛县，得抵大连安报有作

汝兄消息三年断，送汝江干亦黯然。骨肉多情怜白首，诗书有味忆华年。嗟余悻直难谐世，愿汝飞扬快着鞭。幸喜海行兼昼夜，无风无浪未妨眠。

炎儿去新疆已十年，今秋全家返沪，欣然有作

去时尚童稚，归来携三子。十年如一瞬，皤然余老矣。秋日好江南，相聚欢无已。诸孙甚顽健，绕膝胜甘旨。事事俱可乐，况复有佳婿。许国心犹壮，惟此最堪喜。

—1975年—

乙卯秋与开莱相晤于上海，距昆明之别已三十年，论事怀旧，遂成四绝句，寄斯城开莱，并呈从文先生

日暮碧云有所思，佳人信断已多时。谁怜海国清宵梦，三月江南问子规。

怅望高楼百尺烟，相逢却喜换新天！昆明旧侣殷勤问，楼外家家奏管弦。

声名藉甚祖冲之，老去峥嵘尚有诗。三十年间双鬓白，壮心犹说少年时。

南铣王逊成新鬼，玉笛山阳不可闻。惟有凤凰一老在，森森谡谡每空群。

编注：南铣，蒋南铣，毕业于清华大学。从文，即沈从文，与作者初识于1936年，交谊维持终生。

续成一绝答家玉

十二月五日，家玉兄来，谈及余旧和念兹诗，有"平生好作江湖梦，此夕真惭马列书"之句。念兹谢世已十七年，和诗也完全忘记了，因续成一绝。

平生好作江湖梦，此夕真惭马列书。风雨凄其人渐老，壮心犹慕蔺相如。

编注：家玉，李家玉。原高桥中学同事，后为上海教育学院化学系教授。

—1976年—

总理挽诗

大力难回绝世悲，新摧天柱万人哀。一江寒水千重泪，不朽英名旷代才。可慰中华仍屹立，尚思魑魅欲为灾。后生若问艰难事，且读新刊第一碑。

丙辰清明偶成

日里几番晴雨晦，夜来月色暗还明。黄梅时节江南客，头白昏昏醉复醒。

闻一多先生殉国三十周年

又是蝉声噪晚天，横眉冷对忆当年。艰难一死谁犹惜，慷慨长歌我独怜。历世自悲骑瞎马，得休便买泛湖船。如今豹变寻常事，拈笔真须苦逝川。

闻十月六日事有感

谁知覆雨翻云手，搅得周天阵阵寒。易直果能当大事（易直，北宋吕端字），未须兵甲即平安。

收听《论十大关系》报告

一夕徽音降碧空，气吞江海却从容。能令禹域为伊甸，亦念寰球跻大同。颠倒人妖寒彻骨，澄清宇宙快乘风。单于休问中朝事，喷薄扶桑日正红。

喜得大兄蜀简因成长句奉答

兄居巴蜀我江东，饮水长江两地同。三十三年音信隔，四千里路梦魂通。欣闻地覆天翻日，幸作男婚女嫁翁；老去更怜新日月，诸孙绕膝沐春风。

编注：大兄，从兄程应钊，时在重庆一中任教。

—1977年—

有　赠

别后当惊岁月赊，相逢有恨说天涯。谁怜海国清宵梦，长与春风竞岁华。

宗津挽诗

送君客岁秋将尽，长去人间夏始来。剩有招魂赋楚些，不堪清泪望燕台。难收覆水伤肝肾，敢谓投珠是祸胎。遗作可能共晨夕，金田未作有余哀。（宗津拟作金田起义大幅油画，未成而卒。）

忆昨挥毫妙入神，亦缘情重转形真。携来西子千山秀，占尽江南九十春。远意甚豪欣有托，旧诗重诵转沉吟。何年更得丹青手，画出风流此代人。

莫干山一绝

满山修竹一时栽，曾是披萝带荔来。无语悄然看落日，缘何思慕亦天涯。

自剑池至六角亭

百寻涧底望高楼（用陈毅句），元帅题诗意自豪。石级亦宜试脚力，岭云无碍恃风涛。碑残奸虏苔初润，亭矗危崖望百遭。眼底山田铺锦绣，抓纲治国亦辛劳。

莫干山归来赠徐中玉

幽居若此真嫌短，安得黄庭可换鹅。早岁有心师士稚，中年无奈似东坡。声名岂悔平生贱，忧患凝成侠气多。无病老来原是福，长谣不用叹蹉跎。

一九七七年九月与天蓝相见于北京，距延安一别垂四十年，感成两律因以为别，兼呈刘春

春归上郡曾相见，地覆天翻四十秋。白首有情心尚赤，青春无计水东流。谈经久愧随人后，论世方知亦过头。却忆严霜江汉夜，誓歼倭寇与同仇。

辽海曾传一纸书，叮咛语重绘新图。从来大笔关群众，岂有雄文媚独夫！李杜诗篇堪借鉴，工农生活启新途。怜君少有移山志，敢惜余年托后车。

编注：天蓝，原名王名衡，诗人，燕京大学同学，时任职中共中央党校。刘春，毕业于清华大学历史系，1936年与作者结识于大学艺文社与北方文学会，离休前曾任国家民族事务委员会主任。

十月二十三日北京微雨，独坐窗下追念辰伯，怆然有作

地下能相见，生逢不可期。秋深云漠漠，风老雨丝丝。遗札当三复（辰伯二十六年前函嘱不可在高校任马列主义教席，以为当先受教育），淫威逞一时。劳人还草草，寂寞待春归。

编注：辰伯，即吴晗字，历史学家。与作者相识于西南联大时期，曾任北京市副市长。"文革"中蒙冤而死。

京沪道中口占

江南雨暗千山没，江北云晴万亩开。不复长江限南北，江南江

北一时来。

—1978年—

总理逝世两周年祭

斗争当日仰梅园，早岁东游志已坚。不谓肝肠如木石，更相吊暗以书言（用北宋富郑公事，见《涑水纪闻》）。千家野哭僧传祭，一代同悲事未圆。犹忆层冰风雪夜，几回热泪颂公贤。

白酒黄鸡祭晚天，神州重庆治平年。倾心犬马皆思奋，捷足工农快着鞭。改地戡天兴未艾，看花跃马互争妍（时上海高考放初榜）。最怜松竹园林净，独对寒梅一泫然。

寿建猷兄七十，时丁巳除夕也

曾共艰难利断金，寿君真不忝平生。春归海国迟迟夜，目尽尧天衮衮情。变幻龙蛇松不老，倒颠庠序梦犹惊。寻常七十夸强健，雏凤声清胜晚晴。

编注：建猷，魏建猷，上海师范大学历史系教授，时任系主任。

一九七八年十月四日夜校家驹《沈括》一书毕，风雨交作遂成一绝

呕心剩有遗书在，忆往难禁泪满腮。廿载相从心似玉，一灯愁

听雨声来。

编注：家驹，张家驹（1915—1974），毕业于燕京大学，后为上海师范学院历史系副教授，曾任副系主任，宋史专家。

浣溪沙·为邓公复职而作

复职喧传说邓公，苍生望重九州同。家家爆竹庆三中。

魍魉岂能伤至洁，万年遗臭小爬虫。老夫醉得满腮红。

—1979年—

三月一日与宗薰夜话，感事怀人，遂成一律。一九三八年夏与周游、柯华同由延安至武汉，思之历历如昨。呈许杰、徐中玉教授，并简周游、柯华

廿年伤弃置，投老喜逢春。海国梅争妍，江城梦尚温。（则良喜论政，五十年代转治近代史颇有述作。一九五七年由莫斯科返国，自裁于北京。）文章思杜牧，议论惜王存（王逊一九五七年事后郁郁以死）。老妻相对语，哀乐总难论。

编注：许杰，作家，时任华东师范大学中文系教授。则良，即丁则良，毕业于西南联大，曾师从张荫麟，作者与之订交于昆明。

青岛杂诗

三度来青岛，悠悠卅四年。未须怜白发，惟恐负青毡。海色连天碧，山云向晚妍。万家灯火后，清露冷双肩。

万顷晴波岛尚青，迤逦山色变晨昏。易阑夏梦老将至，务去陈言心尚存。缓缓渔舟归欲晚，茫茫大海望无垠。平生最爱幽燕气，一吊田横一断魂。

山光海色互争妍，怪石奇峰亦可怜。竹木萧萧深院静，苍然一桧二千年。

崂山道士今何在？汉武秦皇俱寂然。蔼蔼白云迎远客，蝉鸣高树晚风前。

—1980年—

有　赠

烂漫樱花照眼迷，铅华梦断已多时。诗人老去春犹在，却为无花惜绿枝。

夏日偶成

鹧鸪声急夏初酣，老至方知天地宽。却笑世人逐流水，无车何事怨冯谖！

一九八〇年六月南游厦门得句

南游山色皆神往，东望长天意转迷。安稳布帆出海峤，悠扬渔唱起朝晖。幸存大厦人何在，久占雕梁燕已归（厦大礼堂大理石梁柱雕饰之上，海燕为巢，朝夕呢喃其间）。六十五年初到此，纷披夏梦竟如痴。

泉州开元寺

开元寺外东西塔，小住泉州路转赊。携手夜来惊旅梦，不知佛法护谁家。

八〇年八月九日到太原吊赵宗复

岁月匆匆敢哭君，太原无地吊忠魂。曾惊海国清宵梦，犹忆山城日暮云。磊落英名全直节，峥嵘特立夺三军。谁知四十年前事，依旧伤心不忍闻。

一九八〇年十一月北海口占

清晨望极粼粼水，绿树临池未肯凋。白塔云飞惊照影，曲廊人去忆前朝。天高风急鹰思奋，秋尽冬回雪尚遥。旧梦迷离忘老至，长吟归路亦无聊。

—1981年—

八一年春节毅千同志赋诗，即用其韵亦以书怀

茫茫大地正回春，上国衣冠久绝尘。愁尽酒边新岁月，梦回岭外旧归人。能求疾病三年艾，喜见亲朋万里邻。蓬岛烟霞迷望远，一拈诗笔似如神。

编注：毅千，阎毅千，时任上海师范大学党委副书记。

临江仙·重到西湖

独寻芳草春将半，九年又到西湖。东风犹自怜菰蒲。小舟轻击水，低唱采桑姑。

历尽风霜人似玉，何须千斛明珠。此中烟景世间无。北山春似酒，能否换髭须？

西湖孤山寺旧址独坐怀从文先生

松柏经寒质益坚，何妨桃李与争妍。天教春色浓如许，独对松阴意惘然。旧学商量传绝绪，新知解道沃心田。明年湖上花开日，期与先生并榻眠。

—1982年—

友人问疾诗以答之

忧患余生最自珍，病魔潜袭已兼旬。文章又见流传日，议论终须不傍人。得失久谙关世运，荣枯每惧损天真。莺花三月江南夜，怀远思亲一怆神。

喜晤宗瀛于上海，时正卧疾，遂成长句

十年不见苦缘悭，握手江南梦又圆。卧疾得闲心似镜，谪居犹忆日如年。艰辛岁月天难问，生死亲朋事总牵。抵掌纵谈家国事，太湖烟雨正弥天。

示　儿

老去移山志未伸，汝曹宜自惜青春。传经我爱他山石，报国谁知白首心。秋入园林思塞马，梦回长夜忆青襟。登临敢说兴亡事，太息当年苦避秦。

刘春退居二线远致书问，并示七十自寿诗，时正年尾，诗以报之，兼问天蓝

昔赋凌云今退居，朔风岁晚读君书。移山事业成诸夏，向日葵

心励壮图。楚泽行吟怜旧侣，秦关策马斗强胡。故人七十身犹健，欲为神州赞禹谟。

—1983年—

一月十日得从文先生信并手写汪曾祺祝其八十寿诗，知寿辰已过，然犹激动不已，敬成一律，遥寄为寿

八十年来忧患身，文章中外久铮铮。边城写尽人情美，散记抒多乡土情。揽胜道元传妙笔，临池逸少负时名。瓣香我亦繁霜鬓，祝寿还应喜晚晴。

编注：汪曾祺，作家。西南联大四三级中文系毕业，曾师从沈从文。

寿姊七十

欣然又祝古稀年，喜见神州明朗天。腊尽江南遥献颂，惟将诗简寄樽前。

无　题

三十年间几度春，相逢至老竟如新。已伤雨暴云泥隔，更怨风狂蛱蝶分。去日已多云黯黯，来生可待梦沉沉。蓬莱有路君知否，

迢递高城望海滨。

读德基畅游江南诗

江南四月佳山水，碧嶂银波处处诗。最是园林留胜迹，是非明辨写新词。

重到昆明参加中国地主阶级研究讨论会

久溺图书忘老至，饱看峦嶂幸重来。千峰翠色诗难夺，九日清樽意未开。历历旧游惊旅梦，离离荒草掩苍台（谒一多先生衣冠冢）。中华国史当重作，糟粕精华费剪裁。

再到花溪四十年矣感而赋此

地覆天翻四十年，重寻旧事已如烟。传经且喜人为瑞，走笔仍悲马不前。碧嶂清溪人有宅，白鱼黄雀席多鲜。秋深不作江湖恋，看尽青山不费钱。

花溪喜晤凌中青

山似剑铓人未老，水如碧玉梦犹春。花溪晓月清清夜，握手欣知意尚新。

西南杂诗

地下人间互不知，王孙久困竟何如？则良辰伯能相见，应忆深宵说项斯。

再上龙门四十年，王孙高阮俱成仙。凭栏欲望清波远，障目烟尘万亩田。

花溪梦里寻常见，再过清秋五十年。旧好仅存双白发，清江碧嶂可淹留。

失　题

清谭静夜怡园巷，明月清宵小坝西。三十八年人已老，旧知相忆各天涯。

重过大将山庄

不过溪桥路，于今四十年。白云逾远岭，残月挂遥天。浅草犹相识，长林故可怜。山居秋瑟瑟，欲借买山钱。

宜良道中

车行夹峙两山中，碧峰清溪处处同。四十年来云水恋，白头何幸再相逢。

湘西道中

千山晓日下辰溪，始信传经与愿违。忽忆边城怜翠翠，文章默诵复湘西。

重游鼋头渚距初到已三十年

浩淼烟波感古今，昔年曾记此登临。朱颜虽失行犹健，白首终悲志未成。云树有情依北渚，文章无计惜南金。忘机鸥鹭人何在，寂寞秋花晚照明。

晓行蠡园

鸟语人声寂，悠悠我独行。波平转寥廓，山近见崚嶒。晓日霞光满，深秋老树横。乘舟寻范蠡，解意问谁曾？

文天祥就义七百周年

铁石忠肝有宿称，丹心千古照人明。为爱中华知所耻，遗编犹自作金声。

吉安净居禅寺途中有感

归来贪看吉州山，五十年间梦未还。气节文章堪继往（谓方志敏烈士及陈寅恪师），江山人物自开颜。意中桔柚夸千树，望里簜箐喜万竿。太息西风秋又尽，片云正傍夕阳闲。

—1984年—

甲子新春试笔

车书一统情弥切，梅柳争春岁又新。三十四年渡海客，可堪更忆故乡人？

沪杭道上车中远望

麦熟桑初嫩，新秧出水青。远村楼耸立，近野绿分明。舟楫穿桥度，耕耘迄老宁。江南春正好，羡作太平民。

漫步偶成

杭州四日蒙蒙雨，漫步清波学士桥。林木幽深思见鹿，湖波摇荡似闻韶。依依柳浪莺初啭，隐隐青山梦尚遥。独上高楼怀旧侣，南天北地俱迢迢。

水调歌头·宋史研究会三届年会有感

底事不得脱，翘首问青天。不知创业艰难，长愿月儿圆。却忆京华旧侣，关心故国兴亡，谈笑斥投鞭。茫茫人世事，犹幸履冰坚。

惜春秋，论宋史，已四年。不应有恨，缘何名位苦纠缠。白发苍然老矣，清愁缕缕如丝，惆怅亦无边。介甫与君实，争执损安眠。

浣溪沙·为范荧陈江新婚
十月初七日

为赋新诗作贺词，高秋丛菊正芳时，金英碧叶两情知。

燕舞莺歌人似醉，书香墨妙梦成痴，桃花美玉亦时希。

编注：范荧、陈江，俱为1982年上海师范学院历史系毕业生，范荧时任宋史研究会秘书处秘书。

沈志远同志逝世二十周年

吞声二十载，风采忆当年。议论三君少，文章小子怜。照人肝胆热，忧国志行坚。曾与艰难共，凄凉陋巷篇。

论事曾惊掷地声，明时复作不平鸣。难忘会海凄凉地，长恨文坛草木兵。侃侃屡箴贵自反，铮铮更鄙逐时名。吞声廿载终能问，谁与庄周齐死生。

编注：沈志远，著名经济学家。1949年后任民盟上海市主委时与作者共事，1957年同被划为"右派"，共同参加劳动学习改造班。

教师节作

诸蔽今方重，传经昔所钦。出言当可法，有行足为箴。表范人师乐，时序百年心（借句）。新秋得赋此，喜极泪盈襟。

临江仙

携宗䕌重来花溪，参加清华中学恢复旧名活动，得晤宗瀛有作。

溪山清绝今如故，人生得失难论。乱中情事不堪闻，唯怜白发在，慷慨志犹存。

今日相逢应一笑，传经心事嶙峋。无言桃李自缤纷，清华云际里，含睇有湘君。

十二月十二日夜会宴四川饭店，距"一二·九"已五十年，念不能忘，遂成长句

不觉云龙五十秋，白头争说少年游。鸡豚鱼蟹都无味，好恶恩仇总未休。怀旧岂难惭后死，论心犹与赋同仇。天南地北升平夜，却忆甘为孺子牛。

—1986年—

游淀山湖

偕民盟学校支部同游淀山湖，梅将谢，然犹香溢湖畔。

嫩麦连村碧，梅花傍水开。机船穿浩淼，旧事感重来。（末句谓六一年随上海社联来游，时金仲华、陈望道均预焉。）

千树梅花阵阵香，湖光恰似美人妆。偶然亦有游春兴，喜对梅花戏嫩杨。

九老赐退休述怀诗，素仰其为人，原韵奉答

卅年慕玉洁，不惜少时欢。大隐今惟少，长歌意未阑。退休君子志，恋旧故人肝。曾历风波恶，犹怜匹马单。

编注：九老，即陈九思，上海师范大学古籍研究所副研究员，上海文史馆馆员。

九老寄诗依韵奉答，胸中犹有块垒也

此生幸见太平年，乐事还被忧事缠。议论有时夸仲任，文章何意著蛮笺。吟成白雪犹心悸，梦入邯郸续旧编。最忆少年行乐地，秋风归雁倚窗前。

七十书感

十一月四日，忽忽七十。忆与心远中学同窗游庐山，今五十年矣。当时意气峥嵘犹如昨日。

七十无成剧可哀，华年逝水已难回。有妻自少甘同命，无欲于今是杀才。燕雀岂能窥远志，鹓雏犹枉作疑猜。苍然一树云间立，却忆匡庐十月来。

—1987年—

郭心晖寄来《人物》内有她所写怀念吴兴华之文，读后有诗

胸蕴千秋虑，难洽一片心。英雄如有泪，掩卷亦沾襟。

编注：郭心晖，即郭蕊，燕京大学同学，张芝联夫人，退休前任教于北京大学历史学系。

答问近状

布谷声声夏令初，小园绿树似山居。好书可得时时读，新草还

须细细锄。幸喜退闲因远佞，系心惟待有双鱼。忧余七十犹心悸，梦里仍惊下坂车。

九老赐示丁卯七夕诗，
新意叠出，戏为一绝奉答

酷暑侵人正索居，解颐妙语鹊桥诗。吟成六绝人间世，我欲因之问紫芝。

失　题

日盼窗前望劲松，颇怜今复作儿童。四壁图书犹昔梦，一楼明月哭诗翁。

编注：此诗原无题，前两句似自述卧病心情，后两句疑吊唁熊德基。

—1988年—

雪后初晴
时卧疾华东已五月矣

雪后新晴瑞气清，升平歌舞几人醒。十年动乱思初治，半世艰辛念太平。病久颇厌粗制食，梦中犹喜问前程。诗成自有萧疏感，日色穿窗照眼明。

附：联语

—1946年—

集楚辞挽闻一多

哀生民之多艰，虽九死其犹未悔；惟党人其独异，使百草为之不芳。

—1986年—

挽江辛眉

六载相从，论史论文，岂意风流成往迹；一朝长逝，戒慎戒惧，再言功罪有余哀。

—1987年—

挽熊德基

呴沫相亲，却忆三十年前雨暴风狂，惟君怡我；老衰同病，岂意二千里外魂归梦断，竟我哭君。

—1988年—

挽魏建猷

论交四十年患难相依，岂独情亲如手足；卧病三百日艰难一面，不知何处赋招魂。

挽阎毅千

直道动人心，遽尔骑鲸西去；哀思留后死，何当化鹤归来。

编注：作者1986年3月13日日记云："便道访阎毅千，谈学校[事]甚久。此人为人正直，有些脾气，仍可爱。"

图书在版编目（CIP）数据

程应镠文学文存 / 程应镠著；虞云国，范荧编.
上海：上海书店出版社，2024.10.（2024.11重印）
ISBN 978-7-5458-2393-6

Ⅰ. I217.2

中国国家版本馆 CIP 数据核字第 2024T5446Q 号

责任编辑　杨柏伟　杨英姿　何人越　李菅欣
封面设计　汪　昊

程应镠文学文存
程应镠 著　虞云国　范　荧 编

出　　版　上海书店出版社
　　　　　（201101　上海市闵行区号景路 159 弄 C 座）
发　　行　上海人民出版社发行中心
印　　刷　上海展强印刷有限公司
开　　本　710×1000　1/16
印　　张　56.5
字　　数　400,000
版　　次　2024 年 10 月第 1 版
印　　次　2024 年 11 月第 2 次印刷
ISBN 978 - 7 - 5458 - 2393 - 6/I・581
定　　价　168.00 元